tout

CE QU'IL VOUDRA

Cet ouvrage est la compilation, augmentée d'un épilogue inédit, de l'ensemble des neuf épisodes de la série *Tout ce qu'il voudra,* parus dans la collection Red Velvet individuellement, puis publiés en deux volumes : *Tout ce qu'il voudra, l'intégrale* (épisodes 1 à 5) et *Tout ce qu'il voudra, Naufragée, l'intégrale* (épisodes 6 à 9).

SARA FAWKES

tout CE QU'IL VOUDRA

Traduit de l'anglais (États-Unis) par Maxime Eck

Red Velvet

1

Croiser le bel inconnu tous les matins, à mon travail : ces derniers temps, c'était le moment sublime de ma journée.

Je traversais le hall en direction des ascenseurs aussi vite que me le permettaient mes hauts talons, sinuant entre des échelles et des ouvriers qui réparaient le système électrique du vieil immeuble de bureaux. Réglé comme une horloge suisse, le mystérieux brun arrivait devant les cabines à 8 h 20 précises. Il n'y manqua pas non plus ce jour-là. Je me frayai un chemin dans la file afin de me rapprocher de lui aussi discrètement que possible et fixai les portes en faisant mine de ne pas l'avoir remarqué. Ce n'était pas un jeu, même si ça y ressemblait parfois. Les hommes aussi beaux que lui n'avaient jamais franchi les limites de ma sphère d'influence, ce n'était pas maintenant que ça allait changer.

Pour autant, une fille a le droit de rêver, non ?

Les portes coulissèrent et je me glissai à l'intérieur avec la petite troupe de ceux qui patientaient, puis m'assurai qu'on avait appuyé sur le bouton de mon étage. Le bâtiment ancien – historique, préféraient dire certains – était en pleine réhabilitation. On rénovait, on modernisait. Toutefois, les ascenseurs étaient encore de la vieille école. Plus petite et plus lente que ses contemporaines, la boîte de conserve dans laquelle je me trouvais n'en accomplissait pas moins son boulot et grimpait les étages péniblement et en grinçant.

Je repositionnai mon sac sous mon bras tout en jetant à l'inconnu un regard à la dérobée. Son regard croisa le mien. Mince ! Avait-il remarqué que je le fixais ? Rouge comme une pivoine, je lui tournai le dos, face aux portes, lesquelles s'ouvrirent pour dégorger une bande de gens sur leur palier. Il me restait encore onze niveaux à gravir. J'avais un poste d'intérimaire – saisie de données ! – chez Hamilton Industries. Si l'entreprise occupait la plupart des étages supérieurs, mon bureau exigu et moi-même étions relégués dans un coin reculé, quelque part au quatorzième.

Le look BCBG en costard-cravate m'avait toujours plu, et le beau brun portait chaque jour des costumes impeccablement taillés sur mesure, qui coûtaient sans doute plus cher que mon maigre salaire mensuel. Tout en lui respirait la bonne société, bien loin de mes origines – ce qui ne m'empêchait pas de fantasmer sur lui. Il habitait mes rêves, son visage était celui sur lequel se fermaient mes yeux le soir quand je me couchais. N'ayant eu entre les cuisses rien qui ne soit animé par des piles depuis plus d'un an, mes délires étaient un peu osés. Sur le moment, je m'accordai la liberté d'y repenser, et un sourire béat étira lentement mes lèvres. Vu mon degré de frustration, il ne m'en fallait pas beaucoup pour démarrer au quart de tour… une petite image mentale où j'étais plaquée contre un mur et subissais les derniers outrages… Waouh !

Les occupants continuaient de débarquer, l'ascenseur de reprendre sa course haletante. Soudain, je m'arrachai à ma rêverie en me rendant compte que j'étais seule en compagnie de l'inconnu. Pour la première fois depuis que j'avais commencé à travailler ici. Me raclant la gorge avec nervosité, je lissai ma jupe fourreau de ma main libre et m'exhortai à respirer. Une boule de désir durcissait dans mon ventre, alimentée par une ribambelle de pensées plus libertines les unes que les autres. Cette cabine d'ascenseur était-elle équipée de caméras?

Tout à coup, je perçus un froissement discret derrière moi, puis un avant-bras musclé surgit près de ma hanche et enfonça le bouton rouge de l'appareil. Ce dernier s'arrêta aussitôt et, avant que j'aie pu prononcer un mot, deux bras apparurent autour de ma tête tandis qu'une voix grave murmurait à mon oreille :

— Je vous croise tous les matins dans cet ascenseur. À quoi jouez-vous?

La stupeur m'ayant réduite au silence, je ne pus que cligner des yeux. Fallait-il que je me pince? Se produisait-il vraiment quelque chose dans mon existence terne et banale?

Un corps dur me pressa contre les portes de la cabine. Le contact du métal froid contre mes tétons soudain érigés et sensibles m'arracha un léger soupir.

— Qu'est-ce que... commençai-je.

Pour immédiatement oublier ce que je m'apprêtais à dire, car un long membre tumescent venait de se coller à ma hanche...

— Je sens votre excitation, gronda l'inconnu avec des intonations feutrées qui me nouèrent l'estomac. Chaque matin, vous entrez dans cet ascenseur et je devine ce à quoi vous aspirez.

Une main descendit s'enrouler autour de la mienne tandis que l'homme inclinait la tête vers ma nuque.

— Comment vous appelez-vous? murmura-t-il.

J'avais l'esprit si vide que j'en oubliai la plus simple des réponses. Oh là là! Cette voix était un concentré de sexe! Le cerveau en déroute, je plaquai mes mains sur la surface devant moi pour éviter de m'effondrer. L'homme s'exprimait avec une voix rauque – et un accent que je n'arrivais pas à identifier.

— Lucy, finis-je par marmonner.

— Lucy, répéta-t-il.

Je respirai un grand coup en entendant mon prénom susurré avec autant de sensualité.

— Il me faut vérifier que vous avez aussi bon goût que vous sentez bon, ajouta-t-il.

Il ne s'agissait pas là d'une permission demandée, juste d'une exigence, et, avec une docilité qui m'étonna moi-même, je détournai légèrement la tête pour le laisser faire. Ses lèvres glissèrent sur la peau tendre derrière mon oreille, le bout de sa langue m'effleura. Ses dents mordirent mon lobe et je gémis en me laissant aller contre lui. Il remua son bassin, ma respiration se fit courte – un staccato de halètements qui rompaient bruyamment le silence.

— Putain ! Vous êtes vraiment bandante !

Ponctuant ce qui devait être un compliment, sa main descendit le long de ma hanche et de ma cuisse, jusqu'à l'ourlet de ma jupe. Puis elle rebroussa chemin en frôlant l'intérieur de ma cuisse, remontant le tissu au passage. Incapable de réfléchir, j'écartai les jambes pour lui donner accès et je ne pus retenir un cri quand ses doigts glissèrent sur ma culotte trempée qui collait à mon sexe douloureux.

Étais-je en train de rêver ? Mon corps se cambrait, coincé entre les portes métalliques et la source de chaleur qui émanait de l'inconnu. On se serait cru dans l'un de mes fantasmes devenu réalité, et il m'était impossible de maîtriser les réactions physiques que cela provoquait en moi.

Ses doigts malaxaient mon clitoris à une fréquence de plus en plus régulière, mon bassin bougeait tout seul, toujours plus avide de caresses. J'étouffai un gémissement quand ses dents s'enfoncèrent dans mon épaule, puis il glissa sa main sous la dentelle de ma culotte et caressa ma peau mouillée, jouant avec la fente délicate de mon sexe d'une façon qui m'amena à geindre de plaisir sans retenue.

— Jouissez pour moi, m'ordonna-t-il de sa voix grave à la Vin Diesel.

Sa bouche jouait sur la ligne exposée de mon cou, alternant baisers et mordillements. Ses doigts s'enfonçaient en moi, son pouce agaçait mon bouton durci. Je connus alors l'orgasme de ma vie dans une exclamation étranglée. Soudain vidée de toutes mes forces, je posai mon front sur l'acier de la porte et frissonnai.

Sur ma droite, sous le panneau de commande de l'ascenseur, un téléphone se mit à sonner.

Je me raidis de surprise, tandis que les stridences me parvenaient à travers la brume hébétée qui m'enveloppait. Le désir céda la place à la honte, et je poussai sur mes mains pour me libérer. L'étranger s'écarta et me rendit mon espace vital avant d'appuyer de nouveau sur le bouton rouge. L'ascenseur redémarra avec un soubresaut pendant que je remettais vivement de l'ordre dans ma tenue. Le téléphone s'arrêta enfin.

— Vous avez encore meilleur goût que ce que j'imaginais.

Incapable de résister à cette voix, je me retournai. Il se léchait les doigts. Le regard qu'il posa sur moi allait me liquéfier. Par bonheur, le téléphone m'avait tirée de ma stupeur et je cherchai à tâtons les boutons des étages inférieurs, appuyant sur tous à la fois. Cela parut amuser l'inconnu. Quand les portes s'ouvrirent deux niveaux en dessous du mien, je m'éjectai de la cabine d'un pas mal assuré. À mon grand soulagement, je vis qu'il n'y avait personne dans les parages – je ne crois pas que j'aurais supporté qu'on me dévisage en cet instant.

Un sifflotement dans mon dos attira mon attention. L'homme avait ramassé mon sac et me le tendait. Je m'aperçus qu'il avait dû m'échapper pendant que nous... Bon. Je m'en emparai avec toute la dignité dont j'étais encore capable.

Lui me sourit, et ce léger mouvement modifia toute son expression. Comme frappée par la foudre, je découvris qu'il était d'une beauté proprement fracassante, tandis qu'il m'adressait un clin d'œil complice.

— On se reverra, promit-il.

Sur ce, l'ascenseur se referma, m'abandonnant à un étage qui n'était pas le mien.

J'inspirai profondément et entrepris de me refaire une apparence, glissant mon corsage sous ma ceinture avec des doigts tremblants. Ma culotte était fichue : si je la gardais, elle finirait par détremper le tissu de ma jupe. Préférant me concentrer sur cet aspect des choses plutôt que sur ce qui était arrivé, je me mis à la recherche de toilettes pour me nettoyer.

Quelques minutes plus tard, propre mais privée de dessous, je grimpai les marches quatre à quatre jusqu'à mon bureau. Les couloirs étaient pleins des personnes arrivées à la dernière minute et je parvins à gagner mon réduit sans difficulté. Mon ordinateur afficha quelques minutes de retard quand je l'allumai, mais personne ne s'en formalisa, car je me plongeai aussitôt dans mon travail pour essayer d'oublier ce que je venais de vivre.

2

Ma journée s'écoula dans un trouble intérieur sans pareil. Malgré tous mes efforts, je ne parvins pas à me concentrer sur mes tâches. Je fus contrainte de vérifier à deux, voire à trois reprises que je ne commettais pas d'erreur. Entrer des données dans une base n'avait rien de très excitant et n'exigeait aucune intelligence, ce qui ne m'empêcha pas de me tromper tout le temps. Mes pensées revenaient sans cesse à la scène de l'ascenseur et au premier orgasme que j'avais eu presque en public. Lorsque je me ressaisissais, je ne me souvenais plus de ce que je venais de taper.

Cela me ressemblait si peu. J'avais toujours été attirée par le sexe, mais sans trop savoir pour autant comment satisfaire mes désirs. Adolescente sans grâce, les garçons ne m'avaient pas invitée à sortir avec eux; sorte de souris insignifiante, je n'avais pas été conviée aux fêtes lycéennes ni même universitaires. Les rares petits amis que j'avais eus, pour peu qu'on puisse les qualifier ainsi, s'étaient peu attardés dans mon lit. Mon existence actuelle était ennuyeuse et, pour l'essentiel, réglée par la nécessité: les emprunts que j'avais dû faire pour mes études ne se rembourseraient pas d'eux-mêmes, et mon installation près de New York me coûtait les yeux de la tête. Par ailleurs, les hommes et moi n'avions pas grand-chose en commun : ils voulaient s'éclater en boîte quand je souhaitais lire, ils se gavaient de revues sportives alors que je préférais les magazines politiques.

Sortir avec un garçon n'avait jamais été mon fort, et c'était le cadet de mes soucis à ce stade de ma vie.

J'essayai d'effacer de ma mémoire ce qui s'était passé dans l'ascenseur, mais, sur le coup de midi, je n'avais plus qu'une idée en tête : récupérer mon vibromasseur… Mon comportement et la facilité avec laquelle j'avais réagi aux invites de l'inconnu me troublaient, malgré les fantasmes que j'avais eus. Il était hors de question que cela se reproduise, même si j'en mourais d'envie. Je ne pouvais perdre mon boulot, aussi monotone soit-il. Malheureusement, il était si répétitif que je n'arrêtais pas de me laisser distraire par le souvenir des lèvres douces du beau brun sur ma peau, de frissonner en me rappelant l'effet qu'avaient eu sur moi ses dents mordillant mon cou. Il émanait de ses mains une double promesse de force et de tendresse que mon corps refusait d'oublier.

La journée fut longue.

Je parvins à grand-peine à remplir mon quota de dossiers à archiver. Au moment de partir, j'envisageai de descendre à pied les quatorze étages avant de me résoudre à emprunter l'ascenseur. Bien sûr, je pris soin de vérifier qu'il était vierge de tout inconnu trop séduisant. Tandis que la plupart des gens se dirigeaient vers les taxis garés devant l'entrée du rez-de-chaussée, j'empruntai un raccourci par le garage en sous-sol. Seuls les cadres supérieurs y avaient une place réservée, ce qui n'était bien sûr pas le cas des intérimaires comme moi – encore aurait-il fallu qu'ils possèdent une voiture. Mais c'était le chemin le plus rapide pour gagner la station de métro, à deux rues de là, et personne ne m'avait signalé qu'il était interdit d'y passer.

Une fois la volée de marches dévalée, j'émergeai dans l'air frais du parking. Des crissements de pneus résonnaient dans la structure à plusieurs niveaux, mais je ne vis pas un chat dans les parages, que des rangées de voitures. La morsure du froid annonçait une chute de température dès le coucher du soleil. Me frottant les bras pour me réchauffer, je regrettai de ne pas avoir pris de gilet et j'accélérai le pas vers la sortie et la cahute du gardien. On avait beau être à la fin du printemps, ces derniers jours avaient été plus frisquets que d'habitude.

Soudain, quelqu'un me saisit le bras et me tira sur le côté. Une main fut plaquée sur ma bouche avant que j'aie eu le temps d'émettre un son. Je fus traînée dans une sorte de recoin sombre, à moitié caché du reste du garage et qui servait d'emplacement pour les motos. Je me débattis, mais l'emprise des bras était trop forte, pareille à un étau d'acier.

— Je vous avais bien dit qu'on se reverrait.

Je reconnus aussitôt la voix grave et maintenant familière. Elle avait résonné dans mon crâne toute la sainte journée, rythmant des images coquines que j'avais essayé en vain d'oublier.

Une vague de soulagement me submergea, très vite suivie par une colère décontenancée. Pourquoi n'avais-je pas peur de ce type? Agacée par ma propre bêtise, je plantai mon talon dans son tibia. S'il grogna, il ne me lâcha pas pour autant. À la place, il me retourna vers le mur en béton glacé et m'y plaqua. Son corps se colla à mon dos, ses mains emprisonnèrent les miennes.

— Résistez, murmura-t-il à mon oreille, j'adore ça.

Sa décontraction teintée d'un vague mépris me tapa sur les nerfs. Je tentai de lui donner un coup de tête en rejetant ma nuque en arrière. Il esquiva avec un petit rire. J'essayai alors une deuxième ruade, mais il inséra une jambe entre les miennes, me réduisant à l'impuissance. Les doigts enroulés autour de mes poignets, plus doux que des menottes mais pas moins solides, déclenchaient des bouffées dans mon corps tout en m'immobilisant.

— Lâchez-moi ou je hurle, lui dis-je.

Je tournai le cou afin de voir sa réaction. Je m'en voulais de ne pas éprouver autant de frayeur ou de rage que j'aurais dû. Une fois encore, cet homme provoquait en moi les mauvaises réactions. Je devais être complètement folle pour penser que je pouvais lui faire confiance alors que je ne savais même pas comment il s'appelait !

Il promena son visage sur la ligne de mes cheveux, respira profondément et émit un grondement sourd et appréciateur.

— Je n'ai pensé qu'à vous aujourd'hui, murmura-t-il, visiblement indifférent à ma menace d'appeler au secours.

Pendant ce temps-là, ses pouces dessinaient de petits cercles sur mes poignets, chaque léger mouvement provoquant en moi des tressaillements incontrôlés.

— Et à votre rapidité de réaction, ajouta-t-il. Ah ! Votre odeur ! Votre goût !

Je déglutis et m'efforçai d'ignorer un petit frémissement au creux de mon ventre. Bon sang ! Il était impossible qu'une telle attitude m'excite autant ! Et pourtant si. Sa façon de me dominer d'une bonne tête et son corps ferme pressé contre le mien me donnaient le vertige et l'envie d'enrouler mes bras et mes jambes autour de lui. J'étais trahie par mes réactions physiques.

— Lâchez-moi ! répétai-je les dents serrées pour contenir mon désir. Ce que vous faites est mal. Je ne veux pas…

Il embrassa doucement l'arrière de mon oreille, interrompant mes protestations de plus en plus faibles. Le contraste entre cette manifestation de tendresse et la brutalité de l'emprise de ses doigts renforça d'autant mon excitation. Ses lèvres et ses dents coururent le long de mon cou, son bassin se frotta à mes fesses, son membre érigé glissa entre ma raie – j'en eus le souffle coupé.

— Jamais je ne prendrai une femme qui ne voudra pas de moi, souffla-t-il. Dites-moi non, et je vous laisse définitivement en paix.

De nouveau, il embrassa ma gorge et mordilla mon épaule, comme s'il attendait ma réponse.

À présent, je tremblais de tout mon corps. Ni à cause de la peur ni à cause de la détresse. Quand une de ses mains libéra mon poignet, je ne bronchai pas, ligotée par les sensations que son contact provoquait en moi. Il se mit à caresser ma cuisse sous ma jupe, griffant ma peau du bout des ongles, puis un doigt s'insinua entre mes fesses. Un grognement lui échappa, il attrapa mon cul à deux mains, l'écarta et y pressa le renflement qui boursouflait son pantalon. Je cambrai les reins et gémis malgré moi tout en m'arc-boutant sur le mur pour me plaquer encore plus à lui.

Il me retourna d'un geste brusque. J'entrevis son beau visage et l'éclat de ses prunelles vertes, puis ses lèvres écrasèrent les miennes et me donnèrent le baiser le plus sensuel de toute mon existence. J'y répondis goulûment, me collai à lui comme une sangsue, caressai son torse sous la veste de son costume, à travers sa chemise soyeuse. Mais il m'arrêta très vite et s'empara de mes mains, les maintenant levées au-dessus de ma tête. D'une jambe glissée entre mes cuisses, il me souleva encore plus haut, tandis que je roulais des hanches et me frottais sur ses muscles. J'émettais malgré moi des geignements haletants alors qu'il léchait et mordillait la peau sensible de mon cou.

— Sucez-moi, murmura-t-il sans cesser de m'embrasser. Je veux vous voir à genoux, sentir votre bouche parfaite autour de ma queue…

Cette fois, quand je me dégageai, il ne m'en empêcha pas. Il recula et me remit sur mes pieds. Mes mains se ruèrent aussitôt sur son pantalon et en baissèrent la braguette. Ses mains rejoignirent les miennes, et alors qu'il libérait lui-même son sexe, je m'agenouillai et en léchai le gland. Il avait bon goût ; la brusque inspiration qui se fit entendre là-haut m'apprit que l'homme appréciait ce que je faisais. Son désir correspondait au mien, et une nouvelle vague de chaleur se répandit entre mes cuisses. Avançant la tête, j'engloutis tout son nœud.

— Aaaah !

L'exclamation et le frémissement qui l'accompagna me rendirent audacieuse : j'enroulai une main autour de la base épaisse de son sexe afin de l'engouffrer plus avant. De la langue je taquinai à la fois sa grosse veine bleue et le gland, puis je commençai à coulisser le long de la hampe turgescente. Il plaqua une main sur ma nuque et y appuya avec fermeté, mais je résistai pour insuffler mon propre rythme. Déboutonnant son pantalon, je cueillis ses couilles entre mes doigts. Son membre en sursauta de plaisir et, cette fois, ce furent ses deux mains qu'il enfonça dans ma chevelure, poussant et exigeant toujours plus. Cette fois, je cédai et l'avalai le plus profondément possible sans cesser d'avancer et de reculer, de l'agacer avec ma langue frétillante. Lâchant ses couilles, je me mis à caresser mes lèvres humides et mon clitoris érigé.

— Vous vous touchez ? grogna-t-il.

Il s'enfonça brutalement dans ma bouche et j'accélérai le mouvement. Sa présence en moi étouffait mes propres gémissements. Lui parvint à garder le silence, même s'il ne put contenir quelques geignements quand je massai son nœud au fond de ma gorge, des manifestations de plaisir très gratifiantes pour moi.

Une partie de mon cerveau, toute petite, se demandait ce que j'étais en train de fabriquer. Je m'empressai de la faire taire. J'en avais plus qu'assez d'être transparente. Même mes collègues de travail m'ignoraient. Aussi, que ce bel homme m'ait remarquée et approchée, y compris d'une façon on ne peut plus crue, me donnait le tournis. J'évitai de m'interroger sur son choix comme sur ce qui s'ensuivrait. Pour l'instant, je ne souhaitais que des sensations. Ses doigts agrippèrent mon cuir chevelu tandis que ses couilles se contractaient, révélant qu'il était sur le point d'atteindre l'orgasme, tout comme moi d'ailleurs.

Soudain, il me repoussa et je le lâchai avec un bruit de succion. Il se pencha pour enrouler ses bras autour de ma poitrine, me souleva de terre et me plaqua de nouveau contre le mur de béton. Un corps dur s'insinua entre mes cuisses. Mes yeux étonnés se posèrent sur les traits magnifiques, à quelques centimètres seulement de mon visage, puis je sentis sa queue frapper à ma porte. Lorsqu'il me pénétra, je poussai un cri de plaisir intense. Des muscles intimes qui n'avaient pas fonctionné depuis longtemps s'étirèrent, l'humidité de mon sexe lui facilita l'entrée. Ses lèvres s'écrasèrent sur les miennes, engloutissant mes gémissements, et il s'enfonça en moi avec vigueur.

L'orgasme que j'avais soigneusement préparé avec mes doigts remonta à la surface sous ses coups de reins. Je jouis avec une force incroyable, secouée par des vagues successives de plaisir. J'embrassai mon partenaire avec une sauvagerie que je ne me connaissais pas, mordis sa bouche et griffai les manches de son costume. La violence de ma réaction déclencha la sienne et il glissa en moi encore plus vite, délaissant mes lèvres pour mordre mon épaule. Mes cris, désormais plus faibles, retentirent longtemps contre les parois.

Il poussa un soupir, se retira et éjacula sur le sol. Coincée entre le béton froid et son corps en fusion, je finis par reprendre conscience du monde autour de moi – la fraîcheur de l'air, le bruit des véhicules qui quittaient le parking... Encore affaiblie par ma jouissance, je me laissai aller contre ses épaules carrées.

Il s'écarta mais me soutint d'une main dans le dos. Lentement, il m'aida à reprendre pied. Titubant sur mes talons hauts, j'agrippai son bras un instant avant de reculer à mon tour.

Je me mis à frissonner, et le froid n'en était qu'en partie responsable, puis je sursautai quand quelque chose de chaud et de lourd fut posé sur mes épaules. Un coup d'œil me permit de constater que l'inconnu m'avait passé sa veste. Mais je fus incapable de le remercier. Quand j'enfilai le vêtement, il m'aida, en parfait galant homme. Même léger, le tissu conservait sa chaleur et j'en fus intensément soulagée.

— Permettez-moi de vous ramener chez vous.

Aussitôt ces paroles prononcées, je secouai la tête et m'écartai de lui.

— J'ai un train à prendre, répondis-je.

De l'index, il souleva mon menton, m'obligeant à le regarder en face. Si ses traits étaient impassibles, une lueur inquiète allumait ses somptueux yeux verts.

En dépit de mes multiples voyages en ascenseur avec lui, c'était la première fois que je le voyais d'aussi près. J'en eus le souffle coupé. Le hâle de sa peau faisait ressortir ses yeux verts encadrés par des cils et des sourcils noirs. Presque aussi sombres, des mèches de ses épais cheveux bruns retombaient sur son front. Une ombre légère sur ses mâchoires, qui picotaient sous la main, complétait le tableau. Mon cœur sursauta. Ses traits impassibles détonnaient légèrement avec

3

Le lendemain, j'arrivai au bureau avec trente minutes d'avance, histoire d'être bien sûre que mon inconnu ne serait pas dans l'ascenseur. J'étais plutôt nerveuse à l'idée que quelqu'un ait pu être témoin de mes frasques de la veille et s'autorise un commentaire. Aussi, l'indifférence générale habituelle me soulagea. Il y avait peu de monde dans le bâtiment à cette heure. Cependant, je me ruai dans mon refuge pour éviter toute rencontre avec certains yeux verts.

J'avais passé l'essentiel de ma soirée et de ma nuit à essayer de décider si je devais ou non retourner bosser. L'imprudence et la sottise sans nom de mes actes m'avaient hantée jusqu'au matin et amenée à douter de ma raison. Ce n'était pas moi ! Jamais je ne m'étais conduite de cette façon. À mes yeux, une libido en manque n'expliquait pas tout.

Quelle alchimie étrange et incontrôlable ce type déclenchait-il en moi ? Quel don possédait-il pour parvenir à révéler ainsi une facette de ma personnalité que j'ignorais ?

Au petit matin, j'avais commencé à chercher un poste ailleurs sur le Net, de quoi rebondir au cas où ma situation actuelle tournerait au vinaigre. Malheureusement, le marché du travail était toujours aussi tendu. La moitié raisonnable de mon cerveau exigeait que je démissionne de mon emploi actuel, l'autre – logique – avançait que j'avais besoin de mon salaire. Le loyer de mon minuscule studio allait arriver à échéance, et je n'avais aucun autre moyen de survivre pour le moment, à moins d'opter pour une existence de sans-abri.

« Lucy, tu es tombée bien bas ! »

Une fois installée à mon bureau, je m'attelai à des tâches ne réclamant pas l'usage de l'ordinateur, car je ne tenais pas à ce que mes chefs découvrent que j'étais venue d'aussi bonne heure. Mes collègues arrivèrent les uns après les autres, jacassant en passant devant mon réduit. J'y restai sans bouger de toute la journée, heureuse – une fois n'est pas coutume – d'être transparente. Aucun événement particulier ne dérangea ma routine jusqu'à ce que, vers 16 heures, ma supérieure passe la tête par-dessus une des parois de mon recoin.

— Veuillez me suivre, s'il vous plaît, Mlle Delacourt.

Cette intrusion m'étonna autant qu'elle m'inquiéta. Je croisais la femme presque tous les jours, mais, après mon entretien d'embauche, elle avait totalement ignoré ma présence dans son service. Qu'elle choisisse ce jour-là pour me parler provoqua en moi une sorte de vertige, tandis qu'un nœud se formait au creux de mon ventre. Son ton sec ayant laissé entendre qu'il n'était pas question d'ergoter, je marmonnai un vague acquiescement puis, après une petite pause destinée à me ressaisir, je me dépêchai de lui emboîter le pas.

Mais, au lieu de s'arrêter à la porte de son propre bureau, elle quitta le service pour gagner à grandes enjambées le palier. Je la suivis en silence, n'osant l'interroger par crainte d'apprendre que tout l'immeuble était désormais au courant de mes sexcapades de la veille. Je ne voyais, en effet, aucune autre raison à cette convocation aussi soudaine qu'inhabituelle et, à mon avis, les instances supérieures n'auraient pas pris la peine de m'entraîner hors de mon service si elles s'étaient apprêtées à me flanquer tout bonnement à la porte.

C'est en silence que l'ascenseur nous hissa quatre étages plus haut. Mon appréhension grandissait à mesure que nous approchions. Ma patronne ne desserra pas les lèvres et l'expression de son visage restait indéchiffrable. Non que je me risque vraiment à la lire, trop effrayée à l'idée de ce que je pourrais y découvrir. Quand les portes s'ouvrirent, je réalisai que je m'apprêtais à entrer dans un monde entièrement différent du mien. Fini, les couloirs étroits et nus. Nous étions dans un hall très vaste, aux parois lambrissées de bois sombre. À l'opposé de la pièce d'accueil, le nom de la société, Hamilton, s'étalait en larges lettres dorées. Au-delà, un grand comptoir occupait un espace ouvert sur lequel donnaient les portes de bureaux et deux immenses salles de conférence vitrées. Tout ici respirait une richesse ancienne, le bois et l'or mêlés à des éclairages et à des tableaux contemporains.

— Nous avons rendez-vous avec M. Hamilton, annonça ma supérieure à la secrétaire.

Cette dernière acquiesça, puis décrocha un téléphone.

J'avais soudain les jambes en coton. Que fichions-nous à l'étage des grands patrons? Je m'étais bien gardée de me renseigner sur l'organigramme de la boîte. Après tout, je ne faisais qu'un intérim et ma présence ici ne durerait qu'un temps. Pour autant, je n'étais pas complètement idiote. Cela n'était pas un simple étage de bureaux; cela ressemblait plutôt à une salle de réception à la Donald Trump. Je n'en étais pas moins perplexe: si la direction avait eu vent de mes agissements de la veille, je n'aurais jamais mis les pieds ici.

Mon anxiété augmenta encore plus, et c'est à une distance prudente que je traînai dans le sillage de ma chef. Elle frappa à une porte, l'ouvrit et passa la tête.

— M. Hamilton va vous recevoir, m'annonça-t-elle ensuite.

D'un geste, elle m'invita à entrer. Je restai plantée là, sans piper mot, avant d'avancer très, très lentement. Après un ultime regard ahuri à la dame, je pénétrai dans la pièce… où je me figeai aussitôt, pétrifiée d'horreur. Oh non, c'est pas vrai !

— Merci, Agatha. Ce sera tout pour l'instant.

Avec un hochement de tête, ma supérieure se retira et referma la porte derrière moi, m'abandonnant, seule et sans défenses, presque effondrée, dans l'immense bureau. Je devais ressembler à une carpe : ma bouche s'ouvrait et se refermait face à la silhouette hélas familière assise dans le fauteuil directorial. Mes yeux tombèrent sur une plaque posée sur la table :

— Jeremiah Hamilton, soufflai-je, engourdie par le choc de cette découverte.

Il posa sur moi des prunelles froides et inquisitrices.

— Mlle Delacourt, répondit-il en désignant une chaise devant lui. Je vous en prie, prenez place.

Les battements de mon cœur s'accélèrent au son de sa voix, confirmant mes pires craintes. Privée de parole, j'avançai jusqu'au siège, d'une démarche mécanique, et m'assis. Son attention s'était détournée de moi et il scrutait la tablette qu'il tenait. Je profitai du répit pour examiner les lieux dans un silence tendu. Derrière le bureau, le mur était une immense paroi vitrée qui offrait une vue panoramique sur la ville. La table de travail, en bois sombre, était presque vide, excepté un ordinateur portable, la plaque avec le nom de son occupant et un pendule de Newton dont les billes en acier étaient immobiles. Ma chaise, confortable et moelleuse, était à roulettes.

— Mlle Lucy Delacourt, reprit l'inconnu.

Mais non, me corrigeai-je. Il s'agissait de Jeremiah Hamilton. Je n'en revenais toujours pas.

— Actuellement en mission intérimaire, chargée du classement de nos données, recrutée il y a un mois par Agatha Crabtree. Correct?

J'opinai d'un mouvement sec du menton.

— Je remarque que vous avez présenté un passeport comme pièce d'identité, poursuivit-il avant de me lancer un regard interrogateur. Un passeport? Plutôt inhabituel...

— Je les ai toujours sur moi, répondis-je avec difficulté tant j'avais la bouche sèche.

— Les...?

Son sourcil arqué semblait indiquer qu'il espérait plus d'explications, mais je me bornai à hausser les épaules, à court de mots. Au bout d'un instant, il enchaîna.

— Vous avez grandi dans le nord de l'État de New York, vous avez fréquenté l'université de Cornell pendant trois ans avant de lâcher vos études. Depuis, vous vivotez de petits boulots et vous avez emménagé près d'ici il y a trois mois. Pourquoi avez-vous abandonné la fac?

Ce résumé de ma vie était froid et bref, mais ses paroles me passaient largement au-dessus de la tête. Ce fut la pause qu'il marqua qui me ramena à la réalité.

— Pardon?

— Pourquoi avez-vous abandonné la fac, Mlle Delacourt? répéta-t-il.

Son intonation indiquait qu'il exigeait une explication. C'était là un sujet personnel, compliqué, qui réveillait en moi des souvenirs avec lesquels je me débattais depuis trois ans maintenant. Sa curiosité représentait une intrusion dans mon intimité; du reste, je savais que, juridiquement, rien ne m'obligeait à le renseigner. Malgré moi, et à mon propre étonnement, mes lèvres formulèrent une réponse.

— Mes parents sont morts.

Un nouveau silence s'installa, assez long, et je baissai les yeux sur mes mains en m'efforçant de ne pas fondre en larmes – une tâche délicate, vu la situation stressante dans laquelle je m'étais fourrée. Mes parents auraient-ils eu honte de moi en cet instant? Ils avaient fait tellement de sacrifices pour me permettre d'avancer. La maison dans laquelle j'avais grandi, qui appartenait à notre famille depuis deux générations, je l'avais perdue en devant rembourser les énormes prêts qu'ils avaient contractés pour payer l'université. Ça m'avait brisé le cœur. Je m'étais débattue comme une diablesse pour qu'elle ne tombe pas entre les mains des banques, mais… Ravalant la boule qui s'était formée dans ma gorge, je m'efforçai de reprendre contenance.

— Je suis navré, lâcha Jeremiah.

Il se racla la gorge et je relevai la tête. Il s'était renfoncé dans son fauteuil.

— Qu'est-ce qui vous a amenée à Jersey City? continua-t-il.

J'eus l'impression de détecter un peu d'inquiétude dans sa voix. Mais je ne réussis pas à soutenir son regard et détournai les yeux. Bien que, une fois encore, il s'agisse de ma vie privée et que je n'aie aucune raison de me justifier, je le fis.

— Notre maison de famille a été saisie par la banque. Il fallait que je déménage, et une ancienne amie de l'université m'a proposé une colocation.

— Je vois, marmonna mon interlocuteur en se grattant le menton. Savez-vous pourquoi je vous ai convoquée, Mlle Delacourt?

On y était. La question que je redoutais depuis le début. Celle à laquelle il m'était tout bonnement impossible de répondre. Je déglutis, tentai de croiser l'éclat de ses prunelles vertes, mais le courage me manqua.

— Non? murmurai-je.

Il s'apprêta à dire quelque chose, se ravisa, recommença.

— Permettez-moi de vous décrire ce qu'aurait été votre journée d'aujourd'hui si nous n'avions pas le présent entretien.

Il croisa les bras sur la table avant de poursuivre.

— Vous auriez travaillé jusqu'à ce que, une demi-heure avant la fermeture, Mme Crabtree vous appelle dans son bureau. Elle vous aurait expliqué que votre mission intérimaire prenait fin ce soir, vous aurait remis votre dernière fiche de paie et vous aurait fait escorter hors de l'immeuble.

Pour la seconde fois depuis le début de la journée, le sol se déroba sous mes pieds.

— Vous me renvoyez? balbutiai-je, mon incrédulité cédant peu à peu la place à la colère. Est-ce parce que nous…

Jeremiah m'interrompit d'un geste de la main et secoua la tête.

— Ces réductions d'effectifs ont été décidées il y a un mois déjà. Nous n'avons plus besoin des intérimaires dans votre service.

Il plissa les yeux et ajouta, plus pour lui-même que pour moi:

— J'ai signé la directive en début de semaine, avant de savoir qui vous étiez.

— Mais plus personne n'embauche en ce moment, soufflai-je.

J'étais si déroutée que j'avais oublié que ma recherche d'un boulot était censée rester secrète. Cela dit, je n'avais plus aucune raison de la dissimuler. J'avais du mal à dominer ma colère face à ce nouvel obstacle. Je portai sur le bureau un regard absent.

— J'ai consulté votre dossier, continua Jeremiah. Vous avez bien travaillé. Nous vous remettrons une excellente lettre de recommandation pour vos prochaines recherches d'emploi.

Incapable de réfléchir, je le dévisageai.

— Pourquoi me dites-vous cela en personne? demandai-je. Pourquoi m'avoir fait monter ici?

— Parce que j'ai une proposition à vous faire. Un poste. Si ça vous intéresse, naturellement. J'ai besoin d'une assistante personnelle.

Je clignai plusieurs fois des yeux, étonnée. J'eus beau examiner ses traits en détail, il ne laissait rien paraître, son expression était aussi lisse que du marbre. Des soupçons très légitimes s'éveillèrent au fond de mon ventre.

— Quel genre d'assistance personnelle? demandais-je.

— Tout ce que je voudrai.

J'inspirai profondément. Cette simple phrase m'entraînait déjà dans toutes sortes de zones obscures. Il n'était pas sérieux, quand même? Avais-je bien compris ce qu'il sous-entendait? Malheureusement, l'éclat de ses yeux verts, qui contrastait tellement avec son attitude d'homme d'affaires détendu et sûr de lui, confirmait que, si, il sous-entendait exactement ce que j'imaginais. Ce regard me promettait bien des plaisirs. Ou alors, c'était moi qui continuais à vouloir transformer mes propres fantasmes en réalité. Il n'empêche, autant m'en assurer.

— Comme hier, quand nous…

Il se pencha vers moi et plaça son menton sur ses mains.

— Absolument, lâcha-t-il sans plus de manières.

Je fis appel à toute mon indignation de femme, je tentai de trouver le meilleur moyen de protester et de conserver ce qu'il me restait de dignité… en vain. J'avais l'esprit bien trop pragmatique. Le cœur serré, je me souvins comment, deux ans durant, j'avais consacré le moindre sous que je gagnais à essayer de garder notre maison. Tous ces sacrifices pour la perdre et finir sans rien. Sans famille proche voulant ou pouvant m'aider, je n'avais dû qu'à une ancienne camarade de fac de ne pas terminer à la rue. Mais ce qui, au départ, ne devait être qu'une solution de dépannage s'était prolongé plus qu'elle ou moi l'avions prévu. Entre les créanciers qui ne cessaient de se rappeler à mon bon souvenir et le coût de la vie à New York, j'avais l'impression de n'avoir jamais un centime devant moi.

Je ne pouvais me permettre de le laisser filer, d'autant que j'ignorais si une autre offre se présenterait. Pour autant, je n'allais pas accepter aussi facilement.

— Combien? lançai-je en relevant le menton, priant pour qu'il ne s'aperçoive pas que je rougissais.

Bon sang! J'avais du mal à croire que j'étais en train d'envisager la chose.

Un lent sourire narquois étira ses lèvres.

— Tous les avantages que propose la société à ses employés en CDI, une augmentation de salaire et le règlement de vos frais de déplacement.

Il écrivit sur un Post-It, qu'il fit glisser vers moi.

— Ceci devrait constituer un salaire de départ satisfaisant.

Je faillis m'évanouir devant le montant. À ce rythme, l'emprunt contracté pour mes études serait remboursé en quelques mois et je pourrais même économiser pour retourner à la fac d'ici un an. J'étais sans voix. Mon cerveau était submergé de réflexions contradictoires. D'une part, c'était une occasion en or – littéralement; de l'autre, une voix – celle qui, en général, ressemblait à celle de mes parents – m'incitait à fuir. Je gardai le silence un bon moment tout en soupesant les options que j'avais. Puis je respirai un grand coup et lâchai:

— Je veux que vous le mettiez par écrit.

J'eus le sentiment qu'il ne s'attendait pas à cette réponse. Il inclina la tête, plissa les yeux – la seule trace d'amusement discernable. Autrement, son beau visage resta stoïque.

— Très bien, dit-il. Mais le protocole exige que je vous fasse d'abord passer un entretien d'embauche.

De nouveau, il se pencha vers moi. Le menton sur ses doigts, il lâcha d'un ton serein :

— Levez-vous et penchez-vous sur le bureau, en appui sur vos coudes.

4

Je me figeai. La phrase prononcée un peu plus tôt – « Tout ce que je voudrai » – résonnait dans mon crâne. Après quelques secondes de tension pendant lesquelles je luttais contre moi-même et finis par céder, je me mis debout et m'approchai du bureau. Je me courbai dessus, les coudes placés de chaque côté de la surface en bois sombre. Nerveuse, je regardai Jeremiah qui se leva à son tour et contourna la table.

— Ne bougez plus, m'ordonna-t-il. Sauf si je vous le demande. Combien de mots tapez-vous à la minute?

La question me désarçonna. Comme je m'étais entraînée mentalement à un futur entretien, je ripostai cependant aussi sec :

— Quatre-vingts.

— Quels sont vos points forts, vos points faibles?

Il disparut derrière moi, ce qui me déconcentra. Si je pouvais encore tourner la tête pour le surveiller, je continuai à fixer la surface plane devant moi et à répondre à ce qui ressemblait à un entretien en bonne et due forme.

— Je suis attentive aux détails et consciencieuse.

Un ricanement accueillit mes propos trop visiblement préparés.

— Où vous voyez-vous dans cinq ans?

J'allais répondre quand une main s'insinuant sous ma jupe me réduisit au silence. Elle glissa sur ma cuisse avant de remonter sur mes fesses puis de s'éclipser. J'avalai ma salive, le souffle court, mais je parvins à retrouver l'usage de la parole.

— J'aimerais terminer mes études de droit. Ou alors exercer un métier qui me plaise énormément.

Je n'obtins qu'un simple «Hum». Le cœur battant la chamade, je fermai les yeux et me concentrai pour me contrôler. J'avais l'impression d'être de retour dans l'ascenseur, la veille au matin: un effleurement, et je partais en vrille.

— Et en quoi consisterait ce boulot de rêve?

Des doigts se frayèrent un chemin entre mes cuisses et entreprirent de frôler le fin coton de ma culotte. À mon grand dam, un gémissement m'échappa et mon bassin s'abaissa, cherchant un contact prolongé. Malheureusement, la main s'envola et je ravalai un soupir de frustration. Mais ce répit me permit de rassembler mes idées et de répondre à la question, non sans mal.

— Un emploi où je m'épanouirais et serais utile aux autres.

— Bien joué, murmura-t-il.

Soudain, sa main revint titiller l'intérieur de mes jambes, me faisant basculer dans un état second. J'appuyai mes mains sur le bureau, enfonçai mes ongles dans le bois, tandis qu'une vague de chaleur se répandait dans mon bas-ventre. Sans cesser de tourmenter la chair de mes cuisses, il se mit à caresser mes hanches et mon dos de son autre main. Tremblant sur mes coudes, je sentis une turgescence presser contre mon cul. Les doigts quittèrent mes jambes pour se faufiler sous ma culotte et s'enfoncer en moi, coulissant sans difficulté dans les plis lubrifiés de mon sexe. Je tentai d'étouffer un cri de plaisir – en vain.

— Cette pièce est insonorisée et la porte est verrouillée, m'informa-t-il.

Je n'avais pas songé une seconde à cet aspect des choses. Les doigts qui me pénétraient profondément me faisaient bien trop d'effet pour ça.

Quand il fit glisser ma culotte le long de mes jambes sans m'en demander la permission, je ne protestai pas, me contentant de l'enjamber lorsqu'elle tomba par terre. La pression d'une chaussure vint élargir l'écartement de mes jambes, et des hanches se plaquèrent sur mes reins. Pendant ce temps, les doigts continuaient leur exploration. Puis Jeremiah souleva ma jupe et colla son impressionnante érection le long de ma raie.

Son pouce, qui avait massé mon clitoris, se dirigea alors vers mon trou arrière. Choquée, je sursautai, bien que le bureau d'un côté et les hanches de mon partenaire de l'autre me maintiennent prisonnière. Il promena son doigt autour des replis de mon anus. Je n'avais jamais envisagé qu'un homme puisse s'intéresser à cette partie de mon anatomie. Si je n'étais pas ignorante au point de ne pas savoir ce qui se pratiquait parfois, je n'avais jamais été confrontée à un tel désir. J'avais de plus en plus de mal à réfléchir, tant sous l'effet de ses caresses que celui de mes envies les plus coquines.

Des lèvres se posèrent sur ma nuque.

— Enfin, ronronna-t-il de sa voix si grave.

Le mot était lourd de promesses, tandis que mon anus se dilatait et qu'il s'intéressait de nouveau à mon clitoris. Chacune de mes respirations avait désormais des allures de gémissement et je soulevais les hanches dans un besoin éperdu d'être prise. Il eut beau m'agacer tous les sens de ses doigts, il réussit à retarder l'arrivée de mon orgasme. Un maître en la matière, qui savait comme personne alterner excitation et frustration, souffler le chaud et le froid, ce qui me rendait dingue. Je perçus tout à coup un froissement et je constatai que Jeremiah s'était agenouillé devant mon cul. Ses dents griffèrent l'une de mes fesses qu'une main écartait fermement. Avant que je comprenne ce qui se passait, une langue humide vint lécher les recoins de la partie la plus intime de mon corps. Une première pour moi. Lorsqu'elle s'enfonça dans mes intérieurs ruisselants de plaisir, je bondis en avant, poussant un cri de bonheur, aussitôt suivi d'un second, alimenté par les caresses prodiguées à mon con. Doigts devant, langue derrière, ce mélange inconnu ne ressemblait à rien de ce que j'avais pu éprouver jusqu'alors et me fis perdre la raison. Je jouis bruyamment sans parvenir à contrôler les cambrures de mon corps, insouciante des rayures que mes ongles infligeaient au bois du bureau.

J'avais la tête entre les mains quand j'entendis le crissement d'une capote qu'on déballait. L'instant d'après, Jeremiah glissa sa longue queue entre mes fesses. Ses doigts élargirent le passage avant d'être soudain remplacés par sa verge épaisse qui me pénétra. De son bras puissant glissé sous mon ventre, Jeremiah me souleva afin de mieux s'enfoncer en moi, et je geignis. Puis il me rallongea sur son bureau, se retira, revint en moi, détendant et électrifiant mes chairs tendres. Surfant encore sur la vague de mon orgasme, je haletais et pressais mon cul contre lui avec frénésie.

— Putain, ce que vous êtes bonne ! murmura-t-il en s'enfonçant en moi de nouveau avec force, ce qui m'arracha un nouveau cri.

Ses puissants va-et-vient m'obligeaient à m'accrocher au bureau de toutes mes forces. Tout à coup, il saisit ma nuque et tira ma tête en arrière pour l'appuyer contre son épaule.

Cette position m'empêchait presque de respirer, mais un second orgasme me submergea et je hurlais ma jouissance.

Je baissai la tête, épuisée. Ses dents mordillaient ma nuque puis descendaient le long de la courbe de mes épaules qu'il avait dénudées après avoir tiré sur mon corsage. La douceur de ses lèvres contrastait avec la brutalité de ses coups de boutoir, et j'adorais ça. Comme j'adorais qu'il ait le contrôle et qu'il m'impose son rythme. Deux orgasmes en l'espace de quelques minutes m'avaient achevée. J'avais l'impression d'être une poupée de chiffon. Heureusement, ses bras forts me tenaient fermement. J'arquai le dos pour le satisfaire, malgré la sensibilité accrue de mes chairs et l'énormité presque douloureuse de mon plaisir.

Comme avant, il planta ses dents dans ma peau lorsqu'il accéda à sa propre jouissance. Il frissonna, ses va-et-vient frénétiques me soulevèrent presque de terre, et il émit un grognement bestial quand, dans une ultime pénétration sauvage, il jouit en moi. Il lâcha mon cou, et le sang me monta aussitôt à la tête, me donnant le vertige. Puis il me coucha avec délicatesse sur le bureau et s'allongea sur moi. Ensemble, nous reprîmes notre souffle.

Au bout d'un moment, il se retira et recula, m'abandonnant sur le bureau. Je mis une minute à prendre conscience de l'impudeur de ma position, une autre à me relever et à rajuster ma jupe. Ayant mouillé comme une folle, je préférai rester debout, accrochée à la table, plutôt que de souiller mes vêtements et la chaise. Impossible de marcher sur mes hauts talons tant mes jambes tremblaient encore.

— Notre entretien est terminé. À propos, vous avez décroché le poste. Félicitations.

La respiration toujours un peu courte, je me retournai. Jeremiah Hamilton se tenait à côté d'un petit bar, à l'autre bout de la pièce. Son costume était impeccable, comme si rien ne s'était passé. Il arborait une expression scrutatrice, mais j'étais bien incapable de deviner ce qu'il tentait de découvrir. De mon côté, j'en appelai à mon sentiment de honte, à la colère, à l'outrage même, après une conduite aussi libertine – mais sans résultat. Je n'éprouvai qu'une immense fatigue et une sensation de sécurité extraordinaire.

J'étais foutue !

D'une main douce, Jeremiah saisit mon coude et me tendit un verre d'eau.

— Allez faire un brin de toilette, me susurra-t-il d'une voix plus tendre que jamais, tandis que je buvais une gorgée. Le temps d'organiser les choses, nous filerons dès votre retour.

Comme je n'avais pas toute ma tête depuis deux jours, je songeai que j'avais sûrement loupé quelque chose.

— Pardon ?

— Vous avez bien dit que vous aviez toujours votre passeport sur vous, non ?

Je tressaillis, décontenancée par sa question.

— Euh, oui.

Il acquiesça, comme si cela résolvait tous nos problèmes.

— Excellent. Vous m'accompagnerez donc aujourd'hui.

Médusée par cette révélation, je me désaltérai encore un peu.

— Où donc ? demandais-je.

— À Paris. Nous partons dans une heure.

5

La limousine était plus spacieuse que dans mon souvenir. Bon, la dernière fois que j'étais montée dans l'une d'entre elles, c'était en terminale, lors du bal de fin d'année, et mes amies et leurs cavaliers y étaient serrés comme des sardines en boîte... Je jetai un coup d'œil à la dérobée à l'homme installé à côté de moi, sur la banquette arrière. Pour l'instant, il ne me prêtait aucune attention et se concentrait sur la tablette posée sur ses genoux, me laissant toute disponibilité pour m'occuper de mon côté. Je serrai fort contre moi mon sac en cuir, déboussolée par les événements de la journée. Étais-je vraiment en route pour Paris ?

Ces deux derniers jours avaient été un tourbillon de folie.

Jeremiah Hamilton, P.-D.G. de Hamilton Industries, une multinationale susceptible de rivaliser avec tout ce qu'avait jamais produit l'empire de Donald Trump, partageait avec ma petite personne la pénombre de sa limousine. Avant même d'avoir réalisé ce qui se passait, j'étais en route vers l'aéroport afin de m'envoler avec lui pour Paris. En tant qu'assistante personnelle. Dotée d'un contrat à venir dont les clauses tournaient autour d'une exigence : le satisfaire dans tout ce qu'il voudrait.

Dans la catégorie des pires-journées-de-mon-existence celle-ci figurait au palmarès. Et elle avait toutes les chances de remporter le prix des plus-époustouflantes-journées-de-mon-existence.

Aux heures de pointe, la circulation dans Manhattan étant l'habituel enchevêtrement de piétons et de véhicules, je me plongeai dans mes pensées plutôt que de m'intéresser à ce qui se passait dehors. Hélas, trop tôt à mon goût, les bouchons se résorbèrent et la voiture ne tarda pas à longer une barrière derrière laquelle s'alignaient des avions. Je regardai par la fenêtre et découvris, étonnée, une pancarte qui annonçait l'aéroport de Teterboro. Situé dans le New Jersey, il était moins vaste que son équivalent new-yorkais. Même si je n'y avais jamais mis les pieds, je savais qu'il accueillait beaucoup de jets privés. Ne connaissant que JFK, les lieux étaient une nouveauté pour moi. Je vis un bon nombre d'appareils d'une taille plus modeste que celle des gros-porteurs ordinaires, comme ceux qu'utilisaient les tour-opérateurs de luxe et les très riches.

Il fallait croire qu'aujourd'hui j'entrais dans cette catégorie, une perspective qui déclencha un frisson le long de ma colonne vertébrale. Je me frottai les bras. Bon sang ! Dans quoi m'étais-je fourrée ?

— Vous êtes certain que je n'aurai pas besoin de vêtements ? demandai-je pour la troisième fois pendant que la limousine se garait devant le terminal.

Je n'avais pas été autorisée à emporter quoi que ce soit d'autre que les effets personnels que j'avais déjà au bureau, autrement dit mon sac à main et ce qu'il contenait. Je portais une jupe et un haut propre, mais pas suffisants pour un voyage transatlantique.

— On vous en fournira, expliqua Jeremiah. Votre contrat couvrira ces détails.

J'avais droit à ce genre de réponse à chacune de mes questions concernant ce départ surprise. À ce rythme, le fameux contrat allait être plus long qu'un roman de Tolstoï, et cette pensée ne fit rien pour calmer mes nerfs. Je n'avais encore rien signé. Je pouvais toujours m'en aller et trouver un autre emploi.

Brusquement, je m'imaginai retournant des hamburgers sur un gril pour gagner ma vie. J'en frémis, et une bouffée de tristesse me submergea. Étais-je condamnée à ça ? N'avais-je donc aucune autre perspective ? En relevant la tête, je vis que Jeremiah m'observait. Comme s'il pouvait déchiffrer mes pensées, même si ses traits de marbre n'affichaient aucune émotion. Agacée, peu désireuse qu'il se rende compte de mon indécision, je serrai les mâchoires et soutins son regard, refusant de détourner les yeux la première.

À cet instant, la portière s'ouvrit, interrompant notre affrontement. Attrapant mon sac, je descendis de la voiture avec hauteur, ce qui ne m'empêcha pas de remarquer son air amusé. Ainsi, il appréciait le conflit, songeai-je pendant qu'on nous entraînait à l'intérieur du bâtiment. Tant mieux ! Je n'avais pas l'intention de ramper à ses pieds ni de le supplier pour qu'il me respecte.

Soudain, je me vis à genoux devant lui, fixant son visage magnifique, et un tressaillement secoua mon ventre. Mince !

La vitesse avec laquelle nous franchîmes les contrôles de sécurité fut une deuxième nouveauté. Le seul moment un peu pénible fut quand l'officier qui fouillait mon sac y trouva ma culotte de la veille. J'avais oublié de la retirer. Je rougis, tout mon corps s'enflamma, mais le type resta très professionnel. Ces formalités accomplies, nous gagnâmes une petite salle d'embarquement, d'où on nous emmena en voiture jusqu'à notre avion, à l'autre bout du tarmac.

Long et racé, l'appareil était bien plus petit que ceux que j'avais pris et n'avait pas grand-chose en commun avec les vols réguliers. Je n'aurais jamais dû voyager à bord d'un tel jet. Les filles normales comme moi n'y montaient que si elles étaient hôtesses de l'air ou pilotes. La cabine était aussi somptueuse qu'on pouvait s'y attendre. Les fauteuils étaient deux fois plus grands que les sièges que j'avais pu occuper auparavant. Le pilote nous accueillit, nous laissa nous installer, puis ferma la porte et regagna le cockpit. Impressionnée par le luxe qui m'entourait, je me mis à jouer avec les gadgets qui équipaient ma place. Il y avait même, sous l'un des bras du fauteuil, un téléphone privé, ce qui me fit sourire.

Tout à coup, une tablette glissa sur le plateau que j'avais abaissé – la même que celle sur laquelle Jeremiah travaillait dans la limousine. Surprise, je tournai la tête vers lui, assis dans le siège d'en face, de l'autre côté de l'allée.

— Qu'est-ce que c'est? parvins-je à demander, mon sourire s'effaçant.

— J'ai rédigé votre contrat sur la route de l'aéroport, mais vous devez le signer avant que nous décollions, me dit-il.

Ayant remarqué mes hésitations, il se pencha vers moi, plongea ses yeux dans les miens et ajouta :

— Vous saviez ce qui vous attendait.

— Sans blague?

Ma riposte ironique était loin de refléter ma nervosité. Allais-je signer un contrat qui me priverait de ma propre vie?

— Si vous souhaitez partir, la voiture vous ramènera chez vous, susurra Jeremiah en tirant un stylet en argent de sa veste et en me le tendant. Le choix vous appartient.

Je lui arrachai le stylet et le serrai fort entre mes doigts pour cacher mes tremblements tandis que je parcourais le contrat. Mes années de fac m'avaient appris à déchiffrer les documents juridiques, notamment les petites lignes en bas, celles qu'on ne lit jamais. Celui rédigé par Jeremiah ne dissimulait aucun piège. Il donnait une tournure plus légale à la phrase « Tout ce qu'il voudra », mais le message était identique, incluant même une clause de confidentialité. Mais, vers la fin, je butai sur une précision dont nous n'avions pas discuté.

— Cinquante mille dollars ? couinai-je d'étonnement en relevant la tête.

Il acquiesça.

— Si vous êtes encore à mon service dans six mois, vous aurez droit à une prime, confirma-t-il en récitant presque mot pour mot les termes de l'accord. Ce bonus, ainsi que tous vos salaires hebdomadaires, vous resteront acquis, même si vous décidez de rompre votre contrat.

Ainsi, il m'était possible de démissionner sans tout perdre. Que cela soit notifié par écrit m'aida à accepter l'absurdité de la situation. Même si mes devoirs n'étaient que vaguement évoqués, le document teintait de professionnalisme le choix qui m'était offert. Du coup, je me sentis mieux. Enfin, moins courtisane. Et puis, on ne sait jamais, peut-être s'agissait-il d'un contrat type que les riches et les puissants avaient l'habitude de passer? Personnellement, je n'étais pas très au courant de leurs usages.

Il n'empêche, j'hésitais. Il m'était encore possible de me lever et de quitter cet avion, méditais-je en contemplant le stylet entre mes doigts. J'étais libre de mettre un terme à cette mascarade stupide, de rentrer chez moi…

Mais ensuite?

Depuis que j'avais emménagé avec mon amie, l'un de mes plus gros soucis était la brusque augmentation de mon train de vie, à cause de la proximité de New York. La saisie de notre maison m'avait laissée sans un sou vaillant, je n'avais d'autre choix que d'habiter ici et, malgré tous mes efforts, je n'étais pas en mesure de faire des économies. La proposition de m'accueillir n'avait été que momentanée, et à en juger par l'attitude récente de ma colocataire, j'étais consciente que je m'étais désormais trop attardée. Mon unique espoir était de rembourser ce que je devais encore de mon prêt étudiant afin d'être ensuite en mesure de commencer à payer un loyer. Tant que cela ne serait pas fait, une existence de SDF me pendait au nez. J'en tremblais d'avance.

Jeremiah continuait de m'observer sans manifester la moindre compassion. Depuis la mort de mes parents, j'étais non seulement obligée de me battre pour payer mes factures, mais je devais aussi supporter la pitié des autres. J'avoue que j'étais lasse d'être la pauvre orpheline aux yeux des gens. Le P.-D.G. avait été très clair sur ce que ce contrat supposait de ma part. Mon «entretien d'embauche» avait impliqué que je me couche à plat ventre sur son bureau, et les libertés qu'il avait prises avec mon corps m'avaient laissée gémissante et pantelante. Ce seul souvenir me donnait envie de me cacher sous le tapis. Jamais je ne m'étais conduite ainsi; pourtant, un inconnu m'avait séduite, non pas une mais trois fois en seulement vingt-quatre heures ! Le contrat que j'avais sous les yeux représentait l'indépendance financière en contrepartie de ma propre liberté. Je n'avais pas le choix.

Je relus le contrat, consciente de l'énormité de mon engagement, puis, les doigts tremblants, je signai en bas et rendis la tablette à Jeremiah. Ce dernier appuya sur un bouton. Aussitôt, les moteurs grondèrent et je vérifiai que j'avais bien attaché ma ceinture de sécurité. J'agrippai les bras de mon siège, essayant d'oublier les craintes que déclenchaient le vol et l'homme en face de moi.

— Vous avez peur de l'avion? me demanda-t-il.

Les yeux fermés, je fis semblant de dormir, pendant que les moteurs s'emballaient et nous propulsaient sur la piste d'envol. Le décollage se déroula sans encombres, avec moins de bruit que j'en avais attendu de la part d'un appareil aussi petit. Une fois en l'air seulement, je me remis à respirer normalement.

Jeremiah détacha sa ceinture, se leva et se dirigea vers un salon, derrière moi. Je ne bronchai pas, bien décidée à ignorer sa présence, jusqu'à ce qu'un verre rempli d'un liquide transparent soit glissé sous mon nez.

— Je ne bois pas, déclinai-je.

— Même pas de l'eau?

Si je ne trouvai pas ça drôle, contrairement à lui, j'acceptai le verre et marmonnai un merci.

— Il y a de quoi manger au bar, si vous avez envie de quelque chose d'un peu plus substantiel, précisa-t-il.

— Je n'ai pas faim, merci.

Ce fut bien sûr le moment que choisit mon estomac pour gargouiller sans retenue, révélant mon mensonge.

— D'accord, à votre guise. Plus tard, peut-être.

Les lèvres de Jeremiah se pincèrent et j'eus le désagréable sentiment qu'il s'efforçait de retenir un sourire.

— Vous n'aviez vraiment pas du tout idée de qui j'étais? poursuivit-il.

N'étant pas d'humeur à converser, je soupirai et haussai les épaules d'un air revêche.

— Vous n'êtes pas aussi populaire que vous semblez le croire.

Il prit ma repartie moqueuse avec humour et bonne humeur.

— À quel point le suis-je, d'après vous?

Me tortillant sur mon fauteuil, je le regardai et constatai que des petites rides amusées étiraient le coin de ses yeux. J'en conclus que c'était là la seule partie de son visage qu'il ne parvenait pas à contrôler entièrement. Ses prunelles étaient du plus beau vert que j'aie jamais vu chez un homme ; elles illuminaient sa peau mate et ses cheveux bruns. Soudain, prenant conscience que je le fixais, je m'éclaircis la gorge tout en cherchant une réponse à la question qu'il m'avait posée. Malheureusement, rien d'astucieux ni de percutant ne me vint à l'esprit, et je m'en sortis avec un nouveau haussement d'épaules et une gorgée d'eau. Il eut un petit rire que je fis mine de ne pas entendre.

— Reposez-vous, conclut-il. Le vol va être long.

Il regagna l'arrière de l'appareil ; j'inclinais le dossier de mon siège et me pelotonnais dedans. Hélas, mon estomac averti de la proximité de la nourriture refusa de me laisser tranquille… Je réussis à tenir pendant une heure environ en m'amusant avec les gadgets, avant, au bout du compte, de me lever et de me rendre au bar.

Quand je passai devant mon patron, il était assis, un verre plein d'un liquide ambré à la main. Je sentis son regard me suivre pendant que je me servais un jus d'orange et jetais un coup d'œil sur ce qui s'offrait à moi. Je pris un sandwich au poulet dont la composition était digne d'un dîner fin et le mangeai sur place.

Jeremiah me rendait nerveuse. En sa présence, je perdais confiance en moi. Dès qu'il était là, je me mettais à imaginer des scènes érotiques que je n'avais lues que dans des romans ou envisagées dans mes fantasmes. Rien d'embarrassant tant qu'il restait un inconnu croisé une fois par jour dans l'ascenseur. À présent, il fallait que je me le sorte de la tête, ce qui était plus facile à dire qu'à faire. Il était devenu un pivot essentiel de ma libido, et mon corps refusait de l'oublier. Même le désarroi où me plongeait la situation ne m'empêchait pas de réagir à la proximité de cet homme – des réactions physiques qui étaient d'ailleurs la cause du pétrin dans lequel je m'étais fourrée.

Attrapant une bouteille d'eau, je tournai les talons pour quitter la cuisine et m'arrêtai net en le découvrant, debout, dans l'embrasure de la porte. Il avança d'un pas, je reculai d'autant, vite coincée par le plan de travail dans mon dos.

— Je… euh… il vaudrait mieux que je retourne à ma place, balbutiai-je.

Ses doigts jouaient avec l'un des boutons de sa chemise. Il ne tint aucun compte de ce que je venais de dire.

— Pourriez-vous m'aider? me demanda-t-il. Il semble s'être coincé.

Je poussai un soupir incrédule. Non, mais des fois! Son approche était carrément nulle, absurde même, vu la situation. Mais une phrase qu'il avait prononcée dans l'après-midi me revint en mémoire: «Tout ce que je voudrai.»

J'étais donc aussi censée être son habilleuse? pensai-je avec mauvaise humeur. Cela ne correspondait pas du tout à ce pour quoi j'avais cru signer un peu plus tôt. Plutôt agacée, je tendis le bras et saisis le bouton. Les doigts de Jeremiah effleurèrent les miens, une caresse que j'essayai de ne pas remarquer, tout comme le nœud qui se formait au creux de mon ventre.

Bizarrement, il s'avéra que le bouton était vraiment coincé, même si je n'eus besoin que de quelques secondes pour le libérer. Sitôt fait, j'éloignai mes mains de la chemise entrouverte, mais il les emprisonna dans les siennes avant que j'aie pu m'écarter.

— Et si vous vérifiez les autres? suggéra-t-il.

Je croisai un instant son regard avant de baisser tout de suite les yeux. Je tâchai de réveiller ma colère. C'était ridicule. J'étais allée en fac de droit, j'avais suivi une formation d'avocate supposée défendre les faibles! Je ne m'étais pas ruinée en emprunts pour devenir habilleuse de luxe au service d'un milliardaire…

Je luttai pour ne pas prêter attention aux prunelles de Jeremiah vrillées sur moi – là encore, cela ne fut pas facile. Ne pas rougir sous les feux de ce laser vert fut presque au-dessus de mes forces. Je commençai à déboutonner sa chemise. Son tissu était fin et solide, pas de la soie mais quelque chose d'aussi luxueux. Je n'étais pas parvenue au troisième bouton que mes doigts se mirent à frémir. Non de peur, mais de la proximité de cet homme séduisant. Il ne me fallut pas longtemps pour réaliser qu'il portait sa chemise à même la peau. Plus j'avançais dans ma tâche, plus je dévoilais son torse, sa peau mate tranchant sur la chemise blanche qui s'ouvrait d'elle-même. Jeremiah avança d'un pas, me dominant de toute sa taille, et mon corps fut saisi de tremblements. Jusqu'alors, la vie ne m'avait pas permis de connaître beaucoup d'hommes, exceptés ceux de ma famille et quelques camarades de fac. Au lycée comme à l'université, je m'étais surtout consacrée à mes études. Les livres et les manuels m'avaient toujours plus passionnée que les relations avec les représentants du sexe opposé, y compris quand ces derniers m'avaient manifesté de l'intérêt. Par la suite, après la mort de mes parents, mon existence s'était déroulée dans un tourbillon un peu flou. Je n'avais du temps pour rien, sinon pour des petits boulots à droite et à gauche et pour les inquiétudes que mon avenir m'inspirait. Si, à cette époque, un homme avait été attiré par moi, ça m'était passé au-dessus de la tête. Mais celui qui se tenait devant moi, à ce moment, il m'était impossible de ne pas le remarquer.

J'essayai de me retenir de toucher la peau lisse que mes doigts dévoilaient… et je perdis la bataille. Quand il fit un petit pas de côté, je suivis inconsciemment le mouvement, valsant avec lui quand il retira sa chemise et la jeta sur un fauteuil voisin. Le souffle court, j'examinai ce corps soudain révélé, et les légers soubresauts dans mon ventre se transformèrent en un feu d'artifices quand ses doigts glissèrent sur mes bras. Je ne me rendis même pas compte que nous bougions tant j'étais captivée par sa proximité et son contact… jusqu'à ce que mon dos heurte quelque chose de dur. Un mur. Mes mains se serrèrent sur ses muscles fermes et je levai les yeux pour découvrir qu'il me fixait avec une intensité qui me coupa les jambes. Quand il appuya son corps contre le mien et baissa la tête en quête de mes lèvres, il ne me vint même pas à l'esprit de résister.

Ce qui commença par un effleurement doux et léger se transforma vite en un baiser plus profond. Incapable de freiner son assaut, je ne pus retenir un gémissement qui se perdit dans sa bouche, tandis que mes ongles griffaient son corps tendu. Je lui rendis son baiser avec une passion dont j'ignorais être capable. Mes caresses décuplèrent son désir et il se colla encore plus fort à moi. Sa langue titilla mes lèvres, joua avec ma bouche ouverte. Ses grandes mains exploraient ma taille, mes hanches et mes fesses, ses doigts s'enfonçaient dans ma chair, m'attirant plus contre lui. J'agrippai sa nuque, ébouriffai ses épais cheveux bruns, aussi avide de ses caresses qu'il paraissait l'être des miennes. Il inséra une cuisse ferme entre mes jambes, j'étouffai un soupir en la sentant presser des parties de moi gonflées de désir. Soudain, ses mains saisirent mes hanches et me hissèrent brusquement le long de la paroi. Seuls son corps et son emprise me maintenaient. Je plaquai mon bassin contre son bas-ventre, ses lèvres abandonnaient ma bouche et ses dents mordillaient la peau douce de ma gorge. Il pressa son bassin contre le mien et un petit cri m'échappa. Ses dents poursuivirent leur chemin, agaçant mon épaule à travers le tissu de mon haut et, de nouveau, il roula des hanches.

Mes mains tâtonnèrent, cherchant son visage, et je l'obligeai à relever la tête pour l'embrasser à mon tour. Mes gémissements de plaisir se perdirent dans sa bouche tandis qu'il continuait de se frotter à moi. Ma jupe était remontée sur ma taille, ses doigts se faufilèrent au sommet de mon entrejambe pour presser, à travers la fine barrière de ma culotte, mon sexe que l'excitation rendait douloureux. Je gémis de nouveau, mordis ses lèvres et cambrai les reins, avide d'encore plus de plaisir.

— Et si vous déboutonniez aussi mon pantalon? souffla-t-il.

Étourdie de désir, je mis une seconde à saisir le sens de ce qu'il me disait. J'arrêtai mes baisers, prenant conscience de ce que j'avais failli laisser arriver – une fois encore! – et plongeai mes yeux dans les siens. Le désir brûlant qui les éclairait me fit fondre de l'intérieur, mais quand je le repoussai sans beaucoup de conviction, il recula d'un pas et me reposa avec douceur sur le sol. Ma jupe était toute froissée, je m'empressai de me réajuster et de m'écarter.

— Allez vous reposer, Paris est encore loin.

Je le regardai. Il était planté là, devant moi, séduisant à en hurler, aussi à l'aise torse nu qu'il l'était dans ses costumes hors de prix. Qu'est-ce qui me prenait d'interrompre ainsi les choses?

Les principes. La morale. C'est ça!

Lui adressant un hochement de tête, je me forçai à regagner mon siège. Je pris un oreiller dans un casier voisin, m'assis et inclinai le dossier de mon fauteuil. Je pensais que j'aurais du mal à m'endormir, mais je finis par sombrer dans un sommeil agité. Dehors, le soleil disparut derrière l'horizon, sa lueur orange avalée par la Terre, des kilomètres plus bas.

Quelque part au milieu de la nuit, je m'éveillai; il faisait noir derrière les hublots et quelqu'un avait placé une couverture sur moi et m'avait bordée avec soin. Je fronçai les sourcils avant de me retourner. Jeremiah dormait profondément, à sa place. Il avait reboutonné sa chemise, sa veste était soigneusement pliée sur le siège, à côté du sien. Son corps emplissait presque le fauteuil, si bien qu'il n'était pas bordé comme moi, mais cela ne semblait pas le gêner. Le sommeil avait adouci ses traits. Il avait l'air différent, plus jeune, plus détendu.

J'aimerais pouvoir le détester, me dis-je. Une pensée dénuée de colère, cependant. Cet homme m'avait fait chanter, m'amenant à signer un contrat qui lui autorisait toutes les libertés sur ma personne ; pourtant, il avait parfois laissé transparaître une forme de tendresse. Il ne m'avait rien infligé de force. Tout en triturant ma couverture, je me demandai lequel des aspects de sa personnalité était authentique : le P.-D.G. intraitable, qui m'avait fait passer mon entretien d'embauche couchée sur son bureau ? ou l'homme qui avait pensé à me couvrir pendant que je dormais ?

Je décidai de remettre la réponse à un autre jour, car mes yeux se fermaient de fatigue. Bâillant sans bruit, je remontai la couverture sous mon menton, me blottis confortablement sur mon siège et me laissai glisser dans le sommeil.

6

— Rien à déclarer?

Dans la mesure où je n'avais eu le droit de rien emporter...

— Non.

Le douanier vérifia mon passeport, me le rendit et fit signe au suivant d'approcher tandis que je passais. D'énormes lettres affichées partout annonçaient dans plusieurs langues où j'étais. Je m'arrêtai net, stupéfaite: je me trouvais réellement en France!

Je parvins à la hauteur de Jeremiah qui, une main sur mes reins, me dirigea à travers la petite foule assemblée dans le terminal principal. J'aperçus une file de gens guettant les passagers fraîchement débarqués. Jeremiah m'entraîna sur le côté, vers un homme grand, chauve et à la barbichette blonde, qui patientait près du mur du fond. Quand il nous vit, il vint à notre rencontre.

— Lucy, je vous présente Ethan, mon responsable sécurité. C'est lui qui va vous conduire à l'hôtel.

Si Ethan et moi échangeâmes une poignée de mains, je devinai sans peine que j'étais le cadet de ses soucis. Ses yeux restaient braqués sur Jeremiah.

— Celeste est encore à Paris, annonça-t-il avec un très léger accent traînant du Sud. Elle ne part que dans trois heures.

— Très bien, répondit Jeremiah. Veillez à l'installation de Mlle Delacourt.

— Et vous? lançai-je à mon patron qui s'éloignait déjà.

— Je dois gérer les vautours, lâcha-t-il, avant d'ajouter à l'intention d'Ethan : Essayez de rester discrets.

Il partit vers les portes coulissantes en verre et je le suivis des yeux. C'était donc tout? pensai-je un peu ahurie. Il me remettait au chauffeur, lequel était chargé de m'extraire en douce de l'aéroport? J'aurais sans doute dû me réjouir qu'il débarrasse le plancher ; mais, seule avec un inconnu dans un pays étranger, je me rendis compte que le stoïque Jeremiah allait me manquer.

— Bien, allons-y.

Sans un mot, j'emboîtai le pas – d'ailleurs irrégulier à cause d'un boitillement – à Ethan tout en jetant des coups d'œil par-dessus mon épaule. Au moment où Jeremiah sortait par les portes vitrées, plusieurs personnes se précipitèrent sur lui dans un drôle de chahut. Je distinguai des flashs d'appareils photo et entendis une clameur. Mon nouveau mentor et moi nous éclipsâmes sans que personne ne nous remarque.

— Qu'est-ce que c'est que ce vacarme? demandai-je tout en pressant le pas pour ne pas être semée par les grandes enjambées d'Ethan.

— Des paparazzi, m'expliqua-t-il.

Il me tint une porte à distance de l'agitation.

— La présence de Jeremiah au gala, ce week-end, est assez prestigieuse pour faire la une des journaux.

Un gala? Je montai à l'arrière d'un SUV garé le long du trottoir. Un autre type, qui avait attendu au volant, descendit pour laisser sa place au chef de la sécurité, et nous démarrâmes. Je me retournai pour regarder la meute de photographes.

— Il va s'en sortir? demandai-je.

— Ce n'est rien, grommela Ethan. Et puis, il l'a surtout fait pour les divertir afin que vous et moi puissions partir sans ennuis. Il ne tardera pas à nous rejoindre.

En effet, je vis Jeremiah se frayer un chemin à travers la foule et monter dans une limousine qui partit aussitôt. Je poussai un petit soupir de soulagement. Je me dis que, à sa place, je ne serais pas capable d'affronter ces choses. Avec le recul, je le remerciai de m'avoir épargné ça. Rien que l'idée de tous ces appareils brandis sous mon nez et me traquant partout provoqua des frissons d'horreur.

Malgré les milliers de questions qui se bousculaient dans ma tête, je ne pipai mot, car mon chauffeur n'avait pas l'air du genre bavard. À la place, j'en profitai pour découvrir Paris. La ville était depuis longtemps un endroit que j'aurai adoré visiter. Mes parents, férus d'histoire, m'avaient transmis leur passion. Paris m'avait toujours paru lointaine et exotique, je l'imaginais comme un monde entièrement différent du mien dans lequel je pourrais m'immerger. Alors que j'étais lycéenne, j'avais arraché à mes parents la promesse de me payer un voyage dans la capitale française, une fois mon master en poche. Ce souhait ne s'était jamais réalisé. Leur décès pendant ma licence avait fait dérailler ma vie, m'obligeant à emprunter une voie totalement différente de celle que je m'étais tracée. Mais cela n'avait pas diminué mon amour pour cette ville. Quelques apparitions de la tour Eiffel entre les immeubles me firent sourire, atténuant un peu la tension épuisante de ces derniers jours.

J'étais si jeune à l'époque! Je n'avais pas la moindre idée de la situation financière délicate de mes parents. Je m'étais bien gardée de leur demander où ils avaient trouvé l'argent pour me payer mes études dans une prestigieuse université. Ce n'était qu'à leur mort que je m'étais rendu compte de l'ampleur des dégâts. Leur assurance-vie avait à peine couvert les frais d'obsèques et de notaire. Par la suite, j'avais mis tous mes salaires dans le remboursement de la maison. Ce qui n'avait pas empêché qu'on me la saisisse. Ces souvenirs étaient douloureux, mais découvrir Paris s'avéra être un baume apaisant sur mes vieilles blessures. Mon seul regret était que mes parents ne soient pas là pour partager ça avec moi.

Je n'avais pas la moindre idée de notre destination, mais quand nous finîmes par nous arrêter et qu'un voiturier m'ouvrit la portière, c'est avec stupeur que je découvris l'hôtel.

— Vous êtes sûr de ne pas vous être trompé d'adresse?

Je ne reçus aucune réponse. Très franchement, ma question était de pure forme. Incrédule, j'étais en train de contempler la façade du Ritz. C'est là que j'allais loger! Encore une de ces étapes parisiennes que j'avais vue seulement sur le Net ou dans les magazines. Les photos publiées ne lui avaient pas rendu justice: même s'il était plus petit que ce j'avais imaginé, il était aussi luxueux et imposant que dans mes rêves. J'avais hâte d'entrer! Une rousse en tailleur clair impeccable vint à nous dans un bruit de talons. Si elle parut ravie de voir Ethan, elle marqua une pause devant moi. Le chauffeur costaud la gratifia d'un baise-main, un geste galant qui me sembla déplacé face au comportement bourru du bonhomme.

— Celeste, voici Lucy Delacourt, la nouvelle assistante personnelle de M. Hamilton.

L'expression interloquée de la femme s'évapora aussitôt, même si elle continua à avoir l'air un peu dérouté.

— Ravie de vous rencontrer, me dit-elle en me tendant la main avec un sourire chaleureux. Je suis Celeste Taylor, directrice générale de Hamilton Industries.

Sa poignée de mains était ferme, très femme d'affaires, et son sourire contrastait avec la froideur à laquelle j'avais eu droit jusqu'à présent, tant de la part de Jeremiah que de celle d'Ethan.

— Cela faisait un moment que Remi ne nous avait pas amené de nouvelle assistante personnelle.

Remi?

— Euh, oui, je suis nouvelle...

Difficile de savoir ce que je pouvais ou non raconter. Aussi, je décidai de rester professionnelle.

— J'ai été embauchée hier après-midi.

Celeste releva les sourcils si haut qu'ils faillirent rejoindre la ligne de ses cheveux.

— Eh bien, commenta-t-elle, il n'a pas perdu de temps, cette fois. Tout cela doit vous sembler très étrange, ajouta-t-elle avec un regard plein de gentillesse.

Cette première marque de réelle compassion faillit me faire pleurer. J'eus envie de la remercier, mais je réussis à ne pas me jeter à son cou. Je ravalai ma gratitude.

— Hier, expliquai-je, j'étais une intérimaire qui avait du mal à joindre les deux bouts, et voici que maintenant...

Je montrai l'hôtel.

— Tout cela est un peu difficile à digérer, admis-je.

— J'imagine, oui, acquiesça Celeste avant de regarder vers la voiture. Vous n'avez pas de bagages?

— Euh...

Aïe! Je me trouvais à court pour justifier cette absence. Qui donc traverse l'Atlantique sans prendre ni vêtements ni valises? Eh bien moi, apparemment. Sauf que j'ignorais comment le dire sans entrer dans des détails embarrassants. Celeste inclina la tête devant mon silence gêné et plissa les yeux. Ensuite, elle recula d'un pas, m'examina de la tête aux pieds, puis opina.

— Ah, je comprends, murmura-t-elle avec un sourire entendu.

Décontenancée, j'observai ma tenue. Elle n'était pas encore sale, juste un peu froissée par ma nuit passée dans un fauteuil.

— Quelque chose cloche dans mes vêtements?

Ma question fut accueillie par un rire joyeux.

— Oh, ce n'est pas de mon opinion dont vous devriez vous soucier! s'esclaffa-t-elle en secouant la tête. Quand Remi n'aime pas un truc, il met tout en œuvre pour le modifier. Un véritable rouleau compresseur, habitué à obtenir satisfaction dans tous les domaines. Inutile de protester, je devine que vous en avez déjà fait l'expérience. Allez, entrons, l'air est frisquet dehors.

Je la suivis vers le hall, tandis qu'Ethan restait près du trottoir pour répondre à un appel sur son portable.

— Depuis quand connaissez-vous M. Hamilton?

Mon emploi formel du nom provoqua un regard amusé chez Celeste.

— Nous étions dans le même lycée, il y a vingt ans. J'ai déménagé sur la côte Ouest juste après mon bac. Je me suis mariée, j'ai divorcé, je suis revenue à New York pour repartir à zéro. Malheureusement, je ne trouvais aucun poste. J'étais sur le point de renoncer quand Remi m'est tombé dessus. (Elle haussa les épaules.) J'ai commencé comme manager. Ensuite, à l'époque où il a entièrement restructuré la société, après la mort de son père, il m'a fait une proposition: devenir D.G. du groupe ou être virée. Comme je vous l'ai dit, un vrai rouleau compresseur!

Elle avait fait cette dernière remarque en levant les yeux au ciel.

— Je sais, acquiesçai-je.

Un portier nous ouvrit et je fus émerveillée par le hall de l'hôtel.

— Cet endroit est encore plus beau que ce que je croyais.

— Attendez de voir les suites ! rit Celeste en consultant sa montre. Mon avion ne décolle que dans un peu moins de trois heures, vous voulez que je vous fasse faire le tour du propriétaire ?

Je lui souris et elle me pris par le bras.

— Commençons par la piscine. J'en reste bouche bée à chaque fois.

— Ainsi, Ethan et vous…

Je m'interrompis, la laissant libre d'enchaîner sur le sujet ou d'en changer. Elle acquiesça.

— J'étais déjà DG de la boîte quand Jeremiah s'est associé avec Ethan qui lançait sa société de sécurité. Habituée à ma liberté, j'ai eu du mal à accepter les nouvelles mesures, notamment celles défendant l'accès au bâtiment. Ça m'a mise en rogne, j'avais le sentiment qu'on en faisait des tonnes. Et comme je ne me suis pas gênée pour le dire…

Elle sourit avant de reprendre.

— Et puis, Ethan était constamment dans mes pattes à me proposer son aide ou une escorte. Quand il a insisté pour m'accompagner jusqu'à ma voiture, y compris lorsque j'y avais juste oublié mon sac à main, j'ai essayé de calmer le jeu. Sans résultat notoire.

— On dirait presque du harcèlement.

— Non, non ! Ethan n'était pas comme ça. Il restait toujours très professionnel, et j'avoue que je n'ai rien vu venir. Mon boulot m'occupant vingt-quatre heures sur vingt-quatre, sept jours sur sept, je me disais que je n'avais pas le temps d'entretenir une liaison… Bref, je n'aurais jamais cru que…

Celeste leva les yeux au ciel.

— Franchement, reprit-elle, je ne l'aurais pas considéré autrement que comme un simple type de la sécurité très agaçant s'il ne m'avait pas sauvé la vie.

— Ah bon? m'exclamai-je.

— Oui. J'ai enfreint la tradition en annonçant que je préférais conduire ma voiture plutôt qu'avoir un chauffeur. Un soir, alors que je quittais le bureau, un groupe m'a assaillie et a tenté de me fourrer de force dans une camionnette. Il était tard, j'étais persuadée qu'il n'y avait personne pour me venir en aide quand, tout à coup, ce grand costaud chauve déboule et flanque une correction à mes agresseurs… C'est la première fois que je lui ai véritablement prêté attention.

Celeste haussa les épaules et eut un sourire nostalgique.

— Dès lors, il s'est attribué le poste de chauffeur de madame et, avec le temps, ce qui devait arriver est arrivé.

— Waouh! murmurai-je. Comme c'est romantique!

— Je ne sais pas, peut-être, répondit-elle avec modestie avant de me couler un regard en biais. Et vous? Comment avez-vous décroché le boulot le plus convoité de la terre? Chaque fois que Hamilton publie une annonce en vue de recruter une stagiaire, nous croulons littéralement sous les CV.

Nous venions d'arriver à la piscine, une extravagance entourée de colonnes qui s'encastraient dans le plafond.

— C'est magnifique! m'exclamai-je, oubliant aussitôt la question de mon interlocutrice à laquelle j'adressai un sourire ravi. Le reste de l'hôtel est-il aussi beau?

— Oui! Les chambres sont encore mieux. Pas une qui ressemble à l'autre. Et attendez d'avoir goûté la cuisine! Elle est géniale.

Qu'avais-je fait pour mériter cette opulence presque indécente?

Cet environnement luxueux ne faisait que renforcer mon impression de ne pas être à ma place. J'étais ahurie devant ma chance, j'avais même du mal à croire que j'étais ici et, pourtant, découvrir un décor aussi merveilleux et soigné ramenait à la surface mes anxiétés personnelles. Quelques années auparavant, mon univers avait été bien différent; puis, brusquement, il m'avait été enlevé, et tout ce que j'avais pris pour acquis s'était évaporé. La beauté qui m'entourait déclenchait en moi la peur qu'un scénario identique se répète. Ma bonne fortune me serait-elle retirée aussi soudainement?

J'avais beau à peine connaître Celeste, son départ m'attrista. Ces deux derniers jours avaient été mouvementés et stressants; la présence de Celeste, aussi courte soit-elle, avait été apaisante, comme un baume. Je lui tendis la main.

— Il faut que je me sauve, m'annonça ma compagne avec une note de regret dans la voix. Même les jets privés doivent respecter certains horaires.

— Bon voyage.

Prenant ma main, elle se pencha vers moi.

— Écoutez, soyez gentille avec Jeremiah, d'accord? Il lui arrive de se comporter comme un con, mais il a un cœur immense pour ceux auxquels il tient ou qu'il a décidé de protéger.

Ces paroles m'ébranlèrent. Être gentille avec lui?

— Il est mon patron, rétorquai-je avec raideur, mais en essayant de maîtriser mon irritation. Je lui dois le respect.

Elle commença à secouer la tête, s'interrompit pour réfléchir un instant, puis opina d'un air contraint.

— Ma foi, ce n'est pas si éloigné, marmonna-t-elle avant de s'incliner encore plus et d'ajouter dans un murmure : Cela fait presque deux ans qu'il n'a pas eu d'assistante personnelle. La dernière a… euh… est partie en mauvais termes.

Votre rôle exige que vous l'aidiez dans ses fonctions et lui serviez d'escorte. Dans l'ensemble, les journalistes sont habitués à ce type d'arrangement et devraient vous laisser tranquille. Mais n'oubliez pas que vous risquez parfois d'attirer l'attention. C'est inévitable.

Les avait-il toutes traitées comme moi? La mention de filles m'ayant précédée m'avait agacée – ce qui m'étonna. Je me souvins tout à coup de la meute de paparazzi devant l'aéroport et me figeai. Soudain, avoir signé mon contrat m'apparut comme une très mauvaise idée. En même temps, ne serait-ce qu'une fois, avais-je envisagé la situation autrement que comme un tour étrange que me jouait le destin?

— Tiens, quand on parle du loup!

Je me retournai et vis la haute silhouette de Jeremiah qui pénétrait dans l'hôtel. Une boîte enrubannée coincée sous son bras, il discutait à voix basse avec Ethan. Je décelai chez les deux hommes une espèce de vibration identique assez intéressante, ce que je confiai à Celeste.

— Ils ont fait l'armée ensemble, me révéla-t-elle. Ceci explique peut-être cela.

— L'armée?

Il ne me serait pas venu à l'esprit que Jeremiah ait pu être un jour être militaire. Décidément, j'ignorais beaucoup de choses au sujet de celui pour lequel je travaillais désormais.

— Oui, poursuivit la DG. Tous les deux appartenaient à l'unité d'élite des rangers, dans l'infanterie, jusqu'à ce que le père de Remi meure et lui lègue la gestion de l'entreprise familiale. Une sale affaire, d'ailleurs. C'est là que je suis entrée en scène et que je l'ai aidé à limiter la casse.

J'en aurais bien appris plus, mais les deux hommes approchèrent, m'empêchant d'interroger plus avant Celeste. Cette dernière sourit, avança à leur rencontre et pris la main tendue de Jeremiah.

— J'ai cru comprendre que ma présence lors de la petite soirée de tout à l'heure n'était plus nécessaire.

Jeremiah porta la main de Celeste à ses lèvres et y déposa un rapide baiser. Il ne m'échappa pas que, près de lui, Ethan se raidissait. La rousse recula et se tourna vers lui.

— Prêt, chéri?

Je sursautais sous l'effet de la surprise. Il y avait eu d'abord ces mots, puis le visage sévère d'Ethan, qui s'adoucissait tandis qu'un grand sourire radieux apparaissait. Celeste m'adressa un signe d'adieu ; ils s'éloignèrent, Ethan plaquant sa main dans le dos de la DG. Ce n'est qu'à cet instant que je vis l'alliance en or au doigt du chauffeur.

— Ils sont mariés depuis bientôt un an, lâcha une voix grave et trop familière.

Je me tournai vers Jeremiah.

— Tous vos traits trahissaient vos interrogations, se justifia-t-il, un sourcil levé.

Je baissai la tête, accablée par son ton moqueur, et me grattai la gorge.

— Et maintenant? soufflai-je.

Je jetai un dernier coup d'œil au couple qui partait. Soudain, la tension était revenue, et je ne savais pas ce que cet homme exigeait de moi.

— Celeste vous a montré l'hôtel?

— Oui, en vitesse, admis-je sans pouvoir retenir un sourire. Il est splendide. Encore mieux que sur les photos.

Il gloussa, amusé par ma naïveté.

— Attendez de découvrir les chambres.

7

Je glissai doucement dans l'eau chaude, me retenant aux rebords de l'immense baignoire en porcelaine pour ne pas tomber. Des collines de mousse flottant à la surface me chatouillèrent le nez quand je m'enfonçai et m'installai au mieux. En souriant, je soufflai dessus ; elles dansèrent en s'effilochant dans l'air. La baignoire, profonde, était d'un confort étonnant ; je poussai un soupir de soulagement tout en jouant avec mes orteils sur les robinets.

Jeremiah m'avait envoyée dans la chambre, à l'étage, car avant de pouvoir me rejoindre il avait des affaires à régler. J'avais suivi l'employé de l'hôtel. Lorsqu'il avait ouvert la porte, j'étais restée sans voix. La décoration était un chef-d'œuvre de surcharge : des miroirs et des tableaux aux cadres dorés, des parois blanches rechampies d'or, des lustres et des lampes en cristal, des moulures rococo et des filigranes dans tous les coins et sur tous les panneaux. Des tapisseries étaient tendues aux murs, le moindre centimètre carré respirait l'opulence et provoquait l'admiration, submergeant le visiteur par son élégance exagérée, qui confinait à l'extravagance, et son design ostentatoire.

J'en tombai aussitôt amoureuse.

J'avais à peine écouté l'employé qui m'avait montré les lieux, trop occupée à les découvrir par moi-même. La suite comprenait une enfilade de petits salons, en plus de la chambre proprement dite, équipés de meubles sans doute très onéreux mais inconfortables. De multiples aménagements – certains dont j'ignorais jusqu'à l'existence… – étaient mis gracieusement à ma disposition. Quand j'entrais dans la salle de bains, je crus que j'étais montée au paradis – des plafonds hauts, de gigantesques miroirs, des tablettes et un sol de marbre, au centre une baignoire presque aussi grande qu'un jacuzzi. Mon guide avait juste eu le temps de m'indiquer où se trouvaient les serviettes et les peignoirs avant que je coupe court poliment pour me plonger dans un bain moussant. Ma mère collectionnait d'anciens flacons de parfums, et j'avais été ravie d'avoir les mêmes à l'hôtel. J'avais choisi un flacon de sels à la lavande, je m'étais dévêtue, avais enfilé un peignoir et fermé la porte à clé.

Je m'autorisai à me délasser dans cette merveille émolliente et parfumée. Ajoutant de l'eau chaude à intervalles réguliers, je me lavai avec soin. Après un long moment, la peau fripée de mes doigts me signala qu'il était temps de sortir. D'ailleurs, la mousse légère s'était transformée en un film blanc à la surface de l'eau. J'enfilai mon peignoir, enroulai une serviette autour de mes cheveux et commençai à fouiller les tablettes et les tiroirs pour découvrir les autres trésors cachés dans cette salle de bains de rêve.

Trois coups secs à la porte me firent sursauter.

— J'aimerais que vous me rejoigniez.

La voix grave de Jeremiah laissait entendre que sa demande était un ordre et qu'il s'attendait à ce que je lui obéisse sans tarder.

Je me pétrifiai. La tension que j'avais réussi à éliminer revint avec une telle force que je la soupçonnai de nourrir des intentions vengeresses. Une inspection rapide de la pièce m'apprit que j'avais laissé mes vêtements à côté, là où était mon patron. Un sentiment d'horreur s'empara de moi.

Avalant ma salive, je jetai un dernier coup d'œil à mon reflet dans la glace. Mon visage, pas maquillé, était propre et luisant, mais sans mon masque quotidien j'avais l'impression d'être toute nue. Sous le drap de bain enroulé à la va-vite, mes cheveux étaient encore trop humides pour que je les coiffe et devaient ressembler à un nid de corbeau.

Il était hors de question que je me montre ainsi à Jeremiah ! Il allait me flanquer hors de cet hôtel à coups de pied dans les fesses !

— Un instant ! criai-je pour qu'il ne croie pas que je traitais ses demandes à la légère.

La partie rationnelle de mon cerveau m'intimait de ne prêter aucune attention à ce que Jeremiah pouvait ou non penser. Après tout, ne désirais-je pas par-dessus tout, dans la mesure du possible, éviter de le côtoyer? Pour autant, songeai-je, je tenais à être présentable. Aussi, je me dépêchai de retirer la serviette afin de mettre un peu d'ordre dans mes mèches mouillées et de lisser mes sourcils qui auraient vraiment eu besoin d'un coup de crayon.

Je rajustai le peignoir, veillai à ce que sa ceinture soit solidement nouée et m'approchai du seuil de la salle de bains. Je ne pus m'empêcher de me contempler une dernière fois dans le miroir – franchement, jamais je n'avais été aussi vaniteuse ! – avant de déverrouiller la porte et de sortir d'un pas décidé.

Jeremiah se tenait à l'autre bout de la chambre à coucher, près d'un chariot en métal luisant et chargé de plats que recouvraient des cloches en argent. Des arômes légers arrivèrent jusqu'à mes narines, me donnant l'eau à la bouche. Quand je m'approchai, il releva la tête et considéra ma tenue.

— Bain agréable? demanda-t-il.

Je résistai à l'envie d'exprimer mon ravissement et me bornai à hausser une épaule.

— Je suis habituée à mieux.

Sous le regard ferme qui accueillit cette fanfaronnade, je faillis me tortiller d'embarras, comme une gamine prise en flagrant délit de mensonge. Je dus faire appel à toute ma volonté pour rester immobile. Heureusement, Jeremiah se détourna de moi afin de pousser le chariot vers la table et je pus recommencer à respirer. Bon sang! Il fallait que j'arrête de me laisser impressionner comme ça par lui! Mes réactions face à son attitude relevaient de la sottise pure; pourtant, je n'arrivais pas à me débarrasser d'un vague sentiment de menace, comme si cet homme était un chasseur et moi sa proie.

— Je vous ai apporté quelque chose, dit-il.

Je revins aussitôt à la réalité.

— Un bon petit déjeuner? demandai-je.

Mes yeux s'attardèrent sur les plats et mon estomac gargouilla à la perspective d'un repas.

— Dans une minute peut-être, répliqua Jeremiah en me fixant de ses prunelles implacables. Ôtez votre peignoir et approchez.

Mon sang se glaça. Je serrai le vêtement autour de mon corps comme pour retarder au maximum l'inévitable.

— Pourquoi? ne pus-je m'empêcher de protester.

Je n'obtins aucune réponse, juste un examen sans pitié de ses yeux qui n'exprimaient rien. Il était clair que je devais me dénuder et avancer vers lui, simplement parce qu'il en avait formulé la demande. Parce que j'avais signé un contrat stipulant que j'obéirais à ses injonctions, une décision à laquelle je m'étais résolue parce qu'il ne m'avait guère laissé le choix. Autour de moi, ce n'étaient que des pièges dorés qui ne parvenaient pas à cacher leur vraie nature : une cage destinée à me déstabiliser pour me fragiliser et me soumettre à cet homme.

Finalement – enfin, dirais-je! –, la colère l'emporta soudain.

— Pourquoi moi? criai-je. Pourquoi tout ça?

— Et pourquoi pas vous ? riposta-t-il en inclinant la tête.

Sa façon de répondre à ma question par une autre me rendit folle de rage.

— Je n'étais rien, juste une petite main censée entrer des données dans un ordinateur avant d'être jetée à la rue une fois inutile. Alors, qu'est-ce que je fais ici?

Il serra les lèvres et ne pipa mot. Il s'approcha d'une grande table en marbre, prit une carafe en cristal et se servit un verre du liquide ambré qu'elle contenait.

— Mon rôle est de traquer les talents, finit-il par dire en faisant tourner l'alcool au fond du verre et en me toisant d'un air impassible. Je trouve des affaires à racheter ou dans lesquelles investir afin de les remettre à flot pour les revendre avec profit.

— Cela signifie-t-il que je suis un projet comme un autre?

Un bref acquiescement de sa part confirma mes soupçons.

— Vous êtes ambitieuse, intelligente comme l'est une étudiante, habituée à un certain train de vie. La vie vous a porté des coups durs et obligée à une déchéance que vous n'envisagiez pas. (Il leva son verre à ma santé, but une gorgée.) Vous n'auriez jamais refusé une occasion de retomber sur vos pieds, quel que soit le prix à payer.

— Donnez-moi un travail, alors! ricanai-je. Inutile de me priver de ma dignité, de me… l'ascenseur, le garage…

Le bruit du verre qu'il reposa sèchement sur la table sans pour autant le lâcher eut le don de tuer ma colère dans l'œuf.

— Vous preniez cet ascenseur tous les matins, gronda-t-il en fixant la carafe, vous ne cessiez de me jeter des petits coups d'œil, de vous approcher de moi sans vraiment le faire.

Il se tourna vers moi, croisa mon regard, et je cessai de respirer devant l'ardeur qui émanait du sien.

— J'ai appris à repérer votre odeur, enchaîna-t-il, j'ai découvert ce dont vous aviez besoin. Tous ces sourires en coin, alors que vous ignoriez vos désirs les plus secrets…

Il s'interrompit, ses doigts serrant son verre avec tant de force que ses jointures avaient blanchi. Le souffle court, je faillis lui lancer que je ne le croyais pas.

— Je ne suis personne, murmurai-je.

Mes propres mots me firent l'effet de coups de poignard dans mon cœur. La main libre de Jeremiah forma un poing le long de sa cuisse musclée, et sa mâchoire se serra. Au bout d'un moment, il réussit toutefois à se détendre. Il revint vers moi à grands pas, et je reculai en essayant en vain de m'accrocher, comme à un bouclier, aux derniers sursauts de ma colère. Sa proximité m'intimidait, mon cœur battait la chamade ; je détournai les yeux en m'efforçant de rester forte.

Un doigt glissé sous mon menton me contraignit à relever la tête pour regarder mon patron bien en face. Ses traits conservaient leur dureté habituelle, mais sa voix était plus douce quand il réitéra sa demande. Son exigence.

— Ôtez votre peignoir.

Ces mots provoquèrent des frémissements dans tout mon corps. Sa présence exerçant un pouvoir étrange sur mon esprit, je me surpris à dénouer docilement la ceinture de mon unique vêtement. Il glissa sur le sol, et son tissu moelleux se répandit comme une flaque autour de mes pieds. Entièrement exposée au regard de Jeremiah, pour la première fois depuis notre rencontre, je fermai les yeux, gardant sous mes cils une larme qui avait perlé, tandis qu'il s'adonnait à un examen approfondi et sans vergogne.

Lorsqu'il me prit dans ses bras, je me raidis. Il se contenta de poser ses mains sur mes épaules et de me faire pivoter sur place.

— Regardez, me souffla-t-il.

Comme je n'obéissais pas tout de suite, il répéta son ordre. Devant moi, une grande psyché ovale me renvoya mon reflet. Je tressaillis.

— Que voyez-vous? poursuivit Jeremiah, impitoyable.

Un ventre mou, des hanches larges, des seins qui ont besoin d'un soutien-gorge pour être à leur avantage. J'avais toujours été ma critique la plus sévère: mes cheveux blonds avaient l'air filasse après le long trajet en avion, et mon teint pâle n'était pas flatteur, comparé à la peau mate de Jeremiah. Je ne m'étais jamais sentie à l'aise nue, l'instant présent ne faisait certainement pas exception. Il m'était même difficile de supporter la vision de nos reflets, lui incarnation d'une sombre beauté masculine, et moi d'une banalité à pleurer.

— Moi, chuchotai-je.

Dans le miroir, je vis qu'il plissait le front.

— Savez-vous ce que je vois? dit-il en étudiant mon reflet.

Puis il pencha la tête pour mieux étudier mon image.

— Moi, murmura-t-il en faisant courir un doigt sur ma joue puis le long de ma gorge, je vois un beau visage, une peau douce, les bonnes courbes là où il faut. (Il se pencha sur ma tempe et inspira profondément.) Votre parfum est si délicieux qu'on a envie de vous manger, ajouta-t-il dans une sorte de feulement.

Ces paroles me coupèrent le souffle et me nouèrent l'estomac. Il plaqua l'une de ses mains sur mon sein et ses doigts en tordirent doucement le mamelon. Cette fois, un halètement m'échappa. La main sur mon épaule se referma sur ma chair, tandis que l'autre descendait sur mon ventre, laissant un sillage de feu derrière elle.

— Si belle, murmura-t-il.

Ma tête tomba contre son torse pendant que ses doigts déployés sur ma hanche pétrissaient ma peau. Je l'observai dans la psyché, les tympans bouchés par les battements de mon sang, et sa main glissa sur mon pubis qu'elle prit en coupe.

Soudain, il s'écarta, m'abandonnant à la déroute et au vertige.

— Ne bougez pas, m'ordonna-t-il d'un ton pareil à un coup de fouet.

Je me figeai sur place. Ma tendance à obéir sans discuter avait beau me perturber, je restai debout sans broncher. Jeremiah alla chercher la boîte que j'avais vue dans le hall un peu plus tôt. Il me la tendit.

— J'avais l'intention de garder ceci pour plus tard mais, à la réflexion, maintenant est un meilleur moment.

J'acceptai le paquet avec suspicion, l'ouvris et écartai les volutes de papier de soie. Les yeux écarquillés, je caressai de l'index une paire de bas en nylon et, dessous, les jarretelles en satin d'un bustier blanc immaculé. Comme je restai hébétée sans réagir, Jeremiah me reprit la boîte.

— Tournez-vous.

J'obtempérai et, à ma grande surprise, il prit les articles de lingerie et commença à m'en vêtir. D'abord vint la guêpière, qu'il laça dans mon dos. Elle recouvrait mes seins et mon ventre; les rubans de satin tombaient sur mes cuisses. J'enfilai le slip symbolique, puis les bas qui montaient haut. Il fixa les jarretelles. Il émana de toute l'opération une sensualité incroyable, même si Jeremiah resta d'un professionnalisme étonnant. Je n'avais jamais porté pareil attirail, et certainement pas pour le plaisir d'un homme, et je trouvais l'expérience intéressante. Le côté cynique de mon cerveau me souffla que j'avais une peau trop pâle pour arborer un blanc aussi pur, mais je préférai garder cette réflexion pour moi.

Quand je fus prête, mon patron me fit de nouveau pivoter face à la glace.

— Et maintenant, chuchota-t-il à mon oreille, que voyez-vous ?

J'eus du mal à en croire mes yeux. C'était donc le résultat qu'on obtenait lorsqu'on s'habillait de lingerie fine ! Le tissu estompait les défauts que je détestais en moi et soulignait des atouts que j'ignorais posséder. Je posai mes mains sur ma taille sanglée par les lacets dans le dos, puis sur mes hanches, où je jouai avec les bandes de satin qui tenaient les bas. Si ce harnachement ne me serrait pas trop, il savait mettre en valeur mon corps en dissimulant certaines rondeurs et en en exagérant d'autres – ma poitrine, notamment, que je n'avais jamais jugée particulièrement affriolante. Je ne pus m'empêcher de la juger pas si mal que ça et je fis glisser mes doigts sur le haut de mes seins.

Me souvenant tout à coup que Jeremiah m'avait posé une question, je me creusai la cervelle pour trouver une réponse. En vain. Nos regards se croisèrent dans le miroir et il opina, déchiffrant sans problème mon opinion.

— Je suis heureux de constater que nous sommes du même avis, susurra-t-il en caressant mes bras puis mes épaules. Et maintenant que ce point est éclairci…

Une main saisit mes cheveux et me tira brutalement la tête en arrière, m'arrachant un petit cri de douleur. La surprise me poussa à plaquer ma main sur la sienne. J'observai son visage dans la glace. Ses traits avaient à présent la dureté du granit, l'éclat vert de ses yeux était incandescent, mais c'est d'une voix soyeuse qu'il enchaîna :

— Je n'aime pas qu'on me contredise. Quand je vous donne un ordre, j'attends que vous l'exécutiez sur-le-champ, sous peine de châtiment. (La main se resserra sur mes cheveux.) À genoux !

8

J'obéis immédiatement. De toute façon, je n'avais pas le choix : la main sur ma nuque accompagna mes mouvements et me força à m'agenouiller. Les jarretelles se tendirent à l'arrière de mes cuisses et sur mes fesses – une sensation nouvelle et agréable, mais qui ne me faisait pas oublier les doigts qui tenaient ma chevelure. De nouveau, Jeremiah me tira la tête en arrière, m'obligeant à le regarder d'en bas, lui qui me surplombait de toute sa hauteur.

— Vous aimez ça, hein? gronda-t-il.

Oh oui! Réveillée, la partie traîtresse de mon cerveau s'était enflammée et appréciait beaucoup cette soumission, alors que ma raison m'incitait à me demander dans quel piège j'avais foncé. Il lâcha enfin mes cheveux pour caresser ma joue.

— Vous êtes si belle à genoux devant moi. Vous comprendrez pourquoi je bande à l'idée que vous me preniez dans votre bouche.

Les mots crus me firent frémir ; j'observai ses doigts qui frôlaient la bosse de son pantalon, à quelques centimètres de mon visage. Je tournai la tête sur le côté pour regarder notre reflet dans la psyché. Nous ne faisions rien – du moins, pas encore – et, pourtant, sa façon de me dominer, le menton relevé et le dos droit, avec moi à ses pieds… Mes intérieurs se liquéfiaient, humectant mon entrecuisse et le préparant à accueillir une pénétration future. Avide des caresses à venir, je poussai la main de Jeremiah avec ma tête, comme un chat : j'en fus récompensée par un pouce qui frotta doucement mon front.

— J'ai rêvé de vous dans cette position, en train de me sucer. (Un doigt effleura de nouveau mon front, écartant mes mèches mouillées.) Accepteriez-vous de m'aider à jouir, mon chaton ?

— Oui, soufflai-je.

Pour immédiatement gémir quand il me tira encore les cheveux.

— Oui qui ?

Je réfléchis à toute vitesse, en quête de la bonne réponse.

— Oui… Monsieur ?

Il émit un bruit appréciateur et me lâcha pour se débraguetter et sortir sa verge.

— Je ne vous promets pas d'être doux, gronda-t-il, la voix lourde de désir contenu. J'ai trop pensé à cet instant. Mais je vous promets d'achever ce que j'aurai commencé.

Je refermai mes doigts autour de son érection et glissai avec prudence jusqu'à la base de son sexe. Un claquement de lèvres m'encouragea à répéter le mouvement, puis je me penchai et léchai brièvement le gland. Mon index titilla le frein du prépuce avant d'avaler le bout de sa queue. Ma langue s'enroula autour du nœud gonflé de sang. De nouveau, mon poing tira sur sa tige en direction de sa base, pendant que j'en agaçai les extrémités nerveuses avec ma langue et en tétai gentiment les contours. Brusquement, je l'engloutis plus avant.

Il posa ses mains sur mon crâne, non pour me forcer à quoi que ce soit, juste pour me rappeler sa présence au-dessus de moi. Ma tête et ma main faisaient des va-et-vient le long de son membre que j'enfonçais un peu plus chaque fois dans ma bouche. J'accueillis avec gratitude les geignements sourds et la respiration haletante qui me parvenaient d'en haut. J'étais en mesure de le rendre fou, une pensée qui m'incita à redoubler d'efforts. Au bout d'un long moment, quand je jugeai que le rythme était bon, je retirai ma main et attirai sa queue jusque dans ma gorge.

Un cri étouffé résonna, ses ongles griffèrent la peau de mon crâne. Le gland tumescent me chatouillait les amygdales, et je dus me retirer un peu sous peine de vomir. De nouveau, je pris la racine de sa queue pour la branler, mais ses mains m'emprisonnèrent la tête et il se planta de toutes ses forces dans la moiteur de ma bouche.

Soudain, un ordre brutal retentit :

— Mains dans le dos !

Je m'interrompis le temps d'obéir et nouai mes poignets derrière moi, tout en priant pour qu'il se montre indulgent. Mais son premier coup de reins fit frapper l'extrémité de son sexe dans le fond de ma gorge, ce qui me fit aussitôt monter les larmes aux yeux.

— Mains dans le dos ! aboya-t-il quand, poussée par l'instinct, je voulus les reprendre. Sinon je vous attache !

Je dus redoubler de volonté pour retrouver ma position initiale. Je crochetai mes doigts et les serrai comme si ma vie en dépendait. Il recommença à s'enfoncer en moi, pas aussi profondément, ce qui me permit de respirer librement. Il continua ainsi à me baiser la bouche, et je m'habituai peu à peu aux mouvements qu'il insufflait à son bassin. Et même, assez vite, je découvris que j'étais capable d'improviser avec ma langue et mes lèvres qui s'adaptaient à son tempo, qui léchaient et se resserraient à ses passages. Ses va-et-vient se firent peu à peu plus légers, me laissant plus de marge de manœuvre. Ses grognements et ses courtes inspirations étaient d'une sensualité merveilleuse et m'indiquaient que je répondais à ses désirs. Quand, du bout de la langue, je caressai son gland avant de refermer fortement ma bouche dessus et de le sucer à fond, le gémissement qu'il poussa me fit sourire.

De nouveau, ses doigts imprimèrent un rythme frénétique à ma tête et il se remit à s'enfoncer très loin en moi. Dès qu'il devinait que j'étais sur le point de vomir ou que j'avais du mal à respirer, il calmait le jeu – et je l'en remerciais autant que je le pouvais. À un moment, mes yeux se posèrent sur le miroir et la vision que j'eus de son désir extrême – c'était moi, là, en train de satisfaire cet homme! – agit sur moi comme un puissant aphrodisiaque. La douleur délicieuse entre mes jambes s'accentua, et mon slip ne put contenir les fluides qui s'écoulaient à l'intérieur de mes cuisses. S'il ne me pénétrait pas très vite, j'allais craquer! Apparemment, il avait pensé la même chose que moi: tout à coup, il sortit de ma bouche et recula d'un pas. La peau tendue de son sexe était luisante de ma salive.

— Debout !

Ignorant si cet ordre m'autorisait aussi à récupérer l'usage de mes mains, je me relevai avec maladresse, les bras toujours noués dans le dos. Je crus discerner une approbation dans ses traits, mais ce fut rapide, car il m'attrapa par la nuque d'une poigne presque brutale et me mena de force jusqu'à une table de marbre ronde.

— Allongez-vous là-dessus et agrippez-vous jusqu'à ce que je vous dise de lâcher.

J'eus une brève hésitation. Si la table me paraissait assez solide pour supporter nos deux poids, la surface en était sûrement froide, alors que j'étais presque nue. Au plus profond de moi, une petite voix me cria que je pouvais encore refuser, qu'il n'était pas trop tard. Mais tout mon corps était soumis à mon désir intense, et je choisis de m'allonger. Le meuble ne bougea pas, et j'en fus soulagée. La main de Jeremiah lâcha mon cou pour glisser le long de mon dos, jusqu'à la chute de mes reins, et pincer mon derrière.

— Écartez les jambes.

Je m'exécutai. Il en profita pour promener ses doigts sur la ficelle de mon slip incrustée entre mes fesses. Lorsqu'il en caressa le devant, j'arquai les hanches pour renforcer le contact.

— Vous prenez la pilule?

Cette question abrupte et inattendue me tira du brouillard dans lequel j'étais plongée. J'acquiesçai. Si j'étais sous contraceptif, c'était plus pour éviter des règles erratiques qu'à cause d'une vie sexuelle débridée... Il en avait plus ou moins toujours été ainsi.

Récompensant ma réponse, ses doigts s'infiltrèrent sous le tissu du slip et appuyèrent sur ma peau mouillée. Je gémis. Agilement, il encercla les lèvres de mon vagin avant de glisser vers mon clitoris durci, qui pulsait douloureusement au rythme des battements de mon cœur. Ma respiration devint hachée, mais il n'alla pas plus loin, se contentant d'une exploration superficielle.

— Voulez-vous que je vous fasse jouir, chaton?

J'opinai avec vigueur, le souffle de plus en plus court, et je l'entendis rire doucement dans mon dos. Ses lèvres se collèrent ensuite au creux de mes reins, juste sous la guêpière.

— Vous allez devoir travailler dur pour ça. Êtes-vous prête à le faire?

Sans me laisser le temps de répondre, son pouce fouilla les replis de mon trou arrière. Sous le choc, je bondis en avant, mais la table m'empêcha d'échapper à cette intrusion. Ses mains jouaient à présent avec mes deux orifices, et je pantelais, ces sensations doubles étant une énigme que mon corps avait du mal à comprendre.

— Bien des femmes apprécient la sodomie, murmura Jeremiah à mon oreille. Certaines vont jusqu'à la favoriser à cause des interdits moraux…

Il se coucha sur moi, son corps se moulant aux formes du mien.

— Certains hommes ont également un faible pour ce passage-là. Son étroitesse et le tabou de la pratique créent une excitation tout aussi puissante que l'acte sexuel lui-même.

Ses lèvres frôlèrent mon oreille quand il ajouta :

— Devinez où va ma préférence.

Je lâchai un geignement impuissant, coincée entre le marbre glacé et le corps incandescent dans mon dos. Ses doigts n'avaient cessé de titiller mon bouton, mon bassin en tressautait de bonheur et des râles essoufflés me sortaient de la gorge. Le plaisir que j'éprouvai devant comme derrière ne me permettait pas de repérer lequel était le plus excitant des deux. Ses pouces œuvraient en même temps, j'en voulais toujours plus. Mais mon trouble n'était rien comparé à l'orgasme qui allait se produire d'une seconde à l'autre. Quand il enfonça son doigt dans mon anus, écartelant mes muscles tendus d'une façon que je n'aurais jamais pu imaginer sexy, je gémis et répondis à son geste en m'appuyant moi-même contre sa main.

Son rire grave et sensuel me submergea au point de faire vibrer ma peau. Ses doigts agiles accélérèrent leur rythme, dénichant des endroits nerveux et sensibles insoupçonnés, qui m'amenaient à me cambrer, à ruer et à geindre bruyamment.

— Vous êtes une vraie salope, murmura-t-il en roulant ses hanches contre mon cul.

Le pantalon au bas des pieds, il introduisit son membre érigé entre mes cuisses, à côté de sa main, et répéta son mouvement de bassin. Je mouillais comme une folle, et les frottements de son bas-ventre sur mon cul m'excitaient à en hurler. Je resserrai ma prise autour de la table au point d'en avoir les jointures blanches. Mes cris de plaisir étaient de longs gémissements plaintifs, les sensations et l'urgence que j'éprouvais tendaient mon corps impatient comme un arc.

— Vous jouirez quand je vous y autoriserai, pas avant.

J'émis un couinement de protestation, il retira sa main. J'eus l'impression qu'on venait de me verser un seau d'eau froide sur la tête. Cette interruption brutale était la punition que je méritais pour m'être plainte. Par bonheur, l'espace libéré fut vite rempli quand il inséra son sexe bien raide entre mes jambes avec un nouveau coup de reins. Mais il ne me pénétra pas et se contenta de glisser le long de mes lèvres humides.

— Je vous en prie, soufflai-je en me cambrant pour lui permettre un meilleur accès.

— Je vous en prie qui?

Même si je ne pouvais pas voir son visage, je perçus son amusement dans le timbre de sa voix. Cette fois, je sus quoi répondre.

— Je vous en prie, Monsieur.

— Qu'est-ce qui vous ferait plaisir? Voulez-vous que j'entre en vous, que votre cul magnifique s'ouvre pour me recevoir bien profond? Voulez-vous que je vous chevauche avec brutalité pour vous forcer à jouir pendant que ma queue vous ramone?

Ces intonations rauques juste dans mon oreille auraient fait fondre une pierre. Son membre frôla mon clitoris raidi, je crus m'évanouir. J'étais si près de l'orgasme qu'il ne m'en faudrait plus beaucoup.

Sa queue gonflée agaçait mon vagin en feu pendant que ses mains écartaient mes fesses et que ses doigts élargissaient mon anus. Quand il s'enfonça dans mon con, je faillis éclater en larmes tant j'étais soulagée. Sans perdre de temps, ses hanches m'imprimèrent un tempo régulier, tandis que ses doigts continuaient de me travailler l'anus. Moins d'une minute plus tard, chaque coup de boutoir me faisait pousser des cris qui rebondissaient sur la table, devant moi.

Alors que ses élans forcissaient, claquant le haut de mes cuisses avec vigueur contre le marbre, je levai les yeux sur le grand miroir qui surplombait une commode, juste en face de moi. J'eus alors la vision de cet homme collé à moi par derrière et de ses traits crispés de désir, un désir qu'il exprimait peu à voix haute. Sa bouche s'ouvrait sur des râles muets, ses bras tendus vers ma nuque gonflaient le tissu de sa chemise. L'arrière de mon corset, avec ses lacets et sa dentelle blanche, était sensuel. J'eus du mal à admettre que c'était mon corps que reflétait le miroir.

Très vite, cependant, je n'arrivai plus à me concentrer, débordée par diverses sensations et la venue d'une explosion que j'attendais avec impatience. Jeremiah me besognait maintenant comme un furieux, chacun de ses assauts me projetant brutalement sur la table qui, malgré tout, tenait bon. L'orgasme montait et je gémis.

— Je vous en prie, je ne peux plus me retenir ! Pitié, Monsieur !

La main qui séparait nos corps disparut et il augmenta le rythme de ses va-et-vient, m'enfonçant son membre vite et fort. Les doigts sur ma nuque se crispèrent, des feulements rauques et des grognements de gorge résonnèrent tout près de mon oreille, et la main glissa entre mes jambes, juste au-dessus de mon sexe palpitant.

— Jouissez, alors ! Je veux vous sentir vous répandre autour de moi.

De toute façon, j'aurais été incapable de me retenir. Mon orgasme fut comme une inondation de lumière. Je criai, agrippée à la table comme un étau, le corps secoué de violents tremblements. Les coups de boutoir de Jeremiah atteignaient des endroits en moi qui prolongèrent encore et encore les vagues de mon plaisir. Soudain, il poussa un rugissement et se cabra au-dessus de moi, avec un ou deux derniers allers-retours. Pantelante, je m'effondrai sur le marbre ; le froid, à présent bienvenu, calmait l'ardeur de mon corps. Jeremiah posa son front sur mon dos, et nous restâmes ainsi un moment à reprendre notre souffle.

Il finit par se relever et se retirer avant de faire courir sa main le long de ma colonne vertébrale.

— Vous pouvez lâcher la table, maintenant.

Ce ne fut pas aussi simple. Mes doigts étaient si raides que j'eus du mal à les ouvrir. Je dus les agiter pour rétablir la circulation sanguine. Me soutenant au marbre, je mis du temps à retrouver une respiration normale. De son côté, Jeremiah rajusta ses vêtements avant de s'approcher d'un fauteuil. Il y récupéra un petit sac en papier, sur lequel je ne déchiffrai pas le nom inscrit, et me l'apporta. Il le posa délicatement sur la table, à côté de moi. Puis il se pencha et posa sur mon front un baiser à la tendresse inattendue avant de me pousser doucement vers la salle de bains.

— Allez vous nettoyer, puis vous mettrez ceci. Gardez la lingerie en dessous. Je tiens à savoir que vous la portez sous vos vêtements.

Malgré mes jambes en coton, je titubai jusqu'à la salle de bains, prenant mon sac à main au passage avant de m'enfermer dans la pièce. J'observai mon image dans les grands miroirs. Mes cheveux blonds, encore humides, ne ressemblaient à rien, même si ce côté ébouriffé paraissait aller avec le reste de ma tenue. Je fis courir mes mains sur le tissu raide de la guêpière, me tournai pour mieux voir les lacets dans mon dos. C'était la première fois que je portais de la lingerie aussi belle – de la lingerie tout court, en fait ! En contemplant mon derrière qui s'évasait sous le corset, les jarretelles et le minuscule slip qui m'avait si peu protégée… je me trouvai belle.

C'était là une pensée nouvelle pour moi, et j'admirai mon reflet. Puis je fondis en larmes. Je ne mettrais sans doute pas fin à cette farce. Quel que soit le jeu inventé par Jeremiah Hamilton, la partie était d'ores et déjà trop engagée. J'avais pris trop de libertés pour jouer maintenant les innocentes. Bilan : qu'est-ce que ça faisait de moi ? Une assistante extrêmement bien rémunérée ou une maîtresse dans toute sa gloire ?

Cette question me dérangea ; j'essayai de la chasser de mon esprit. Après avoir consacré quelques minutes à me laver consciencieusement, je jetai mon slip fichu puis ouvris le petit sac en papier. Je découvris un pantalon à la mode, un corsage sobre mais en soie et une paire d'escarpins rouges ; dessous se trouvaient une brosse et des affaires de toilette. À première vue, les vêtements étaient à ma taille, alors que ma silhouette toute en courbes n'était peut-être pas la norme en Europe. Pour avoir visé aussi juste, ce n'était pas la première fois que Jeremiah faisait ce genre d'emplettes, c'était évident. Si l'idée m'agaça, je ne voulus pas en chercher les raisons : cela aurait soulevé de nouvelles questions que je n'avais pas envie de me poser pour le moment. Je choisis plutôt de me rendre présentable.

Vingt minutes plus tard, je sortais de la salle de bains, habillée et maquillée. Jeremiah patientait près de la table, avec les plats recouverts de leur cloche argentée. Il y avait un assortiment de fruits et de crêpes, et un petit ramequin mis à rafraîchir sur de la glace pilée contenait de la vraie crème fouettée. Un coup d'œil à la pendule m'apprit que la matinée n'était pas encore finie. Je fus heureuse d'avoir aussi bien dormi dans l'avion.

— Quels sont les projets pour aujourd'hui ? demandai-je, me souvenant qu'Ethan avait parlé d'un gala.

Mon patron prit ma main pour y déposer un baiser avant d'avaler quelques grains de raisin.

— Mangez tant que vous en avez le loisir, me conseilla-t-il, pendant que je me servais des fruits sur une crêpe fine. Aujourd'hui, votre véritable travail commence.

9

Paris brillait autant la nuit que le jour. Mais j'étais trop nerveuse pour y faire attention.

Tout en regardant la ville défiler à travers la vitre de la voiture, je lissai la robe chic et chère que je portais. En ce moment, le nœud que j'avais dans le ventre était dû aux craintes que j'éprouvais sur ce qui m'attendait dans cette histoire et moins à celles que m'inspirait l'homme assis à côté de moi, une main possessive plaquée sur ma cuisse.

À peine quarante-huit heures avant, je me débattais pour m'en sortir, pensant avec terreur qu'il suffirait d'un seul mois sans revenus pour être à la rue. À présent, je portais une tenue et des souliers qui coûtaient trois fois mes salaires précédents, et j'allais à un gala de charité auquel seuls étaient conviés les hommes les plus riches du monde... Celle que j'avais été me semblait à des années lumière!

Après une journée pendant laquelle j'avais dû me pincer pour vérifier que je ne rêvais pas, je devais admettre que tout ça était bien réel.

— Vous avez l'air fébrile.

Ces mots prononcés d'une voix douce m'amenèrent à avaler ma salive. Incapable de lever les yeux sur mon compagnon, je fixai sa main posée sur ma cuisse et j'observai la décontraction avec laquelle son pouce épais caressait le tissu de ma robe.

— Je suis terrifiée, avouai-je.

Je ne réussis pas à en dire plus tellement mes émotions embrouillaient mes pensées et m'empêchaient de réfléchir convenablement. Jeremiah salua ma réponse d'un vague murmure, et le silence retomba. La tour Eiffel étincelait sur l'horizon ombreux, tel un signal lumineux au-dessus de la ville animée. Même ce spectacle ne put m'arracher à mes idées noires.

— Quel est l'endroit en France que vous aimeriez visiter par-dessus tout?

La question me déstabilisa. Je me tournai vers Jeremiah, dont les prunelles vertes étaient songeuses.

— Pardon?

Il montra les bâtiments devant lesquels nous passions.

— La plupart des gens veulent voir la tour Eiffel, faire la route des vins ou je ne sais quoi d'autre parmi toutes les possibilités qu'offre le pays. Et vous?

J'eus beau me dire qu'il était bizarre de me demander ça à ce moment précis, mais je n'hésitai pas.

— Les plages de Normandie.

Ce souhait me poursuivait depuis l'enfance.

— Vraiment?

Jeremiah cligna des yeux et j'eus l'impression que, pour une fois, je l'avais déconcerté. Cela me fit sourire.

— Mon arrière-grand-père était pilote de chasse dans la Royal Air Force, et mon père était passionné par la Seconde Guerre mondiale, expliquai-je. J'ai baigné dedans toute ma vie. Avec des films, des documentaires… Il faut croire que j'ai été contaminée.

— La Royal Air Force? s'enquit Jeremiah, ses beaux yeux brillants d'intérêt. Votre arrière-grand-père était-il britannique?

Je secouai la tête.

— Non, canadien. Il est mort avant ma naissance, mais mon père disait qu'il racontait des tas d'histoires.

S'il m'était douloureux d'évoquer mon père, cela avait aussi un effet cathartique étonnant. Pendant presque trois ans, j'avais évité de penser à mes parents. Mais ces souvenirs étaient agréables, et je me détendis.

— Mon père adorait regarder les reportages sur la chaîne Histoire quand on célébrait un événement militaire quelconque, repris-je. Ces jours-là, ma mère le traitait de bon à rien et de boulet, mais elle le laissait à ses émissions. Il y avait une photo de lui sur la cheminée, datant de bien avant ma naissance, où il posait près d'un des monuments commémoratifs d'Utah Beach.

En relevant la tête, j'eus le temps d'apercevoir une expression curieuse, presque de l'envie, sur le visage de Jeremiah avant que son masque impassible retombe. J'en restai pensive. Au nom de quoi un milliardaire pouvait-il envier ma petite existence insignifiante?

— Et de votre côté? demandai-je en espérant qu'il ne me trouve pas indiscrète. Quelqu'un de votre famille a-t-il combattu?

— Non, répondit-il en secouant le menton. Mon père était trop jeune. De toutes façons, je ne pense pas qu'il y serait allé. Mais ça n'a pas empêché ma famille de gagner son premier million grâce à la guerre.

J'inclinai la tête, consciente de l'amertume de ses propos.

— Fabrication d'armes? Construction de navires?

— Non. Vente de matières premières à l'État avec énormes bénéfices. À la fin du conflit, la famille Hamilton était encore plus riche qu'avant.

La colère que je percevais dans sa voix me décontenançait. Avait-il honte?

— Tout le monde n'était pas au combat, repris-je. Mon grand-père paternel était pilote de chasse, mais mon autre grand-père a été réformé, et il a été obligé de rester à l'arrière. Il assemblait des bateaux et des torpilles dans une usine.

Un drôle d'éclat illumina l'œil de Jeremiah.

— Je n'avais pas l'intention de...

Je posai une main sur sa jambe.

— Je sais, le coupai-je. Je voulais juste dire que les vôtres aussi avaient participé à l'effort de guerre, quelles qu'aient été leurs motivations. Il n'y a aucune raison de culpabiliser.

Quelque chose m'incita à croire que le P.-D.G. n'avait jamais envisagé la situation sous cet angle. Comme il devait être douloureux d'avoir honte des siens, songeai-je, car c'était l'impression que m'avait donné notre conversation. Un coup d'œil m'apprit que Jeremiah me fixait d'un regard inquisiteur. Soudain gênée, je me raclai la gorge et entrepris de fouiller dans mon sac. Sa main remonta sur ma cuisse jusqu'à glisser autour de ma taille. Soudain, il me souleva et m'attira contre lui. Je déglutis sous ses yeux inquisiteurs, tandis que ses doigts repoussaient une de mes mèches blondes artistiquement bouclées.

— Vous êtes très belle, ce soir.

Son intonation grave résonna dans tout mon corps et l'enflamma. Je rougis et détournai les yeux, mais il prit délicatement mon menton et m'obligea de nouveau à le regarder bien en face. Il scruta mes traits tout en promenant une main légère sur mon front, puis sur ma mâchoire.

— Tous les hommes vont être jaloux de moi, ajouta-t-il.

L'éclat passionné qui éclairait ses prunelles me coupa le souffle. Dans mon dos, son autre main saisit mes reins à travers le tissu de ma robe tandis que ses doigts glissaient de mon visage à mon décolleté plongeant. Je réprimai un soupir, jouissant de ce moment, le corps tendu vers ses désirs non formulés.

La journée avait été un rêve fou et irréel. Jeremiah m'avait emmenée dans quelques-unes des boutiques parisiennes les plus tendance – et les plus chères – à la recherche d'une tenue de soirée. Il nous avait fallu trois magasins avant de dénicher ce que j'avais jugé être la robe longue idéale. Une opinion apparemment partagée par mon patron, car il l'avait achetée tout de suite quand il m'avait vue sortir de la cabine d'essayage. Le fourreau vert sans manches me donnait l'impression d'être sexy et mettait mes courbes en valeur d'une façon que je n'aurais jamais cru possible. Puis Jeremiah m'avait entraînée chez un coiffeur pour procéder à la suite de ma métamorphose. Pour la première fois de ma vie, j'avais été maquillée par un professionnel. J'aurais beaucoup aimé assister à ma transformation, mais le personnel du salon s'y était opposé, m'obligeant à tourner le dos au miroir mural pendant toute la séance. Lorsqu'on m'avait enfin permis de m'admirer, alors que je ne m'étais jamais beaucoup soucié de m'apprêter, j'avais été impressionnée par le résultat. Mes cheveux avaient été éclaircis en plusieurs nuances de blond, et le fard dissimulait toutes les imperfections de ma peau.

La main dans mon dos remonta jusqu'à ma nuque, qu'elle empoigna avec fermeté. Jeremiah poussa ma tête vers la sienne, et je crus qu'il allait m'embrasser. Il arrêta son geste au tout dernier moment.

— Dites-moi, murmura-t-il, tandis que son autre main s'insinuait sous la glissière de ma robe, mouillez-vous déjà pour moi?

«Toujours», faillis-je répondre, la gorge serrée sous l'effet du frôlement de ses doigts à l'intérieur de ma cuisse. Il joua avec le haut de mes bas avant de revenir agacer mon entrejambe.

Ma tenue vert sombre avait exigé une lingerie différente du bustier et des jarretelles blanches offerts le matin même par Jeremiah. Il avait choisi en personne mes sous-vêtements et, de retour à l'hôtel, avait insisté pour me dénuder avant de m'habiller de ces nouveaux dessous. L'expérience s'était révélée d'une sensualité torride, même si mon patron n'avait formulé aucune demande supplémentaire malgré l'érection qui tendait son pantalon. Mais bon, l'approbation lue dans son regard avait réchauffé d'autres parties de mon corps. Il était agréable de se sentir désirable.

Ce souvenir accentua l'embrasement que j'éprouvais dans la voiture. Un gémissement ténu m'échappa pendant que j'écartais les jambes pour accueillir ses caresses insistantes. Il fit courir ses doigts sur ma culotte, appuya dessus sans vraiment me toucher, et je frissonnai. Pris d'un petit rire, il recommença l'opération avant de soulever le menton pour déposer un baiser sur mon front.

— Je crois que nous allons devoir patienter, chuchota-t-il.

Il me remit à côté de lui sur la banquette, et la frustration m'arracha un miaulement.

— Mais, ce soir, ajouta-t-il, vous serez mienne.

Ces paroles lourdes de promesses me firent trembler d'impatience.

Nous quittâmes la rue pour nous diriger vers un bâtiment illuminé de toutes parts. Une foule était assemblée sur le perron et, de nouveau, je fus inquiète. Jeremiah serra brièvement ma cuisse et, récupérant mon sac à main posé au sol, j'essayai de me détendre. La limousine vint se garer devant l'immeuble et le chauffeur en descendit.

L'heure du spectacle était venue, pensai-je en triturant la bandoulière de mon sac. Bien qu'un grand nombre d'invités soit déjà entré, il en restait encore trop dehors à mon goût, et mon cœur battait à tout rompre.

La portière s'ouvrit, Jeremiah sortit le premier pour me tendre la main. Je le rejoignis et des flashs crépitèrent. Soudain, ma robe moulante et mes hauts talons me parurent presque indécents. Heureusement, le bras de Jeremiah était solide et il m'entraîna sans effort à travers la cohue, telle une bouée de sauvetage à laquelle je m'agrippais. J'avais beau avoir l'habitude de marcher avec des talons aiguilles, l'attention qu'on nous portait me rendait d'une maladresse stupide. Je me concentrai pour garder mon équilibre et ne pas me ridiculiser. Quand nous parvinrent à la porte, laissant les appareils photo et les journalistes hurlant derrière nous, je poussai un soupir de soulagement.

Jeremiah ne m'avait pas renseignée – peut-être délibérément – sur la soirée à laquelle nous assistions. Je savais juste qu'elle se tenait à la Porte de Versailles et qu'elle avait été organisée afin de trouver des fonds en faveur de diverses associations caritatives. Le nombre impressionnant de personnes sur place et leur façon de bouger me donnèrent l'impression que nous n'étions pas en avance. Un coup d'œil au programme qu'une hôtesse me fourra entre les mains confirma mes soupçons. Je regardai la liste des interventions et m'arrêtai sur un nom.

— Vous ne m'aviez pas dit que vous étiez l'invité d'honneur.

Jeremiah haussa une épaule avec décontraction, comme si ce n'était qu'un détail, et me guida jusqu'au cœur des festivités. Un orchestre jouait de la musique classique et, à l'autre bout de l'estrade, des couples évoluaient sur la piste de danse. La plupart des invités discutaient en petits groupes éparpillés dans le hall.

— Cher ami ! Je suis heureux que vous ayez pu assister à notre petite soirée.

Un homme dégarni et assez petit s'était approché de nous. Il donna à mon cavalier une vigoureuse poignée de mains. Il portait un smoking et un nœud papillon, et s'exprimait avec un fort accent français.

— Vous venez juste d'arriver, j'imagine ?

— Bonsoir, Gaspard, le salua Jeremiah. Je suis très honoré par votre invitation.

Il arborait un petit sourire bienveillant, et je devinai qu'il appréciait réellement le Français.

— Toujours aussi modeste ! s'esclaffa ce dernier. Alors que, la plupart du temps, c'est vous qui financez nos humbles efforts !

Je tressaillis et jetai un regard en biais vers mon patron. Le compliment semblait l'avoir laissé de marbre et j'en conclus que Gaspard disait sûrement vrai. J'ignorais qu'il alimentait des associations de charité. Décidément, j'en apprenais un peu plus à chaque minute au sujet de l'homme debout près de moi. L'ampleur du brouillard dans lequel j'étais commençait à m'irriter.

— Et qui est votre ravissante cavalière, ce soir ? lui demanda Gaspard, me ramenant à la réalité.

— Permettez-moi de vous présenter Lucille Delacourt, ma nouvelle assistante. Lucy, Gaspard Montrose est le responsable de cette sauterie.

— *Enchanté, mademoiselle*[1].

Gaspard prit ma main tendue et y déposa un baiser. Je sentis les doigts de Jeremiah se crisper sur ma taille et s'enfoncer dans le tissu de ma robe.

— *Enchantée, monsieur*, répondis-je, avant de désigner la pièce. *Cette salle est merveilleuse.*

Le visage de Gaspard s'éclaira aussitôt.

— *Ah, mais vous parlez français !*

— *À peine. Je suis née au Québec avant de déménager à New York.*

— *Une Canadienne française !* s'exclama notre hôte, tellement ravi que je ne pus m'empêcher de lui sourire en retour. *Bienvenue à Paris, mademoiselle* !

Je décidai de ne pas tenir compte du regard de Jeremiah qui s'attardait sur moi, et je m'intéressai au programme. Le petit dépliant détaillait les différentes activités qui avaient eu lieu dans l'après-midi. La soirée, elle, se bornerait à un buffet et à une brève cérémonie de clôture.

— Avant que je vous libère, Jeremiah, je dois vous annoncer quelque chose, reprit Gaspard en se penchant vers nous et en baissant la voix. Lucas est ici.

Mon compagnon se raidit aussitôt et, quand je levai la tête vers lui, je vis qu'il affichait un visage de pierre. De son côté, Gaspard semblait désolé.

— Je ne sais pas comment il s'est débrouillé, mais son invitation était tout ce qu'il y a de plus authentique, et il est entré sans difficulté.

J'arrangeai les plis de ma robe, curieuse d'apprendre qui était l'homme dont le Français parlait, mais je ne voulais pas paraître indiscrète. Jeremiah serrait les mâchoires, et un muscle tendait sa joue. Il se relaxa brusquement.

---

1. Les mots en italiques sont en français dans le texte.

— Merci de m'avoir averti, Gaspard.

Ce dernier hocha la tête puis se tourna vers un couple de nouveaux arrivants. Nous nous éloignâmes. Maintenant que nous n'étions plus exposés à la presse, j'étais plus à l'aise et je marchais sans peur de tomber. Mais je dus accélérer le pas pour ne pas être distancée par mon cavalier. Ses longues enjambées nous amenèrent à l'autre extrémité de la salle, sous le regard insistant des invités.

— Vous ne m'aviez pas dit que vous parliez français.

Je m'attendais à un commentaire sur mon échange avec Gaspard. Malgré un papillonnement nerveux dans le ventre, j'eus un petit sourire triomphant.

— Vous ne me l'avez pas demandé.

Ma réplique était insolente, mais je fus rassurée par son air amusé.

— D'où la mention de plusieurs passeports pendant votre entretien d'embauche…

— J'en ai même deux. Un canadien et un américain. Ma mère était américaine mais elle a vécu au Canada après son mariage avec mon père. J'ai grandi au Québec, puis nous sommes partis vivre à New York quand j'avais quatorze ans.

— Vous avez eu une vie bien remplie, Mlle Delacourt.

De nouveau, je vis l'approbation sur son visage, ce qui déclencha chez moi une chaleur bienheureuse qui se répandit des pieds à la tête. Peu à peu, je me rendais compte qu'il n'était pas facile de surprendre mon patron. C'était même risqué. Heureusement, cette fois, je m'en étais sortie.

Nous repartîmes. J'étais consciente des regards que les gens dans la salle jetaient dans notre direction. Mais personne ne nous aborda, ce qui me sembla bizarre. Jeremiah avait l'air de savoir où il allait, aussi je le suivis sans protester. La rapidité de notre démarche ne permettait à personne de nous approcher, et je me demandai ce qu'il avait d'aussi urgent à faire.

Malheureusement, je n'eus pas le temps de le découvrir. Nous nous arrêtâmes près de la piste de danse, au milieu de groupes qui bavardaient et riaient entre eux. Jeremiah me prit la main et, comme Gaspard tout à l'heure, embrassa mes doigts. Contrairement à ce qui s'était produit avec le Français, ce baiser déclencha des picotements dans tout mon corps. Le regard de mon patron croisa le mien et je sus qu'il n'était pas dupe de ma réaction.

— Je dois parler à quelqu'un en privé, murmura-t-il d'une voix à peine audible dans le vacarme. J'en ai pour une minute. Restez ici jusqu'à ce que je revienne.

Sur ce, et sans un autre mot, il tourna les talons et se fondit dans la foule des invités.

10

Quand, en classe de sixième, je décrochai mon premier – et dernier – rôle important dans la pièce de théâtre de fin d'année, j'appris mes répliques, chez moi et avec mes camarades, jusqu'à ce que je les sache par cœur, à l'endroit comme à l'envers. Même les répétitions en costumes, dans la grande salle de gym, se passèrent sans incident, car il n'y avait pas encore de public. J'étais fière de participer, de tenir ce rôle petit mais crucial. Tout se gâta le soir de la première. Tétanisée par l'assistance composée d'anonymes, j'oubliai mon texte et me révélai incapable de bouger, submergée par ce qui m'apparut comme un raz-de-marée dévastateur.

Soudain seule dans ce hall d'exposition, dans un pays étranger où je ne connaissais personne, je sentis qu'une même terreur me pétrifiait.

Maintenant que j'étais laissée à moi-même, la salle magnifiquement décorée, avec ses invités élégants et son ambiance luxueuse, sembla virer à une farce sinistre. Le programme froissé entre les doigts, j'observai autour de moi en me demandant où aller. Rester plantée comme un piquet, ainsi que me l'avait ordonné Jeremiah, était exclu. Il fallait que je m'arrache de cette cohue, comme j'avais été obligée de quitter la scène, des années auparavant.

— Lucy Delacourt?

Mon nom me fit sursauter et m'arracha à mes pensées moroses. En me retournant, je vis une jeune femme brune en longue robe jaune qui s'approchait de moi. Son visage m'était familier, et un sourire apparut sur mes lèvres quand je la reconnus.

— Cherise?

— Oh là là! C'est bien toi! s'exclama-t-elle en frappant dans ses mains tellement elle était heureuse. Il me semblait bien t'avoir aperçue à ton arrivée, mais je n'en étais pas sûre.

Stupéfaite de rencontrer une personne familière, j'oubliai les convenances et serrai la jeune femme dans mes bras. Cherise avait vécu dans le même foyer d'étudiants que moi pendant nos deux premières années à Cornell. Bien que nous ne nous soyons pas fréquentées pendant les cours – elle faisait médecine et moi droit –, nous traînions ensemble les week-ends avec une bande d'amis. Je ne m'interrogeai pas sur le hasard qui nous remettait en présence et me contentai de remercier ma bonne étoile.

— Que fabriques-tu ici? demandai-je.

— J'accompagne David, expliqua-t-elle avec un grand sourire plein de fierté. Nous gérons un dispensaire à Bornéo, et il est venu ici pour essayer de trouver des fonds.

— Vous vous êtes enfin mariés?

Elle acquiesça. J'étais heureuse pour eux. Cherise et David sortaient ensemble depuis le lycée quand j'avais fait leur connaissance à l'université. Tous deux nourrissaient des rêves humanitaires. Apparemment, ils étaient en train de les mettre en pratique.

— Ainsi, vous êtes médecins tous les deux, maintenant?

— Non. Je me suis orientée vers la gestion lorsque David a entamé son deuxième cycle. Ça s'est révélé judicieux, car je m'occupe aujourd'hui de l'aspect concret de notre projet. En plus, il m'arrive de l'accompagner sur le terrain, alors c'est tout bénéfice pour moi !

Cherise n'avait rien perdu de l'optimisme et de cette joie contagieuse dont ses amis avaient toujours profité. Son plaisir évident à me retrouver rendit mes pensées plus légères et m'aida à me détendre. La jolie jeune femme me jeta un regard espiègle.

— À ton tour, raconte ! Est-ce vraiment Jeremiah Hamilton que j'ai vu à ton bras ?

Je rougis avant de me sermonner : je n'avais aucune raison d'être mal à l'aise.

— C'est mon patron, répondis-je en haussant les épaules, l'air de rien.

— Vous deux êtes… ?

— Non ! m'empressai-je de nier en secouant la tête. Je suis sa nouvelle assistante personnelle, ce qui, et je viens de le découvrir, suppose que je l'accompagne à ce genre de soirées. C'est très étrange, pour moi.

Je ne mentais pas vraiment. Pourtant, je ne me sentis pas bien de taire tout le reste, surtout quand Cherise ne cacha pas à quel point elle était déçue.

— Tu ne voulais pas devenir avocate ? s'étonna-t-elle.

Elle touchait là un point sensible, ce qu'elle ne pouvait pas savoir, bien sûr. À la mort de mes parents, nous nous étions moins vues, chacune étant partie de son côté. J'avais rompu les ponts avec la plupart de mes camarades d'université quand, par la suite, j'avais essayé de m'en sortir.

— Ça n'a pas marché, lâchai-je avant de scruter la foule derrière elle, histoire de changer de sujet. Où est David ?

— Quelque part dans la salle. Il se mêle aux riches invités pour tenter d'obtenir des dons. Notre intervention, cet après-midi, ne nous a pas rapporté autant que nous l'espérions. Aussi, il cherche des mécènes supplémentaires. Il est bien plus doué que moi pour ce type d'exercice. Il me paraît tellement bizarre d'aborder un inconnu rien que pour lui demander de l'argent !

— Comme c'est amusant, lâcha alors une voix au fort accent étranger. C'est pourtant ce que vous êtes en train de faire, non?

En me tournant, je vis qu'une grande et mince blonde s'était postée près de moi et toisait Cherise avec une arrogance déplaisante. J'ignorais depuis combien de temps elle nous espionnait, mais quand je vis que mon amie accusait le coup, je ne pus me retenir de serrer les poings.

— Pardon? répondis-je avec indignation. À qui avons-nous l'honneur?

Elle posa sur moi son regard bleu et froid, me jaugeant d'un seul coup d'œil.

— Anya Petrovski, se présenta-t-elle. J'ai cru comprendre que vous étiez la nouvelle assistante personnelle de M. Hamilton. Un poste qui m'est très familier, ajouta-t-elle en faisant mine d'examiner ses ongles.

Elle ne me tendit pas la main, que j'aurais de toute façon refusée de serrer. Je n'avais pas apprécié sa façon d'insister sur le mot «familier», pas plus que ne me plaisait le rictus complice qui déformait ses lèvres. Furieuse que ma «relation d'affaires» avec mon patron soit ainsi raillée, je m'abritai derrière la colère.

— Veuillez me pardonner, Mlle Petrovski, mais j'étais en train de discuter avec…

— Vous ne tarderez pas à découvrir, m'interrompit-elle grossièrement, que quand on travaille pour des hommes fortunés, les gens égoïstes ne vous approchent que pour votre carnet d'adresses.

La peste gratifia Cherise d'un regard condescendant.

— Méfiez-vous de ces tentatives maladroites, conclut-elle.

Mon amie s'était raidie sous l'insulte voilée.

— Il s'agit d'un gala de charité, des fois que vous ne l'ayez pas remarqué, répliquai-je sur un ton cinglant pour défendre Cherise. Et si cette dame souhaite que je l'aide à trouver des fonds, je suis en droit de décider si j'en ai ou non envie.

Anya haussa les épaules.

— Cette soirée n'est qu'un prétexte pour légitimer une forme de mendicité minable.

Une remarque aussi déplacée me souffla, et je m'apprêtai à envoyer paître la femme hautaine, quand Cherise recula d'un pas.

— Excusez-moi, murmura-t-elle avec raideur, je dois rejoindre mon époux.

Je la retins par le bras.

— Cherise…

— Tout va bien, Lucy. Je suis heureuse de t'avoir revue, mais… quand tu en auras terminé avec cette… cette femme, viens nous retrouver.

Elle lança à la beauté russe un regard glacial, qui ne lui ressemblait pas du tout, avant de s'éloigner, la tête haute. Je me tournai vivement vers la blonde.

— Pourquoi avez-vous été aussi désagréable? lui demandai-je. C'est une amie.

Ma colère parut la ravir.

— Je me fiche bien d'elle, répliqua-t-elle avec décontraction. On m'a seulement envoyée vous chercher.

De nouveau, je serrai les poings. Au milieu de toutes ces personnes et en pays étranger, je ne voulais pas provoquer un scandale et attirer l'attention sur moi, mais j'eus du mal à me contrôler. Ce qui, encore une fois, sembla beaucoup amuser la Russe et ne fit qu'aggraver mes difficultés à me dominer.

— Qui donc?

— Mon employeur, sourit-elle, mauvaise.

Je me mordis les lèvres pour ne pas répliquer par les premiers mots qui me venaient à l'esprit.

— Merci de lui transmettre que je ne suis pas visible.

— Je dois insister, contra-t-elle en enroulant son coude autour du mien et en commençant à m'entraîner de force. M. Hamilton déteste attendre.

— Quoi? m'exclamai-je, décontenancée. C'est Jeremiah qui me demande?

Sous l'effet de la surprise, je l'avais laissé me tirer sur quelques pas. Me ressaisissant, je finis par résister. Mais, d'un geste du menton, elle indiqua une direction et je découvris le profil de mon patron au milieu d'un groupe d'invités. Je n'en revenais pas qu'il m'ait expédié cette harpie. La bouche pincée, hésitant à faire une scène mais voulant réellement échapper à cette femme suffisante, je cédai malgré moi et la suivis.

Plusieurs hommes en uniforme entouraient notre cible, tous d'un même vert kaki, mais dont les décorations variaient selon les grades. Alors que nous approchions, je me rendis compte que j'avais commis une grave erreur. Malheureusement, à présent je n'avais aucun moyen de m'échapper. Une tête brune, familière et pourtant totalement inconnue, se tourna vers nous, et une paire de prunelles d'un bleu-vert glacé s'éclaira en nous voyant arriver. De longs cheveux sombres ramenés en arrière encadraient un beau visage que fendait une petite cicatrice blanche, courant sur le nez et l'une des joues. Vêtu tout de noir et tenant négligemment un verre de vin, le propriétaire de ce visage était dénué de cette impassibilité à laquelle je m'étais habituée au bout de trois jours.

Bon sang! Dans quoi m'étais-je fourrée?

— Messieurs, si vous voulez bien m'excuser. Nous reparlerons de tout cela demain.

Si sa voix avait une intonation similaire, elle révélait des accents cyniques et sournois, très différents de la retenue propre au rigide Jeremiah. L'homme me dévisagea avec une nonchalance qui me dérouta, car elle était loin de la gravité que j'avais associée à un autre visage, d'une ressemblance pourtant frappante.

— Tiens, tiens, tiens! Qui va là? demanda-t-il en portant ma main à ses lèvres.

Le baiser qu'il me donna n'avait rien à voir avec celui de Gaspard. Là où le Français s'était montré galant, ce type laissait supposer une intimité déplaisante. Il me fixa, sa bouche s'attardant un peu trop longtemps sur ma peau. Malgré moi, je tressaillis, et cette réaction m'agaça profondément. Je retirai vivement mon bras, provoquant un éclair amusé dans les prunelles bleu-vert.

— Voici Lucy Delacourt, la nouvelle assistante de Jeremiah.

Même si la voix d'Anya était toujours aussi sarcastique, son attitude était un peu plus déférente. Elle se plaça à côté de l'homme et crocheta son bras avec ce qui me parut être une sorte de possessivité.

— Je vous présente Lucas Hamilton, enchaîna-t-elle. Le véritable héritier de la famille.

La conviction qu'elle avait mise dans cette dernière phrase ne m'échappa pas, et l'intéressé ne protesta pas. En tout cas, j'étais face à celui auquel Gaspard avait fait allusion à notre arrivée. Je fronçai les sourcils, coincée entre ce couple. Leurs regards avaient en commun une lueur prédatrice qui me donnait envie de fuir. Pourtant, je tins bon et croisai les bras sur ma poitrine. Ma colère couvait au fond de mon ventre. Je détestais me retrouver dans cette situation inattendue, sans renforts pour me soutenir.

Inclinant la tête sur le côté, Lucas ignora sa somptueuse voisine pour détailler ma physionomie.

— Vous paraissez tendue, chérie, me susurra-t-il. Il me déplaît qu'une femme aussi jolie que vous ait l'air de regretter d'être en ma compagnie.

Anya se raidit, et le regard furieux qu'elle me jeta ne cacha rien de la jalousie qu'elle éprouvait. Même si j'étais contente de la voir en rabattre d'un cran, je n'avais aucune envie de poursuivre cette conversation. Quelque chose me soufflait que ces deux-là ne jouaient pas dans la même cour que moi. Quoi qu'il arrive, je doutais d'en sortir gagnante.

— Je vous ai pris pour un autre, répliquai-je sans amabilité, sans préciser non plus qu'on m'avait forcée à venir. Pardonnez-moi…

Je reculai d'un pas. À cet instant, l'orchestre entama un nouveau morceau, plus vif, et aussitôt des couples se rendirent sur la piste de danse. D'un geste sec, Lucas se débarrassa d'Anya et avança vers moi.

— M'accorderez-vous cette danse? demanda-t-il en me tendant la main.

La Russe s'interposa, prête à empêcher cette invitation. Un coup d'œil acéré de l'homme stoppa nette sa tentative, et elle se pétrifia, non sans me foudroyer du regard. Comme si, tout à coup, c'était moi à qui était dévolu le rôle de la méchante. Tout cela commençait à m'agacer prodigieusement.

— Non, désolée, déclinai-je, il faut vraiment que je trouve mon…

— Permettez-moi d'insister, coupa-t-il.

Et sans me laisser la possibilité de protester, il mit un bras autour de ma taille et m'entraîna vers la piste. Je résistai, plantant mes talons dans le sol. Tous s'étaient-ils donc passé le mot, ce soir, pour m'obliger à faire leurs quatre volontés?

— Nous sommes en public, murmura Lucas à mon oreille. Vous ne voudriez pas vous donner en spectacle, n'est-ce pas?

J'hésitai, soudain consciente des inconnus qui nous entouraient. Ce bref moment d'hésitation suffit à mon cavalier, qui en profita pour me tirer sur la piste et m'étreindre avant que j'aie eu le temps de refuser à nouveau. En un clin d'œil, il m'entraîna sur le sol glissant comme de la soie. J'essayai de me libérer, mais sa poigne m'emprisonnait comme un étau.

— Lâchez-moi, grondai-je, la voix lourde de la colère qui bouillonnait en moi.

— Pour gâcher une occasion formidable de danser avec une belle femme? Sûrement pas.

Mes réticences paraissaient le divertir. Ma raideur rendait mes mouvements disgracieux, ce qui n'avait pas l'air de perturber mon cavalier le moins du monde. Il m'attira contre son corps dur, son étreinte pareille à de l'acier. Je touchais à peine le sol, tout mon poids reposait sur ses bras.

— Nous sommes partis sur le mauvais pied, reprit-il. Expliquez-moi pourquoi. Mon odeur vous déplaît-elle?

La question, absurde, me prit en traître et je dus lutter pour ne pas sourire. Malgré moi, je sentis ce qui émanait de lui, une fragrance à la fois sucrée et épicée, proche de la cannelle. Je ne sus déterminer s'il s'agissait d'un parfum ou de son odeur naturelle. Irritée par ma réaction, je répondis avec mauvaise humeur:

— Je n'aime pas qu'on rabaisse mes amis devant moi, puis qu'on m'oblige à rencontrer quelqu'un sous de fausses raisons.

La brutalité de mes propos amena Lucas à incliner la tête sur le côté, d'un air contrit.

— Anya peut parfois se montrer vive, reconnut-il. D'ailleurs, cela a fait partie de ses charmes, à une autre époque. Et si nous repartions de zéro? Je m'appelle Lucas Hamilton et vous êtes…

— Vous le savez très bien.

Refusant par défi de croiser son regard, je me concentrai sur le col de sa chemise. Un doigt me souleva le menton.

— J'aimerais toutefois l'entendre de votre bouche, souffla-t-il, tandis qu'il m'entraînait dans un grand arc de cercle autour de la piste de danse.

Mon ventre se noua soudain, je serrai les mâchoires. Au diable mon corps et ses réactions idiotes! Les mains de Lucas étaient deux charbons ardents sur ma peau, ses yeux deux aimants. Exactement comme son frère.

Le souvenir de Jeremiah me permit de retrouver une contenance. Je n'avais pas besoin qu'un autre homme réduise mes jambes en coton et anéantisse ma volonté. Un seul était déjà plus que suffisant.

— Qu'attendez-vous de moi? demandai-je d'un ton ferme.

Si j'espérais détecter de la déception chez lui à la suite de l'échec de ses tentatives de séduction, j'en fus pour mes frais. Au contraire, son regard s'alluma d'un intérêt nouveau et d'un plaisir réel.

— En plus de danser avec une belle femme? répondit-il avec un haussement d'épaules décontracté. Rendre jaloux mon petit coincé de frangin.

Je pinçai les lèvres, mon ventre se serra. Au moins, il était franc. Enfin, j'en avais l'impression.

— Je n'ai pas envie de jouer à vos petits jeux, M. Hamilton, ripostai-je.

Je tentai de me dégager en douceur, bousculant au passage un couple voisin.

— Je préférerais ne pas faire de scène, enchaînai-je, mais si vous ne me...

— Et si j'étais à même de répondre à certaines questions que vous vous posez au sujet de votre employeur? contra-t-il.

Mon air surpris suscita chez lui un sourire ironique qui me sembla presque authentique.

— C'est lui, le cachottier, poursuivit-il en m'attirant encore plus contre lui et en collant sa bouche à mon oreille. N'y a-t-il donc rien que vous mouriez d'envie d'apprendre à son propos?

J'enfonçai mon talon sur le bout de sa chaussure. S'il grimaça et s'écarta, il ne me lâcha pas pour autant. Une fois encore, les commissures de ses lèvres se retroussèrent sur un rictus enrageant. Je le fusillai du regard. Il me tenait, et il le savait.

Car j'étais curieuse, c'est vrai.

J'ignorais tellement d'aspects de la personnalité de mon nouveau patron, qui ne cessaient, en sa présence, de me déstabiliser de façon vertigineuse! Sa manière de me regarder, aussi perçante que s'il lisait en moi, par exemple. L'idée de savoir quelque chose, n'importe quoi susceptible de rétablir l'équilibre entre nous, était aussi tentante que de l'eau pour un homme mourant de soif. Mais la moue railleuse de Lucas continuait de me révulser.

— Anya a travaillé pour M. Hamilton, marmonnai-je. L'autre, j'entends. Mon patron.

Le sourire s'élargit.

— Elle a été sa dernière assistante personnelle, lâcha Lucas d'une voix traînante tout en me fixant attentivement.

Je m'efforçai de dominer ma répulsion. En vain. Une pareille sorcière? Qu'est-ce que Jeremiah avait donc pu lui trouver?

Quand mon cavalier rejeta la tête en arrière et éclata de rire, je me rendis compte que j'avais formulé mes pensées tout fort. Mortifiée, je rougis. Autour de nous, des couples de danseurs nous observèrent avec étonnement.

— Elle n'a pas toujours été ainsi, reprit l'aîné des Hamilton sur un ton amusé. Elle était même charmante, tout comme vous.

— Qu'est-il arrivé pour qu'elle change autant? répondis-je, bien décidée à ne plus me laisser piéger.

— Je l'ai séduite et ravie à mon frère avant d'en faire mon espionne. Lorsqu'il a découvert le pot aux roses, il l'a licenciée et elle est venue travailler pour moi.

Son arrogance cachait mal une amertume palpable. De nouveau, je tentai de lui échapper et, bizarrement, cette fois, il m'autorisa à m'éloigner un peu. Malheureusement, ce ne fut que pour me faire tourner sous son bras avant de resserrer son étreinte autour de ma taille. S'il restait insensible aux éclairs que mes yeux lui lançaient, son attention ne s'était pas détournée de moi.

— Question suivante?

J'avais beau danser avec un serpent, je n'avais pour l'instant pas les moyens de m'enfuir. N'apercevant dans la salle aucune trace d'une équipe de secours à même de me tirer de là, je décidai de poursuivre cette drôle de conversation.

— Qu'entendait Anya quand elle vous a désigné comme le «véritable héritier de la famille»? Vous et Jeremiah êtes frères, non?

— Ah! Vous allez directement au cœur des choses, hein?

Il me fit tournoyer encore une fois, ses prunelles bleu-vert pensives.

— Que savez-vous exactement?

Pas grand-chose, mis à part ce que Celeste m'avait révélé plus tôt.

— La version Wikipédia. Votre cadet était militaire, il a démissionné pour reprendre les rênes de la société et a connu des débuts difficiles.

— Un résumé assez juste, même s'il manque quelques détails intéressants.

Je réfléchis un instant.

— Quelles sont exactement les activités de Hamilton Industries ? Comment votre famille fait-elle de l'argent?

Il arqua un sourcil, mais accepta de répondre à ma question.

— Des opérations d'investissements, surtout. Dans d'autres compagnies qui, en échange, nous reversent une grosse partie de leurs bénéfices. Aujourd'hui, la boîte sert surtout à conserver et à faire prospérer le fric qu'elle a déjà. Mais le trust abrite beaucoup de sociétés et emploie du monde. Nous avons toujours…

Il s'interrompit, puis enchaîna :

— Dites-moi, quelles relations entreteniez-vous avec votre père?

Désarçonnée par sa demande, je me raidis et cherchai sur son visage les traces d'un piège, mais son intérêt me parut réel, bien que la question soit trop personnelle à mon goût.

— Elles étaient bonnes, répondis-je avec prudence. Pourquoi?

— Pas les nôtres, lâcha-t-il, et son expression jusqu'alors joviale s'assombrit. Il était impossible de satisfaire Rufus Hamilton, surtout si vous étiez de sa famille. Nous ne l'avons compris qu'en grandissant, bien sûr, alors que ses exigences avaient déjà forgé nos sensibilités. Je vous la fais courte : j'ai suivi le parcours qu'on attendait de moi dans le but de succéder à mon père à la tête des affaires familiales. De son côté, Remi s'est rebellé. Il n'a rien trouvé de mieux que de s'engager dans l'armée sans le consentement de notre paternel. Ainsi, et pour la seule fois de sa vie, il a réussi à déjouer les plans du vieux. Ce qui a rongé ce dernier jusqu'à la fin de ses jours.

Il s'interrompit et un long silence s'installa.

— Un événement a dû tout changer, murmurai-je pour l'inciter à continuer.

Il grogna, son regard redevint lointain et cynique.

— Oui. Le patriarche est mort.

Il baissa les yeux sur moi, les lèvres pincées. Cette nouvelle pirouette me permit de deviner que c'était sa façon de se donner du temps pour réfléchir.

— Rufus n'aurait pu choisir un meilleur moment. Il a été emporté par une crise cardiaque en plein conseil d'administration, quelques jours à peine avant que Jeremiah se réengage. J'ai été surpris de le voir débarquer pour la lecture du testament. Encore plus choqué quand j'ai découvert que notre très cher père laissait l'essentiel de ses biens à son fils cadet.

La colère maîtrisée que je lisais dans ses yeux luttait avec le rictus qui déformait ses lèvres. Il avait l'air absent, perdu dans des souvenirs qui, clairement, lui déplaisaient.

— Jeremiah a tout eu, y compris la majorité des actions de la société. Il était stipulé que, s'il refusait l'héritage, l'affaire serait liquidée et démantelée. Ce qui aurait entraîné la perte de milliers d'emplois et l'effondrement d'un empire soigneusement érigé pendant des décennies. Tout ce machiavélisme pour récupérer le rejeton qui avait été plus malin que lui !

La dureté de ces dernières volontés eut le don de me dérouter.

— Tout transmettre à Jeremiah était donc une sorte de punition ?

Ma question tira Lucas de ses réflexions, et je frissonnai. Son expression mélancolique s'effaça devant une ironie arrogante dont je commençais à saisir qu'elle n'était qu'un masque. Il nous entraîna dans un tourbillon de rondes.

— Notre adorable Remi a toujours été aux petits soins pour les gens du commun. C'est pour ça qu'il s'est engagé. Il souhaitait aider les autres. Aussi, après la lecture du testament par le notaire, nos avocats et les membres du conseil d'administration se sont rués sur lui et lui ont mis la pression : la situation était grave, il allait ruiner des milliers de vies s'il refusait, etc. Vu sa prédilection à jouer les héros, il ne fallait pas être un génie pour deviner sa décision.

— Mais vous ? demandai-je avec une curiosité non dissimulée.

Si Lucas disait vrai, son père l'avait spolié de manière injuste. Même si ce détail ne changeait rien à mon antipathie pour lui, il me faisait considérer sa personnalité d'une autre façon.

— J'ai survécu, marmonna-t-il. (Il regarda par-dessus mon épaule, et un sourire malsain étira sa bouche, tandis que le morceau se terminait.) Ce qui ne veut pas dire que je n'ai pas saisi la première occasion pour m'amuser.

J'étouffai un petit cri quand, après un ultime tour, il me renversa en arrière jusqu'à me placer presque à l'horizontale. Me retenant à ses épaules, je fixai son beau visage avec des yeux ronds.

— Et si on leur en donnait pour leur argent ?

Alors il plaqua ses lèvres sur les miennes. Je me raidis, enfonçai mes ongles dans son costume noir. Sa bouche profitait de ma surprise, sa langue et ses dents titillaient ma lèvre inférieure. Même bref, ce baiser provoqua en moi une chaleur. Mais je parvins à me dominer. Quand il me redressa, mon bras était déjà levé. Ma main claqua sur sa joue, l'élan donnant à ma gifle une certaine force. Le coup nous pétrifia tous les deux. Je n'arrivais pas à croire que je l'avais fait, une incrédulité apparemment partagée par Lucas. Je distinguai un éclat étonné dans son regard et, peut-être, une pointe de respect. Il me lâcha enfin.

— Que se passe-t-il ici?

11

Je poussai un soupir de soulagement en reconnaissant l'intonation familière de Jeremiah. Malheureusement, l'expression que je vis sur son visage, en me retournant, ne me réconforta pas. J'essayai d'aller vers lui, mais Lucas me retint par la main.

— Mon cher frère! dit-il.

Sa voix résonna fort maintenant que l'orchestre avait terminé le morceau.

— Ravi de te rencontrer ici, enchaîna-t-il. Un verre avec moi et ma charmante compagne, ça te dit?

De nouveau, je tentai de m'arracher à lui, sans résultat. J'adressai un coup d'œil navré à Jeremiah qui, à ma grande déception, se borna à me lancer un regard accusateur. En quel honneur étais-je responsable? pensai-je, indignée. Il m'avait abandonnée, seule et sans défense!

La confrontation entre les frères avait attiré l'attention des invités les plus proches, et j'étais coincée au milieu. Si les deux hommes étaient plus à l'affût l'un de l'autre que de moi, aucun d'entre eux ne faisait mine de vouloir me libérer. Lucas me retenait par le poignet, Jeremiah me bloquait le passage.

Maintenant qu'ils étaient réunis, il m'était plus facile de les distinguer. D'ailleurs, j'avais du mal à comprendre comment j'avais pu les confondre. Jeremiah ressemblait à un taureau en captivité, l'échine courbée, déjà prêt à attaquer ; son masque impassible était tombé, ses prunelles luisaient de colère. Par contraste, Lucas, plus fluet et légèrement plus petit, était solidement campé sur ses jambes, et une grimace de supériorité se lisait sur ses traits ; ses yeux avaient un éclat malicieux. Il me sembla évident qu'il était maître dans l'art de provoquer son cadet.

— Que fiches-tu ici? gronda Jeremiah, tandis que son regard passait du visage de son frère à nos mains toujours liées l'une à l'autre.

— Et si j'avais eu envie d'aider les moins chanceux, ou de rendre visite à mon frangin perdu de vue depuis si longtemps ? Après tout, notre dernière rencontre a été si théâtrale !

— Tu avais volé trente millions de dollars !

Lucas chassa l'air d'un revers de la main.

— Il paraît, en effet, admit-il avec allégresse, avant de s'adresser à moi : Venez, ma chère, je vous offre un verre.

Il voulut m'entraîner, je résistai. À ce moment, Jeremiah s'interposa, empêchant son aîné de partir.

— Je pourrais te faire arrêter en deux minutes, le menaça-t-il de sa voix grave, assez bas pour que seules les personnes les plus proches la perçoivent. Même en France, ils n'hésiteraient pas à t'extrader, Loki.

— Ah, mais c'est qu'on s'est renseigné sur mon compte ! ricana Lucas en écartant les bras, une lueur moqueuse dans le regard. Je te manque !

J'avais du mal à suivre cet échange, ce qui ne diminuait pas mon agacement. Tous deux paraissaient avoir oublié mon existence et n'hésitaient pas à étaler leur conflit devant l'assemblée. Au bord de la piste de danse, j'aperçus Anya qui nous observait, une expression de triomphe sur son visage dur. Je ne pus m'empêcher de me demander si c'était elle qui avait annoncé à mon patron que j'étais dans les bras de Lucas. Soudain, Jeremiah sembla grandir encore et ses traits s'assombrirent.

— Si tu n'étais pas mon frère… dit-il sourdement.

— Oui? l'interrompit son aîné d'une voix pleine de sarcasme et assez forte pour être entendue des invités qui nous observaient. Tu me flanquerais une raclée? Tu bousillerais ma vie? Trop tard, frangin, quelqu'un t'a devancé. Oh, un instant! Mais c'était toi, ce quelqu'un!

Jeremiah avança d'un pas, mais Lucas ne se laissa pas impressionner.

— Loki…

— Assez!

Mon cri claqua comme un fouet, transperçant la tension ambiante. Les deux Hamilton sursautèrent avant de se tourner vers moi, surpris. J'étais trop en colère pour reculer à présent. Je regardai d'abord Lucas en levant ma main prisonnière à hauteur de ses yeux.

— Lâchez-moi.

Ses doigts se desserrèrent très légèrement, et j'en profitai pour me libérer de son emprise et faire un pas en arrière. Jeremiah voulut s'emparer de mon bras, mais je m'écartai de lui également, ce qui l'étonna.

— Pas touche! lançai-je en le fixant avec rage.

Il plissa le front, appréciant visiblement peu que je le défie ainsi.

— Mlle Delacourt… commença-t-il.

Je secouai la tête et plongeai mes yeux furibonds dans les siens.

— Vous m'avez laissée, j'ai été obligée de me défendre toute seule. C'est exactement ce que j'ai l'intention de faire maintenant. (Je jetai un coup d'œil à Lucas, qui m'examinait avec amusement, avant de revenir sur mon patron) J'ai l'impression que vous avez des choses à régler, tous les deux. Alors je m'en vais.

Mon patron n'approuvait pas du tout cette manifestation d'indépendance, mais, en ce moment, je m'en moquais comme de l'an quarante. Sentant sur moi le poids des regards des invités, je me redressai et m'éloignai avec dignité, abandonnant les deux rejetons Hamilton à leur ahurissement. J'avais conscience que leurs prunelles, brûlantes comme des tisons chauffés à blanc, me suivaient, creusant des trous dans mon dos… Mais je n'étais pas d'humeur à apprécier cette victoire hasardeuse – je le pressentais, j'allais la payer très cher plus tard.

Rares étaient les femmes habillées en jaune. Il me fallut donc peu de temps pour repérer Cherise. Elle parut surprise que je la rejoigne, mais je ne la laissai pas s'exprimer.

— Je veux t'aider, lui dis-je.

À l'université, un de mes professeurs avait mentionné, en passant, que je ferais une excellente lobbyiste. Si cela n'avait jamais été mon but, je dus reconnaître que, ce jour-là, il n'avait pas eu tort. Je m'aperçus qu'il était plus simple de s'occuper des soucis des autres que des siens. Dès qu'il s'agissait de rendre service, je n'étais pas de nature timide. Même si je n'avais pas agi ainsi depuis des années, j'avais besoin d'évacuer ma colère et je me lançai dans une véritable campagne en faveur de mes amis.

Pendant l'heure suivante, je charmai ainsi différentes personnes, traduisant quand cela était nécessaire, me démenant pour aider David et Cherise. Cela s'avéra d'une étonnante simplicité. Après tout, l'événement avait été organisé dans le but de signer des chèques, et je n'eus qu'à convaincre les participants de faire profiter de leurs largesses un petit dispensaire de Bornéo. Je recourus à tous mes talents de sociabilité un peu rouillés et passai de groupe en groupe, envoyant les gens vers mes amis avant de m'attaquer à un autre donneur éventuel. Bien que je sois plus douée pour faire tapisserie que pour papillonner au milieu de la foule, j'oubliai toutes mes réserves et parvins à captiver l'intérêt de plusieurs mécènes.

De temps à autre, je distinguai Jeremiah au milieu des invités, sentant le poids de son regard sur moi ; je fis de mon mieux pour ne lui prêter aucune attention. Ce qui était plus facile à dire qu'à faire. Même de loin, cet homme avait le don bizarre de me déstabiliser. Il n'empêche, je me concentrai sur ma croisade, et il ne m'aborda pas, me laissant respirer, ce dont je lui fus reconnaissante. Quant à Anya et à Lucas, ils semblaient s'être volatilisés, et j'en fus ravie.

Au bout d'une heure, Cherise me rejoignit et m'entraîna à l'écart. Elle souriait de toutes ses dents, son corps vibrait d'une énergie radieuse.

— Je n'en reviens pas, me confia-t-elle. Nous avons réuni presque cent mille dollars jusqu'à maintenant !

J'en eus le souffle coupé et dus me retenir de l'embrasser.

— Est-ce que cela sera assez pour vous permettre de tenir un moment?

— Tu plaisantes? Vu l'endroit où nous sommes installés, ça nous fera vivre pendant plusieurs années, sans rien coûter aux populations locales. Oh, merci !

Cherise devait se moquer de la bienséance plus que moi, car elle se jeta à mon cou et me serra fort, même brièvement, contre elle.

— Tu es géniale ! conclut-elle.

— Je ne peux qu'être d'accord avec cette remarque.

Avalant ma salive, je me retournai. Derrière moi, Jeremiah nous dévisageait avec une drôle d'expression. Il n'avait d'yeux que pour moi, et quand Cherise mit fin à notre embrassade, il me tendit la main.

— Me ferez-vous l'honneur de danser avec moi?

J'en restai pétrifiée et jetai un regard à Cherise, qui affichait un air entendu. Quand elle me vit hésiter, elle me poussa dans les bras de mon patron.

— Monsieur vient de t'inviter à danser, rigola-t-elle, des étoiles dans les yeux. David et moi, nous nous débrouillerons sans toi, maintenant.

N'ayant plus aucune excuse, je contemplai la main offerte de Jeremiah. Il avait demandé ma permission, ne m'avait pas donné d'ordre et paraissait prêt à attendre ma décision. Je scrutai ses prunelles vertes et me rendis compte que je ne lui en voulais plus de m'avoir abandonnée; mais il était hors de question qu'il s'en sorte sans dommages.

— Vous n'avez pas l'intention de me laisser tomber en pleine danse, n'est-ce pas? me moquai-je en acceptant sa main.

À la place de l'agacement que j'avais redouté lire sur son visage, il sembla presque amusé par ma remarque.

— Je vous jure de ne pas vous perdre de vue jusqu'à la fin de la soirée.

Son ton lourd de promesses provoqua des frissons le long de ma colonne vertébrale, et je le suivis sur la piste. Il m'enlaça avec légèreté, ce qui fit un contraste saisissant avec la poigne trop ferme de son frère, un peu plus tôt.

— Je vous prie de me pardonner mon comportement, murmura-t-il.

Je haussai des sourcils surpris. Lui faisant amende honorable? Auprès de moi?

— Excuses acceptées, répondis-je avant de souffler un peu. Votre famille m'a l'air un peu perturbé, non?

Un sourire sans joie étira l'un des coins de sa bouche, mais il éluda ma question.

— Vous avez discuté avec lui, marmonna-t-il en laissant planer une interrogation dans sa phrase.

— Il m'a fourni des renseignements vous concernant, admis-je.

Le sentant se raidir, je m'empressai de m'expliquer :

— Il m'a surtout révélé que votre père vous avait presque forcé à accepter la direction de la société. C'est vrai ?

— Dans l'ensemble, oui, reconnut-il au bout d'un long moment, mais sans entrer dans les détails.

— D'après Celeste, vous avez été ranger dans l'armée, ajoutai-je pour rompre le silence. Comment était-ce ? insistai-je en voyant qu'il serrait les lèvres.

— La période la plus exaltante de ma vie.

Il se tut de nouveau. Pour réfléchir, cette fois.

— Au début, finit-il par dire, l'idée était de m'éloigner des miens, de mon père, surtout. Mais, une fois engagé, j'ai adoré. J'y aurais fait carrière si…

Si ce choix ne lui avait pas été retiré. Lucas avait donc dit la vérité, malgré l'animosité qu'il éprouvait. Le sens de l'honneur de Jeremiah l'avait contraint à renoncer à une existence qu'il aimait pour sauver l'entreprise familiale et tous ceux qui en dépendaient. Inclinant la tête, je la posai sur son épaule. Il se tendit, je craignis qu'il me repousse, puis il se relaxa et m'attira contre lui. Il émanait de lui une odeur merveilleuse, un mélange de chocolat et de cerise. La peau de son cou était assez proche pour qu'il me suffise de tourner le menton et de vérifier s'il avait aussi bon goût qu'il sentait bon…

Me rappelant que nous étions nombreux dans la salle, et sans doute sous le feu des regards des curieux, je relevai la tête, mais sans m'écarter pour autant. Mon cavalier avait dû déchiffrer mes intentions, car il se plaqua contre moi et je sentis une bosse appuyer contre mon ventre. Un désir presque douloureux m'emplit, des picotements me parcoururent du sommet du crâne jusqu'aux orteils, et je retins un léger soupir. Sa seule présence agissait sur moi comme une drogue, comme un puissant aphrodisiaque qui me donnait envie de l'attirer dans un endroit intime pour nous adonner à des coquineries. Son regard reflétait le même désir. Il resserra sa prise autour de mes reins, frotta son membre durci à l'intérieur de ma cuisse, et je fus submergée d'une soudaine vague de chaleur.

Tout à coup, quelqu'un tapota sur un micro : une voix résonna en français dans les haut-parleurs. Gaspard.

— Mesdames, messieurs, j'aimerais profiter de l'occasion pour remercier certains généreux invités de notre assemblée, ce soir.

— À mon avis, c'est de vous qu'il parle, murmurai-je.

En effet, tous les yeux étaient rivés sur nous. Le morceau se termina, mais Jeremiah continua de me tenir entre ses bras quelques secondes encore. Quand il recula, il ne me lâcha pas et porta mes doigts à ses lèvres.

Le cœur battant, je déglutis. Celeste m'avait confié que la presse et la plupart des gens prenaient les assistantes personnelles de Jeremiah pour des relations professionnelles. Sauf que là, il allait être difficile d'en convaincre les témoins de la soirée. Mince ! Je commençais à perdre pied tellement les signaux qui se bousculaient dans ma tête étaient contradictoires. Chaque chose en son temps, me dis-je, quand mon patron libéra ma main pour se diriger sur l'estrade et faire face à l'assistance. L'aventure pouvait se terminer du jour au lendemain, et je me retrouverais dans un appartement minable du New Jersey.

Malgré la force que Jeremiah donnait à notre relation professionnelle et personnelle, je savais que j'étais libre de partir dès que je le voulais. Même si les termes de notre contrat n'étaient pas d'une égalité flagrante, cette possibilité me semblait le seul élément un peu solide dans le chamboulement permanent de ma vie aujourd'hui. Mais l'idée de m'en aller me brisait le cœur. Si Jeremiah n'était pas du genre à jouer des mauvais tours, contrairement à Lucas, il était parfois difficile à saisir.

— Vous réfléchissez trop, ma douce.

Je sursautai quand la voix de l'aîné des Hamilton résonna à quelques centimètres seulement de mon oreille.

— Fichez le camp ! soufflai-je, sans quitter son cadet des yeux.

Mon patron rejoignait Gaspard qui s'était lancé dans un petit discours en français, et je n'osai imaginer la réaction de Jeremiah s'il découvrait que Lucas se tenait à côté de moi.

— Pas de panique. Il m'a juste paru malpoli de partir sans dire au revoir à une aussi jolie femme.

J'émis un reniflement sceptique.

— Allez plutôt embêter Anya, je suis sûre qu'elle s'y est habituée maintenant.

Mon ton avait été sec, même si j'avais veillé à ne pas parler trop fort. Un ricanement sourd accueillit ma réponse. Heureusement, la plupart des invités nous ignoraient.

— Si vous voulez vous venger de votre frère, je vous prie de ne pas m'y mêler, sifflai-je.

— Oh ! Mais c'est tellement plus drôle ainsi !

Des mains saisirent mes hanches, et je résistai tout en lançant un coup de pied en arrière, qui atteignit sa cible. Il me lâcha et, un bref instant, je savourai ma victoire avant de l'entendre rire à nouveau. Entre-temps, Jeremiah était monté sur scène, et je priai pour qu'il ne se tourne pas dans notre direction.

— Vous allez m'attirer des ennuis, grognai-je.

— Je suis sûr que vous adorez ça, ronronna Lucas.

Je lui lançai un regard furieux. Un sourire autosatisfait étirait ses lèvres, tandis qu'il me détaillait avec une gourmandise non dissimulée. Je levai les yeux au ciel et décidai de l'ignorer. Je me tournai vers la scène… pour découvrir les prunelles de Jeremiah rivées sur moi, si intenses qu'elles me clouèrent sur place. Mince !

— Oups ! ricana son frère. J'ai l'impression qu'il vient de repérer notre petit *tête-à-tête*. Je me demande ce qui peut lui traverser l'esprit en ce moment.

Lucas ponctua sa phrase de caresses sur ma nuque du bout des doigts. Je m'écartai vivement de lui. À en juger par son expression maussade, mon patron et amant n'appréciait pas du tout la plaisanterie de son aîné. J'étais prise dans un dilemme : malgré mon poing serré et mon envie de m'en servir, j'avais conscience qu'agir avec brusquerie ne ferait qu'attirer sur nous une attention malvenue ; de plus, cela allait amuser le serpent près de moi. Jeremiah ne nous quittait pas des yeux, et Lucas, même s'il ne me touchait plus, paraissait bien décidé à me coller le plus possible. Je me représentais trop bien les idées qui pouvaient tourmenter mon patron. Heureusement, Gaspard vint à notre secours. Ayant remarqué la distraction de Jeremiah et la situation dans laquelle je me trouvais, il assena une bourrade sur le bras du milliardaire et parvint à l'intéresser à autre chose qu'à son frère et moi. Un soupir de soulagement m'échappa. Un souci de moins, en tout cas pour l'instant. Les deux hommes se serrèrent la main devant les appareils photo, ce qui mit un terme à ce moment officiel.

— C'est le signe qui m'indique de partir, marmonna Lucas.

Il se pencha vers moi, son torse frôlant mon épaule, et déposa un rapide baiser sur ma joue. J'eus beau bondir aussitôt sur le côté, je compris au visage sombre de Jeremiah qu'il n'avait rien perdu de la scène.

— Au revoir, *chérie*, souffla Lucas avant de disparaître.

Il me laissait seule pour affronter le taureau furieux qui fonçait sur moi. Sachant qu'il serait vain de plaider ma cause, je gardai le silence quand il me rejoignit.

— Partons d'ici.

Son ton ne permettait aucune objection. Une main posée sur ma chute de reins, il me conduisit habilement à travers la foule. Heureusement, personne ne s'intéressa à notre départ précipité. Et je connus enfin le soulagement que j'espérais depuis un bon moment. Je n'avais plus à me soucier de trébucher sur mes talons ni de me ridiculiser. L'euphorie que j'avais ressentie à aider Cherise et David s'était évaporée, et je n'étais pas loin de l'épuisement.

Jeremiah gardait le regard fixé sur les portes, et j'eus l'impression qu'il faisait exprès de m'ignorer. L'intransigeance de son visage m'inquiéta, car je ne savais pas ce qu'elle me réservait. La douce intimité que nous avions partagée pendant notre danse s'était envolée. Je me gardai de parler, me promettant d'envoyer dès que possible un mail à mes amis pour leur faire des adieux tardifs et leur souhaiter bonne chance dans leur entreprise.

La limousine nous attendait devant la sortie. Nous évitâmes les derniers paparazzis et montâmes dans la voiture, puis le chauffeur referma la portière derrière nous. Je m'installais sur le rebord d'une banquette latérale, face à Jeremiah. Au moment où nous démarrions pour regagner notre hôtel, il ferma la cloison en verre noir pour nous isoler du chauffeur.

Par instinct, je jetai un regard vers l'avant scellé de la voiture, et Jeremiah profita de ce moment d'inattention pour passer à l'attaque : il me repoussa brusquement sur la banquette et j'étouffai un cri de surprise. Me dominant de toute sa taille, il pesait sur l'une de mes épaules, me plaquant au cuir du siège. Ses prunelles s'attardèrent sur ma poitrine avant de remonter vers mon visage. Le feu qui les ravageait me serra la gorge.

— Écartez les jambes !

Sous l'effet du choc, j'entrouvris les lèvres. Ma respiration devint saccadée, tandis que son autre main glissait le long du tissu qui moulait ma hanche. Quand la fermeture de ma robe s'ouvrit, il y glissa les doigts afin de caresser l'intérieur de ma cuisse.

— À propos de votre frère, tremblai-je, voulant me justifier à tout prix tellement j'étais nerveuse, il ne s'est rien passé. Je l'ai confondu avec vous et…

— Non !

Je me tus. Jeremiah interrompit ses gestes, tendu comme un arc.

— Je ne veux plus entendre parler de mon frère ce soir, lâcha-t-il. S'il vous plaît, ajouta-t-il de mauvaise grâce.

Quand j'opinai, il se relaxa un peu.

— Et maintenant, reprit-il, où en étions-nous ?

Sa main s'insinua entre mes genoux, les força à s'ouvrir, tandis qu'elle remontait vers le haut de ma jambe. Je cessai de respirer, le ventre noué, lorsque ses doigts tirèrent sur la jarretelle de ma cuisse et frôlèrent ma peau jusqu'à s'infiltrer sous la ceinture, autour de mes hanches. Malgré moi, je serrai les jambes, il s'arrêta.

— Vos jambes !

L'ordre se referma sur moi, tel un filet de sensualité, et je déglutis. Mon corps s'était déjà mis à vibrer, je haletais presque. Une partie de moi redoutait ce qu'il allait m'infliger; même si je ne m'attendais pas à quoi que ce soit de douloureux ni d'avilissant, j'avais peur de perdre complètement le contrôle sur moi. C'était d'ailleurs peut-être ce qu'il recherchait. Avec un soupir frémissant, j'obligeai les muscles de mes cuisses à se décontracter et écartai les genoux.

— Encore!

J'obéis en serrant les lèvres et me dévoilai à lui. Sa main quitta mon épaule pour prendre appui sur le dossier de la banquette. Quand un doigt vint appuyer sur la fine barrière de ma culotte, j'étouffai un gémissement et arquai mon corps sous l'effet du plaisir. Il attrapa mes cheveux afin de bloquer mes mouvements, et sa main palpait mes chairs. Il se pencha tout près de moi.

— Vous êtes à moi, murmura-t-il, les yeux luisants. Je veux vous l'entendre dire.

Il continuait à me caresser, sa poigne se resserrait autour de ma chevelure et je geignais de bonheur.

— Je suis à vous, parvins-je à souffler avec difficulté.

Mon corps tremblait comme un cœur battant. Les yeux fermés, j'étais toute entière concentrée sur les sensations que son contact suscitait en moi. L'agréable douleur du désir se répandit dans mon bas-ventre. Retirant mes chaussures, je m'arc-boutai sur le sol et poussai mes hanches vers la main magicienne.

— Répétez.

— Je suis à vous, Monsieur.

Ses doigts tirèrent brutalement mes cheveux et je rouvris les yeux en haletant. Ses prunelles fouillaient les miennes, je n'aurais su dire en quête de quoi, mais je crois que, de toute façon, je n'étais pas en mesure de lui cacher quoi que ce soit.

Je ne voulais qu'une chose – lui. J'essayai de lui montrer à quel point j'étais désespérée qu'il me rejoigne. Les lèvres de mon vagin palpitaient, réclamaient qu'on les cajole, et je priai en silence pour qu'il m'en donne toujours plus.

Soudain, il relâcha sa prise autour de mes cheveux et se déplaça. Si l'intensité de son regard avait baissé d'un cran, il n'en était pas de même pour son exigence.

— Je veux que vous jouissiez pour moi, souffla-t-il, son visage tout près du mien.

Ses mots me firent fondre, sa voix grave envahit mon corps d'un plaisir sensuel. Ses doigts habiles s'activaient sans effort sous mes dessous, et je gémis sans retenue quand ils s'insinuèrent dans mes replis intimes pour caresser mon con mouillé. La voiture brimbalait doucement, me rappelant où je me trouvais, mais les légers cahots ne faisaient que renforcer mes sensations. Un majeur épais s'enfonça en moi, tandis que le pouce agaçait mon clitoris durci. Des soupirs saccadés filtrèrent de ma bouche entrouverte.

— Je suis le seul à être autorisé à agir ainsi, reprit Jeremiah, qui accentua ses paroles en taquinant une partie de mon corps avec une telle agilité que je bondis littéralement sur la banquette. Aucun autre homme ne vous touchera sans ma permission, ajouta-t-il. Est-ce clair?

Secouée par des vagues de plaisir, en route vers un orgasme stellaire, je répondis par une sorte de murmure étranglé. De nouveau, il me tira les cheveux.

— Ou… oui! parvins-je à prononcer.

— Je ne vous entends pas.

— Oui! criai-je. S'il vous plaît, Monsieur!

— Regardez-moi!

Je rivai mes yeux sur son visage et le pouvoir incandescent qui émanait de ses prunelles me cloua sur mon siège. Son pouce frottait de plus en plus fort, tandis que son majeur s'incurvait en moi et s'activait avec une précision d'expert sur l'ouverture de mon con.

— Et maintenant, jouissez !

C'est avec un geignement ravi que je plongeai par-dessus bord. Le corps agité de soubresauts incontrôlables, j'agrippai sa veste, et tout en moi explosa. Mes ultimes forces quittèrent mon corps, et je me répandis sur le cuir de la voiture en tentant de retrouver ma respiration.

Jeremiah lâcha mes cheveux et se rassit à sa place, m'abandonnant sur la banquette. Si j'avais réussi à refermer les cuisses, je ne pouvais plus rien faire d'autre. J'étais encore secouée de frémissements, et j'avais les jambes en coton. La voiture ralentit et tourna, m'envoyant contre le dossier, et je sursautai quand une main se posa sur mon genou. Je déglutis et distinguai, de l'autre côté de la vitre teintée, la façade illuminée de notre hôtel qui me surplombait.

12

Nous parcourûmes le court trajet qui nous séparait de notre suite dans un silence impressionnant. J'avais à peine retiré mes hauts talons pour libérer mes orteils douloureux qu'un bras puissant entoura ma taille. Jeremiah colla son corps dur contre le mien et me plaqua au mur. Une cuisse musculeuse s'insinua entre mes jambes et, avant que j'aie pu saisir ce qui m'arrivait, il me donna un baiser passionné. Encore excitée par ce qui s'était passé dans la limousine, je croisai mes doigts autour de sa nuque et dans ses cheveux, tout en répondant à son baiser avec force et gémissements.

Ses mains s'arrondirent sur mes fesses, il me souleva et me coinça entre le mur et lui. Je m'accrochai à ses épaules pour conserver mon équilibre, mais il me tenait fermement, tandis que ses lèvres et ses dents glissaient le long de mon cou. Ses mains caressèrent mes cuisses avant de nouer mes jambes autour de sa taille. Je sentis son érection appuyer sur mon bas-ventre déjà affamé.

— Mienne, murmura-t-il.

Sa voix grave parcourut mon corps, tel un raz-de-marée. Emprisonnant mes poignets dans une seule main, il les cloua au-dessus de ma tête. Sa bouche revint à la mienne, la suçota, la mordilla. Son autre main pétrissait la chair tendre de mes seins, le pouce agaçait mes tétons et je me cambrai vers lui.

Son désir et sa passion m'incendièrent. Je geignis, le corps tendu comme un arc pour me rapprocher encore et encore de lui. Il fit bouger ses hanches, je poussai un petit cri. Ses dents jouèrent avec mon lobe avant de descendre lentement le long de ma gorge, et je perdis toute notion du monde.

À un moment, je me rendis compte que nous nous déplacions, mais la réalité ne s'imposa à moi que quand l'univers bascula, me faisant atterrir sur le dos, au milieu du grand lit. Jeremiah ne perdit pas de temps à se coucher sur moi, sans se soucier de ma robe luxueuse qu'il froissait d'une main rude. Sa ferveur accentua mon désir. J'en voulais plus, j'en avais besoin. Mais quand je me risquai à le toucher, il emprisonna de nouveau mes poignets, qu'il immobilisa près de ma tête, tandis qu'il suçait et taquinait mon cou.

— Tournez-vous.

Je me dépêchai d'obéir et sentis la fermeture de ma robe glisser le long de mon dos et sur mes reins. Il dévoila ma peau puis fit courir ses lèvres sur ma colonne vertébrale. Je m'arquai comme un chat, jouissant de la caresse, puis entendis le bruit métallique de la boucle de sa ceinture qu'il défaisait. Excitée par la promesse de ce son, je tendis le derrière pour le frotter contre son bas-ventre. À ma plus grande joie, sa respiration devint plus courte.

Ses mains agrippèrent de nouveau les miennes et les tirèrent vers la tête de lit. La sensation du cuir frais autour de mes poignets m'amena à regarder. Jeremiah était en train de m'attacher aux barreaux en laiton. Pour le coup, j'étais bel et bien prisonnière ! Ensuite, il entreprit de m'ôter ma robe. Je soulevai le bassin pour qu'il puisse la tirer. Il la jeta en boule par terre. Il se mit à pétrir mes fesses et écarta mes jambes.

Je m'agenouillai, mourant d'envie d'un contact plus intime encore. J'étais à présent dans une position vulnérable, entièrement exposée, et un grognement appréciateur déclencha mes frissons.

D'une main brutale entre mes omoplates, il m'obligea à enfoncer ma poitrine dans le matelas. Puis il se pencha sur moi, et ses lèvres jouèrent sur mon dos. Mes soupirs de plaisir étaient des expirations haletantes, mes doigts agrippaient le cuir de la ceinture. Quand ses dents griffèrent la peau tendue de mon cul, je ne pus retenir le gémissement qui montait du plus profond de moi. Mon corps trembla de désir inassouvi, mais Jeremiah prenait son temps. Il caressa mes hanches puis mes fesses, son pouce glissa du creux de mes reins jusqu'à l'intérieur de mes cuisses mouillé.

Je bondis en avant quand il écarta mes chairs sensibles, et ma respiration se transforma en un rythme haché qui se répercuta dans le silence de la chambre. Je sentis son souffle sur moi – une indication de ce qui allait suivre –, puis ses lèvres et sa langue brûlante trouvèrent sans hésiter mon trou douloureux. Je me cambrai, mon cri rebondit sur le mur, tandis que sa langue léchait l'ouverture étroite avant de s'y enfoncer et que ses doigts jouaient avec mes lèvres. Tout mon corps frissonna de bonheur.

Il fit durer le plaisir au point que j'en vins à ruer et à le supplier.

— Pitié, ne cessais-je de répéter.

J'ignore pourquoi j'implorai sa pitié, d'ailleurs. Pour qu'il cesse cette torture délicieuse? Pour qu'il continue et me donne encore plus de jouissance? Les deux, sans doute.

Mais sa seule réponse à mes prières fut de rire doucement et de continuer à m'assaillir de caresses.

Quand il finit par introduire un doigt en moi, je m'enfonçai dessus avec avidité. Il se contrôlait et dominait mon plaisir. Mais lorsqu'il commença à frotter mon sexe, mes sensations ne firent que s'accentuer, et je me sentis couler le long de mes cuisses. Je devais me mordre les lèvres pour ne pas hurler sous l'effet de sensations aussi aiguës et intenses.

Soudain, il s'écarta puis me remit sur le dos, face à lui. Je contemplai son visage empreint de sauvagerie quand il écarta de force mes genoux, y noua l'un de ses bras et planta toute sa queue au plus profond de moi, d'un seul coup. Je cambrai les reins et fermai les yeux, le souffle coupé par cette invasion si brusque. Les poignets toujours attachés, je subis ses assauts violents, prisonnière de sa passion débridée.

— Regardez-moi.

J'ouvris les yeux et admirai son beau visage intense. Une main remonta le long de mon corps et s'enroula autour de ma gorge, tandis qu'il baissait la tête tout près de la mienne. Ses hanches poursuivaient leur va-et-vient impitoyable, déclenchant des vagues de plaisir qui me rendaient folle.

— Dites mon nom.

— Jeremiah, soufflai-je en frottant mes seins à son torse.

Sous ma lingerie, mes mamelons dressés exigeaient qu'on les caresse. Je repliai ma jambe libre pour la plaquer avec force sur ses reins et crocheter mes chevilles l'une à l'autre. Il écarquilla les yeux, accéléra le mouvement de ses coups de boutoir.

— Encore !

— Jeremiah ! hurlai-je d'une voix désespérée, presque un sanglot. Pitié !

Sa main se referma sur mon cou, pas assez pour m'étrangler mais suffisamment pour que le sang me monte à la tête. Son autre main entreprit de malaxer ma poitrine à travers le tissu rigide de mon corset, en pinçant fortement les tétons. Mes hanches bougeaient au rythme de ses allers et venues qui m'amenaient, lentement mais sûrement, vers la jouissance absolue, presque à l'orgasme mais pas encore…

De nouveau, Jeremiah referma ses doigts sur mon cou, me coupant le souffle avec assez de puissance pour trancher dans le brouillard du plaisir. Mes yeux s'ouvrirent vivement sur les siens, si verts, et j'y lus le même besoin que celui qui courait dans mes veines. Je me laissai aller à mes sensations, décidant de lui faire confiance malgré mes poumons qui commençaient à brûler.

Tout à coup, il me lâcha et s'enfonça encore plus fort, tout en tordant doucement l'un de mes tétons. Le retour brutal de ma respiration et du sang dans mon corps fut trop pour moi et, avec un cri et un tremblement, je jouis pour la seconde fois ce soir-là. Surfant sur mon plaisir, je me tordis sous lui et tirai sur la ceinture qui retenait mes poignets.

J'ignore combien de temps il me fallut pour revenir à la réalité, mais je finis par retrouver mes esprits. Jeremiah était toujours couché sur moi. Ses prunelles guettaient la moindre de mes réactions. Une de ses mains glissa sur ma joue, et ce fut le premier contact tendre depuis notre arrivée dans cette chambre. Quand son pouce caressa mes lèvres, j'ouvris la bouche, aspirai le doigt et le mordillai.

C'est alors que, remarquant le feu qui couvait dans son regard, je pris conscience qu'il était toujours aussi dur en moi.

Il libéra mes mains. Mes doigts étaient engourdis, mes poignets douloureux, mais ça m'était égal. Sans cesser de le fixer dans les yeux, j'appuyai sur son épaule pour qu'il bascule sur le lit. À mon grand étonnement, il m'autorisa ce geste, et je suivis le mouvement jusqu'à me trouver au-dessus de son corps imposant. Si, dans la bataille qui avait précédé, il s'était débarrassé de sa veste et de son pantalon, il avait conservé sa chemise blanche, dont seuls les deux boutons du haut étaient défaits. J'enfourchai ses hanches, sentis son sexe érigé appuyer sur mes fesses. L'un après l'autre, je défis les boutons de son vêtement.

Je ne l'avais encore jamais vu nu et, malgré la langueur qui alourdissait mes membres, j'étais aussi avide de découvrir son corps que lui le mien. S'il me scrutait, il ne m'empêcha pas de lui ôter sa chemise et de caresser son torse ferme. Il n'avait pas un poil de graisse. Les contours de ses muscles saillaient d'une façon impressionnante sur sa peau mate, autour de ses petits tétons sombres. Mais des cicatrices déparaient une telle perfection : une fine étoile blanche et irrégulière sur l'une de ses épaules, des lignes plus ténues à travers sa poitrine et son ventre. Je les lissai de l'index, l'une après l'autre. Il tressaillit mais, là encore, ne m'arrêta pas.

Il était mien, à son tour. Ma possessivité me surprit. Je promenai mes mains sur son abdomen et ses pectoraux avant de me pencher pour observer ses traits. Impassible, il me laissa détailler d'un doigt la courbe de ses joues, la carrure de son menton qui, même rasé de près, picotait légèrement, comme une feuille de papier de verre. Il était si beau ! Prenant sa mâchoire dans ma main, je me soulevai un peu avant de me placer au-dessus de son membre durci.

Je baissai la tête vers son visage quand une main se plaqua sur mon épaule, m'arrêtant net, à quelques centimètres de ses lèvres. J'eus du mal à déchiffrer l'éclat de ses prunelles, qui exprimaient une sorte de retenue, de précaution, dont le sens m'échappa. Si sa main me retenait de descendre plus avant, rien de m'empêchait d'onduler du bassin, et je finis par m'empaler sur lui. Il déglutit, sa pomme d'Adam montant et descendant. Je commençai à remuer les hanches et à glisser lentement sur son érection. Un soupir lui échappa. La main qui maintenait mon épaule se détendit, et je baissai la tête pour embrasser son cou, jusqu'à la cicatrice en forme d'étoile, sans cesser de rouler autour de son sexe.

Ma bouche traça le contour de la peau blanche, mon index taquina l'un de ses tétons. D'aussi près, la marque était plus grosse que je l'avais cru. Ses bords étaient moins décolorés que l'intérieur, mais le derme en était fripé. Je relevai la tête et vis qu'il m'observait de cet air toujours aussi impénétrable. Ses lèvres pleines étaient entrouvertes, je mourais d'envie de les goûter. Me redressant, je fis de nouveau courir mes doigts de chaque côté de son visage.

— Vous êtes tellement beau, soufflai-je, incapable de le quitter des yeux.

Le désir qui allumait les siens s'intensifia. Je fixai sa bouche sensuelle ; il emmêla ses doigts dans mes cheveux et attira mon visage vers le sien. Nos lèvres se heurtèrent, saisies d'une même avidité. Son autre main s'enfonça dans ma hanche, tandis que je le chevauchai sauvagement tout en caressant son torse.

Soudain, un téléphone portable vibra longuement, au point d'en devenir agaçant.

— Apparemment, quelqu'un tient absolument à vous parler, ronronnai-je avec un sourire.

— Qu'ils rappellent plus tard, gronda-t-il.

Alors il donna un coup de rein violent afin de s'enfoncer plus profondément en moi. Je poussai un cri, oubliant tout de l'interruption gênante. Jeremiah me fit rouler sur le dos, ses dents trouvèrent mon cou, et il me cloua sur le matelas avec ses va-et-vient. J'agrippai mes cuisses autour de lui, gémissante, tandis qu'il me transperçait encore et encore. Mes ongles griffaient son dos, sur lequel je m'appuyais pour répondre à ses mouvements. Il me tira les cheveux, m'obligeant à le regarder. Un désir proche du désespoir éclairait ses prunelles, et j'éprouvai un moment de triomphe quand il geignit et jouit en moi dans un ultime coup de rein.

Les paupières closes, je m'accrochai à son corps frissonnant. J'adorais son poids sur moi, il me donnait l'impression d'être en sécurité. Je poussai un soupir repu.

— Je…

« Vous aime. »

J'ouvris aussitôt les yeux, frappée par ce que j'avais failli dire. Horrifiée, même. Je fixai le plafond, tandis que Jeremiah se retirait et s'allongeait à mon côté. J'avalai ma salive, le souffle court. Avais-je vraiment été sur le point de prononcer ces mots?

Sans un bruit, je m'écartai de lui, regagnant le rebord du lit avant de m'enfuir vers la salle de bains contiguë à la chambre. Tirant le verrou derrière moi, je regardai mon reflet dans le miroir, encore bouleversée par les paroles qui avaient traversé mon esprit.

Je connaissais cet homme depuis quoi… deux jours? En tout cas pas assez pour déclarer ma flamme. Pourtant, la phrase avait manqué de m'échapper, et j'en étais remuée. C'est avec des mains tremblantes que je tournai les robinets du lavabo et pris un gant de toilette pour me laver.

Je n'avais jamais connu de liaison où les mots fatidiques avaient été échangés. Même adolescente, j'avais l'esprit trop pratique pour les dire à quiconque, excepté à mes parents. Qu'ils me soient passés par la tête, à deux doigts de sortir de ma bouche, me bouleversait.

Il était beaucoup trop tôt pour ça, me dis-je en me grondant. Malheureusement, je me rappelai mon père, qui avait toujours affirmé qu'il s'était épris de ma mère dès qu'il l'avait vue. Je repoussai ce souvenir. Mon père avait été le romantique de la famille, ma mère la plus pragmatique des deux.

Je tenais d'elle. J'avais tendance à regarder autour de moi avant de plonger. Il n'empêche, la situation dans laquelle je me trouvais avec Jeremiah m'était totalement inconnue.

Des coups frappés me tirèrent de mes réflexions. Passant la tête par la porte de la salle de bains, j'entendis qu'on tambourinait au battant de la suite. Heureuse de cette diversion, j'attrapai un peignoir, l'enfilai et allai jeter un œil par le judas. Un employé en uniforme de l'hôtel était planté devant la porte. Il tenait un objet que je ne réussis pas à identifier. Curieuse, j'entrebâillai le battant. L'homme s'inclina légèrement devant moi.

— Un cadeau pour M. Hamilton et son invitée, annonça-t-il dans un anglais parfait, en me montrant une bouteille de champagne et deux flûtes.

Je haussai les sourcils sous l'effet de la surprise. Ne sachant comment réagir, je lui pris son présent. Avec une seconde révérence, il recula d'un pas et je refermai la porte. Je tournai les talons, arrêtai mon geste, puis rouvris.

— Je vous dois quelque chose?

Mais l'homme avait déjà disparu. Je refermai à clé, emportant la bouteille et les verres dans la chambre à coucher.

Allongé sur un fauteuil, Jeremiah avait son portable collé à l'oreille. Quand il m'aperçut, son visage s'éclaira d'un grand sourire, ce qui ne manqua pas de m'étonner. Mon cœur fit un bond devant tant de beauté. J'avais du mal à croire qu'il était mien.

Pour l'instant, me rappelai-je aussitôt, tempérant mon enthousiasme. Décidément, la réalité se manifestait toujours aux pires moments.

Jeremiah reposa le téléphone et tendit le bras vers moi.

— Approchez.

J'acquiesçai et m'emparai de sa main.

— À genoux!

Je m'exécutai sans réfléchir. Sa paume se mit à caresser ma chevelure. Une partie de moi se demandait pourquoi j'étais aussi obéissante. Même si je n'étais pas une féministe enragée, j'avais ma fierté. Et pourtant, autoriser cet homme à me dominer suscitait en moi une forme de paix que je n'avais pas ressentie depuis longtemps. Ma vie avait tellement pesé sur moi que cela ressemblait en quelque sorte à des vacances. De plus, l'approbation que je lus dans ses yeux fut une récompense qui valait la peine de me montrer docile, même si mon côté pratique m'empêchait de trop m'abaisser.

— Qui était-ce? demandai-je.

— Personne d'important, répondit-il. Sinon, ils auraient laissé un message. Et ça, ajouta-t-il en désignant la bouteille et les flûtes, qu'est-ce que c'est?

— Un cadeau, apparemment.

Il me les prit des mains et examina la bouteille.

— Une bonne marque, commenta-t-il. Sûrement un des invités du gala.

— Je n'ai jamais eu l'occasion de boire du champagne français, avouai-je, épatée qu'il soit capable de déterminer qu'il s'agissait là d'une bonne bouteille.

— Vraiment? s'étonna-t-il.

— Juste du cidre quand j'étais jeune, puis, adolescente, des pétillants de mauvaise qualité. Adulte, je ne fréquentais pas les endroits où on en sert.

— Eh bien, sachez que vous avez droit à un excellent champagne pour votre première.

Il m'aida à me relever et m'entraîna vers le bar de la suite. Je l'observai avec amusement retirer le muselet puis diriger la bouteille vers le plafond et la déboucher bruyamment. Il emplit les deux flûtes à moitié et m'en tendit une.

— Buvez.

Le liquide jaune pâle pétillait dans le verre, pas très différent de ce que j'avais pu connaître plus jeune. Bizarrement, la première gorgée me sembla très amère, et je plissai le nez tandis que les bulles explosaient sur ma langue. Un autre essai ne réussit pas davantage à me faire apprécier la boisson.

— Euh… je ne dois pas être faite pour le luxe.

Jeremiah éclata de rire et je sursautai. Il paraissait plus détendu et ouvert que jamais, sans que j'en saisisse la raison. Il me regarda avec un air de petit garçon, qui me fit fondre. Cet homme se doutait-il à quel point il était craquant quand il dévisageait une femme de cette façon?

— Il faut peut-être un peu de temps pour s'habituer au goût, dit-il.

Il remua son propre verre, mais ne but pas, préférant me couver des yeux. Je rougis avant de me sermonner. Allons, j'étais une grande fille. Je pouvais prendre l'initiative.

— Avez-vous déjà… euh… joué… avec des aliments?

Ce fut à son tour de sursauter, et il me dévisagea avec une stupeur non feinte.

— Et vous? contra-t-il aussi sec.

Je secouai la tête, ce qui eut le don de le surprendre. La malice éclaira ses traits. Je n'en revenais pas. Il était d'une humeur presque joyeuse, bien loin de sa gravité habituelle. Mais le défi que je déchiffrai dans ses yeux réveilla la rebelle qui sommeillait en moi. Sans quitter son regard, je rejetai la tête en arrière et renversai mon verre sur ma poitrine. Le liquide coula sur mon peignoir et entre mes seins.

Mon audace eut l'effet escompté, et les prunelles de Jeremiah s'assombrirent. Il m'attira dans ses bras.

— Vilaine allumeuse, rit-t-il en retirant la flûte de mes doigts avant de poser ses lèvres sur ma gorge.

Une crampe traversa tout d'un coup mon ventre. Je tressaillis, mais sans y prêter plus d'attention que cela. Les lèvres de mon amant descendirent vers la boisson qui recouvrait ma peau. À ce moment, mon estomac se tordit de nouveau et je poussai un léger cri, puis basculai en avant. L'amusement céda la place à l'inquiétude sur le visage de Jeremiah.

— Qu'y a-t-il?

Sa voix sévère exigeait une réponse. Sauf que je n'en avais aucune à lui donner.

— Je ne me sens pas bien, parvins-je à articuler.

Je titubai jusqu'à l'évier du bar. J'eus à peine le temps de l'atteindre pour y vomir le maigre contenu de mon estomac. J'avais du mal à me tenir debout, même en m'appuyant au comptoir en marbre.

J'entendis un bruit de verre brisé dans mon dos et me retournai. Une tache sombre, le reste de mon verre, se répandait sur le sol. Jeremiah attrapa le téléphone le plus proche, tandis que j'étais prise de nouvelles nausées.

— Envoyez tout de suite un médecin dans ma suite! hurla-t-il.

Quand mes jambes se dérobèrent sous moi, il lâcha l'appareil pour prévenir ma chute.

— Lucy? Ne vous évanouissez pas!

Mon ventre était si douloureux que je ne pouvais plus me retenir de crier. Une main lissa en arrière mes mèches soudain humides, et je frissonnai en gémissant, incapable de contrôler mon corps. Je sentis qu'on me couchait par terre, la silhouette floue de Jeremiah traversa mon champ de vision.

— Un médecin! Tout de suite!

Un rugissement emplit mes oreilles, comme un torrent derrière lequel me parvenait la voix de mon patron. Bien que je sois assourdie, j'en détectai les accents frénétiques.

Puis je me raidis, mes muscles se tétanisant dans une douleur fulgurante, et je sombrai dans le noir.

13

Quand j'attrapais la grippe pour la première fois, j'avais huit ans. C'était si grave qu'on me conduisit aux urgences. Même si je ne me souvenais pas de grand-chose, je me rappelais très bien les courbatures et la douleur de mon corps qui luttait pour se débarrasser de la maladie.

Quand je me réveillai dans cette chambre d'hôpital, j'éprouvai les mêmes sensations, comme si je sortais d'un rêve pénible. Les yeux fermés, je tournai la tête sur le côté, et ce simple geste me donna le vertige et la nausée. Je gémis, créant des mouvements près de moi. Une voix masculine étrangement familière dit :

– Allez chercher le médecin.

D'où le connaissais-je ? Qui... Comme réfléchir provoquait une migraine épouvantable, j'arrêtai de chercher pour essayer de rester le plus tranquille possible. Mon envie de vomir finit par disparaître. J'ouvris un œil, puis l'autre.

J'étais dans une pièce violemment éclairée ; la lumière fluorescente des néons au-dessus de mon lit transperçait mon crâne comme un poignard. Devinant qu'il valait mieux pour le moment garder les paupières closes, je tendis l'oreille. Plusieurs personnes étaient autour de mon lit.

– Mlle Delacourt ? Je suis le docteur Montague. Je vais vous demander de bien vouloir ouvrir les yeux.

Ma langue collait au palais, j'avais la bouche sèche. Je refis une tentative pour regarder autour de moi et, cette fois, ce fut moins pénible. Les contours de la pièce et les silhouettes de ses occupants étaient flous. Un grand type juste à côté de moi se pencha et promena une lampe sur mes prunelles. Je sursautai. Mais ma douleur se dissipait déjà, et l'homme se contenta de quelques balayages oculaires avant d'écarter l'aiguille lumineuse.

– Comment vous sentez-vous ?

– J'ai l'impression d'être passée sous un bus. Je suis toujours à Paris ? demandai-je faiblement.

– Oui. Vous avez été transportée ici juste après votre petit malaise.

– Où est Jeremiah ?

J'essayai de me redresser, négligeant la déflagration qui se produisit dans mon cerveau et la main du médecin qui tâchait de m'empêcher de bouger.

– Il va bien ? insistai-je.

– Il collabore avec les autorités françaises qui enquêtent sur ce qui a pu se produire, intervint une autre voix. Discrètement.

Il me fallut un moment pour identifier la personne, debout près du lit, qui avait parlé. Je distinguais à peine la tête chauve d'Ethan dans mon champ de vision brouillé.

– Alors, lui n'a pas été…

– Non, il a échappé à cette tentative d'empoisonnement, me coupa-t-il en finissant ma phrase.

Je poussai un soupir de soulagement.

– Il est en train d'activer tous ses contacts pour essayer d'attraper le coupable, enchaîna le responsable de la sécurité. Je l'ai averti que vous aviez repris connaissance, il ne devrait pas tarder à nous rejoindre.

La nouvelle que Jeremiah n'avait rien et qu'il arrivait m'enleva un poids de la poitrine. Le médecin me tendit un verre d'eau. Je le pris tout en jetant un coup d'œil à la pendule et à la fenêtre. Il faisait nuit.

– Combien de temps suis-je restée dans les vapes?

– Trois jours, répondit Ethan.

Je m'étranglai avec l'eau que je venais d'avaler. L'homme s'agita, mal à l'aise.

– Nous avons craint le pire. Heureusement pour vous, Jeremiah sait donner les premiers secours.

– J'ai failli mourir? chuchotai-je, stupéfaite.

– Deux fois, m'annonça le médecin. Sans... heu..., l'insistance de M. Hamilton, nous n'aurions sans doute pas cette conversation.

Il me reprit le verre pour le déposer sur la table de nuit. Je commençai à y voir un peu plus clair. Je fixai mes mains pendant un long moment, l'esprit troublé.

– Je suis fatiguée, murmurai-je enfin en me rallongeant.

Ethan avança d'un pas.

– Avant que vous vous rendormiez, me dit-il, il faut vraiment que je vous interroge au sujet de l'homme qui a monté la bouteille de champagne dans votre suite.

Je me raidis, soudain glacée.

– Vous pensez que c'est lui qui...

– C'est ce que nous essayons de savoir.

Mon cœur bondit en entendant cette voix grave que je connaissais bien. Jeremiah venait d'entrer dans la chambre. Il s'approcha du médecin, au pied du lit.

– Comment va-t-elle? lui demanda-t-il.

– Elle s'est réveillée, c'est un signe encourageant. J'aimerais la garder en observation au moins une journée de plus.

Mon patron accepta. Montague hocha la tête et s'en alla sans un bruit. Oppressée par la peur, je tâtonnai, cherchant la main de Jeremiah lorsqu'il s'assit sur la chaise, à côté de moi. Je me fichais qu'Ethan le voie. Quelqu'un avait essayé de me tuer. Cette idée me paniquait.

– Quel souvenir avez-vous de l'homme qui a apporté le champagne? insista Ethan, tandis que je m'agrippai à Jeremiah.

– Il était banal, répondis-je, aussitôt consciente de l'inutilité de cette phrase. Blanc, habillé de l'uniforme de l'hôtel, cheveux bruns et yeux marron, je crois.

– On peut changer la couleur de ses cheveux et de ses yeux, répliqua Jeremiah. Parlez-nous plutôt de son visage. Des cicatrices? Des grains de beauté?

J'avais mal à la tête à force de me creuser la cervelle. Je me concentrai pour essayer de retrouver cette vision que j'avais eue de cet homme.

– Ses yeux étaient profondément enfoncés, me semble-t-il, ses lèvres fines, et il mesurait dix centimètres de plus que moi. Je crois qu'il avait un grain de beauté sur la tempe gauche et une marque blanche sur le menton, mais cela pourrait aussi bien s'agir de maquillage.

Les regards des deux hommes se croisèrent, et mon cœur se serra. Je venais sûrement de décrire la moitié de la population masculine du pays.

– Et sa voix? finit par demander Ethan en griffonnant sur un calepin.

– Son anglais était excellent, dis-je. Enfin, son américain, plutôt. (Frustrée, je tapais du poing sur le lit.) Je n'en sais rien. Il avait tout de l'employé d'hôtel moyen et, sur le moment, il ne m'est pas venu à l'esprit de l'observer attentivement. Et les caméras de sécurité? ajoutai-je, soudain traversée par l'idée. Elles doivent montrer quelque chose, non?

Tous deux secouèrent la tête.

– Nous avons déjà vérifié, m'annonça Jeremiah. Ce type savait exactement où elles étaient cachées, il a réussi à ne jamais exposer son visage.

Je retombai sur mon oreiller.

– Il n'y a donc rien que je puisse faire pour aider? soupirai-je.

À ce moment, le portable de mon patron sonna et il en regarda l'écran.

– Il faut que je prenne cet appel, dit-il en retirant sa main de la mienne. Ethan? Voyez si vous trouvez quelqu'un pour faire un portrait-robot. Je reviens.

Les yeux pleins de larmes, je le vis quitter la chambre. Quelle idiote! Les affaires et la vie continuaient. N'empêche, j'avais du mal à accepter qu'il s'éloigne tellement sa présence me donnait un sentiment de sécurité bien supérieur à celui que me procurait son garde du corps, Ethan.

– Cette histoire l'a bouleversé, lâcha soudain ce dernier.

Je me tournai vers lui en essuyant mes larmes. Il ne me regardait pas, trop occupé à tapoter sur son téléphone. Je sentis pourtant que j'avais toute son attention.

– Comment ça? demandai-je.

Il ne répondit pas tout de suite. Quand il raccrocha son portable à sa ceinture, il me dévisagea.

– Depuis combien de temps le connaissez-vous?

Désarçonnée par son ton inquisiteur, je fronçai les sourcils.

– Quelques jours, pourquoi?

– Il se démène comme un fou pour retrouver le coupable. Voilà longtemps que je ne l'avais pas vu aussi actif. Même la dernière fois qu'on a tenté de le tuer, il ne s'est pas autant mobilisé.

– Quoi? soufflai-je, complètement ahurie.

Ethan haussa les épaules, comme si sa révélation n'était que de la routine.

— À l'armée, lui et moi avons accompli des missions dangereuses, même si, à l'écouter, ce n'était rien du tout. Aujourd'hui encore, un homme qui, comme lui, évolue dans des milieux d'affaires impitoyables, est menacé de toutes parts. C'est juste après qu'il a accepté de parrainer mon entreprise qu'on lui a tiré dessus devant le siège de sa société. Il avait déjà maîtrisé et désarmé le type quand je suis arrivé sur place.

– Et après? insistai-je alors qu'Ethan se taisait pour vérifier de nouveau son téléphone.

– Rien. Il m'a ordonné de trouver qui était derrière tout ça et de le tenir au courant, puis il a sauté dans un avion pour Dubaï. Pas inquiet le moins du monde. Là, c'est peut-être différent, parce que c'est vous qui avez été touchée à sa place. Mais Celeste le remplace à la tête de l'entreprise, pendant que lui se consacre entièrement à la chasse à l'homme et veille à ce que la presse ne sache rien.

– Ainsi, son coup de fil...

– Sans doute l'un de ses contacts. S'il ne souhaitait pas que nous écoutions, c'est sûrement parce qu'il s'agit d'une relation que je désapprouve. Jeremiah est prêt à tout, sur ce coup-là.

C'est le moment que choisit l'intéressé pour revenir en rangeant son portable. Par la porte entrouverte, je pus pour la première fois jeter un coup d'œil dans le couloir: deux hommes en noir se tenaient de chaque côté du seuil. Il était allé jusqu'à poster des gardes du corps devant ma chambre. Étions-nous autant en danger?

— J'envoie mes hommes chercher un dessinateur, annonça Ethan. Avec un peu de chance, on n'en aura que pour quelques heures.

– Bien, approuva Jeremiah avant de s'adresser à moi, le front plissé : vous devriez être en train de vous reposer.

– Avec qui venez-vous de discuter ? demandai-je abruptement, ce qui me valut un regard sévère. Si cela me concerne, insistai-je, j'estime que je devrais être au courant. Qui a tenté de nous tuer ?

Jeremiah foudroya Ethan du regard, mais ce dernier fixait son téléphone, ignorant délibérément notre conversation.

– Je n'en suis pas encore très sûr. J'ai transmis votre description, mes interlocuteurs ont l'air assez optimistes. Et maintenant, reposez-vous !

Mon corps exigeait que j'obéisse. Jusqu'à présent, j'avais lutté contre le sommeil.

– Vous ne m'abandonnez pas ? murmurai-je en me glissant sous les draps.

Son expression s'adoucit.

– Je ne m'éloignerai pas, promit-il.

Sur ces paroles rassurantes, je cédai à l'épuisement.

Je restai en observation trois jours de plus. Le médecin était optimiste, mais j'étais faible comme un bébé. J'avais besoin qu'on m'aide pour des gestes aussi simples que marcher, ce qui m'irritait et m'incitait à tout faire pour me débrouiller seule. Mais quand je glissai et manquai de tomber, en essayant d'aller dans la salle de bains attenante à ma chambre, Jeremiah donna l'ordre qu'une infirmière ou un garde du corps m'assiste en permanence.

Si je passai l'essentiel de mes journées à dormir, je finis par m'ennuyer de rester couchée. Lorsque je le dis à Ethan, toujours dans les parages, il ne tarda pas à me fournir une tablette toute neuve. Cela me permit de tuer le temps, que je consacrai surtout à faire des recherches sur mon patron.

J'avais décrété sur le ton de la plaisanterie tout connaître de la version Wikipédia de sa biographie. Il s'avéra que c'était le cas de tout le monde. Les articles qui lui étaient consacrés mentionnaient dans le détail son engagement dans les rangers, ses donations aux associations humanitaires et ses affaires diverses et variées. Ce que je savais déjà. La presse n'hésitait pas à le qualifier de «mystérieux» ou d'«énigmatique», des adjectifs plutôt appropriés, à en juger par l'absence générale d'informations détaillées. Les articles qui évoquaient sa reprise en main de la société, après la mort de son père, étaient tout aussi superficiels et s'attachaient surtout à donner la parole à des analystes, qui spéculaient sur l'avenir de l'entreprise, ou sur les chances qu'avait un homme sans formation en économie de remplacer un magnat tel que Rufus Hamilton, etc.

Au bout de quatre jours, je parvins à marcher seule, ce qui nous permit de quitter l'hôpital. On se serait cru dans un film d'espionnage. Les gardes du corps me conduisirent au parking du sous-sol et m'installèrent dans une limousine, dont je pensai qu'elle nous conduirait à l'aéroport. Jeremiah surveilla toute l'opération sans jamais me quitter; il me soutenait même le coude quand la voiture sortit du garage.

Je somnolai sur l'épaule de Jeremiah pendant presque tout le trajet. Je m'éveillai une seule fois, pour constater que nous n'étions plus en ville. J'y accordai peu d'attention et me rendormis jusqu'à ce que le véhicule s'arrête et que mon compagnon bouge, m'obligeant à relever la tête. Hébétée, je regardai par la fenêtre. Les hautes herbes des prairies que nous traversions s'agitaient dans le vent. En me frottant les yeux, je réalisai que nous n'étions pas du tout à l'aéroport.

– Où sommes-nous?

Sans répondre, Jeremiah s'approcha de la portière qu'on lui ouvrait.

– Venez le découvrir vous-même, me dit-il.

Me prenant le bras, il m'aida à sortir de la voiture. Je n'identifiai pas tout de suite les lieux et perçus seulement le clapotis des vagues. Devant moi s'élevait un bâtiment qui m'était vaguement familier, comme le paysage alentour. D'autres véhicules étaient garés à proximité, et quelques touristes se baladaient dans l'air frais. Le cerveau encore embrumé de sommeil, je tentai de deviner où j'étais.

Plusieurs hommes en costume sombre se trouvaient à proximité. L'un d'entre eux s'approcha.

– L'endroit est sécurisé, monsieur, annonça-t-il.

Je regardai attentivement les dunes, d'où émergeaient quelques stèles commémoratives, mais cela ne me rappelait rien. C'est seulement quand je vis les drapeaux français et américains flotter ensemble au-dessus de l'entrée du bâtiment que je réalisai où nous étions.

– Vous m'avez amenée à Utah Beach! murmurai-je, ébahie.

Je n'avais jamais vu ce site historique qu'en photo ou à la télévision avec mon père. L'odeur iodé qui flottait dans l'air rappelait que la mer se trouvait là, juste derrière les bâtiments, cachée par la brume hivernale. Sans voix, je me tournai vers Jeremiah, les larmes aux yeux. Je n'avais évoqué cet endroit qu'une seule fois, et je pensai qu'il avait oublié cette conversation. J'avais aujourd'hui la preuve qu'il m'avait vraiment écoutée.

Retirant sa veste, Jeremiah en couvrit mes épaules quand je frissonnai.

– Vous m'aviez dit que vous aimeriez visiter cet endroit, murmura-t-il, l'air mal à l'aise, sur la défensive. (Était-ce à cause de mes larmes?) Un musée a été construit, des objets récupérés sur la plage elle-même y sont exposés. Mais, si vous préférez, nous pouvons nous promener au bord de l'eau.

Sa voix était bougonne, son attitude brusque. Ça m'était égal. J'étais heureuse d'être là où j'avais rêvé de venir. Le vent en provenance de la mer était glacial. Le ciel était couvert au point que la neige paraissait prête à tomber. La petite photo des lieux que mon père gardait sur le manteau de la cheminée ne leur rendait pas justice. Le site était très vaste, peut-être un peu trop pour mon état de faiblesse actuel, mais j'avais envie de tout visiter!

Submergée par l'émotion, je retins un sanglot et glissai ma main dans celle de Jeremiah. Il se raidit. Puis ses doigts se détendirent.

– Vous m'aidez à entrer? demandai-je en me blottissant dans son manteau.

Son regard s'adoucit, il leva ma main à ses lèvres.

– Tout l'honneur sera pour moi, répondit-il.

14

Nous ne restâmes pas aussi longtemps que je l'aurais voulu. Jeremiah m'accompagna pendant toute la visite. Moins d'une heure plus tard, sentant que je faiblissais, je demandai à aller sur la plage avant de ne plus pouvoir tenir debout. Il accepta, mais abrégea la promenade quand il me vit trébucher et, malgré toutes mes couches de vêtements, être prise de tremblements. Il me promit que je reviendrai quand je serais guérie ou qu'il ferait moins froid. Je le crus sur parole.

Je dormis pendant presque tout le vol de retour jusqu'à New York. Je ne m'éveillai qu'à l'arrivée. Fidèle à sa promesse, Jeremiah ne me quitta pas un instant. Les formalités douanières accomplies, nous montâmes dans une limousine qui prit une direction inconnue – de moi, en tout cas. J'appuyai ma tête sur l'épaule de Jeremiah, dont la main serrait un peu ma cuisse. Même si ce geste n'avait rien de sexuel, j'en perçus le côté possessif, qui ne me dérangeait pas.

Remarquant de belles demeures à travers la vitre, je me mis à regarder le paysage. Quelques rayons de soleil transperçaient les nuages et se réfléchissaient sur l'eau d'une marina que nous longions. De grands voiliers et des yachts y étaient amarrés.

– Où allons-nous? finis-je par demander.

– Mon loft de Manhattan est trop connu pour que vous y soyez en sécurité. La maison de famille des Hampton conviendra mieux jusqu'à ce que nous ayons résolu cette sombre affaire.

La dernière phrase avait été littéralement grommelée, et cela me fit avaler ma salive. M'intéressant de nouveau aux villas – aux gigantesques propriétés, devrais-je dire –, j'essayai de ne pas penser au tour qu'avait pris ma vie depuis peu.

Excepté leur taille et leur standing, les maisons qui défilaient n'avaient presque rien en commun. Je n'étais jamais venue dans ce coin de Long Island, ni d'ailleurs dans aucune des riches banlieues new-yorkaises, mais des amis m'en avaient parlé et j'en avais vu des images à la télévision et sur Internet. De nombreuses propriétés étaient dotées de pontons et d'immenses espaces verts soigneusement entretenus. Implantées sur la rive, les plus anciennes reflétaient une atmosphère familiale très joyeuse – et une opulence évidente. On était loin de Manhattan, qui n'était pourtant qu'à deux heures de route.

La maison vers laquelle notre voiture se dirigea était tout aussi imposante que ses voisines, mais moins avenante. Au portail, la petite armée de gardes qui nous demanda de baisser les vitres ne fit rien pour calmer mes inquiétudes. Mais Jeremiah paraissait très satisfait de ces mesures de sécurité.

– C'est toujours comme ça? demandai-je, tandis que les hautes grilles s'ouvraient.

– J'ai dit à Ethan de placer ici quelques hommes dont il n'avait pour l'instant pas besoin afin de surveiller les lieux. La plupart d'entre eux sont d'anciens militaires qui savent à quoi s'attendre.

– Oh ! murmurai-je, ignorant comment réagir. (Mon patron possédait sa propre armée.) C'est, euh… super.

L'allée était bordée de haies et d'arbres qui cachaient la demeure. Après un virage à droite, soudain je la découvris et retins mon souffle. Étant née dans une famille de la bourgeoisie, j'avais grandi dans une maison jolie, mais plutôt modeste (avant que la banque me la reprenne à la mort de mes parents). Elle aurait pu tenir dans la moitié de la bâtisse, ce qui me laissa sans voix. Je sentis que Jeremiah observait mes réactions. J'aurais sans doute dû dire quelque chose, mais j'avais l'esprit vide. Cette demeure m'évoquait un château anglais tout en pierre de taille et en lierre. Il était protégé des regards des voisins par des arbres et des taillis. Au-delà du bâtiment principal, le terrain descendait doucement vers l'eau ; on y distinguait des dépendances qui, même si elles étaient grandes, n'avaient pas sa somptuosité.

Une voiture rouge luxueuse était garée devant l'entrée. À côté de moi, Jeremiah poussa un soupir agacé. Notre limousine s'arrêta derrière le véhicule et le chauffeur la contourna pour nous ouvrir la portière. Au même moment, une femme mince et blonde descendit de la voiture rouge.

– Qui est-ce ? chuchotai-je.

– La famille.

Ces mots étaient lourds de sens. Mais Jeremiah sortit avant que j'aie pu l'interroger. Il m'aida à le rejoindre. La femme venait vers nous ; elle était plus vieille que ce que j'avais cru au premier abord, même s'il était difficile de lui donner un âge précis. Ses lèvres semblaient trop pleines, son visage un peu trop tendu. Seuls son cou un peu flasque et ses clavicules saillantes sur un corps mince, presque maigre, trahissaient une certaine maturité.

– Quel plaisir de te voir, chéri ! lança-t-elle.

Elle enlaça un Jeremiah très raide, qui ne lui rendit pas son geste.

– À l'entrée, les hommes m'ont appris ton arrivée, et j'ai décidé de t'attendre. Figure-toi qu'ils ont refusé que les Dashwood m'accompagnent. Ahurissant, non? Ils se faisaient une telle joie de visiter les lieux.

– Les Dashwood ne sont pas sur la liste des personnes autorisées dans la maison, répondit Jeremiah d'une voix polie mais contrainte, comme s'il contenait sa mauvaise humeur. Vous-même, que faites-vous ici?

Une telle froideur ne déstabilisa pas la femme.

– Je te l'ai dit, chéri, je voulais juste montrer la propriété aux Dashwood. Je crois qu'ils ont été vexés de ne pas pouvoir entrer. Je devrais peut-être les rappeler pour qu'ils reviennent, maintenant que tu es là?

Jusqu'alors, ma présence avait été ignorée, ce qui était un soulagement. La femme était tirée à quatre épingles, son corsage et sa jupe sur mesure assortis à ses chaussures et à son petit sac à main. De mon côté, mes vêtements étaient froissés par le voyage et j'avais assez perdu de poids à l'hôpital pour que j'aie l'air de flotter dedans. Avant cette rencontre fortuite, cela m'était égal. À présent, j'essayais de me rendre aussi invisible que possible, un don que j'avais passé ma vie à cultiver. Notre déménagement du Canada aux États-Unis quand j'étais collégienne avait été difficile. J'avais déployé une énergie folle à me débarrasser d'un accent que je n'avais pas conscience d'avoir. De toute façon, j'avais toujours été plus ou moins solitaire. Passer inaperçue m'était d'autant plus facile que je détestais me faire remarquer.

Jeremiah soupira de nouveau.

— Vous n'êtes plus chez vous, maintenant, lâcha-t-il.

Un argument visiblement déjà avancé plusieurs fois, que la femme balaya d'un revers de la main.

– Bêtises, chéri. J'ai encore le droit de venir en visite de temps en temps.

Son regard se posa sur moi sans rien manquer de mon apparence négligée. Ses yeux devinrent durs.

– Franchement, Jeremiah, enchaîna-t-elle, es-tu obligé d'amener tes conquêtes peu reluisantes dans la maison de famille? Et si les journalistes la voyaient?

J'en restai bouche bée. Je serrai les poings, plus qu'indignée. J'étais tellement furieuse que je ne trouvai rien à répondre sinon une insulte, qui risquait de conduire à une empoignade. Quelle garce!

Même Jeremiah sembla contrarié par le sous-entendu. Il s'avança, s'interposant entre la femme et moi, qui enrageais.

– Ça suffit, mère!

Pour le coup, j'en restai estomaquée. Sa mère? Cette dernière leva les yeux au ciel.

– Eh bien, répondit-elle au bout d'un moment, tu comptes faire les présentations?

Malgré une évidente répulsion, les bonnes manières de Jeremiah l'emportèrent.

– Voici Mlle Lucy Delacourt, ma nouvelle assistante. Lucy, ma mère, Georgia Hamilton.

– Tu recommences avec cette mascarade? répliqua-t-elle sans se donner la peine de cacher son mépris.

Jeremiah ne sembla pas avoir envie de s'étendre sur le sujet, mais je réalisai que je n'avais pas peur de dire ses quatre vérités à cette harpie. J'ouvrais déjà la bouche quand, soudain inspirée, j'arborai un sourire faux.

– *Bonjour*, lançai-je en français. *Je vous signale que vos lèvres et vos seins paraissent avoir été refaits par le même chirurgien. Malheureusement, il s'est un peu trompé...*

Georgia sursauta, surprise.

– Vous êtes française?

Constatant qu'elle ne comprenait rien à ce que je racontais, je souris de plus belle.

– *Je sais maintenant pourquoi vos deux fils ont des problèmes*, poursuivis-je en désignant sa tenue. *C'est un miracle que vous soyez encore autorisée à venir ici si vous avez le même comportement à chacune de vos visites.*

– Lucy s'occupera du volet français de nos affaires, intervint Jeremiah d'une voix doucereuse.

Sa mère plissa le nez, soupçonneuse. Il me glissa un regard en biais, mais j'étais trop contente pour ne pas jubiler.

– J'ai dû trop longtemps embaucher des traducteurs, ajouta-t-il. Il me faut quelqu'un sur place qui parle couramment la langue.

Sans cesser de sourire, je lui jetai un rapide coup d'œil. Était-il sérieux? Ce n'était sûrement qu'un stratagème destiné à égarer sa mère. Il n'empêche, j'aurais adoré occuper ce poste. Il était finalement peut-être possible de mélanger travail et plaisir.

– Bien, commenta celle-ci en lissant sa jupe qui n'en avait nul besoin. Je continue de penser que tu avais trouvé une perle avec cette Russe, Anya. Un peu naïve, certes, mais elle faisait le ménage correctement, avec l'aide de ton personnel de maison… Quel dommage que tu l'aies laissé partir!

Naïve? Ce n'était pas le mot que j'aurais employé pour décrire Mlle Petrovski. Quoi qu'il en soit, Jeremiah ne parut ne guère apprécier le nouveau tour que prenait la conversation. Il toisait sa mère en fronçant les sourcils. Cette dernière haussa les épaules, insensible à la réaction que ses paroles avaient provoquée chez son fils.

– Eh bien, très chère, cela fut un plaisir de vous rencontrer, ajouta-t-elle avec un air qui contredisait pourtant ses paroles. Il faudra que nous déjeunions, un de ces jours.

Plutôt mourir ! Je serrai les dents pour garder mon sourire. Jeremiah glissa son bras sous le mien.

– Et maintenant, dit-il, si vous voulez bien nous excuser. Je vais montrer sa chambre à Lucy.

– Ne devrais-tu pas d'abord contacter les Dashwood ? Ils étaient plutôt fâchés.

– Bonne journée, mère.

Jeremiah me poussa vers la porte, désireux comme moi d'abréger la conversation. Un bruit agacé retentit derrière nous, et une portière claqua tandis que nous franchissions les immenses portes qui s'ouvraient sur l'intérieur de la maison.

Je ne savais pas trop à quoi m'attendre. Les murs étaient lambrissés d'un bois aussi sombre que celui des rares meubles ; la hauteur sous plafond et les parois peintes en blanc évitaient à l'atmosphère d'être trop lugubre. Dans le hall, un escalier à double volée en imposait ; la lumière se déversait par une verrière et par l'ouverture qui menait au reste de la demeure. Au-delà des marches, une cuisine aux placards de bois noir était disposée autour d'un patio. Dans le salon, un immense écran de télévision, plus grand que Jeremiah, occupait un mur entier. Au fond, une baie vitrée donnait sur une terrasse qui surplombait l'océan.

Si cette vue me coupa le souffle, Jeremiah, lui, protesta.

– Pourquoi ces vitres sont-elles restées transparentes ? grommela-t-il en m'empêchant d'entrer dans la pièce.

– Désolé, monsieur, dit un homme derrière nous. Votre mère nous a priés de les laisser ainsi.

– Ce n'est pas sa maison. Fermez-moi ça.

La seconde suivante, la mer disparut, les carreaux devenant opaques, comme embués. J'étais stupéfaite. Sans arrêter de pester, Jeremiah me laissa pénétrer dans le salon.

– Des vitrages intelligents, répondit-il à ma surprise. Les fenêtres s'opacifient grâce à un système électrique. Je l'ai fait installer pour plus d'intimité.

Je n'avais encore jamais rien vu de pareil. Si on ne distinguait plus l'extérieur, la lumière entrait tout de même par la baie vitrée. À l'opposé de l'espace télévision, un coin salle à manger était occupé par une table gigantesque et des chaises. À côté, une cheminée au manteau imposant. Au-dessus, le mur était nu et je me demandai quel tableau y avait été suspendu autrefois.

– Autre chose, monsieur? demanda Ethan qui nous avait rejoints.

Jeremiah secoua la tête, et son responsable de la sécurité s'éclipsa de nouveau, nous laissant seuls.

– C'est magnifique, soufflai-je en dévisageant mon compagnon. C'est ici que vous avez grandi?

– Entre autres endroits, oui, acquiesça-t-il en allant dans la cuisine, pendant que je continuais à admirer le salon. Qu'avez-vous dit à ma mère? ajouta-t-il au bout d'un moment.

Sa question me fit sourire.

– Des réflexions un peu vives, expliquai-je avec un regard amusé.

Il ne me rendit pas mon sourire et se contenta de hocher la tête, gâchant mon plaisir.

– Rien de trop impoli, précisai-je. Promis juré.

Je ne voulais pas l'offenser. Il s'agissait de sa mère, après tout.

— Elle est parfois pénible, admit-il, même si elle n'a pas toujours été comme ça.

Il regarda au loin, perdu dans ses réflexions.

— Tenir la maison de mon père, finit-il par reprendre, supporter son caractère tyrannique… Je crois que c'est pour cela qu'elle s'est entichée d'Anya. Elle lui rappelait un peu la femme qu'elle avait été.

Il changea brutalement de sujet.

– Avez-vous faim? me demanda-t-il.

J'indiquai que non.

– Vous cuisinez? Vu l'endroit, je pensais que vous auriez un chef à domicile.

– C'était le cas quand j'étais enfant. J'ai jugé que c'était du gaspillage. Comment vous sentez-vous?

Il avait ouvert le réfrigérateur puis les placards. Il y avait des provisions.

– Fatiguée, dis-je en bâillant.

J'avais beau avoir dormi dans l'avion, j'avais l'impression que ça ne suffisait pas. Penser à un lit tout en regardant Jeremiah provoqua en moi des frissons qui n'avaient rien à voir avec mon empoisonnement. Hum… je n'étais peut-être pas si épuisée que ça, à la réflexion. Il avait troqué son costume habituel pour un jean griffé et une chemise blanche. Quand je l'avais vu ainsi pour la première fois, j'avais ressenti un choc – agréable. La façon dont son corps bougeait dans son jean me donnait des idées – et des démangeaisons au bout des doigts.

– Venez, je vous montre votre chambre.

Il m'escorta vers l'escalier. Je m'appuyai sur lui pour monter les marches, un bras passé autour de sa taille. Il était raide et n'eut pas de réaction particulière à mon contact. Je levai les yeux: il regardait droit devant lui, le front soucieux. Surprise, je retirai ma main et fus déçue de voir qu'il se détendait. Qu'y avait-il? Moi qui croyais enfin le comprendre, j'étais décontenancée par son comportement qui, de nouveau, semblait être celui d'un inconnu.

La pièce où il me conduisit était très vaste, avec lit immense et salle de bains attenante. Là aussi, les vitres avaient été opacifiées – apparemment, le système équipait toute la maison. Quelque chose me dit que ce n'était pas la chambre du maître des lieux. Bien que spacieuse, il lui manquait la classe que, selon moi, la pièce réservée à Jeremiah devait avoir. Je fus sur le point de lui demander quel serait mon statut durant mon séjour ici : serai-je considérée comme une invitée ou notre arrangement était-il un secret de polichinelle ? Mais quand Jeremiah m'accompagna jusqu'au lit, je compris que j'allais dormir seule. Un instinct me poussa à le retenir par la main et à la porter à mes lèvres pour l'embrasser.

De nouveau, il se tendit, se figea même. Si je crus discerner du désir dans ses yeux, ce fut très bref. En se dégageant doucement, il m'obligea à m'allonger.

– Vous avez besoin de vous reposer, chuchota-t-il.

« C'est de vous dont j'ai besoin », pensai-je. J'eus une moue déçue. Il paraissait réticent à me toucher et cela me blessa plus que je l'aurais imaginé. Mais j'étais fatiguée. Après tout, son attitude était peut-être une façon de me forcer à dormir.

J'inspirai profondément pour me relaxer. Je me blottis sous les draps et fermai les yeux, espérant que mon inquiétude au sujet de Jeremiah ne m'empêcherait pas de m'assoupir. Mon corps réclamait du repos : je m'endormis avant que Jeremiah ait quitté la pièce.

15

Le soleil était haut quand je me réveillai, plus reposée que jamais depuis mon empoisonnement au champagne. Je m'étirai sous la couverture, avant de l'écarter et de me lever. Au pied du lit, une serviette et un peignoir avaient été posés, ainsi qu'une valise grise qui devait m'appartenir. Mon estomac gargouilla, me rappelant que je n'avais pas mangé avant de me coucher. Je descendis au rez-de-chaussée dans l'espoir d'y trouver Jeremiah.

Malheureusement, c'est Ethan qui se tenait au bas de l'escalier, juché sur un tabouret de bar qui détonait dans ce hall d'entrée. À mon arrivée, il se leva.

– Bonjour !

– Bonjour, répondis-je, réservée.

Ne sachant pas quelle attitude adopter, je le contournai pour gagner la cuisine. Jeremiah n'était pas là non plus. Malgré les vitrages opacifiés, la pièce était baignée de lumière.

– Quelle heure est-il ? demandai-je, un peu surprise.

– Neuf heures et demie, m'annonça Ethan après avoir regardé sa montre.

– Quoi? Neuf heures et demie du matin? Mais combien de temps ai-je dormi?

– Environ seize heures.

Pas étonnant que je me sente tellement en forme! Respirant un grand coup, j'inspectai le contenu du réfrigérateur.

– Où est Jeremiah?

– Il suit plusieurs pistes. Il est parti il y a deux heures à peu près.

Je jetai un regard discret à Ethan tout en posant une brique de lait sur le plan de travail.

– Et il vous a laissé ici pour veiller sur moi?

Il acquiesça. Je contenais ma déception. Que j'étais bête! Jeremiah n'avait pas voulu me réveiller, c'est tout. Mais je me souvenais de sa froideur de la veille, et cela me perturbait. J'avais une envie folle qu'on me prenne dans les bras et qu'on me dise que tout allait bien.

Rien n'allait bien. J'avais du mal à l'intégrer. J'essayais de contenir mon impatience; j'ouvris un placard. Chaque chose en son temps.

Un moment plus tard, je grignotais des céréales tout en regardant mon garde du corps lire un magazine sur les armes. Il faisait mine de ne pas me voir et, régulièrement, tapotait sur son oreillette: j'en conclus qu'il était en liaison avec ses hommes, dehors. Je le dévisageai un instant, puis pointai ma cuillère vers lui.

– Votre femme m'a dit que vous aviez été ranger en même temps que Jeremiah.

Ethan articula un vague acquiescement sans lever le nez de son magazine. Encore un taciturne. D'ailleurs, je repensai à notre trajet entre l'aéroport et le Ritz, à Paris. Il avait gardé le silence presque tout le temps. Je choisis une autre approche.

– Comment avez-vous été blessé à la jambe?

– Une mission qui a mal tourné.

– Vous étiez avec Jeremiah?

– Non, il avait déjà quitté l'armée.

– Pourquoi?

– Son père était mort.

Obtenir des réponses était aussi dur qu'arracher une dent. Enfin, il acceptait de parler. Alors j'insistai.

– Qu'est-ce que faisait Jeremiah chez les rangers?

– Tireur d'élite.

Je sursautai. Vraiment? Je m'accordai une minute pour digérer l'information, avalai quelques cuillères de céréales, puis repartis à l'assaut.

– Que s'est-il passé après son départ?

Ethan resta silencieux un moment. Je respectai ce silence, en priant pour qu'il le rompe le premier.

– Ça en a ennuyé plus d'un, finit-il par marmonner.

Je m'arrêtai.

– Comment ça?

– Il avait fichu le camp. Soit il avait trouvé une faille, soit il a fait pression, mais il a obtenu d'être libéré. La plupart d'entre nous ont jugé qu'il trahissait, qu'il désertait. Devenir ranger est dur, et il abandonnait, comme ça.

– Et vous, qu'avez-vous pensé?

– Je ne lui ai pas caché mon opinion, répliqua-t-il avec un regard mauvais.

– Donc vous étiez contre?

Ethan haussa les épaules et retourna à sa lecture.

– Il a renoncé à une vie dont beaucoup rêvaient. Il a laissé tomber ses hommes. Oui, j'avais des objections.

– Comment en êtes-vous arrivé à devenir son responsable de la sécurité, alors?

Ethan soupira et reposa son magazine sur le comptoir pour me regarder bien en face. Malgré son attitude revêche, il était d'accord pour continuer cette conversation. Aussi, j'essayai de ne pas me sentir trop coupable d'insister.

– Après mon accident, Jeremiah a débarqué à l'hôpital. Il m'a proposé du travail, au cas où l'armée ne voudrait plus de moi. Je l'ai envoyé balader, il est parti. Et puis, quelques mois plus tard, j'ai été libéré, et de nouveau il est venu me voir, m'offrant la chance de lancer une affaire que nous avions projetée pour notre retraite.

– La sécurité?

– Oui. Jeremiah a avancé les fonds. J'espère bien lui racheter ses parts très bientôt.

– Pourquoi rompre ce partenariat? Vous ne vous entendez pas, vous et lui?

– Il a d'autres chats à fouetter, et je préfère rester indépendant.

Le sujet était clos, apparemment. Mais ma curiosité n'était pas encore satisfaite.

– De quoi avait-il l'air à l'époque?

– Plus jeune.

Ma grimace comique provoqua l'ombre d'un sourire chez mon interlocuteur.

– Il se sentait toujours obligé de faire ses preuves, enchaîna-t-il, pensif. Il voulait toujours être en première ligne. On a été surpris quand il s'est décidé à devenir tireur d'élite. Je crois que ça l'a aidé à aiguiser sa patience. (Ethan inclina la tête sur le côté.) S'il n'a jamais été un boute-en-train, il savait s'amuser. Même si, depuis la mort de son père, j'ai l'impression qu'il n'a pas beaucoup consacré de temps à cela.

Puisqu'il était aussi bavard, autant aller au bout des choses.

– Et Anya? Comment se sont-ils connus?

Ethan plissa les yeux et me regarda. J'avalais une nouvelle cuillère de céréales en affichant un air innocent.

– Ce n'est pas à moi de vous en parler, protesta-t-il.

Je continuai mon petit déjeuner, l'air de rien, et il finit par céder après avoir levé les yeux au ciel.

– Jeremiah avait des soucis avec une affaire en Russie, il avait besoin d'une traductrice et interprète. Anya était idéale pour ce rôle, elle est devenue son assistante personnelle, la précédente étant nommée à un poste de direction.

– Ils étaient…

Ensemble. C'était le mot que j'avais envie de dire, mais je ne le fis pas, ignorant ce que le responsable de la sécurité savait de ma relation avec mon patron. Je rougis sous son regard insistant, me servis un nouveau bol alors que je n'avais plus faim.

– Leurs relations personnelles ne me concernaient pas. Il était clair qu'elle était amoureuse de lui, mais de son côté il ne trahissait rien. Quoi qu'il en soit, quand il a découvert qu'elle l'espionnait pour le compte de son frère, il l'a jetée dehors. Ça doit faire environ trois ans, maintenant.

– Comment était-elle? Je ne pus m'empêcher de lui demander ça.

— Jeune. Naïve. Innocente. Plutôt maligne, parlant très bien deux langues. Jeremiah l'avait dénichée en Russie et ramenée ici. Mais quand il l'a licenciée, c'était comme si elle n'existait plus.

La pauvre! Malgré l'arrogance de cette belle femme blonde, j'avais de la peine pour elle. Elle avait peut-être eu ce qu'elle méritait, il n'en reste pas moins que c'était rude pour cette exilée.

– Et Lucas? Pourquoi Jeremiah le surnomme-t-il Loki?

Ethan s'agita, et son air renfrogné s'accentua.

– Loki est la branche pourrie de l'arbre généalogique, ce n'est rien de le dire. Cet homme est une vraie perte de temps, si vous voulez mon avis.

Une pareille violence me déconcerta. Il ne cachait pas ses sentiments !

— Loki était son surnom quand il était enfant, ou quelque chose comme ça? insistai-je, espérant que je n'avais pas poussé le bouchon un peu trop loin sur ce sujet délicat.

– Que s'est-il passé entre lui et Jeremiah?

– Mis à part que Loki est devenu ce contre quoi Jeremiah et moi avions lutté autrefois? Des problèmes s'étaient déjà produits avant que je quitte l'armée, mais ce sale type a piqué trente millions de dollars à la société, lors de la nomination de Jeremiah, avant de se volatiliser on ne sait où.

J'étouffai un soupir. C'était une sacrée somme.

– Et qu'a-t-il fait de cet argent?

– Aucune idée. C'est sans doute à cette époque qu'il s'est mis à acheter des armes.

Ethan hocha la tête devant mon air choqué.

– Oui, oui, reprit-il, c'est un trafiquant d'armes. Il gagne son argent en vendant des armes à des pays en guerre. Il se fait appeler Loki depuis toujours. Je suppose que son prénom faisait trop snob.

Ma cuillère m'échappa des mains. Stupéfaite, je dévisageai Ethan, dont l'expression furieuse était soudain devenue intimidante. Il serra les mâchoires en voyant à quel point j'étais retournée.

– Je n'aurais rien dû vous dire, marmonna-t-il en reprenant son magazine. Ce ne sont pas mes affaires, après tout.

J'avais du mal à digérer la nouvelle. J'avais donc dansé avec un trafiquant d'armes? Je repensai à ses yeux bleu-vert et à leur lueur moqueuse, à son beau visage familier abîmé par une cicatrice sur la joue. Bon sang! Dans quel pétrin m'étais-je fourrée?

La porte s'ouvrit dans un cliquetis, et Ethan sauta sur ses pieds, ce qui me fit sursauter. Mais il se détendit presque tout de suite et Jeremiah apparut. Je souris, heureuse de sa présence, mais il stoppa ma joie en me regardant à peine.

– Du nouveau? demanda Ethan.

Jeremiah secoua la tête, les lèvres pincées.

– J'ai lancé mes lignes, répondit-il. Je devrais en savoir plus d'ici un jour ou deux.

Ethan acquiesça, les sourcils froncés.

– Je serai dehors si vous avez besoin de moi.

Sur ce, il s'éloigna. Je regardai mon patron.

– Vous avez l'air fatigué, lui dis-je.

– Ça va aller, souffla-t-il. Et vous? Comment ça va?

– Mieux, dis-je en montrant mon bol vide. J'ai même retrouvé l'appétit.

Il opina avant de détailler ma tenue négligée.

– J'ai laissé des affaires de toilette et des vêtements au pied de votre lit.

– J'ai vu ça, merci. Je comptais prendre une douche après mon petit-déjeuner.

Je frissonnai, tout à coup nerveuse. J'avais peu d'expérience en matière de flirt. Je relevai la tête, le regardai sous mes cils baissés.

– Ça vous dirait de me rejoindre?

Il se raidit aussitôt et ses mains se crispèrent sur le plan de travail. Un éclat de feu traversa ses yeux, mais à ma grande surprise il refusa mon offre.

– J'ai des choses à régler avant midi.

Je ne m'attendais pas à ça. J'avais beau être consciente qu'il était dans son bon droit, ce rejet me blessa. J'essayai de me raisonner. Après tout, c'était un homme très occupé par ses affaires, et quelqu'un avait tenté de nous tuer.

– Laissez-moi vous raccompagner à l'étage.

Il prit mon coude, mais je résistai.

– Qu'avez-vous appris jusqu'à maintenant?

Agacé, il serra les lèvres – soit par mon manque de docilité, soit par la situation elle-même. Pas question pour autant de me laisser impressionner.

– Rien encore, répondit-il en me tirant par le bras. Montons.

Je me libérai de son emprise.

– Je suis capable de me débrouiller toute seule, merci.

La vexation qu'il venait de m'infliger, en plus de son attitude distante de la veille, m'irritait: j'étais bien décidée à me passer de son aide. Rassemblant tout ce qu'il me restait de dignité, je me dirigeai vers l'escalier. J'avais à peine fait quelques pas qu'il m'attrapa et me souleva dans ses bras. Je poussai un cri de surprise et m'agrippai à son cou, tandis qu'il me portait à l'étage, montant les marches deux par deux.

– C'était inutile, lâchai-je en essayant de ne pas avoir l'air boudeur.

– Vous êtes sous ma responsabilité.

Autrement dit, j'étais un fardeau.

– Vous savez comment tourner un compliment, ricanai-je.

– Aucune importance. L'essentiel est que vous soyez en sécurité.

Je levai les yeux au ciel, mais je ne répondis rien, me contentant de resserrer ma prise autour de sa nuque. S'il n'était pas toujours très romantique, la force protectrice qui émanait de lui était agréable.

– Plus tard, vous me ferez faire un tour du propriétaire? demandai-je, une fois en haut de l'escalier. J'adorerais descendre au bord de la mer.

– Non. Tant que nous n'aurons pas éclairci la situation, vous resterez à l'intérieur de la maison.

– Pardon ? Je suis aux arrêts ?

– Il y a trop d'endroits exposés dehors. Je tiens à assurer leur surveillance et à limiter les risques avant de vous autoriser à sortir.

Son ton était sans réplique, ce qui, bien sûr, réveilla mon naturel rebelle. Mais j'essayai d'envisager les choses de son point de vue. Ayant été tireur d'élite, il n'ignorait rien des dangers à distance. En même temps, et même si l'idée d'être épiée au moyen de jumelles était déroutante, voire vraiment effrayante, rester enfermée me contrariait.

– Et si je portais un gilet pare-balles ? proposai-je. Un casque en kevlar ? Ça existe ?

Il accueillit ma suggestion par un bruit qui aurait tout aussi bien pu être un rire étouffé. Me déposant devant la porte de ma chambre, il me poussa gentiment à l'intérieur.

– Allez vous doucher. Vous êtes libre de circuler dans toute la maison, mais interdit de sortir. (Il repoussa l'une de mes mèches derrière mon oreille, son doigt s'attarda sur le contour de mon menton.) Je vous veux en sécurité ; à ce stade, c'est tout ce qui compte.

J'essayai d'appuyer mon visage sur sa main, frustrée de ses caresses, mais il la retira et recula. Après un bref salut de la tête, il s'en alla, m'abandonnant là, seule avec mon amertume. J'eus envie de lui crier que c'était insensé, car c'était lui que visait l'assassin et, pourtant, lui, il avait le droit d'aller dehors, à sa guise.

Je fis une rapide toilette qui ne me calma pas. M'enveloppant dans le peignoir, une serviette autour de mes cheveux humides, je redescendis au rez-de-chaussée où, malheureusement, je fus accueillie par un énième garde du corps. Je ne m'attendais pas à tomber sur des inconnus dans la maison. Je serrai ma ceinture de peignoir autour de ma taille quand l'homme leva les yeux sur moi.

– Où est Jeremiah? lui demandai-je.

– Il avait à faire dehors, madame. Nous serons ici en bas si vous avez besoin de quelque chose.

J'opinai sèchement avant de filer à l'étage pour m'habiller.

16

Au bout de deux jours passés dans la somptueuse demeure, j'étais devenue presque folle.

Cette maison avait beau être vaste, je m'y ennuyais ferme après en avoir épuisé tous les mystères. Enfin, autant que possible, avec pour seules armes ma curiosité et Internet. Je regardais la télévision, surfais sur Internet, essayais de m'occuper dans les limites de mon enfermement. J'étais toujours sur le qui-vive et m'attendais constamment à ce qu'un homme armé ou un assassin débarque – c'était épuisant. Pire encore, personne ne me disait où on en était. Jeremiah disparaissait tout le temps et les gardes ne disaient rien. Bref, j'étais livrée à moi-même. Il n'était pas logique d'éprouver de la rancœur à être gardée captive alors que c'était pour mon propre bien, mais je ne pouvais exprimer ma rébellion qu'en pensées.

Ainsi, l'une des salles de bains n'était pas équipée de barreaux à la fenêtre ni de ces fameux vitrages intelligents. Elle surplombait le parc. Je m'y douchai tous les matins pour mieux jeter un coup d'œil dehors – je me sentais un peu ridicule de ce sentiment de défi que cela me procurait. La vue donnait sur l'océan, dont les vagues battaient l'arrière de la propriété. Un hangar à bateaux avait été construit sur la berge, dans le prolongement d'un long ponton. En général, une sentinelle y patrouillait. Une camionnette venait aussi tous les deux jours déposer une équipe de jardiniers. Je rêvais de m'approcher de l'eau, peut-être d'y tremper mes pieds. Mais les paroles de Jeremiah sur d'éventuelles menaces me revenaient à l'esprit, et je refermais la fenêtre, prise de peur. Plus que tout, cette crainte me donnait l'impression d'être prisonnière et alimentait mon amertume.

Cependant, tout n'était pas ennuyeux dans mon existence.

J'étais libre de circuler comme je voulais dans toute la maison; seul le bureau de Jeremiah m'était interdit. Désireuse d'en apprendre plus sur mon employeur/amant, je furetai un peu partout en quête de renseignements. Les lieux étaient étonnamment dénués d'objets personnels; il n'y avait ainsi pas de photos de famille sur les murs ou la cheminée. Bien que décorée avec goût, cette résidence de luxe aurait pu appartenir à n'importe qui. Je m'étais pourtant attendu, vu son histoire, à ce que la demeure ait quelque chose d'unique; pourtant, je ne trouvai rien qui puisse la lier à la dynastie Hamilton.

Jusqu'au troisième jour, où je découvris un tableau ancien au fond d'un placard de la chambre des maîtres de maison.

La toile était grande, presque aussi haute que moi, et encadrée d'un lourd cadre en bois. Je l'extirpai péniblement du réduit, l'appuyai au mur, face à la lumière et retirai le drap qui la protégeait. D'abord, je crus qu'il s'agissait d'un portrait photographique, en pied, grandeur nature. Mais un examen plus approfondi me permit de détecter, dans le visage et les cheveux, les traces des coups de pinceau. Si je ne reconnus pas l'homme, je lui trouvai une ressemblance frappante avec Jeremiah et son frère Lucas. Il était jeune, environ l'âge de Jeremiah, et portait un costume cravate qui, à mes yeux, ressemblait à n'importe quel autre.

L'artiste, quel qu'il soit, avait un indéniable talent. Il avait su rendre l'expression de domination hautaine de son sujet, tant sur ses traits que dans son regard. À force de contempler ce visage figé sur la toile, je finis par comprendre à qui j'avais affaire : Rufus Hamilton, le patriarche de la famille et père de Jeremiah.

— Que faites-vous?

Une voix, peu amène, me fit sursauter, et je me retournai. Sur le seuil de la pièce se tenait Jeremiah, qui fixait le tableau. Il avança de quelques pas, mais ne s'approcha pas de la toile, comme si le portrait le révulsait. Gênée d'avoir été surprise en flagrant délit, je commençai à balbutier des excuses puis, inspirée, demandai :

— Est-ce le tableau qui était accroché dans la salle à manger?

Ma question était destinée à m'éviter la colère de Jeremiah. À sa réaction, je devinai que j'avais eu raison.

— Pourquoi n'avez-vous pas de photos de famille? insistai-je alors qu'il ne répondait pas. Vous avez grandi ici, vous avez sûrement des souvenirs…

— J'ai donné l'ordre qu'on enlève tout lorsque j'ai hérité de la propriété, m'interrompit-il avec raideur avant de me regarder. Je préfère ne conserver aucune trace de mon enfance.

— Vraiment?

J'avoue que je fus déstabilisée. Je savais toutefois que ma propre éducation avait été très différente de la sienne. J'avais rencontré sa mère et après tout ce que j'avais entendu dire de Rufus, je me doutais que la vie de Jeremiah n'avait pas été une partie de plaisirs. J'eus du mal à saisir et je ne pus m'empêcher d'insister :

— Cette maison ne vous a vraiment laissé aucun bon souvenir?

Jeremiah tordit la bouche et jeta un coup d'œil cynique au tableau.

— Mon père, répondit-il, n'aimait pas s'amuser, sauf s'il s'agissait d'impressionner. En général, nous venions ici plus pour mener des affaires que pour nous détendre. L'idée était de séduire de nouveaux clients. (Il ricana.) Rufus était de la vieille école en matière d'éducation : les enfants étaient priés de rester invisibles et muets. Nous… nous n'avons pas toujours été très accommodants.

Je tentai de l'imaginer plus jeune, en vain. Quant à Lucas, s'il était alors un tant soit peu l'homme qu'il était aujourd'hui, je ne doutais pas qu'il se fasse entendre. Jeremiah en revanche…

— À quoi ressemblait votre enfance? demandai-je.

Ma question était impertinente et trop personnelle. Je ne m'attendais pas à ce qu'il réponde. Mais il le fit.

— Très encadrée. Nous savions tenir notre place, sous peine d'endurer de sévères punitions. Rufus s'était marié et avait eu des enfants sur le tard. Honnêtement, je crois que ma mère ignorait ce qui l'attendait. Mon père avait une idée extrêmement précise de ce que devait être, en théorie, la famille parfaite, et il contrôlait tout d'une poigne de fer.

Il se tut un instant, fixant la toile.

— Comme vous pouvez l'imaginer, reprit-il, mon frère ne jouait pas toujours le jeu. Mais alors que j'étais au lycée, il a semblé se calmer et vouloir réellement apprendre à diriger l'entreprise familiale.

Je détectai de la tendresse dans ses intonations, ce qui ne manqua pas de m'intriguer.

— Vous l'adoriez, n'est-ce pas? risquai-je.

Un regard dur accueillit ma phrase, je m'empressai de me corriger.

— Votre frère, Lucas, l'admiriez-vous?

Le visage de Jeremiah, qui hésitait à répondre, refléta son indécision. Combien de temps avais-je avant qu'il ne se referme comme une huître? Que savait-on des relations qui animaient la famille Hamilton? Étais-je en train de briser un tabou? J'étais sur le point de battre en retraite lorsque Jeremiah finit par s'exprimer.

— Lucas m'a protégé de notre père, ce que je n'ai compris que beaucoup plus tard. Lui et Rufus s'affrontaient souvent, particulièrement quand il s'interposait pour m'éviter d'être puni alors que j'avais fait une bêtise. Lorsqu'il est parti à l'université, j'ai perdu ce bouclier. Mais, à ce moment, j'étais en âge de me défendre tout seul.

— Alors, quand vous avez appris pour l'argent volé…

Il pinça les lèvres.

— Ça a été douloureux, dit-il en passant une main dans ses cheveux soigneusement coiffés. Au début, j'ai refusé d'y croire. Malheureusement, les livres de comptes le désignaient, et j'ai bien été obligé d'en informer le conseil d'administration. De son côté, Lucas avait déjà fui le pays, sans même se donner la peine de plaider sa cause. Cela a suffi à le condamner aux yeux de tous.

Je fis un pas vers lui, prête à poser une main réconfortante sur son bras, mais je me retins, hésitante.

— Quel genre de clients votre père invitait-il ici? demandai-je à la place.

— Les très prometteurs, ceux qu'il souhaitait impressionner. Je me souviens d'un homme, un général à la retraite de l'Armée de l'air que Rufus régalait de ses vins et de plats raffinés. Le type a passé plus de temps à répondre à mes questions sur la vie militaire qu'à s'entretenir avec son hôte. Mon attitude a été punie. Ma voiture m'a été mystérieusement confisquée, certains de mes privilèges m'ont été retirés. Mais ça m'était égal. Moins d'un an plus tard, je m'engageais à l'insu de mon père…

Il éclata d'un rire sans joie avant d'ajouter :

— Même s'il a fini par m'avoir en fin de compte.

Franchissant les quelques mètres qui nous séparaient, et, suivant mon instinct, j'enroulai mes bras autour de sa taille. Je l'attirai à moi, le tissu soyeux de sa chemise frôla ma joue.

— Je suis désolée que votre enfance ait été un tel calvaire, murmurai-je, souhaitant pouvoir effacer sa douleur par mon étreinte. Mais, maintenant, vous pouvez vous construire des souvenirs heureux… Il n'est pas trop tard.

Jeremiah gardait le silence. La tête penchée sur le côté, il me contemplait. Il caressa ma joue. Le feu qui couvait dans son regard, cette étincelle de désir qui n'attendait que de s'embraser me firent prendre conscience de notre proximité physique. Comme dans l'avion, il me plaqua contre le mur. Son beau visage me dominait et je sentis le renflement de son sexe sur mon ventre. Je poussai un soupir de bien-être, relevai la tête pour qu'il m'embrasse.

Mais il s'écarta.

— Je ne peux pas, chuchota-t-il en fixant le sol.

— Pourquoi? objectai-je, décontenancée.

Il semblait aussi frustré que moi.

— Je ne veux pas… commença-t-il. Anya…

— Anya ! répétai-je.

Que venait-elle faire dans cette conversation? Je croisai les bras sur ma poitrine, essayant ainsi de contenir la jalousie qui étreignait mon cœur.

— Elle et vous? Il s'est passé quelque chose?

J'avais eu du mal à prononcer ces mots. Jeremiah nia, et je ressentis un immense soulagement.

— Non, dit-il, nous n'avons jamais été ensemble. Mais vous me rappelez la femme qu'elle était avant tout ce gâchis.

Il s'interrompit, visiblement troublé par le tour qu'avait pris notre discussion. Brutalement ses traits redevinrent de pierre, comme à son habitude. Il désigna le tableau d'un geste du menton.

— Merci de le ranger où vous l'avez trouvé.

Je le regardai quitter la pièce. Combien de secrets me restait-il encore à découvrir?

Le quatrième jour de ma captivité, je perçus la voix de Jeremiah provenant du grand bureau à l'étage. Déterminée, je fonçai vers la pièce et poussai la porte sans frapper. Une femme rousse, assise devant la grande table de travail, se retourna, et je fus surprise de reconnaître Celeste, la directrice générale de Hamilton Industries. Elle aussi sembla déconcertée, et son regard alla de moi à son patron, installé de l'autre côté du bureau.

– Un souci? me lança-t-il avec raideur, tout en jaugeant ma tenue d'un air réprobateur.

Son ton et son regard renforcèrent mes résolutions et je relevai le menton.

– J'aimerais savoir quand je pourrai m'en aller.

Au départ, j'avais eu l'intention de l'interroger sur les progrès de l'enquête, mais la présence de Celeste m'avait désarçonnée. Elle était, après la mère de Jeremiah, la première femme que je voyais ici. Qu'elle ait été étonnée – parce qu'elle me découvrait ici, ou du fait de notre situation actuelle – apaisait un peu mon mécontentement: au moins, je n'étais plus la seule à tout ignorer de ce qui se passait.

– Nous parlerons de ça plus tard, Mlle Delacourt, répondit Jeremiah, tandis que son portable se mit à vibrer. Un moment, je vous prie, mesdames.

Il se leva pour quitter la pièce, me laissant comme une idiote devant l'espace vide qu'il occupait l'instant d'avant.

– Avez-vous la moindre idée d'où nous en sommes? me demanda Celeste, apparemment aussi énervée que moi.

Je secouai la tête et haussai les épaules.

– Non. Et vous? risquai-je. Peut-être en savait-elle plus que moi.

– Je ne sais rien de rien, sinon qu'Ethan ne me lâche pas d'une semelle! s'exclama-t-elle, agacée. Il m'a placée sous surveillance sans daigner m'expliquer pourquoi. Jeremiah s'est déchargé de toutes ses affaires sur moi et je me démène comme une folle pour tenir le coup. Vous êtes ici depuis votre retour d'Europe?

– Je n'ai même pas le droit de sortir! soupirai-je.

Celeste m'adressa un regard complice.

– J'ai vraiment du mal à les supporter, ces deux-là, quand ils se mettent à jouer aux mâles surprotecteurs. Ça m'énerve!

— Bienvenue au club.

– Ils ne sont pas seulement surprotecteurs, ils sont surtout grossiers, ajouta-t-elle.

Ces mots confirmèrent mes soupçons: elle n'avait pas été mise au courant de la tentative d'empoisonnement. J'hésitai à l'informer, même si l'envie me démangeait, ne serait-ce que pour avoir une alliée. Malheureusement, je n'en eus pas l'occasion, car Jeremiah revint dans le bureau, suivi par Ethan.

– Dis-moi ce qu'il y a, Remi, exigea Celeste. Je réponds à toutes sortes de requêtes en ton nom, je te remplace à des tas de réunions et je n'ai aucune explication à fournir à ceux qui m'interrogent.

– Tu ne t'en sors pas? répliqua froidement l'intéressé. Faut-il que je te retire certaines tâches pour les confier à d'autres?

Une lueur de colère brilla dans les yeux de Celeste. Il était évident que son orgueil la faisait réagir à cette seule idée de déléguer.

– Je t'accorde jusqu'à la fin de la semaine pour me donner des réponses, finit-elle par assener, pointant un index furieux vers le milliardaire.

Jeremiah acquiesça, ce qui parut amadouer son adjointe, qui se leva et se dirigea vers le couloir. Quand Ethan voulut poser une main sur son épaule, elle l'esquiva – mais il ne lui en voulut pas. Il lui emboîta le pas, telle une ombre. La porte se referma sur eux et je me tournai vers Jeremiah… qui m'observait. Il était toujours aussi difficile de déchiffrer ses pensées. Inspirant profondément, je contournai le bureau pour le rejoindre.

– S'il vous plaît, dites-moi où en est l'enquête.

Je n'avais pas voulu prendre un ton suppliant. Celeste s'était montrée très ferme et j'aurais bien aimé lui ressembler un peu plus. Mais je perçus une douceur nouvelle dans les yeux de mon patron, qui écarta de mon visage une mèche égarée. Ses doigts caressèrent ma joue et se refermèrent autour de mon menton. Je retins mon souffle, fondis à ce contact et m'appuyai sur sa main.

Il la retira aussitôt. Déséquilibrée, je dus me retenir à la table, tandis qu'il s'écartait et me couvait d'un regard sombre.

– Il est de mon devoir qu'il ne vous arrive rien, déclara-t-il d'une voix de nouveau glaciale.

Quand il fit mine de reprendre son travail, ma colère monta.

– Je suis en droit de franchir cette porte, rien ne vous autorise à m'en empêcher!

Au moins, ces paroles eurent le mérite de retenir toute son attention. Il me fit face, une expression furieuse sur son beau visage. Je ne flanchai pas.

– Vous avez fait de moi une prisonnière, poursuivis-je, j'en ai plus qu'assez !

– Vous avez signé un contrat stipulant que vous feriez tout ce que je voudrais, gronda-t-il avec férocité. Vous ne partirez pas d'ici !

Le P.-D.G. impassible avait disparu ; j'étais allée trop loin, et le fauve redressait la tête. Je reculai d'un pas, il me suivit. Je me raidis et le fusillai du regard.

– Ce contrat stipule aussi que je peux quitter mon « emploi » quand ça me chante. Si vous continuez à vous taire, je démissionne et quitte cette maison sur-le-champ !

Sur ces mots, je tournai les talons et me dirigeai vers la porte. Je n'eus pas le temps de m'éloigner car, soudain, la pièce virevolta et je me retrouvai plaquée contre un mur. Si l'impact ne fut pas douloureux, il me déstabilisa. C'est avec de grands yeux que je fixai Jeremiah. Il me dominait de toute sa taille et ses mains sur mes bras étaient deux étaux d'acier. Mais ma colère semblait avoir calmé sa rage, même si ses yeux étaient enflammés quand il caressa mon visage.

– J'ai essayé de vous résister, murmura-t-il, tandis que son regard suivait le parcours de ses doigts sur ma peau. Me côtoyer est dangereux, et vous voici embarquée là-dedans. Je devrais vous oublier, vous éloigner.

Mon cœur fondit. Je ne voulais pas qu'il me quitte – une pensée sur laquelle je ne m'attardai pas. Son pouce glissa sur mes lèvres, je l'avalai et le mordillai tout en le léchant. Jeremiah étouffa un soupir et resserra sa prise autour de mes bras. Sa pomme d'Adam bougea quand il déglutit. Mes yeux se rivèrent sur sa bouche, le souvenir de ses lèvres et de sa langue sur mon corps me fit haleter.

– Je ne suis pas un gentleman, dit-il en me dévisageant.

L'une de ses mains descendit vers ma poitrine, mais il serra le poing au lieu de me caresser.

– Quand je vous regarde, je ne vois que votre fragilité, la facilité avec laquelle je pourrais vous briser. Vous avez failli mourir par ma faute et…

Je me libérai d'une secousse. À ma grande surprise, il me lâcha. Mais ses prunelles s'assombrirent, et je devinai qu'il croyait que je le repoussai. Avant qu'il se soit écarté, je pris son visage entre mes mains.

– Et moi, soufflai-je, voulez-vous savoir ce que je vois?

Un tel désir brûla dans ses yeux qu'il me tordit le cœur.

– Je vois un bel homme exaspérant dont les rêves ont été réduits à néant. Je ne demande qu'à réparer les choses, sauf que je n'en ai pas le pouvoir.

Je promenai mon pouce sur sa joue et portai ses doigts à ma bouche.

– Je me suis engagée à vous donner tout ce que vous voudrez, j'étais sincère, poursuivis-je en embrassant sa main avant de la placer sur mon cou. Croyez-moi, je suis plus forte que j'en ai l'air.

Il déglutit, les yeux fixés sur sa main. Quand il la serra autour de ma gorge, je rejetai la tête en arrière tout en le fixant encore. Les bras le long du corps, je le laissai voir ce contraste entre sa peau mate et la pâleur de mon cou. Lorsqu'il releva ses yeux avides, un brasier tout aussi fort incendia mon ventre.

– Prenez-moi, Monsieur, chuchotai-je.

Mes mots brisèrent ses dernières résistances : je le compris sans peine dans son regard.

Me prenant dans ses bras, il me porta hors du bureau, traversa sans bruit le couloir et entra dans la grande chambre à coucher voisine. Il me déposa à côté du lit, avant de refermer et de verrouiller la porte. Je l'observai en silence, attendant ses ordres.

– Déshabillez-vous et agenouillez-vous! me lança-t-il.

Un soulagement envahit mon corps, me plongeant dans un état d'excitation vertigineux. En un éclair, je me rappelai la première fois que j'avais entendu cette voix et le pouvoir qui résonnait dans chaque mot prononcé. Jeremiah aurait pu lire le dictionnaire que j'aurais mouillé ; mais quand ses yeux me scrutaient, comme en ce moment, j'étais littéralement en feu. Soutenant son regard, je déboutonnai lentement mon corsage et l'ôtai d'un geste brusque des épaules. Il tomba à mes pieds, bientôt suivi par mon pantalon, qui s'étala autour de mes chevilles. Je l'enjambai et commençai à me baisser.

– Tous vos vêtements, dit Jeremiah, implacable.

Mon cœur battait à tout rompre, ce qui ne m'empêcha pas d'obéir. Je dégrafai mon soutien-gorge et, les mains tremblantes, exposai mes seins au regard ardent de mon patron. Une lave incandescente se répandit à l'intérieur de mon ventre. Je pouvais sentir la caresse de ses prunelles sur mon corps, qui répondait en frémissant à un tel désir. La fraîcheur de l'air enveloppa mes tétons déjà durcis, et je retins mon souffle tout en retirant la mince bande de tissu, qui rejoignit mon corsage par terre.

Les pouces autour de l'élastique, je fis glisser ma culotte sur mes cuisses. Jeremiah émit un son appréciateur quand mes fesses s'arrondirent ; alors je prolongeai mon geste, allant presque effleurer le sol de mes doigts avant de retirer mon sous-vêtement. Quand je me redressai, je vis qu'il me dévorait des yeux, et j'en tremblai de plaisir.

– Si belle, murmura-t-il.

Je rougis de bonheur.

Il s'approcha de la table de nuit et, derrière le meuble, tira un sac en papier noir luxueux. Rien n'indiquant son origine, c'est avec curiosité que je l'observai le poser sur la console.

– À quatre pattes sur le lit! m'ordonna-t-il.

J'écarquillai les yeux et retins mon souffle. Cette position allait m'exposer entièrement et me mettre à sa merci. La nudité, surtout en présence d'un autre, était nouvelle pour moi. Mais l'expression de Jeremiah ne tolérait aucune résistance. Je m'exécutai donc avec raideur tout en continuant à le regarder. L'idée qu'il puisse jouir visuellement de mon intimité m'embarrassait, mais il sembla content du spectacle. Il agita le sac.

– Devinez ce qu'il y a dedans.

Le contenu semblait solide, mais l'imagination me manqua.

– De la lingerie? hasardai-je, même si je me doutais qu'il s'agissait d'autre chose.

Il sourit, provoquant mes frémissements. Il était vraiment magnifique. Il commença à vider le sac.

– J'ai acheté ces objets en pensant à vous, m'annonça-t-il en les alignant l'un après l'autre sur la table de nuit.

Tout d'abord, mon cerveau refusa de comprendre ce que je découvrais, jusqu'à ce qu'il place une paire de menottes en cuir sur le lit. Je les regardai un moment, de même que les autres articles en plastique. Mince! Si mes expériences sexuelles étaient plutôt limitées et si j'étais incapable de nommer les jouets dévoilés, j'avais tout de même une assez bonne idée de ce à quoi ils pouvaient servir.

Jeremiah prit un objet mince et sombre, ainsi qu'un tube de lubrifiant, avant de se placer derrière moi.

– Regardez devant vous! exigea-t-il quand il vit que je le suivais des yeux.

J'obéis, tremblant face à la tournure nouvelle que prenaient les choses. Je redoutais ce qui allait suivre et, pourtant, je l'attendais avec impatience. Depuis ma rencontre avec Jeremiah, j'avais expérimenté des choses auxquelles je n'avais jamais pensé, y compris dans mes rêves les plus fous, et je me doutais que cela ne serait pas différent. Il n'empêche, je bondis quand il posa une main sur mes reins. Son rire grave me liquéfia. Une telle sensualité…

— Vous êtes si belle, chuchota-t-il, tandis que sa main caressait l'extérieur puis l'intérieur de mes cuisses. J'aime vous avoir ainsi à mon entière disposition.

Ses doigts agiles appuyèrent sur mes replis intimes, glissèrent sur mon orifice devenu presque douloureux de désir et, surprise, je plongeai en avant. Il agrippa mes hanches de son autre main pour me stabiliser, sans arrêter ses caresses. Je ne tardai pas à haleter. Quand son majeur s'enfonça en moi, écartant les parois étroites de mon con, je poussai un long gémissement.

De nouveau, son rire me parvint, puis son pouce s'attaqua à mon autre trou, en caressant son ouverture. Ayant déjà eu droit à ce genre de manœuvre, je ne fus pas étonnée. Mais la bouffée de chaleur que j'éprouvai pendant qu'il jouait avec le filet de peau entre mon sexe et mon anus me déstabilisa. Ce contact était délicieux. Jeremiah enfonça son pouce dans mon anus, et je geignis de nouveau, déroutée par ma réaction mais encore plus excitée.

Il retira son doigt, qui aussitôt fut remplacé par quelque chose de dur et de contondant, qui entra fermement en moi. Une plainte m'échappa, tandis que mes chairs étaient écartelées et que, lentement mais inexorablement, l'objet pénétrait toujours plus loin en moi. La douleur était faible, car Jeremiah veillait à progresser peu à peu, mais la pression exercée par ce corps étranger était inhabituelle. J'eus l'impression d'une éternité avant que Jeremiah cesse enfin d'appuyer. Une tension réelle, mais indolore, étirait à présent mon cul. Je risquai un regard et vis que Jeremiah admirait son œuvre. Lorsqu'il me surprit, il sourit légèrement et, d'un simple geste, m'intima de me retourner de nouveau.

– Vous n'avez encore jamais rien fait de tel, hein?

Je secouai énergiquement la tête, déclenchant son rire.

– Je vous avais déjà taquiné le derrière, mais j'avais hâte de me retrouver seul avec vous et avec votre délicieux petit cul.

Il écarta mes fesses et ma respiration se fit courte. L'inconnu de la situation m'emplissait d'une inquiétude exquise qui luttait avec mon désir. Sentant que mon plaisir coulait le long de mes cuisses, je rougis, gênée. Mais Jeremiah me huma profondément et souffla :

– Ce que vous sentez bon !

Ses mains attrapèrent mon bassin et, sans m'avertir, son visage disparut entre mes cuisses. Sa bouche et sa langue commencèrent alors à jouer avec les plis sensibles de mon sexe exposé.

Je poussai un cri de surprise et tombai en avant, me rattrapant in extremis en appuyant mes coudes sur le matelas. Je n'avais pas le choix : soit je continuai d'avancer et tombai du lit, soit je poussai vers l'arrière, à la rencontre de cette bouche tellement douée. Et les mains de Jeremiah accrochées à mes hanches ne me laissaient aucune marge de manœuvre. Ses lèvres, sa langue et – oh, bon sang ! – ses dents me suçaient, me léchaient, me mordillaient... L'une de ses mains abandonna ma hanche frémissante pour se poser sur mon sexe trempé, caressant tous les endroits qu'il fallait, jusqu'à me faire perdre la raison. Le godemichet enfoncé dans mon cul bougea, provoquant en moi de drôles de sensations. S'il était assez étranger pour ne pas faire oublier sa présence, cela ne gâtait en rien le plaisir. Quand il recommença à s'agiter, je me rendis compte que c'était Jeremiah qui le faisait tourner ; mais l'action de ses doigts dans mon con et de sa bouche sur mes cuisses m'empêchait de remarquer grand-chose.

Soudain, derrière moi, le matelas se souleva. Jeremiah s'était levé pour se placer devant moi. Appuyée sur mes genoux et mes coudes, hors d'haleine, j'essayai de calmer les tremblements de mon corps. Il caressa ma tête puis mon dos, et je vis la bosse qui tendait son pantalon, juste sous mes yeux. L'esprit brouillé de plaisir, je massai son gland à travers le tissu avant de jouer le long de son érection. Il frissonna, sans cesser de faire danser ses mains sur ma peau, mais ne prit pas l'initiative. Cédant à l'audace, je déboutonnai son pantalon, ouvrit sa braguette, puis plongeai mes doigts à l'intérieur pour libérer son sexe.

Ses ongles griffèrent mon dos quand j'avançai la tête et donnai un coup de langue à son nœud gorgé de sang. Son grognement m'encouragea et, en me penchant autant que je le pouvais, je le pris dans ma bouche. Malgré l'angle inconfortable, je fis de mon mieux, suçant le gland et léchant la verge rigide. Il ramena ses mains sur ma tête, enfonça ses doigts dans mes cheveux. De mon côté, j'attrapai ses couilles lourdes et les massai, ce qui fut récompensé par un halètement étranglé.

Si une partie de moi était horrifiée par mon comportement, il m'était impossible de résister à mon désir. Mon corps avait soif de caresses, chaque mouvement me rappelait l'objet enfoncé entre mes fesses, qui élargissait mes muscles pour que je l'accepte davantage. Mon con réclamait qu'on le touche, au point que j'y glissai ma main, m'appuyant sur un coude pour me relever un peu.

Aussitôt, Jeremiah se retira de ma bouche et me donna une grande claque sur les fesses. Le coup me brûla, je sursautai de surprise et m'arrêtai immédiatement de bouger.

– Vous en ai-je donné la permission? tonna-t-il.

Déstabilisée, je retirai ma main et la ramenai devant moi. Jeremiah souleva mon visage pour me regarder droit dans les yeux.

– Étiez-vous sur le point de vous toucher?

Sa domination pleine et entière, ses prunelles implacables exigeant une réponse redoublèrent mon désir.

– Oui, Monsieur, chuchotai-je.

D'instinct, je sus qu'un mensonge risquait de m'attirer des ennuis. Il acquiesça, satisfait de ma sincérité.

– Vous y avais-je autorisée?

– Non, Monsieur, soufflai-je.

Une peur délicieuse traversa mon corps, tandis qu'il opinait de nouveau et lâchai ma tête avant de regagner le pied du lit. Sa main effleura mon cul et frôla le godemichet, comme pour me rappeler sa présence.

– Comment dois-je réagir avec celui qui me désobéit? gronda-t-il.

Ses doigts glissèrent sur ma peau encore brûlante de la claque, comme pour m'aider à répondre. Je restai muette. Lui demander de me fesser était au-dessus de mes forces, même si cette idée m'excitait d'une manière dérangeante. Je n'aimais pas avoir mal, et le coup qui venait de tomber n'était pas franchement de mon goût, mais l'envie d'être punie me faisait me tortiller d'impatience. Parmi les objets posés sur la table de nuit, il y avait une sorte de raquette en bois et un fouet à lanières en daim, dont le manche tressé avait l'air étonnamment doux. Le cuir rouge et noir formait un contraste qui attira mon attention: c'était presque joli – quelle drôle d'idée, car l'instrument était sans doute destiné à châtier… Quand la main de Jeremiah s'attarda au-dessus de la raquette, je me raidis; quand ses doigts prirent le fouet, je me détendis.

– Alors, comme ça, vous aimez le martinet? murmura-t-il sur un ton amusé.

Je rougis et détournai la tête, mais il m'obligea de nouveau à lui faire face.

– N'ayez pas honte de votre curiosité, souffla-il en caressant ma joue de son pouce. Je sais que vous êtes une innocente, et je serai doux, mon seul but est de vous plaire et, pour cela, j'ai besoin que vous m'aidiez. Alors, dites-moi, la fessée vous excite-t-elle?

J'acquiesçai. Il secoua la tête.

– Je veux vous l'entendre dire.

Dire mon accord était un obstacle. J'avalai ma salive et inspirai profondément avant de chuchoter :

– Oui, Monsieur.

– Bien.

Il prit le fouet et l'abattit sur son bras. Les lanières firent un claquement sec, je me tendis. Mais dans quoi me laissais-je entraîner?

– Fermez les yeux.

J'obéis, le cœur battant, et sentis qu'il posait un masque sur mes yeux. Soudain pleine d'appréhension, je me tins tranquille, pendant qu'il reprenait sa place derrière moi. L'envie d'arracher le bandeau était puissante, mais deux punitions pour deux affronts consécutifs seraient pires qu'une simple fessée. «Non, mais tu t'entends? pensai-je. C'est fou! Pourquoi autorises-tu cet homme à te faire ça?»

S'il ne fut pas très fort, le premier coup réussit tout de même à me surprendre. Le deuxième mordit un peu plus dans ma peau et s'approcha de mon entrejambe sensible. Je tendis mes muscles pour essayer de protéger mes parties exposées au fouet.

– Gardez les jambes écartées!

Nom d'un chien ! Je luttai contre l'instinct qui m'incitait à résister à l'ordre, bien décidée à vivre l'expérience jusqu'au bout. Me détendre fut plus difficile que prévu, mais je m'y obligeai et fis passer la tension dans mes poings serrés. Maintenant, l'objet qui me sodomisait paraissait moins intrusif, ou alors je commençais à m'y habituer. Cette séance m'apportait tellement de nouveautés en même temps.

Le fouet s'abattit deux fois encore. Le dernier coup toucha mes chairs sensibles et je criai de douleur, même si j'avais conscience que Jeremiah ne m'avait pas blessée. D'ailleurs, c'est ce qui me permit d'endurer trois nouveaux coups. À présent je tremblais, et mes cuisses et mes fesses me brûlaient. Jeremiah semblait décidé à ne plus se retenir, et je devinai que ma peau de blonde serait marquée pour un moment.

Une main vint caresser ma peau endolorie et parcourut tendrement les stries rouges laissées par les lanières.

– J'aime voir ma signature sur vous, dit-il en déposant un baiser sur mes reins. Et j'ai une nouvelle surprise pour vous.

J'attendis avec un peu d'angoisse, puis sentis qu'il enroulait quelque chose autour de mon bassin. Un objet, petit mais ferme, en plastique, me sembla-t-il, se nicha contre mon clitoris érigé. Des sangles reliées à mes hanches le maintenaient en place. Quand, sans prévenir, il se mit à vibrer, je poussai un cri.

– Je me suis dit que vous apprécieriez, murmura Jeremiah en promenant sa main sur l'intérieur trempé de ma cuisse. Ce joujou n'est destiné qu'à votre clito. J'en ai un bien plus gros pour stimuler tout à la fois, mais il me gênerait pour ce que je veux faire maintenant.

Il retint mon bassin, pendant que je me cabrais de plaisir.

– Putain ! Ce que vous êtes sexy !

Le matelas s'enfonça, mais je n'y prêtai pas attention, toute entière concentrée sur les sensations qui agitaient mon corps. Quand quelque chose approcha de mon trou mouillé, en écartant les lèvres comme pour demander la permission d'entrer, je reculai en gémissant. Le masque que j'avais sur les yeux m'obligeait à me fixer entièrement sur mon plaisir, et j'avais maintenant besoin que Jeremiah soit en moi. D'ailleurs, il y consentit et s'enfonça de toute sa longueur dans mon vagin étroit. Pleine de sa présence, je sentis de nouveau les caresses du godemichet contre les parois de mon cul.

– Ah! s'exclama Jeremiah.

Il allongea sur moi son torse nu – quand donc avait-il retiré sa chemise? – et me poussa contre le lit, se mettant à aller et venir avec force. J'accueillis avec bonheur ses coups de boutoir, tandis qu'une nouvelle pression montait en moi, ne demandant qu'à s'exprimer. Des geignements s'échappaient de ma bouche, mes mains tordaient la couverture pour m'empêcher de tomber, tandis que Jeremiah m'assaillait par-derrière. Il écarta encore mes genoux, changea d'angle et frappa en un endroit très sensible de mon corps, ce qui me fit crier de plaisir.

– Pi... pitié! dis-je d'une voix tremblante.

L'orgasme que j'avais tant espéré allait se déclencher, il suffisait de la bonne poussée et...

Ses lèvres s'écrasèrent sur mon dos, sa langue goûta ma peau. Sa main appuya fort sur le vibreur, contre mon clitoris.

– Je veux vous sentir jouir, murmura Jeremiah d'un ton lourd de passion.

C'est en hurlant que je me laissai aller à l'explosion de mes sens. Mon orgasme me vida du peu d'énergie qui me restait, et je reposai mon front sur mes mains, haletante.

Quelques minutes plus tard, je pris conscience que Jeremiah se retirait, puis j'entendis le bruit de l'emballage d'un préservatif qu'on déchirait. Il retira le godemichet et, avant que je comprenne ses intentions, je sentis son sexe se frayer un chemin au bord de l'ouverture étroite de mon anus. Encore sous le coup des frissons de ma jouissance, je m'agitai, hésitant à accepter la sodomie.

Il caressa mes hanches et mes seins.

– J'en rêve depuis le début, murmura-t-il en embrassant mon épaule. Vous allez adorer…

Le désir cru que son intonation trahissait me fit céder à sa demande, et je l'autorisai à pousser plus encore son érection. Sous le masque, je n'étais qu'un concentré de sensations. La respiration hachée de Jeremiah était raccord avec la mienne, et le plaisir évident qu'il prenait à briser les tabous ranimait des braises qui couvaient en moi. Je n'avais pas mal, je redécouvrais une pression étrange, et quand il bougea des hanches, je me plaquai contre lui pour mieux m'empaler sur son membre. Mes mains agrippaient les rebords du lit.

Il me dominait, appuyé sur ses bras musclés pour ne pas m'écraser. Je tâtonnai, posai une main sur la sienne, et il entrelaça ses doigts aux miens tout en accélérant le rythme de ses va-et-vient. Son plaisir était mon but, mais je me rendis vite compte que le mien revenait en force. Soudain, ses mains se refermèrent sur les miennes et il cria. Son front tomba sur mon dos, pendant qu'il frémissait et jouissait en silence.

J'éprouvais une satisfaction immense d'avoir offert un tel relâchement à cet homme aussi puissant. Je regrettais juste de ne pas voir son visage. Il se retira agilement ; profitant de ce moment heureux, je restai dans cette position avant de rouler sur le côté. Certaines parties de mon corps étaient délicieusement douloureuses, surtout quand je bougeais, mais c'est avec bonheur que je m'étirai.

— Ça a été incroyable, soufflai-je.

Fermant les yeux, je posai ma tête sur l'oreiller.

– A été? répondit Jeremiah, visiblement amusé.

Toujours aveuglée, j'entendis un drôle de bruit métallique. Soudain, il me plaqua sur le dos et étira mes bras au-dessus de ma tête. Avant que j'aie pu protester, il me glissa les menottes et, dans un déclic, les attacha à la tête de lit. Je fus sous le choc. C'est alors que Jeremiah souleva un coin du masque. Mon regard furieux sembla beaucoup le divertir.

– Ça vous apprendra à avoir menacé de partir, grogna-t-il en replaçant le bandeau sur mes yeux. Cela vous retiendra ici, où je peux vous protéger. Entre-temps, j'ai quelques petites idées pour profiter des avantages de la situation. Vous avez envie de les connaître?

17

L'après-midi passa du crépuscule puis à la nuit, et Jeremiah se montra exceptionnellement attentionné. Quand il me libéra enfin des menottes, je n'essayai pas de fuir, prisonnière de l'orage sensuel qu'il avait déclenché et n'avait pas un moment laissé s'apaiser. Il s'était montré insatiable, et je n'avais pas eu d'autre choix que de relever le défi. À quatre reprises cette nuit-là, il me tira du sommeil, prêt à m'infliger de nouveaux et merveilleux tourments. À quatre reprises, je m'effondrai, comblée. La cinquième fois, je me réveillai la première et pris le temps de le regarder dormir. Dans son sommeil, il se détendait, ses traits soulignés par la lumière qui passait à travers les vitres opaques. Je promenai un doigt léger comme une plume au-dessus d'un de ses sourcils, ne m'arrêtant que quand il bougea. Il était si beau, et il était tout à moi.

Pour l'instant.

Comment un tel homme avait-il pu s'intéresser à moi? Cela dépassait mon entendement. Et pourtant, il était bien là, offert à mes yeux avides. Il n'avait remonté les draps soyeux qu'à hauteur de son ventre, et je savourai le spectacle de son corps, dont seules les cicatrices blanches, à peine visibles dans la lumière diffuse, atténuaient un peu la splendeur. Mon cœur se serra douloureusement à l'idée des épreuves qu'il avait dû endurer. Savoir qu'il avait été militaire était une chose, mais ces marques prouvaient qu'il s'était battu et avait été blessé, tels des rappels des missions accomplies et des dangers affrontés.

De l'index, je suivis la ligne fine de poils qui descendait le long de son ventre et vis avec plaisir que le drap se soulevait sous une nouvelle érection. Je glissai au pied du lit, enfouis délicatement ma tête sous les couvertures, me penchai sur son corps et léchai son gland gonflé avant d'engloutir son sexe.

Il bougea des hanches pour mieux s'enfoncer dans ma bouche. Encouragée, je le saisis à pleine main et entrepris de le caresser de bas en haut, ma bouche accompagnant mes mouvements de poignet. Il durcit encore, et je souris sans cesser de m'activer. Les blocages que j'avais pu autrefois éprouver avaient disparu, du moins l'espace d'une nuit.

Sa main saisit mes cheveux, et un gémissement résonna. M'accrochant à son bassin, je l'avalai plus profondément et sentis qu'il s'arc-boutait à l'intérieur de moi. Soudain, il m'écarta, attrapa mes épaules et me renversa sur le dos avant de se coucher sur moi. Il me regarda, et toute trace de sommeil s'était dissipée sur son beau visage. Son désir puissant m'envahit quand il ouvrit mes cuisses avec son genou et me pénétra d'un coup.

Rejetant la tête en arrière avec un geignement, j'agrippai son dos, jusqu'à le griffer. Il se mit à bouger. Mes muscles endoloris par nos ébats nocturnes protestèrent, mais ça m'était égal. J'enroulai mes jambes autour de sa taille, le suppliai de m'en donner toujours plus, tandis qu'il s'enfonçait brutalement à l'intérieur de moi. Ses lèvres s'écrasèrent sur les miennes, la passion emportant tout, et je me hissai vers lui, les bras autour de sa nuque. Cette fois, ce fut bref, mais l'intensité de notre orgasme nous plongea dans un sommeil lourd.

Quand je finis par me réveiller, le soleil était haut dans le ciel et j'étais seule. Je m'étirai, cambrant le dos, et remarquai que les menottes pendaient toujours à la tête du lit. Je souris au souvenir de ce qui s'était passé quelques heures plus tôt. J'étais courbatue, et c'est en boitillant que je gagnai la salle de bains pour remplir la baignoire. Je m'attardai un bon moment dans mon bain, laissant l'eau soulager mon corps douloureux.

Quand mon ventre se mit à gargouiller, je me séchai, me vêtis et attachai mes cheveux avec une barrette avant de quitter la chambre. Des voix montaient du rez-de-chaussée. Poussée par la curiosité, je descendis pour voir qui était là. Comme il n'y avait personne au bas de l'escalier, j'allais vers la cuisine, droit sur le réfrigérateur.

– J'ai pris la liberté de venir vous rendre visite, Mlle Delacourt.

En entendant cette voix, je faillis lâcher le lait que je tenais et je me retournai.

– Mme Hamilton, répondis-je avec l'impression d'avoir été prise en flagrant délit tellement ses yeux étaient froids. Je ne m'étais pas rendue compte que vous étiez ici.

Elle pinça les lèvres sans cesser de me détailler de la tête aux pieds.

– Les femmes de votre milieu ont tendance à se jeter au cou de mon fils, répondit-elle. Heureusement, d'ordinaire il a la présence d'esprit de déceler leurs artifices. Vous n'êtes même pas jolie, ajouta-t-elle avec un reniflement méprisant. Au moins, sa dernière assistante avait ça pour elle, au début. Dites-moi, avez-vous de quoi le compromettre?

J'en fus stupéfaite.

– Pardon?

Elle leva les yeux au ciel.

– Je ne vois rien qui explique que mon fils s'encombre de vous. Orpheline, issue, au mieux, de la classe moyenne. Vous parlez peut-être français, mais vous n'avez aucun diplôme susceptible de justifier un poste quelconque dans l'entreprise. Vous aurait-il mise enceinte?

Une telle question me laissa sans voix. Malgré la colère qui montait en moi, déstabilisée par ce regard condescendant, j'ouvris la bouche, mais sans émettre un son. Impossible de me retrouver dans le tourbillon de pensées qui m'assaillait. Je serrai les poings. J'aurais adoré effacer le sourire de ce visage hypocrite. Malheureusement, ma bonne éducation me clouait sur place.

– Je ne suis pas enceinte, finis-je par répondre, sans pouvoir exprimer ce que j'avais vraiment dans la tête.

– Bien. Alors, vous n'êtes qu'un divertissement.

Elle claqua la langue d'un air réprobateur et incrédule.

– Quand je pense qu'il vous a amenée dans notre propriété familiale! poursuivit-elle. Si vous aviez un peu de jugeote ou de classe, Mlle Delacourt, vous quitteriez cette maison sur-le-champ. Mais bon, vu votre genre, je gaspille sûrement ma salive.

– Ça suffit, mère!

J'allais presque jeter mon lait à la figure de cette harpie. Si l'arrivée de Jeremiah ne m'en ôta pas l'envie, elle eut le mérite de détourner l'attention de Georgia, qui afficha dès lors une expression totalement différente, radieuse – ce qui ne trompa personne.

– Vous m'aviez dit que vous partiez, lâcha-t-il d'une voix glaciale.

— C'est le cas, chéri. J'ai juste croisé ta charmante assistante, alors je me suis arrêtée pour discuter un peu.

Charmante assistante? N'importe quoi! La brique de lait faillit me tomber des mains. Je brûlais de hurler ma rage à cette femme odieuse. Au lieu de quoi, je restai figée sans dire un mot, toute tremblante.

– Allez-vous-en, mère, s'il vous plaît, reprit Jeremiah sur un ton ferme mais las. Avant que je sois contraint de vous interdire définitivement ces lieux.

Georgia eut un revers de main insouciant.

– Voyons, chéri, tu ne ferais jamais ça. Je t'ai élevé ici, c'est ma maison autant que la tienne. Et puis, tu sais que je ne veux que le meilleur pour toi, car je t'aime.

J'étouffai un petit cri. Un regard aux traits tirés de Jeremiah m'apprit que cette conversation n'était pas nouvelle.

– Vous n'avez donc aucun respect pour votre fils? lançai-je.

La femme me fusilla du regard.

– Ne vous mêlez pas de cela, répliqua-t-elle. Vous n'imaginez même pas…

Je tapais violemment sur la table en marbre.

– Il est le propriétaire de cette demeure et vous permet d'y venir quand bon vous chante. Pourtant, vous le traitez comme s'il était encore un enfant. Je sais ce que sont de bons parents, et vous ne méritez pas la loyauté dont il fait preuve envers vous.

– Espèce de petite salope! marmonna Georgia, dont le sourire faux se transforma en un rictus méchant.

Elle leva la main pour me gifler, mais Jeremiah la retint par le poignet. De mon côté, folle de colère, je ne flanchai pas et, le menton haut, soutins son regard haineux.

– Je ne vous permets pas d'insulter mes invités chez moi, gronda Jeremiah d'une voix grave et furieuse. Andrew!

Un jeune garde nous rejoignit au pas de course. Jeremiah lâcha Georgia.

– Merci d'escorter ma mère jusqu'à sa voiture et de veiller à ce qu'elle quitte la propriété. Informez également vos collègues du portail qu'elle n'aura désormais plus le droit d'entrer ici qu'avec mon accord.

– Bas les pattes! rugit Mme Hamilton quand son fils voulut la prendre par le bras. Ton accord? répéta-t-elle. C'est ridicule, chéri, sois raisonnable.

Il ne daigna pas lui répondre; malgré ses protestations bruyantes, elle fut conduite hors de la cuisine. La porte d'entrée claqua, le silence retomba sur la maison.

Je poussai un soupir.

– Je suis désolée d'avoir agressé votre mère, murmurai-je.

– Il lui arrive d'être pénible.

Sa réponse était simple et lourde de sens.

– Tout de même, elle reste votre mère. Ce n'était pas à moi de lui faire des reproches.

L'atmosphère était embarrassée, loin de celle que j'avais espéré trouver ce matin. La présence de Mme Hamilton avait tout gâché. L'appétit coupé, je rangeai le lait dans le réfrigérateur, puis suivis Jeremiah hors de la cuisine.

– Des nouvelles de vos enquêteurs?

— Pas pour l'instant.

Je fronçai les sourcils et insistai.

– Ethan m'a dit que vous aviez des sources de renseignement personnelles. Ont-elles…

Jeremiah pivota vivement pour me faire face.

– Que vous a-t-il raconté?

Je sursautais, déstabilisée par ce brusque changement d'humeur.

– Pas grand-chose, m'empressai-je de dire, un peu agacée. Tout comme vous! Je ne suis au courant de rien, sinon que j'ai failli mourir et que maintenant je suis coincée ici.

– Nous nous en occupons, répliqua-t-il, les lèvres serrées.

– Vous vous occupez de quoi exactement? Personne ne veut me parler.

Il passa une main dans ses cheveux et inspira profondément.

– Je vous jure que nous trouverons celui qui a tenté de vous empoisonner. Une fois cette menace neutralisée, vous serez libre de partir.

Je désignai la porte.

– Vous, vous avez le droit de sortir tous les jours, mais moi, je dois rester coincée ici?

— Quelqu'un cherche peut-être à vous tuer.

Si ses intonations trahissaient sa sincérité, ses mots ne correspondaient pas à ce que je croyais être la vérité.

— Ce n'est pas moi, la cible, rétorquai-je, aussi peu aimable que lui. Vous l'avez dit vous-même, d'ailleurs. Et puis, je ne demande pas à être lâchée dans la nature avec une cible dans le dos. Je veux juste que vous répondiez à mes questions.

– Ça suffit, Lucy!

L'espace d'une seconde, il sembla sur le point d'exploser; une lueur terrible, que je ne lui avais encore jamais vue, passa dans ses yeux. J'en fus choquée, mais, aussi vite qu'elle était venue, sa colère s'estompa. Son masque impassible réapparut, et il redevint le P.-D.G. froid que je connaissais. Ou, plutôt, que je croyais connaître.

– J'ai promis de veiller sur vous, reprit-il avec son calme ordinaire. Je vous demande juste d'arrêter de m'interroger, c'est pour votre bien. Quand le danger aura été écarté, vous pourrez vous en aller.

Un sentiment de défaite m'envahit, me donnant presque envie de m'arracher les cheveux. Je regardai Jeremiah sortir, refermant sans bruit la porte derrière lui. Les mains raidies, je lissai mes mèches, détachant ma barrette, qui tomba par terre. Je n'y prêtai pas attention.

J'étais hors de moi. J'essayai de respirer lentement, mais rien ne réussit à me calmer. Cette maison était ma prison et Jeremiah était devenu mon geôlier. Les vitres opaques auraient aussi bien pu être des barreaux. De la même façon, cette technique nouvelle me privait de liberté. Je n'avais pas revu l'extérieur depuis le jour de mon arrivée, excepté quelques coups d'œil par la fenêtre de la salle de bains. L'idée absurde que je risquais de finir ma vie de cette manière me conduisit de l'autre côté du salon, jusqu'à l'immense baie vitrée, au fond, près de la porte qui menait à l'arrière de la demeure.

Sa poignée était fraîche. Sans réfléchir, je la tournai et regardai vite au-delà de la terrasse, vers le parc et l'océan, à moins de cent mètres de moi.

Je refermai aussitôt le battant, apeurée par ce qui pouvait m'attendre dehors.

Un sanglot me secoua, que j'étouffai en plaquant ma main sur ma bouche. Il me fallait du courage. Si Jeremiah avait le cran d'affronter la situation, pourquoi pas moi? Pendant un moment, je l'ai détesté de m'avoir mis en tête que je pouvais être une cible. Je n'étais personne. Désemparée, je dus retrouver ma respiration et me ressaisir. Je devais sortir, sinon j'allais devenir folle. Un point, c'est tout.

En ouvrant la porte de la terrasse, j'avais redouté que des alarmes retentissent, mais rien ne s'était produit. Personne ne se rua sur moi, aucune sirène ne se déclencha. Je m'en voulus de ne pas avoir tenté plus tôt. Quel système de sécurité! Rassurée, j'entrebâillai de nouveau la porte. Je ne vis aucun garde du corps. L'étendue d'eau et l'abri pour bateaux que j'avais aperçus par la salle de bains étaient tout proches. De grands arbres bordaient la propriété, empêchant d'éventuels voisins indiscrets d'y observer les allers et venues. Une fraîcheur hivernale imprégnait l'air, il n'y avait aucune embarcation à l'horizon. Pourtant, je m'agrippai à la poignée, incapable de bouger. C'était maintenant ou jamais.

Faisant appel à toute ma volonté, je franchis le seuil d'une démarche nerveuse et saccadée, et dévalai les marches qui conduisaient au hangar. Je me retournai : j'avais oublié de fermer derrière moi. Mais je savais que si je revenais sur mes pas je n'aurais plus le courage de ressortir. C'était extraordinaire de retrouver l'extérieur et, dans la joie de ce moment, je me fichais bien que les gardes m'aperçoivent.

L'abri pour bateaux était encore plus intéressant de près. Ce que j'avais tout d'abord pris pour une sorte de cabanon était en réalité un édifice à deux niveaux, qui suivait la courbe de la rive, et dont le rez-de-chaussée donnait sur une jetée. L'étage était au niveau du sol. Des marches menaient au hangar à bateaux, sous une sorte de studio aménagé. Apparemment, personne n'y avait vécu depuis un moment. Le bâtiment était beaucoup plus ancien et décrépi que la demeure principale : il respirait le bon vieux temps, avec cette touche d'élégance qui manquait à la maison. Malgré sa robustesse, il n'avait pu résister aux intempéries, qui avaient patiné les peintures extérieures, jusqu'à les faire disparaître par endroits. Des plaques de lichen vert poussaient sur le sol et les planches.

J'approchais du hangar quand une alarme se déclencha quelque part. Le cœur battant, je courus vers l'abri, essayant d'y entrer. Jetant un coup d'œil par-dessus mon épaule, je vis trois hommes se ruer vers la maison que je venais de quitter et disparaître chacun dans une direction.

Était-ce moi ou un intrus qu'ils cherchaient ? L'idée qu'un tueur ait réussi à s'introduire dans la propriété me paralysa ; mentalement, je me flanquai des gifles pour ma fugue imprudente. Quelle idiote ! Mais quelle idiote ! À quoi avais-je pensé ?

Je découvris un accès au hangar à bateaux et m'y précipitai, à la recherche d'une cachette. La porte n'était pas verrouillée, j'entrai et la claquai derrière moi. J'appuyai ma tête pendant un instant, tout en observant d'autres gardes qui surgissaient par la porte de la terrasse. Une bouffée de culpabilité m'envahit. J'étais bonne pour avoir de sacrés ennuis.

Soudain, je discernai un mouvement. Avant que j'aie eu le temps de réagir, une main se plaqua sur ma bouche. Je hurlai, du moins j'essayai, tandis que des bras puissants me tiraient à l'intérieur de la petite maison. En me débattant, je renversai une chaise et une lampe, mais mon agresseur ne lâcha pas prise. Je lançai un coup de pied en arrière, qui fut agilement évité. J'allais mourir, c'est ça? pensai-je, désespérée. Jeremiah, pardonnez-moi…

– Ravi de vous retrouver ici, lança une voix joviale derrière moi. J'espérais vraiment que notre prochaine rencontre aurait lieu dans de meilleures circonstances.

Ayant identifié l'homme, j'arrêtai de lutter.

– Vous devriez apprendre quelques gestes d'autodéfense, continua-t-il. Vous êtes si prévisible. Et à présent, ma chère, ne criez pas. Je préférerais qu'on ne sache pas où nous sommes.

La main libéra ma bouche et je restai là, désarçonnée. Il avait bloqué mes bras dans mon dos, me maintenant prisonnière.

– Je vais mourir? chuchotais-je, le cœur au bord des lèvres.

– Tout dépend de la vitesse à laquelle va se présenter mon petit frère.

Sa main monta jusqu'à mon cou et le serra. Je fus plaquée contre un corps ferme.

– Prête à parier sur le programme?

18

Tremblante, je cherchai des yeux quelque chose pour me défendre. À une époque, le hangar à bateaux avait été occupé. Des meubles, dont la moitié étaient recouverts de draps, encombraient la pièce poussiéreuse. Peu à peu, elle avait été transformée en lieu de stockage, des outils et des appareils s'y accumulaient, certains suspendus au plafond. Malheureusement, rien d'utile n'était à ma portée.

— C'est vous qui essayez de tuer Jeremiah? soufflai-je pour gagner du temps.

Le rire de Lucas nous secoua l'un et l'autre.

— J'ai sans doute les meilleures raisons du monde de souhaiter sa disparition, mais je crains de ne pas être votre homme, non.

Surprise, j'inclinai la tête pour le regarder. Plus petit et trapu que son cadet, il ne me dominait pas – même s'il avait une poigne de fer… Son regard était calme et il esquissa un sourire quand il constata que je l'examinais.

— Ça vous étonne? enchaîna-t-il. J'ai beau détester mon frère, sa mort ne m'intéresse pas. Je me suis d'ailleurs démené pour l'empêcher.

— Que faites-vous ici, alors?

S'esclaffant de nouveau, il colla sa bouche contre mon oreille.

— Vous m'avez peut-être manqué?

— Menteur! marmonnai-je.

Comprenant qu'il n'avait pas l'intention de me tuer, je me rendis soudain compte de l'intimité de notre posture. Une fois encore, mon corps me trahissait, ce qui m'irrita.

— Tout à fait, admit-il sans vergogne, ce qui me fit lever les yeux au ciel. À moins que je sache qui vous traquez?

Je le dévisageai.

— Vous savez qui en veut à Jeremiah?

— C'est possible, ricana-t-il.

Quel homme énervant!

— On va bientôt nous trouver, dis-je en regardant par la fenêtre. Vous devriez me lâcher. Sinon, vous risquez d'avoir des ennuis.

— Connaissant mon petit frère, je ne doute pas que sa meute de gardes-chiourmes nous ait déjà localisés.

Il désigna le plafond.

— Je suis prêt à parier qu'il y a plusieurs caméras installées entre ces poutres, épiant nos moindres gestes, ajouta-t-il.

Il embrassa ma joue et je tressaillis.

— Allons-nous nous donner en spectacle? susurra-t-il.

Agacée par ces insinuations, je me débattis. En vain.

— Si vous avez des informations, pourquoi n'êtes-vous pas entré par la porte principale, comme toute personne sensée? Pourquoi vous cacher comme un voleur?

— C'est bien plus intéressant comme ça. Mon frère est parfois très collet monté en matière de sécurité. J'adore lui prouver que c'est un jeu d'enfant de contourner ses mesures de protection. Et puis, il y a toutes les chances qu'il alerte la police plutôt que de m'écouter.

— Parce que vous croyez qu'il n'est pas en train de le faire?

Lucas émit un petit rire. Soudain, le plancher se mit à vibrer: dehors, des pas lourds résonnèrent sur les marches en bois du vieux hangar. Lucas se contenta de resserrer sa prise et de s'interposer entre la porte et moi.

— C'est l'heure! dit-il avec une décontraction déroutante.

Au même moment, le battant fut enfoncé. Des gardes envahirent les lieux et nous encerclèrent. Quand ils braquèrent leurs armes sur nous, mon cœur fit un bond. Malheureusement, Jeremiah n'était pas parmi eux, et un sursaut de déception me transperça la poitrine. Lucas, lui, se borna à pousser un léger soupir.

— J'ai comme l'impression que mon cadet ne se donne plus la peine de diriger ses propres luttes.

Le son d'un chien qu'on arme est bien reconnaissable, surtout quand il résonne dans votre dos. Lucas s'empressa de me libérer et leva les mains. Je sautai en avant et, en me retournant, vis que le canon d'un pistolet était appuyé contre son crâne.

— Donne-moi une seule raison de ne pas te tuer.

Le ton était lourd et menaçant, et les yeux de Jeremiah brûlaient d'une férocité qui me coupa le souffle. La différence de taille entre les deux hommes me frappa pour la première fois: Jeremiah paraissait écraser son aîné de sa taille, et ses biceps tendaient le tissu de sa chemise. Son pistolet noir était braqué sur la tempe de Lucas, la tension blanchissait ses doigts. Tour à tour, je regardai les deux Hamilton. Jeremiah n'allait tout de même pas… pas son propre frère…

— Les liens du sang? répondit ce dernier.

Son ton était léger, comme s'il parlait de la météo, même s'il se tenait très raide, le visage figé et le regard vide.

— Ça ne va pas suffire, rétorqua Jeremiah.

Il appuya un peu plus son arme contre la tempe de Lucas, qui ferma les yeux.

— Non ! criai-je tout à coup en m'approchant. Il est là pour nous aider, Jeremiah. Il sait qui cherche à vous éliminer. Ne le tuez pas !

Si le milliardaire ne daigna pas tourner la tête vers moi, son arme se mit à trembler. Les gardes baissèrent les leurs, mais n'intervinrent pas pour autant, préférant laisser les deux frères régler ça entre eux. Ma gorge se serra à l'idée terrifiante de ce dont j'allais être témoin, puis Jeremiah cessa à son tour de braquer Lucas. Il lui tordit aussitôt le bras dans le dos. Ce n'est qu'à ce moment-là que ses hommes réagirent.

— Emmenez-le dans la maison, leur ordonna-t-il d'une voix tendue et basse.

Ils obéirent après avoir passé les menottes aux poignets du prisonnier. Ce dernier ne résista pas, presque soulagé par le tour que prenaient les événements. Malgré tout, les gardes se massèrent autour de lui, comme s'il représentait encore un danger. Je m'apprêtais à suivre le mouvement quand une main me retint d'une secousse sèche.

— Pas si vite ! gronda Jeremiah.

Moi qui avais cru avoir assisté à ses crises de colère froide, je n'avais encore rien vu. Une véritable fureur animait son regard. J'étais dans les ennuis jusqu'au cou.

— Jeremiah… tentai-je.

J'aurais voulu m'excuser, mais il serra les poings et je m'arrêtai net.

— Savez-vous le mal que je me suis donné pour vous protéger ? s'emporta-t-il.

Lui qui avait toujours réussi à se dominer n'y parvenait plus. La rage qui l'avait envahi le transformait en un étranger. J'essayai de bouger, il resserra sa prise autour de mon poignet.

— Elle ignorait que j'étais ici! lança Lucas depuis l'autre côté de la pièce.

Manifestement, il observait notre confrontation avec beaucoup d'intérêt. Je m'aperçus alors que les gardes, qui s'étaient arrêtés sur le seuil du hangar, faisaient de même.

— Emmenez-le! rugit Jeremiah.

Les hommes parurent déçus, mais ils obéirent et me laissèrent seule en compagnie du patron. Je m'efforçais de rester calme, malgré la chaleur qui émanait de lui et me submergeait.

Lorsque la porte se referma, il me lâcha enfin et m'emboîta le pas quand je reculai pour me protéger de sa colère. Ma hanche heurta une table, puis je me retrouvai acculée à un mur, sans pouvoir m'échapper. Il me surplombait de toute sa hauteur, les poings toujours serrés. Je tentai d'apaiser les doutes qui m'envahissaient.

— Jeremiah, je suis...

— Êtes-vous consciente des dangers que vous courez? Pourquoi avez-vous quitté la maison?

Malgré sa fureur, il ne bougea pas.

— Parce que c'est après vous qu'en a l'assassin, pas après moi?

Je n'avais pas voulu donner un ton interrogatif à ma phrase, pourtant c'est ainsi qu'elle sonna. L'expression qui traversa le visage de Jeremiah m'apprit que ce n'était pas la bonne réponse.

— Écoutez, je suis vraiment désol...

Soudain, mes épaules furent clouées au mur par deux mains qui semblaient vouloir m'enfoncer dans le bois. Je criai de surprise, levai de grands yeux vers Jeremiah, qui plissa les siens.

— Vous l'avez vu à l'hôtel, rétorqua-t-il. Avez-vous la moindre idée de ce que cela représente pour quelqu'un comme lui, qui travaille dans l'ombre?

«Pardonnez-moi», avais-je envie de dire. Mais le regard noir de Jeremiah anéantissait tout mon courage. Sur mes épaules, ses mains tremblaient, et ses traits reflétaient sa lutte pour ne pas céder à la rage. Il baissa la tête et, à ma grande surprise, appuya son front contre le mien.

— Vous auriez pu mourir, souffla-t-il d'une voix rauque qui me transperça le cœur. Je me suis démené comme un diable pour vous garder en sécurité, j'ai repris contact avec des gens que je m'étais pourtant promis de ne jamais revoir… tout ça pour vous. Pourquoi êtes-vous sortie?

Malheureuse comme les pierres, j'essayai de poser une main sur sa joue, mais il détourna la tête tout en me jetant un œil soupçonneux.

— Étiez-vous au courant de la présence de mon frère ici?

Je tressaillis à cette accusation à peine voilée.

— Non, bien sûr que non! m'exclamai-je, d'autant plus vexée qu'il parut ne pas me croire. Je vous rappelle que, grâce à vous, je ne suis au courant de rien depuis des jours!

À mon tour, j'étais si furieuse que j'abattis ma main sur son torse. Il ne me céda pas de terrain pour autant.

— Comment pouvez-vous imaginer cela, alors que je suis sous surveillance constante? insistai-je. Vous m'avez enfermée dans cette maison sous le regard permanent de votre petite armée. Vous ne me dites rien de vos plans, vous vous contentez de me faire la morale sur ma sécurité, sans plus de détails, et vous espérez que je l'accepte docilement…

— Ça suffit! rugit Jeremiah, m'imposant le silence. Je ne veux pas avoir votre mort sur la conscience!

Un désespoir intense remplaça brutalement sa colère. Ses mains dégagèrent mes épaules et encadrèrent mon visage, mais sans l'effleurer.

— J'ai juré de vous garder en vie, reprit-il, et voici que vous déguerpissez sans crier gare et vous fourrez dans le pétrin!

Les émotions que je lisais sur son visage me laissèrent pantoise. J'avais beau avoir appris à décrypter le langage subtil de ses attitudes et de ses expressions retenues, sa brusque passion me déstabilisa. Il luttait pour ne pas craquer, c'était évident. Il faillit caresser ma gorge et se retint au dernier moment, comme s'il redoutait de me toucher.

— Ma famille détruit tous les étrangers qui ont le malheur de trop s'approcher de nous, continua-t-il. C'est arrivé à ma mère, à Anya, à une multitude d'autres personnes. (Il avala sa salive.) Je n'ai peut-être pas droit au bonheur, mais vous, si, et j'ai bien l'intention de vous aider à l'atteindre.

Enfin, un doigt frôla ma joue.

— Je ne suis pas un homme bon, ajouta-t-il dans un murmure, les yeux fixés sur son poing qui était redescendu près de ma poitrine. Je n'aurais jamais dû vous mêler à tout ça. Par ma faute, vous avez failli mourir. Depuis, pour moi, votre sécurité passe avant tout le reste.

Ce chagrin qu'il avait gardé pour lui depuis notre rencontre et que je voyais dans son regard me fit monter les larmes aux yeux. De nouveau, je voulus le toucher, mais il m'en empêcha, emprisonnant mon poignet près de ma tête.

— Je vous interdis de recommencer, rugit-il. Nous ignorons qui nous en veut et quels sont les moyens dont dispose cette personne pour nous approcher.

J'eus la sensation que mon cœur se brisait en un million d'éclats minuscules. Tremblant de tous mes membres, je cherchai à lui dire mes remords.

— Je suis désolée d'avoir quitté la maison.

— C'est largement insuffis…

Il interrompit sa réplique hargneuse quand il vit que je m'agenouillais. En me lâchant, il recula d'un pas, se pétrifia et m'observa.

— Que faites-vous? demanda-t-il enfin.

Jamais je ne m'étais sentie aussi vulnérable, ainsi courbée devant lui. Je n'avais pas la moindre idée de la façon dont il allait réagir, mais je devinais qu'il avait besoin d'exercer son pouvoir, de contrôler ses émotions, trop violentes pour qu'il parvienne à les analyser.

— Je vous demande pardon… Monsieur.

Ce qui lui restait de férocité s'effaça soudain. Toutefois, il hésita. De mon côté, je fixai le sol, car je n'avais plus le cran de le regarder en face. S'il portait un pantalon de costume, il avait en revanche délaissé ses souliers pour des rangers usées. Dataient-elles de sa période dans l'armée ? Le moment était mal choisi pour lui poser la question.

Le silence dura, qui ajouta à mon anxiété. Je ne bronchais pas, priant pour ne pas avoir pris une mauvaise initiative. Ma plus grande crainte était qu'il me rejette. Aussi, c'est avec un soulagement infini que je l'entendis me parler :

— Levez-vous, mains au-dessus de la tête.

J'obéis en déglutissant. Mes yeux se dirigèrent vers le plafond. Des cordages pendaient d'une vieille voile enroulée et attachée aux poutres. Je tressautai quand Jeremiah s'en servit pour me ligoter les poignets.

— Tenez-vous tranquille ! m'ordonna-t-il.

Il commença à fouiller le coin jusqu'à ce qu'il déniche un bout de tissu qu'il arracha à un tas de rebuts. Je sursautai en percevant le bruit de déchirure. Il le noua sur mes yeux, me plongeant dans le noir. J'étouffai un cri quand il tira sur mes liens, m'obligeant à me dresser sur la pointe des pieds.

— Ainsi, vous souhaitez que je vous punisse, dit-il.

Mon cœur battant la chamade, je gémis mais ne protestai pas. Il se déplaçait dans un silence étonnant. Je tournai la tête ici et là en essayant de détecter ses mouvements, et sursautai quand je sentis son haleine sur ma nuque.

— Qu'est-ce que ce sera? murmura-t-il en caressant mes bras levés. Faut-il que je vous donne une fessée pour m'avoir désobéi? Que je vous fouette? Quel châtiment pourra vous enseigner à ne pas flirter avec la mort?

Je ne répondis pas. Vu son humeur, je doutais qu'il se montre tendre. Je me souvins des coups de martinet de la nuit précédente, et une vague de chaleur déferla dans mes entrailles. Bon sang! Ce n'était pas le moment de mouiller!

— Ou alors, reprit Jeremiah, quelque chose de tout à fait différent?

De ses mains agiles, il déboutonna mon pantalon et, quand ce dernier tomba par terre, saisit l'une de mes jambes à la hauteur du genou et la souleva haut, en me tournant sur le côté. Je me retrouvai en équilibre sur un pied, soutenue par les liens de mes poignets. Je rougis, consciente que cette position dévoilait mon intimité. Je n'avais que des sous-vêtements sexy, ce que j'appréciais au fond de moi, mais qui, dans des moments comme celui-ci, me mettait mal à l'aise.

Un index inattendu glissa entre mes cuisses, et je m'arquai sous l'effet de la surprise.

— Vous mouillez, lâcha Jeremiah.

Sa voix ne me permit pas de discerner ce qu'il pensait, et j'aurais vraiment aimé voir son visage. Il lâcha ma jambe pour saisir l'élastique de ma culotte, qu'il fit glisser jusqu'à mes chevilles. Les joues en feu, je le sentis ouvrir mon corsage et découvrir ma poitrine. Des mains rêches abaissèrent mon soutien-gorge sans le dégrafer.

— Des pinces à tétons, peut-être, murmura-t-il. C'est parfois douloureux. Mais cette punition suffirait-elle?

Ses doigts s'enroulèrent autour de la pointe de mes seins, et je me figeai, guettant la souffrance promise. Il se contenta de les titiller avant de les lâcher. La déception me submergea, et je retins un soupir. J'eus beau me répéter que je n'aimais pas avoir mal : cela ne servit à rien.

De nouveau, les cordages se tendirent, me hissant jusqu'à ce que seul l'extrême pointe de mes orteils touche encore le sol. Les muscles de mes bras s'en ressentirent, la brûlure autour de mes poignets augmenta, mais je serrai les lèvres et n'émis aucun son. Dans mon dos, je crus percevoir un glissement de pas feutrés et, soudain, une main caressa mes fesses.

— Faut-il que je vous sodomise ? Vous avez l'air d'aimer ça. Sauf que, sans préparation, cela aussi peut être très douloureux. Ce châtiment vous apprendrait-il à ne plus jouer avec le feu ?

Il abattit brutalement sa main sur l'une de mes fesses. Je sursautai et me balançai, déséquilibrée par la claque, cherchant une prise pour me rétablir. En vain. Une deuxième gifle au même endroit me fit tourner plus vite. Cette fois, la peau me chauffa.

— Et si je vous corrigeais à coups de ceinturon ? demanda-t-il d'une voix étranglée – et la boucle du ceinturon cliqueta, indiquant qu'il s'en débarrassait. Cela vous dissuaderait-il de commettre d'autres bêtises ? Répondez !

— Pardon !

J'étais sincère, et pas seulement à cause de toutes ses menaces. Je n'avais pas oublié son expression de désespoir à l'idée que je sois exposée à un péril, et la rage incontrôlable qui s'était emparée de lui.

— Pardon, répétai-je, la gorge serrée.

— Pardon qui ?

— Pardon, Monsieur.

— Pardon pour quoi ?

Pour l'avoir blessé. Pour avoir provoqué son chagrin et sa fureur d'être confronté à son frère, pour cet aveu soudain des émotions qui l'avaient traversé – voilà ce que je regrettais le plus. Mais ce n'était pas la réponse qu'il attendait.

— Pour vous avoir désobéi et m'être mise en danger... Monsieur.

J'avais presque failli oublier le mot magique...

Il me saisit par les hanches et me plaqua contre son corps tandis que son genou se glissait entre mes cuisses. J'écartai instinctivement les jambes et me retrouvai suspendue au-dessus de son bassin. Après un bref moment de tâtonnement, il s'enfonça en moi, m'arrachant un cri.

— Je vous promets de vous infliger toutes ces punitions si jamais vous recommencez, gronda-t-il en ponctuant chacun de ses mots par un coup de reins.

Il plaqua une main dans mon dos pour me retenir ; de mon côté, je nouai mes jambes autour de lui. La seule puissance de ses allées et venues me faisait rebondir. Je n'avais presque pas mal : comme je m'étais préparée à un châtiment bien plus dur, mes terminaisons nerveuses étaient éveillées, en feu. Il pétrit mes fesses et les écarta pour toujours mieux me pénétrer. C'en fut trop et j'explosai. Mon orgasme me prit par surprise, mon corps se tendit et s'arqua tandis que les assauts de Jeremiah se poursuivaient.

Nos mouvements avaient déplacé la bande de tissu qui m'aveuglait. Haletante, je baissai les yeux et vit Jeremiah qui m'observait, les traits déformés par un désir intense. La faim que je lisais dans son regard paraissait dépasser un désir purement sexuel, et j'en fus bouleversée. J'avais envie de l'embrasser, de caresser son beau visage. Mais les liens qui m'entravaient m'empêchaient de lui apporter un quelconque réconfort. Peut-être était-ce là mon vrai châtiment. Car je ressentais cette privation avec intensité. Elle était étrangement appropriée. Soudain, il frissonna, et il nous fallut un moment pour revenir de cette jouissance extraordinaire.

Me serrant contre lui, il finit par détacher sans effort les nœuds des cordages. Il me reposa sur le sol. Je titubai. Il me retint d'une poigne tendre, si différente de la brutalité et de la rapidité de ce qui venait de se passer. Dès que je réussis à tenir seule debout, il me lâcha et s'écarta.

— Rhabillez-vous, je vous ramène à la maison!

Il se détourna avant que j'aie eu le temps de regarder son visage; de nouveau, cette petite marque de dédain m'emplit d'une vague déception. Je m'obligeai à l'oublier pour vite m'habiller et le suivre. Il s'était approché du mur du fond. Quand je le rejoignis, il déplaça un tapis qui dissimulait deux anneaux fixés à une trappe. Il la souleva et elle s'ouvrit sans le moindre grincement.

— Nous passerons par ici, dit-il.

Stupéfaite, je fixai le trou noir. Des marches en béton s'enfonçaient dans un souterrain traversé par un courant d'air froid.

— On ne risque rien?

— C'est par là que je suis venu sans être repéré, répondit-il. C'est plus sûr que de sortir dans le parc. Du moins, jusqu'à ce que nous ayons découvert qui nous en veut.

J'hésitai malgré tout.

— Pourquoi ce hangar à bateaux est-il équipé d'un passage secret?

Il serra les lèvres, mais accepta de s'expliquer.

— Des incidents pendant mon enfance ont exigé que… qu'on prenne certaines mesures. Mon père était paranoïaque, mais parfois il n'avait pas tort d'avoir peur. La maison est dotée d'une chambre forte et de cette issue d'urgence. Depuis sa mort, nous n'avons pas eu à les utiliser.

Il me tendit la main.

— Venez, Lucy, ajouta-t-il avec douceur. Rentrons.

Même si je n'étais pas encore convaincue que ce soit une bonne idée, j'acceptai son aide et descendis l'escalier.

19

J'allais le découvrir : je n'aimais pas les souterrains secrets. Le tunnel était à peine éclairé par des ampoules fixées à plusieurs mètres de distance, dont deux seules fonctionnaient. La principale source de lumière venait de la lampe du téléphone portable de Jeremiah, qui se reflétait sur le sol en bois. Je m'accrochai fermement à sa chemise pour ne pas déraper sur les planches pourries et glissantes.

La proximité de l'océan recouvrait le tout d'une couche humide. Je n'osais pas toucher les murs luisants. S'il faisait plus chaud en bas qu'en haut, j'avais hâte de quitter cette obscurité moite, presque écœurante. J'eus l'impression que le trajet n'en finissait pas et que les parois se resserraient au fur et à mesure de notre progression. J'étais sur le point de pousser Jeremiah et de m'enfuir à toutes jambes quand soudain nous stoppâmes devant une trappe. Mon patron tourna un anneau métallique, mais le battant ne bougea pas. Il dut s'y reprendre à deux fois pour que le panneau se soulève dans un bruit de bois qui se fendait. La pièce dans laquelle nous entrâmes n'était pas plus lumineuse que le tunnel, mais elle représenta tout de même un soulagement bienvenu.

— Grimpez, m'ordonna Jeremiah.

Je remarquai alors une échelle en fer fixée au mur. Les barreaux glacés me mordirent la peau tandis que j'escaladai rapidement. À la surface, il faisait moins froid et moins humide. La porte fut ouverte brutalement, et en un instant, je reconnus l'arrière-cuisine et ses étagères garnies de conserves. Aveuglée par la clarté soudaine, je poussai un cri de surprise et levai les mains en signe de reddition : les canons de trois armes étaient pointés vers moi.

— Repos ! lança Jeremiah dans mon dos.

Après une courte hésitation, les pistolets s'abaissèrent ; je m'assis au bord du trou, les pieds ballants. Les gardes reculèrent quand leur patron apparut. Je m'écartai pour le laisser passer, mais sans oser me relever tant la frayeur m'avait coupé les jambes. Sans effort, Jeremiah me souleva et m'escorta hors du réduit.

La cuisine et le salon étaient remplis de gens, surtout d'hommes armés ; Lucas s'y trouvait aussi, flanqué de deux gardes. Il me jeta un regard inquisiteur. Je perçus un bref soulagement sur son visage avant que son habituel masque ironique retombe. Jeremiah le foudroya du regard. Il s'approcha de lui à grands pas.

— Tu as intérêt à me dire…

— L'Archange, le coupa Lucas.

Jeremiah s'arrêta net.

— Qu'est-ce que c'est ? demanda-t-il.

— Ce n'est pas une chose, c'est quelqu'un, répondit son aîné mal à l'aise, l'air soudain renfrogné. Pourrait-on ouvrir ces menottes ? ajouta-t-il en montrant ses poignets enchaînés. Mes pauvres épaules n'en peuvent plus de…

— Qui est l'Archange ? gronda son frère sans tenir compte de sa demande.

— Un tueur. Très doué. Et cher. Et contrairement à ce que tu pourrais penser, ce n'est pas moi qui l'ai engagé. J'ai même essayé de te prévenir dès que j'ai été au courant du contrat.

— Quand ça?

— Le soir du gala de charité, à Paris. J'ai tenté de t'appeler sur ton portable, mais tu n'as pas décroché.

Lucas me glissa discrètement un regard plein de regrets.

— J'aurais dû laisser un message, poursuivit-il. Je voulais te rencontrer. Mais quand je suis arrivé à ta chambre, il était déjà trop tard.

— C'était un numéro masqué, dit Jeremiah, soupçonneux.

— Une obligation, dans ma profession.

Le sourire que fit Lucas ne gagna pas ses yeux. J'eus le sentiment que ces amabilités étaient une sorte de réflexe, de dissimulation, résultant d'un véritable entraînement. Une drôle de lueur dans son regard, bientôt effacée par un rictus, me le confirma.

— J'étais sur place une minute après les secours. En te voyant hurler, j'ai compris qu'il s'était produit quelque chose de grave.

— Tu étais donc là, murmura Jeremiah, étonné et plus attentif.

— Oui, acquiesça son frère d'une voix lourde. Mais j'ai compris que, sur le coup, tu refuserais de m'écouter. Dans l'état où tu étais, tu m'aurais sans doute étranglé. Je ne me suis donc pas montré. Désolé de ne pas avoir été plus rapide, ajouta-t-il pour moi.

— Je suis en vie, lâchai-je.

Des mots quelque peu dérisoires pour lui exprimer ma gratitude et mon pardon. Je vis un soulagement fugitif sur ses traits. Décidément, j'avais du mal à associer cet homme à la carrière qu'il avait choisie. Je ne le voyais pas du tout en trafiquant d'armes.

— Revenons à l'Archange, insista Jeremiah.

— Il n'est pas dans le circuit depuis très longtemps, expliqua son aîné, mais il gravit les échelons à une vitesse stupéfiante. On m'a parlé d'une vingtaine de contrats exécutés. Je suis sûr qu'il en a des dizaines de plus à son actif. C'est un maître du camouflage, très bien équipé. Il est assez habile pour ne laisser aucune trace, au point de tromper les caméras de surveillance. Elle est la seule, précisa-t-il avec un mouvement de menton dans ma direction, à avoir vu son visage et à être encore en vie pour en témoigner.

Je me figeai.

— Alors, il est vraiment à mes trousses? chuchotai-je.

Brusquement, la pièce se mit à tourner et je dus me raccrocher au plan de travail. Lucas plissa le front et fit un pas vers moi, mais Jeremiah le devança. Il m'entoura d'un bras réconfortant et me pressa contre lui. Heureuse de sa réaction, je lui souris, tandis que son frère était tiré en arrière par ses gardes.

— Qui l'a embauché? voulut savoir mon patron sans me quitter des yeux.

— Aucune importance. La seule chose qui le soit, c'est qu'il est après toi.

Cette réponse évasive déplut à Jeremiah.

— Tu l'ignores ou tu refuses de me le dire?

D'une froideur mortelle, son ton provoqua mes frissons, alors que Lucas semblait y être insensible. À croire qu'il entendait ce genre de menace tous les jours. Ce qui était possible, vu son activité.

— On s'en souciera plus tard, répliqua-t-il avec un haussement d'épaule.

— Et si on le faisait plutôt tout de suite? Que me caches-tu, Loki?

L'emploi de son surnom assombrit ses traits.

— J'aimerais que tu arrêtes de m'appeler comme ça, grogna-t-il, avec un air consterné.

— Pourquoi? C'est pourtant ton nom.

— Il m'a été attribué, je ne l'ai pas choisi.

Il parut hésiter à en dire plus, à expliquer sa pensée, mais Ethan choisit justement ce moment pour entrer dans la pièce. S'il remarqua une tension, il n'en montra rien.

— Une visite, annonça-t-il.

— Qui est-ce? demanda Jeremiah, visiblement contrarié par cette interruption.

— Anya Petrovski, lâcha le garde du corps, regardant Lucas.

Comme je l'observais aussi, je constatai qu'une brusque colère traversa son visage. Remarquant que je le fixais, il essaya de le cacher. Mais son regard continua de lancer des éclairs. Il était comme son frère. Toutes leurs émotions passaient dans leurs yeux.

— Pas la peine de l'impliquer, dit Lucas d'une voix égale et dédaigneuse. Elle est sûrement venue plaider ma cause, ce qui est inutile.

Si je n'avais pas été habituée à passer outre l'expression stoïque de Jeremiah, j'aurais pu me laisser prendre à celle de son aîné. Tournant la tête vers Lucas, je vis qu'il étudiait son frère en fronçant les sourcils.

— Saurait-elle quelque chose au sujet de ce qui nous intéresse?

— Sûrement pas, renifla Lucas. Sinon que je suis venu ici pour t'avertir.

Sa désinvolture apparente ne convainquit pas Jeremiah, qui s'adressa à Ethan:

— Qu'elle laisse sa voiture à l'extérieur des grilles. Fouillez-la, de même que son véhicule. Avec soin. Puis amenez-la-moi.

Ethan acquiesça et relaya ces ordres à l'un des gardes, qui disparut. L'espace d'une seconde, Lucas pinça les lèvres et ferma les yeux. Puis sa bonne humeur reprit le dessus.

— J'adore le théâtre, commenta-t-il avec un sourire forcé.

À ce moment, une voix féminine résonna sur les murs en pierre et les lambris du hall d'entrée.

— Mais qu'est-ce que c'est que ces manières?

Le sourire de Lucas se figea ; il tourna la tête vers la porte, les yeux écarquillés. Quant à Jeremiah, il serra les mâchoires.

— Que fait-elle encore ici? demanda-t-il à Ethan.

— Elle n'avait pas quitté la propriété quand vous avez ordonné qu'on boucle les lieux.

Georgia Hamilton surgit dans le salon, encadrée par deux gardes qui, après l'avoir escortée, se retirèrent. Le regard fixé sur son benjamin, elle s'approcha de lui d'une démarche qui trahissait sa colère.

— Qu'est-ce que ça signifie? cria-t-elle. Tu me remets à ta police privée pour me jeter dehors, avant de m'obliger à rester dans un lieu où je ne suis visiblement pas la bienvenue?

Elle poussa un soupir tremblant et porta ses doigts à sa bouche.

— Tu te moques donc complètement de ce que je ressens?

Malgré cette démonstration de mère accablée, j'eus du mal à éprouver de la compassion. Après tout, j'avais été témoin de la véritable nature de cette femme. Du reste, Jeremiah ne se laissa pas duper non plus, car il répliqua avec froideur :

— N'ayez crainte, mère, vous quitterez cette maison dès que possible.

Georgia plissa le nez, agacée, puis vinrent les larmes de crocodile.

— Comment oses-tu m'exiler ainsi de…

— Eh bien, bonjour, mère. Vous ai-je manqué?

La question moqueuse de Lucas la coupa dans son élan. Sous le choc, elle se retourna pour toiser son fils aîné qui, à l'autre bout de la pièce, la fusillait du regard.

— Que fait-il ici, celui-là? lâcha-t-elle, toute trace de chagrin s'étant envolée.

— Moi aussi, je suis ravi de vous voir, lança Lucas.

La nonchalance qu'il avait soigneusement entretenue pendant sa conversation avec Jeremiah avait disparu, remplacée par une ironie mordante et une amertume palpable. Assombrie par la colère contenue, sa cicatrice ressortait sur sa joue. Avec l'air d'avoir mordu dans un citron, Georgia pivota pour affronter Jeremiah.

— Ne l'écoute pas, lui conseilla-t-elle. Ce n'est qu'un menteur doublé d'un voleur.

Rejetant la tête en arrière, Lucas éclata de rire avant de s'incliner devant sa mère avec une moue railleuse.

— C'est que j'ai été à bonne école. Ces talents m'ont été transmis des deux côtés de la lignée.

Déroutée par cet échange, je dévisageai Jeremiah en quête d'une explication, mais il paraissait tout aussi surpris que moi.

— Qu'est-ce que ça veut dire? demanda-t-il, peu amène.

— Rien! répondit vivement sa mère en redressant le menton et en carrant les épaules. Et maintenant, je voudrais m'en aller, puisque le sens de la famille n'a plus cours dans cette maison.

— Oh, mère, surtout pas! la supplia faussement son aîné.

Refusant de le regarder, Georgia croisa ses bras sur sa poitrine. Cette fois, le sourire de Lucas exprima de la cruauté, même si elle détonnait avec la souffrance réelle dans ses yeux.

— Aimeriez-vous savoir ce que sont devenus ces trente millions de dollars qu'on m'a accusé d'avoir dérobés? lança-t-il ensuite à la cantonade. Vous devez tous mourir de curiosité quant à la façon dont je les ai dépensés.

Sa mère sursauta très légèrement et serra les lèvres.

— Je n'ai pas besoin d'entendre ça, ce ne sont pas mes affaires, répliqua-t-elle avec un reniflement méprisant. Disputez-vous autant que vous voulez, tous les deux, moi, j'attendrai dans ma voiture.

— Retenez-la ! ordonna Jeremiah.

Aussitôt, deux de ses gardes bloquèrent la sortie. Outragée, Georgia protesta, mais son cadet n'en tint pas compte, tout entier concentré sur son frère.

— Je n'aime pas beaucoup les secrets, gronda-t-il.

— Tu en as pourtant entretenu un depuis presque huit ans, riposta Lucas.

Lui ne fixait que sa mère, laquelle refusait de croiser son regard. Les yeux de l'aîné des Hamilton reflétaient le bouillonnement d'émotions qui se succédaient à un tel rythme qu'il était difficile de les déchiffrer.

— Alors, mère, reprit-il, préférez-vous que je vous laisse l'honneur de parler ou dois-je m'y résoudre?

La femme émit un petit grognement qui parut puéril pour quelqu'un de son âge. Elle tourna résolument le dos à Lucas. Mais elle se rendit soudain compte qu'il y avait du monde. Son visage retrouva aussitôt un masque de sérénité, et elle agita en l'air une main insouciante.

— Je ne comprends rien à ce que tu dis, objecta-t-elle en levant les yeux au ciel. Et maintenant, si vous voulez bien m'excuser…

Plissant les yeux, Lucas se tourna vers son frère.

— Tu ne t'es jamais interrogé sur l'origine de la fortune de mère?

Jeremiah fut pris au dépourvu. Il scruta longuement et durement son aîné avant de jeter un œil vers leur génitrice. Je l'imitai et me demandai s'il pensait comme moi, c'est-à-dire que Georgia Hamilton n'était pas une très bonne actrice. Elle fuyait le regard de tous et tournait la tête vers les différentes issues du salon – repérant celle qui lui permettrait de se sauver le plus vite possible. Elle finit par se résoudre à affronter Jeremiah.

— Voyons, chéri, ne me dis pas que tu le crois?

— Que je crois quoi? répondit-il.

Ses yeux allaient de sa mère à son frère, trahissant à la fois de la confusion et de l'irritation. Mais ni Georgia ni Lucas ne semblaient avoir envie d'en parler.

— Que je crois quoi? répéta-t-il plus fort.

Une sonnerie de portable retentit dans l'atmosphère lourde, et Ethan s'éclipsa. La question de Jeremiah me frappa tout à coup avec la violence d'une tonne de briques qui me serait tombée sur le crâne.

— C'est votre mère qui a volé cet argent.

Je n'avais pas voulu formuler ma pensée à voix haute. Mais c'est ce qui se passa et tout le monde parut sursauter, Georgia se tourna vers moi.

— C'est absurde! s'écria-t-elle.

La fureur qui essayait de s'exprimer sur ce visage botoxé faisait un drôle de spectacle, et le contraste n'en était que plus violent avec la rage véritable qui brûlait dans ses yeux.

— Et puis, ajouta-t-elle, qu'en savez-vous? Vous n'êtes qu'une traînée ramassée dans le ruisseau par mon fils!

— C'est pourtant aussi comme ça que vous avez commencé dans la vie, non? susurra Lucas, tandis que je serrais les poings. Père ne vous a-t-il pas trouvée dans un dancing de Las Vegas? Allons, mère, projeter vos propres problèmes sur cette jeune femme ne vous lavera pas de vos péchés.

À l'évocation de ce passé peu glorieux, un spasme de chagrin ravagea le visage de Georgia Hamilton. Elle essaya de le dissimuler, en vain.

— Je refuse d'entendre de pareilles horreurs, déclara-t-elle.

Sa hargne avait laissé la place à une véritable amertume. Elle voulut s'en aller, mais Lucas la retint par le bras, malgré ses mains menottées.

— Avez-vous conscience de ce que vous m'avez infligé, mère? murmura-t-il. De ce à quoi vos mensonges m'ont contraint?

Elle le toisait. Il se pencha vers elle et soutint son regard. Ni l'un ni l'autre n'était prêt à céder. Encore stupéfaite par ce que je venais de révéler, je les observais, fascinée. Je tentai un regard vers Jeremiah. Il était comme pétrifié, impossible à déchiffrer. Si ma curiosité naturelle me poussait à en apprendre plus au sujet de Georgia – avait-elle réellement été danseuse de revue à Las Vegas? –, l'heure n'était pas à ce genre de questions. Bon sang! J'ignorais vraiment tout de cette famille!

— Ne me reproche pas ce que tu es devenu, riposta Georgia à son fils aîné, sans rien céder.

— Expliquez-moi alors quels choix j'ai eus dans la vie! contra-t-il, tremblant de tous ses membres, avant de lâcher sa mère et à son tour de serrer les poings. Tout ce qui comptait pour moi, tout ce que je possédais était dans notre entreprise. On m'a tout repris. On m'a accusé d'avoir volé trente millions de dollars. J'ai choisi la seule solution qui m'éviterait de croupir en prison.

— Celle de vendre des armes au plus offrant? lança Jeremiah d'une voix glaciale. Es-tu certain que tu n'avais pas d'autre recours?

Lucas tressaillit et s'écarta de sa mère. Il avait l'air secoué, et c'est un regard vide qu'il porta sur son frère.

— Ça n'a pas commencé ainsi, se défendit-il. Il fallait que je quitte le pays. Un homme que je considérais alors comme un ami avait besoin d'un bon négociateur pour passer un accord à propos d'une cargaison. Ce n'est que dans l'avion que j'ai découvert en quoi consistait cette « cargaison ». Autrement, je te le jure, je me serais rendu moi-même en prison.

— Et tu voudrais me blâmer pour tes erreurs? lâcha Georgia avec aigreur.

Ce fut plus fort que moi. Si les personnes présentes ne cachaient ni leur stupeur ni leur dégoût au fur et à mesure que la personnalité de Georgia se révélait, aucune n'avait le cran de s'exprimer.

— Au moins, assumez la responsabilité des torts que vous avez causés!

Sans se démonter, elle leva les yeux au ciel et inspecta ses ongles.

— Les raisons importent peu, répliqua-t-elle. C'est lui qui a tracé sa voie. Je n'ai pas à vivre dans la honte à cause de ses choix.

— Mais c'est votre fils! m'exclamai-je, folle de rage. Tous deux le sont. Vous n'avez donc aucune affection pour eux?

— Bien sûr que si! protesta-t-elle d'un air hautain. Et je vous prie de garder pour vous vos opinions, rien de tout cela ne vous concerne.

J'aurais adoré étrangler cette garce suffisante et moralisatrice.

— Vous avez raison, mère, intervint Lucas à ce moment. Chacun doit vivre avec ses propres erreurs, non?

Son visage s'était refermé, le masque était retombé.

Jeremiah réagit enfin et avança. Je posai une main sur son bras, sentis qu'il frémissait sous l'effet d'émotions bouleversantes. Il fixait Lucas, qui avait visiblement décidé de reprendre son ancien rôle d'amuseur public.

— Frère… commença Jeremiah.

— Es-tu au courant, l'interrompit son aîné, que mère est en train d'essayer de vendre une biographie des Hamilton à plusieurs éditeurs?

L'intéressée rougit violemment, mais son fils n'en poursuivit pas moins.

— Un petit aperçu du fonctionnement de la famille depuis le décès de notre cher père et la prise en main de la société par son dirigeant actuel. Elle s'est naturellement réservé le rôle de l'héroïne malheureuse dans ce drame pétri de fric et d'espionnage industriel. Selon la rumeur, certains étaient prêts à lui signer un chèque à sept chiffres. Malheureusement, tous se sont désistés au dernier moment.

Devant l'air ahuri de Georgia, Lucas crut bon de préciser:

— Vous n'êtes pas la seule à avoir des contacts dans un monde des affaires désireux de vous aider à ruiner la réputation d'un homme, chère mère.

— Mais qu'est-ce que tu racontes? C'est ridicule!

— Et, enchaîna Lucas, son sourire aigri de plus en plus large, elle vend également des rendez-vous avec son milliardaire de fils. Pour peu qu'un type ne puisse avoir accès au P.-D.G. de Hamilton Industries, il a la possibilité de se transformer en «invité» de dernière minute dans notre maison, où le hasard voudra qu'il croise le nouveau chef de famille. À condition d'y mettre le prix, bien sûr.

— Venant d'un trafiquant d'armes qui fréquente des dictateurs et la lie de la société pour tuer des innocents! se défendit Georgia jouant les indignées. Comment oses-tu débarquer ici, monter sur tes grands chevaux et débiter de tels mensonges après ce que tu as fait?

— Au moins, moi, je ne cache pas ma vraie nature, murmura Lucas en imitant l'arrogance maternelle.

Georgia se tourna vers Jeremiah.

— Dis-moi que tu ne crois pas à ces balivernes ! cria-t-elle, les mains sur les hanches.

Jeremiah ne daigna pas répondre. Il fixait son aîné d'un regard intense que l'autre soutint sans flancher.

— As-tu des preuves ? finit-il par lui demander.

— Absolument.

— C'est sa parole contre la mienne ! s'emporta leur mère, furibonde. Et tu choisis la sienne !

Elle adressa à Jeremiah un coup d'œil blessé, dont la sincérité, vu ses éclats précédents, était plus que douteuse. Se rendait-elle compte de l'image qu'elle donnait d'elle à ce moment ? À sa façon d'ignorer les gardes, il était évident qu'elle était enfermée dans son propre monde et que l'opinion des autres lui importait peu.

Jeremiah s'approcha tout près d'elle. Si je ne distinguai pas le visage de Georgia quand il se pencha vers elle, je la vis tressaillir.

— Si jamais il dit la vérité, mère, je vous jure que…

— Que quoi ? le défia-t-elle. Que tu me jettes dehors ? Que tu me fasses disparaître ? Penses-tu être le premier mâle Hamilton à me menacer ainsi ? Comment crois-tu que j'ai réussi à rester mariée à ton père pendant toutes ces années ? Grâce à ma beauté et à ma gentillesse ? Non. Il fallait bien que j'aie prise sur lui. C'était ma seule garantie de sécurité.

Elle soutenait le regard de son fils, mais son visage avait perdu toute couleur, excepté celles de son maquillage.

— Je savais que ce vieux salopard ne me laisserait pas un sou quand il mourrait. Mais je n'avais aucun moyen de deviner qu'il partirait aussi tôt. Toi et ton frère considériez que je n'étais pas différente de votre père. C'est peut-être vrai aujourd'hui, mais ma seule certitude était que je ne pouvais compter que sur moi-même.

— Donc vous m'avez sacrifié, lança Lucas.

Sa phrase ne sonnait pas comme une question, mais il était clair qu'il cherchait des réponses à ses interrogations. Georgia blêmit, comme si ce n'était que maintenant qu'elle prenait conscience de ses actes.

— J'ignorais que ça aurait de telles conséquences, plaida-t-elle après un court silence. Ce n'était pas censé aller aussi loin.

Elle fouilla nerveusement dans son sac, en tira un tube de rouge à lèvres et un miroir de poche. Ses mains tremblaient tellement qu'elle ne fut pas capable de s'en servir.

— Votre père m'abandonnait sans rien. Le salaud avait même réussi à intégrer à l'héritage de Jeremiah ce que je croyais avoir discrètement mis de côté. Je n'avais aucun doute sur mes fils : ils ne s'occuperaient pas de moi. Je ne suis pas idiote, j'ai bien vu comment vous vous comportiez avec moi. Toi, Jeremiah, qui m'interdis l'accès à ma propre maison, qui me traites comme une enfant. Tu pars du principe que je suis incapable de me débrouiller seule, ce en quoi tu te trompes autant que ton père.

Jeremiah flancha devant cette accusation. Sa mère poursuivit sur sa lancée.

— Tout est arrivé si vite. Je suis parvenue à trouver le testament et à le lire avant que les avocats apprennent que je m'étais faite avoir. J'avais supporté cet homme pendant trente ans, porté ses enfants, fermé les yeux sur ses infidélités, joué scrupuleusement mon rôle d'épouse dévouée, et il ne me laissait rien. Considérant que je n'avais aucun talent digne de ce nom, Rufus avait juste daigné me mettre à la tête de plusieurs commissions sans importance. Les fonds combinés de chacune avoisinaient les trente millions de dollars. Je les ai pris.

Elle releva le menton en un geste de défi.

— Et vous m'avez fait porter le chapeau, intervint Lucas.

— Encore une fois, j'ignorais que ça prendrait de telles proportions ! se défendit-elle avec ardeur. Sachant que je disposais de peu de temps, j'en ai dépensé un maximum. Mais il n'est pas aussi facile que je le pensais de se débarrasser de l'argent. Du moins sans attirer l'attention. Quand j'ai appris que tu étais le principal suspect – pour des raisons évidentes, je ne m'étais pas mêlée de l'enquête –, tu avais déjà fui à l'étranger. Comme il me restait pas mal d'argent, je l'ai gardé.

— Je vous plains, mère ! s'écria Lucas en posant ses mains sur sa poitrine. Vraiment !

— Arrête tes idioties, Lucas, lâcha-t-elle. J'ai dérapé, un point c'est tout. Et maintenant, on fait quoi ? ajouta-t-elle à l'intention de Jeremiah.

— Oui, frère, renchérit son aîné. Comment comptes-tu réagir à ces informations toutes fraîches ?

Mon patron ne semblait pas en mesure de s'exprimer. Il était encore sous le choc de ces révélations. Je n'avais pas de conseil à lui donner. Je me contentai de resserrer ma prise autour de son bras pour lui montrer que je le soutenais. Il était confronté à un choix atroce entre sa mère, qui tapait impatiemment du pied, et son frère, qui se tenait, immobile et silencieux, les sourcils arqués, attendant une réponse immédiate.

Soudain, la porte s'ouvrit et une voix féminine que je connaissais cria :

— Lucas !

Toutes les têtes se tournèrent dans sa direction : une Anya Petrovski décoiffée fit son apparition, accompagnée d'un des gardes. La reine du bal tirée à quatre épingles avait disparu. Elle n'était presque pas maquillée et ses vêtements élégants étaient froissés, comme si elle les avait rapidement enfilés. Elle avait attaché ses cheveux blonds en une queue-de-cheval assez lâche. Si sa beauté naturelle continuait de rayonner, ses traits étaient moins sévères, ce qui lui donnait une apparence plus jeune, plus vulnérable. Elle balaya le salon du regard. Au moment où elle aperçut Lucas, il fut évident qu'il était le seul objet de son intérêt. Il l'accueillit fraîchement.

— Je t'avais dit de me laisser tranquille, dit-il sans émotion.

Je fus surprise par sa réaction, mais Anya encaissa. Elle bredouillait en russe, le dos raide, les traits calmes malgré les larmes qui étaient apparues dans ses yeux. Elle marcha vers lui jusqu'à ce qu'il l'arrête, une main levée.

— Je suis désolée, finit-elle par gémir en anglais, comme possédée.

— Je t'avais pourtant prévenue que je ne voulais plus jamais te revoir, grogna Lucas.

Son regard était effrayant. À ce moment, il ressemblait à s'y méprendre à son frère. Anya recula. Elle n'était plus la femme hautaine et agaçante que j'avais croisée à Paris. Son désespoir et son chagrin étaient visibles, même si leur origine restait mystérieuse. J'échangeai un regard avec Jeremiah, qui avait l'air aussi déconcerté que moi.

— C'est à lui que tu devrais demander pardon, reprit Lucas en désignant son cadet.

Anya se remit à lui parler russe. Elle agrippait la croix orthodoxe qu'elle portait déjà à son cou quand je l'avais vue à Paris, et suppliait Lucas – en vain.

— Que fait-elle ici? se résolut à lancer Jeremiah.

Anya se tut aussitôt ; elle donna l'impression de se recroqueviller sur elle-même, fixant le sol et se tordant les mains. Lucas la couvrit d'un regard méprisant.

— Tu voulais savoir qui avait engagé le tueur ?

Il désigna la Russe blonde tout en adressant un léger sourire à son frère.

— Sacrée surprise, non ?

20

Je ne fus pas sûre de comprendre. Jeremiah rompit le silence qui était tombé d'un claquement de doigts en direction d'Anya. Aussitôt, deux hommes l'immobilisèrent. Ce fut alors que je réalisai le sens de ce que Lucas venait de dire. Je retins mon souffle.

— Anya a recruté le tueur.

Les mots prononcés par Jeremiah résumaient ma stupeur. Il les répéta sous forme de question, incrédule.

— Anya a recruté le tueur?

— Il ne faut jamais se mettre un Russe à dos, soupira Lucas en levant les yeux au ciel. Apparemment, ce proverbe connu dans ma profession est vrai pour tout un chacun.

— C'est pour toi que je l'ai fait! se défendit Anya en se débattant entre ses deux gardes. Je croyais que c'était ce que tu voulais.

— Ce que je voulais? gronda Lucas. Tu as agi dans ton seul intérêt. Merci de ne pas me faire porter le chapeau.

— Tu disais que tu le détestais! poursuivit-elle à son intention, mais en regardant les gardes. Que tu souhaitais...

— Je n'ai jamais désiré sa mort, rugit l'aîné des Hamilton.

Anya sursauta, mais poursuivit:

— Tu ne parlais que de lui.

Elle passa au russe, se reprit et continua en anglais.

— Quand tu es ivre, tu n'arrêtes pas de raconter que tu aimerais rentrer chez toi…

— Parce que tuer mon frère me rendrait ma place? s'esclaffa Lucas. Tu n'es pas idiote, Anya, même si la situation suggère le contraire. Regarde-moi! (Il écarta les bras autant que le lui permettaient ses menottes.) Des milliers de gens sont morts par ma faute. Si je n'ai pas appuyé en personne sur la gâchette, c'est moi qui ai fourni les armes et les balles. J'ai du sang sur les mains. Comment rentrer aux États-Unis après les crimes que j'ai commis? Après ce dont j'ai été complice?

Le menton d'Anya tremblait, tandis que mon cœur se serrait devant le chagrin sincère de Lucas. Elle murmura quelques mots dans sa langue natale et tendit le bras vers lui, mais il écarta sa main brutalement.

— Ne te flatte pas, ma chère, lâcha-t-il avec une colère froide destinée à la blesser. Je ne t'ai jamais aimée. Qui manifesterait de l'affection pour un simple outil?

Anya blêmit.

— Mais tu disais…

— Que signifient les mots? la coupa-t-il. Rien. Tu devrais le savoir. Ma patience est à bout, ton utilité aussi. Je n'ai plus besoin ni de toi ni de ton cinéma. Tu peux partir, maintenant, ajouta-t-il avec un revers de la main.

Wouah! J'étais partagée: j'avais détesté Anya quand nous étions en France, mais j'avais à présent de la peine pour elle… ce qui était stupide, étant donné tous les efforts qu'elle avait déployés pour nous causer du tort. Pourtant, en cet instant, j'avais du mal à admettre qu'une femme soit capable de ça.

Anya se redressa, essayant d'arborer son arrogance habituelle. Mais son regard en disait long sur sa souffrance. Sa froideur d'acier, qui la maintenait comme un carcan, avait disparu, laminée par les paroles de Lucas. Une larme roula sur sa joue.

— Je te donne tout, chuchota-t-elle avec un accent plus fort que d'ordinaire. Je deviens ce que tu exiges, je fais honte à ma famille et à moi-même, tout ça pour que tu m'aimes. Et là, tu prétends que c'était un mensonge?

Je me souvins des informations que j'avais soutirées sur Anya à Ethan. Jeremiah l'avait embauchée comme traductrice alors qu'elle n'était qu'une jeune fille. La beauté hautaine rencontrée à Paris avait de nouveau cédé la place à celle qu'elle avait dû être à l'époque, une gamine sans défense jetée dans la fosse aux lions. Et moi, allais-je finir comme elle?

— Nous autres, les Hamilton, nous abîmons tout ce que nous touchons, répondit Lucas avec un regard de pitié avant de se tourner vers moi. Tu as été prise dans la ligne de mire, dommage pour toi.

— Ce n'était pas censé se passer ainsi, murmura-t-elle. Il m'a dit que c'était ce que tu voulais, que…

Elle s'interrompit. Sa phrase sembla résonner longtemps dans le silence de plomb qui régnait.

— Qui donc? lancèrent les deux frères d'une même voix.

À ce moment-là, plusieurs événements se produisirent en même temps: les lampes s'éteignirent d'un seul coup, si bien que les fenêtres laissèrent entrer la lumière de l'extérieur, qui projeta des ombres menaçantes dans la pièce. C'est alors que je me rendis compte que la baie vitrée du salon, jusqu'alors opacifiée, ne l'était plus et ouvrait sur l'océan. Un petit bruit étouffé retentit, et Anya bascula en avant, un air surpris sur le visage. Quelqu'un m'attrapa brutalement et me repoussa dans la cuisine, où un corps lourd me plaqua derrière la table. Quelque chose siffla à mon oreille, un bocal explosa derrière moi et je poussai un cri d'effroi.

Dans le tumulte, certains plongèrent au sol alors que des gardes se ruaient hors du salon. L'un d'eux, un jeune, s'effondra par terre après un autre bruit étouffé. Ses camarades le tirèrent dans le hall.

— Que se passe-t-il? demandai-je en tremblant, le cœur battant tellement fort qu'il aurait pu s'échapper de ma poitrine.

— Le tueur.

Jeremiah – car c'était lui qui m'avait mise à l'abri – me serra fort contre lui. Le tireur fit feu une nouvelle fois, et la balle vint se ficher dans la table. Un des gardes quitta sa position pour se précipiter vers nous. Frappé en pleine course par un quatrième projectile, il pivota sur lui-même et s'écroula lourdement, presque à nos pieds. Une expression de peur étonnée traversa son visage, qui se détendit aussitôt après. Horrifiée, je compris que je venais d'assister à la mort de quelqu'un. Je faillis craquer.

— Respirez, m'ordonna Jeremiah.

J'obéis et libérai l'air que j'avais inconsciemment retenu. Jeremiah vérifia le pouls sur le cou du garde. Puis il s'empara de son oreillette.

— Ethan? Au rapport.

Le chef de la sécurité répondit. Sa voix était faible et lointaine, mais j'étais assez proche de Jeremiah pour l'entendre.

— Le système électrique a été saboté, y compris les générateurs de secours, expliqua-t-il. Nous essayons de les remettre en marche. Quelle est votre situation?

— Un sniper nous coince dans la cuisine. Il faut opacifier les vitres le plus vite possible pour que nous puissions filer.

— Bien reçu, lâcha Ethan après une pause. Randy sera là-bas d'ici deux minutes.

Jeremiah poussa un juron avant de retirer l'oreillette.

— Deux minutes, répéta-t-il ensuite. Autant dire une éternité.

— Te rendre visite est toujours un tel plaisir, frère !

Lucas s'était exprimé avec son ironie habituelle. Jeremiah tourna vivement la tête dans sa direction, mais il ne nous regardait pas. Il était entièrement concentré sur Anya, allongée au milieu du salon. Elle se tenait le ventre en gémissant. Lucas avait réussi à renverser la table basse et un fauteuil pour s'abriter, mais ils n'offraient pas de véritable protection. La jeune femme tendit le bras vers lui avec un sanglot.

— J'arrive, chérie.

Il redressa la tête pour jeter un rapide coup d'œil. Aussitôt, une balle troua le mur dans son dos. Il jura, scruta les alentours et s'empara d'un coussin.

— Ce serait plus facile sans les menottes, Jeremiah ! cria-t-il.

Son frère tira une clé de sa poche et la lui lança.

— Qu'est-ce que tu veux faire ? demanda-t-il.

— Risquer ma vie, sans doute, répliqua l'autre en libérant ses poignets. Souhaite-moi bonne chance.

Il projeta sur le côté le coussin, qui explosa en milliers de plumes. Mais Lucas bougeait déjà et tirait Anya derrière son abri. Une nouvelle balle transperça la baie vitrée. L'aîné des Hamilton grogna. Heureusement, il avait réussi à ramener la jeune femme avec lui, derrière la table. Deux impacts successifs touchèrent le bois épais avec un bruit sec, mais sans ressortir.

Prenant garde à bien rester caché, Lucas examina la blessure d'Anya. Rien qu'à son expression lugubre, je devinai que c'était grave. La jeune femme pleurait doucement, une main sur son ventre, l'autre tenant le bras de Lucas. De l'entrée nous parvint un hurlement assourdissant de Georgia.

— Taisez-vous, mère ! cria Jeremiah.

Le résultat fut très efficace. Était-ce pour sa vie ou pour celle de ses fils que cette femme avait cédé à l'hystérie ? Ce n'était pas le moment de se poser la question.

— Reste avec moi Anya, murmura Lucas.

Il retira sa chemise et la pressa contre la blessure. La jeune femme souleva des doigts faibles, couverts de sang. Des larmes coulaient sur ses joues, et la tristesse de son regard était insoutenable.

— Désolée, souffla-t-elle. J'aurais dû me douter. Je ne voulais pas…

— Chut, ne parle pas. Ça va aller.

Un mensonge éhonté. Même de là où je me tenais, je pouvais voir qu'Anya perdait beaucoup de sang, et, qu'elle était de plus en plus pâle.

— Je n'aurai jamais dû l'écouter, reprit-elle. Je voulais juste que tu sois heureux…

— Ça va aller, répéta Lucas, malgré la douleur qui se lisait dans ses yeux.

Il lâcha le vêtement trempé de sang qu'il pressait sur la blessure et prit le menton de la jeune femme.

— De qui parles-tu ? demanda-t-il. Il me faut son nom. Reste avec moi.

Elle ne répondit pas, le souffle court. Son corps se détendit soudain, sa main retomba sur sa poitrine.

— Je t'ai tout donné, haleta-t-elle. Ne m'oublie pas.

— Anya ! Reste avec moi ! Tu ne m'as jamais emmené chez toi. Comment s'appelle-t-elle, déjà, cette petite ville d'où tu viens ?

Elle semblait déjà ne plus l'entendre.

— Tout, redit-elle, les yeux fixant le vide. J'ai vendu mon âme…

— Anya ! Anya !

C'était fini.

Lucas frappa le sol de son poing rougi de sang tout en lâchant des injures. Une balle se planta dans le mur, derrière lui ; il ne réagit même pas. Sous sa colère, je vis l'expression d'un réel chagrin.

Anya paraissait maintenant tellement jeune et frêle. Malgré notre conflit, je n'avais pas souhaité sa mort. J'avais fini par entrevoir sa fragilité, et ses dernières paroles étaient comme un coup de poing dans l'estomac. J'imagine que c'était encore pire pour Lucas. Peut-être le méritait-il. Je ne pouvais m'empêcher de m'interroger sur les services qu'il lui avait demandés, sur la manière dont il l'avait manipulée, profitant des sentiments qu'elle avait eus pour lui, alors qu'ils n'étaient pas partagés. Pour la famille Hamilton, l'amour avait-il donc si peu de sens ?

Les lampes se rallumèrent, le courant avait été rétabli. Mais les fenêtres restèrent transparentes.

— Mettez-moi ces vitrages intelligents en marche ! cria Jeremiah.

L'instant d'après, le verre s'opacifia enfin. Mais le tueur n'en avait pas terminé avec nous.

Visiblement, il n'appréciait pas qu'on lui joue des tours et il se remit à tirer dans la baie, surtout autour de Lucas et d'Anya.

— Allez-y ! me souffla Jeremiah.

En me relevant, il me poussa en courant vers le hall d'entrée, à moins de trois mètres de nous, me faisant un rempart de son corps, jusqu'à ce que nous soyons en sécurité. Lucas nous rejoignit très vite.

Georgia se trouvait à l'autre extrémité du hall, retenue par un garde. Son affolement se dissipa quand ses fils franchirent la porte, mais elle pâlit à la vue du sang qui maculait les vêtements de l'aîné. En se libérant, elle marcha vers lui, mutique. Il l'arrêta d'une main.

— Ce n'est pas le mien, lâcha-t-il d'une voix morne.

La mort d'Anya l'avait sans doute vidé de toute émotion. Pour l'instant du moins.

Sa mère parut hésiter. Était-elle tentée de réparer les choses entre eux en lui manifestant son affection, en le prenant dans ses bras? Mais elle releva le menton et remit son masque arrogant. Décidément, tous les membres de ce clan s'efforçaient de dissimuler ce qu'ils ressentaient, comme s'ils redoutaient qu'on s'en serve contre eux. Ils avaient peut-être eu de bonnes raisons d'agir ainsi dans le passé.

Ethan surgit du dehors, suivi d'un de ses hommes qui téléphonait sur un portable.

— Nous avons remis en marche les générateurs, mais nous allons avoir du boulot pour réparer les dégâts du système principal, annonça-t-il. Nous avons trois blessés dehors, les secours sont en route.

— Ici aussi, nous avons des blessés, et au moins un mort, répondit Jeremiah. Conduisez les personnes touchées à l'étage et veillez à ce que toutes soient soignées.

Il me poussa vers Ethan.

— Occupez-vous d'elle et de mon frère, précisa-t-il. Il n'y a pas de temps à perdre.

— Monsieur?

— Nous devons attraper ce tireur avant qu'il nous échappe encore une fois.

Il se tourna vers moi et ajouta:

— Restez avec Ethan. Obéissez-lui sans discuter.

Je me forçais à le lâcher. J'avais très envie de le retenir à l'intérieur, en sécurité, mais j'avais conscience que rien ne l'arrêterait. Il avait besoin de retourner au front, de traquer l'ennemi. Il se moquait d'être la cible principale du tueur. Je ravalai ma peur.

— Promettez-moi de rester en vie, murmurai-je.

Mes paroles adoucirent un peu sa raideur, qu'il y ait trouvé du soulagement ou je ne sais quoi d'autre. Il m'embrassa sur le front pendant qu'on amenait les gardes blessés.

— Je reviendrai pour vous, je vous le promets, souffla-t-il avant de sortir.

— Installez-les là-haut ! ordonna Ethan à ceux qui aidaient les blessés.

— Génial, marmonna Lucas avec un air buté. Voilà que mon baby-sitter est Captain America ! Hip hip hip hour...

Pivotant sur ses talons, Ethan envoya son poing dans la figure de Lucas, qui s'écroula par terre.

— Ça me démangeait depuis des années, grommela-t-il.

— Vous étiez vraiment obligé ? dis-je en m'approchant de l'aîné des Hamilton. Il n'était pas une menace...

Soudain, une main me saisit par la nuque et un mouchoir fut plaqué sur ma bouche. Surprise, je me débattis et essayai de hurler. Au lieu de quoi une odeur sucrée écœurante envahit mes narines. Presque aussitôt, la pièce se mit à tanguer, j'entendis Ethan chuchoter un « Désolé », et mes jambes se dérobèrent sous moi.

J'eus le temps de me dire que ce mot avait été trop souvent prononcé aujourd'hui, puis je perdis connaissance.

Mon rêve était étrange. J'étais incapable de déterminer si je volais ou si je tombais. Des nuages défilaient à vive allure devant moi, je me trouvais aussi haute dans le ciel que si j'avais été à bord d'un avion. Je tenais quelque chose entre les bras – peut-être était-ce à l'origine de ma chute –, mais je n'avais pas peur. Le sol se rapprochait, et pourtant j'étais bien. Sans savoir pourquoi.

La présence d'une personne bien réelle fouillant dans mes poches me tira de mon songe. Une nausée me secoua, sans doute des restes de mon rêve, puis je me rendis compte que je bougeais, allongée sur le côté. Mes mains étaient liées à mes genoux, mes pieds également entravés, et je me trouvais en équilibre instable sur la banquette arrière d'une voiture que je ne connaissais pas. Quand je tentai de m'asseoir, je m'aperçus que j'étais attachée aux ceintures de sécurité.

L'homme assis au volant tapotait sur un portable. Comme il ne semblait pas s'être aperçu que j'avais repris conscience, j'en profitai pour observer autour de moi, malgré ma somnolence. Tout était tendu d'un cuir noir luxueux, avec une odeur de neuf. La banquette était étroite, laissant peu de place pour les jambes, et j'étais obligée de me recroqueviller pour tenir dessus. J'en déduisis qu'il s'agissait d'une voiture de sport. Le vrombissement d'un moteur puissant confirma mes soupçons. Je me tournai pour regarder le ciel couvert à travers la vitre. Le cuir du siège crissa et le chauffeur me regarda. Mon cœur fit un bond lorsque j'identifiai ce visage familier.

— Ethan?

Il se remit à fixer la route. Quand il jeta le téléphone sur le siège d'à côté, je me rendis compte qu'il s'agissait du mien, celui que Jeremiah m'avait offert à Paris.

— La fille est réveillée?

Au son de cette voix, j'ouvris grand les yeux. Il n'y avait pourtant que nous deux dans la voiture. Ethan ne sembla pas étonné, mais il serra les mâchoires.

— Les effets du sédatif n'ont pas duré, répondit-il avec colère, comme s'il lui en coûtait de parler.

Soudain, mon mobile sonna, et Ethan sursauta.

— Qu'est-ce que c'est? demanda la voix qui venait de nulle part, avec un léger agacement.

— Le portable de la fille.

Ethan le prit et regarda l'écran.

— Jeremiah, ajouta-t-il platement.

Mon cœur bondit. La gorge serrée, je me mordis les lèvres pour ne pas crier.

— Répondez et mettez le haut-parleur, ordonna la voix désincarnée.

Ethan obéit. Sans lui laisser le temps d'ouvrir la bouche, j'appelai Jeremiah.

— Lucy! Où êtes-vous?

Le froid qui me saisissait depuis que j'étais sortie de mon brouillard s'estompa un peu. Il s'exprimait avec force et assurance, or j'avais un besoin fou d'être rassurée.

— Sur la banquette d'une voiture, m'exclamai-je, pas très fière de mon ton suppliant, mais désireuse de lui en apprendre le plus possible. Une voiture de sport à l'intérieur tout en cuir noir. Je ne vois qu'un ciel nuageux. Ethan est avec moi.

Je m'arrêtai, indécise sur la façon d'annoncer mon enlèvement. Je croisai le regard du responsable de la sécurité, qui soupira lourdement.

— Désolé Jeremiah.

— Ethan? gronda mon patron.

Je ne savais pas si son ton trahissait de la surprise, de la rage, un sentiment de trahison ou de la déception.

— Il tient Celeste, enchaîna mon chauffeur.

L'inquiétude d'Ethan était palpable, sa bouche s'était crispée.

— Depuis quand? demanda Jeremiah après avoir juré.

— Je ne sais pas. Il m'a contacté pendant que vous vous disputiez avec votre famille. Vous savez que je suis prêt à tout pour elle.

— Alors, vous avez pensé à ça, hein? rugit Jeremiah, et cette fois sa fureur était parfaitement audible. Vous avez laissé trois hommes mourir parce que…

— Non, se défendit Ethan avec véhémence. Ce n'était pas moi, ça. Je ne savais rien avant ce coup de téléphone, et l'électricité a été coupée avant. Je vous jure sur ce qu'il me reste d'honneur que je ne suis pour rien dans l'attaque.

— Et vous vous voulez que je vous fasse confiance alors que vous avez enlevé ma… Où allez-vous?

— Procéder à l'échange.

— Ethan!

— Vous feriez la même chose pour elle, inutile de nier. (Ethan me jeta un coup d'œil dans le rétroviseur et eut un rire sec.) Tout ça me rappelle le Kosovo.

Un silence accueillit ces mots, puis Jeremiah répéta:

— Non, Ethan.

— Quand ce sera fini, n'en veuillez pas à Celeste. C'est moi qui ai pris cette décision. Je raccroche. Au revoir, Jeremiah.

— Attendez, Ethan…

Mais ce dernier avait ramassé le téléphone et coupé la communication.

— Jetez l'appareil par la fenêtre.

La voix doucereuse me fit sursauter. Ethan s'exécuta. Inspectant autour de moi, j'aperçus des haut-parleurs près de ma tête. C'était par là que nous parvenaient les ordres de celui qui semblait être derrière tout ça. Même si j'étais soulagée qu'il ne soit pas avec nous, j'eus l'intuition que je n'allais pas tarder à le rencontrer.

— Qu'est-il arrivé au Kosovo? demanda-t-il sur le ton de la conversation.

— Nous avons été trahis par un informateur, répondit Ethan d'une voix neutre. Nous avons découvert plus tard que notre cible avait kidnappé la femme et les enfants de l'homme qui nous a lâchés pour sauver les siens.

— Ont-ils survécu ?

— Non.

— Dommage. Quoi que… le crime de cet homme méritait d'être puni. La trahison est le pire des péchés, vous ne trouvez pas ?

Ethan serra les mains sur le volant mais se garda de répondre à la provocation.

— Qu'allez-vous faire de la fille ? lança-t-il au bout d'un moment.

— La tuer, puis tuer votre ami quand il viendra à son secours.

Je gémis et fermai les yeux pour retenir mes larmes. Quand je les rouvris, je constatai que le garde du corps me dévisageait dans le rétroviseur.

— Et si je ne vous l'amène pas ?

— Je liquiderai votre précieuse épouse. Mais pas tout de suite. C'est une ravissante petite chose pour qui aime les rousses…

Les doigts d'Ethan se crispèrent sur le volant.

— Espèce de…

À l'autre bout du téléphone, des bruits résonnèrent, puis une femme poussa un hurlement de douleur. Celeste ! La voiture fit une embardée.

— Assez ! rugit Ethan.

Les cris cessèrent, mais on entendait en arrière-fond des sanglots tout aussi bouleversants.

— Si vous tenez à ce que j'arrête d'abîmer votre femme, ne m'insultez plus, reprit la voix, qui avait perdu toute teinte d'ironie. Compris ?

— Compris, gronda Ethan, impuissant.

Affolée, je haletais.

— Ethan, pitié ! chuchotai-je.

L'idée de ce qui m'attendait me tétanisait, je peinais à parler. Je n'avais aucune envie de mourir.

— Débrouillez-vous pour qu'elle se taise ! lança le tueur.

Je m'agitai sur la banquette. Ethan attrapa un chiffon sur le siège passager et le plaqua sur mon nez et ma bouche. J'eus beau retenir ma respiration et me débattre, il ne broncha pas. Des points rouges commencèrent à danser devant mes yeux – j'avais du mal à respirer. Un sanglot m'échappa. De nouveau cette odeur douceâtre… La seconde suivante, je perdais une nouvelle fois connaissance.

Cette fois-ci, je ne rêvai pas.

21

J'ignore combien de temps je restai inconsciente. Les mouvements de la voiture me tirèrent du sommeil dans lequel la drogue inhalée m'avait replongée. Mais je ne me réveillai vraiment que lorsque le véhicule s'arrêta. J'entendis le bruit d'une portière qu'on ouvrait, puis celui d'un siège qu'on baissait. Quelqu'un attrapa mes jambes. D'instinct, j'essayai de lutter – sans beaucoup de vigueur ni d'efficacité. Une fois extirpée de la voiture, je me retrouvai en équilibre sur une épaule solide. L'océan était proche, l'air chargé d'humidité. Je frissonnai très vite sous mes vêtements légers.

— Vous allez pouvoir tenir debout? grommela Ethan.

Malgré ma nausée, je réussis à murmurer un oui. Le monde chavira quand mon ravisseur me posa doucement sur mes pieds, à côté de la voiture. Je titubai et dus me retenir à la carrosserie. Je me forçai à scruter les alentours. Des mouettes volaient en poussant des cris plaintifs. Le ressac s'abattait sur la berge, mais il était impossible de distinguer la rive opposée à cause du brouillard qui flottait. Des bâtiments industriels s'alignaient le long de la route côtière, étroite et cotonneuse. La brume s'étirait au-dessus de l'asphalte défoncé; cela ne m'empêcha pas de repérer un autre véhicule, le capot tourné vers nous, à quelques mètres de là. Menaçant.

— Est-ce…

Je repérai un mouvement et vis qu'Ethan avait une arme au poing. Je retins mon souffle. Croisant mon regard, il m'adressa un geste imperceptible du menton. Il garda son pistolet pointé vers le sol, le dissimulant derrière moi.

— Où est ma femme? lança-t-il en direction de notre voiture.

La portière de l'autre véhicule s'ouvrit, confirmant mes pires craintes. Une mince silhouette en sortit d'un pas mal assuré.

— Ethan? appela Celeste d'une toute petite voix.

— Je suis là, répondit-il.

Je sentis que sa tension lâcha quand Celeste tourna la tête vers nous. Lorsqu'elle approcha en vacillant, je vis qu'elle était menottée et aveuglée par un bandeau.

— Attendez qu'elle vous ait rejoints, dit alors le tueur de sa voix onctueuse à travers les haut-parleurs.

Je serrai les poings et me mordis la lèvre. Un cliquetis résonna, sans doute Ethan qui armait le chien de son pistolet. Malgré ma peur, j'étais décidée à ne pas craquer.

— Le moment est sûrement bien choisi pour vous prévenir que votre femme porte une bombe, reprit l'assassin.

Ethan respira profondément et resserra sa prise autour de mon bras. L'homme reprit la parole, plus réjoui que jamais.

— Sachez, si vous envisagez de jouer les héros, que la première victime sera votre chère et tendre épouse. Alors merci de ranger l'arme que vous cachez derrière Mlle Delacourt. Avant que le doigt me… démange.

Ethan leva aussitôt les mains, dévoilant son pistolet qu'il jeta ensuite à l'intérieur de sa voiture.

— Tu y es presque, chérie, dit-il pour encourager sa femme.

Celeste venait vers nous en se guidant à la voix de son mari. Elle manqua de tomber deux fois, d'autant que ses mains liées dans le dos ne l'aidaient pas à garder l'équilibre. C'était une scène terrible.

— À votre avis, en combien de temps pensez-vous réussir à mettre votre femme hors de portée? demanda la voix au ton arrogant. Une petite devinette... La bombe est-elle déclenchée par un signal radio ou un portable? Vous n'avez droit qu'à une seule réponse. Et n'essayez pas de vous servir de votre voiture, qui sait si cela ne déclencherait pas l'explosion...

Un rire lugubre retentit.

— À quelle distance serez-vous en sécurité? reprit la voix. À moins que je décide de jouer au traître que vous m'avez accusé d'être.

Ethan gronda, mais continua à guider sa femme vers nous d'un ton posé et ferme. Elle-même répondait à ses appels par de petites phrases apeurées. Elle finit par être assez proche pour qu'Ethan passe devant moi et l'enlace. Une marque rouge était visible sur sa pommette, une brûlure de cigarette apparaissait sur son épaule. Pour le reste, elle semblait ne rien avoir. Elle éclata en sanglots quand son mari la serra avec force et l'embrassa sur le front. Il lui ôta son bandeau et la souleva dans ses bras.

Soudain, Celeste m'aperçut.

— Que fait Lucy ici? s'exclama-t-elle d'une voix qui n'avait plus rien de faible.

Ses yeux se posèrent sur mes menottes, elle fixa Ethan d'un regard surpris et inquisiteur.

— Mon doigt me démange, lança l'assassin avec impatience.

L'horreur se peignit sur le visage de Celeste.

— Non ! cria-t-elle. Tu ne peux pas la laisser là !

Ethan ne répondit pas et l'entraîna à l'écart. Elle protesta vigoureusement, mais, frêle et menottée comme elle l'était, elle ne faisait pas le poids. Je les observai qui s'éloignaient aussi vite que la claudication d'Ethan le lui permettait. Une sorte d'engourdissement m'envahit. Désormais, j'étais seule au monde et sur le point de mourir. Comment en étais-je arrivée là ?

La portière de la seconde voiture s'ouvrit et un homme sortit. Ses vêtements étaient décontractés, seul un léger blouson de cuir le protégeait du froid mordant. Son pantalon claqua dans le vent quand il s'approcha de moi. Malgré le temps couvert, il portait des lunettes de soleil à monture légère. Bizarrement, je notai qu'il était plutôt beau, mais sans rien de vraiment remarquable, le genre de visage agréable auquel on ne prête pas vraiment attention. Je fus toutefois certaine que je ne l'oublierais pas – si je m'en sortais, bien entendu.

Adossée à la voiture d'Ethan, je le laissai venir sans tenter de fuir. J'avais les jambes coupées, prête à m'évanouir sous l'effet de la peur, mais je m'obligeai à le regarder en face, essayant de faire preuve du même sang-froid dont Jeremiah était capable. Pas facile, surtout quand l'homme fut assez près pour me toucher. Il m'examina en silence ; je soutins son regard, le cœur battant.

— Il est rare que je rencontre mes cibles en face-à-face, finit-il par lâcher en haussant un sourcil. Bien sûr, il est également rare qu'elles soient en vie pour raconter l'expérience. À dire vrai, l'idée d'assister de si près à vos derniers instants ne me déplaît pas.

Il partit d'un rire creux et morne.

— Il va de soi que vous n'étiez pas ma cible avant de survivre à mon poison. Petite maline.

Un frisson me secoua. Derrière ses lunettes, ses yeux étaient deux flaques noires et mortes. Je serrai les lèvres pour ne pas laisser passer le moindre son. J'avais beau être bien décidée à ne pas supplier, l'idée de ma mort imminente me donnait des vertiges.

— Bon, reprit le tueur en consultant sa montre, ce n'est pas que je m'ennuie avec vous, mais nous avons moins de dix minutes avant que tout le monde débarque. Moins de six même, s'ils ont réussi à équiper l'un de vous deux d'un mouchard que je n'aurais pas repéré. Ces usines forment un labyrinthe difficile d'accès, même avec une carte.

Il saisit dans son dos un revolver noir dont il caressa le barillet sans me quitter des yeux. Voyant que je l'observai, il haussa les épaules.

— Que vous et votre employeur ayez échappé à ma tentative d'empoisonnement a été un coup dur pour moi. J'apprends de mes erreurs. Je ne compte pas réutiliser cette méthode.

J'essayais désespérément de contrôler ma respiration. Une dizaine de scénarios susceptibles de me tirer de cette situation défilaient dans ma tête : l'affronter au corps à corps, courir, plonger dans la mer… Sauf que, à chaque fois, je perdais. La sérénité qu'il affichait révélait tout ce que j'avais besoin de savoir : il était bien plus doué pour traquer ses proies que je ne l'étais pour lui échapper, surtout en terrain découvert. La torpeur m'envahit quand il arma son revolver. C'était donc terminé ? Je finirais donc comme un simple appât, destiné à attirer Jeremiah dans un piège mortel ?

L'homme vissa un silencieux à l'extrémité du canon de son arme. Inclinant la tête, il me regarda.

— Vous ne manquez pas de cran, commenta-t-il. La plupart des gens seraient en train de me supplier de les épargner.

Je m'y serais résolue si j'avais cru que ça pouvait être efficace. Le vent forcit, les vagues s'abattaient sur la jetée en bois. Je ne tremblais plus, maintenant que j'étais sur le point de mourir.

— Si je préfère pour ma part le face-à-face, mes cibles ont généralement tendance à se sauver, ce qui m'oblige à leur tirer dans le dos. C'est agaçant. Ça me prive de mon honneur et de mon plaisir.

L'homme leva le revolver devant mon visage.

— Ne vous inquiétez pas, ma chère, vous reverrez votre milliardaire chéri très bientôt…

Au même moment, quelque chose siffla à mon oreille et l'assassin tourna sur lui-même avant de s'effondrer par terre. Hébétée, je le regardai se tordre à mes pieds. Il poussait des grognements de douleur et se tenait l'épaule. Je repris mes esprits et m'apprêtais à courir quand une main saisit ma cheville, m'expédiant à mon tour sur le sol. Je m'écorchai les genoux – pour la première fois depuis mon enfance –, mais je parvins à amortir ma chute avec mes mains – merci, Ethan, de les avoir liées devant et non dans mon dos. On m'agrippa les cheveux avec une violence qui m'arracha un cri, et je fus tirée en arrière, me retrouvant couchée sur le tueur.

— L'enfoiré ! marmonna-t-il.

Il brandit alors une petite télécommande avec des boutons rouge et bleu, qui ressemblait à celles qu'on utilise pour les voitures. Horrifiée, je me rendis compte qu'il allait déclencher la bombe que portait à Celeste.

— Non !

Je tentai de lui arracher l'appareil. Apparemment, les choses ne se passaient pas comme il le voulait. Soit Ethan avait trahi le tueur, soit la cavalerie était arrivée plus tôt que prévu. Aucune importance pour le moment, l'essentiel était que je l'empêche d'appuyer sur le détonateur. L'air paniqué de Celeste et ses suppliques pour qu'Ethan ne m'abandonne pas me revinrent à l'esprit... Non, je ne pouvais pas la laisser mourir comme ça. Pas sans me battre en tout cas.

L'homme ne s'était pas attendu à ce que je résiste, et je réussis presque à lui prendre l'appareil avant qu'il commence à se débattre. Il n'avait plus qu'un bras, l'autre était blessé au niveau de son épaule ensanglantée. De mon côté, j'étais toujours menottée. Bref, nous étions presque à égalité. J'avais compris qu'il m'utilisait comme bouclier contre celui qui lui avait tiré dessus. Il serra l'une de ses jambes autour de ma taille et essaya de se défaire de ma prise sur la télécommande. Je réussis à lui résister et j'allais la jeter à l'eau quand il me donna un coup de coude au visage. La douleur explosa à travers mon crâne. Sonnée, j'eus un temps d'hésitation et il en profita pour tenter à nouveau de me reprendre l'appareil. Les oreilles bourdonnantes, je me débattis, mais un second coup de coude, cette fois-ci dans la poitrine, me fit suffoquer. Affaiblie, je ne pus tenir plus longtemps. Une grimace triomphale et furieuse déforma son visage et il pressa sur le bouton rouge.

Rien.

Il cligna des yeux et examina la télécommande. Il appuya encore une fois, sans résultat.

— Merde ! lâcha-t-il, soudain abattu.

Je fracassai alors ma tête sur son nez et sa bouche. L'impact me secoua, mais sa prise se relâcha et je pus rouler sur le côté. Tournant la tête, il croisa mon regard, leva son arme et la pointa vers moi.

Au même moment, l'arrière de son crâne explosa, et il retomba sur l'asphalte.

Tremblant de tous mes membres, hors d'haleine, j'étais incapable de détacher mes yeux du spectacle. La panique menaçait de me paralyser, des sanglots étouffés commençaient à me submerger. Je me relevai, la poitrine encore douloureuse. Mais je ne pleurais pas, toujours en proie à cette sorte d'hébétude qui m'avait envahie depuis le début. Je ne pouvais que fixer le tueur, les débris humains autour de moi, en me disant que j'allais vomir.

Je ne sais pas combien de temps je restai ainsi. J'entendis le crissement de pneus sur le goudron. Tétanisée, j'aperçus une berline et un SUV noirs qui approchaient. Des hommes en descendirent et se groupèrent autour des corps. Ils portaient ces uniformes sombres que je connaissais maintenant depuis une semaine. Personne ne vint vers moi. Un homme ramassa avec précaution la télécommande qui avait échappé au tueur quand il avait été abattu. J'avais envie de les avertir, de leur dire d'être prudents, mais je n'arrivais pas à détourner mes yeux de l'homme à terre au visage figé dans une expression de surprise.

Le vrombissement des pales d'un hélicoptère se fit entendre ; cette fois-ci, je réussis à lever les yeux. Un homme de haute taille était perché sur l'un des patins de l'appareil. Il sauta et courut vers moi. Le long fusil qu'il portait en bandoulière rebondissait à chacun de ses pas. Il s'agenouilla près de moi et me pris dans ses bras.

Mon corps tressauta et le torrent de mes émotions jusqu'alors prisonnières se déversa. Jeremiah m'enlaça avec tendresse ; je m'agrippai à lui de toutes mes forces et il m'aida à monter dans le SUV.

Le trajet se fit dans le silence, et j'en fus reconnaissante à Jeremiah. Il me serrait contre lui et caressait mon dos et mes bras avec une douceur apaisante. Rien d'ambiguë, rien d'exigeant non plus ; juste, peut-être, un peu de possessivité protectrice, qui me convenait très bien après l'épreuve que je venais de traverser. Je n'avais toujours pas la force de crier ni de pleurer. Je ne voulais qu'une chose : me rouler en boule dans une chambre obscure, loin du monde, pour tenter d'oublier les heures que je venais de vivre.

Des scènes terribles envahissaient mon esprit : le garde mourant devant moi dans la cuisine, les derniers instants d'Anya, les plaintes de Celeste qu'Ethan entraînait malgré elle vers une sécurité qu'il m'avait refusée, le crâne du tueur éclatant dans une explosion de matières sanguinolentes... Quand je découvris sur ma manche une tache de ce que je pris pour du sang, je devins folle et voulus arracher le tissu. Seule la voix grave de Jeremiah et ses mains fermes me retinrent de sombrer dans l'hystérie.

Tout espoir de solitude s'envola quand je découvris la file de véhicules stationnés devant la maison et le nombre de silhouettes en uniformes qui montaient la garde, près du portail. Je résistai quand on ouvrit la portière, ne voulant pas me retrouver de nouveau au milieu d'un tel tumulte. Je m'accrochai au cou de Jeremiah. Il me porta dehors, ses lèvres effleurèrent mon oreille et son haleine tiède caressa ma peau quand il me demanda :

— Pouvez-vous marcher seule ?

Je fus tentée de répondre non pour profiter aussi longtemps que possible de son étreinte réconfortante. Pourtant, j'acquiesçai, un vestige de mon esprit d'indépendance me dictant de me contrôler. Jeremiah ne me lâcha qu'une fois dans le hall d'entrée. Je vacillai un instant et me tins à lui, ce qui ne parut pas le gêner.

— Qui sont tous ces gens ? demandai-je enfin en me raclant la gorge.

Ma propre voix sonna rauque à mes oreilles. Sûrement à cause de mes cris, un peu plus tôt.

— Des policiers. Venus embarquer mon frère.

Jeremiah pinçait la bouche, et je ne sus s'il approuvait ou non que Lucas soit arrêté. Pour ma part, cela me désola. Debout dans le hall, ce dernier fixait la housse renfermant le corps d'Anya; deux employés du médecin légiste la soulevèrent et l'emportèrent. Lucas avait l'air épuisé. Il les suivit des yeux, puis me regarda, et une lueur de soulagement éclaira son visage.

— Heureux de voir que vous êtes en vie, ma chère, me dit-il avec un petit signe du menton. Cette débâcle a déjà fait trop de victimes.

— Merci pour votre aide, soupirai-je. Je suis désolée que ça se termine comme ça pour vous.

— Je savais le risque que je prenais en venant ici, répondit-il avec un haussement d'épaule et un demi-sourire. Mais j'apprécie vos paroles. C'est… gentil.

Je fronçai les sourcils. Ces mots étaient-ils une insulte ou un compliment? Mon air sceptique parut l'amuser.

— Au revoir, belle dame, me lança-t-il tandis que deux policiers en civil l'entraînaient. J'espère recroiser votre chemin très bientôt.

Jeremiah s'interposa.

— Frère…

Lucas secoua la tête.

— Tais-toi. Inutile de t'excuser ou de me condamner. Je préfère ne rien entendre. Maintenant que la vérité a été exprimée, que chacun de nous vive en assumant la responsabilité de ses actes.

Les deux hommes se dévisagèrent un instant; dans la lumière finissante du jour, leurs profils étaient d'une ressemblance frappante. Jeremiah finit par s'écarter et Lucas fut emmené, sans un mot de plus, dans une voiture qui attendait dehors. Déçue, je regardai le véhicule s'éloigner.

— Où est ma mère ? demanda Jeremiah à l'un des gardes.

— Elle a été rapidement interrogée par la police, qui l'a ensuite libérée, monsieur. Elle est partie.

Le P.-D.G. soupira. Je plissai le nez. J'avais espéré mieux de cette femme odieuse ; il faut croire que les vieilles habitudes ont la vie dure. Je posai une main réconfortante sur le bras de Jeremiah, puis sursautai en découvrant une silhouette familière qui venait à notre rencontre.

Si Ethan montrait une mine prudente, il n'était pas menotté. À ma grande surprise. En revanche, aucune trace de Celeste. J'aurais aimé savoir si elle allait bien, mais je m'obligeai au silence.

— Content de voir que vous allez bien, dit Ethan.

Méfiante, je me collai à Jeremiah. Même si je ne connaissais pas ses raisons de m'avoir enlevée, que je comprenais qu'il avait été pris entre le marteau et l'enclume, je n'étais pas en état de pardonner Ethan. Le revoir ravivait le souvenir du bandeau collé contre ma bouche, du goût douceâtre dans ma gorge, de la terreur ressentie quand il m'avait abandonnée à mon sort.

— Merci, lança Jeremiah à côté de moi.

Il me serra contre lui et ne se détendit pas.

— Sans vous, ça aurait pu mal tourner, ajouta-t-il.

— Oui, acquiesça le responsable de la sécurité. J'ai trouvé un gros congélateur dans l'un des bâtiments. Il a bloqué le signal assez longtemps pour que je puisse désarmer Celeste. J'ai appris que je vous devais d'avoir eu plus de temps, ajouta-t-il à mon intention. Merci.

Perdue, je me tournai vers Jeremiah. Ethan nous avait aidés ? Comment ?

— Le Kosovo, m'expliqua mon patron, devinant ma question et ne quittant pas des yeux son ancien camarade de combat. Notre informateur d'alors nous avait attirés dans un piège et ses faux renseignements avaient provoqué la mort de plusieurs hommes. Mais il avait tout de même entré les coordonnées de notre mission sur son portable pour que nous puissions la remplir. Je suis heureux que, cette fois-ci, nous nous en soyons mieux tirés.

Ethan haussa les épaules d'un air dégagé, mais sans joie.

— Celeste est furieuse après moi, lâcha-t-il. Vous avoir laissée entre les mains de ce tueur risque de me coûter mon mariage, ajouta-t-il en me regardant.

Une partie de moi l'aurait volontiers réconforté – j'avais été témoin de l'amour qu'il éprouvait pour son épouse –, mais je ne fus pas capable de prononcer un mot. L'épreuve était trop récente, trop de sensations et de souvenirs négatifs se mêlaient pour que je reste à l'aise en présence de cet homme. D'ailleurs, il s'en rendit compte, et je lus des regrets dans son regard.

— Désolé de ne pas avoir su faire autrement, dit-il.

Au même moment, Jeremiah avança et frappa de son poing la mâchoire d'Ethan, qui craqua violemment. Le responsable de la sécurité vacilla avant de tomber à la renverse.

— Vous êtes viré, lui lança Jeremiah.

Je faillis protester.

— Je m'attendais à pire, finit par acquiescer Ethan.

Jeremiah l'aida à se relever.

— Si vous avez encore droit à mon respect, lui dit-il, vous avez perdu ma confiance. Rassemblez vos affaires et quittez la propriété. Nous réglerons les formalités plus tard.

Ethan opina avant de s'adresser à moi :

— Même si ça valait le coup, je vous prie d'excuser mes actes.

— Votre femme avait été kidnappée ! protestai-je, étonnée moi-même. Vous avez suivi votre instinct tout en réussissant à prévenir les autres pour qu'ils me sauvent.

J'eus du mal à poursuivre. Étais-je vraiment en train de lui pardonner?

— J'espère que ça s'arrangera entre vous et Celeste, conclus-je assez platement.

Je ne pus aller jusqu'à l'absoudre. Sa présence me rendait nerveuse. Je me rapprochai de Jeremiah. Une vague de tristesse passa dans le regard d'Ethan.

— Prenez soin de lui, lâcha-t-il avant de s'en aller.

J'observai Jeremiah qui fixait la porte par laquelle son vieil ami venait de sortir. Il se tourna vers moi. Une fois encore, je fus frappée par sa beauté. Je levai une main pour caresser sa joue; il la prit et y déposa un doux baiser qui déclencha des frissons dans tout mon corps. Sans réfléchir, je nouai mes bras autour de son torse et enfouis mon visage dans sa poitrine pour étouffer les sanglots qui menaçaient de me submerger. Désormais, j'étais en sécurité.

Je compris alors que j'étais folle amoureuse de cet homme. Sans l'ombre d'un doute. Cette évidence me secoua au point de me donner le vertige. Oui, j'étais éprise de cet homme dur et pourtant tendre, que j'avais rencontré il y avait si peu de temps. Même la partie raisonnable de mon cerveau, celle qui s'était révoltée devant une telle éventualité, acquiesça en silence.

Jeremiah passa un bras autour de mes épaules et embrassa mes cheveux. Au même moment, des bruits de pas se firent entendre. C'était le jeune garde de tout à l'heure, manifestement mal à l'aise.

— Monsieur?

— Oui, Andrew? répondit Jeremiah.

L'homme déglutit.

— Les policiers sont à la grille, finit-il par annoncer en se mettant au garde-à-vous, comme s'il puisait plus d'assurance dans cette position. Ils viennent chercher votre frère.

Je sursautai. Jeremiah pâlit, puis jura.

En baissant la tête, je cachai un sourire. Lucas avait réussi à tromper son monde !

22

Les liens de cuir froid autour de mes poignets étaient serrés. Souples, ils n'irritaient pas ma peau, mais j'avais dû les endurer toute la nuit et pendant la plus grande partie de la matinée. Malgré ma position inconfortable, j'étais trop happée par d'autres sensations pour y prêter attention. La lumière filtrait légèrement à travers les lourdes tentures, mais la pièce restait assez sombre et isolée, l'idéal pour abriter ce à quoi nous étions occupés.

Les lèvres de Jeremiah descendirent le long de mon dos, ses dents mordirent doucement ma peau lorsqu'il remonta. Il glissa un genou entre mes jambes et, le souffle court, je sentis son membre long et dur appuyer contre ma cuisse. Sa main caressa mes cheveux, tandis qu'il couvrait de baisers mon oreille et mon cou, sans cesser de me mordiller. Je soulevai les hanches dans une supplique muette. Répondant à mon désir, il me pénétra avec aisance.

Fermant les yeux, je poussai un soupir ravi. Nous avions fait l'amour de façon fébrile et passionnée. À présent, quelques heures plus tard, notre avidité mutuelle s'était estompée et l'assouvissement de notre plaisir en était facilité. Jeremiah avait exigé que je reste attachée à la tête de lit, un de ses fantasmes les plus forts, et jamais je ne m'y serais opposée. Son autorité, la domination qu'il exerçait sur moi m'aidaient à chasser mes mauvais souvenirs. Entre ses bras, je ne risquais rien, et cette idée renforçait ma jouissance de ces moments passés ensemble.

Sans cesser d'aller et venir en moi, il tâtonna et, soudain, le vibromasseur qu'il avait mis en place se remit en marche. J'étouffai un cri, tandis que mon amant me hissait sur les genoux. Il s'enfonça plus fort, griffant mon dos de ses ongles. J'agrippai la tête de lit.

— Si belle, murmura-t-il en caressant mes fesses. Tout en vous m'excite.

Je me mordis les lèvres, enchantée de ce compliment, et tendis mon cul. Sa verge me transperça et je retins un gémissement. Les mains accrochées à mon bassin en guise d'ancrage, il multiplia ses coups de reins, retrouvant soudain de l'énergie. Agrippée au bois du lit, je me laissai aller à geindre librement. À chaque mouvement de Jeremiah, le petit engin placé de façon à ne pas gêner la pénétration provoquait des vagues de sensations dans mon corps, me rapprochant toujours plus près de l'orgasme. D'autres jouets se trouvaient sur la table de nuit – des fouets, des plumes, des godemichets et d'autres dont j'ignorais le nom –, mais mon amant se contentait des menottes et du vibromasseur, qui suffisaient amplement. J'étais épuisée et courbatue, et pourtant aussi insatiable que cet homme en moi.

Ses mouvements se firent plus saccadés, signe qu'il était sur le point de jouir. Mon corps fatigué se raidit, prêt lui aussi à atteindre un nouvel orgasme. L'haleine tiède de Jeremiah effleura mon cou, sa barbe rêche griffa mon épaule. D'une main, il pressa le vibromasseur au cœur du centre de mon plaisir et je jouis avec un cri étranglé. Me relâchant, je m'allongeai sur mes bras, la peau cuisante des sensations extrêmes auxquelles j'avais eu droit toute la nuit.

Jeremiah s'effondra sur moi et j'accueillis avec bonheur son poids, qui m'enfonça dans le matelas. J'adorais ce contact lourd. Au bout d'un moment, il se retira et détacha mes menottes. Je pivotai sous lui jusqu'à me glisser sur le dos pour admirer son torse musclé. Malgré mes poignets un peu douloureux, j'effleurai ses abdominaux et ses bras.

Il me buvait des yeux, son regard était une caresse aussi douce que la soie. J'y lus une passion et un besoin cachés, et j'en fus bouleversée. Le tirant par les épaules, je le forçai à s'allonger sur moi et l'enlaçai. La chaleur qui émanait de son corps ferme m'était si douce et agréable. Je fermai les yeux. Bien que je n'en aie pas envie, je repensai aux événements de ces deux derniers jours.

Bien des choses s'étaient produites. La plus inquiétante était l'enquête dont Jeremiah était l'objet. Les policiers en civil venus arrêter Lucas n'avaient pas été très contents de découvrir qu'il s'était échappé – pas plus que d'apprendre que j'avais été enlevée. À demi-mot, Jeremiah avait été accusé d'avoir laissé son frère s'enfuir, mais ce n'était rien comparé à la tempête déclenchée par la présence des cadavres. D'une manière assez ironique, le survol de zones publiques par l'hélicoptère privé de Jeremiah constituait la pire des problèmes, que ses avocats essayaient de régler. Heureusement, nous avions été reconnus innocents de la mort des gardes et du tueur. Du moins pour l'instant. Mais la violation de l'espace aérien suffisait pour envoyer Jeremiah en prison.

Hamilton Industries avait également souffert de l'annonce de la démission de Celeste à la suite de son kidnapping. Jeremiah ne m'en parlait pas et, de mon côté, je n'insistais pas. Cependant, j'avais assez entendu de conversations téléphoniques pour savoir que Celeste n'avait pas apprécié de ne pas avoir été mise au courant de ce qui se passait, ce qui l'avait exposée au danger. L'avenir de son mariage avec Ethan restait un mystère, même si j'espérais qu'elle lui pardonnerait un jour. Avec le temps, j'avais pris du recul : Ethan n'avait pas eu d'autre choix que de sauver celle qu'il aimait par-dessus tout. Je n'osais imaginer ce que j'aurais fait à sa place.

Par un étrange tour du destin, je me retrouvais à remplir pour Jeremiah les fonctions d'une véritable assistante personnelle, prenant ses appels, aidant à établir son planning quotidien… J'étais surprise de voir à quel point j'aimais ce travail parfois effréné. C'est vrai, Jeremiah m'avait jetée dans le grand bain sans plus de formalités, mais ça me distrayait, ce dont il se doutait. Dès que je ralentissais, dès que j'avais un moment libre pour penser à autre chose qu'à mon travail, mon esprit se trouvait envahi par des images perturbantes – la blessure béante de l'assassin, le corps d'Anya dans le sac, le silencieux au bout du canon du tueur… Je n'avais pleuré qu'une fois. Heureusement, chaque jour qui passait rendait mes souvenirs moins difficiles à supporter.

Une main glissa sur ma nuque et releva ma tête. Jeremiah me fixait, cherchant mon regard. Il promena son index sur mon front, autour de mes joues, le long de mon menton puis de ma gorge. Ses caresses me tirèrent de mes pensées, et je refermai les yeux, jouissant de l'instant présent.

— Vous réfléchissez trop, murmura-t-il, et sa voix grave résonna dans sa poitrine. En ce moment, je veux juste que vous ressentiez.

Poussant un léger soupir, je rouvris les yeux.

— Sommes-nous en sécurité? demandai-je en embrassant sa main. Avez-vous appris de qui parlait Anya?

Nous avions déjà eu cette discussion. Jeremiah était tout à fait conscient que la menace n'avait pas disparu. L'allusion d'Anya à un homme qu'elle n'avait pas eu le temps de désigner était une épée de Damoclès. Je le percevais, même si j'étais plus inquiète pour Jeremiah que pour moi. Lui, en revanche, paraissait moins décidé à identifier le mystérieux commanditaire qu'à m'attacher à son lit. Je n'avais pas oublié ce que m'avait raconté Ethan, pendant mon séjour à l'hôpital, à propos des nombreuses tentatives d'agression dont son patron avait été victime. Ce dernier avait déjà éliminé l'idée que sa mère était derrière cette machination, même si elle avait disparu sans un mot. Sa nonchalance quant à une éventuelle menace m'angoissait, d'autant que j'ignorais s'il s'agissait d'une forme d'assurance ou bien d'un faux-semblant destiné à calmer mes craintes. J'espérais que la seconde hypothèse était la bonne.

— Nous finirons par éclaircir cette affaire, me répondit-il en m'embrassant sur le front. Je vous rappelle que j'ai promis qu'il ne vous arriverait rien.

Argument éculé. Sa patience m'irritait, je ne la partageais pas. J'avais beau me dire qu'il ne s'était écoulé que deux jours et qu'on ne pouvait s'attendre à des résultats immédiats, je détestais rester inactive, incapable d'aider d'une façon concrète.

Je repoussai l'épaule de Jeremiah, qui roula sur le dos en m'entraînant avec lui. Je me retrouvai à le chevaucher. Je me redressai pour admirer son beau visage. Il me rendit mon regard, son désir apaisé pour l'instant, son expression ouverte comme jamais. Il caressa mes seins, puis mes hanches.

J'étais au paradis. Jamais une femme ne pourrait se rassasier de lui. Je promenai mes doigts sur les courbes de ses muscles, puis me penchai pour appuyer ma poitrine contre son torse. Je baisai doucement ses lèvres, souris à demi et lâchai :

— Je vous aime.

— Non.

Le monde s'arrêta soudain de tourner. L'espace d'une seconde, je crus que je tombai. Mais rien n'avait bougé. En me redressant, je fixai le visage aux traits désormais durcis de Jeremiah. J'essayai de dire quelque chose, en vain : c'était comme si mon cerveau s'était déconnecté. Les mains de Jeremiah se refermèrent autour de ma taille et, comme si je ne pesais rien, il me souleva et me reposa sur le côté, avant de s'asseoir puis de se lever. Hébétée, saisissant à peine ce qui était en train de se passer, je l'observai ramasser ses vêtements.

Je baissai la tête vers le lit en m'efforçant d'apaiser ma respiration. Quelle idiote ! Non, mais quelle idiote ! Mes poings se serrèrent sur l'oreiller.

— Pourquoi? demandai-je, faute de trouver autre chose à dire.

Ma voix se brisa sur la seconde syllabe, ce qui ne m'empêcha pas de me tourner vers Jeremiah. Ouf, je ne pleurais pas !

Pendant un instant, il garda le silence et se concentra sur les boutons de sa chemise sans daigner me jeter un coup d'œil. Enfin, il me fit face. Son expression était la plus fermée, la plus impassible que je lui avais jamais vue. Ce changement d'humeur brutal sonna le glas de mon cœur. Ma détresse ne lui échappa sans doute pas, car il vint s'asseoir près de moi, sur le lit.

— Je ne pense pas que…

Il s'arrêta, réfléchit et reprit :

— Je préférerais que nous évitions de parler d'amour à propos de notre relation. Pour l'instant, en tout cas.

— Pourquoi? répétai-je, cette fois-ci avec plus de véhémence.

Lentement, je me décomposai de l'intérieur; il m'était de plus en plus difficile de ne pas craquer. Mais il me fallait une réponse. Il m'observa – une sorte d'examen clinique dénué de toute tendresse.

— Soyons raisonnables, dit-il. Vous me connaissez depuis deux semaines à peu près. Est-ce suffisant pour construire un lien amoureux?

Il recourait à la raison, donnant un argument que je m'étais avancé à moi-même. D'ailleurs, j'étais plutôt d'accord avec lui. Même si chacune de ses paroles me fendait le cœur et me blessait à vif.

— Je n'exige pas la réciproque, plaidai-je, quoi qu'il m'en coûte.

— Peut-être pas, admit-il, mais pourquoi gâcher avec de telles platitudes ce que nous partageons?

Il me prit le menton et je tressaillis. Malgré le chagrin qui m'envahissait, je parvins à ne rien montrer. Après tout, avec lui j'avais trouvé un maître en la matière. Je tendis la main, il se leva, un peu trop vite sans doute, et s'éloigna pour attraper son téléphone.

— Maintenant que vous avez été lavée de tout soupçon, ajouta-t-il, vous êtes libre de quitter la propriété quand bon vous semble. La police étant sur place, j'estime que nous ne risquons rien pour le moment. L'un de mes gardes vous conduira où vous le souhaitez et vous servira d'escorte. Je vous demande juste de nous tenir au courant de vos déplacements.

Il traversa la chambre avant de s'arrêter devant la porte et de la fixer. Tétanisée par une douleur sourde, je crus qu'il allait changer d'avis et me parler, peut-être s'expliquer davantage, mais il se contenta de tourner la poignée et sortit.

La porte se referma dans un claquement définitif, qui m'aurait mise en pièces si je n'avais pas été aussi engourdie.

Je me levai dans un état second, récupérai mes vêtements éparpillés et me rhabillai. Je me rendis à la salle de bains comme si je venais de me rappeler qu'il fallait me laver, comme si j'essayais de gagner du temps avant d'affronter le monde extérieur. Quand je quittai la pièce, la maison était plongée dans un profond silence. À présent que le danger était plus ou moins écarté, tous ceux qui avaient participé au tumulte avaient disparu, réaffectés à leurs postes habituels. Et, en ces lieux, cette absence soudaine trouva un écho douloureux avec le vide que je ressentais.

Je descendis au rez-de-chaussée sans passer par la cuisine. Manger ne me tentait pas ; rien ne me tentait, du reste. J'approchai de la porte principale et jetai un regard à l'extérieur. L'air était froid, presque mordant. Hivernal. Des flocons de neige parsemaient le sol et mon nez me piqua aussitôt. Ça m'était égal. Une limousine noire patientait devant le perron, les gaz qui s'échappaient du pot d'échappement dessinaient des volutes. Ce n'était pas la voiture personnelle de Jeremiah, qui devait être déjà parti. Il m'avait suggéré de profiter de ma nouvelle liberté. Avait-il réservé cette voiture véhicule pour moi?

Même après mon enlèvement, je n'avais pas quitté l'endroit. Je n'oubliais pas que quelqu'un souhaitait encore notre mort. Mais, sur le moment, devant cette longue voiture noire, je m'en moquais. Une balle me traversant le cœur n'aurait pas été plus douloureuse que ce que je ressentais. Je m'approchai, ouvris la portière et me glissai dans la voiture. L'intérieur était tiède – un contraste agréable avec la température extérieure. Dans la pénombre, je ne distinguai que la nuque du chauffeur.

— Où va-t-on, Mlle Delacourt? demanda-t-il.

— Loin d'ici, marmonnai-je, distraite.

Vu la taille du véhicule, je m'apprêtai à réitérer ma demande plus fort quand la limousine avança en direction du portail. Indifférente à ce qui pouvait se passer dehors, plongée dans mes réflexions, je gardai les yeux rivés sur mes mains.

Et si Jeremiah avait raison? Si mes sentiments pour lui étaient trop précoces pour être considérés avec sérieux? Il était légitime qu'il ne veuille pas saboter une relation naissante par des déclarations enflammées. L'équation contenait encore trop de variables inconnues. Enfin, c'est ainsi que la partie rationnelle de mon cerveau voyait les choses. Un homme tel que Jeremiah devait mal supporter la précipitation.

La voiture s'arrêta brièvement au niveau des grilles, que les gardes ouvrirent rapidement. Quand ils les refermèrent, je tentai d'ignorer ma souffrance, cet étau qui me serrait la poitrine. En fin de compte, Jeremiah n'avait de problème qu'avec une seule facette de notre relation. Amour... Quel mot stupide, de toute façon. J'avais bien vu la manière dont il me regardait, me touchait, m'enlaçait. Avais-je réellement besoin d'exprimer ma dévotion? Amour. Ce n'était qu'un mot.

Non?

Un sanglot lourd de chagrin monta en moi, me prenant au dépourvu. Je plaquai ma main sur ma bouche, décidée à ne pas laisser cours à ma tristesse, mais je ne pus retenir mes larmes. Je savais ce qu'était l'amour, j'avais grandi dans un foyer qui en débordait. N'avais-je pas une meilleure notion que Jeremiah de ce que ce sentiment signifiait?

— Tout va bien, mademoiselle?

— Absolument! répliquai-je d'une voix étranglée.

Avant de me raviser, envahie par l'émotion.

— On m'a juste brisé le cœur aujourd'hui, précisai-je. J'essaie de tenir bon.

— Ah ! répondit le chauffeur. Mon frère a toujours été un imbécile.

J'étais en train de chercher un mouchoir dans mon sac quand la phrase résonna. Toute mélancolie oubliée, je relevai brusquement la tête pour river mes yeux sur la nuque du conducteur, de l'autre côté de la paroi vitrée. Il portait une casquette et le rétroviseur était incliné de telle sorte que je ne pouvais pas distinguer ses traits.

— Lucas ?

— En personne !

Il retira son couvre-chef, libérant sa chevelure sombre. Quand il se tourna vers moi, je découvris qu'il était maquillé, sûrement pour tromper les gardes. Sa peau était plus claire, son nez paraissait plus gros que dans mon souvenir, mais sa cicatrice sur la joue le trahissait.

— Vous avez une sale mine, commenta-t-il après m'avoir rapidement inspectée.

À ces paroles, ce qu'il me restait de fierté féminine se hérissa. Me redressant sur la banquette, je le foudroyai du regard. Me concentrer sur la situation présente était beaucoup plus facile que ressasser mes émotions.

— Qu'est-ce que vous faites là ? lançai-je en m'efforçant de prendre un ton sec.

Il haussa les épaules.

— Apparemment, je vous enlève, répondit-il. Vous devriez vous en rendre compte toute seule, vu ce que vous venez de vivre !

Je le regardai un instant avec ahurissement, puis, en gémissant, m'affaissai sur le cuir de la banquette, soudain trop épuisée pour envisager de résister. Lucas continuait de m'épier dans le rétroviseur, mais ça m'était égal. Je souhaitais juste ne plus penser et oublier ma dernière conversation avec Jeremiah.

— Laissez-moi deviner, reprit mon chauffeur. Vous avez osé prononcer le mot tant redouté à mon frère, c'est ça? Celui en A.

Au lieu de répondre, je fixai le plafond. Deux kidnappings la même semaine, j'étais décidément une fille très demandée. Mais ce n'était pas une idée très amusante. Je désirais rester seule pour panser mes blessures.

Mon silence ne sembla pas rebuter Lucas.

— Jeremiah est un imbécile, enchaîna-t-il. Dès qu'il aura compris ce qu'il a fait, il…

En sonnant, le téléphone du tableau de bord l'interrompit.

— C'est sûrement lui, dit Lucas en riant.

Je regardai l'appareil, partagée entre plusieurs sentiments. Quand je repensai à ce beau visage froid de tout à l'heure, mon cœur saignait. «Pourquoi?», avais-je envie de hurler. À cause de mon ego blessé? Ou plutôt parce que j'avais vraiment besoin de comprendre? Les vingt minutes qui venaient de s'écouler m'échappaient complètement.

Lucas appuya sur un bouton et la sonnerie cessa. Je lui jetai un regard soupçonneux.

— Ne vous inquiétez pas, me rassura-t-il. À cette heure, mon frère a sûrement découvert son vrai chauffeur drogué et il est en train de rassembler ses troupes.

Stupéfaite, je le laissai se garer sur un parking, à côté d'une autre limousine, blanche celle-là. Un gros type à l'allure effrayante, avec lunettes de soleil et tatouages sur les doigts, patientait devant. Lucas descendit de la voiture, vint m'ouvrir la portière et se baissa à ma hauteur.

— Vous venez?

J'étais incapable de saisir ce qui se passait.

— Pourquoi? réussis-je à demander.

La même question que j'avais posée à Jeremiah – et qui cachait les mêmes doutes et les mêmes angoisses.

— Et si j'avais besoin que vous me rendiez service? À moins que je vienne de découvrir le point faible de mon cadet?

Je me renfonçai sur la banquette, et son regard s'adoucit.

— Ou alors je tiens à *vous* aider, poursuivit-il sur un ton plein de compassion. J'ai deviné ce qui allait arriver à la minute où je vous ai vue. Jeremiah ne livre rien de ce qu'il éprouve, alors que vous, vous portez votre cœur en bandoulière. Il vous a rejetée quand vous lui avez avoué votre amour. Dans la mesure où son seul référent en la matière est l'exemple de nos chers parents, trouvez-vous sa réaction tellement surprenante?

— C'est ce qui s'est passé avec Anya? soufflai-je. L'a-t-il poussée dans vos bras?

Lucas pâlit, déstabilisé par ma question, qui avait porté.

— Non, parvint-il à formuler. Pas exactement. Leur relation n'a jamais été que professionnelle, même si, à mon avis, Anya aurait préféré des liens plus intimes. J'en ai eu d'autant plus de facilité à la séduire. Mais assez avec le passé. Dites-moi plutôt: avez-vous, ne serait-ce qu'une fois, résisté à mon frère?

Je rougis, frappée par la justesse de son intuition. Il s'en rendit compte car il poursuivit:

— Jeremiah a l'habitude de n'en faire qu'à sa tête. Pour cela, il n'hésite pas à manipuler les autres. Un don très utile dans le travail, moins sans doute lors d'une liaison. En fin de compte, la chasse, la traque, rend l'acquisition bien plus agréable. Mon frère a-t-il dû se battre pour vous avoir?

Je gardai le silence.

— Cette voiture est équipée d'un mouchard, continua Lucas. Si nous nous attardons, il nous localisera. Une fois qu'il sera sur place, vous serez de nouveau à sa merci. Y aura-t-il alors le moindre défi à relever?

J'étais encore étourdie par ma peine. Lucas, de l'intérieur de la voiture, me tendit la main. Malgré son air espiègle, je discernai de la sympathie dans ses yeux, ainsi qu'un désir qui ne m'était pas inconnu.

— Et si on le laissait vous courir après ?

— Je vous aime.

Trois petits mots de rien du tout, mais ils avaient eu le pouvoir d'arrêter la course du monde.

— Non !

Il n'avait pas eu l'intention de crier cela aussi brutalement. Il sentit Lucy se raidir contre lui et observa son visage tandis qu'elle s'efforçait de dire quelque chose. Allongé sous elle, il gardait le silence tout en réfléchissant à un moyen de sauver la situation. Il n'en trouva pas.

Comment en étaient-ils arrivés là ?

Refermant ses mains autour de la taille de Lucy, il la souleva, aussi légèrement que si c'était une plume, afin de pouvoir s'asseoir. Un vacarme, plus qu'une pensée précise, se déchaîna soudain dans son esprit. Prêt à bondir, il sentait que tous ses muscles étaient tendus. Pourtant, il ne parvenait pas à bouger, c'était comme s'il était collé à ce lit.

— Pourquoi ?

Jeremiah ferma les yeux. La voix brisée dans son dos lui rappela qu'il n'était pas seul. Comment aurait-il pu l'oublier, de toute façon ? Un instant, le contact de leurs peaux se maintint, puis Lucy s'écarta et ramena les draps sur elle. Cette séparation lui fit l'effet d'une lance qu'on aurait plantée dans son ventre. Il se mit à trembler.

Incapable de répondre à la question, il se leva, rassembla ses vêtements et les enfila à la va-vite. Boutonner sa chemise exigea deux fois plus de temps que d'ordinaire tant ses doigts tremblaient. Il mit son pantalon, laissa de côté ses chaussettes et se borna à ramasser ses chaussures.

Il ne daigna regarder la femme dans le lit qu'après avoir bouclé son ceinturon. À ce moment-là, il avait réussi à retrouver sa contenance. À grand-peine, cependant.

La détresse qui se lisait sur les traits de Lucy menaça d'abattre ses défenses. Le tumulte intérieur dans son cerveau augmenta crescendo jusqu'à devenir des hurlements intolérables, mais il ne s'autorisa pas à briser son masque de pierre. Son instinct lui criait de se sauver, qu'il n'était pas en mesure de gagner cette bataille-là. La logique voulait néanmoins qu'il dise quelque chose. Pétrifié par le sens du devoir, il ne pouvait pas plus fuir maintenant que dans toute autre affaire professionnelle.

Sauf que là, il ne s'agissait pas de boulot.

Si. Dans la mesure où qualifier autrement la situation reviendrait à admettre qu'il éprouvait des sentiments qu'il refusait d'analyser.

— Je ne pense pas que…

Il s'interrompit. Les mots, en l'occurrence, étaient difficiles, certains encore plus que d'autres.

— Je préférerais que nous évitions de parler d'amour à propos de notre liaison. Pour l'instant, en tout cas.

— Pourquoi ?

La question avait été formulée comme une exigence. Jeremiah avait conscience qu'elle méritait une réponse.

— Soyons raisonnables, dit-il.

Oui, la raison était la solution. Il songea qu'il en était capable, même dans un moment pareil.

— Vous me connaissez depuis deux semaines à peu près. Est-ce suffisant pour construire un lien amoureux ?

Il la contempla en train de réfléchir à ses mots, de chercher une objection.

— Je n'exige pas la réciproque, plaida-t-elle.

Hochant la tête, il s'assit sur le lit.

— Peut-être pas, concéda-t-il, avant de s'emparer du menton de la jeune femme. Mais pourquoi gâcher avec de telles platitudes ce que nous partageons ?

Le visage de Lucy se tordit et Jeremiah cessa presque de respirer. Sa peau était douce, mais il sentit en elle une froideur nouvelle. Le besoin de partir, de gagner un endroit calme où il serait en mesure de réfléchir le submergea comme un raz-de-marée. Il avait l'impression d'être un animal pris au piège du regard mortel d'un prédateur, incapable de songer à autre chose qu'à fuir. Aussi, quand elle tendit la main, il se leva et s'éloigna. Le contact lui eût été insupportable.

— Maintenant que vous avez été lavée de tout soupçon, poursuivit-il, vous êtes libre de quitter la propriété quand bon vous semble.

Ses paroles avaient l'air lointaines, à croire que ce n'était pas lui qui les formulait. Il continua pourtant :

— La police étant sur place, j'estime que nous ne risquons rien pour le moment. L'un de mes gardes vous conduira où vous le souhaiterez et vous servira d'escorte. Je vous demande juste de nous tenir au courant de vos déplacements.

Il quitta la chambre, descendit l'escalier comme un somnambule et fonça sur la porte d'entrée. Ce ne fut qu'une fois dehors qu'il s'autorisa à respirer de nouveau. Pour autant, sa tension nerveuse ne le déserta pas. D'un geste, il renvoya l'homme qui s'approchait.

— Je conduirai moi-même aujourd'hui, Jared.

— Entendu, monsieur.

En quelques grandes enjambées, il se rendit au garage qui jouxtait la maison et composa le code qui en ouvrait le volet. Impatiemment, il se glissa à l'intérieur avant même qu'il soit entièrement remonté. Au fur et à mesure, le vaste endroit *s'emplissait de lumière. Les voitures étaient garées sur plusieurs rangées. Pour la plupart, elles appartenaient à la famille depuis des décennies et ne correspondaient pas à ce qu'il cherchait: un véhicule pour conduire, et conduire vite, pas pour transporter des passagers. L'Audi blanche serait parfaite.*

Il démarra dans une gerbe de graviers. Les gardes postés au niveau du portail de la propriété eurent juste le temps de l'entrouvrir pour laisser passer le bolide. Jeremiah s'en fichait. La tête emplie du tumulte de ses pensées, il ne pensait qu'à fuir.

Je vous aime. Les mots résonnèrent dans son esprit avec des intonations quasiment sinistres. Jeremiah conduisait sans but, se moquant de savoir où menaient les routes désertes qu'il empruntait. Il profitait seulement de la liberté momentanée à laquelle il aspirait. Hélas, il s'aperçut vite que prendre de la distance n'aidait en rien. Et même, plus il s'éloignait, plus la tension crispait son corps. L'envie de faire demi-tour, de regagner la chambre et d'implorer pardon s'accrut pour devenir presque aussi violente que son besoin de fuir.

Mais cette option était inacceptable.

Il frappa le volant une première fois, puis une seconde. Pourquoi n'avait-il pas inséré une clause dans ce fichu contrat? S'il fallait accuser quelqu'un de ce qui venait d'arriver, c'était lui. La fille était intelligente; elle avait lu l'accord devant lui, avait compris ce à quoi elle s'engageait. Si une clause avait interdit certains mots, elle s'y serait tenue. Pourquoi diable n'y avait-il pas songé alors?

Parce qu'il ne m'a pas traversé l'esprit que ce serait nécessaire.

Certes... mais nécessaire pour qui? Avait-il cru que Lucy ne s'éprendrait pas de lui? Ou que lui n'en tomberait pas amoureux?

Il était complètement perdu.

Il s'engouffra sur l'autoroute, doublant les autres véhicules sans franchement aucune attention pour le code de la route. Il savait qu'il conduisait comme un fou. Malgré cela, il n'arrivait pas à ralentir. Pendant près de dix ans, depuis qu'il avait pris les rênes de Hamilton Industries, il avait été contraint de réfléchir à chacun de ses actes, conscient que tous les témoins de son comportement le critiqueraient. Bons ou mauvais, ses choix étaient jugés, ils jouaient pour ou contre lui. C'était comme cela depuis son enfance, durant sa carrière militaire, et c'était encore pire depuis qu'il menait une vie publique. Il s'était fait le serment de prévoir les choses, de prédire l'impact de ses décisions.

Alors, comment avait-il pu négliger les conséquences éventuelles du contrat qu'il avait passé avec Lucy?

Dans sa poche, son portable vibra. Il l'ignora. Il inspira profondément avant de s'obliger à ralentir à la vitesse autorisée puis de quitter l'autoroute. Il roula jusqu'à la côte, bifurqua à droite afin de rentrer chez lui. Le ciel couvert au-dessus de l'océan correspondait parfaitement à son humeur. Le trajet de retour, par les petites routes, lui prit plus longtemps qu'à l'aller.

Malgré l'ennui qu'il avait éprouvé sur le chemin, il devina à l'instant où il parvint au portail en fer que quelque chose clochait. Les gardes, rassemblés près de l'entrée, se précipitèrent à sa rencontre dès qu'il se gara. Jeremiah baissa la vitre.

— Nous avons un problème, monsieur, annonça l'un d'eux.

Jeremiah ne se souvenait pas d'avoir jamais dû recourir à des sels pour réanimer un homme, mais le composé à base d'ammoniaque eut l'effet voulu sur le chauffeur inconscient.

Jared revint à lui en sursautant, visiblement désorienté par tous les visages penchés sur lui. Il tenta de se redresser, mais son patron le repoussa sur le canapé.

— Du calme, ordonna-t-il.

Le jeune homme obtempéra. La plupart des employés de Jeremiah étaient d'anciens soldats habitués à obéir.

— Racontez-moi ce qui s'est passé.

Jared s'humecta les lèvres et plissa le front.

— Je n'en ai aucune idée, monsieur. Je me rappelle vous avoir laissé pour regagner mes quartiers, et puis tout est devenu flou.

Il se frotta les poignets.

— On m'a ligoté ? demanda-t-il.

Jeremiah acquiesça.

— Avez-vous le souvenir d'avoir croisé Mlle Delacourt ?

Les nerfs à vif, il avait mis tout son être dans cette question. Pourtant, il était parvenu à garder une voix posée et à ne pas céder à la fureur. Avec difficulté. Beaucoup de difficulté.

— Non, monsieur, finit par dire Jared en secouant la tête. Je n'ai pas vu la demoiselle aujourd'hui. Pourquoi ? Il se passe quelque chose ?

— Elle a disparu.

Le seul fait de prononcer ces mots ranima le vacarme assourdissant dans le cerveau de Jeremiah, à la différence que, cette fois, un hurlement strident remplaçait le rugissement continu. Réfléchir en ces circonstances était presque impossible. Dieu merci, ses hommes étaient bien entraînés et connaissaient leur métier.

— Nous avons localisé la voiture, monsieur.

Jeremiah se tourna vers la voix.

— Vers où se dirige-t-elle ?

— D'après le mouchard, elle a cessé de bouger.

Le cadet des Hamilton poussa un juron.

— *Envoyez-moi ses coordonnées.*

Sur cet ordre, il sortit de la maison. Un SUV noir se rangeait devant le seuil à l'instant où il y apparut. Sans attendre que le véhicule soit arrêté, il ouvrit la portière et bondit dedans. La voiture démarra sur les chapeaux de roues, escortée de près par deux autres identiques. Lorsqu'elles quittèrent la propriété, Jeremiah entra les coordonnées qu'on lui avait transmises sur le GPS de bord.

La circulation vers New York était extrêmement ralentie. À deux reprises, Jeremiah faillit ordonner au chauffeur de lui laisser sa place. Mais il parvint à s'abstenir et en fut réduit à fixer le point immobile sur l'écran en priant pour ne pas arriver trop tard.

Lorsqu'ils arrivèrent dans l'allée, il fut le premier à sauter du véhicule. Mais il constata tout de suite que la limousine était vide. La portière arrière béait, la poignée en était tordue. Aux yeux de l'ancien marine, c'était le signe évident qu'il y avait eu lutte. D'ailleurs, le sac de Lucy gisait sur la banquette. Rien n'indiquait l'identité de ceux qui l'avaient enlevée, pas plus que l'endroit où ils avaient pu filer ensuite.

— Je veux tout savoir sur ce véhicule! Qui l'a conduit la semaine dernière, d'où viennent les miettes de nourriture sur la moquette, quels sont les passagers qui l'ont louée. Trouvez-moi quelque chose susceptible de me renseigner sur son ou ses ravisseurs.

Lucy. Il ne pouvait même pas prononcer son prénom sans risquer de s'étrangler sous l'effet d'un trop-plein d'émotion. Il n'avait qu'une envie: réduire cette voiture en pièces, l'obliger à lui livrer ses secrets – ce qui n'apporterait toutefois rien de bon. Une rage impuissante l'envahit. Il ne pouvait agir tant qu'il n'en aurait pas appris un peu plus. Ses hommes étaient doués – il ne recrutait que les meilleurs dans leur domaine

– mais ils avaient besoin de temps. Or même une minute écoulée était une minute de trop pour lui.

Le souvenir de ses décisions lui tomba dessus d'un seul coup. Il avait abandonné Lucy seule dans la chambre et avait ignoré les appels sur son portable. Il avait eu l'arrogance d'estimer que le danger était passé. Il avait été un lâche qui avait fui devant trois petits mots. Et voici ce à quoi sa bêtise avait mené !

Lucy. Il humait encore son parfum sur sa propre peau. Elle lui avait donné sa confiance, elle avait avoué ce qu'elle ressentait pour lui et il l'avait livrée aux loups. Oh mon Dieu…

Il ne pouvait plus respirer. Tandis que ses hommes s'occupaient de la limousine, il se réfugia de l'autre côté du SUV pour reprendre ses esprits. Il se força à inspirer profondément et, accroché à la poignée de la portière, appuya son front contre la vitre. Il respira, les jointures blanchies, la tension dans son ventre si forte qu'elle était tout juste tolérable. Il revit le visage de la jeune femme, ses grands yeux bleus qui irradiaient la confiance qu'elle avait en lui. Il ne s'était jamais aperçu à quel point elle lui était nécessaire.

Fini. Tout était fini.

— Monsieur?

Jeremiah ignorait depuis combien de temps l'homme s'était tenu près de lui à l'observer. Il se ressaisit très vite. Il n'était pas du genre à afficher ses faiblesses et, grâce à la seule force de l'habitude, il arriva à se murer derrière une apparence de pierre. Si la façade s'était fissurée, elle ne s'était pas effondrée. Il ne craquerait pas. Pas maintenant, alors qu'il avait besoin de se concentrer.

Ouvrant la portière du SUV, il s'empara d'un sac avant de repartir vers la limousine.

— Voyons un peu ce que nous trouvons.

L'après-midi devint le soir, le soir devint la nuit. Toujours pas de nouvelles. Ni appels, ni demandes, rien qui soit en mesure de leur donner la plus infime indication sur l'endroit où Lucy était retenue. La voiture avait été fouillée de fond en comble, la moindre surface en avait été analysée, mais cela n'avait rien donné. Celui qui avait enlevé Lucy savait comment effacer ses traces : poignées, volant, vitres, tout avait été consciencieusement essuyé avec un chiffon.

Ce qui n'incitait pas à l'espoir.

Jeremiah ne put s'endormir. Chaque fois qu'il fermait les yeux, il s'imaginait tous les scénarios susceptibles de se produire en cet instant. Son cerveau ne lui épargnait aucun détail de ce que ses ravisseurs pouvaient infliger à Lucy. À minuit, malgré sa sérénité apparente, il était bouleversé et devait lutter à tout instant pour ne pas céder au désespoir. Ce ne fut qu'aux premières lueurs de l'aube qu'une première piste se dessina.

— Monsieur, Collins a réussi à repérer une empreinte partielle sous le bar de la limousine.

Jeremiah arracha la feuille des mains de l'homme qui continua son rapport.

— Nous avons pu la croiser avec diverses bases de données et sommes parvenus à trois possibilités. Deux d'entre elles sont à écarter. L'un est un fonctionnaire travaillant à Seattle, l'autre un criminel purgeant sa peine à la prison de Folsom. Le troisième, en revanche, est un Ukrainien appelé Kolya Stepanovitch. Il a des liens avec la mafia russe et des trafiquants d'armes…

— Loki !

Le grondement émis par Jeremiah interrompit net son employé. Le milliardaire froissa le papier. Pourquoi n'avait-il pas suivi cette piste ? Pourquoi ne l'avait-il même pas envisagée? Au fond, il ne fut pas très surpris que son frère soit impliqué dans cette histoire. Enfin, j'ai une cible.

— Trouvez-moi tout ce que nous avons sur le marchand d'armes répondant au nom de Loki, notamment les cachettes dont il dispose à New York. Appartements, entrepôts, bateaux… J'exige une liste de tous les endroits où il est susceptible de se terrer. Cherchez également des informations sur son réseau. S'il a déjà filé, il nous faudra des renseignements supplémentaires pour le traquer.

L'homme se dépêcha de regagner son ordinateur. Jeremiah fixa une tache sur le mur du fond de la pièce. Du plâtre, blanc sur la teinte plus sombre du mur, dissimulait à présent le trou qu'avait creusé la balle. Ils n'avaient pas encore achevé les réparations à la suite de l'attaque du tueur à gages. Dans la profondeur du placo, une balle s'était logée dans la structure en bois de la demeure, preuve irréfutable des événements qui s'y étaient déroulés quelques jours plus tôt. Loki lui avait peut-être glissé entre les doigts, mais Jeremiah se promit que ça ne se reproduirait pas. Si jamais Lucy était blessée… Jeremiah serra le poing autour de la boule de papier.

Lucas avait beau être son frère, les liens du sang ne le sauveraient pas, cette fois.

23

Le front du petit homme assis en face de moi était couvert de sueur. Ses fins cheveux rabattus en avant pour dissimuler un début de calvitie, collaient à son crâne en dépit de l'air frais que soufflait une bouche d'aération toute proche. Il tenait fermement son attaché-case sur ses genoux sans regarder un seul des hommes debout autour de la table, et ne cessait de jeter des coups d'œil furtifs vers la porte, comme s'il n'avait qu'une envie : décamper et fuir la tension qui montait lentement dans la pièce sombre.

J'étais cent pour cent sur la même longueur d'onde que lui.

— On n'a pas toute la journée, marmonna un homme brun à l'accent écossais, adossé au mur du fond.

Le blond qui se tenait à côté de lui le réduisit au silence en le fixant d'un regard sinistre. Les mains qui s'abattirent soudain sur mes épaules me firent tressaillir. Je serrai les poings sous la table, tandis qu'une voix joyeuse s'élevait dans mon dos.

— Bon ! Maintenant que nous sommes tous réunis, le spectacle peut commencer. Qui veut se lancer ?

Personne ne semblait partager cet enthousiasme. Le type face à moi avait accueilli chaque mot avec un sursaut. Il avait l'air d'avoir envie de s'enfoncer dans le sol et de disparaître.

Je déglutis nerveusement tandis que le silence retombait.

Un costaud, adossé au mur, finit par s'avancer. Aussitôt, en un geste inconscient de soumission, ses acolytes se redressèrent.

— L'heure n'est pas à vos petits jeux, Loki, grommela-t-il avec un fort accent russe qui donnait du poids à ses paroles.

— Et c'est quand la bonne heure, Vassili?

La désinvolture de la réponse fit grincer quelques dents. Vassili poussa un grognement avant de se tourner vers le petit homme craintif.

— Formulez votre requête, docteur Marchand.

L'interpellé frémit tout en fixant le Russe d'un air ahuri. Les paumes se crispèrent sur mes épaules, attirant mon attention.

— À vous de jouer.

Pardon? Je pivotai à demi vers celui qui se tenait derrière moi.

— À quoi? demandai-je.

Plusieurs paires d'yeux me fixèrent, et je me raidis.

— Traduisez, ma chère. Le Dr Marchand est français, précisa le trafiquant d'armes dans mon dos.

Je le gratifiai d'un regard peu amène. Étant née au Canada, je parlais en effet couramment le français, mais je n'appréciais pas qu'on me donne des ordres et, en d'autres circonstances, je ne me serais pas gênée pour répondre vertement à Lucas Hamilton. Il m'adressa un sourire placide, un sourcil arqué. Puis son regard balaya la pièce avant de revenir sur moi – comme si j'avais besoin qu'on me rappelle la situation!

Je ne savais même pas où je me trouvais ni pour quelle raison. C'était la première fois qu'on m'adressait la parole depuis mon arrivée. On m'avait offert une chaise, cependant que les mâles présents s'étudiaient sans aménité, tâchant visiblement de jauger lequel avait la plus grosse… passons.

Me retournant vers le Français, je traduisis d'une voix plate, la bouche pincée.

Seule la douleur de mes ongles plantés dans ma paume me permettait de garder mon calme. Le Dr Marchand me dévisagea avec une sorte de surprise, s'humecta les lèvres puis les bougea sans rien dire pendant un instant, comme s'il rassemblait son courage.

— J'ai besoin d'aide… murmura-t-il ensuite. Pour faire sortir en douce des médicaments.

— Ils vont exiger plus de détails, docteur, répliquai-je. Où comptez-vous expédier la marchandise?

Je m'efforçais d'ignorer les yeux posés sur moi et les mains appuyées sur mes épaules, dont le propriétaire était pour l'instant mon ennemi, à l'instar des autres hommes présents dans la pièce.

— En Afrique. Pour mon hôpital.

Je fronçai les sourcils.

Ce médecin avait plutôt l'air d'être quelqu'un d'honnête. Que fichait-il donc ici? Tout comme moi, il semblait se retrouver ici parce qu'il n'avait pas eu le choix, songeai-je avec amertume.

— Il veut faire passer des médicaments en Afrique, annonçai-je en anglais.

— Lesquels?

— Des traitements contre le sida, répondis-je après avoir obtenu le renseignement auprès d'un Marchand plutôt réticent à s'expliquer.

— L'Afrique risque de poser problème, murmura Lucas. Graisser les bonnes pattes peut revenir très cher.

Je traduisis, dans un sens puis dans l'autre:

— Si vous réussissez à les faire parvenir aux Caraïbes, il s'occupera du reste du trajet.

Mon estomac se tordait au fur et à mesure que je m'écoutais parler. Au bord de l'affolement, je m'efforçai de respirer lentement. Relevant la tête, je croisai quelques regards attentifs.

Le blond appuyé contre le mur siffla.

— Ces trucs coûtent une blinde, commenta-t-il avec de rudes intonations australiennes. Ils valent leur pesant d'or au marché noir.

Quand j'eus traduit, le Français explosa.

— Il tient à signaler que les médicaments sont destinés uniquement à son village et ses environs, dis-je, pendant que le médecin gesticulait dans tous les sens. Il n'a pas l'intention de les revendre pour en tirer un profit quelconque.

— Dommage! s'esclaffa l'Australien, dont le rire sonna affreusement. Il se ferait des milliers de dollars. Surtout là-bas.

Le Dr Marchand parut saisir l'essentiel de cette remarque car il s'empourpra sous l'effet de la colère. Toutefois, il ne pipa mot, se bornant à me lancer un regard accusateur – comme si j'étais à l'origine de l'idée – que je lui rendis. Je lui aurais volontiers confié que j'étais, comme lui sinon plus, une victime, mais je doutais qu'il me croie.

Je n'ai pas postulé pour ce boulot, méditai-je en silence en essayant de libérer mes épaules des mains qui les emprisonnaient. *Prenez-vous-en au beau parleur perfide qui se tient derrière moi.* Le grand Russe qui semblait commander s'adressa justement à lui :

— Pourriez-vous vous en charger, Loki?

— Pas de souci.

Lucas vint se poster à côté de moi mais il ne me lâcha pas pour autant. Observant son visage balafré, je le vis examiner les hommes dans la pièce.

— Cependant, s'empressa-t-il d'ajouter, je pense qu'il y a autre chose. Je me trompe?

— Non, mon pote, tu as raison, répondit l'Australien en avançant d'un pas. On aimerait que tu embarques un peu de notre cargaison dans le lot puisque, de toute façon, tu iras là-bas.

Le docteur examina le blond avant de se tourner vers moi.

— Qu'est-ce qu'ils disent? me demanda-t-il en français.

D'un doigt, je lui fis signe de se taire et d'attendre. La discussion se poursuivit.

— Et qu'est-ce que vous voulez expédier? s'enquit Loki.

— La même came que d'habitude, intervint l'Écossais avec un sourire. Autant profiter de la balade pour faire d'une pierre deux coups.

Lucas dévisagea le blond.

— Vous réalisez que je n'irai pas plus loin que les Caraïbes?

— Oui. On a juste besoin que la marchandise quitte le pays. Ça facilitera la distribution par la suite.

Lucas opina, comme si cette réponse expliquait tout.

— Il me faudra un inventaire détaillé.

L'Australien claqua des doigts et une feuille de papier glissa sur la table. Le front plissé, le Dr Marchand avait suivi l'échange. Après avoir parcouru la liste, Loki sifflota.

— Impressionnant, commenta-t-il. Et précieux.

— Que se passe-t-il? souffla le médecin en se penchant vers moi. Qu'est-ce qu'ils racontent?

Je le regardai, hésitante. Il ne pouvait quand même pas ignorer sur qui il était tombé!

— Comment avez-vous fait la connaissance de ces types?

— Je n'ai pas réussi à obtenir assez de médicaments par le biais des canaux légaux, alors j'ai contacté l'un de mes donateurs. Il a organisé un rendez-vous, mais je n'avais encore jamais vu ces hommes. De quoi parlent-ils?

Il abattit sa main sur la table, attirant ainsi l'attention sur lui. Pas très malin de sa part.

— D'armes, admis-je, le cœur au bord des lèvres. De fusils, sans doute. Ils seront ajoutés à votre cargaison.

— Non! s'exclama Marchand en frappant le plateau des deux poings cette fois avant de se lever brusquement. Dites-leur que c'est hors de question! Il s'agit d'une opération strictement médicale. Je ne permettrai pas qu'ils…

Il était si bouleversé qu'il agita son attaché-case dans tous les sens, comme un gourdin, provoquant aussitôt l'apparition d'armes qui se pointèrent sur lui. Il s'interrompit net, les yeux écarquillés.

— Un instant! m'écriai-je.

Je tentai de me lever, mais je fus vigoureusement repoussée dans ma chaise d'une pression sur l'épaule.

— S'il vous plaît, j'ai commis une erreur d'interprétation, mentis-je. Je vous en prie, ajoutai-je à l'intention du Dr Marchand, pensez à vos patients. Si vous mourez maintenant, ils ne recevront jamais cette aide.

— Si je laisse faire, riposta-t-il d'une voix aiguë remplie de crainte, et sans cesser de promener son regard sur les pistolets, je serai responsable des blessures de ceux qui viendront dans ma clinique parce qu'ils auront été victimes de ces armes.

Ces paroles me firent l'effet d'un coup de poing dans l'estomac.

— Monsieur Marchand, plaidai-je, asseyez-vous, je vous en supplie. Que vous le vouliez ou non, ils n'en feront qu'à leur tête. Nous ne pouvons rien y faire.

Les yeux du Français allèrent de moi aux hommes postés tout autour puis, la tête entre les mains, il se rassit lentement sur sa chaise. Son expression d'abattement faisait peine à voir. Il serra de nouveau son attaché-case contre lui. Au regard qu'il m'adressa, je compris qu'il m'avait définitivement cataloguée dans la catégorie des méchants.

Impression que je partageais, au demeurant.

— Qu'est-ce qu'il baragouine? me demanda l'Australien d'une voix rude.

— Euh... il n'était pas au courant de votre cargaison.

— Évidemment, ma poule, ricana le blond, sinon il n'aurait jamais accepté d'allonger le fric. En tout cas, il a intérêt à se calmer.

— Il ne recommencera pas, je vous le promets.

Croisant les doigts pour qu'il se taise, je me tournai vers le petit homme dont le regard me cloua sur mon siège. Réagissant à un ordre silencieux, l'Écossais avança et arracha la mallette des mains du médecin pour la poser sur la table. Il la déverrouilla et l'ouvrit. Je découvris alors plus d'argent que je n'en avais jamais vu, au point d'en avoir le souffle coupé.

— Voilà qui devrait couvrir les premiers frais, reprit l'Australien. Mais je ne refuserais pas de... négocier.

Son ton satisfait me fit tourner la tête. Je constatai qu'il me regardait d'un air vicieux. Il s'attarda sur ma poitrine, sourit puis explosa de rire quand je rajustai mon haut.

— Ta petite traductrice m'amuse, enchaîna-t-il à l'adresse de Lucas. Prête-la-moi pendant vingt-quatre heures et je te refile dix pour cent des profits.

Mon cœur cessa de battre, des aiguilles glacées me transpercèrent de toutes parts. J'enfonçai si violemment mes ongles dans ma chair que l'un d'eux se brisa. La douleur me fit tressaillir et la main sur mon épaule raffermit sa prise.

— Dix pour cent? Quelle générosité!

Lucas pensait-il vraiment ce qu'il venait de dire? Sans m'accorder aucune attention, il fixait le blond qui continuait de me regarder. Il se pencha même vers moi, ses yeux noisette cherchant à croiser les miens. D'aussi près, et malgré le peu de lumière, je remarquai que les bagarres et l'âge avaient laissé leurs traces sur son visage. L'arête de son nez était brisée, les fines lignes blanches de vieilles cicatrices striaient son menton et son front, et l'une de ses oreilles était esquintée, comme chez les boxeurs. Il aurait pu cependant passer pour un bel homme – dans le genre baroudeur – si un éclat réellement malveillant n'avait pas brillé dans ses yeux, abîmant plus encore un visage déjà marqué. Je m'empressai de baisser la tête, ce qui déclencha chez lui un grognement appréciateur.

— Et la peur lui va bien, commenta-t-il.

Dans mon dos, Lucas bougea légèrement et fit claquer sa langue.

— Et moi qui te croyais fidèle !

— Ma femme reste à sa place et ne se permet pas de contrarier mes envies. Mes infidélités ne la regardent pas.

— Ah oui? Donc tu n'aurais rien contre un échange?

L'Australien cligna des paupières ; son sourire narquois s'évanouit. S'éloignant de moi, il se concentra sur Lucas. Un éclair de jalousie traversa son visage.

— Ta femme contre ma petite traductrice, précisa Lucas.

Le visage de l'autre se marbra sous l'effet de la fureur. Lucas eut un sourire satisfait.

— Qu'y a-t-il? reprit-il. Tu redoutes la réaction de ton épouse une fois qu'elle aura connu un vrai mec?

— Espèce de fils de…

Le blond saisit l'arme qu'il portait à la ceinture, mais le Russe s'interposa.

— Ça suffit ! ordonna-t-il.

Vassili croisa ses bras musclés sur son large torse puis se pencha vers l'Australien jusqu'à ce que leurs nez se touchent presque.

— On est bien d'accord, Niall? murmura-t-il.

Le Niall en question foudroya Lucas du regard avant de s'attarder sur moi. La main sur mon épaule se resserra très légèrement, seul signe de la tension que cette confrontation provoquait chez Lucas.

— Oui, finit par céder le blond d'une voix amère.

Sans ajouter un mot, il fit un geste à ses hommes. L'Écossais força le Dr Marchand à se lever et l'entraîna hors de la pièce à la suite des autres.

Je m'affalai sur le dossier de ma chaise, massant ma nuque douloureuse. Ce n'est qu'au moment où Lucas retira sa main et bougea que je me rendis compte que je m'étais appuyée contre lui. En fait, sa présence m'avait vraiment permis de garder mon calme. Déglutissant avec difficulté, j'agrippai mes genoux. J'étais soulagée que l'aîné des Hamilton se soit écarté même si, paradoxalement, sa force me manquait.

— Bon, dit-il, ça ne s'est pas si mal passé.

Vassili l'ignora, trop occupé à me dévisager. Si son regard de pierre n'était pas aussi effrayant que celui, pervers, de Niall, il restait toutefois perturbant.

— Où est Anya? demanda-t-il au bout d'un long moment.

Le souvenir bouleversant d'une belle blonde agonisant me revint en mémoire. Le sourire de Lucas se fana.

— J'ai embauché une nouvelle traductrice, se contenta-t-il de répondre.

Vassili ne réagit pas tout de suite, mais il finit par hocher la tête.

— Dommage, chuchota-t-il sans changer d'expression. Je l'aimais bien. Vous pouvez partir, ajouta-t-il avec un geste en direction de la porte. Je vous recontacterai quand nous serons prêts.

Lucas tira ma chaise en arrière. Je me redressai et fis un pas en avant quand je sentis sa main se plaquer au bas de mon dos. Il réagit en m'attirant à lui alors qu'une musique aux basses puissantes nous submergeait. Au sommet de l'escalier, un type qui faisait office de videur décrocha le cordon de velours qui donnait l'accès aux marches, et nous nous retrouvâmes dans un tourbillon de corps et de bruit.

C'était la première fois de mon existence que je me retrouvai dans un club de strip-tease. De chaque côté de la salle, sur deux estrades, des femmes nues étaient agrippées à de hautes barres. D'autres strip-poles se dressaient ici et là, mais l'action se déroulait surtout dans la salle. Des femmes aux seins nus divertissaient des hommes assis dans des canapés molletonnés. Nous gagnâmes lentement le fond de la salle, Lucas veillant à marcher derrière moi. Sur ma droite, deux entraîneuses emmenèrent des hommes d'affaires d'un certain âge derrière un rideau. Elles ne souriaient pas, ce qui ne semblait pas gêner leurs clients, trop concentrés sur leurs autres attraits pour s'en préoccuper. Elles étaient très belles, mais aucune d'elles ne semblait heureuse d'être là et elles ne me prêtèrent aucune attention. Ce ne fut qu'une fois dehors que je me détendis.

Le chauffeur de Lucas nous retrouva à la porte de derrière. Après avoir passé autant de temps dans la pénombre, l'éclat du soleil m'éblouit. Je me protégeai les yeux d'une main, tandis que Lucas me poussait vers la voiture. Je montai la première dans la limousine et me réfugiai au fond de la banquette. Lucas s'installa à sa place habituelle, près de la portière. L'ignorant délibérément, je m'appliquai à regarder par la fenêtre.

— Vous vous êtes bien débrouillée, finit-il par dire.

— Comme si j'avais eu le choix, répliquai-je, acerbe.

Nous quittions le quartier. Les bâtiments autour de nous cachaient tous points de repère susceptibles de me renseigner sur l'endroit où nous étions. Durant le peu de temps que j'avais vécu à New York, je n'avais pas pris la peine d'explorer la ville, et les noms des rues ne me disaient rien.

— On a toujours le choix, répondit Lucas d'une voix égale. Simplement, on ne fait parfois pas le bon.

Je me tournai pour regarder enfin mon ravisseur mais il observait la ville, pas moi. Son visage avait une gravité que je ne lui avais jamais vue avant. Il était plutôt du genre à arborer un sourire narquois, à lâcher une remarque méprisante ou un commentaire sarcastique, pas à se plonger dans une introspection silencieuse. Ce changement me déstabilisa et me rappela un autre homme qui lui ressemblait beaucoup.

Le souvenir de Jeremiah me serra le cœur. Je baissai les yeux sur mes mains. *Me cherche-t-il?* À peine quatre heures auparavant, j'étais blottie au lit avec celui que j'aimais, et tout allait pour le mieux dans le meilleur des mondes.

Et maintenant, je me trouvais ici, avec Lucas.

— Pourquoi m'avez-vous enlevée? demandai-je soudain, cherchant à repousser le sentiment de solitude qui m'envahissait.

L'ombre d'un sourire dansa sur les lèvres de Lucas.

— Si je vous disais que c'est parce que j'apprécie votre compagnie, me croiriez-vous?

Je reniflai, il haussa les épaules et conclut:

— C'est bien ce que je pensais.

— Si vous aviez vraiment besoin d'une interprète, il suffisait de demander.

À une autre, si possible, songeai-je en croisant les bras.

— Et qu'auriez-vous répondu? dit-il en me regardant.

— J'aurais refusé.

Cette fois, ce fut un vrai sourire qui étira sa bouche. Ces prunelles bleu vert dans ce visage sévère me frappèrent. *Il ressemble tellement à son frère!* Cependant, au-delà de l'apparence physique, ces deux-là étaient on ne peut plus différents. La cicatrice blanche qui courait sur le nez et la joue de Lucas n'en était qu'un signe distinctif. Il était mince alors que son cadet, ex-soldat, était large d'épaules. Ses mains, remarquai-je en passant, lisses et manucurées, n'avaient rien en commun avec celles de Jeremiah, qui étaient rugueuses comme celles d'un ouvrier. À mon avis, elles n'avaient jamais connu une journée de dur labeur.

— Que voulez-vous, Lucas? demandai-je, lasse.

— Et *vous*, mademoiselle Delacourt? riposta-t-il en me fixant.

— Rentrer chez moi.

— C'est mon cas également.

Une remarque moqueuse me brûlait la langue, mais je la ravalai devant son expression contrite.

Je reportai de nouveau mon attention sur le paysage.

— Vous auriez pu au moins m'avertir de ce qui allait se passer lors de ce rendez-vous.

Comme il ne répondit pas, le trajet se poursuivit en silence. Enfin, nous bifurquâmes dans une allée. Nous franchîmes une première grille, puis une seconde, et nous garâmes près d'un ascenseur. L'appréhension m'envahit.

— Nous y sommes! s'exclama Lucas, qui avait retrouvé son ton désinvolte habituel.

Il ouvrit la portière et sortit de la voiture. Au bout d'un moment, sa tête réapparut.

— Vous venez?

Je fus saisie d'une irrépressible envie de rester sur la banquette – après tout, notre dernière étape avait été une mauvaise surprise – mais, après réflexion, je glissai vers la portière. Ignorant la main qui m'était offerte, je sortis dans l'air frais.

Malheureusement, au lieu de me laisser un peu respirer, Lucas se colla à moi.

Comme je ne pouvais reculer, je détournai la tête, irritée par sa proximité tandis qu'il promenait son index sur ma joue. La paume en coupe autour de mon menton, il m'obligea à le regarder en face.

— De la colère, murmura-t-il, pas de la peur. Ça me va.

Un sourire satisfait lui fendit les lèvres. Il me libéra et je poussai un soupir de soulagement. Le chauffeur referma la portière et s'éloigna au volant du véhicule. De mauvaise grâce, je suivis mon kidnappeur jusqu'à l'ascenseur. Il introduisit une carte magnétique dans une fente, tapa un code sur un clavier et j'entendis le mécanisme se mettre en route.

— Où sommes-nous? demandai-je quand les portes s'ouvrirent.

J'entrai dans la cabine de l'ascenseur et me plaquai au mur du fond. Dieu soit loué, Lucas garda ses distances.

— Encore un rendez-vous où je risque d'être descendue? ajoutai-je.

— Pas tout à fait.

L'ascenseur grimpa, encore et encore, si bien que je m'interrogeai sur la hauteur de l'immeuble. Découvrant que le panneau de commande de la cabine ne comportait qu'un bouton étiqueté «Penthouse», je compris qu'elle ne desservait que le dernier étage. Elle ralentit enfin et, avec un bruit de carillon, les portes s'ouvrirent sur un salon ultramoderne et très clair.

Hum. Pas franchement ce à quoi je m'attendais.

— Après vous.

Je fis un pas en avant et inspectai l'immense pièce.

Des lustres accrochés à des fils quasiment invisibles descendaient du haut plafond juste à hauteur de tête. Deux puits de lumière laissaient entrer le soleil et les baies vitrées donnaient sur les gratte-ciel de New York. Les meubles, où le cuir dominait, étaient couleur crème tirant sur le blanc, ponctuée çà et là de touches de couleur. Les lieux n'avaient pas grand-chose d'une garçonnière.

L'ascenseur se referma derrière moi, et j'entendis le cliquetis du clavier de commande. Un voyant rouge indiquait que j'étais coincée ici pour le moment. Ravalant ma nervosité, j'emboîtai lentement le pas à Lucas qui disparut au détour d'un couloir. Avançant à mon tour, je découvris une cuisine presque aussi vaste que la salle de séjour. Un bruit de verre retentit, puis Lucas lança :

— Du vin?

— Euh... de l'eau, s'il vous plaît.

Il se comportait non comme un ravisseur mais comme un hôte, ce qui me déroutait.

— Tout de suite.

Pendant qu'il s'affairait, j'allai examiner le salon. Au-delà de la cuisine, quelques marches conduisaient à un second niveau. J'avais vécu ces dernières semaines dans l'immense demeure des Hamptons. Si ce penthouse n'était ni aussi grand ni aussi luxueux, il s'en dégageait une atmosphère d'opulence identique.

— Cet endroit vous appartient? lançai-je.

— Entre autres, oui.

Je ne savais pas trop quelle image je m'étais faite du repaire d'un trafiquant d'armes, mais ce n'était certainement pas celle-ci. À ma connaissance, Lucas était quelqu'un d'ironique et exubérant. Je m'étais attendu à ce que sa maison soit aussi ostentatoire que lui. Mais ce loft semblait plus relever de l'esprit Conran Shop que de celui du Cirque du Soleil.

— Qu'est-ce que je fais ici?

Les mots m'avaient échappé, leur simplicité exprimant toute ma frustration. Lucas me tendit une bouteille d'eau.

— Parce que vous et moi avons quelque chose à prouver à mon frère.

— Est-ce que je peux partir?

— Non.

— S'il vous plaît...

— Voulez-vous faire le tour du propriétaire? dit-il avec un soupir.

— Non, je veux juste rentrer chez moi.

— Dans votre trou à rat du New Jersey ou chez mon frère qui vous a rejetée?

Je n'aurais pas dû lui confier ça. Je m'étais malheureusement laissée aller, le mal était fait. Quoi qu'il en soit, ce souvenir me blessa.

— Il ne m'a pas rejetée, mentis-je sans beaucoup de conviction.

Me prenant par le coude, Lucas me guida jusqu'au canapé.

— Asseyez-vous, m'ordonna-t-il en s'installant dans le fauteuil en face de moi. Qu'il vous ait larguée ou non n'a aucune importance. Il faut qu'il apprenne à vous apprécier comme vous le méritez. Quant à moi, j'ai besoin de vos talents de traductrice. Si nous sommes en mesure de nous rendre service mutuellement, je ne vois pas où est le problème.

Je le dévisageai, perplexe.

— Dans quel monde vivez-vous pour penser que vous pouvez enlever les gens et les forcer à vous aider?

— Dans le mien.

Je bus une gorgée d'eau en regrettant pour le coup qu'il ne s'agisse pas d'une boisson plus forte.

— Pour quelqu'un qui prétend vouloir rentrer chez lui, vous n'en prenez décidément pas le chemin, commentai-je avec aigreur.

Il ne réagit pas. Lorsque je me tournai vers lui, je me rendis compte qu'il m'observait intensément. Je me mis à regarder ailleurs pour qu'il ne voie pas à quel point je voulais fuir. Pas seulement cet endroit, mais ma vie.

— La journée a été longue, dit-il au bout de quelques minutes avant de se lever. La première chambre sur la droite à l'étage a été préparée pour vous. Si vous avez besoin de quoi que ce soit, faites-le moi savoir.

Je me dépêchai de me mettre debout, peu désireuse de m'attarder sur sa dernière phrase étrangement ambiguë. Il m'interpella alors que j'atteignais l'escalier. Je me retournai vers lui, attendant un mot de sa part, mais il m'observa longuement avant de lâcher :

— Vous savez bien que je ne vous aurais jamais laissée à Niall.

— Je sais, acquiesçai-je dans un murmure.

J'avais hâte de me retrouver seule. Tout le temps qu'avait duré l'entrevue avec les marchands d'armes, je savais que Lucas était là pour me protéger. Cela pouvait paraître absurde, mais j'avais confiance en lui. Un tout petit peu, du moins.

Lasse de cette conversation, je grimpai les marches à toute vitesse et me réfugiai dans ma chambre. Le grand lit était fait et les volets étaient fermés. Sans me donner la peine de découvrir mon nouvel environnement, et me glissai aussitôt sous les couvertures.

Ce cocon douillet était loin d'être le bouclier idéal pour me protéger du monde terrifiant dans lequel j'avais été propulsée, mais je devrais m'en contenter pour le moment.

J'avais dû m'assoupir car lorsque je repoussai les draps, la nuit était tombée. Le soleil d'hiver se couchait tôt, je n'avais pas l'impression d'avoir dormi très longtemps, mais aucune pendule dans la pièce ne me permettait de savoir qu'elle heure il était. Je m'aperçus qu'il y avait une salle de bains attenante à la chambre, j'en fus soulagée car je n'avais aucune envie de quitter mon refuge.

Je crus percevoir des voix provenant de l'étage du dessous mais n'y prêtai aucune attention. J'observai le comptoir en granit. Lucas avait effectivement tout prévu : il y avait des brosses à cheveux, un fer à friser ainsi qu'une armoire à pharmacie bien remplie. Alors que je m'emparai d'une brosse, j'y découvris un fin cheveu blond enroulé autour du manche. Je m'empressai de la reposer, comprenant à qui elle avait appartenu, ainsi que la chambre que j'occupais à présent.

Une rapide inspection du dressing confirma mes soupçons. Robes du soir, jupes, corsages, pantalons étaient dans une taille beaucoup plus petite que la mienne. Tout était soigneusement suspendu à des cintres et rangé par couleur et type de vêtement. Je reconnus même la tenue qu'avait portée Anya Petrovski lors de notre première rencontre. Malgré la faible lumière, la somptueuse robe ne pouvait qu'attirer l'œil.

Bizarre, bizarre…

On frappa à la porte. Je me retournai vivement, comme si j'avais été surprise en train de farfouiller dans les affaires d'autrui. Je refermai le placard tout en me fustigeant pour ma bêtise.

Mais après tout, si Lucas m'avait installée ici, il devait s'attendre à ce que je regarde un peu à droite et à gauche. Il n'empêche, faire l'inventaire des vêtements d'une morte me semblait incorrect. J'avais beau ne pas avoir apprécié Anya au cours des rares fois où je l'avais croisée, je ne pouvais pas oublier l'image de son visage à la peau pâle strié de larmes et baignant dans une flaque de sang.

— Toc, toc? lança Lucas, interrompant mes réflexions.

Après une brève hésitation, je lui ouvris. Debout sur le seuil, il tenait une bouteille à moitié vide et deux verres.

— Puis-je entrer?

Je faillis lui répondre non. Je m'écartai cependant, tout en songeant que c'était une mauvaise idée.

— Vous êtes là pour me rendre ma liberté? demandai-je en croisant les bras.

— Du tout. J'avais juste envie de parler.

Un instant, il parut distrait par le spectacle de la pièce, comme s'il la découvrait. Ses traits étaient cachés par la pénombre, je ne pus deviner ce qu'il éprouvait. Mais lorsqu'il s'empara d'une photographie d'Anya que je n'avais pas remarquée jusqu'alors et qu'il la contempla longuement, la compassion me serra le cœur. Je me rappelai qu'il avait tenté de sauver la jeune Russe, qui était morte dans ses bras. Je tendis la main vers lui quand il reposa le portrait, face cachée, mais la retirai dès qu'il pivota dans ma direction.

— Vous avez soif? s'enquit-il en brandissant les verres.

Je fis signe que non, et il haussa les épaules.

— Ça en fera plus pour moi.

— Vous êtes saoul, dis-je en m'éloignant.

— Pas saoul, juste un peu éméché, rectifia-t-il, l'index levé, avant de tituber et de s'appuyer à la commode. Bon, d'accord, juste un peu ivre.

Je fixai d'un air désapprobateur la bouteille déjà bien entamée.

— Ça vous arrive souvent?

Il opina d'un signe de tête, sembla réfléchir un instant, et secoua la tête de nouveau. Je poussai un soupir. Les ultimes vestiges de mon empathie s'évaporaient.

— Ça ne joue pas en votre faveur, lâchai-je, alors que, bien malgré moi, un petit sourire traître étirait mes lèvres.

— J'aimerais comprendre ce que mon frère vous trouve, rétorqua-t-il.

Mon sourire se dissipa, de même que ma patience.

— Sortez d'ici, décrétai-je en traversant la chambre pour ouvrir la porte. Je vous…

Au moment où je me retournai, je constatai qu'il était juste derrière moi, à seulement quelques centimètres de distance. J'en perdis mes mots. Je ne l'avais même pas entendu se déplacer. En reculant, je me retrouvai coincée entre la porte de la pièce et celle de la salle de bains. Lucas se rapprocha, beaucoup trop à mon goût, ce qui me força à le repousser d'une main pour l'empêcher de se coller à moi.

Être si près d'un homme aussi séduisant avait quelque chose d'intriguant. Même si je ne l'appréciais pas spécialement, je ne pouvais nier qu'il était attirant et provoquait en moi de drôles de sensations. La cicatrice qui balafrait sa joue mettait encore plus en valeur ses traits. Le parfum de grand cru qui émanait de lui faisait plus l'effet d'une eau de Cologne et n'avait pas l'odeur écœurante que j'avais redoutée. Ma main sentait ses muscles qui jouaient sous la peau tiède et la soie.

Du bout des doigts, il repoussa une mèche de mes cheveux, et sa caresse le long de mon front me fit frissonner. Je me collai au mur, mais il suivit le mouvement. Seule ma paume nous séparait.

— Vous êtes très belle, murmura-t-il en rapprochant son visage de ma tempe, son haleine effleurant ma joue. Futée aussi. Audacieuse. Est-ce donc cela que mon frère a vu en vous?

Loin de m'offenser, ses paroles me troublèrent. Refusant de croiser son regard, je fixai son épaule. Son autre main remonta et frôla ma clavicule. Ce contact me brûla, laissant un sillage chauffé à blanc sur ma peau. Mes faibles défenses commencèrent à céder, lui permettant de se rapprocher encore de moi.

Peut-être que s'il avait tenté de m'embrasser ou de me toucher d'une façon qui me semblait déplacée, j'aurais trouvé la volonté de le repousser. Mais il me paraissait se satisfaire d'être tout près, ce qui, plus que tout sans doute, me désarçonna et m'empêcha de réagir. Lorsque le dos de sa main glissa le long de ma nuque et dans le creux de mon épaule, je fus prise de tremblements et mon ventre se contracta.

Souviens-toi d'Anya, me souffla une part de moi. Mais, en cet instant, j'avais tant de mal à rassembler mes idées que j'en aurais presque oublié mon propre nom. Alors celui de l'ancienne occupante de la chambre…

J'appuyai ma tête contre le mur tandis que l'autre main de Lucas voletait, légère comme une plume, sur ma seconde clavicule. Je battis des paupières et fermai les yeux, rendant les armes devant la grâce si délicate d'un épiderme contre un autre.

Je ne m'étais rendu compte de mon besoin désespéré de chaleur humaine qu'après avoir rencontré Jeremiah. J'avais perdu ma famille, j'étais seule au monde. Pendant trois ans, je m'étais consacrée à sauvegarder l'héritage de mes parents – en vain, puisque leur maison avait fini par être récupérée par leurs créanciers. La suite s'était réduite à lutter pour survivre et à éviter de me retrouver à la rue. Jeremiah Hamilton m'avait arrachée à cette dure réalité. Sous ses caresses, j'étais devenue vivante comme jamais, je m'étais épanouie. Il m'avait repoussée, mais mon désir incandescent et la nécessité impérative de sensualité continuaient de m'animer avec force, comme un courant électrique que j'étais incapable de canaliser.

Lucas posa son front contre le mien. J'ouvris les yeux, découvris ses lèvres pleines tout près des miennes.

En voyant ses yeux, bordés de cils noirs qui sublimaient la couleur bleu vert de ses prunelles, je me sentis fondre.

— Si belle, répéta-t-il à mi-voix.

Il se pencha et pressa sa bouche tiède contre la mienne. Comme il n'exigeait pas que je réponde à son baiser, je ne réagis pas tout de suite. Il se contenta sucer ma lèvre inférieure, à l'agacer de ses dents. Crispée sous l'effet de l'indécision, je ne l'embrassai pas. Ce qui ne sembla pas le déranger cependant. Mais, lorsque sa langue tenta de s'immiscer, mes lèvres s'écartèrent d'elles-mêmes instinctivement. Ma main sur son torse ne servit plus de bouclier, au contraire, j'agrippai la soie de sa chemise et l'attirai violemment à moi.

Si j'avais cru un instant que Lucas n'était que douceur dans la séduction, son avidité me détrompa. Me plaquant au mur, sa bouche incendia la mienne. Un petit soupir m'échappa. Tandis que notre baiser se faisait plus profond, il glissa sa paume sur mes reins et me colla à lui. Sa langue me provoquait, m'encourageait à plus d'audace. Et c'était efficace. Je nouai mes bras autour de sa nuque, arquai mon corps en direction du sien, ouvris pleinement la bouche et l'accueillis sans plus de réticence. J'agrippai ses beaux cheveux bruns, gémis dans le baiser, mes doigts dansant sur ses oreilles et sa barbe naissante.

— Ce que vous êtes bandante ! chuchota-t-il.

Ses mains se faufilèrent sous la ceinture de mon pantalon pour agripper mes hanches. Excitée par ce contact, j'eus soudain envie de plus, soudain envie de tout, soudain…

Jeremiah.

La culpabilité me poignarda le cœur et eut l'effet d'un seau d'eau glacée qu'on m'aurait renversé sur la tête. J'interrompis notre étreinte en poussant un cri étouffé. Mais Lucas, ne s'apercevant pas de mon brusque changement d'humeur, se mit à cribler de petits baisers les parties sensibles de ma gorge. Aussitôt, mon ventre s'enflamma. Alors que mon esprit me suppliait de mettre un terme à ce qui était en train de se passer, mon corps paraissait s'en réjouir et en réclamer davantage. Je tournai la tête. L'image d'Anya s'imposa à moi.

— Est-ce que vous faisiez ça avec Anya?

Lucas réagit aussitôt. Cessant de m'embrasser, il recula en titubant et me toisa. Le courant d'air frais qui se glissa entre nous me fit frémir. Tout à coup, les larmes menacèrent de me submerger. L'émotion tordit les traits de l'aîné des Hamilton.

— Oui, marmonna-t-il en me fixant sans me voir. C'est exactement ce que je faisais avec elle.

S'écartant d'un pas mal assuré, il ouvrit violemment la porte et disparut dans le couloir. Je claquai le battant derrière lui, le verrouillai et retournai m'allonger. Ma poitrine était douloureuse et les larmes roulaient sur mes joues. Je m'efforçai d'oublier le monde qui m'entourait.

Jeremiah.

Je pensai à son visage, à l'étreinte de ses bras puissants. *J'aurais dû vous laisser vous expliquer...* Mais expliquer quoi, exactement? Je lui avais avoué mon amour dans un moment de candeur, et il avait fui comme pourchassé par un essaim de frelons.

D'en bas me parvinrent des bruits de coups et d'objets brisés, mais je n'y prêtai pas intérêt, trop accablée par mon propre malheur. *Comment cela a-t-il pu m'arriver?* me demandai-je en revivant les événements de la journée.

Dans quelle folie me suis-je embarquée?

24

Une alarme stridente me tira d'un sommeil lourd mais agité.

Je sursautai, rejetai les draps et tâtonnai vers le bord du lit. Surprise que le sommier soit si haut, je trébuchai en me levant. Je me ruai vers la porte et l'ouvris à la volée. Une odeur de fumée assaillit mes narines. Je dégringolai l'escalier, sans savoir ce que j'allais trouver.

Depuis la cuisine, Lucas me regarda débouler. Affublé de lunettes de soleil, il m'adressa un sourire radieux.

— Bonjour, beauté. Je suis en train de préparer le petit déjeuner. Ça vous tente?

Il tenait une fourchette dans une main et un grille-pain chromé débranché était coincé sous son bras. L'appareil était sans doute à l'origine du déclenchement de l'alarme incendie. Il le reposa sur le plan de travail et se dirigea vers le réfrigérateur.

— Des œufs?

Je le contemplai, hébétée, encore assommée par ce réveil brutal. Tout en s'agitant, il sifflotait un air entraînant. Je secouai la tête avant de tourner mon regard en direction du salon. Ce que je découvris me remplit de stupeur.

— Que s'est-il passé? m'exclamai-je en descendant les dernières marches.

— Oh, ça? J'ai juste redécoré la pièce.

On aurait dit qu'un ouragan avait dévasté les lieux au cours de la nuit. Un fauteuil était renversé, plusieurs tableaux avaient été décrochés des murs, la table basse en bois était cul par-dessus tête. Pour autant, rien ne me semblait avoir été cassé. C'était le bazar, mais pas irréparable. Perplexe, j'évitai le salon et me perchai sur un des tabourets de la cuisine.

Une fois installée devant l'îlot central, la surface en granit me séparant prudemment de mon joyeux ravisseur, je tirai le grille-pain à moi et l'inspectai. Les sourcils froncés, je m'emparai d'une fourchette et en extirpai les ultimes vestiges d'une tranche de pain entièrement carbonisée.

— La cuisine n'est pas votre fort, hein? fis-je remarquer d'une voix moqueuse.

— N'importe quoi, répliqua-t-il. Je ne loupe aucune émission sur le sujet. Ce n'est pas si compliqué.

Après avoir allumé un brûleur de la cuisinière au maximum, il y posa une poêle dans laquelle il entreprit de casser des œufs. Je l'observai, un brin interloquée quand je constatai qu'il n'y avait pas mis de beurre ou d'huile.

— C'est ça, soupirai-je, résignée à ce que l'alarme se remette à striduler.

Je m'accoudai au comptoir le temps d'émerger et de reprendre mes esprits.

— Et maintenant? demandai-je.

— Pardon?

— Je peux rentrer chez moi?

Il avait les yeux fixés sur la poêle, bien qu'il ne s'occupe pas vraiment des œufs, et je ne pus déchiffrer son expression.

— Ce n'est pas aussi simple, répondit-il au bout d'un moment.

— Je vous en prie, suppliai-je, mettant brièvement de côté mon orgueil. Après tout, je vous ai servi de traductrice dans cette espèce de trou à rat répugnant. Si ça se trouve, je suis désormais complice d'une activité criminelle.

Cette seule perspective fit trembloter mon menton.

— Je vous en supplie, Lucas, insistai-je. Je ne tiens pas à finir comme Anya.

Là ! C'était dit. Avant de m'assoupir, la veille au soir, l'idée m'avait traversé l'esprit que la mort de la jeune femme – sa vie aussi, peut-être – était un sujet sensible chez le marchand d'armes. Sa réaction me prouva que j'avais raison : les jointures de ses phalanges blanchirent autour de la spatule qu'il tenait à la main.

— Très bien, murmura-t-il en poussant un gros soupir.

Il s'empressa de lever un doigt avant que je me mette à hurler de joie.

— À une condition, poursuivit-il. Vous assisterez à la dernière réunion avec moi.

— De quoi sera-t-il question ?

— De paperasse pour l'essentiel. La rédaction des documents de transport. Tout aura lieu aujourd'hui. Vous veillerez à ce que le français soit correctement rédigé. Ensuite, vous serez libre.

Mes épaules s'affaissèrent sous l'effet du soulagement. La tension me quittait.

— Merci, chuchotai-je avec un sourire. Vos œufs brûlent.

Derrière lui, des volutes de fumée montaient de la poêle. Poussant un juron, il la retira du feu mais c'était trop tard. Cinq secondes après, l'alarme se déclencha. Lucas lâcha une bordée de jurons.

La scène étant du plus haut comique, je me mordis les lèvres pour ne pas m'esclaffer. En vain. Ma prochaine libération avait beaucoup amélioré mon humeur. Je descendis de mon tabouret, plissant le nez pour ne pas respirer l'odeur âcre.

— Mettez ça dans l'évier, conseillai-je. Surtout, n'y versez pas d'eau. Autrement, l'odeur ne s'estompera jamais.

Après une rapide inspection, je découvris dans le réfrigérateur ce dont j'avais besoin et, deux minutes plus tard, je mélangeai de la pâte dans un plat creux.

— Qu'est-ce que vous faites? s'enquit Lucas.

— Des pancakes. Et je vous bannis de la cuisine. Dehors!

Avec le fouet que j'avais à la main, je lui enjoignis de sortir.

— J'adore les commandantes en chef! marmonna-t-il.

Sur ce, il fila tandis que je le menaçai en riant de la spatule en bois couverte de bouts d'œufs calcinés.

Quand, quatre heures plus tard, la limousine se gara sur le port, je ne souriais plus. Je suivis Lucas, descendu le premier, en veillant à rester aussi près que possible. Si Jeremiah avait été présent, il m'aurait offert le soutien de son bras. En même temps, jamais le cadet des Hamilton ne m'aurait mise dans pareille situation. La seule pensée réconfortante était que, ma tâche achevée, j'en aurais fini avec Lucas et ses magouilles.

Je n'avais pas la moindre idée de l'endroit où nous nous trouvions. New York était loin derrière nous. Au fur et à mesure que nous nous en étions éloignés, l'anxiété me gagnait. L'espoir que Jeremiah surgisse pour me sauver la mise s'était progressivement estompé. J'avais tenté de me réconforter en songeant que je le reverrais bientôt, pour peu que Lucas tienne sa promesse et ne me refasse pas le coup d'un dernier service à rendre.

Niall et ses hommes patientaient devant un gros bateau amarré au bout de la jetée. Sans pour autant être une experte, je me rendais compte que le navire était imposant, bien que moins récent et moins grand que la plupart des transporteurs qui remontaient ou descendaient l'Hudson. Il y avait des traînées de rouille sur la coque. J'eus l'impression qu'il s'agissait d'un chalutier, dont la cale ventrue servait à stocker la pêche du jour. Mais je doutais, vu sa présence dans les parages, qu'il serve encore à ce type d'activité.

— C'est quoi, ce rafiot? gronda Niall, mécontent, en désignant du pouce la carcasse métallique.

— Tu voulais un moyen de transport, je t'en fournis un, répliqua Lucas sans se laisser démonter. Tout a été chargé? demanda-t-il ensuite à un homme plus vieux qui se tenait à l'écart du groupe.

— Affirmatif. On attend vos ordres.

Mais Niall n'en avait pas terminé.

— Mec, si j'avais voulu un putain de canot de sauvetage, je l'aurais acheté moi-même!

— C'est un bon bateau, se défendit Lucas, et le capitaine Matthews prendra soin de la cargaison. Si tu veux que je livre ta marchandise à bon port, alors tu fais comme je dis. Crois-moi, conclut-il avec un large sourire, tu finiras par l'adorer, ce bateau!

L'Australien ne parut pas convaincu. Ce dont Lucas se moquait visiblement.

— Et où est notre cher docteur? s'enquit-il.

— Il voyage de son côté, grommela Niall. C'est nous qui accompagnerons le matos.

Au rictus malsain qui étira ses lèvres, j'eus l'intuition que cet arrangement cachait quelque chose. Cela n'affecta pas la bonne humeur de Lucas.

— Eh bien, messieurs, déclara-t-il, vérifions que tout est à votre convenance, puis nous pourrons partir et…

— Non, nous avons d'autres affaires à régler, lança l'autre. La fille vient avec nous.

Mon cœur cessa de battre. Lucas se contenta de rire.

— J'ai bien peur qu'elle reste avec moi, objecta-t-il.

Il me saisit le bras, mais se figea lorsque les hommes de l'Australien sortirent leurs armes.

— Tu ne m'avais pas dit que cette poupée-là appartenait à ton frère. À ton avis, combien serait-il prêt à payer pour la récupérer entière?

J'avalai ma salive, l'estomac noué par la peur. Si les armes n'étaient pas directement pointées sur nous, la menace n'en restait pas moins évidente. Lucas continuait d'arborer son sourire, mais il était moins enjoué. Il étudia Niall et ses acolytes.

— Un bon paquet, je pense, répondit-il.

Il claqua des mains, ce qui incita deux des hommes de main à braquer leur pistolet.

— Ma foi, capitaine, poursuivit Lucas à l'adresse de Matthews, il apparaît que nous aurons quelques invités lors de la traversée. Veillez à ce que tout soit prêt pour les accueillir.

— À vos ordres.

— C'est ça, s'exclama Niall, ravi d'avoir emporté le morceau. Toi, tu viens avec moi.

Il avança d'un pas, tendit le bras pour m'attraper. J'eus un mouvement de recul, prête à me défendre bec et ongles, mais Lucas s'interposa. Il fut si rapide que je n'aperçus son arme qu'une fois qu'il l'eût appuyée sous le menton de l'Australien, qui s'arrêta net. Son visage s'empourpra sous l'effet de la rage et de la peur. Il fusilla Lucas des yeux.

– Mlle Delacourt reste avec moi.

Toute trace de jovialité avait disparu de la voix de Lucas. Il approcha son visage de celui de Niall.

— Mon navire, mes règles, me suis-je bien fait comprendre, monsieur Jackson? ajouta-t-il.

L'interpellé grimaça.

Derrière lui, ses sbires nous tenaient en joue. Je croisai les doigts en espérant que Lucas sache ce qu'il faisait.

— Ils vous tueront, toi et la fille, grogna Niall.

Lucas enfonça le canon de son revolver dans la chair tendre du menton.

— Peut-être, acquiesça-t-il d'un ton vaguement amusé, mais toi, tu seras déjà mort.

Les deux hommes se défièrent du regard, aucun ne voulant céder. Mais lorsque Lucas arma le chien, l'éclat se ternit dans les prunelles de son adversaire.

— Rangez vos flingues ! ordonna-t-il à ses hommes.

Ils obtempérèrent et le blond recula. Lucas baissa son arme à son tour, sans cesser de garder Niall dans sa ligne de mire.

— Tu me le paieras, lui promit ce dernier.

— J'ai déjà une belle ardoise. Tu attendras ton tour.

Sur ce, Lucas me saisit par le coude et m'entraîna vers la passerelle. Quand je tentai de résister et d'échapper à sa prise, il sembla ne même pas s'en apercevoir et m'entraîna vers la passerelle pour monter à bord.

— Vous aviez promis de me laisser partir ! m'écriai-je en me débattant.

— En effet, admit-il.

Ses lèvres n'étaient plus qu'une mince ligne sévère. Nous longeâmes l'embarcation, qui avait tout d'un nid à tétanos, en dépit des travaux de peinture censés dissimuler la misère. Elle tanguait sur les eaux agitées. Alors que nous dépassions la partie centrale du bateau, je distinguai la porte d'une cabine.

— Par ici. Attention où vous mettez les pieds.

La passerelle s'enfonçait dans les entrailles du navire, où résonnait le bruit de l'écoulement de l'eau suintante. Des membres d'équipage s'échinaient à ranger des caisses au fond de la cale, d'où s'élevaient divers escaliers et passages métalliques menant aux différents ponts.

Nous descendîmes jusqu'en bas, empruntâmes une nouvelle passerelle puis, après avoir bifurqué, débouchâmes sur une coursive à mi-hauteur de la coque. Plusieurs portes s'ouvraient sur notre gauche. Nous les dépassâmes jusqu'à un battant que Lucas poussa avant de m'inviter à entrer du geste.

La cabine était en bien meilleur état que le reste du bateau. Petite et claire, elle était équipée d'un lit double, de quelques meubles et, à mon grand soulagement, d'une salle d'eau attenante.

— Vos quartiers pour les prochains jours, annonça Lucas, pendant que j'inspectai la pièce.

Il passa une main dans ses cheveux, seul signe tangible de sa nervosité. Comme son frère, il affichait un visage difficile à déchiffrer. Seul manquait le sourire insolent qui lui était habituel.

— Il y a des cachets dans l'armoire à pharmacie de la salle de bains si jamais vous avez le mal de mer. N'ouvrez à personne sauf à moi et vous serez en sécurité.

— C'est une promesse, repartis-je avec ironie. Comme celle concernant ma libération?

— Touché, admit-il en hochant légèrement le menton.

Il repartait déjà quand je le hélai.

— Lucas?

Il s'arrêta, se tourna vers moi.

— C'est ce qui est arrivé à Anya? demandai-je.

— Non. Elle aimait le danger, elle trouvait ça romantique. Et, comme un idiot, je l'autorisais à m'accompagner.

Il secoua la tête et soupira, avant de sortir et de refermer la porte derrière lui. Je m'empressai de tirer le verrou puis me laissai tomber sur le matelas dur. Sous le choc de ce qu'il venait de me révéler sur la Russe, j'attrapai un oreiller et y enfouis mon visage. J'étais vraiment dans le pétrin!

Un mois auparavant à peine, j'étais une secrétaire intérimaire qui réussissait tout juste à joindre les deux bouts. Comment m'étais-je débrouillée pour atterrir à bord du navire d'un trafiquant d'armes?

J'étais toujours allongée lorsque, quelques minutes plus tard, je perçus les vibrations du bateau qui larguait les amarres. Fermant les yeux, je roulai sur le ventre, accablée par le tournant désastreux qu'avait pris mon existence.

Alors que nous gagnions le large, la mer devint plus agitée. Ma famille n'ayant jamais eu l'occasion de faire des virées en bateau, je n'avais pas le pied marin. Pour le moment, tout allait bien, mais prévenir valait mieux que guérir. Je me rendis à la salle d'eau pour avaler un cachet.

Contrairement à la chambre que Lucas m'avait réservée dans son loft new-yorkais, celle-ci était sobre au point d'en être spartiate, et n'avait visiblement pas été occupée par une femme. La plus grande partie de ce qu'elle contenait était soit vissé soit soudé au plancher, ce qui semblait légitime pour des traversées en haute mer. Même l'étagère était munie d'un haut rebord afin d'empêcher les livres qu'elle contenait de voler dans tous les sens. Je jetai un coup d'œil aux différents titres des volumes qui, tous, étaient vieux et abîmés, comme s'ils avaient été lus et relus. Je ne fus pas surprise de découvrir *L'Art de la guerre* de Sun Tzu, et *Le Prince* de Machiavel. En revanche, je ne m'attendais pas à trouver des auteurs comme Tolkien ou C.S. Lewis dans la cabine de Lucas. *Choix intéressant*, songeai-je en me détournant de la bibliothèque pour examiner le reste de la cabine.

Un cadre photo était posé sur une commode étroite. Quand je voulus le prendre, je m'aperçus qu'il était scotché sur le meuble. Je me penchai pour détailler la photo de plus près. Même s'il était difficile de déterminer de quand exactement datait le cliché, je déduisis que les deux garçonnets qui y figuraient devaient être Lucas et Jeremiah. La côte en arrière-plan ressemblait beaucoup à celle où se trouvait la résidence des Hamptons que j'avais bien malgré moi visitée récemment. Si les enfants ne souriaient pas, leur proximité physique suggérait un véritable lien – aujourd'hui rompu.

Soudain, on frappa à la porte. Je sursautai, comme prise en faute. Levant les yeux au ciel, j'inspirais un bon coup et allais ouvrir. C'était Lucas.

— Ne vous ai-je pas demandé de vérifier qui était là avant d'ouvrir? s'emporta-t-il en s'engouffrant dans la pièce.

— À vos ordres, Maître! répliquai-je, railleuse, ce qui me valut un regard carrément exaspéré. Qu'est-ce que c'est?

Il venait de déposer un paquet sur le lit.

— Des vêtements, répondit-il en oubliant un instant les questions de sécurité. Je les ai fait apporter avant notre appareillage. Et non, ils n'appartenaient pas à Anya. J'ai envoyé l'un de mes hommes les acheter hier soir. Ils sont à votre taille.

— Combien de temps comptez-vous donc me garder avec vous? lançai-je, suspicieuse.

— Je ne comprends pas votre question, éluda-t-il avec un immense sourire ravageur. Votre nouvelle chambre vous plaît-elle?

Il s'adressait à moi comme si nous étions les meilleurs amis du monde, ce qui ne fit que renforcer mes soupçons.

— Ça va, admis-je d'une voix prudente.

— Tant mieux! Figurez-vous que je l'occuperai avec vous.

— Dans vos rêves! Pas question!

Quel culot! La seule idée de dormir dans la même pièce que lui… À plus forte raison dans le même lit!

— Oh que si ! riposta-t-il en tapotant de l'index sur le bout de mon nez avant que j'aie eu le temps de reculer. Vous m'en serez reconnaissante, d'ailleurs. Et puis, c'est est ma cabine. Vous ne voudriez tout de même pas que je me contente d'une couchette avec mes hommes, non?

— Si ! explosai-je.

Il leva les yeux au ciel d'un air moqueur.

— Bon, reprit-il, il faut que j'aille vérifier que nous nous éloignons du continent sans ennuis. J'espère avoir graissé les bonnes pattes, cette fois. Faites comme chez vous.

— Comment ça, cette fois? repris-je.

Mais il filait déjà. Avec un grognement, je poussai le verrou, bien décidée à ne pas lui ouvrir lorsqu'il reviendrait frapper. Puis j'allai prendre un livre, résignée à sombrer dans l'ennui.

J'ignore combien de temps plus tard, des coups retentirent à la porte. J'avais lu un quart de *L'Art de la guerre*, ayant abandonné Tolkien dès le deuxième chapitre. Je tournai ma page, ignorant délibérément mon visiteur, quiconque puisse-t-il être. Nous n'avions fait aucune escale depuis notre départ, et je n'étais toujours pas d'humeur sociable.

De nouveaux coups ébranlèrent la porte. Exaspérée, je finis par lâcher mon bouquin.

— Qui est là ? criai-je d'une voix agacée.

— Ah ! Voilà qui est bien mieux !

— Ce n'est pas en vous moquant que je vous laisserai entrer ici, répliquai-je en croisant les bras sur ma poitrine.

— Vous n'avez pas faim?

La seule idée de nourriture suffit à déclencher des gargouillements dans mon ventre, et je me dépêchai de lui ouvrir. Lucas était planté dans le couloir, un plateau dans les mains.

— Puis-je me joindre à vous pour le dîner? s'enquit-il.

La politesse de sa requête me déstabilisa.

— Bien sûr, opinai-je avec un haussement d'épaules.

Je m'écartai pour le laisser passer. Les bonnes odeurs qui émanaient du plateau me mirent l'eau à la bouche, et je lui emboîtai le pas tandis qu'il le posait sur la commode.

— J'imagine que je ne suis pas autorisée à manger dans ce qui sert de réfectoire à bord? lâchai-je, non sans regarder par-dessus son épaule pour voir ce qu'il m'avait apporté.

— On parle de carré chez les marins. Et vous avez raison. Autant j'ai confiance en mes hommes, autant Niall trimballe toute une bande d'affreux dont je ne connais pas les intentions à votre égard.

La perspective d'être la seule femme sur un navire bondé d'hommes faillit me couper l'appétit, et je frissonnai.

— Anya a-t-elle jamais voyagé sur ce bateau?

— Pas souvent. À deux reprises. Elle appréciait les attentions qu'elle recevait. Je ne crois pas qu'elles vous plairaient autant qu'à elle.

Il me gratifia d'un drôle de regard.

Nous dînâmes en silence, ce qui me convint fort bien. La nourriture était correcte et relativement équilibrée, bien que les haricots verts aient un arrière-goût de lard fumé.

— Qui est votre cuisinier?

— Alexeï. Il prétend avoir une formation de cuistot, mais j'ai de sacrés doutes.

— Ah.

Le silence retomba, un peu gêné cette fois, mais supportable. Lucas semblait perdu dans ses pensées, ce qui me donna une rare occasion de l'observer discrètement. Lorsqu'il arborait cet air grave, il ressemblait énormément à son frère. Je continuais d'avoir du mal à admettre qu'il soit l'aîné des deux. Bien que plus svelte et petit que son ex-militaire de frère, il avait certains de ses traits et la même peau mate. Sa balafre pâle tranchait sur son teint sombre. C'était elle, par-dessus tout, qui le distinguait de Jeremiah.

Leurs différences de caractère étaient frappantes. Là où son cadet était maussade et torturé, Lucas était... comment l'exprimer? Son masque à lui était tout autre, et j'avais tout autant de difficultés à le percer. Loin d'être menaçant, en surface du moins. Sa bouche était la plupart du temps fendue en un sourire à la Joker, comme si l'ironie et les plaisanteries lui permettaient de maintenir une certaine distance avec les gens.

J'avais beau aimer les énigmes, les hommes de la famille Hamilton représentaient un mystère qui me dépassait.

— Si je comprends bien, je suis coincée ici jusqu'à ce que nous ayons atteint notre destination?

Ma question était empreinte d'une résignation presque décontractée. Les Hamilton avaient au moins en commun une fâcheuse tendance à me garder prisonnière. À ma grande surprise, Lucas secoua la tête.

— Vous êtes plus en sécurité dans cette cabine, mais si l'envie vous prend de vous balader à bord, ne vous gênez pas. Bien sûr, vous devrez être escortée par l'un de mes hommes.

Je fronçai les sourcils mais il n'en tint pas compte.

— D'une geôle à l'autre, marmonnai-je en jouant avec le reste de mes haricots verts.

J'avais été une «invitée» dans la maison des Hamptons durant presque quinze jours, obligée de me cantonner à l'intérieur du manoir. Pourtant, je n'avais pas été épargnée. On m'avait tiré dessus et enlevée, j'avais frôlé la mort avant que mon amant, ancien tireur d'élite de l'armée, abatte mon assaillant sous mes yeux. Ce souvenir m'ayant définitivement coupé l'appétit, je repoussai mon assiette.

— Et maintenant? m'enquis-je.

— D'ordinaire, je ne participe pas à ces voyages. Je suis plus du genre à prendre un avion privé pour me régaler d'un joli paysage tropical et d'un bon cocktail à base de rhum. J'adore les petits parasols qu'ils y collent.

Il m'adressa un clin d'œil joyeux.

— Bien entendu, répondis-je.

Les conversations avec cet homme avaient tout d'une discussion avec un enfant qui vous court dans les pattes. Bizarres, sans suite logique, mais divertissantes.

— Cinq jours de trajet, c'est bien ça? repris-je.

— Oui. Entre-temps, j'aurai trouvé un moyen de vous rapatrier chez vous.

J'avais très envie de le croire. Pourtant, je me bornai à acquiescer d'un air sombre.

Il s'empara du livre que j'avais abandonné sur le lit et le feuilleta.

— Excellent choix, commenta-t-il. Vous y trouverez tout un tas de conseils pratiques qui ne sont utiles qu'en cas de conflit.

— Ben voyons, maugréai-je en récupérant l'ouvrage et en le contemplant.

Lucas glissa un doigt sous mon menton et m'obligea à croiser son regard.

— Toute lutte est fondée sur la tromperie, souffla-t-il. Faites-vous passer pour faible quand vous êtes fort, et pour fort quand vous êtes faible. Le véritable art de la guerre, c'est de soumettre l'ennemi sans combat.

Je compris alors qu'il citait des extraits de l'ouvrage.

— Le summum est de soumettre l'ennemi sans verser une seule goutte de sang. En amour comme à la guerre.

Il baissa ses yeux bleu vert pour fixer ma bouche.

— Pour connaître l'ennemi, deviens ton ennemi.

Ma citation le fit tressaillir, et il replongea son regard dans le mien. Un sourire, sûrement le plus authentique que je lui aie jamais vu, étira ses lèvres.

— Rien de plus vrai, commenta-t-il.

Prise d'une soudaine timidité, je rompis le contact et m'écartai.

— Merci pour le repas, dis-je en veillant à conserver le lit entre nous.

— Je vous en prie. Reposez-vous. Inutile de m'attendre, dormez.

Une fois encore, il me gratifia d'un clin d'œil guilleret. L'inquiétude me fit écarquiller les yeux tandis qu'il regagnait la coursive en sifflotant.

— Bonne nuit! me lança-t-il, narquois, avant de disparaître.

Je poussai un soupir irrité. *Les hommes!* Après avoir posé le paquet de vêtements par terre, je me laissai tomber sur le matelas et fixai le plafond. Je n'étais pas du tout fatiguée. Je remontai tout de même la couette sur moi, m'emparai de mon livre et retrouvai l'endroit où j'avais interrompu ma lecture. La semaine promettait d'être longue.

25

Quand je me réveillai, la cabine était plongée dans une obscurité que seule rompait la lueur d'une veilleuse. Le matelas tanguait et roulait, et une brusque nausée me rappela que j'étais à bord d'un navire. Je tendis le bras sur le côté et fus soulagée de constater que j'étais seule.

Je repoussai les draps mais m'interrompis quand un faible ronflement me parvint depuis le centre de la cabine. Rampant sans bruit jusqu'au pied du lit, je découvris Lucas, profondément endormi sur le sol. Étendu en croix sur le ventre, il prenait un maximum de place. Ses couvertures tire-bouchonnaient autour de son corps mince. D'après ce que j'apercevais… Je roulai sur mon lit en rougissant. Pas question de vérifier s'il était aussi nu qu'il en avait l'air.

Je patientai un bon moment avant de me lever aussi discrètement que possible. J'attrapai le paquet de vêtements et contournai le dormeur sur la pointe des pieds. Le tapis mince était frais, et les craquements provoqués par mes pas se fondaient dans les bruits de fond du bateau. Ce fut avec un gros soupir de soulagement que je réussis à m'introduire dans la salle d'eau.

Après avoir refermé derrière moi, je me débarbouillai le visage, tirai mes cheveux indociles en queue-de-cheval. Jetant un rapide coup d'œil dans la cabine, je fonçai sans un bruit vers la porte, enfilai mes chaussures et un caban, puis me faufilai dehors.

Il n'y avait personne en vue et j'en fus bien contente. Des tréfonds de la coque me parvint le son de quintes de toux, plus près de moi j'entendis des voix assez fortes. D'une démarche hésitante, je me dirigeai vers elles. La dernière porte du couloir était ouverte. Lorsque j'y passai la tête, les conversations s'arrêtèrent net. Tous les hommes qui se trouvaient là me dévisageaient.

Le réfectoire. C'est tout ce que mon cerveau put formuler. Pour le reste, je me pétrifiai. J'essayai de m'exprimer – en vain. Aussi, je me bornai à faire un signe de la main. Cela suffit à rompre le charme. Tous se détournèrent et reprirent le repas que mon apparition avait interrompu. *Ma pauvre fille*, me morigénai-je, *tu n'es qu'une gourde*.

Je choisis de monter vers le pont supérieur plutôt que de m'enfoncer dans les entrailles du navire. Je dus pousser fort sur une porte pour émerger à l'extérieur. Comme des nuages gris cachaient le soleil, je ne sus définir quelle heure il était. De violentes bourrasques faisaient rouler et tanguer le bateau. Les embruns me couvrirent rapidement d'une fine pellicule d'humidité. Serrant les pans de mon caban, je m'agrippai au bastingage tout en observant l'agitation de l'océan. Par bonheur, j'avais avalé un nouveau cachet avant de quitter ma cabine. Je me félicitai d'avoir pris cette précaution, car mon estomac n'était guère enchanté par les mouvements du navire. À part ça, j'étais ravie de l'expérience.

J'étais la seule à être assez idiote pour me rendre sur le pont aussi tôt le matin. Même si cela signifiait que j'avais les lieux pour moi, je comprenais pourquoi les autres préféraient ne pas sortir – le froid était pénétrant et réussissait même à s'infiltrer sous l'épaisse laine du caban. En rasant les cloisons, je rejoignis une porte que j'avais remarquée au bout du pont. Je tirai le battant et fus aussitôt assaillie par une bouffée d'air chaud qui me fit prendre conscience que j'avais le bout du nez gelé. Je me dépêchai d'entrer et grimpai l'escalier d'un pas hésitant, l'œil aux aguets.

L'atmosphère enfumée et l'odeur de tabac m'indiquèrent que la passerelle supérieure était occupée. Je distinguai d'ailleurs un murmure. Glissant la tête par l'écoutille pratiquée au sommet des marches, j'aperçus deux hommes installés sur des chaises vissées au sol. Ils regardaient par les fenêtres qui surmontaient le tableau de bord. J'identifiai le capitaine, entrevu la veille, mais pas son voisin. Ils donnaient tous les deux la même impression d'être de vieux loups de mer burinés et bourrus. Mais rien dans leur attitude ne dégageait de violence ou n'exprimait de menace, contrairement à ce que j'avais pressenti chez les hommes attablés en bas.

— Regarde-moi un peu qui va là !

Je leur adressai un petit coucou timide de la main. Ils pivotèrent vers moi et le capitaine me fit signe de monter.

— Restez donc pas plantée là ! s'exclama-t-il tandis que son visage ridé se fendait d'un sourire. On mord pas, juré.

— Moi si, objecta son voisin en souriant à son tour, dévoilant une dentition loin d'être complète. Autrefois. Aujourd'hui, j'ai perdu presque tous mes crocs.

Le capitaine lui flanqua une tape sur le crâne, et l'autre émit un couinement amusé. Je grimpai avec bonne humeur les dernières marches de l'escalier et entrai dans le poste de pilotage. Les deux hommes se trouvaient de part et d'autre d'une table pliante. Un grand bol rempli de piécettes était posé dessus. Ici, le roulis était plus perceptible qu'en bas, et je m'accrochai à la rampe. Le capitaine me tendit la main.

— Seth Matthews, se présenta-t-il d'une voix bourrue. Mais personne m'appelle par mon prénom. Et ce voyou, c'est mon second, Francis Buttercup.

— La ferme, intima l'autre en lui assenant un coup de coude avant de me tendre la main à son tour. Appelez-moi Frank.

Sa paume, comme celle du capitaine, était calleuse comme du cuir brut. Il indiqua la table d'un geste.

— Vous jouez au poker, petite?

Sans attendre ma réponse, les deux hommes tirèrent un tabouret de derrière la timonerie et redistribuèrent les cartes. Les piécettes furent également réparties entre nous trois. Mes partenaires n'étaient, semblait-il, pas assez féroces pour ne pas partager leur richesse. Le capitaine continuait de surveiller la mer, ses indicateurs et ses cadrans, ce qui ne l'empêchait nullement de participer activement au jeu.

— Vous recevez beaucoup de visite ici? demandai-je en tirant une reine de cœur.

— Non, pas vraiment, répondit Matthews, qui se frotta la tête. De toute façon, on ne les encourage pas vraiment. On apprécie pas trop les types qui voyagent sur ce bateau, si vous voyez ce que je veux dire.

Je lâchai un soupir soulagé, heureuse de voir que mon opinion était partagée.

— Je n'étais encore jamais montée à bord d'un navire aussi gros.

— C'est un baptême, alors?

Je hochai la tête.

— Ça vous tenterait de prendre la barre? proposa le capitaine.

Je lui adressai un sourire ravi et ne tardai pas à me retrouver à la barre, tandis qu'il me dispensait des conseils simples pour garder le cap.

— Vous auriez dû voir mon chalutier, s'exclama-t-il, plongé dans ses souvenirs. Il était souple, un bonheur à barrer, et il fendait les eaux comme aucun autre bateau. C'était le plus rapide de la flotte, avec le meilleur équipage qui soit. Rien en commun avec ce tas de rouille.

— Parce que celui-ci ne vous appartient pas?

— Si, si, reconnut Matthews sans grand enthousiasme mais en tapotant les commandes avec affection. On a sué sang et eau pour l'améliorer. Il est un peu comme un outsider. Ne vous fiez pas aux apparences, il est plus rapide que la majorité des navires de son tonnage. Il n'empêche, ce sera toujours comme comparer un char d'assaut à une voiture de course.

Son accès de nostalgie me fit sourire. J'allais l'interroger de nouveau lorsqu'un courant d'air froid monta de l'entrée, en bas. Je me figeai quand j'entendis un accent écossais.

— Je crois bien l'avoir vue venir ici, chef.

Soudain, la tête de Niall apparut au-dessus de l'écoutille. Un rictus satisfait déformait ses traits.

— Tiens, tiens, tiens! Si ce n'est pas ma poupée! Justement, on te cherchait, ma chérie.

Il adressa un geste méprisant à mes compagnons.

— Ne bougez pas les gars, ajouta-t-il. Elle vient avec moi.

— Ça m'étonnerait, murmura Matthews.

Le capitaine et son second se postèrent devant moi, formant un rempart solide. Niall leur jeta un regard coléreux. Matthews attrapa quelque chose en douce sous la table et le garda dans son dos.

— Vous avez intérêt à m'obéir! exigea l'Australien.

Ses menaces parurent toutefois ne produire aucun effet.

— Tu le laisses te parler sur ce ton? demanda Frank d'une voix calme sans quitter le blond des yeux.

— Non, tu as raison, admit son supérieur. J'aime pas beaucoup son arrogance.

Niall écarta alors un pan de son gros manteau et découvrit l'arme qu'il portait à la hanche.

— Elle vient avec nous, lâcha-t-il lentement.

— Le voilà qui se prend pour un porte-flingue, maintenant! siffla Frank, railleur.

Le capitaine ricana.

— C'est sûrement son sang de cow-boy australien qui parle! Sauf qu'il fait pas le poids.

Sur ce, il brandit le fusil qu'il dissimulait dans son dos et le pointa sur Niall avec un sourire mauvais.

— Alors, gamin, toujours envie de te battre?

Aussitôt, le blond et son acolyte écossais levèrent les mains.

— Putain de rafiot! s'exclama le premier, furieux. Je n'ai pas craché autant de pognon pour être traité comme ça. Vous bossez pour moi!

— Non, pour moi! lança joyeusement la voix de Lucas depuis le bas des marches.

Je poussai un soupir de soulagement quand je le vis grimper prestement l'escalier et dépasser les deux hommes en colère pour se planter de notre côté.

— Et si vous redescendiez voir ce que mijotent vos gars? leur suggéra-t-il.

Tout à coup, Niall se rua sur Lucas, mais l'Écossais le retint au dernier moment.

— Chef! hurla-t-il.

L'Australien repoussa brutalement son homme de main et menaça l'aîné des Hamilton du doigt.

— La rançon pour cette nana sera à moi, Loki!

Niall écarta alors son complice et s'en alla en claquant la porte derrière lui.

— Une rançon? grommela Matthews à mon adresse. Vous devez être drôlement importante aux yeux d'un sacré gros bonnet pour affoler autant le slip de ce type.

— Mon frère, révéla Lucas. Qui ignore qu'elle est ici avec moi.

Le capitaine poussa un sifflement.

— Vous vous débrouillerez tout seul sur ce coup-là, dit-il ensuite. Pas question de me mêler à cette embrouille. Ce requin vous a-t-il raconté comment je l'avais connu? me demanda-t-il ensuite en désignant mon ravisseur du pouce.

Son ton me fit sourire. Matthews semblait toujours avoir une bonne histoire sous le coude. La tension finit par se dissiper. Lucas s'adossa au tableau de bord et soupira:

— Il faut vraiment que vous racontiez cette histoire à tout le monde?

— Pas à tout le monde, repartit le capitaine en me gratifiant d'un clin d'œil complice. Juste à ceux dont je suis sûr qu'ils ne vous la laisseront pas oublier. Alors, voilà. Je viens de rentrer d'une virée en mer et je me trouve dans mon bar préféré à picoler pour relâcher un peu la pression quand ce gars, en costard trois pièces, me demande si je cherche du travail. Je pue le poisson et je me suis pas douché depuis des semaines, vu que je débarque à peine de mon bateau. En plus, j'avais chopé le fiston d'un copain en train de fumer un joint et j'avais été obligé de le virer. Donc, je suis pas de très bonne humeur.

Matthews s'interrompit pour reprendre son souffle avant d'enchaîner:

— Il m'offre un sacré paquet de fric, assez pour éveiller mon attention. Mais comme il me donne l'impression d'être un foutu prétentieux, je lui propose un marché: s'il accepte de bosser une journée sur mon navire, j'écouterai ce qu'il attend de moi. Le gamin essaye de m'embobiner, sauf que je mords pas à l'hameçon. Franchement, j'ai été content de le voir tourner les talons, j'avais envie de boire en paix. Bref, vous imaginez ma surprise quand, le lendemain, il se ramène sur le quai. Il a aucune idée de ce qui l'attend, mais il est plein de bonne volonté. J'ai immédiatement regretté de l'avoir provoqué. Malheureusement, je m'étais engagé.

— Vous m'avez exploité jusqu'à la moelle, précisa Lucas en croisant les bras sur sa poitrine.

Son sourire démentait la rancœur qu'auraient pu exprimer ses mots.

— Je vous ai fait trimer comme n'importe quel moussaillon, riposta le capitaine. C'est le reste de l'équipage qui vous a le plus harcelé. Mais figurez-vous, ajouta-t-il à mon intention, que ce petit merdeux a réussi à tenir sans craquer. Il a même gagné le respect de mes hommes en donnant tout ce qu'il avait. C'est pas rien, en mer. Alors quand on est rentrés au port, je lui ai refilé sa part des bénefs. Mais il m'a dit de la garder et m'a proposé un boulot. À moi !

— Et vous l'avez accepté, si ma mémoire est bonne, commenta Lucas.

Matthews haussa les épaules.

— J'ai plus gagné avec cette petite expédition que ce que m'avait rapporté la saison de pêche de l'année précédente.

Il sembla soudain devenir grave.

— Mes gars me manquent, mais ils étaient pères de famille et je voulais pas les fourrer dans le pétrin. Y a que ce crétin de Frank qui a refusé de quitter le bateau, alors je l'ai embarqué avec moi. Ma foi, on est vieux, on a plus de femme ni de gosses. L'idéal pour ce genre de vie.

Mon cerveau avait du mal à se représenter Lucas engoncé dans des cuissardes en train de vider des poissons. Remarquant que je l'observai, il me gratifia de son sourire narquois habituel.

— Quoi? me lança-t-il. Vous pensez que je suis incapable de m'en sortir dans la cour des grands?

À cet instant, un *boum* étouffé m'évita de répondre. Matthews pivota aussitôt en direction de son tableau de bord, s'empara de la roue, la manœuvra à droite et à gauche, vérifia ses instruments.

— On a plus de jus, commenta-t-il sans plus aucune trace d'amusement dans la voix. Le gouvernail fonctionne, mais j'ai perdu les moteurs.

Lucas se précipita en bas, m'entraînant avec lui.

— Est-ce que je peux vous aider? m'enquis-je.

— Bien sûr. Vous vous y connaissez en mécanique?

— Non, marmonnai-je, déçue.

Nous regagnâmes rapidement notre cabine. J'étais en proie à un profond sentiment d'injustice. Non seulement j'étais une prisonnière mais, de surcroît, une prisonnière *inutile*. Lucas dut sentir mon agacement car il marqua un temps d'arrêt.

— Je suis obligé de vous garder ici pendant que je règle le problème. Je vous promets de vous tenir au courant dès que j'aurai du nouveau. Ça marche?

Légèrement rassurée, j'opinai. Il me récompensa d'un sourire qui me liquéfia.

— N'oubliez pas de vous enfermer à clé, précisa-t-il en sortant.

— À vos ordres!

Après une parodie de salut militaire, je lui claquai la porte au nez. Fidèle à ma parole, je la verrouillai puis allai m'asseoir sur le lit. Mon regard fit le tour de mon étroite geôle. *Quelle ironie du sort si je mourais ici!* Cette pensée morbide me troubla cependant. Lentement, je m'allongeai et fixai la paroi du fond.

J'aurais aimé pouvoir déterminer ce qui m'avait conduite jusqu'ici. Le plus simple était d'accuser Lucas. C'était lui qui m'avait traînée à bord de ce navire. Même si, à l'origine, c'était le décès de mes parents qui avait interrompu mes études, je ne pouvais pas leur en vouloir. L'événement, bien qu'il remonte à plusieurs années, était encore trop douloureux. Depuis, ma vie n'avait été qu'une longue dégringolade et, alors que je croyais que la chance avait enfin tourné...

Pourquoi gâcher ce que nous partageons avec de telles platitudes?

Les mots prononcés par Jeremiah seulement quelques jours plus tôt me revinrent en mémoire, transperçant mon cœur d'une flèche incandescente. Je serrai les paupières afin de retenir mes larmes. J'avais déjà trop pleuré. Sa réaction à mes trois petits mots – *je vous aime* – m'avait poussée à quitter la maison des Hamptons et à me fourrer dans les ennuis jusqu'au cou. Je n'avais pas eu l'intention de dire cette phrase à voix haute. Elle m'avait échappé.

Je vous aime.

Son rejet avait été comme une gifle en pleine figure. Il m'avait dit de ne jamais redire ça avant de s'en aller.

Ai-je vraiment eu tort d'exprimer mes sentiments? Cette question me tourmentait plus que tout. Pourtant, je ne m'étais pas attendue à ce qu'il me réponde qu'il m'aimait aussi. Je n'étais pas aussi naïve: nous nous fréquentions depuis moins d'un mois. En même temps, il n'avait jamais précisé que ces mots étaient tabous. Si j'avais su qu'il préférait que les émotions soient tues, je n'aurai rien dit.

J'avais été prise au dépourvu. Pour autant, pouvais-je reprocher à Jeremiah ce qui m'arrivait? *J'aimerais rejeter la faute sur lui.* Mais non. Je soupirai. Parfois, j'aimerais être moins pragmatique.

Soudain, on frappa. J'allais à la porte.

— Qui est-ce?

— Lucas.

La voix était étouffée par l'épaisseur du battant. Je ne pus m'empêcher de sourire.

— Vous m'avez trouvé un truc à faire? lançai-je en ouvrant.

Une rangée de dents jaunes me sourit.

— Salut ma belle.

Je tentai aussitôt de refermer la porte mais le corps massif de mon visiteur m'en empêcha. Je battis en retraite et courus me réfugier derrière le lit, Niall sur mes talons. Il m'empoigna par les cheveux, mais je parvins à échapper à son emprise, traversai la cabine et me retrouvai piégée dans un coin. Niall fit une pause, tel un prédateur se délectant de l'impuissance de sa proie. Lorsqu'il fit le tour du lit, je sautai par-dessus le matelas et fonçai vers la coursive.

J'étais sur le seuil, croyant être sortie d'affaire, quand une énorme main m'agrippa par la taille et me tira en arrière.

— Lucas! m'époumonai-je.

L'Australien me plaqua contre le mur et claqua la porte de la cabine.

— Ton chéri est à l'autre bout du rafiot, dit-il en se marrant. Je serais ravi que tu hurles mon nom, plutôt.

Il se colla à moi mais je roulai sur le côté, ma hanche heurtant au passage la commode. Le cadre photo qui s'y trouvait tomba sous le choc. Alors que mon agresseur se penchait vers moi, sûrement pour me voler un baiser, je m'en emparai et l'abattis sur son visage. Le coup était maladroit et faible, mais il suffit à le faire reculer et j'en profitai pour me réfugier dans la salle de bains.

Il y eut un silence, durant lequel Niall reprit ses esprits, interrompu par un véritable rugissement. Sans me laisser le temps de refermer le battant, l'homme se rua dans la pièce exiguë. Sa bonne humeur avait disparu. Sa grosse main autour de ma gorge, il me propulsa violemment contre la paroi de la douche. Déséquilibrée, immobilisée, je tentai vainement de griffer la poigne qui m'étranglait. L'Australien fit cogner ma tête contre la surface dure, encore et encore, au point que ma vue se brouilla. De sa main libre, il s'essuya le visage, grogna et me montra ses doigts rougis de sang.

— Espèce de petite salope !

Il me traîna hors de la salle d'eau et me jeta sur le lit. À moitié assommée, luttant pour respirer, je me débattis pour lui échapper. Mais il saisit mes jambes, me ramena vers lui et écrasa sa paume sur mon visage lorsque j'essayai de me relever. À travers la douleur qui envahissait tout mon corps, j'entendis le bruit d'une boucle de ceinturon qu'on détachait. *Non, par pitié...*

La suite me parvint de façon très floue. Un fracas retentit, suivi d'une détonation, et Niall s'écroula sur le flanc en couinant comme un porc qu'on égorge. Il s'effondra par terre à l'autre bout du lit, et je découvris Lucas qui avançait sur lui avec son revolver.

— Tu m'as tiré dessus !

— En effet. Et maintenant, je te donne trois secondes pour me convaincre de ne pas recommencer.

Reprenant un peu mes esprits, je me relevai et les regardai.

Derrière Lucas, l'Écossais entra dans la cabine à reculons, les mains en l'air. Frank apparut à son tour, le menaçant du fusil du capitaine qui arrivait en dernier, les yeux fixés sur Lucas.

Sur le sol, Niall gémissait en se balançant.

— Sale fils de pute ! cracha-t-il.

Lucas tira de nouveau, et je tressaillis en entendant le hurlement de Niall. Je ne pouvais pas le voir mais je ressentais profondément la souffrance dans la voix de l'Australien.

— Tu as raison, pour ma mère, lâcha Lucas sur un ton dangereusement léger. Mais j'attends mieux.

— Quoi? marmonna l'autre, les dents serrées.

— Pourquoi tu as saboté mon navire?

Pour le coup, mon agresseur sembla dérouté.

— Comment? s'écria-t-il. Pourquoi est-ce que j'aurais fait ça? Non, non! se dépêcha-t-il d'ajouter en agitant les bras quand Lucas approcha d'un pas. Je te jure que je n'ai rien saboté du tout! Pourquoi je mettrai en danger ma cargaison?

— J'en conclus que ta visite ici relève uniquement du hasard, alors?

Si l'aîné des Hamilton s'exprimait avec la désinvolture qu'il aurait utilisée pour parler de la météo, je savais, pour avoir vu son frère agir de manière identique, que le danger n'était pas loin. Ce dont Niall paraissait complètement inconscient.

— J'ai saisi ma chance, OK? rétorqua-t-il.

L'arme fut cette fois dirigée droit sur son crâne. L'air jovial qu'affichait Lucas disparut, comme sous l'effet d'un interrupteur. Il s'approcha encore, plaça le canon sur le front de son adversaire qui se mit à bredouiller avant de s'écraser par terre, hors de ma vue.

— Fiston! lança la voix rude de Matthews.

Lucas se figea.

— Ne fais pas ça, poursuivit le capitaine en passant au tutoiement. Pas sous l'emprise de la colère ni devant la fille.

Durant une poignée de secondes, je crus que Lucas n'allait pas l'écouter. J'étais sous le choc. De l'autre côté du lit me parvenaient les suppliques de Niall. Le revolver trembla un instant, l'index se crispa sur la gâchette, puis le masque souriant de Lucas revint sur ses traits.

— Tu as du pot que je sois un type bien, dit-il en pointant son arme vers le plafond. Que son homme le ramène en bas. Enfermez-les tous les deux dans la soute avec une trousse d'urgence.

— Tu me le paieras, marmonna Niall tandis que l'Écossais l'aidait à se relever.

Lucas lui avait tiré dans la jambe à deux reprises.

— Je connais des gens qui ne seront pas très contents quand je…

Lucas rabaissa son revolver et, avec désinvolture, tira dans l'autre jambe de l'Australien. Ce dernier poussa un hurlement et s'effondra contre son acolyte.

— Finalement, je suis ne pas un type aussi bien que ça, commenta le balafré en secouant la tête. Que Dieu me préserve des amateurs !

Sanglotant, l'Australien fut évacué de la cabine, suivi de près par Frank qui continuait de tenir les deux hommes en joue. Lucas les regarda partir avant de se tourner vers moi.

— Comment est-il entré ? me demanda-t-il.

Comme je ne répondais pas, il poursuivit d'une voix pleine de colère :

— Je vous avais pourtant conseillé de vous renseigner avant d'ouvrir !

— Il s'est fait passer pour vous, avouai-je en serrant mes genoux entre mes bras. Je vous ai obéi. J'ai cru que…

J'entendis un cliquetis, puis Lucas posa l'arme sur la commode et me prit dans ses bras. Je tentai d'échapper à son étreinte mais l'émotion commença à me submerger. Je me mis à trembler et m'accrochai à lui, comme à une ancre rassurante et protectrice.

— Je suis désolé, chuchota Lucas dans mes cheveux, alors que je me laissais aller contre lui.

— Je redescends vérifier où en sont les réparations, annonça le capitaine.

Je ne me donnai pas la peine de regarder dans sa direction, mais Lucas hocha la tête.

— Le gamin a littéralement volé quand il vous a entendue, continua Matthews à mon adresse avant de s'en aller en refermant la porte derrière lui.

Agrippée à Lucas, je cachai mon visage quand je fondis en larmes. Plus j'essayais de me contenir et plus j'étais secouée de sanglots. Le barrage rompit, je cédai à la fois à la colère et au soulagement.

Je me calmai peu à peu. Pendant tout ce temps, Lucas n'avait cessé de me bercer. Pour autant, je ne le lâchai pas et le retins même quand il desserra son étreinte.

— Ne partez pas, murmurai-je. Pas encore.

D'une main, il caressa mes cheveux tandis que de l'autre il frôlait mon dos. Je frémis, mais il ne descendit pas plus bas.

— J'ai commis une erreur en vous emmenant, marmonna-t-il, visiblement furieux contre lui-même. Bon sang, je n'aurais pas dû vous mêler à tout ça ! J'aurais pu me débrouiller autrement, sans vous, et vous seriez restée…

Il s'interrompit alors je relevai la tête pour le dévisager. Il regardait dans le vide, la bouche étirée en une ligne sévère. Quand il finit par croiser mon regard, je distinguai dans ses yeux un éclat qui me vrilla le ventre, et je ressentis en même temps combien notre contact était intime. Mes poings s'enroulèrent autour du fin tissu de sa chemise, et je me serrai contre lui.

— Merci, chuchotai-je en me réfugiant dans la chaleur réconfortante de son corps.

Son odeur et sa proximité me bouleversèrent, mais tout valait mieux que le souvenir de cette journée… non, de cette semaine.

— Je vous en prie, répondit-il d'une voix tendue.

Le désir se lisait dans ses yeux. Je me rappelai brusquement le baiser que nous avions échangé chez lui, la sensation de ses lèvres sur les miennes, son parfum envoûtant.

— Lucy…

Je ne sus pas ce qu'il allait dire, car je relevai la tête et posai ma bouche sur la sienne. Durant un instant, il ne réagit pas, et le désespoir s'empara de moi. *Aidez-moi à oublier!* Je nouai mes bras autour de sa taille et le tirai à moi. Alors, ses lèvres s'entrouvrirent. Un soupir m'échappa lorsqu'il me renversa sur le matelas. Il remonta mes poignets au-dessus de ma tête. Je gémis. Sa langue joua avec ma bouche, et il me sourit.

— Vous aimez ça, hein?

Oui. Je serrai les poings, avide de le caresser mais me délectant aussi de sa domination. Il glissa un genou entre mes cuisses, l'appuya fort contre mon sexe. Je tressaillis et arquai le dos pour mieux me coller à lui. Brièvement, à la pensée de Niall ensanglanté, je poussais un petit cri, interrompant notre baiser. Lucas posa son front sur le mien.

— Nous pouvons arrêter, si vous…

Je lui coupai aussitôt la parole en l'embrassant, et il ne protesta pas. Tenant mes poignets d'une seule main, il introduisit l'autre sous mon haut et entreprit de titiller l'un de mes tétons, tandis que sa bouche descendait le long de mon cou. Je gémis de nouveau et crochetai mes jambes autour de ses hanches étroites.

— Comme vous êtes bandante! murmura-t-il.

Je l'aidai à remonter mon corsage au-dessus de ma tête. Quand je sentis sa chaleur contre ma peau dénudée, je fus soudain engloutie par une vague de désir. Me libérant de son emprise, je tirai avec précipitation sur sa chemise. Ma maladresse lui arracha un rire étouffé qui m'irrita. Je le repoussai sur le dos et, le délestant de sa ceinture, j'enlevai son pantalon. Je découvris, sans grande surprise, sa queue déjà raidie. Je le saisis, promenai mon pouce sur le gland épais et fus récompensée par un soupir étouffé. Je glissai au pied du lit en griffant son torse de mes ongles et le pris dans ma bouche.

Il lâcha cette fois un juron et tandis qu'il se redressait. Je le gobais aussi profondément que je pus. Ses doigts agrippèrent mes cheveux tandis que j'embrassai, suçai, enfonçai mes ongles dans ses hanches pour mieux l'engloutir. À plusieurs reprises, j'agaçai son nœud turgescent avec la langue avant de l'enrouler autour de la hampe et de redescendre vers la base.

— Nom de dieu! s'exclama-t-il quand je caressai l'intérieur de ses cuisses du bout des doigts tout en mordillant gentiment l'extrémité de son membre durci.

Il prit ma tête entre ses mains, m'ôtant son sexe de la bouche, et m'attira contre lui. Docile, je suivis le mouvement et me mis à califourchon sur lui avant de chercher aussitôt sa bouche. Lucas m'embrassa avec une vigueur renouvelée et me fit rouler sur le lit.

— À mon tour, souffla-t-il.

Il déboutonna habilement mon pantalon tandis que je me soulevai pour l'aider. Il me retourna ensuite avec une certaine brusquerie, ce qui m'arracha un petit cri. Ses mains agrippèrent mes fesses et j'en miaulai de désir. Écartant mes replis intimes, il plongea le visage entre mes jambes.

Je lâchai un gémissement de plaisir, bondis en avant, mais ses mains autour de ma taille me maintenaient fermement en place. Alors qu'il me léchait et me suçait, j'enfouis ma tête dans un oreiller tout en gigotant sur le lit. Soudain, l'une de ses mains abandonna ma taille et ses longs doigts me pénétrèrent. Je me tendis comme un arc en gémissant. Il m'aurait enchaînée que je n'aurais pas été plus esclave des sensations qu'il provoquait en moi. Rien n'aurait pu m'amener à renoncer à une torture aussi délicieuse tant mon corps vibrait de plaisir. Maître en la matière, il savait parfaitement jouer avec mon corps.

Le bruit d'un étui de préservatif qu'on déballe m'annonça qu'on passait à une autre étape, mais j'étais dans un tel était que je ne m'en préoccupais pas. Quand sa bouche me délaissa, je me mis à grogner de frustration et à supplier en silence pour qu'il m'en donne encore et toujours plus. L'absence soudaine de tout contact m'était insupportable, mais le lit craqua et je le sentis se glisser derrière moi. Ses mains s'arrondirent sur les courbes de mon corps, ses ongles se plantèrent sur mes hanches et je m'agrippai plus fort à l'oreiller.

Lorsque son gland frôla l'entrée de mon sexe, je ne pus retenir un cri d'excitation, aussitôt suivi d'un halètement, car il venait de me pénétrer d'un seul et long mouvement assuré. Je mouillais comme une dingue et sa présence en moi précipita la montée de mon orgasme. Je ponctuai désormais chacune de mes respirations de cris, étouffés par l'oreiller mais bien audibles dans l'espace exiguë de la cabine. Tout mon corps était tendu, et je devinai aux mouvements erratiques de Lucas qu'il allait lui aussi atteindre l'orgasme.

Il modifia sa position, ajustant parfaitement ses coups de boutoir aux endroits les plus sensibles, et je cédai à la jouissance. Des vagues de plaisir m'emportaient tandis que Lucas continuait d'enfoncer sa queue, la moindre de ses allées et venues exacerbant mes sensations. Au bout d'un moment, il ne put plus se retenir et jouit à son tour avec un soupir étranglé, ses doigts crispés sur mes hanches. Il s'abattit lourdement sur moi, son haleine chaude me brûlant la peau.

Nous restâmes ainsi un moment, reprenant notre souffle. Il finit par se retirer et alla se laver. Allongée sur le ventre, pantelante et les yeux fermés, j'attendais que l'onde de choc s'estompe. Quand il revint dans la cabine, Lucas s'allongea près de moi, m'enlaça et me fit rouler sur le flanc entre ses bras. Je me blottis contre son torse tiède, rassurée par le réconfort de son étreinte.

— Navré de vous apprendre que j'ai un côté un peu sale con, me chuchota-t-il à l'oreille. Le vôtre est assurément l'un de mes préférés dorénavant.

Un petit rire m'échappa, qui salua ce compliment inattendu. Je me collais davantage à lui, heureuse qu'il me serre aussi fort. Je promenai mon index sur les contours des muscles de sa poitrine, qui se tendaient puis se relaxaient à mesure que je les effleurais. Je m'autorisai à profiter pleinement du sentiment de sécurité que j'éprouvais à son contact. Son arme était toujours posée près du lit, et je la contemplai tout en jouant distraitement avec l'un de ses tétons.

Nous profitâmes ainsi de plusieurs minutes d'un répit bienvenu. Je me serais endormie dans cette position si, malheureusement, il ne s'était pas écarté, trop tôt à mon goût. Privée de la chaleur de son corps, prenant tout à coup conscience que la porte n'était pas verrouillée, je m'empressai de m'enrouler dans la couette et observai Lucas s'habiller. Le seul spectacle de sa musculature ondulant sur son corps mince était superbe. Je n'avais pas connu tant de beaux hommes dans ma vie…

Jeremiah.

Le prénom surgit dans mon esprit. En une seconde, comme si j'étais soudainement dégrisée, les dernières traces de bien-être s'effacèrent. Frissonnante sous l'effet de la gêne, je baissai le regard sur les draps autour de moi.

— J'ai un cadeau pour vous, annonça Lucas.

Il me tendit un objet long et fin. Je m'en emparai avec précaution et le retournai entre mes mains. L'objet en métal était léger, et, à ma grande surprise, je m'aperçus qu'il dissimulait une lame.

— C'est un couteau à cran d'arrêt, expliqua Lucas. Facile à ouvrir et refermer avec un peu d'habitude.

Il me le reprit et, en quelques gestes du poignet, m'en montra le fonctionnement, faisant apparaître et disparaître la lame acérée. Puis il me rendit.

— Gardez-le et entraînez-vous, me conseilla-t-il. Il ne sera guère utile en cas de fusillade mais devrait vous donner un peu de répit en cas de corps-à-corps.

J'acquiesçai. Lucas renversa ma tête en arrière et plongea son beau regard bleu vert lourd d'inquiétude dans le mien.

— Je reviens très vite, me promit-il. Il faut que je bosse un peu. Et surtout, que je veille à ce que nous repartions.

Apparemment réticent à me quitter, il se pencha et m'embrassa. Durant ce bref instant, mes doutes et mes peurs s'envolèrent, évincés par le désir et le sentiment de sécurité que dégageait cet homme. Mais je fus de nouveau assaillie de doutes dès qu'il se redressa et s'en alla sans ajouter un mot.

Contemplant le couteau, je m'adossai aux oreillers et songeai à mon existence. Trois jours plus tôt, j'avais avoué mon amour à un autre. Je ne l'avais jamais dit à personne d'autre qu'aux membres de ma famille, lesquels étaient tous morts à présent. Je n'avais pas imaginé que cet homme me repousserait de cette manière.

Aujourd'hui, j'étais prisonnière à bord d'un bateau de contrebandiers, enlevée par le frère de celui qui m'avait rejetée. Son aîné, dont l'odeur s'attardait encore sur ma peau.

Vous ne vouliez pas aimer, Jeremiah. Je jouai avec l'arme blanche. À ma grande satisfaction, un simple geste déploya la lame, sur laquelle se refléta la lumière ténue qui m'environnait. Tout aussi aisément, je repliai le couteau.

Je n'étais jamais tombée amoureuse avant de rencontrer Jeremiah. Son pouvoir de séduction m'avait réduite à néant, il m'avait transportée en des lieux jusqu'alors inconnus de mon cœur. Confrontée aux dangers et à la décadence de ma nouvelle vie, je m'étais éprise du milliardaire en croyant naïvement et sottement qu'il partageait mes sentiments. Quand, dans un moment de faiblesse, j'avais formulé ce que j'éprouvais, il s'était cabré comme un cheval sauvage. Et voici que, une poignée de jours après, je me retrouvai dans le lit d'un autre homme.

Si le sexe était synonyme d'aimer, que venait-il exactement de m'arriver?

26

Patienter n'a jamais été mon fort, mais il semblait que c'était tout ce que les Hamilton attendaient de moi. Je n'étais pas pour autant obligée de me conformer à leur bon vouloir.

Je m'habillai, jouai un peu avec le couteau de Lucas, consultai les livres sur l'étagère, contemplai le plafond et finis par me tourner les pouces. Les minutes se transformèrent en heures, et les gargouillements de mon estomac finirent par être impossibles à ignorer. Je n'avais rien avalé de la journée et je commençais à me demander si Lucas allait revenir avant que je sois morte d'inanition. Même quand les moteurs se remirent à vibrer sous mes pieds, personne ne vint frapper à la porte de ma cabine.

Bref, il devenait évident que j'étais livrée à moi-même.

Plantée devant la porte, je fixai la poignée. Dieu merci, ceux qui me voulaient du mal étaient à présent sous les verrous. Plus j'avais faim et moins le danger me paraissait important en regard des crampes qui me tordaient l'estomac. Un ultime gargouillis à l'idée d'un bon repas me donna enfin le courage d'ouvrir et de passer la tête dans le couloir.

Un costaud tituba devant moi, mais il m'ignora et grimpa prestement l'escalier qui menait au pont supérieur. La soute donnait l'impression d'être le lieu d'une activité fébrile. Si ma curiosité en fut éveillée, je décidai qu'elle devrait attendre que j'aie mangé un morceau. Même si c'était ridicule, je marchais sur la passerelle métallique sur la pointe des pieds, aussi doucement et rapidement que je le pouvais, et me faufilai dans la cambuse.

Je fus soulagée que l'endroit soit vide. Je fonçai droit sur le réfrigérateur et grimaçai bien vite quand je fis l'inventaire de ses maigres richesses : de la viande crue posée telle quelle sur des assiettes, sans aucune protection, et des Tupperwares non étiquetés contenant des restes douteux. Déçue, j'entrepris de fouiller le placard le plus proche. Tout était caché dans des boîtes, à l'exception d'un pain de mie. Je vérifiai qu'il n'était pas moisi et m'en contentai pour apaiser ma faim.

Ce n'était sans doute pas le repas le plus nourrissant qui soit, mais j'engloutis trois tranches d'affilée avant de me mettre en quête de quoi faire un sandwich. En fouillant sur les étagères, et, à défaut du beurre de cacahuète que j'espérais, je dénichais un tube d'une pâte appelée Marmite. Je l'ouvris, reniflai et me dépêchai de le remettre à sa place. C'est alors que j'aperçus un jeune homme qui m'observait depuis l'autre côté du comptoir de la cuisine. Je poussai un petit cri de surprise et lâchai le tube.

— Euh… salut ! marmonnai-je, incertaine, avant de ramasser le tube qui était tombé par terre.

Le garçon me fixait avec nervosité, ce qui me rassura un peu. Il était beaucoup plus jeune que les autres hommes que j'avais croisés à bord, même à peu près de mon âge. J'optai pour un sourire hésitant.

— Je cherchai de quoi grignoter.

Comme il me dévisageait d'un air stupide, je me dis qu'il ne me comprenait peut-être pas.

— Hum…

À cet instant, un hurlement inintelligible retentit dans le couloir. La tête du jeune homme pivota vivement en direction de la porte avant de revenir sur moi. Je déchiffrai une sorte d'avidité désespérée dans ses yeux.

Merde! Je me précipitai vers la porte, mais il fut plus rapide que moi. M'empoignant par le bras, il me fit virevolter et m'expédia brutalement contre une table. Alors que des hommes entraient dans la pièce, il me plaqua dos contre lui et je perçus un reflet qui me glaça le sang : il tenait un couteau de boucher appuyé contre ma gorge.

Lucas fendit le groupe d'hommes et s'arrêta net en me voyant. Je le foudroyai du regard, mais il eut l'audace de me sourire.

— Décidément, commenta-t-il, vous avez la poisse.

— Je sais ! Inutile d'insister.

J'étais exaspérée, mais la lame glissa dans mon cou et toute émotion autre que la frayeur disparut.

Quand je déglutis, je sentis la pointe acérée mordre ma peau.

— Lâche-la, Alexeï, ordonna Lucas d'une voix sourde.

L'interpellé cracha à la figure de Lucas et lâcha un chapelet de mots. Si je ne comprenais pas sa langue, je devinai sans problème qu'il s'agissait d'insultes.

— Kolya ? lança Lucas sur un ton sec.

Un type, qui était le chauffeur me semblait-il, avança.

— Traduis, s'il te plaît, continua Lucas.

— Va te faire foutre.

Lucas jeta un coup d'œil au Russe tatoué et lâcha :

— À peu près ce que je pensais. Dis-lui d'avoir la gentillesse de libérer mademoiselle Delacourt.

Le costaud transmit le message. Hélas, Alexeï secoua la tête et repartit dans une tirade furibonde.

— Il refuse, traduisit Kolya.

— Pourquoi a-t-il saboté le bateau?

— Tout couler. Surtout toi!

Alexeï s'était cette fois exprimé directement en anglais, et ponctua d'un nouveau crachat destiné à Lucas.

— Ah, il parle! s'exclama ce dernier avec un sourire sinistre. Puis-je me permettre de te demander ce que je t'ai fait?

— Tuer ma famille! gronda Alexeï. Tes fusils. Eux massacrés.

Le sourire s'effaça aussitôt sur les lèvres de Lucas.

— Qui t'a raconté ça?

Je ne manquai pas de remarquer qu'il ne se donnait même pas la peine de nier l'accusation.

— Mettre bombe mais pas marcher, enchaîna le garçon sans répondre à la question. Vous au fond de la mer, je revoir ma famille.

Il brandit son couteau alentour en hurlant de nouveau en russe.

— Ça, c'était pour nous, ça, intervint Kolya, réagissant à un coup d'œil de Lucas avant de reporter de nouveau son attention sur Alexeï. Parce que nous travaillons pour vous.

— Dix ans! s'égosilla Alexeï. Dix ans pour vengeance. Et maintenant, je échouer.

Lucas sursauta.

— Je n'étais pas là, il y a dix ans, se défendit-il avec gravité. Ce n'est pas moi qui ai vendu les armes qui ont tué ta famille.

Dans mon dos, je sentis le corps de jeune homme se mettre à trembler.

— Menteur! souffla-t-il.

La tension monta encore d'un cran. Tout à coup, quelque chose dans ma poche heurta ma cuisse. *Le cran d'arrêt!* Morte de frousse à l'idée d'être vue, je l'extirpai lentement des profondeurs de ma poche et l'ouvris le long de ma jambe. Avec un peu de chance, mon preneur d'otage ne s'en rendrait pas compte. Je serrai les doigts autour du manche lorsque Lucas leva un bras dans un geste apaisant. Je retins mon attaque, en priant pour qu'il sache ce qu'il faisait. Je respirais à peine, par crainte de m'entamer la cuisse toute seule.

— C'est celui qui t'a dit que j'étais dans le business il y a dix ans qui a menti, Alexeï, plaida le marchand d'armes. Révèle-moi son identité, s'il te plaît.

Le jeune homme semblait hésiter, tandis que ma main tremblait de plus en plus. Je sentis quelque chose couler le long de mon cou et compris que je saignais. Il suffirait d'un rien pour que mon sang coule bien plus abondamment.

— Tu tuer d'autres familles, finit par rétorquer le Russe en ayant l'air de reprendre courage à cette seule idée. Pourquoi moi pas tuer la tienne?

Ses mains raffermirent leur prise. Inutile de compter sur Lucas, songeai-je. Je venais d'entendre ma sentence de mort. *Tant pis pour toi, mon pote.*

M'écartant brutalement, je projetai ma lame vers arrière jusqu'à ce que perçoive la résistance écœurante de la chair. Le cri d'Alexeï déchira mes tympans tandis que nous roulions à terre. Le bras qui tenait le couteau pointé sur ma gorge se détendit suffisamment pour que je puisse le repousser, mais, dans la chute la pointe érafla ma peau.

Dans la mêlée, je perdis mon cran d'arrêt et je fus prise de panique. Rampant au sol, je constatai que le garçon n'avait pas lâché son arme. Il m'attrapa par la cheville et me tira de nouveau vers lui. Je glissai en me débattant et il brandit la lame au-dessus de moi. C'est alors que des coups de feu retentirent. Le Russe fut projeté en arrière et s'effondra contre le réfrigérateur.

Gémissant faiblement, je m'éloignai à quatre pattes de son corps et repoussai les mains secourables qui voulaient m'aider.

— Bordel de merde ! hurlai-je en me mettant debout toute seule.

Sous l'emprise d'une décharge ininterrompue d'adrénaline, j'arpentai la cambuse de long en large, le cœur battant, le corps frémissant.

— Pourquoi ces trucs-là m'arrivent-ils tout le temps ? protestai-je, incapable de tenir en place.

Kolya se pencha sur Alexeï, tâta son pouls. Je savais déjà qu'il était mort. Bouleversée, je m'arrachai les cheveux. Je n'avais plus qu'une envie : fuir, déguerpir de ce bateau. À cet instant, Lucas surgit devant moi et me bloqua la sortie.

— Restez tranquille ! m'ordonna-t-il.

Quand je voulus le contourner, il m'immobilisa, m'agrippant par les épaules.

— Vous saignez, poursuivit-il. Laissez-moi voir ça.

Je le repoussai et il fronça les sourcils.

— Vous sentiriez-vous mieux si je vous giflais ? s'enquit-il.

— Essayez seulement ! dis-je en le fusillant du regard.

Sa menace eut pourtant l'effet escompté et je me calmai un peu. Il en profita pour appuyer un torchon sur ma blessure. Tandis que la douleur me faisait tressaillir, je priai pour que le tissu soit propre.

— Il y a une trousse de secours dans ma salle de bains, reprit Lucas. Kolya ? Charge-toi du corps et trouve-moi comment Alexeï a réussi à introduire une bombe à bord.

Bien décidée à me débrouiller seule, je flanquai une tape sur ses mains tendues. Sauf que, tout à coup, le plancher se déroba sous mes pieds et que le monde bascula. Je me retrouvai dans ses bras, en train de m'égosiller comme une écorchée. J'eus beau hurler et ruer, il me porta jusqu'à la cabine et me jeta sur le lit avant de refermer la porte derrière nous. Puis il revint de la salle de bains avec une boîte rouge.

— Ne bougez pas, m'enjoignit-il. Je tiens à soigner ça.

Je me laissai faire en protestant, mais je ne pus m'empêcher de m'écarter en sifflant comme une tigresse quand il tamponna ma blessure avec de l'alcool.

— Qu'est-ce que ma vie était ennuyeuse avant que je vous rencontre, votre frère et vous! grognai-je.

Il m'ordonna de presser un coton contre ma gorge pendant qu'il farfouillait dans sa trousse de premiers soins.

— Vous croyez que c'est une sorte de vengeance divine pour avoir été l'adolescente la plus rasoir au monde? poursuivis-je.

— Peut-être.

Il s'esclaffa quand je le toisai d'un regard noir.

— Allez vous doucher, dit-il ensuite. Personnellement, je refuserais de toucher quoi que ce soit qui ait été en contact avec le sol de la cambuse sans être passé d'abord par un sas de décontamination.

Il n'avait pas tort. La cuisine était répugnante, et je doutais que son plancher vaille mieux. M'enfermant dans la salle de bains, je me déshabillai, fis couler l'eau et examinai mon cou dans le miroir. Lucas m'avait collé un pansement assez large pour que l'eau ne pénètre pas dans la plaie, mais ma peau restait sensible. Une fine marque rouge descendait jusqu'à l'un de mes seins, là où la lame avait ripé. Un frisson me secoua, tant parce que mon taux d'adrénaline retombait que parce que je commençais à prendre conscience d'avoir véritablement frôlé la mort. Sautant dans la douche, je me détendis durant plusieurs minutes sous le jet chaud.

Tout à coup, la porte couina et Lucas entra.

— Fichez le camp! aboyai-je.

Il se contenta de rire. Je l'entendis se déshabiller, puis il écarta le rideau et me rejoignit sous l'eau. Histoire de dissimuler ma nervosité, je lui tournai le dos et entrepris de me savonner.

— Vous me passerez le savon quand vous aurez fini.

Le ton sec de commandement provoqua des remous dans mon ventre. Obtempérant, je me rinçai rapidement en m'efforçant d'ignorer sa présence. Il ne tenta pas de me toucher, ce dont je fus soulagée. Malheureusement, je ne pouvais pas le fuir indéfiniment. Je pivotai sur les talons et pris soin de fermer les yeux tandis que je finissais de me rincer. Un sifflement appréciateur me parvint et, malgré la chaleur de la douche, mes tétons réagirent en durcissant.

— À moi, décréta-t-il.

J'ouvris les paupières et vis qu'il me tendait un gant de toilette.

Je fronçai les sourcils et protestai :

— Je ne suis pas votre esclave.

Néanmoins, je me saisis du gant avec empressement.

— Ça vous dirait de le devenir?

Je levai les yeux au ciel en affectant la nonchalance. Non sans mal cependant. M'interdisant de regarder son bas-ventre, je me mis à frotter son cou et le haut de son torse. La crasse que je retirai me stupéfia.

— Vous êtes dégoûtant, commentai-je.

— Voilà ce qui arrive quand on bosse sur un moteur de bateau toute la journée.

Le gant était peu adapté à tant de crasse. Je dus le rincer deux fois et le savonner de nouveau pour parvenir à rendre propre la poitrine de Lucas. Ma tâche me permit de ne pas trop penser à la sensation de ses muscles sous mes mains ni au fait que j'étais nue en compagnie d'un bel homme bizarre. Cette douche commune était d'une intimité dont je n'étais pas certaine de pouvoir assumer les éventuelles conséquences à venir. Si je cessai de le nettoyer au-dessus de son bas-ventre, cela ne m'empêcha pas de deviner la hampe raidie qui pointait dans ma direction.

— Tournez-vous !

— Mais c'est que la petite esclave se permet de donner des ordres !

Il finit par obéir et je m'attaquai à ses épaules et à son dos en descendant peu à peu. Lorsque j'atteignis ses hanches, je dus me mordre la langue pour ne pas trahir combien je les appréciais. Je me retins de caresse sa chute de reins splendide et je me forçai à reculer.

— Bon, vous pouvez vous rincer.

Nous échangeâmes nos places en nous serrant dans la douche étroite. Nos peaux se frôlèrent, et mon cœur fit des soubresauts. Il se plaça sous le jet et, décontracté, m'offrit un spectacle auquel, ce coup-ci, je fus incapable de m'arracher. Même s'il n'était ni aussi grand ni aussi bien bâti que Jeremiah, il était magnifique à sa façon. Je mourrai d'envie de le caresser mais retirai ma main à la toute dernière seconde. J'avais la poitrine serrée et une douleur diffuse incendiait l'intérieur de mes cuisses.

Il se dégagea du jet, ouvrit les yeux et afficha un sourire narquois en découvrant que je le regardais.

— Vous ne vous lavez pas les cheveux? me demanda-t-il.

— Euh...

À court de mot, je cherchai des yeux une bouteille de shampooing avant de me figer, car Lucas venait d'avancer d'un pas dans ma direction. Il prit mes seins en coupe, et en titilla les tétons durcis. Un long frisson parcourut ma colonne vertébrale. Je ne savais pas trop à quoi m'attendre de la part de cet homme qui pouvait alternativement être un gentleman et une parfaite crapule. En tout cas, mon corps réagissait dès qu'il me touchait. Il me contempla d'un air malicieux.

— Une fois avec vous ne suffit pas, déclara-t-il en effleurant ma joue.

Un soupir lourd de désir m'échappa malgré moi, allumant aussitôt un éclat dans ses yeux. Mes mains se plaquèrent d'elles-mêmes sur son corps, soulignant les lignes de ses pectoraux. Il tira brutalement le rideau de la douche.

— Dehors! m'ordonna-t-il.

Il me suivit sur le tapis. Sans nous laisser le temps de nous sécher, il me souleva de terre et m'emporta sur le lit. Nous nous y vautrâmes, nos bouches avides se cherchant, nos paumes jouant sur nos peaux humides.

Si nos baisers n'eurent pas la passion de nos premiers ébats, ils n'en furent pas moins intenses. Je geignis sous l'effet de ses coups de langue et de dents sur mon cou. Alors qu'il se glissait entre mes cuisses, ses lèvres trouvèrent les miennes, agaçantes et prometteuses, et je soupirai de satisfaction.

Il plaqua encore mes poignets au-dessus de ma tête sauf que, cette fois, je sentis qu'il les emprisonnait vraiment. Interrompant notre baiser, je levai la tête et découvris un cordage, puis je vis son sourire insolent.

— J'ai comme l'impression que vous aimez ce genre de chose, murmura-t-il avec un clin d'œil.

Je ne savais même pas où il avait trouvé cette corde. Elle était probablement dans la cabine, mais je ne l'avais pas remarqué jusqu'à présent. La corde était épaisse, presque aussi large que mes poignets, mais elle me laissait suffisamment de mou pour avoir une certaine liberté de mouvement.

Lucas contempla d'un air satisfait son ouvrage.

— Maintenant, je vais pouvoir faire ce qu'il me plaît, dit-il.

Il se mit alors à sucer un de mes tétons. Dans un profond soupir, je me cambrai, exigeant encore plus de caresses. Il passa à l'autre sein puis descendit le long de mon ventre frémissant. Il fit passer mes genoux par-dessus ses épaules et me dévisagea intensément, tandis que je luttais pour conserver un tant soit peu de dignité. En vain.

— Je raffole de votre goût, chuchota-t-il.

Alors, il pencha la tête et, au contact de sa langue sur les lèvres de mon sexe, je projetai mes hanches en avant, tirai sur mes liens, me tordais sur le lit. Je tremblai de tous mes membres. Des doigts rejoignirent sa bouche sur mes chairs si sensibles, m'ouvrirent plus largement pour permettre à son visage de s'enfoncer en moi. Je poussai un long gémissement de plaisir.

— Ah, mais c'est qu'on est du genre à crier? Allez-y, rendons les gars jaloux!

Je serrai les lèvres et la mâchoire, tandis qu'il repartait de plus belle. Mon corps bondissait sous ses coups de langue. Des grognements et des cris continuaient de m'échapper, pas assez puissants cependant pour transpercer les cloisons. Lucas était un maître dans l'art de me faire vibrer. Il savait adroitement appuyer sur les zones les plus sensibles et les plus secrètes de mon corps jusqu'à ce que je ne sois plus qu'une poupée de chiffon pantelante sous ses caresses.

Puis il se redressa et me souleva par le bassin. Il m'inclina sur le flanc, passa l'une de mes jambes sur son épaule et s'enfonça en moi brutalement. Je poussai un cri que je m'efforçai de ravaler immédiatement. Alors qu'il allait et venait en moi, sans se presser, il toucha un endroit qui déclencha de violents frissons le long de mon dos. Cette position lui permettait de me donner un maximum de plaisir, et je sentis la jouissance monter en moi. Pourtant, Lucas n'allait pas jouir aussi tôt.

Il finit par se retirer, me fit pivoter de nouveau et me plaqua sur le ventre. Il empoigna ensuite mes fesses, les secoua un peu avant de leur assener une claque moqueuse parce que je venais de lui adresser un regard agacé par-dessus mon épaule.

— J'aime jouer avec votre cul, dit-il avec son sourire narquois. Presque autant que le pénétrer.

Son pouce glissa dans ma fente et l'écarta, tandis que je repliai les genoux pour mieux m'offrir. La tête dans l'oreiller, je me raidis un instant lorsqu'un doigt taquina mon trou le plus intime, mais il ne s'attarda pas, préférant caresser la petite zone de chair sensible entre les deux. Puis, lentement, il se plaça derrière moi et gémit tandis que la pointe épaisse de son sexe se frayait un passage en moi. Mon abdomen se contracta sous l'effet de l'anticipation. Il tira sur mes hanches jusqu'à ce qu'il soit fermement planté entre mes fesses. Il posa son front sur mes omoplates et se retira pour mieux me pénétrer, avec plus de force, une deuxième fois.

Je m'agrippai au cordage emprisonnant mes poignets aux barres du lit, car les coups de boutoir de Lucas étaient de plus en plus violents et rapides. Étouffant mes gémissements dans l'oreiller, je tendais les fesses avec avidité, toutes mes terminaisons nerveuses saturées par le plaisir que me procuraient ces va-et-vient. Je sentis d'abord ses dents griffer la base de ma nuque et soudain, elles me mordirent, mais la souffrance ne fit qu'ajouter à ma jouissance.

— Comme vous êtes sexy ! me souffla Lucas.

Le compliment m'enchanta, et je serrai d'autant plus l'anus autour de sa queue tout en me collant à son bassin. Il jura et, souriante, je recommençai à me contracter. À son tour, il plongea en moi avec une vigueur renouvelée, et je gémis encore dans l'oreiller. J'étais à deux doigts de l'orgasme.

Mais juste à ce moment-là, il se retira, me mit sur le dos et s'enfonça dans mon vagin très vite, son visage tout près du mien. Il couvrit mes cris avec sa bouche, avalant les sons que j'émettais. Les jambes crochetées autour de ses hanches, je l'emprisonnai fermement contre moi. La jouissance surgit en moi au point de me faire sangloter, menaçant de me submerger. Je tirai comme une folle sur mes liens tant j'avais envie de le toucher, de le tenir contre moi.

— Je veux vous voir jouir, haleta-t-il.

Ses yeux splendides étaient devenus d'un bleu plus soutenu que d'ordinaire, assombri par le désir. Sa cicatrice pâle ressortait, unique irrégularité sur son visage parfait. Tout à coup, le monde disparut dans un tourbillon qui m'emporta tout entière. Mes muscles se bandèrent tandis que j'explosais. Même les lèvres de Lucas ne purent contenir mes cris.

Il continua à me pilonner de son membre, le souffle court, chaque attaque prolongeant les vagues de jouissance qui m'engloutissaient. Je fermai les yeux, au-delà de l'épuisement, et Lucas jouit enfin au plus profond de moi avant de se laisser tomber sur moi. Nous avions tous les deux du mal à reprendre haleine.

— Je ne me doutais pas que ça pouvait être encore mieux que tout à l'heure, murmura Lucas.

Je ne répondis pas, trop confuse pour m'exprimer. Mon cœur battait la chamade. Au bout d'un moment, il se retira mais resta allongé sur moi. Son corps brûlant et pesant qui me clouait au matelas était réconfortant. Quand il dénoua mes liens, mes bras retombèrent mollement sur l'oreiller. Nous restâmes ainsi de longues minutes, repus et profitant l'un de l'autre.

— Pourquoi la majorité de vos hommes sont-ils russes? finis-je par demander.

Cette question déplacée provoqua un petit rire. Repliant les bras sur mes seins, il posa son menton sur son poignet et me dévisagea avec amusement.

— Mes premiers associés venaient pour la plupart des pays de l'ancien bloc de l'Est. Et puis, j'avais Anya à mon côté pour traduire.

Ses yeux se voilèrent à l'évocation de la jeune femme.

— Vous l'aimiez? demandai-je, bien que consciente que la conversation prenait un tour gênant.

Il ouvrit la bouche pour répondre, s'interrompit, et, finalement, reprit :

— Au début peut-être, admit-il, apparemment guère embarrassé. Quand je l'ai connue, elle était très jeune et naïve. Moi, j'étais en colère et égoïste. La voler à mon frère était un acte de vengeance parce qu'il m'avait dérobé mon avenir.

Il se tut, soupira, me regarda sans vraiment me voir.

— Mais les temps changent, poursuivit-il. Les gens aussi. Je n'ai pas assez protégé Anya et, maintenant, elle est morte.

Ses yeux furent soudain plus attentifs.

— Et Jeremiah? lança-t-il. L'aimez-vous?

— Je…

Mon cœur se serra douloureusement. En cet instant, mon opinion sur son cadet était différente, notamment à cause de l'homme qui était allongé sur moi.

— Je l'ai cru. Il m'a sauvé la vie.

— Moi aussi. À deux reprises.

À ce souvenir, je grimaçai en passant la main sur mon pansement.

— En effet, marmonnai-je en détournant la tête.

La gorge nouée, je retins mes larmes.

— Quand je lui ai avoué mes sentiments, continuai-je, c'était la première fois que je le faisais depuis la mort de mes parents. Il s'est borné à m'accuser de débiter des platitudes.

— Mon frère est un idiot, décréta Lucas avec une décontraction laissant entendre que ce jugement lui était aussi familier que respirer. L'amour est capricieux et cruel, ajouta-t-il avec un nouveau soupir. Très déroutant aussi.

— C'est vrai.

Nous observâmes un silence complice pendant un moment.

— Je devrais terminer ma douche, annonçai-je en effleurant une boucle de cheveux humides et emmêlés.

— Je vous trouve parfaite comme ça.

Je lui assenai une tape sur l'épaule, ce qui le fit rire.

— D'ailleurs, reprit-il, j'ai encore envie de vous.

Sa voix rauque m'incendia. Il caressa ma cuisse et il rit lorsque je me rendis compte avec stupéfaction qu'il rebandait déjà. J'ébouriffai ses cheveux et il m'embrassa avec douceur. Je fermai les yeux tandis que ses lèvres repartaient à l'assaut de mon corps.

Nous refîmes l'amour deux fois avant de nous endormir blottis l'un contre l'autre. Le temps ne comptait guère, dans la cabine dépourvue de hublot. Ni le soleil ni personne ne nous dérangea.

Faire l'amour. Quand Lucas me touchait, ses doigts laissaient comme des cicatrices au fer rouge sur ma peau. Je m'efforçais de ne pas trop penser à ce que ces mots signifiaient désormais pour moi.

Ce furent des coups violents sur la porte qui nous réveillèrent en sursaut.

— Lucas? On a besoin de vous! Le capitaine assure avoir repéré un navire à l'approche. Des pirates, peut-être.

C'était Frank. Si je restai confuse, Lucas lui bondit sur ses pieds, alluma une lampe et se dépêcha de s'habiller.

— Des pirates? murmurai-je.

J'avais du mal à me figurer l'image du pirate à la jambe de bois dans notre époque moderne.

— Nous ne sommes plus loin des Caraïbes, dit Lucas en bouclant sa ceinture. Des bandes de hors-la-loi continuent d'écumer ces eaux. Mais je ne pensais pas que nous en rencontrerions aussi haut dans le nord. Je vous conseille de vous habiller.

Il referma la porte derrière lui. Après avoir pris soin de tirer le verrou, je me préparai à mon tour, attentive au moindre bruit. Il y eut des bruits de pas de l'autre côté de la porte mais rien de plus suspect. Je cherchai des yeux mon cran d'arrêt, puis me rappelai que je l'avais laissé planté dans la cuisse d'Alexeï. Il n'y avait pas d'autre arme dans la chambre que le cadre de la photo des frères Hamilton. Je m'en emparai, regrettant de ne pas disposer de mieux pour me défendre.

Soudain, le son de coups de feu étouffés parvint des entrailles du navire. Je me figeai, serrant si fort le cadre qu'il laissa des marques sur mes paumes. Je perçus de nouveaux bruits de pas sur la coursive, furtifs cette fois.

Pitié, pas ici. N'entrez pas ici, s'il vous plaît...

On tourna la poignée puis un craquement résonna alors qu'on tentait d'enfoncer la porte. Je poussai un cri terrifié et j'allai me réfugier dans la salle d'eau à l'instant où elle cédait. Une silhouette brandissant un fusil d'assaut s'encadra sur le seuil. Je m'arrêtai sur place. L'intrus baissa pourtant son arme et tendit la main vers moi. Je le repoussai en criant et filai droit vers le lit, mais un bras s'enroula autour de ma taille et me souleva de terre. J'abattis la photo sur l'homme et m'apprêtai à hurler encore quand une paume se plaqua sur ma bouche.

— Lucy, dit une voix familière, coupant court à ma résistance tant j'étais stupéfaite de l'entendre. Je suis venu vous libérer.

Je lâchai le cadre qui tomba sur le sol. La main s'écarta de ma bouche.

— Jeremiah? chuchotai-je en essayant de regarder derrière moi.

Il me reposa sur mes pieds, et je le contemplai. Du noir salissait ses bras et son visage, mais les prunelles vertes que je connaissais si bien luisaient d'un éclat flamboyant. J'effleurai sa joue avant de porter mes doigts à mes lèvres, n'en croyant pas mes yeux.

À cet instant, le cliquetis d'un chien qu'on armait résonna sur le seuil de la cabine. Jeremiah releva brutalement la tête puis se pétrifia.

— Salut, petit frère! murmura une voix.

Jeremiah se tourna d'un coup et se mit devant moi. Lucas arqua un sourcil et me jeta un coup d'œil.

— Ma foi, lâcha-t-il, quelle drôle de situation!

27

— Je viens d'avoir une idée très amusante. Tu veux l'entendre?

Jeremiah toisa Lucas, qui ne parut pas le moins du monde impressionné. Son sourire était d'une largeur presque indécente, ses dents blanches luisaient dans la pénombre.

— La dernière fois que nous nous sommes retrouvés tous les deux dans ce genre de situation, les rôles étaient inversés. C'est toi qui me menaçais d'une arme, petit frère, tu te souviens?

— Loki…

— Oui! Je me rappelle que tu m'as demandé de te donner une bonne raison de ne pas me tuer!

Lucas s'éclaircit la gorge avec une outrance théâtrale, mais son arme ne bougea pas d'un poil.

— Alors, cher frère, à ton tour, reprit-il. Pourquoi donc te laisserais-je en vie?

— Pour moi! intervins-je.

Je voulus contourner Jeremiah, mais ce dernier persista à faire rempart de son corps. Cette attitude m'agaça, mais j'insistai:

— S'il vous plaît, Lucas.

Comme Jeremiah se retourna pour me regarder, il ne remarqua pas l'éclair de déception qui traversa brièvement le visage balafré de Lucas, mais fut très vite remplacé par une expression railleuse, comme s'il n'avait jamais existé.

— Elle a dit s'il vous plaît, murmura-t-il sur un ton complice.

Pendant un instant, je fus persuadée qu'il allait raconter à Jeremiah ce qui s'était passé dans cette cabine quelques heures auparavant.

— Il se trouve cependant que, contrairement à mon frère, poursuivit-il en pointant le canon de son arme vers le plafond, je respecte les liens du sang.

Dès qu'il cessa d'être en joue, Jeremiah bougea. Je ne saurais même pas dire ce qu'il fit exactement, mais, comme par magie, il arracha le revolver à Lucas avant de plaquer ce dernier contre le mur et de le tenir en joue.

— En revanche, souffla Lucas, dont la cage thoracique était compressée par la poigne de fer, mes hommes ont ton bateau dans la ligne de mire d'un missile. Sans un ordre de moi, d'ici dix secondes, ils feront feu.

Il tira une radio de sa poche.

— Neuf...

— Appelle-les.

— Certainement pas, riposta l'aîné des Hamilton en louchant sur le revolver. Lorsqu'on me menace ainsi, je ne me laisse pas faire. Navré.

— Lucas...

— En personne, c'est bien moi, et tu sais très bien que je ne bluffe pas. Six.

Je m'interposai en attrapant le coude de Jeremiah.

— Je vais bien Jeremiah, lui dis-je d'une voix désespérée. Lâchez-le.

Jeremiah me dévisagea d'un regard furieux avant de se retourner vers Lucas qui, sans un mot, agita quatre doigts sous son nez. Lâchant un juron, Jeremiah libéra son frère, qui porta aussitôt sa radio à sa bouche.

— Donnez-moi trente secondes supplémentaires. Gardez-les dans le collimateur.

— *À vos ordres !*

Lucas abaissa l'appareil.

— Rappelle tes hommes, Jeremiah. Qu'ils fichent le camp de mon navire.

Les deux hommes se toisèrent du regard. Ils s'affrontaient en une bataille silencieuse où s'entrechoquaient deux caractères bien trempés. Jeremiah serrait les poings de façon convulsive, comme s'il rêvait d'étrangler son aîné. Ce dernier ne semblait nullement impressionné par cette attitude, mais un muscle de sa joue tressaillait sous l'effet de la tension. Les secondes s'écoulèrent. J'étais prête à tordre quelques cous moi-même lorsque Jeremiah porta une main à son oreille.

— Évacuez, lança-t-il.

Il marqua un temps d'arrêt et répéta :

— Évacuez et regagnez le bateau. Moi, je reste.

Je poussai un soupir de soulagement. Cependant, aucun des deux Hamilton ne lâcha le regard de l'autre. Des silhouettes apparurent sur le seuil. Kolya ainsi que certains acolytes de Lucas étaient arrivés, pointant leurs armes sur Jeremiah, tandis que Lucas se remit à parler dans sa radio.

— Laissez-les partir.

Il y eut un silence significatif, puis de nouveau :

— *À vos ordres.*

— Prenez ses armes et mettez-le dans la cale, ordonna ensuite Lucas aux types rassemblés devant la cabine. Je vous interdis de tenter quoi que ce soit contre lui. Il est rancunier et n'hésite pas à faire des coups bas pour se venger.

Jeremiah se dégagea d'un coup sec lorsqu'un des hommes tenta de l'attraper par le bras, mais il le laissa prendre son fusil d'assaut et le revolver.

— Vous allez vraiment bien? me demanda-t-il.

Une boule se forma dans ma gorge. Cette simple question me confrontait à une multitude de problèmes complexes.

— Oui, chuchotai-je.

Mon cœur était en proie à un violent tumulte; j'en avais la nausée. Soudain, de manière déroutante, Jeremiah s'approcha de moi, m'enlaça et posa ses lèvres sur les miennes.

Son baiser fut aussi intense et puissant que dans mes souvenirs. Durant une fraction de seconde, je me blottis dans ses bras forts, oubliant ce qui m'entourait et la tension des derniers jours.

Mais, à l'instant où notre étreinte fut rompue, tout me revint à l'esprit avec une brutalité d'autant plus dure à supporter qui serra mon cœur comme dans un étau.

Jeremiah colla son front au mien.

— Je vais vous ramener à la maison, promit-il en enveloppant mon visage de ses grandes mains.

Puis il recula et disparut dans la coursive sans un mot, suivi de près par deux hommes armés.

— Vérifie bien que tout le monde est parti, ordonna Lucas à Kolya, qui acquiesça avant de s'en aller.

J'étais vraiment à deux doigts de vomir. Je m'assis sur le lit, le cœur au bord des lèvres. La perspective atroce d'être confrontée aux conséquences de mes choix m'accablait. J'inspirai plusieurs fois de suite avant de réussir à lever la tête en direction de Lucas, qui me dévisageait en silence. Cela ne lui ressemblait guère, lui d'ordinaire si loquace. Ses lèvres ne formaient plus qu'une mince ligne, et il quitta lui aussi la cabine sans un mot. La porte se referma avec un cliquetis, et je me retrouvai seule avec mon mal-être.

Qu'avais-je fait? Trois jours plus tôt à peine, j'avais prononcé des mots dictés par mon cœur. À présent, il me fallait m'interroger sur le sens exact qu'ils avaient pour moi.

Je tombais sur le lit et me massai les tempes pour repousser la migraine qui montait derrière mes yeux. *Qu'est-ce que je ressentais, là, en cet instant?* J'aurais voulu ne rien éprouver, en vérité. Mais c'était impossible. Toutes les émotions du monde bouillonnaient en moi comme dans un chaudron sur le feu. Je n'étais pas en état d'analyser la situation, encore moins de prendre des décisions.

J'ignore combien de temps je restai prostrée à ruminer des idées noires avant que Lucas ne revienne. Il avait avec lui un sac marin, et entreprit d'y fourrer les vêtements qu'il retirait des tiroirs de la commode. J'avais la gorge si serrée que je déglutis à plusieurs reprises pour retrouver ma voix.

— Où allez-vous?

— Je dormirai là-haut avec Matthews et Frank. Ainsi, vous aurez cette cabine pour vous seule.

— Pourquoi?

Il continua à s'affairer sans répondre tout de suite.

— Mon égoïsme a déjà détruit la vie d'une jeune fille innocente, grogna-t-il, mais son visage restait neutre. Je ne ferai pas la même erreur.

Je l'observai s'agiter dans la pièce. J'étais préoccupée et je me sentais coupable. Au moment où Lucas mit son sac sur l'épaule, je fus incapable de garder mes pensées pour moi.

— Jeremiah est-il au courant de…

Lucas m'interrompit, comme s'il s'était attendu à ma question.

— Il pense que vous êtes ma prisonnière. C'est le cas. C'est à vous de lui confier le reste si ça vous chante.

Son ton était dénué d'émotion, mais au moins, il ne me condamnait pas.

— Vous êtes libre de quitter cette cabine, ajouta-t-il avec un rictus désabusé. Mes hommes ont reçu des instructions leur interdisant de vous importuner.

Les mots qu'il avait employés – *vous êtes libre* – me firent sursauter. Jeremiah avait utilisé les mêmes lorsque je lui avais avoué mon amour. Cette coïncidence ne fit qu'augmenter ma confusion.

— Ne partez pas ! soufflai-je quand Lucas ouvrit la porte.

Bien que je me sois exprimée tout bas, il marqua une pause et se retourna vers moi. Les larmes qui brouillèrent soudain ma vue m'empêchèrent de croiser son regard, mais il posa son sac et s'agenouilla à mes pieds. Il écarta avec délicatesse l'une de mes mèches, et j'inclinai la tête contre sa main.

— Lucy…

Je relevai la tête.

— Pourquoi ne voulez-vous pas que je m'en aille ?

— Parce que…

Je me tus, incapable de formuler une réponse. Je me creusai la cervelle pour trouver une raison sensée à ma demande. Rien ne me vint à l'esprit, mais ce n'était pas étonnant : tous les événements de ces derniers jours étaient complètement dingues.

— C'est bien ce que je me disais, soupira-t-il en hochant la tête au bout d'un moment.

Il se releva, ramassa son sac et se glissa sur la coursive tandis que la porte se refermait derrière lui.

J'eus l'impression que mon cœur allait se briser, même si je ne comprenais pas pourquoi. Nerveuse, je me redressai vivement et me mis à arpenter la pièce. Je devenais folle, j'étais enfermée ici depuis trop longtemps. Je n'avais même plus conscience de l'heure qu'il était. Bien que j'aie le vague sentiment que, à l'extérieur de cette prison de métal, la nuit était tombée, j'étais tout à fait éveillée et j'avais besoin de réponses.

Mon pied heurta un objet. Je baissai les yeux et découvris la photo encadrée. Je la ramassai, constatai avec consternation que j'avais cassé le bord du cadre, même si, miraculeusement, le verre était intact malgré les coups qu'il avait reçus. Les deux garçons me fixaient, si jeunes, si pleins de vie et d'amour. Leurs yeux n'étaient pas emplis de colère et de défi comme ceux des deux hommes, aujourd'hui adultes, qui s'étaient affrontés ici même une heure plus tôt. Je ne pus m'empêcher de me demander si ces jours d'insouciance et de complicité étaient une page définitivement tournée de leur existence.

Reposant avec soin le cadre sur la commode, j'enfilai mes chaussures et ouvris la porte. Tôt ou tard, les Hamilton devraient régler leurs différends. À eux de choisir à quel moment. De mon côté, j'étais en proie aux doutes et une seule personne était en mesure de les apaiser.

La prison de Jeremiah était moins une cellule qu'une pièce humide au fond de la cale. Ici, le grondement des moteurs était assourdissant, au point que les parois et le sol vibraient. Deux des hommes de Lucas montaient la garde devant la porte. Mais quand ils me virent, l'un d'eux tourna la clé de la geôle avec désinvolture.

— Je vous conseille de frapper avant, grommela l'autre.

Malgré la faible lumière, je remarquai que le gardien avait un œil au beurre noir. Inspirant un bon coup, je cognai doucement avant de pousser la porte. Glissant ma tête par l'interstice, je distinguai la silhouette imposante de Jeremiah courbée sur une couchette. Il se leva lorsque je refermai derrière moi afin de préserver un peu d'intimité.

— Salut, murmurai-je.

Je pris le temps de rassembler mes idées et d'examiner les lieux. Ils étaient exigus, meublés de deux couchettes encastrées d'un côté et de toilettes sans paroi de l'autre. Une seule ampoule nue, au plafond, diffusait une lumière pâle. Je vis que Jeremiah ne portait plus sa tenue de commando mais un pantalon et une chemise noirs. Les traces de ses peintures de guerre étaient encore visibles sur son visage et ses bras. Je sentis le poids de son regard sur ma peau. Il me fallut une minute supplémentaire pour trouver le courage de tourner les yeux vers lui.

— Que s'est-il passé? me demanda-t-il.

Je devinai aussitôt ce qu'il avait à l'esprit. Autant commencer tout de suite.

— Lorsque vous m'avez laissée, je suis montée dans une limousine. Je croyais que vous l'aviez laissée à mon intention. J'ignorais que Lucas était au volant. Il m'a conduite jusqu'à une deuxième voiture et m'a proposé de partir avec lui.

— Qu'avez-vous répondu?

— Rien. J'étais... anéantie. Il a profité de mon état second. Et quand je me suis ressaisie, je lui ai demandé de me laisser partir. Il a refusé.

Jeremiah poussa un grognement. C'est seulement lorsqu'il bougea que je remarquai combien nous étions proches physiquement. Mais, malgré l'envie désespérée que j'avais de le toucher, c'était comme si un mur nous séparait. Nous avions beau être à moins d'un mètre l'un de l'autre, aucun de nous deux ne fit le premier pas.

— On m'a d'abord annoncé que mon chauffeur avait été drogué et ligoté, dit-il enfin. Puis on m'a dit que vous n'étiez plus à la maison. Je... j'ai...

Il se tut et je vis à son visage qu'il était en proie à une multitude de sentiments. Son masque stoïque était tombé. Il parut chercher ses mots, mais finit par poursuivre:

— Le temps que nous localisions la voiture grâce au mouchard, elle ne roulait déjà plus. Une fois que nous l'avons trouvée, il n'y avait plus personne à l'intérieur. Vous aviez disparu.

Ma poitrine se serra quand je perçus dans sa voix une émotion à laquelle je ne m'étais pas attendue.

— Qu'avez-vous fait ensuite? chuchotai-je, osant à peine respirer.

Il me contempla de ses yeux verts étincelant dans la lumière faiblarde.

— J'ai remué ciel et terre.

Je retins un cri étranglé, me couvris la bouche pour étouffer un sanglot. Immédiatement, toute gêne entre nous se volatilisa. Jeremiah franchit l'espace qui nous séparait et me prit dans ses bras. Je fondis en larmes. Ses doigts s'enfoncèrent dans ma peau, je sentis qu'il tremblait de tous ses membres. Je laissai enfin libre court à toutes mes angoisses et pleurai longuement, le visage enfoui dans son torse.

— Je suis désolé de ne pas avoir su vous protéger, murmura-t-il en m'étreignant plus fort.

Nous restâmes ainsi un long moment, heureux de nous être retrouvés, de pouvoir recommencer à nous toucher. Lorsque mes larmes cessèrent, je me sentais si faible que je dus m'accrocher à son corps robuste. Il déposa un baiser sur le sommet de mon crâne, posa ses mains sur mon dos en un geste possessif.

— Lucas n'est qu'un salaud, gronda-t-il. Vous êtes *à moi*!

— Pardon?

Les mots étaient sortis tout seuls. J'ignore ce que j'attendais de ma réaction, elle exprimait surtout mes doutes et mes hésitations.

Jeremiah marqua une pause. Me dégageant de son étreinte, je le regardai.

— Je suis quoi? insistai-je.

Jeremiah, troublé, fronçait les sourcils.

Je reculai, furieuse.

— La dernière fois que nous nous sommes parlé, je vous ai avoué que je vous aimais et vous m'avez rejeté. Alors, dites-moi, qui suis-je pour vous?

— Lucy…

— Non!

La colère était plus facile à gérer que la douleur. Elle me permettait d'exprimer ce que j'avais sur le cœur.

— Vous osez prétendre que je vous appartiens, mais vous m'interdisez de vous aimer. Alors, qui suis-je? Une obligation contractuelle? Un devoir?

— J'ai juré de vous protéger, protesta-t-il avec orgueil.

Je le regardai bouche bée. Ne comprenait-il donc pas ce que je lui demandais?

— Je me fiche complètement de ma sécurité, ripostai-je. Ce n'est pas important!

— À mes yeux, si.

— Pourquoi?

J'avais hurlé. Jeremiah se redressa. Incapable de contenir ma rage, j'agitais les bras dans tous les sens. Exaspérée, je lui tournai le dos, passai la main sur mon visage. Lorsque je me retournai vers lui, je constatai qu'il s'était de nouveau muré derrière un masque froid et inexpressif et, tout à coup, l'envie de pleurer me reprit.

— Au nom de quoi estimez-vous pouvoir clamer vos droits sur moi et pourtant rejeter mon amour? lâchai-je d'une voix brisée. Qui vous donne ce droit?

Longtemps, il garda le silence. J'allais m'en aller quand il se décida enfin à parler.

— L'amour n'est pas franchement un gage de bonheur, dans la famille d'où je viens…

L'espace d'une seconde, son visage impassible laissa filtrer un éclair de souffrance avant de se rembrunir.

— Je crains... les complications éventuellement liées à l'amour, poursuivit-il.

Cette tentative de se justifier me désarçonna, mais je me ressaisis vite.

— Soit, admis-je du bout des lèvres, mais laissez-moi vous dire que mes parents ont été mariés et heureux pendant vingt-quatre ans. Mes grands-parents, cinquante-deux ans. Aussi, ces mots, je vous aime, ont une réelle signification pour moi. Je n'exigeais pas la réciproque, ajoutai-je en soupirant. Je tenais juste à ce que vous sachiez.

Il secoua la tête.

— Ces mots, objecta-t-il, ne sont que des platitudes. Quand bien même l'affection est là, je ne crois pas utile de la nommer.

Des platitudes. Encore une fois. Comme je haïssais ce terme! Submergée par la fureur, je serrai les poings.

— Vous n'essayez même pas de vous mettre à ma place, n'est-ce pas? lançai-je.

Dès lors que les choses n'allaient pas dans son sens, il les rejetait. Était-ce lui, le vrai Jeremiah? M'étais-je trompée à ce point depuis le début de notre relation?

— Très bien, enchaînai-je sans lui laisser le temps de répondre. Pas d'amour, donc. Voyons un peu ce que ça donne.

Sur ce, et sans réfléchir plus avant, j'attrapai sa tête et l'attirai à moi. Le baiser fut catastrophique. Ça m'était égal. Il était évident que j'avais surpris Jeremiah, qui voulut s'écarter, mais j'étais bien décidée à ce que ça lui serve de leçon.

— Lucy, gronda-t-il.

Il agrippa mes bras. Abandonnant sa bouche, je passai à son cou. Il se figea mais ne me repoussa pas pour autant. Le goût âcre de la sueur et de l'eau salée envahit ma bouche et, un instant, je m'oubliai. Je promenai ma langue sur sa peau. Il frémit. Mes mains glissèrent sous sa chemise, suivant la courbe familière de ses muscles. J'entendis qu'il inspirait brusquement quand je pinçai légèrement l'un de ses tétons.

Pas d'amour.

Retirant mes mains, je me libérai de son emprise et tombai à genoux. Je constatai aussitôt que ce petit jeu l'excitait. Son membre raidi gonflait son pantalon. J'en défis les boutons en dépit de ses tentatives pour m'en empêcher. Je poussai sur ses hanches tandis qu'il s'appuyait à la couchette, et je glissai la main sous son pantalon.

— Arrêtez, Lucy.

— Pas d'amour, avez-vous dit. Notre relation n'a été que du sexe saupoudré d'un peu de danger. Pourquoi s'arrêter maintenant?

— Ça suffit!

D'une poigne ferme, il me remit debout.

— Ce n'était pas que du sexe! se récria-t-il en me secouant comme un prunier. J'étais…

Clac!

Je venais de l'interrompre d'une gifle en pleine figure. Le coup le désarçonna. Il cligna des paupières à plusieurs reprises avant de me lâcher.

— Vous vous sentez mieux? me demanda-t-il, les lèvres serrées.

La claque avait été assenée sans beaucoup de force. Son ton méprisant raviva ma colère.

— Non.

Et je lui flanquai mon poing en pleine mâchoire.

La douleur, fulgurante, fut telle que je poussai un cri. Jeremiah tituba sur le côté, mais mon triomphe n'était rien au regard de la souffrance irradiant mes phalanges qui gonflaient à vue d'œil. Je les massai tout en gémissant.

— Faites voir, ordonna Jeremiah.

Mais je m'esquivai. Au même moment, la porte s'ouvrit et les deux gardes surgirent, sans doute alertés par mes cris de rage. Jeremiah se figea, avec l'air de vraiment regretter ce qui venait de se passer.

— Lucy…

— La ferme ! le coupai-je.

La main blottie contre mon ventre, des larmes de douleur dans les yeux, je le toisai sans aménité et continuai :

— Je ne veux plus vous aimer, Jeremiah Hamilton.

Ma voix se brisa lorsque je prononçai son nom.

— Ça fait trop mal.

Comme je ne voulais pas pleurer de nouveau devant lui, je tournai les talons. Les sbires de Lucas s'écartèrent et je m'enfuis. Je grimpai l'escalier quatre à quatre, priant pour que personne ne me voie, et me réfugiai dans ma cabine.

28

J'aurais volontiers cédé à la tentation de rester calfeutrée jusqu'à la fin du voyage si le capitaine Matthews n'avait pas frappé à ma porte le lendemain matin.

— Nous venons d'entrer dans les eaux caribéennes, m'annonça-t-il à travers le battant. Je me suis dit que vous seriez peut-être tentée par un petit déjeuner avec une vue splendide.

J'avais très envie de ne pas répondre et de rester à bouder dans ma cellule sans parler à quiconque. Mais je n'avais encore jamais été dans cette partie du monde – ma famille n'était jamais allée plus au sud que la Caroline durant les vacances. Je m'habillai sans un mot, consciente que je me montrais fort impolie à l'égard du capitaine. Pourtant, lorsque j'ouvris la porte, il était toujours planté sur la coursive.

Un sifflement lui échappa lorsqu'il découvrit mes phalanges bandées.

— J'y jetterai un coup d'œil quand nous serons là-haut, commenta-t-il. La rumeur prétend que vous avez essayé de démolir le frère le plus costaud. Apparemment, vous y êtes pas allée de main morte.

Je ne relevai pas, mais un petit sourire traître souleva la commissure de mes lèvres.

— Il le méritait.

— J'en suis certain. Venez, Frank a préparé un ananas. C'est une tradition que nous respectons toujours sur ce trajet.

Je gagnai la salle de commandement sur ses talons. Le soleil qui chauffait ma peau me détendit, et je me rendis compte que me calfeutrer dans ma chambre avait entretenu ma mauvaise humeur. Mais je me sentis mieux dès que je fus sous le ciel radieux des tropiques. Si le bateau continuait de tanguer, la houle était moins forte que plus au nord. Rassérénée, j'escaladai les échelons et rejoignis Frank et Lucas qui étaient déjà attablés.

— Laissez-moi vous mettre un peu de glace, petite, décréta Matthews.

Il entreprit d'en remplir un sac en plastique. Lucas serra les mâchoires en découvrant ma main boursouflée. Il fut aussitôt à mon côté et s'empara délicatement de mon bras. Je m'écartai de lui, car je nourrissais des sentiments plutôt hostiles à l'encontre des Hamilton en ce moment. Il insista et, fort heureusement, se contenta d'examiner de près sans toucher mes doigts encore douloureux. La douleur s'était accrue au cours de la nuit, mais j'avais décidé de faire contre mauvaise fortune bon cœur. Un antalgique et une serviette humide autour de la main m'avaient permis de dormir.

J'ignorai à quelle réaction je m'étais attendue de la part de Lucas, mais certainement pas au sourire qu'il afficha.

— Sacrée nana !

Un rire surpris m'échappa. Je m'assis sur l'une des chaises. Bien que, ce matin-là, Frank soit à la barre, cela ne l'empêcha pas d'engloutir la majeure partie de l'ananas. Tandis qu'il se disputait avec le capitaine pour décider comment répartir le fruit entre nous quatre, j'admirai le paysage. Les fenêtres étaient ouvertes, laissant passer un courant d'air tiède. L'océan s'étendait à perte de vue, mais il était teinté d'un vert pâle nouveau. Lucas se pencha vers moi.

— Si vous trouvez ça joli, murmura-t-il, attendez un peu de voir quand nous approcherons des îles.

Je le repoussai de ma main valide, et il se rassit avec un immense sourire. J'avais beau lui en vouloir de m'avoir entraînée dans ce voyage, l'ambiance était trop joyeuse pour la gâcher. Matthews finit par me tendre le sac de glace.

Une fois le petit déjeuner terminé, Frank brandit un jeu de cartes.

— Bon, qui est tenté par une petite partie?

Nous accostâmes tard dans l'après-midi, bien que la terre ait été en vue depuis déjà longtemps.

— De quelle île s'agit-il? demandai-je au capitaine.

— La Jamaïque. L'hiver est la meilleure période de l'année dans ces parages. Il fait un temps superbe.

Néanmoins, mon premier aperçu des lieux fut plutôt décevant. Si des palmiers et des arbres tropicaux ombrageaient la côte, le port minable dans lequel nous accostâmes ne devait pas figurer dans les guides touristiques. Lucas me laissa en haut pour aller régler ses affaires sur les quais. Je me rappelai alors amèrement le type de marchandise que le navire transportait.

— Comment supportez-vous de savoir ce que vous transportez? lançai-je aux deux marins tout en observant les hommes qui déchargeaient des caisses.

— On évite de regarder, répondit Matthews d'un air sombre. C'est pas le boulot de mes rêves, mais il paie bien. Ni Frank ni moi n'avons mis de côté pour la retraite.

Il soupira.

— J'aime pas mentir à mes anciens gars, quand ils m'appellent pour prendre des nouvelles. C'est ça le plus dur, pour moi. Même si je veux pas les mêler à tout ça.

Il m'était impossible d'imaginer gagner ma vie ainsi. Rencontrer des gens aussi bienveillants que le capitaine et son second dans ce genre de situation me désarçonnait. Si je ne les avais pas connus, j'aurais sûrement méprisé l'équipage de Lucas. Grâce à eux, j'éprouvais désormais de la compassion. Et puis, j'étais dans le coup, moi aussi. Même si je n'étais qu'une simple traductrice, mes paroles et mes actes étaient susceptibles d'entraîner la mort du médecin français. Je m'efforçai d'oublier ces idées lugubres et me bornai à rester à l'écart de l'agitation. Je restai dans le poste de pilotage jusqu'à ce qu'ils en aient terminé… et que je découvre Jeremiah sur la passerelle de débarquement.

Mon cœur battit soudain plus vite. Les sbires de Lucas escortaient son frère menotté sur le quai. Tout à coup, je ne fus plus en mesure de rester en place. Je pris une décision.

— Excusez-moi, messieurs, annonçai-je, mais il est temps que je m'en aille.

— On a été ravis de vous rencontrer, me dit le capitaine en me serrant la main. J'espère vous revoir un de ces jours. Dans des circonstances plus agréables.

J'avais des scrupules à les abandonner, je me demandais même si mon choix était judicieux, mais je m'empressai quand même de dévaler l'escalier et de faire le tour du navire.

Bien que les eaux soient plus calmes ici qu'à New York, je descendis prudemment de l'embarcation. L'activité sur le quai était bien différente vue de près, paraissant bien plus intense que ce qu'on voyait depuis les quartiers du capitaine. Ma poitrine ne cessa d'être oppressée qu'une fois que j'eus rejoint Jeremiah. Je m'efforçai de ne pas prêter attention à son regard qui pesait sur moi.

— Je pensais que vous ne voudriez plus jamais avoir affaire à moi, murmura-t-il.

— Moi aussi, rétorquai-je.

Je me retenais de le regarder, même si je mourais d'envie de savoir ce qu'il ressentait. Un chariot élévateur se rapprocha dangereusement de nous. Je me collai à Jeremiah, toujours escorté de près par les hommes de main de Lucas. En dépit de l'agitation environnante, je me sentais en sécurité à côté de lui.

Une bordée de jurons précéda l'arrivée de Niall sur le quai. Il était soutenu par deux de ses hommes, mais semblait se ficher complètement de leur aide.

— Où est ce fils de pute ! brailla-t-il. Que je lui fasse payer !

— Quelqu'un me demande ?

Lucas émergea d'entre deux caisses, tous sourires. L'Australien tendit un doigt rageur dans sa direction.

— Quand M. Smith apprendra ce que vous m'avez fait, il...

— M. Smith vous entend déjà.

Niall écarquilla les yeux lorsqu'un autre homme sortit de l'ombre et se posta près du trafiquant d'armes.

— B-bonjour, balbutia l'Australien. Je... je ne m'attendais pas à ce que vous soyez ici.

— Je ne m'attendais pas à devoir faire le trajet, répliqua l'autre.

Il était plus vieux que le reste de la bande – la cinquantaine peut-être –, mais il était beau. Ses tempes argentées et les fines rides qui entouraient ses yeux lui donnaient du caractère. À l'instar de Jeremiah, il dégageait une incroyable aura d'autorité et, en cet instant, il paraissait ne guère apprécier son larbin australien.

— Dites-moi, monsieur Jackson, reprit-il, où est donc le docteur Marchand?

Niall passa nerveusement sa langue sur ses lèvres.

— Mes hommes n'ont pas réussi à mettre la main sur lui avant notre départ, fut-il contraint d'avouer. Je suis désolé, monsieur, s'empressa-t-il d'ajouter.

— Je vois. Vous n'aviez pas l'intention de transporter cette marchandise et de la vendre sans me tenir au courant, par hasard?

Blême, l'Australien ouvrit la bouche mais resta muet comme une carpe.

— Non, monsieur, finit-il par chuchoter.

— Je vous rappelle que les rumeurs vont bon train, et que ce genre de trahison est rarement apprécié. La rancune nuit aux affaires, et cela me déplaît. Heureusement pour vous, je suis de bonne humeur ce matin.

Smith regarda les deux types qui entouraient l'Australien terrifié.

— Occupez-vous de lui, leur ordonna-t-il.

Les hommes, qui avaient jusqu'alors soutenu le prisonnier, l'entraînèrent rapidement hors de notre portée. Serrant les poings, j'appuyai mon front contre l'épaule de Jeremiah, tandis que Lucas demandait :

— Qu'allez-vous faire de lui?

— Niall est hélas le neveu de ma femme. J'ai les mains liées. Je pense cependant qu'il ne commettra pas l'erreur une seconde fois. Merci de m'avoir appelé. Les autorités finiront bien par retrouver le pauvre docteur Marchand.

— Quelle honte, répondit Lucas. Les occasions de faire le bien sont tellement rares, dans notre métier. Néanmoins, je veillerai à ce que les médicaments atteignent leur destination finale.

— Entendu, acquiesça Smith avant de serrer la main au trafiquant d'armes. C'est toujours un plaisir de traiter avec vous.

Il s'éloigna, et Lucas s'approcha de nous. Il me jeta un coup d'œil avant de libérer Jeremiah de ses menottes. Quoi qu'il pense de nous voir tous deux réunis, il n'en montra rien.

— Désolé pour les menottes, dit-il, mais je devais m'assurer que tu ne te conduirais pas comme un imbécile.

Jeremiah se frotta les poignets.

— Que tu puisses faire ce genre de chose m'échappe toujours.

— C'est une simple question d'entraînement.

Lucas arborait un petit sourire. Pour autant que je puisse en juger, il paraissait sincère, même s'il ne livrait pas grand-chose de lui-même. J'étais d'ailleurs assez surprise qu'ils se parlent.

— Vous ne vous détestiez pas, il y a seulement quelques heures? m'enquis-je d'une voix hésitante.

— Si, répondirent-ils en chœur.

Ils échangèrent un regard, ce qui me rendit encore plus perplexe.

— Nous avons discuté, hier soir, révéla Jeremiah avec prudence. Et nous sommes parvenus à certains accords.

J'attendis des explications – en vain. Coincée entre les deux hommes, je constatai que leur ressemblance était frappante. Malgré leurs différences physiques, ils partageaient des traits communs, exceptée la cicatrice de l'aîné. Stigmates de son ancienne vie de soldat, Jeremiah en avait aussi mais sur le corps.

— Bon, allons à l'hôtel, décréta Lucas. Les affaires, ça m'affame.

— Comment ça? lançai-je à Jeremiah. On ne rentre pas à la maison?

— Pas encore, me souffla-t-il tandis que nous nous dirigions vers un gros SUV. Je vous raconterai plus tard. Pour l'instant, nous sommes plus en sécurité ici avec mon frère qu'à New York.

Ces derniers mots furent ponctués d'un soupir. La situation ne l'enchantait pas plus que moi, visiblement, ce qui ne me consolait pas pour autant.

Le trajet fut court et se déroula dans un silence tendu. Assise entre les frères, je ressentais la gêne qui pesait entre eux. Je ne regrettais pas d'avoir été fille unique. L'arrivée à l'hôtel fut un réel soulagement.

Je ne m'attendais à rien de particulier, mais je fus surprise par l'atmosphère très insulaire qui émanait des lieux. Des flambeaux s'alignaient le long de l'allée et de l'entrée et leurs flammes vacillantes dansaient dans le crépuscule. Il ne s'agissait certainement pas d'un cinq-étoiles... Plutôt d'un endroit de prédilection pour les habitants de l'île qu'un établissement touristique.

Comme nos chambres avaient été réservées, l'employé se contenta de remettre les clés à Lucas. Je fus heureuse de voir que je dormirai seule – inconsciemment, j'avais redouté que ce ne soit pas le cas – même si, bien sûr, je constatai que ma chambre se situait entre celles des deux frères.

Je soupirai. *Ces Hamilton!*

— Serait-il possible qu'on me mette au courant de ce qui se passe?

Il était tard lorsque nous dînâmes en terrasse, mais l'hôtel grouillait d'activité. De la musique nous parvenait depuis le bar, à l'intérieur. Quelques clients sortaient de temps en temps sur la terrasse, mais en cet instant, nous étions seuls.

De hauts arbres sombres cachaient la vue sur les jardins, les alentours étaient calmes. On entendait le ressac de la mer toute proche.

— Quelqu'un est en train de se démener comme un fou pour nous ruiner ou nous tuer, annonça Lucas.

Il s'était exprimé d'une voix relativement calme. En même temps, il restait serein même lorsqu'il avait le canon d'un pistolet pointé sur son crâne…

— Il y a d'abord eu le tueur à gages engagé pour tuer Jeremiah, maintenant un saboteur poseur d'une bombe à laquelle je suis prêt à jurer qu'il ne connaissait rien.

— Je croyais que c'était Anya qui avait recruté le tueur à gages, dis-je.

Tous deux secouèrent la tête.

— Anya avait bien des défauts, objecta Lucas, mais elle n'était pas assez malfaisante pour penser à ça toute seule. On l'a forcément manipulée.

— Mes hommes sont en train d'enquêter là-dessus, intervint Jeremiah.

Il paraissait manquer d'appétit, son assiette était quasiment intacte. Absorbé dans ses réflexions, il me jetait des coups d'œil de temps à autre. Je l'ignorai.

— Si seulement tu acceptais de me rendre mon équipement de transmission, je pourrais te révéler ce qu'ils ont pu trouver, reprit-il à l'intention de son frère.

— Je te répète ce que je t'ai dit hier soir, répondit Lucas en se renfonçant dans son siège. Quel que soit ton réseau d'information, il est au bas de l'échelle question performance… Je pourrais te hisser au sommet.

— Je n'aime pas tes méthodes.

— Sauf qu'elles sont bien plus efficaces que celles auxquelles tu as accès, riposta Lucas avec un grand sourire.

Je vis Jeremiah serrer les poings sous la table.

— J'ai consacré des années à lutter contre les gens comme toi, lorsque j'étais dans l'armée.

— La carrière que tu as abandonnée pour me voler ma vie, commenta son aîné, dont le sourire perdit toute trace d'humour même s'il ne s'effaça pas. J'ai été viré de la seule existence que je connaissais par mon propre frère. Il s'est emparé du trône doré et m'a jeté aux chiens.

— Personne ne t'a jeté nulle part, se défendit Jeremiah d'un ton glacial. Tu as sauté tout seul au milieu de la meute. À plusieurs reprises. Et voilà que tu cherches à m'entraîner avec toi. Notre père…

— *Ton* père t'a tout donné et ne m'a rien laissé, siffla Lucas, venimeux.

— Je ne l'avais pas demandé !

— Ce qui ne t'a pas empêché de le prendre, non?

— Du calme ! intervins-je d'un ton sec.

Les deux hommes étaient prêts à se sauter à la gorge. Nous n'avions pas encore attiré l'attention sur nous, mais si la conversation continuait sur ce chemin dangereux, ça ne tarderait pas.

— Et si on restait concentrés sur le sujet de départ? ajoutai-je d'une voix plus mesurée.

L'un et l'autre me fixèrent avec colère et, pendant un instant, je crus que les deux frères allaient s'allier contre moi. Ce fut le moment que choisit une farandole endiablée se déplaçant au rythme des congas pour surgir du bar, ce qui eut pour effet d'atténuer la tension qui régnait à notre table. Les Hamilton se détendirent un peu, sans pour autant cesser de se foudroyer du regard. Je soufflai un coup.

— Et maintenant? demandai-je.

Lucas me dévisagea la première, puis son frère.

— Vous avez vos passeports sur vous? s'enquit-il.

Je fis non de la tête et, après une hésitation, Jeremiah m'imita.

— Je devrais pouvoir arranger ça assez facilement, marmonna Lucas, à condition que tu ne sois pas déjà fiché comme hors-la-loi.

Cette dernière remarque visait Jeremiah. Devant mon air surpris, Lucas, tout à coup réjoui, se fit un plaisir de me renseigner.

— Les médias racontent à l'envi que notre héritier a filé en douce du pays sans que personne ne sache vraiment pourquoi. Les autorités sont loin d'être ravies, même si aucun mandat d'arrêt n'a encore été lancé. Je me trompe?

La question s'adressait une fois de plus à son frère qui, agacé, détourna la tête. Je m'apprêtai à me pencher pour poser une main sur son genou, mais m'arrêtai juste à temps. Malgré moi, j'avais de la peine pour lui. Lui qui voulait toujours tout contrôler avait été privé de ses moyens de communication par son frère et, par la même occasion, de sa position dominante.

— Ce soir, c'est repos, déclara Lucas en écartant les bras. Demain, nous partons pour Dubaï.

Depuis le temps que je fréquentais les frères Hamilton, j'aurais sans doute dû m'être habituée à ce genre de rebondissement, mais je sursautai quand même.

— Dubaï? Dubaï aux Émirats?

— L'un des pays les plus riches du monde, acquiesça Lucas avec un clin d'œil. Vous allez adorer.

— Mais enfin! gémis-je. Pourquoi je ne peux pas rentrer chez moi? Je ne suis pas de la famille. Si c'est vraiment elle qui est la cible, je ne suis pas concernée.

— Et que feriez-vous, une fois rentrée à la maison? demanda Jeremiah.

— Contrairement à ce que vous avez l'air de penser, rétorquai-je, je suis capable de me débrouiller seule.

— Ce n'est pas ce que je voulais dire...

— Si! m'emportai-je. Depuis que j'ai eu le malheur de vous croiser, l'un comme l'autre, on m'a tiré dessus, empoisonnée, enlevée - deux fois - et agressée. Je me fiche de votre fortune, je n'ai aucune envie que vous me traîniez dans des tas de pays étrangers. Tout cela est absurde!

— Je parie que votre vie n'a jamais été aussi intéressante, contra Lucas en souriant.

Que répondre? Je m'adossai à mon siège, à court d'arguments, et contemplai, ahurie, la farandole qui retournait à l'intérieur de l'hôtel. Deux beaux visages très ressemblants me dévisageaient. Le regard de Jeremiah était aussi impénétrable que d'ordinaire; le sourire de Lucas digne de celui du Joker. Malgré mon envie de hurler et de protester, j'étais incapable d'exprimer ma fureur.

— Il existe bien des façons d'atteindre un homme, me lança Jeremiah en se penchant en avant. La plus simple est de s'en prendre à ceux qu'il aime.

— Genre la fille que vous mettez dans votre lit? répliquai-je avec des accents à la fois revêches et accusateurs. Vous avez été très clair sur ce que je représente pour vous.

— D'autres pourraient s'y tromper, murmura Lucas.

Accaparée par ma colère, je ne relevai pas. Il y eut un silence, puis la farandole réapparut de l'autre côté de la terrasse.

— C'est idiot, repris-je. Et votre mère, alors? Pourquoi n'est-ce pas elle que vous tentez d'emmener à l'étranger?

— Ah! ricana Lucas. Ceux qui nous en veulent savent très bien qu'elle n'est sûrement pas notre point faible.

— Mes hommes la surveillent de près, précisa Jeremiah en regardant son frère. Même si je suis d'accord qu'elle ne risque sans doute rien.

— Ça alors ! rigola Lucas. Mon petit frère ne me contredit pas ! Ma foi, ça n'a pas dû être facile à sortir. Nous sommes aux Caraïbes, enchaîna-t-il du coq à l'âne. Amusons-nous !

Il me tendit la main.

— Dansez avec moi, s'il vous plaît. Faites-moi le plaisir de rendre mon frère jaloux.

— Je n'y tiens peut-être pas, répondis-je sans même le regarder.

Mais lorsqu'il saisit ma main et me força à me lever, je ne résistai pas. Comme la farandole passait en dansant juste devant nous, il me poussa à la fin de la file.

— Je serai sage, me lança-t-il en plaquant ses mains autour de ma taille, ce qui ne l'empêcha pas de me pincer les fesses quand nous entrâmes dans le bar.

— Presque sage ! souffla-t-il à mon oreille alors que je lui filai un coup de coude dans les côtes.

Le bruit sec des percussions et l'atmosphère joyeuse m'arrachèrent un sourire réticent – il s'agissait d'un mariage. Impossible de rester de mauvaise humeur. Entre la musique et les danses, je me sentis dans de meilleures dispositions. Le fait que Lucas ne laisse pas traîner ses mains là où il ne fallait pas contribua à la chose et je me laissai aller.

Lorsque la farandole retourna pour la troisième fois sur la terrasse, je m'aperçus que la chaise de Jeremiah était vide. Balayant du regard les alentours, je repérai une silhouette solitaire qui se détachait dans la lueur des torches et s'éloignait. Abandonnant les autres, je la suivis.

Jeremiah s'arrêta près d'une cabane à outils quand je l'appelai. Mais après l'avoir rejoint, je ne savais plus quoi lui dire. Je le distinguais mal dans la pénombre. Les épaules voûtées, il détourna son visage. J'avais le cœur serré, mais je m'efforçai de prendre sur moi. Quand je posai la main sur son bras, je fus soulagée qu'il ne s'écarte pas.

— Je n'aime pas avoir le sentiment d'être inutile.

Je tressaillis. Il ne bougea pas, continuant de scruter l'obscurité.

— Eh bien, murmurai-je, bienvenu au club.

Le muscle se tendit sous ma paume.

— Contrôler les choses me permet de ne pas devenir fou. Mon père…

Il s'interrompit. Je pressai légèrement son bras.

— À la mort de mon père, reprit-il, j'ai perdu le contrôle de ma vie. Mon frère a raison. Je lui ai volé la sienne comme Rufus Hamilton m'avait volé la mienne.

Je serrai plus fort son bras et l'attirai à moi.

— Vous avez fait votre devoir, à l'époque, soufflai-je.

Ethan, l'ancien chef de la sécurité de Jeremiah, m'avait livré quelques éléments sur cette affaire sordide. Le patriarche, Rufus, avait mené ses affaires et sa famille d'une poigne de fer. Quand Jeremiah s'était engagé dans l'armée, contrecarrant ainsi les plans de son père, ce dernier s'était débrouillé pour que l'empire lui revienne – lui tombe dessus – à son décès. S'il n'avait pas repris les rênes, les biens familiaux de l'empire Hamilton auraient été perdus, et des milliers de salariés auraient perdu leur emploi. Confronté à ces difficultés, Jeremiah avait démissionné et quitté l'existence qu'il aimait. Il avait également été obligé d'affronter les accusations selon lesquelles son propre frère avait détourné des millions de dollars. La rumeur s'était par la suite révélée fausse, mais elle avait suffi à expédier Lucas sur des chemins plus que ténébreux.

Jeremiah passa une main dans ses cheveux.

— Me voici maintenant sous la férule d'un frère qui me déteste, contraint de participer à des activités contre lesquelles j'ai lutté autrefois et d'affronter un ennemi que je ne connais pas.

Il poussa un profond soupir.

— Et pendant ce temps-là, enchaîna-t-il, mon nom est traîné dans la boue, les affaires pour lesquelles j'ai tout sacrifié sont en train de s'effondrer et je suis incapable de protéger ceux que j'aime.

J'agis alors sans réfléchir. Glissant un bras autour de sa taille, je l'enlaçai et posai ma joue sur son torse. Il se raidit un bref instant, puis noua ses bras dans mon dos et me prit contre lui. Fermant les paupières, je sentis le parfum familier de sa peau et resserrai mon étreinte.

Dois-tu vraiment te comporter comme une idiote? J'étais malheureuse du tour qu'avaient pris nos relations. Il y a encore quelques jours, j'aurais fait n'importe quoi pour cet homme. Désormais, je ne savais même pas pourquoi j'étais là, avec lui. Je soupirai en mon for intérieur. La raison était évidente. *Parce qu'il a besoin de réconfort et parce que, en dépit de tout, j'aime encore ce salopard.*

Pouvoir mettre en veille cette partie de mon cerveau serait un tel soulagement. J'avais les idées tellement plus claires quand je me trouvais seule avec ma colère. Mais dès que je m'étais retrouvée en présence de Jeremiah, tout s'était brouillé. Même alors que je me débattais dans la pire des situations, je ne l'avais jamais détesté. Malgré sa position privilégiée, la vie ne l'avait pas épargné, et je comprenais en partie ce qui avait fait de lui l'homme qu'il était. Cela ne me rendait cependant pas les choses plus faciles.

Quand il remonta ses mains vers mes épaules, la chaleur envahit mon ventre. Il enroula mes mains autour de sa nuque, me poussa vers la cabane et me plaqua contre les planches. Mon corps tout entier tremblait à son contact, et lorsqu'il me fit baisser le menton et m'embrassa, je ne résistai pas.

Jeremiah avait toujours eu le dessus. Pourtant, cette fois, c'était différent. Il ne tenta pas de s'imposer. Son baiser ne fut ni un assaut ni une lutte. Ses lèvres caressèrent les miennes comme celles d'un amant, n'exigeant rien d'autre que l'autorisation de continuer. Lorsque je desserrai les lèvres, sa langue dansa et joua avec la mienne sans pour autant la dévorer. Je l'attirai plus près, avide de lui, mais il m'embrassait volontairement avec lenteur, m'infligeant de doux tourments qui ne ressemblaient en rien à ce que j'avais connu jusqu'alors avec lui.

Interrompant notre baiser, il appuya son front contre le mien. Des lucioles illuminaient ses prunelles. Le souffle court, je promenai le bout de mes doigts sur ses traits que j'aimais tant. Il plongea son regard dans le mien, sans rien dissimuler de ce qu'il ressentait. Je pus enfin lire en lui comme dans un livre, et ce que j'y découvris me bouleversa.

— Lucy, souffla-t-il.

Mon nom sonna comme une bénédiction sur ses lèvres. Un désir ardent brilla dans ses yeux alors qu'il m'embrassait de nouveau avant de murmurer une prière :

— Restez avec moi cette nuit.

Je fermai les yeux, passai la langue sur mes lèvres et, au bout d'une seconde, je le dévisageai. Un désir presque douloureux montait en moi, en même temps qu'une sensation de solitude atroce. La moindre fibre de mon corps réclamait ses caresses. Sa main glissa le long de mon cou puis de mon bras. Une légère brise marine rafraîchissait ma peau brûlante, et je frissonnai lorsqu'il répéta mon prénom, ses lèvres collées à mon front.

— Je suis désolée, Jeremiah.

Pendant un instant, je crus qu'il ne m'avait pas entendu chuchoter, mais il finit par s'écarter sans un mot. L'air frais s'engouffra entre nous. Je m'appuyai au mur tandis que Jeremiah, gardant le silence, s'éloignait dans la nuit. Le cœur en miettes, je me mordis les lèvres et me cachai le visage dans les mains, tentant de retenir mes larmes.

— Mon frère supporte mal qu'on lui dise non.

Découvrant mes yeux, je vis Lucas adossé à un palmier voisin. Il avait le regard tourné vers la silhouette sombre de son frère cadet. Je me tus, n'étant pas sûre de pouvoir garder mon calme si je parlais. Lucas sembla le deviner.

— Laissez-moi vous raccompagner à votre chambre, offrit-il.

Nous regagnâmes l'hôtel en silence. Tirant la carte magnétique de mon sac, je la glissai dans la serrure et poussai ma porte.

— Voulez-vous que je vous tienne compagnie cette nuit?

Je me retournai d'un bloc. Lucas m'étudiait. Il attendait patiemment que je lui réponde, mais j'étais incapable de prononcer un mot. Je le fixai et me rendis compte que j'avais envie de lui répondre oui. Ce soir, j'avais envie qu'on m'enlace, qu'on me dise que tout allait bien se passer. Mais plus important encore, je désirais que ce soit Jeremiah qui le fasse, ce que mon orgueil avait refusé d'admettre.

Lucas parut lire dans mes pensées car il hocha la tête.

— Bonne nuit, murmura-t-il.

Il prit ma main et y déposa un baiser avant de tourner les talons. Je le suivis des yeux jusqu'à ce qu'il ait disparu à l'angle du couloir, puis je m'enfermai dans ma chambre. Trop lasse pour me doucher, je me mis au lit en laissant les lumières allumées. Blottie dans mes propres bras, je tentai de conserver les ultimes effluves de l'odeur de Jeremiah sur ma peau.

29

Rien n'aurait pu me préparer à la ville que nous survolions.

Dubaï n'était pas totalement un mystère pour moi. J'avais lu des choses sur le Net et écouté les infos, et j'avais une vague idée de ce à quoi elle ressemblait. La réalité dépassait cependant de loin l'idée que je m'en faisais. Même la fatigue d'un vol de dix-sept heures ne réussit pas à calmer mon excitation lorsque je découvris la ville portuaire depuis le ciel. Les îles artificielles, la tour semblable à celle de Babel dont la flèche s'élançait de façon vertigineuse, tout était démesuré, époustouflant.

En quittant la Jamaïque, j'avais regretté d'avoir disposé d'aussi peu de temps pour visiter ou profiter du soleil. C'était la première fois que j'allais dans les Caraïbes. Malheureusement, les Hamilton étaient entièrement dédiés à leurs affaires. Au petit déjeuner, Lucas nous avait remis des passeports identiques à ceux que nous possédions. Assez bizarrement, il avait choisi de reproduire mes papiers canadiens. D'après lui, ils seraient plus avantageux dans les pays musulmans. J'eus beau convenir qu'il avait raison, je n'en étais pas moins inquiète du rôle qu'il comptait me faire jouer grâce à cela.

Cette fois, nous ne voyageâmes pas en jet privé – du moins pas durant la première partie du trajet –, mais nous eûmes droit à des sièges en première classe jusqu'à Londres, puis de Londres à Dubaï. En revanche, une fois les formalités accomplies, un hélicoptère nous attendait pour nous conduire à notre hôtel.

— Est-ce qu'il est à vous? demandai-je aux Hamilton dans le casque qu'on m'avait fourni.

Lucas secoua la tête.

— Non, à notre hôte. Un cadeau de bienvenue, en quelque sorte.

Jeremiah ne dit rien, se bornant à admirer le paysage par la vitre. Je n'osais pas trop le regarder. Il ne m'avait pas adressé la parole depuis que j'avais repoussé ses avances la veille au soir. Je n'aurais su dire s'il était en colère contre moi ou contrarié par la situation, et je redoutais suffisamment la réponse pour ne pas poser la question. Quand bien même, son silence me dérangeait, et avoir conscience que je l'avais blessé me serrait le cœur.

Il faut qu'il comprenne ce qu'il a fait. Malheureusement, les principes ne pesaient pas lourd face au désir qu'il me prenne dans ses bras, qu'il me laisse enfouir mon visage dans son cou et sentir son odeur. Il était si proche de moi que j'aurais pu le toucher. Mais comme il m'ignorait, je prétendais lui rendre la pareille.

De son côté, Lucas était dans une forme éblouissante pour quelqu'un qui était resté éveillé durant tout le trajet. J'aurais pu m'irriter de ses bavardages incessants si la description qu'il me fit de la ville n'avait pas été aussi fascinante et surprenante. Il semblait en savoir beaucoup sur Dubaï et sur le pays tout entier, et je me demandai combien de fois il s'était rendu ici.

Nous étions suffisamment haut pour distinguer les îles artificielles en forme de palmier. J'en avais déjà entendu parler, mais lorsque je vis un archipel qui, à seulement quelques milles de la côte, prenait la forme d'une fleur reliée au continent par une tige, j'en eus le souffle coupé. Plus petits que les îles en forme de palmier, les petits îlots qui le composait étaient aussi plus délicats. Je comptai au moins une douzaine de «pétales» encerclant un «cœur» central plus important sur lequel s'élevait une grande structure.

— Est-ce là que nous allons? demandai-je quand l'appareil vira dans cette direction.

— Oui, acquiesça Lucas. L'hôtel Almasi. Le dernier ajout de prestige à une ville déjà flamboyante.

Le bâtiment n'était pas aussi haut qu'il m'avait semblé au premier abord – une vingtaine d'étages en tout peut-être. Bien que résolument moderne, il présentait des aspects inspirés de l'architecture traditionnelle arabe. Un immense dôme en verre surplombait l'édifice, ses vitres étincelant comme des diamants sous le soleil. Un héliport avait été aménagé au sommet de la tour principale. Notre engin s'y posa et coupa ses moteurs.

Lucas fut le premier à en descendre, aussitôt suivi par Jeremiah. Tandis que je cherchais à détacher ma ceinture, deux mains se tendirent pour m'aider à descendre. J'hésitai, d'autant que Lucas et Jeremiah me couvaient d'un regard plein d'espoir. *C'est une blague ou quoi?* Je saisis la rampe, bien décidée à me débrouiller seule. Refusant délibérément de croiser le regard d'aucun des Hamilton, je lissai mes vêtements de la main.

Les pales cessaient de tourner lorsqu'un comité d'accueil apparut devant l'escalier menant à l'héliport. Un homme marchait en tête du petit cortège. Lucas se dirigea vers lui, je le suivis de près tandis que Jeremiah fermait la marche. L'inconnu écarta les bras dans un geste de bienvenue.

— Loki, mon ami ! s'exclama-t-il. Voilà bien longtemps !

— Rachid, dit le marchand d'armes avec un sourire professionnel.

Ils n'échangèrent pas de poignée de main, ce que je trouvai bizarre. Lucas se retourna vers nous.

— Mon frère, Jeremiah, et Mlle Lucy Delacourt, dit-il avec théâtralité.

— Voici donc le cadet dont j'ai tant entendu parler ! dit Rachid en avançant, la main tendue. Je souhaitais vous rencontrer depuis longtemps. Vos affaires ne vous conduisent pas assez souvent sur nos côtes.

Jeremiah inclina la tête sans rien montrer de ses sentiments. Il ne répondit pas. Rachid s'adressa ensuite à moi avec un grand sourire.

— Mademoiselle Delacourt ! s'extasia-t-il. Mes ancêtres auraient donné bien des chameaux pour une femme comme vous !

J'eus l'impression qu'il débitait ce genre de compliments à toutes les femmes qu'il rencontrait, mais je n'en fus pas certaine parce qu'il parut m'oublier aussitôt. Il ne m'offrit pas sa main, et son regard me sembla vaguement hostile. J'eus du mal à ne pas m'en offenser.

— Bienvenue à l'hôtel Almasi, messieurs. Rentrons discuter. Ma sœur Amira conduira votre femme à ses appartements.

Cette phrase eut le don de m'exaspérer. Aucun des Hamilton ne jugea bon d'intervenir. Une femme tout de noir vêtue, la tête couverte d'un foulard blanc, avança timidement d'un pas. Je fus déroutée par son visage franc, sa façon de m'examiner, comme si j'avais été une pierre précieuse rare et magnifique.

— Bonjour, lançai-je avec hésitation.

La jeune fille sembla se ressaisir et me sourit.

— Je m'appelle Amira, dit-elle d'une voix douce en me tendant la main.

La poignée de main fut plutôt molle, mais comme elle semblait s'en satisfaire, je pris mentalement note de me renseigner sur les coutumes arabes.

— Puis-je vous montrer votre chambre?

Si elle s'exprimait de façon très formelle, je devinai qu'elle brûlait de me bombarder de questions. Son anglais était excellent, même si sa tenue me déstabilisait. Son voile dissimulait entièrement ses cheveux et sa large robe cachait tout ce qu'elle avait de féminin. Les hommes ayant disparu de leur côté, nous nous dirigeâmes en silence vers un ascenseur. Je ne savais trop quoi dire, mais ma curiosité finit par l'emporter.

— Comment appelez-vous votre foulard?

Amira sembla un instant déconcertée, porta une main à son crâne, puis sourit.

— Vous êtes américaine, commenta-t-elle en hochant la tête, comme si ma nationalité expliquait tout. C'est un *hijab*.

— Et vos vêtements? insistai-je en désignant l'ample robe.

— Ce sont juste mes vêtements, répondit-elle, presque hilare.

Il n'y avait aucune rancune ni aucune moquerie dans sa réponse. Ma propre ignorance déclencha mes rires. Mes questions avaient visiblement rompu la glace.

— Il faut que je vous demande, reprit-elle quand nous entrâmes dans l'ascenseur, êtes-vous allée à Hollywood?

Amira était clairement fascinée par la culture américaine, et je me rendis vite compte qu'elle n'avait guère vu le monde au cours de sa jeune existence. Je lui dis que je vivais et travaillais à New York, ce qui parut l'enthousiasmer, et elle m'interrogea sur tout et n'importe quoi, de la statue de la

Liberté au métro. Il m'était impossible de lui donner un âge. Tantôt, elle m'apparaissait comme une étudiante, tantôt elle était aussi naïve qu'une enfant. Une chose était claire cependant : bien qu'elle aspirât à découvrir le monde, elle menait une vie très recluse.

— Cet hôtel appartient-il à votre frère ?

— Non, il est l'un des investisseurs principaux et a participé à sa construction, mais il n'en est pas le propriétaire. Voici vos chambres.

Elle poussa une porte. *Chambres au pluriel ?* Je franchis le seuil et m'arrêtai net en voyant ce qui m'attendait.

— Oh ! m'exclamai-je, faute de mieux pour exprimer ce que je ressentis. Est-ce que c'est pour moi toute seule ? demandai-je ensuite à Amira qui acquiesça.

J'entrepris d'inspecter les lieux avec émerveillement. Moins d'un mois auparavant, j'avais eu la chance de loger au Ritz à Paris, l'un des plus beaux hôtels du monde. Là-bas, le moindre aspect de la décoration, le moindre centimètre carré de parquet participait à une atmosphère fastueuse, au style européen classique. Des sols aux plafonds, dans les chambres comme ailleurs, l'ostentation et l'opulence dépassaient l'imagination. J'avais adoré cette aura de richesse et de prestige.

L'impression était similaire ici, mais sous un abord bien plus contemporain. Les plafonds très hauts ajoutaient à l'immensité de la pièce. Au premier coup d'œil, rien d'ostentatoire. Au contraire, l'endroit avait un côté presque spartiate, comparé au Ritz en tout cas. Pourtant, les carrelages et les parquets, les murs aux couleurs chaudes et les meubles en bois sombre étaient aussi somptueux que ce que j'avais vu en France. Plus j'avançais dans l'appartement, plus il me paraissait vaste.

— C'est vraiment pour *moi*? répétai-je, incrédule.

— Oui, opina-t-elle avant d'ajouter en s'empourprant: vos deux hommes seront logés dans les suites contiguës à celle-ci. Mon frère estime malvenu qu'une femme non mariée partage la chambre d'un homme.

Mes deux hommes?

— Non, non, me récriai-je en secouant la tête avec vigueur. Ils ne sont pas à moi tous les deux, je vous assure.

— Je ne vous juge pas, repartit Amira qui m'avait visiblement mal comprise. Les Occidentaux ont leurs propres croyances et pratiques. Toutefois, mon frère est très strict en ce qui concerne la séparation des sexes, du moins quand il s'agit de ses invités.

J'en étais abasourdie. Je ne m'étais pas attendu à ce genre de réaction, et les paroles candides de ma compagne me firent rougir à mon tour.

— Je n'appartiens à aucun des deux hommes avec lesquels je voyage, réaffirmai-je avec conviction.

Techniquement, ce n'était pas tout à fait un mensonge, me dis-je.

— Qu'y a-t-il au rez-de-chaussée, m'enquis-je très vite, histoire de changer de sujet.

— Des boutiques, destinées à satisfaire les désirs de la clientèle.

J'eus l'impression qu'elle récitait un prospectus publicitaire.

— La conciergerie vous aidera si vous souhaitez organiser une visite de la ville, et une voiture avec chauffeur est attachée aux suites que vous occupez.

Amira me gratifia d'un sourire éblouissant.

— Et, précisa-t-elle, vous pouvez me poser toutes les questions que vous voudrez. Je tâcherai d'y répondre de mon mieux.

Je la dévisageai. Sa façon de parler m'incitait à penser qu'elle devait régulièrement s'occuper des hôtes de Rachid.

— Vous vivez ici, n'est-ce pas? À l'hôtel?

Elle rosit, baissa les yeux avec timidité.

— Nous avons une maison familiale, concéda-t-elle. Mais quand mes parents sont morts, mon frère m'a priée d'emménager ici définitivement.

La simplicité avec laquelle elle avait évoqué la disparition des siens me brisa le cœur.

— J'ai moi aussi perdu mes parents il y a quelques années, lui avouai-je en retenant mes larmes.

— Oh! s'écria-t-elle en effleurant mon bras. Je suis vraiment désolée!

Autant de compassion me toucha. Mais je parvins à retenir mon émotion. Le temps avait œuvré. La souffrance était là, avec le souvenir, mais de moins en moins violente. Soudain, une idée me traversa l'esprit, et je me jetai dessus comme un chien sur un os.

— Et si nous allions faire du shopping!

— Pardon? sursauta la jeune femme, surprise par ma proposition.

Je souris de la voir aussi troublée. Je la pris par le bras et l'entraînai vers le couloir.

— Venez donc avec moi! lui dis-je. Il n'est pas nécessaire que nous achetions quoi que ce soit, mais on s'amusera. De toute manière, les hommes sont sûrement occupés à leurs affaires, alors faisons des «trucs de filles», une fois n'est pas coutume.

Un sourire perplexe étira les lèvres d'Amira.

— Je vous jure qu'on ne s'ennuiera pas, lui promis-je avec un clin d'œil complice.

Il s'avéra qu'Amira était très agréable quand il s'agissait de faire des «trucs de filles». Je devinai tout de suite que ces occasions-là ne se présentaient pas souvent à elle quand je la vis admirer les vitrines et la décoration des magasins de l'hôtel. Si elle savait parfaitement où chacun se trouvait, il était clair, à ses yeux écarquillés, qu'elle y était rarement entrée, voire jamais.

Aussi, me fis-je un plaisir de l'emmener dans les boutiques sophistiquées, choisissant pour elle des tenues sur leur cintre. Comme elle paraissait juger scandaleux de montrer ses jambes ou ses bras en public, je changeai de tactique et entrepris de chercher des robes à manches longues qui tombaient jusqu'aux pieds. Sans surprise, elles étaient légion, de même que les voiles de différents styles. Pour moi, ce fut une sorte de choc culturel. De l'extérieur, les boutiques ressemblaient toutes à celles des quartiers chics des États-Unis. Mais, dès qu'on commençait à y regarder de plus près, la sélection d'articles proposés ciblait la population locale.

Amira essaya plusieurs foulards colorés, ce qui me permit enfin de découvrir sa longue chevelure dénouée, aussi brune que celle de son frère. Elle était belle. Je réussis, après bien des efforts et en lui jurant que personne d'autre que moi ne la verrait, à la convaincre d'essayer une robe. Il me fallut plusieurs tentatives avant qu'elle m'autorise à l'admirer dans une tenue rouge qui, même si elle la couvrait de pied en cap, laissait deviner ses courbes. Elle tira sur le tissu en se dandinant devant moi.

— Elle est très serrée, fit-elle remarquer.

Je trouvai qu'elle était plutôt trop grande d'une taille, ce qui ne m'empêcha pas de la féliciter chaudement.

— Vous êtes sublime !

Un sourire gêné se dessina sur ses lèvres.

— C'est vrai, je trouve aussi, avoua-t-elle en se contemplant dans un miroir. Mais mon frère n'acceptera jamais que je la porte, ajouta-t-elle.

Son visage se referma.

— Vous n'êtes pas obligée de le lui dire…

— Il sait tout, me coupa-t-elle en pinçant les lèvres. J'ai commis une erreur. Je n'aurais même pas dû enfiler cette robe.

Je m'efforçai de dissimuler ma déception quand elle ressortit de la cabine d'essayage après avoir remis ses vêtements.

— Même pas un foulard? tentai-je une dernière fois.

Elle secoua la tête avec réticence.

— Merci de m'avoir accompagnée, dit-elle.

Elle afficha un petit sourire que son regard triste démentait. *Ma foi, ça n'a pas fonctionné comme je le souhaitais.* Non que j'aie eu un plan clairement établi en tête, mais je n'avais pas imaginé que notre escapade se terminerait sur cette note d'amertume. Certes, bien des aspects de la culture du pays m'échappaient, mais je voyais qu'Amira n'était pas heureuse, et j'avais l'impression d'en être en partie responsable.

Nous quittâmes la boutique et regagnâmes le hall principal. Je jetai un coup d'œil à la dérobée à ma voisine. Ces derniers temps, j'avais eu ma dose de testostérone. D'abord en étant retenue contre mon gré dans une demeure somptueuse, puis coincée à bord d'un navire plein d'hommes. J'avais tellement eu envie de me comporter en fille, ne serait-ce qu'un petit moment! Malheureusement, j'avais aussi raté ça.

— Écoutez, lançai-je dans l'espoir de sauver notre sortie. Moi, je me suis amusée. Je suis désolée si je vous ai poussée à faire quelque chose que vous ne vouliez pas et je vous promets de ne pas recommencer.

Je m'interrompis, tirai sur mes vêtements et repris :

— Là, j'ai vraiment besoin de me changer et de faire un brin de toilette. Et si nous nous retrouvions après ici?

Ce ne fut que lorsque je la vis sourire avec franchise que je compris que j'avais redouté un refus. Je me détendis.

— Ça me ferait très plaisir, répondit-elle.

Alors que nous atteignions le hall de l'hôtel, je vis qu'un homme à la peau mate nous observait. Mon sourire vacilla et je regardai derrière moi. Passer du temps en compagnie des Hamilton m'avait apparemment rendue paranoïaque. Lorsque, un peu plus loin, je constatai qu'un autre individu semblait nous surveiller, je donnai un coup de coude à Amira.

— Avez-vous des gardes du corps? m'enquis-je.

Elle sembla surprise.

— Une escorte veille sur ma sécurité quand je quitte l'hôtel, oui.

C'était peut-être ça. Un frère surprotecteur se cachait derrière ces silhouettes furtives.

— Les hommes! grognai-je.

— Oui, s'esclaffa la jeune femme.

Nous nous quittâmes sur cet échange complice en nous donnant rendez-vous une heure plus tard. Cela me laissait amplement le temps de me rafraîchir.

Mais, à peine approchai-je de la porte de ma chambre que je compris que mes plans risquaient d'être contrariés: les échos d'une discussion animée entre deux hommes me parvenaient avec clarté. Je poussai la porte en soupirant. Lucas était affalé dans un fauteuil, un verre à la main. Près de lui, Jeremiah arpentait la pièce avec agitation.

— Que faites-vous chez moi? lançai-je, peu amène.

Lucas me salua en levant son verre.

— C'est vous qui avez la plus grande suite, répliqua-t-il d'un ton enjoué.

Je levai les yeux au ciel, peu disposée à affronter les Hamilton.

— Eh bien, retournez dans les vôtres! Je vais prendre une douche.

— Génial! s'exclama Lucas qui posa son verre sur la table. Je vous accompagne!

Je le dévisageai avec ahurissement tandis que son frère cessa brusquement de tourner comme un lion en cage.

— Loki! grogna-t-il, les poings serrés.

— Je sais toujours quand tu es en colère, remarqua l'intéressé. Quand tu m'appelles Loki, ça veut dire que tu meurs d'envie de m'arracher la tête. Ose dire que ce n'est pas vrai!

Pendant qu'ils se disputaient, ils m'oubliaient et ça m'arrangeait. Je supportais mal le souvenir de ce que j'avais fait sur le bateau, d'autant plus en présence de Jeremiah. J'évitais d'y penser par crainte d'être submergée par la culpabilité.

— Pardonnez mon frère, enchaîna Lucas. Il vient d'apprendre qu'il a été déclaré *persona non grata* aux États-Unis.

— Comment ça? Il lui est interdit de regagner le pays?

— Oh non, rien d'aussi passionnant. Jeremiah tenait les médias sous sa coupe. Depuis qu'il a disparu de la circulation, ils s'en donnent à cœur joie et publient toutes sortes de choses fort amusantes.

— Je te répète que cette coïncidence est suspecte, commenta Jeremiah.

— Et moi, je crois que tu ne supportes pas de ne plus contrôler les journalistes.

— La meilleure façon de gérer ça, c'est d'être sur place! s'énerva son cadet de plus belle. Au lieu de quoi, je suis coincé à des milliers de kilomètres et ils en profitent pour publier des inepties.

— Pauvre chéri! Voilà qu'il craint pour sa *réputation*, maintenant, s'exclama-t-il en roulant des yeux. Excuse-moi de ne pas compatir.

L'amertume de Lucas était perceptible, et son attitude alimentait la colère de Jeremiah. J'avais débarqué au milieu d'un conflit qui couvait depuis longtemps. Le sourire cynique de Lucas et la tension que son frère manifestait m'indiquaient qu'il valait mieux m'éclipser.

— Bien, reprit Lucas alors que je m'apprêtai à sortir, si tu veux partir, pars! Rentre au pays et retourne dans ta tour d'ivoire. Mais Mlle Delacourt reste ici avec moi. Tu as suffisamment fait la démonstration que tu étais incapable de la protéger. Combien de fois a-t-elle été enlevée sous ton nez?

Je fis volte-face et fixai Lucas avec incrédulité. L'indignation me laissa sans voix. Jeremiah se raidit sous l'insulte, mais son frère semblait parfaitement indifférent au danger auquel il venait de s'exposer. Alors que Jeremiah amorçait un mouvement vers lui, il sirotait son verre tout en contemplant le désert par la fenêtre.

Des bouteilles s'alignaient sur le bar devant moi, mais je ne pouvais quand même pas les leur jeter dessus. D'ici peu, une bagarre allait éclater, et je ne pourrai rien faire pour l'empêcher. Apercevant un siphon à soda relié au robinet, je m'en emparai et visai les deux hommes. Lucas bondit sur ses pieds en lançant une bordée de jurons et Jeremiah recula, mais je continuai à les arroser aussi loin que le tuyau me le permit.

— Si vous voulez vous taper dessus, m'emportai-je, allez le faire dans vos chambres! Et maintenant, sortez!

Le sol était maintenant mouillé et glissant. Je toisai les deux frères, aussi ahuris l'un que l'autre, puis lâchai mon arme, levai le menton et décrétai avec autant de dignité que possible vu la situation :

— Je vais prendre ma douche. Quand je reviendrai, j'exige que vous ayez quitté les lieux.

Sans attendre de réponse, je filai et claquai la porte de la salle de bains en verrouillant derrière moi. La pièce était aussi somptueuse que le reste de la suite, mais j'étais trop énervée pour y prêter beaucoup d'attention. Je me déshabillai, fis couler l'eau et me mis sous le jet chaud.

De la cabine de douche, je ne pouvais rien entendre de ce qui se passait à l'extérieur de la salle de bain, mais je croisai les doigts pour que les Hamilton m'aient obéi. Après un long moment, je me résolus à sortir. Une fois séchée, je glissai la tête dans le couloir. Silence.

— Il y a quelqu'un?

Pas de réponse. J'avançai et jetai un coup d'œil au salon. On avait épongé l'eau et des torchons humides pendaient devant l'évier du bar, mais j'étais seule. Toujours furieuse, je gagnai la chambre et me préparai pour retrouver Amira.

La cabine de l'ascenseur s'ouvrit sur un hall bondé. Les clients qui se dirigeaient vers le bar voisin étaient pour la plupart occidentaux et parlaient anglais avec des accents variés. Il devait s'agir des membres d'une conférence ou d'un colloque qui retournaient à l'hôtel. Je m'empressai de fendre la foule afin de gagner le restaurant. J'avais promis à Amira de l'y retrouver mais j'avais quelques minutes de retard.

Comme le restaurant aussi était plein, je me hissai sur la pointe des pieds en quête de ma nouvelle amie. C'est dans ce genre de situation que je regrettais de ne pas être plus grande ou de ne pas porter de talons. Je me faufilai dans la foule pour rejoindre le bar, espérant avoir une meilleure vue sur la salle. J'aperçus une femme en foulard blanc. Elle agita la main à mon adresse, mais elle fut vite avalée par la cohue.

Les clients se pressaient surtout autour du bar, et je parvins finalement sans trop de mal à me glisser au milieu des gens. Je fus soulagée d'apercevoir de nouveau le grand sourire d'Amira. Alors que je m'approchai d'elle, Amira fit un pas de côté et disparu de ma vue. Je m'arrêtai net, surprise. Je me tordis le cou pour tenter de l'apercevoir car un homme s'était interposé entre nous, mais elle s'était volatilisée. J'écartai brusquement l'importun et, sans prendre garde à ses protestations, je me précipitai là où Amira s'était trouvée une seconde plus tôt. J'avais la chair de poule. Près des portes des cuisines, je ne repérai aucun voile blanc, juste les cheveux lâchés des clientes occidentales.

Un bruit retentit soudain dans les cuisines et je tournai la tête dans leur direction. Je me mordis les lèvres, songeant que je risquais de gros ennuis si je me trompais, mais après avoir hésité un instant, je poussai la porte. Par-dessus le fracas ambiant des couverts, assiettes et casseroles, il me sembla entendre une femme qui criait. Les employés étaient nerveux, plusieurs d'entre eux agitaient les bras et criaient en arabe. Je les ignorai et filai vers la gauche. Quelques-uns tentèrent de me retenir, visiblement mécontents de mon intrusion, mais je les esquivai sans difficulté.

De nouveau, une voix de femme retentit et, au détour d'un passage, je vis un homme qui entraînait de force une silhouette voilée. Sous le foulard qui avait glissé, je reconnus la chevelure sombre de la prisonnière qui se débattait.

Je saisis une bouteille de champagne vide sur un chariot roulant. Sans cesser de lutter, Amira écarquilla soudain les yeux quand elle m'aperçut. Mes ultimes réticences s'évanouirent et j'abattis la bouteille sur le crâne de son ravisseur, qui lâcha la jeune fille. Lorsqu'il se retourna, je me tenais prête à le frapper une seconde fois. J'atteignis l'homme à la tempe. Il s'écroula au sol et resta immobile, inanimé. Je lâchai mon arme improvisée qui roula sur le carrelage tandis que je fixai avec horreur ma victime, dont le front était ensanglanté.

Je l'enjambai et aidai Amira à se relever. Elle fixait son agresseur tout en débitant un flot de paroles en arabe, en proie à une terreur évidente. Je prononçai son prénom, mais elle ne semblait pas m'entendre.

— Amira ! répétai-je plus fort.

Elle me regarda enfin.

— Il faut que nous partions.

Elle ne réagit pas immédiatement, mais finit par hocher la tête. Je la tirai par la main et l'entraînai dans un labyrinthe de couloirs où je ne tardai pas à me perdre. Nous étions dans les coulisses de l'hôtel, réservées au personnel et interdites aux clients. Les murs étaient enduits d'une peinture crème simple, bien éloignée des ornements luxueux de la partie publique des lieux. Après des tours et des détours, je m'arrêtai et fis face à Amira.

— Un endroit avec plein de monde serait idéal, lâchai-je. Est-ce que vous sauriez nous sortir d'ici ?

La jeune fille fut tirée de son état de choc. La perspective de se rendre utile reprenait le dessus.

— Les boutiques sont par ici, répondit-elle.

Elle s'engouffra dans plusieurs corridors, et je lui emboîtai le pas, regrettant à présent d'avoir lâché ma bouteille. Les lieux étaient quasiment déserts, mais le brouhaha des voix se fit soudain plus fort et moins lointain, indiquant que nous touchions au but.

Amira poussa une porte qui débouchait dans un couloir très différent de ceux que nous venions de parcourir, aux murs décorés de mosaïques et au sol carrelé. Nous étions enfin dans la section commerciale de l'hôtel, où nous nous fondîmes dans la foule des clients. Je poussai un soupir de soulagement.

Même si personne autour de nous ne nous prêtait attention, nous n'étions plus seules.

— Où est le hall? soufflai-je.

Il fallait que nous retrouvions Jeremiah ou Lucas. Ils sauraient que faire.

— Par ici.

Nous marchions vite tout en nous efforçant de ne pas avoir l'air de fuir. Je ne cessais de surveiller les parages. Nous étions presque arrivées dans le hall, en sécurité, lorsque je vis un homme adossé au mur en train de nous observer. *Merde!*

— Nous allons peut-être devoir courir, Amira, chuchotai-je.

Il n'en fallut pas plus pour que mon amie décampe aussitôt. Je l'imitai. L'homme se lança à notre poursuite en portant sa main à sa bouche, comme s'il transmettait un message par talkie-walkie. *Omondieu! Combien sont-ils?*

À l'entrée du hall principal, deux ombres surgirent devant nous. Dérapant sur le sol lisse, nous nous arrêtâmes et cherchâmes des yeux une issue. Malheureusement, il n'y avait que des murs. Amira se blottit contre moi tandis que les trois hommes fondaient sur nous.

À cet instant, j'aperçus une silhouette familière de l'autre côté des portes vitrées de l'hôtel.

— À l'aide! criai-je.

Les trois sbires s'immobilisèrent tandis que la silhouette se retournait vers moi. Je faillis défaillir de soulagement. En moins de temps qu'il n'en faut pour le dire, Jeremiah se retrouva à nos côtés.

Si le premier homme à nous avoir repérées put s'enfuir, les autres eurent moins de chance. Jeremiah en attrapa un par le col et le poussa contre le mur avant de se retourner vers le troisième. Je plaquai la main sur ma bouche en le voyant sortir un couteau, mais Jeremiah le désarma immédiatement avant de le frapper aux genoux. Il s'écroula dans un cri de douleur. Comme l'autre filait à son tour, Jeremiah l'agrippa et le projeta brutalement sur une table du hall.

Une foule de curieux avait commencé à se rassembler.

Des types baraqués en costume noir surgirent. L'homme à terre tenta de se relever. Jeremiah lui assena un coup dans les jambes qui le renvoya au sol, mais il ne put retenir son complice qui décampa vers les boutiques. Les hommes de la sécurité nous avaient désormais rejoints. Jeremiah leva les mains en l'air, mais, avec son pied, cloua tout de même au sol le type à terre qui s'était mis à ramper.

Rachid apparut au milieu des badauds et lança des ordres aux hommes qui s'apprêtaient à se saisir de Jeremiah. Ils attrapèrent finalement l'homme à terre. Lorsqu'ils l'emmenèrent, je fus rassurée, même si je jetai un œil en direction des magasins où les autres avaient disparu.

Amira se précipita dans les bras de son frère qui la serra contre lui. Elle fondit en larmes, le visage contre son épaule réconfortante. Lui-même parut lutter pour contenir son émotion. Il se tourna vers Jeremiah qui le fixa sans broncher.

— Je vous remercie, lui dit-il en posant sa main sur la tête de sa jeune sœur.

— Ce n'est pas moi qui l'ai sauvée, répondit le cadet des Hamilton en venant de placer derrière moi.

Rachid me regarda alors, *enfin*, et m'adressa un bref hochement de tête.

— Tout ce que vous voudrez, commença-t-il.

Amira se serrait encore plus fort contre lui. L'éclat des prunelles de l'homme prouvait à quel point il aimait sa sœur.

— Tout ce que je suis en mesure de vous offrir, vous l'aurez. Comptez sur moi.

J'acquiesçai, trop émue pour parler. Jeremiah posa ses mains sur mes épaules et, sans réfléchir, je me laissai aller contre lui. L'adrénaline courait encore dans mes veines, mon cœur battait à toute vitesse, et il accéléra encore lorsque le millionnaire m'enveloppa de ses bras protecteurs. Comme cela m'avait manqué ! Je faillis éclater en sanglots à mon tour.

La foule se dissipait, et j'aperçus Lucas qui se frayait un chemin vers nous. Il me regarda, jeta un coup d'œil à son frère puis sourit d'un air contrarié.

— J'ai comme l'impression d'avoir raté une bonne partie de plaisir.

Je ne fus pas autorisée à partir tout de suite. Je dus même subir deux heures d'interrogatoire avant de pouvoir regagner ma chambre. Amira, elle, s'était volatilisée, probablement sous la garde de son frère après la tentative d'enlèvement dont elle venait d'être victime. Les employés de la sécurité, ainsi que des hommes dont j'imaginais qu'ils travaillaient directement pour Rachid me harcelèrent de questions. Je répétai toujours les mêmes réponses, de plus en plus agacée, jusqu'à ce que Jeremiah mette un terme à la séance, à laquelle il avait en partie assisté. Il me prit dans ses bras et quitta la pièce d'un pas vif. Personne ne nous retint. Soit ils en avaient terminé avec moi, soit ils ne tenaient pas à affronter la rage de Jeremiah.

J'avais réussi à apprendre que, à l'instant où je descendais rejoindre Amira, Rachid avait été averti d'une menace imminente de kidnapping. Il avait aussitôt envoyé ses équipes mais il était déjà trop tard. Une caméra de vidéosurveillance installée à l'une des entrées de service avait repéré une camionnette quittant les lieux avec à son bord les deux autres malfrats. Sans mon intervention, Amira aurait été à cette heure enfermée dans cette voiture, en route pour je ne sais où.

Ma présence sur les lieux au moment même du kidnapping paraissait étrange, ce qui expliquait sans doute la durée de mon interrogatoire. Néanmoins, on n'essaya pas de m'arrêter. Épuisée, je posai la tête sur l'épaule de Jeremiah qui ne me lâcha qu'une fois devant ma suite, et seulement pour en ouvrir la porte.

Je n'avais qu'une envie : m'écrouler sur mon lit afin de ne plus penser à cette journée.

Hélas, le cadet des Hamilton avait d'autres projets en tête.

— Vous vous y connaissez en matière d'autodéfense ?

Je gémis, me contentant de secouer la tête en guise de réponse. Il attrapa ma main, en déplia les doigts puis l'attira vers sa gorge.

— En cas de corps à corps, reprit-il, sachez que votre adversaire a des points faibles. Le côté du cou en est un.

Il déplaça ensuite ma paume vers le bout de son nez.

— Si vous frappez votre ennemi à cet endroit, il sera suffisamment sonné pour que vous puissiez vous sauver.

— Jeremiah…

Ignorant ma lassitude, il me fit pivoter et plaqua son pied sur mon genou.

— Si vous en avez la possibilité, tapez n'importe où du côté des genoux. Cela empêchera votre agresseur de vous courir après.

— Pourquoi me dites-vous tout ça maintenant ? me lamentai-je en regardant vers ma chambre à coucher.

— Parce que je n'aime pas l'idée que vous soyez sans défense.

Cette phrase ranima mon attention.

Jeremiah me regardait avec son impassibilité coutumière. Pourtant, sous ce calme apparent, je vis que le prédateur en lui essayait de se libérer. Je pris aussi conscience de notre proximité physique. Je contemplai ses yeux verts, et mon cœur cessa de battre en y découvrant l'intensité des émotions qui les habitaient.

Il se rapprocha encore, nos corps se frôlant presque. Sans rien dire, je humai le parfum unique qui émanait de lui. D'une main, il repoussa une mèche de mes cheveux derrière l'oreille, le bout de ses doigts glissant le long de mon cou. Mes yeux étaient aimantés par son regard, j'étais comme hypnotisée. À mon tour, je caressai les contours de son visage. Lorsqu'il appuya sa joue contre mes doigts, mon cœur s'emballa.

— Laissez-moi rester avec vous cette nuit, murmura-t-il.

Sa voix était chargée d'un désir brut, même s'il continuait de me caresser avec une grande délicatesse. J'inspirai profondément, fermai les paupières, tous mes sens en alerte. Je le sentais si proche, son odeur et sa présence suffisaient à affoler mon pouls. Mais le fait de ne pas voir son visage me permit de prononcer les trois mots les plus difficiles de mon existence.

— Bonne nuit, Jeremiah.

Sa main retomba. Tout mon être voulait renouer le contact. Quand je rouvris les yeux, il me dévisageait d'un air pensif. Puis, à ma grande stupeur, un sourire étira ses lèvres. Cette réaction lui était si étrangère que j'en restai bouche bée.

— Je n'ai pris conscience de ce que j'avais qu'une fois qu'il était trop tard, souffla-t-il avant de faire un pas en arrière. Bonne nuit, Lucy Delacourt. Mais nous n'en avons pas encore fini avec cette conversation.

Il sortit de la pièce. Je retrouvai mon souffle. Haletante, je restai immobile plusieurs minutes, effrayée de me lancer à sa poursuite si jamais je faisais un geste.

Serait-ce si mal que ça ?

Je n'en savais plus rien.

Ma méfiance était-elle une volonté de me préserver ou un moyen de le punir ? Je n'aurai su répondre à cette question avec certitude. Je doutais de punir Jeremiah autant que… moi-même. Je mourais d'envie qu'il me touche, j'avais besoin de lui à chaque instant. Sa présence à mes côtés éveillait à la fois le meilleur et le pire de moi-même. Mais, tout autant que j'aspirais à lui appartenir, je redoutais ce qui se passerait si je lui cédais. Je n'étais certaine que d'une chose : je ne survivrais pas à un second rejet.

La dernière fois que je lui avais déclaré mes sentiments, il s'était éloigné, et m'avait brisé le cœur. Était-il seulement concevable de ma part d'envisager de lui faire confiance, alors qu'il détenait pareil pouvoir sur moi ?

Et puis, voudrait-il encore de moi lorsqu'il découvrirait mon secret ?

Tel un zombie, je titubai jusqu'au lit et m'enfouis sous les draps sans même prendre la peine de me déshabiller. Roulée en boule, je fixai l'obscurité, l'esprit envahi d'émotions contradictoires jusqu'à ce que je finisse par sombrer dans un sommeil agité.

30

Je ne me rappelai plus vraiment comment j'en étais arrivée à me balader en 4 x 4 dans le désert, mais je m'amusais trop pour m'en soucier.

La ville était loin derrière nous, invisible au-delà des vagues de sable. Même du haut de la dune, je n'apercevais pas les gratte-ciel à l'horizon. Plus bas, des gens se déplaçaient, minuscules, comme des fourmis. Ils venaient dans notre direction, vers le campement bédouin installé au milieu du désert. Lasse d'être toujours dépendante de quelqu'un, je m'étais échappée un moment pour escalader une dune. Si elle m'avait paru raide à première vue, j'avais grimpé sans trop de difficultés.

Le soleil brûlant m'aveuglait. Une fois parvenue au sommet, j'observai les environs. En bas, les quads grondaient. Je n'avais jamais vu pareil spectacle, ces collines de sable à l'infini sous un ciel bleu étaient à couper le souffle.

Ce matin-là, j'avais été réveillée par une surprise. Étant donné ce qui s'était produit la veille, je m'étais attendue à rester claquemurée à l'intérieur de l'hôtel. Au lieu de quoi, Lucas avait frappé à la porte pour m'inviter, un grand sourire aux lèvres, à une sortie dans le désert.

Bien sûr, il était hors de question de décliner pareille opportunité qui risquait de ne pas se renouveler!

Nous étions partis relativement tard, surtout à cause des mesures de sécurité qu'il fallait mettre en place. Rachid semblait ravi de nous offrir ce cadeau, mais de toute évidence ses hommes étaient sur le pied de guerre. Je n'avais plus entendu parler d'Amira, et, d'après moi, son surprotecteur de frère la tenait enfermée dans une tour d'ivoire.

J'aurais pourtant apprécié qu'elle soit avec moi en cet instant.

Se lassait-on jamais de ce genre de vue?

Les bruits de deux moteurs différents retentirent dans mon dos. Les Hamilton arrêtèrent leurs quads. Je levai les yeux au ciel en me rappelant que je disposais d'une propre garde personnelle.

— Vous ne devriez pas quitter le groupe, me morigéna Jeremiah. Nous ne sommes pas forcément en sécurité, ici.

— Oh, détends-toi, petit frère! s'esclaffa Lucas, qui était coiffé d'une casquette de base-ball miteuse. Reconnais juste que tu n'aimes pas t'amuser.

J'avais l'impression de me retrouver entre deux gosses qui se disputent. Lucas paraissait bien décidé à agacer Jeremiah et ne se gênait pas pour m'utiliser comme prétexte pour arriver à ses fins. À l'hôtel, il m'avait escortée à la voiture avant son cadet, j'avais du coup assisté à leur chamaillerie tandis que je m'asseyais sur la banquette. J'ignore qui avait gagné. Ils m'avaient ensuite rejointe, s'installant à mes côtés. Toute tentative de ma part pour alléger l'atmosphère s'étant soldée par un échec, je m'étais renfoncée dans un silence maussade pendant tout le trajet nous conduisant hors de la ville.

Comme personne ne m'avait expliqué ce qui nous attendait, je fus étonnée quand la voiture quitta la route principale et bifurqua sur une piste entre des rangées de dunes.

Nous n'avions pas tardé à être secoués comme des pruniers. Projetée d'un Hamilton contre l'autre, j'avais fini par céder à la mauvaise humeur, et c'est avec soulagement que j'avais accueilli notre arrêt près d'un groupe de chameaux et de quads.

Là, on m'avait proposé de choisir comment je voulais me rendre jusqu'à notre destination ultime. Les chameaux n'ayant rien de très attirant, j'avais opté pour l'un des engins à moteur.

En haut de la dune où je m'étais réfugiée, Lucas m'apostropha :

— Vous aviez déjà conduit un quad, n'est-ce pas?

Je lui souris, pas mécontente de moi.

— Quoi? Vous avez peur qu'une fille soit meilleure que vous dans l'une de vos activités de mâle?

— Je vous défie à la course, rigola-t-il. Le premier à rejoindre le groupe a gagné.

Sur ce, il mit les gaz et démarra dans une gerbe de sable. Sur le point de le suivre, je marquai cependant une pause en découvrant la mine de Jeremiah. Le front plissé, il fixait l'horizon. Au bout d'un moment, il se tourna vers moi et son regard s'adoucit, même si ses lèvres restaient pincées.

— Vous n'aviez pas envie de venir, hein? lui lançai-je, un peu au hasard.

— Non, acquiesça-t-il. Nous ne sommes pas tranquilles, ici. Je ne comprends pas que Lucas et Rachid aient décidé de se lancer dans pareille aventure.

Je m'étais posé la même question plus tôt le matin. Totalement isolés, nous étions des proies faciles.

— D'après Lucas, répondis-je, il s'agit d'un cadeau qu'il aurait été impoli de refuser.

— Il m'a dit la même chose.

De nouveau, Jeremiah contempla le sable, le regard sombre. Il avait l'air mal à l'aise, ce qui m'étonnait de sa part. Ce n'était certainement pas à cause de notre mode de transport inhabituel, il semblait savoir parfaitement conduire un quad.

Jeremiah gardait toujours le contrôle de sa vie – il la dirigeait d'une poigne de fer –, mais, ces derniers jours, il avait été contraint de renoncer à cette manière d'être tellement ancrée en lui.

— Pourquoi êtes-vous venus, alors? m'enquis-je avec une curiosité sincère.

Un instant, je crus qu'il allait refuser de s'expliquer. Il continuait de regarder le soleil qui commençait à descendre sur l'horizon, annonçant le crépuscule.

— Pour l'instant, réagit-il enfin, Rachid domine la situation. Lucas m'ayant privé de mes équipements, je n'ai pas accès à mes propres réseaux. Je suis donc incapable de mener mes recherches sur notre hôte, «l'ami» de mon frère. Je ne sais pas trop quoi penser de son aide, alors que j'ignore tout de lui.

— Lucas semble lui faire confiance.

— C'est un argument de plus pour se méfier de cet homme.

Je poussai un soupir silencieux et quelque peu compassionnel. Pour quelqu'un qui, comme lui, avait l'habitude de tout diriger, ce devait être un coup dur.

— Que s'est-il passé lorsqu'il vous a enlevée? me demanda abruptement Jeremiah.

Je me figeai et déglutis en contemplant à mon tour le lointain.

— J'ai servi de traductrice dans une négociation. Puis j'ai été embarquée de force sur ce bateau et j'ai failli être tuée par un saboteur cinglé. Rien que de très ordinaire, comme vous pouvez le constater.

J'eus un haussement d'épaules faussement désinvolte.

— Quel salaud! jura Jeremiah. Je n'aurais jamais dû vous laisser seule dans cette maison. C'est de ma faute.

Ma poitrine se serra, j'étais au bord des larmes. J'avais envie de tout lui avouer.

Omondieu! Qu'avais-je fait?

— Alors, vous venez ou quoi?

Lucas était en bas de la dune. Sa voix nous tira de nos pensées. Jeremiah observa le pied de la colline, tandis que je me détournais et ravalai mes larmes. Sans plus oser regarder mon voisin, je fis le tour du sommet de la dune avant de la descendre lentement.

— Qu'est-ce que vous fichiez? me demanda Lucas quand je l'eus rejoint.

Comme je gardais le silence, son sourire se crispa et il ajouta:

— Mon frère vous a-t-il dit quelque chose?

Je secouai la tête. Dieu soit loué, il n'insista pas.

— Où avez-vous appris à conduire un quad aussi bien? s'enquit-il à la place.

— Ma grand-tante possédait des terres au Québec, répondis-je avec empressement, heureuse de la diversion, tandis que Jeremiah se rangeait près de moi. Quand j'étais enfant, nous faisions des courses de scooters des neiges, l'hiver.

Je ne précisai pas que cela remontait à plus de dix ans, ni que je n'avais jamais piloté par moi-même. Après tout, j'adorais le quad et je me débrouillais plutôt pas mal.

— Vous deviez bien vous amuser! s'esclaffa Lucas.

— Je croyais que vous n'aviez plus de famille, lâcha Jeremiah de son côté.

— Nous les avons perdus de vue lorsque nous avons déménagé dans l'État de New York, éludai-je. Il ne me reste que ces vieux souvenirs. Me tourner vers eux à la mort de mes parents aurait été comme demander la charité.

— L'arrogance précède la ruine, commenta malicieusement Lucas.

Sa citation biblique me fit tressaillir. Il recouvra aussitôt son sérieux.

— Pardonnez-moi, ajouta-t-il, c'était maladroit de ma part.

Je redémarrai et m'éloignai des Hamilton. En cet instant, je ne tenais nullement à parler de ma famille et des choix que j'avais faits à aucun de ces deux hommes. Mon secret me rongeait l'âme, et la présence des deux frères ne faisait qu'ajouter à ma culpabilité. Je rejoignis le groupe qui nous attendait. Nous étions les seuls à rouler sur des quads, Rachid et ses hommes ayant opté pour le confort et la sécurité relative de SUV.

Les ombres des dunes s'allongeaient à vue d'œil au fur et à mesure que le soleil s'enfonçait derrière la ligne d'horizon. Le vent qui soufflait séchait les larmes qui roulaient sur mes joues. Le temps que les Hamilton me rattrapent, l'air sec du désert en avait déjà effacé les traces.

Nous atteignîmes le campement alors qu'il faisait presque nuit. De rares rayons de lumière pâle nous permettaient de nous guider. Étincelant comme un tison dans la nuit, il aurait été difficile de ne pas remarquer notre bivouac, oasis de lumière vive dans l'obscurité grandissante.

Des remparts constitués à partir d'une sorte de roseau entouraient le camp. Lorsque nous y pénétrâmes, je constatai que l'éclairage venait tout autant de brasiers que d'ampoules électriques. Comme je ne voyais pas de générateur et ne percevais aucun bruit, j'en déduisis que l'énergie qui alimentait l'endroit provenait de panneaux solaires. En tout cas, c'était une méthode idéale – et sophistiquée – pour ces Bédouins du désert.

Nous garâmes les véhicules près de l'entrée. Lorsque je descendis du mien, il me fallut un moment pour cesser de marcher comme un cow-boy et recouvrer la souplesse de mes muscles étirés par ce long après-midi. De vastes tapis avaient été étendus sur le sol. Le vent était plus fort, et de petits tourbillons de sable voletaient autour des voitures.

— Lucy !

Je me retournai. Amira venait à moi. Nous nous enlaçâmes avec joie.

— Je pensais que votre frère ne vous autoriserait pas à quitter l'hôtel, dis-je, incrédule.

— Oh, ça a été presque le cas. J'ai dû le supplier pour qu'il m'autorise à vous revoir.

Elle tira sur ma manche.

— Allons-y, un dîner et des divertissements nous attendent.

— Des divertissements ? m'exclamai-je, interloquée.

Je ne me doutais pas du genre de divertissement qu'on pouvait organiser au milieu du désert.

Pendant que nous nous restaurions, Amira me présenta à plusieurs femmes. Certaines étaient des danseuses. Les voiles dont elles s'étaient couvertes dissimulaient à peine leurs courbes voluptueuses et leurs tenues dorées. Elles étaient toutes d'une grande beauté, et Amira semblait être liée d'amitié avec la plupart d'entre elles. J'eus le sentiment que la jeune fille aurait adoré faire partie de la troupe et avoir la permission de revêtir ces vêtements légers et brillants pour danser sur scène.

Mais les regards furtifs qu'elle lançait en direction de son frère et le garde du corps qui la suivait constamment me laissaient présager combien sa lutte pour ce qu'elle convoitait risquait d'être fort longue.

Le spectacle commença avant la fin du repas. Ce furent les danseuses qui ouvrirent le bal. Je fus fascinée par la manière dont leur corps bougeait au rythme des tambours. Les mouvements des filles s'accordaient à merveille à leurs voiles qui s'agitaient dans le vent. La fluidité de leurs gestes me coupa le souffle. Jamais je n'aurais osé imaginer qu'on expose autant de sensualité dans un pays arabe.

Beaucoup plus tard, alors qu'une bourrasque faisait glisser mon assiette en bois sur la table et que, derrière moi, les gens commençaient à s'agiter, je me rendis compte que quelque chose clochait. La dernière danseuse termina sa prestation dans une envolée de foulards et quitta la scène. Rachid s'approcha alors de nous.

— Nous dormirons ici cette nuit, annonça-t-il à Jeremiah et Lucas qui étaient assis de chaque côté de moi.

D'un geste, il ordonna à Amira de le rejoindre, puis appela l'un des danseurs masculins.

— Hassan va vous montrer vos quartiers.

Le vent sifflait à présent et criblait ma peau exposée de grains de sable. Jeremiah m'attira contre lui et me protégea de sa veste tandis que nous suivions notre guide en direction d'une rangée de tentes installées au fond du campement. Autour de nous, les lumières s'éteignaient les unes après les autres, si bien que notre sentier était quasiment plongé dans le noir. Heureusement, Hassan avait une torche électrique qui, à condition de rester près de lui, nous guidait dans les tourbillons de sable.

Nous nous faufilâmes à l'intérieur d'un étroit couloir recouvert de tapis et de couvertures, abri bienvenu après cette soudaine tempête. Hassan ne parlait pas un mot d'anglais, et il nous désigna les tentes du doigt. Chacun de nous trois avait sa tente. Sans un mot, nous partîmes chacun de notre côté, même si, je l'avoue, j'eus des réticences à quitter Jeremiah qui m'avait soutenu jusqu'ici. Retrouver la sensation de ses bras avait été le paradis. Certes, la culpabilité me pesait encore, mais je désirais faire durer ce moment le plus longtemps possible.

L'intérieur de ma tente ressemblait beaucoup à son extérieur. Des tissus épais qui claquaient au vent me protégeaient des éléments. Une lampe solaire, posée à même le sol, diffusait une lumière douce sur les tapis. Un lit avait été dressé à quelques centimètres au-dessus du sol, le long d'une paroi. Des coussins s'empilaient tout autour de la pièce et, à l'autre bout, un narguilé trônait sur une table basse.

Je ne pus m'empêcher d'admirer les lieux avec émerveillement. J'étais dans un camp de Bédouins, à l'intérieur d'une tente, au beau milieu du désert. Je ne m'étais pas imaginé vivre cela un jour, et malgré tout ce qui me tourmentait, j'étais heureuse.

Soudain, les hurlements du vent se firent plus forts et Jeremiah entra et rabattit le pan de toile derrière lui. Nous nous dévisageâmes, non loin l'un de l'autre dans l'espace étroit. J'avais le cœur serré. Ses traits exprimaient des émotions contradictoires, mais il n'avança pas. J'étais pétrifiée.

— J'avoue vous avoir soumise à rude épreuve, finit-il par dire d'une voix rauque ; son regard ne cillait pas. Un seul mot de votre part et je m'en vais.

Cette fois, ce fut mon ventre qui se serra. Mais il n'en avait pas terminé.

— J'ai besoin de vous, souffla-t-il comme un homme sur le point de mourir. Je n'aurais pas dû fuir de cette maison comme je l'ai fait, mais… mais l'amour…

Il s'interrompit, comme tourmenté par ce terme si difficile à prononcer.

— Toute ma vie, enchaîna-t-il, ce mot, ce *sentiment* a représenté un obstacle qu'il m'a fallu franchir. Vous connaissez ma mère. Dieu merci, vous n'avez pas eu à rencontrer mon père, car il était dix fois pire qu'elle.

— Jeremiah, murmurai-je en tremblant.

— Il n'empêche, vous m'êtes *indispensable*, dit-il en avançant d'un pas mal assuré. La moindre parcelle de mon corps me dicte de fuir, de vous abandonner, mais j'en suis incapable.

Ce fut moi qui franchis le mètre qui nous séparait encore. Je plongeai mon regard dans le sien. Le désespoir que j'y lus me submergea. Ravalant un sanglot, je pris son visage entre mes mains et caressai sa joue. Il était raide comme un piquet, les poings fermés contre ses jambes. Il se tendit plus encore, comme si son corps résistait, et je sentis une larme rouler sur mon propre visage.

Soudain, mon avenir se dessinait devant moi avec une précision très nette. Quelle que soit ma décision, elle n'aurait qu'une seule conséquence : nous briser le cœur avec une violence telle que ni lui ni moi ne nous en remettrions. J'avais trahi l'homme que j'aimais parce que j'avais cru qu'il me repoussait. Pourtant, en cet instant, j'étais témoin de son affection pour moi. Qu'il ne parvienne pas à prononcer la phrase fatidique n'avait aucune importance. Je voyais tout ce que j'avais espéré voir dans l'éclat de ses prunelles.

Mais je ne pouvais pas supporter de le laisser partir. Pas tout de suite. C'était peut-être de l'égoïsme pur de ma part, mais je savais que renoncer à lui me détruirait définitivement. Je savais aussi les dégâts qui surviendraient si mon secret était révélé. Notre destin était scellé, ne serait-ce qu'à cause de l'instant que nous étions en train de vivre.

— *Je vous en prie*, souffla-t-il.

Il tremblait sous mes mains. Mes dernières réticences s'envolèrent. Me hissant sur la pointe des pieds, j'attirai sa tête vers moi et l'embrassai.

Ce baiser léger, à peine un effleurement de nos lèvres, le sortit de sa paralysie. Tendrement, il enveloppa mon visage de ses mains. Son geste délicat soulignait d'autant plus la fragilité de la domination qu'il exerçait sur lui-même. Je me fondis en lui, avide de tous les contacts que deux corps pouvaient se donner.

À l'extérieur de la tente, le vent hurlait et sifflait, couvrant nos souffles. Jeremiah me souleva et me déposa avec douceur sur le matelas étroit. Il s'agenouilla entre mes jambes, essuya une larme sur ma joue puis m'embrassa de nouveau.

Dans l'obscurité de notre petit cocon, il n'existait que Jeremiah et moi. Nous étions insatiables. Ni lui ni moi ne parvenions à nous détacher l'un de l'autre. Nous ne dormîmes que par intermittence, entre deux accès de désir. Bien que courbatue et épuisée par nos ébats, je m'accrochai encore à ses lèvres quand je sentis qu'il durcissait de nouveau et je le chevauchai jusqu'à ce que nous jouissions tous les deux.

Nous étions aussi avides l'un que l'autre. Pendant ces heures que nous partageâmes, j'aurai pu prétendre que notre relation ne se terminerait jamais. Que je n'aurais pas à le rejeter. Que je n'avais pas commis une erreur qui nous briserait tous les deux en mille morceaux.

Malgré la pénombre qui m'empêchait de le distinguer précisément, je caressais tous les renflements de ses muscles, la plus petite courbe de son corps adoré. J'observais chaque centimètre carré de sa peau, comme pour m'en souvenir pour toujours. Si des larmes mouillèrent mes joues, il ne les vit pas. J'enfouis mon chagrin afin de lui offrir tout ce qu'il voulait, cette nuit-là au moins.

La tempête de sable s'était calmée lorsque je me réveillai et sentis Jeremiah qui me pénétrait. Rassasiée, délicieusement épuisée, je nouai mes doigts autour de sa nuque et hissai mon bassin afin de mieux accueillir ses allées et venues. Les lambeaux d'un rêve où j'avais été l'une des danseuses orientales s'attardaient dans mon esprit. Je roulai des hanches au rythme de nos battements de cœur.

Il poussa un râle avant de déplacer pour inverser nos positions et se retrouver sous moi. Le regardant derrière le voile de mes cheveux, je me serrai fort contre lui. Je fermai les paupières, rejetai la tête en arrière et entamai une danse lente et sensuelle autour de sa hampe fermement enfouie en moi. Ses doigts s'enfoncèrent dans la peau de mes fesses, accompagnant mes mouvements. Le féroce besoin d'assouvissement s'était apaisé. À présent, je lui faisais offrande de mon corps, bougeant au rythme d'une musique qui ne résonnait que dans ma tête. Ses mains quittèrent mes fesses pour envelopper mes seins, et ses pouces jouèrent avec mes tétons.

Sans cesser de rouler des hanches, je plaquai mes paumes sur son large torse tout en glissant sur lui. Alors seulement, je rouvris les yeux et vis qu'il me fixait avec une fascination teintée d'une sorte de crainte.

— Vous êtes si belle, souffla-t-il avant d'attirer ma bouche sur la sienne.

Nous restâmes ainsi un long moment, sans autre but que de nous donner mutuellement du plaisir. Puis je m'endormis profondément.

Quand je me réveillai, j'étais seule. Le soleil filtrait à travers la toile de la tente, éclairant celle-ci suffisamment pour que je voie mes vêtements éparpillés sur le sol. Si Jeremiah s'était éclipsé, je sentais encore son odeur sur moi, je devinais sa présence s'attarder sur ma peau. La douleur qui irradiait mon entrejambe était réelle, mais je l'ignorai dans la mesure du possible, m'habillai rapidement avant et sortis de la tente.

La lumière du jour me fit cligner des paupières. L'éclat était tel que j'eus du mal à regarder dehors mais je distinguai des silhouettes qui s'activaient au milieu du campement.

— Ne vous inquiétez pas, personne ne l'a vu sortir de chez vous.

Surprise, je sursautai et tournai la tête. Lucas était assis par terre, près de ma tente. Il contemplait ses mains qu'il débarrassait machinalement du sable qui s'y était incrusté. Je me figeai et le fixai en me demandant depuis combien de temps il était là. Comme le silence finissait par devenir pesant, je me sentis obligée de dire quelque chose.

— Vous si, visiblement.

— Oui, sauf qu'il semble que je ne sois personne.

Il se leva, hésita un moment, puis me regarda. Son masque souriant avait disparu et il arborait une sorte d'impassibilité dont son frère aurait été fier.

— Ainsi, reprit-il, vous avez enfin choisi.

Ça n'a jamais été une question de choix. Je ne pus cependant me résoudre à formuler cette objection.

— Lucas… commençai-je.

Je me tus, à court de mots. Il attendit quelques secondes avant de soupirer.

— Lui avez-vous dit? murmura-t-il ensuite.

J'avais la gorge nouée. Je déglutis et me contentai de secouer la tête.

— Vous n'allez pas…

Je ne poursuivis pas, incapable de formuler la question. Un éclat agacé traversa les traits de Lucas.

— Ce secret n'est pas le mien, riposta-t-il d'une voix ferme.

Un instant, il sembla lui aussi avoir du mal à s'exprimer, puis il lâcha :

— Ai-je jamais eu la moindre chance avec vous?

Je fermai les yeux, ne sachant quoi lui dire. Quel que soit mon désir d'oublier, ou plutôt de revenir en arrière, je m'étais adressée à lui dans l'espoir qu'il me réconforte et me protège. Et que je le regrette ou pas, Lucas m'avait effectivement apporté le réconfort et la protection dont j'avais eu besoin. Il méritait une réponse. Malheureusement, je n'étais pas en état de la donner. Pas en cet instant. Pas ici.

Je rouvris les paupières en soupirant. Son regard s'attarda par-dessus mon épaule et, en une fraction de seconde, un sourire s'afficha de nouveau sur son visage.

— Non, dit-il, les tempêtes de sable ne sont pas courantes, en cette saison, mais c'est une drôle de coïncidence que l'une d'elles se produise juste au moment où... Ah! Quand on parle du loup!

Troublée, je pivotai sur mes talons et vis Jeremiah et Rachid. Le cadet des Hamilton gratifia son frère d'un regard glacial avant de tourner la tête vers moi. Son expression s'adoucit, mais il ne fit pas mine de me toucher. Seul son bras frôla le mien.

— Rachid, mon ami! s'exclama Lucas, son sourire toujours aussi forcé. Aussi charmante que soit cette expédition dans le désert, je suis venu à Dubaï dans l'espoir que vous répondiez à mes questions. Avez-vous du neuf?

Rachid tira une enveloppe brune qu'il avait coincée sous son bras et la lui tendit. Lucas s'en empara avec empressement.

— Votre demande n'a été ni facile ni bon marché, mon ami, dit Rachid. D'où le temps qu'il m'a fallu pour rassembler les éléments.

Lucas lui adressa un coup d'œil interrogateur, tout en ouvrant l'enveloppe. Il en sortit un document, qu'il examina les sourcils froncés avant de le passer à Jeremiah.

— Tu le connais?

Par-dessus le bras de Jeremiah, je découvris une photo pas très nette, comme si elle avait été prise de très loin. L'homme qu'on y voyait portait des lunettes de soleil et avait les cheveux bruns, comme des millions d'autres hommes sur cette planète.

— Vous n'avez rien trouvé de mieux? grogna Jeremiah.

— Si, répliqua Rachid en souriant. J'ai aussi eu un nom. Alexander Rush.

— Ça ne me dit rien, commenta le milliardaire.

— Ça devrait, pourtant. Il s'agit de votre frère, apparemment.

31

Pendant un long moment, ni Jeremiah ni Lucas ne réagirent. Quant à moi, je finis par ne plus y tenir.

— *Encore un!* m'exclamai-je.

Les deux hommes se retournèrent vers moi. Je redressai mes épaules et soutins leurs regards. J'estimais en effet que deux Hamilton étaient amplement suffisants. Jeremiah observa de nouveau le cliché, dévisagea Rachid puis Lucas.

— Au fil des années, dit-il en lui rendant la photo, plusieurs personnes ont prétendu avoir Rufus pour père. Comment être certains que c'est vrai pour celui-ci? ajouta-t-il à l'intention de son interlocuteur. Est-ce que vous êtes sûr de ne pas vous tromper?

Rachid haussa les épaules.

— Qu'il soit ou non de votre famille n'est pas mon problème. Lui, il le pense, c'est amplement suffisant.

— Mais comment avez-vous découvert ça? insista Jeremiah.

— C'est le genre de question à ne pas poser, intervint Lucas qui, à son tour, scrutait avec attention la photo. Rachid a tendance à faire le mystérieux et ne pas révéler ses sources.

Notre hôte lança un coup d'œil agacé au trafiquant d'armes.

— Mes méthodes mystérieuses ont peut-être permis de découvrir l'identité de celui qui essaye de vous assassiner, riposta-t-il.

— Eh! rigola Lucas. Je n'ai pas dit que vous n'obteniez pas de résultats!

À quel point ces deux-là étaient-ils «amis»? Je me souvins que, à notre descente de l'hélicoptère, à l'hôtel, ils ne s'étaient pas serré la main. Rachid était peut-être redevable d'un service à Lucas, mais leur relation s'arrêtait là. Il était maintenant évident qu'ils ne s'appréciaient guère.

— Je n'aime pas qu'on se moque de moi, décréta Rachid d'un ton plus calme, avant de s'adresser à Jeremiah. Je dispose d'un vaste réseau d'informateurs, mais je tiens à vous préciser que ceci a été particulièrement difficile à trouver. M. Rush, ou qui qu'il soit, est un homme très dur à suivre et très secret.

— C'est un bon début, concéda le milliardaire. Plus que ce que nous avions jusqu'ici. Je mettrai mes équipes là-dessus dès notre retour à Dubaï.

— Parce que vous êtes en contact avec elles? m'étonnai-je.

Il acquiesça, tira un téléphone portable de sa poche.

— J'ai acheté ce téléphone à un serveur de l'hôtel hier matin. Je n'ai pas encore eu le temps de m'en servir. Il n'y a pas beaucoup de réseau, dans le désert.

Un sentiment de malaise commença à me gagner. J'eus le pressentiment que la vie que je menais depuis quelque temps était sur le point de s'achever, sans que je puisse faire quoi que ce soit pour l'en empêcher. Le mieux était encore de tout avouer et d'en finir, mais… Je contemplai le beau visage de Jeremiah et sentis mon cœur saigner.

— Lucy?

Amira s'approchait derrière moi. Elle regarda les trois hommes avant de me fixer.

— Accepteriez-vous de rentrer à la maison dans ma voiture?

Je ne méritais pas son offre. Essayant de contenir mon anxiété, je lui adressai un sourire sincère.

— Avec plaisir, merci.

Sans un regard pour le petit groupe, je suivis la jeune femme.

— Est-ce qu'il y a un problème? me demanda-t-elle une fois hors de portée des autres.

— Non, rien de spécial, éludai-je. Un échange d'informations, un combat de coqs, appelez ça comme vous voulez.

— Ah! s'exclama-t-elle. Les hommes seront toujours des hommes, non?

J'émis un rire bref, aussitôt étranglé par un soupir.

— Je suis prête à rentrer à la maison, dis-je ensuite, alors que nous étions à côté de sa voiture.

— Nous y serons dans deux heures.

Mais ce n'était pas à l'hôtel que je faisais allusion. Par-dessus tout, j'aspirais à redevenir celle que j'avais été, à retrouver l'existence que je menais avant d'avoir jamais entendu parler de Jeremiah Hamilton. Si ma vie n'était pas très facile alors, sa simplicité et son honnêteté avaient été très supportables. À présent, j'avais l'impression d'être aussi prisonnière que quand le milliardaire m'avait proposé son contrat de travail.

— Êtes-vous sûre que ça va? insista Amira.

— Je suis fatiguée, rien de plus, répondis-je avec un sourire las.

Je montai à l'intérieur de la voiture en m'interrogeant sur ce que le futur me réservait.

Je m'aperçus très vite que ça m'était complètement égal.

— J'ai quelque chose à vous montrer.

Je m'assis sur le lit pendant qu'Amira s'affairait dans son immense salle de bains. Sa suite était presque aussi vaste que la mienne et, pour autant que je puisse en juger, elle ressemblait plus à un véritable appartement qu'à une chambre d'hôtel. Des portraits de son frère et, j'imagine, des autres membres de sa famille, s'alignaient sur les murs. Le placard dont j'avais entraperçu l'intérieur était rempli de vêtements. Tout ceci était logique : son frère possédant des parts dans l'établissement, ils y vivaient peut-être à plein-temps.

— Prête ?

J'opinai puis, me rendant compte qu'elle ne pouvait me voir, lançai à haute voix :

— Prête !

Un petit moment s'écoula encore avant que la porte s'ouvre et qu'Amira fasse son apparition.

— Alors ? Qu'en pensez-vous ?

Ma mâchoire se décrocha un instant. Ensuite, un sourire ravi étira mes lèvres.

— Vous l'avez achetée ! m'écriai-je.

La robe rouge était aussi élégante que dans la boutique. De toute évidence, ma joie la remplissait de bonheur. Rouge de confusion, se mordant la lèvre d'un air indécis, elle déambula pourtant dans la pièce jusqu'à une grande psyché installée dans un coin. Elle se tortilla devant, se tournant et se retournant afin de s'admirer sous tous les angles.

— C'est la première fois que j'ai une tenue comme celle-ci, admit-elle. Je ne sais pas si j'aurai le courage de la porter en dehors de cette chambre.

— Bien sûr que si ! l'encourageai-je.

— Mon frère risque de me prendre pour une folle, murmura-t-elle en levant les yeux au ciel.

— On s'en fiche, de votre frère.

J'avais parlé sans réfléchir, et je regrettai aussitôt ma remarque inconsidérée. Se moquer de sa propre famille est une chose, c'en est une autre qu'un étranger le fasse. Heureusement, mon commentaire lui arracha un rire gai.

— On s'en fiche, de mon frère! répéta-t-elle avant de se remettre à rire. Il n'apprécierait pas que je lui dise un truc pareil.

Elle étudia son reflet encore une minute, puis leva les bras à hauteur des épaules et commença à bouger comme les danseuses de la veille au soir. J'applaudis en rythme tandis qu'elle se déhanchait en tournant sur elle-même.

— Je suis sûre qu'il n'aimerait pas ça non plus, commentai-je.

— C'est mon frère, répondit Amira, comme si cela expliquait tout – ce qui était peut-être le cas, en effet. Je ne doute pas qu'il continuera de m'aimer, même si je décide de devenir danseuse.

Imaginer cette fille réservée s'enfuyant d'un camp de Bédouins pour se lancer sur scène aurait dû me faire rire. Au lieu de quoi, ce furent des larmes qui emplirent mes yeux. Le souffle court, je fus obligée de lutter contre le besoin aussi soudain que brutal de me laisser aller. Mais d'incontrôlables frissons s'emparèrent de moi. Naissant dans mon ventre, ils traversèrent tout mon corps. Lorsqu'Amira s'en aperçut dans le miroir, elle virevolta dans ma direction.

— Vous êtes sûre que ça va, Lucy? s'écria-t-elle en venant s'agenouiller près du lit.

Pendant un moment, je secouai la tête comme un automate, incapable de dire quoi que ce soit.

— Non, finis-je par dire.

— Que s'est-il passé?

L'inquiétude qui transparaissait dans sa voix me força à reprendre contenance. En partie du moins.

— J'ai commis une erreur, avouai-je. Une énorme erreur. J'ai…

Peur.

Mon Dieu, comme j'avais peur! Non pas de ce qui risquait de m'arriver, mais de la réaction de Jeremiah lorsqu'il découvrirait que j'avais couché avec Lucas.

Je savais qu'il m'aimait, j'en avais la certitude jusqu'au plus profond de mon être. Mais ma trahison avait détruit notre relation pour toujours.

Attrapant ma main, Amira m'attira contre elle, et j'éclatai en sanglot sur son épaule menue. Je respirais à peine. Je savais que je devais le faire. L'angoisse me prenait à la gorge et me submergeait. Ma compagne me serrait doucement dans ses bras, en une étreinte affectueuse et tendre que je n'avais plus connue depuis la mort de mes parents. La culpabilité et la douleur se déversaient de moi comme un torrent. Je m'accrochai à cette quasi inconnue.

Je finis cependant par prendre conscience que je pleurai sur une robe magnifique, devant une jeune femme que je connaissais depuis seulement deux jours. Je me redressai, mais Amira me retint d'une poigne ferme.

— Que s'est-il passé? répéta-t-elle.

— Avez-vous déjà commis une faute dont vous aviez le sentiment qu'elle vous poursuivrait toute votre vie?

Quelque chose dans son regard inquiet me dit que ça ne lui était jamais arrivé. Elle n'avait pas ce fardeau qui lui pesait sur le cœur. Elle n'en continua pas moins à presser ma main entre les siennes et se déplaça pour me faire face.

— Souhaitez-vous que j'avertisse vos hommes?

J'émis un rire, ou plutôt une sorte de jappement.

— Non, m'empressai-je de dire, frappée par la coïncidence de ses paroles. Non, ça va aller. Ils n'ont rien à voir là-dedans.

C'était un mensonge éhonté, mais il parut être efficace.

— Vous n'avez tué personne, n'est-ce pas?

Je fixai Amira avec des yeux éberlués.

— Bien sûr que non!

Elle se détendit.

— Alors, reprit-elle, cette erreur est sûrement réparable, non?

Ce fut alors que je compris que je me leurrais. J'avais tué l'amour, pour ce qui concernait Jeremiah Hamilton en tout cas. Ce que je savais de son passé, la façon dont il m'avait regardée ces derniers jours me disait clairement que lui avouer ma trahison était susceptible de le détruire définitivement.

Je fermai les paupières, plaquai une paume sur ma bouche et me concentrai pour respirer normalement. Il me fallut un moment pour recouvrer un souffle à peu près régulier. Je me reprochai intérieurement de faire du cinéma, et la honte me tomba dessus comme une chape de plomb. Il fallait que j'aie une très haute opinion de moi-même pour croire que j'étais en mesure d'influencer le bien-être émotionnel d'un homme. Je tirai mes cheveux en arrière, m'essuyai vivement les yeux du revers de la main et me levai.

— Pardonnez-moi, m'excusai-je en tanguant sur mes pieds, je ne sais pas ce qui m'a prise.

Je m'étais déjà éloignée de quelques pas lorsqu'Amira m'interpella. Me mordant les lèvres, je me retournai pour la regarder. Ses traits étaient empreints d'une préoccupation réelle.

— Si vous avez besoin d'aide, souffla-t-elle en se tordant les doigts, n'hésitez pas à m'en parler.

J'acquiesçai brusquement, refoulant une nouvelle vague de larmes.

— Vous êtes splendide, chuchotai-je avec un pauvre sourire.

Il faut croire que je ne fus pas très bonne comédienne, car l'inquiétude sembla augmenter sur le visage de la jeune femme. C'en était trop, je devais m'éclipser.

— Je vous appelle très vite, marmonnai-je.

Sur ce, je pivotai sur mes talons et m'enfuis de la suite.

Je restai plantée plusieurs minutes devant la porte de la suite de Jeremiah avant de trouver le courage de frapper. Je donnai un petit coup, avec une telle mollesse qu'il s'entendit à peine. Je me forçai à recommencer, avec plus d'énergie cette fois. Je me trouvai là bien malgré moi, et je n'avais pas la moindre idée de ce que j'allais dire. Je n'eus pas l'occasion de le découvrir, car la porte resta close, malgré de nouveaux coups. Je me dirigeai donc vers ma chambre, vaguement soulagée.

Dans mes appartements, la lumière inondait la chambre par les fenêtres, aussi violente que celle du désert au cours de l'après-midi de la veille. Un climatiseur bourdonnait très légèrement quelque part, soulevant les fins voilages des croisées. Je m'adossai à la porte d'entrée, le temps d'apaiser les tremblements nerveux de mes jambes, puis j'avançai de quelques pas dans la pièce.

Je détachai mes cheveux qui tombèrent en cascade sur mes épaules. Une douche et une sieste me feraient un bien fou pour apaiser la tension qui m'accablait. J'avais déjà entrepris de déboutonner mon corsage tout en me dirigeant vers la salle de bains lorsqu'une ombre se déplaça dans le coin de mon champ de vision.

Je poussai un petit cri effrayé et trébuchai sur un fauteuil en reculant de quelques pas, tandis que Jeremiah se levait du canapé. Il était là depuis le début, mais j'étais si préoccupée que je ne l'avais pas remarqué. Le cœur battant, je m'appuyai au fauteuil et portai une main à ma poitrine. Il traversa la pièce et se posta face aux fenêtres.

— Jeremiah? haletai-je. J'étais sur le point de...

Il me coupa d'une voix plus glaciale que jamais.

— Quand aviez-vous l'intention de me dire que vous aviez *baisé* avec mon frère?

32

— Mes équipes ont réussi à localiser le bateau de Loki. J'imagine que, une fois le boulot accompli et la cargaison livrée, il n'était plus nécessaire de le cacher.

Les jambes en coton, j'avançai vers le fauteuil le plus proche tandis que Jeremiah poursuivait :

— Comme il n'y avait personne à bord, mes gars ont pu fouiller le navire. *De fond en comble.* Et devinez un peu ce qu'ils y ont découvert.

Je n'avais plus qu'une envie, me sauver pour fuir sa colère et sa haine. Malheureusement mes muscles endoloris avaient déjà du mal à me soutenir, alors pour ce qui était de courir… J'étais incapable de parler, je respirais à peine. À court d'oxygène, mes poumons étaient oppressés par le poids qui écrasait ma poitrine.

— S'il vous plaît, Lucy, auriez-vous l'obligeance de m'expliquer pourquoi il y avait des emballages de préservatif dans la salle de bain de la cabine principale ?

Même s'il avait parlé poliment, le ton de Jeremiah – le même qui m'avait poussée à lui obéir au doigt et à l'œil dès le début de nos relations – était autoritaire. De toute évidence, il s'attendait à ce que je ne déroge pas à la règle. Le cœur au bord des lèvres et le ventre noué, je fermai les yeux.

— Vous m'aviez délaissée.

Il observa un bref silence, comme s'il s'efforçait de saisir en quoi mes paroles répondaient à sa question.

— Ce n'est pas ce que je voulais…

— Vous m'aviez *rejetée* ! repris-je avec une conviction que j'étais loin d'éprouver. D'ailleurs je n'arrivais même pas à le regarder en face.

— Je vous ai dit que je vous aimais, mais vous m'avez renvoyé mes sentiments à la figure et répondu que je pouvais partir. Qu'est-ce que j'étais censée croire ?

— Et c'est en vous précipitant dans le lit de mon frère que vous avez exprimé ce prétendu sentiment à mon égard ?

Sa réaction me fit brusquement relever la tête. Jeremiah me toisait de haut, le torse bombé, incarnation de l'orgueil blessé. Bien décidée à l'affronter les yeux dans les yeux, je bondis sur mes pieds.

— Qu'étais-je, pour vous ? lançai-je, peu amène, en soutenant la froideur de son regard. Rien qu'une putain ? Un joujou avec lequel vous amuser en attendant qu'une meilleure occasion se présente ?

Une lueur étrange traversa ses yeux, puis il plissa le front.

— N'essayez pas de me faire porter le chapeau, gronda-t-il d'une voix menaçante.

— Mais c'est *votre* faute ! m'exclamai-je en écartant les bras. Surtout, ne jamais pardonner les erreurs d'autrui, hein ? En revanche, s'empresser d'oublier les siennes ! Vous êtes un vrai gosse ! Toujours à vouloir être le meilleur aux dépens des autres !

Une bouffée de rage envahit ses traits avant de très vite s'estomper sous le masque figé. Il se pencha vers moi.

— Vous. Avez. Baisé. Avec. Mon. Frère, répéta-t-il en détachant chaque mot.

La colère me quittait aussi vite qu'elle s'était manifestée. Mes lèvres se mirent à trembler, je serrai les mâchoires tout en m'efforçant de soutenir son regard. Il se redressa, opina sèchement puis lâcha :

— Vous êtes virée.

Mon corps tout entier se raidit d'indignation, mais mon cœur sembla se fendre. Les jambes de nouveau tremblantes, je dus m'appuyer au dossier du fauteuil.

— En accord avec les termes de notre contrat, tous vos revenus vous sont désormais confisqués et les sommes perçues devront m'être remboursées… avec intérêts.

Il avait parlé sur un ton détaché, clinique, à croire qu'il évoquait une basse transaction financière.

— C'est une plaisanterie?

Malgré ma fureur ravivée, j'avais du mal à exprimer ce que je ressentais. J'aurais voulu insuffler un peu de bon sens dans cet esprit tordu, mais j'avais conscience que Jeremiah déformerait tout ce que je pourrais lui dire.

— Ainsi, tout se résume à ce fichu contrat? Ce torchon ne tiendrait pas devant un tribunal si je décidais de vous poursuivre pour harcèlement sexuel, et vous le savez!

Une condescendance méprisante remplaça un instant l'indifférence affichée sur sa figure.

— Essayez un peu! me défia-t-il. Vous risquez de découvrir à quel point il est difficile de vivre quand on m'a pour ennemi.

L'implacable froideur de sa voix et de son regard ne me laissa aucun doute : pour l'instant, il m'était impossible de faire ou dire quoi que ce soit susceptible de me racheter à ses yeux. Pourquoi seulement essayer? C'est du moins ce que me soufflait la partie encore raisonnable de mon cerveau.

J'enfonçai mes ongles dans le tissu molletonneux du fauteuil. J'étais surtout dominée par une immense irritation.

— C'est donc ce que je suis maintenant? ripostai-je. Une ennemie?

Si j'y réfléchissais rationnellement, perdre l'argent me contrariait. Même si, à présent, je n'en voulais plus un centime. Retour à la case départ. Ou plutôt à la case fauchée.

— Vous voulez me ruiner, hein? ajoutai-je avec hargne, les yeux fixés sur la cheminée derrière lui.

Il ricana, moqueur.

— Ça ne sera pas très difficile. Ruinée, vous l'êtes déjà.

Un trou noir s'ouvrit dans mon cœur, aspirant mes ultimes émotions.

L'énormité de ma situation me frappa avec la force d'un train roulant à pleine vitesse. J'étais coincée au milieu de nulle part, sans moyen de rentrer chez moi ni un sou en poche. J'étais convaincue que Jeremiah n'hésiterait pas à vider mon compte en banque. Je le lisais dans son regard. Il voulait m'atteindre, il voulait que je souffre – et il en avait le pouvoir.

— Voilà un vrai coup bas, murmurai-je. Même de votre part.

Il se figea un instant, puis tendit violemment le bras.

— Lucy…

J'esquivai sa main, détournai la tête.

— Je n'ai jamais été pour vous qu'une putain dont vous achetiez les services, soufflai-je.

Désormais privée de mon salaire, qu'étais-je? La juste colère qui m'avait jusqu'alors permis de tenir commençait à me déserter, laissant derrière elle un abîme de douleur là où, auparavant, battait mon cœur.

— Vous n'êtes qu'un enfoiré, Jeremiah Hamilton, chuchotai-je.

Sur ce, je tournai les talons et quittai le salon, chancelante. Je gagnai l'entrée d'un pas mal assuré, sans aucune dignité. Qu'importe, je souhaitais juste m'éloigner de cette ordure.

Je parvins à atteindre le petit hall avant de m'affaisser contre le mur. Mes membres tremblaient. Le néant qui habitait ma poitrine s'agrandissait jusqu'à m'engloutir. Je voulais disparaître sous terre et m'y cacher le plus longtemps possible. Malheureusement, ce n'était pas possible dans l'immédiat. Il fallait d'abord que je prenne mes distances avec Jeremiah. La fureur et la haine que j'avais lues dans ses yeux m'étaient intolérables.

Rassemblant tout mon courage, je me redressai et me dirigeai vers la porte de mes appartements. Je m'apprêtais à sortir dans le couloir quand une silhouette sur le seuil m'en empêcha. Je clignai des paupières.

— Salut, beauté ! me lança Lucas avec entrain. Je venais juste voir si…

Un sanglot surpris m'échappa. Je ne pouvais pas d'affronter cette autre épreuve. Pas maintenant. Je tentai de forcer le passage, mais l'aîné des Hamilton me retint.

— Que se passe-t-il ?

Tout enjouement dans sa voix s'était volatilisé, cédant la place à un ton de commandement. Il exigeait une réponse. Mais j'en avais assez qu'on me donne des ordres.

— Laissez-moi, je dois…

Je m'interrompis, luttai pour me libérer, mais il me tenait fermement. Il m'attrapa par les épaules et me tourna de force vers lui.

— Qu'est-il arrivé, Lucy ? insista-t-il. Que vous a-t-il fait ?

La gravité et l'inquiétude dans son regard brisèrent mes dernières résistances.

— Il sait, soufflai-je avec difficulté, étouffée par l'émotion. Et il m'a virée.

Je regrettai aussitôt mes paroles mais il était trop tard. Les mots sont puissants. J'eus même l'impression que les prononcer leur avait donné plus de vérité. Je ne pus me résoudre à fixer Lucas. Ce que je verrais sur ses traits ne ferait que m'accabler encore plus.

J'entendis derrière moi la voix de Jeremiah qui m'appelait. Je me raidis. J'aurais voulu lui échapper à tout prix. Lucas me tira sur le côté et s'interposa entre nous.

— Sale fils de pute !

Simultanément un bruit sec et sonore, celui de la chair et de l'os entrant en contact, claqua. En face de Lucas, je vis Jeremiah tituber. Choquée, je couvris ma bouche, tandis que le trafiquant d'armes avançait, menaçant, vers son cadet.

— Anya ne t'a donc pas suffi ? grogna-t-il en abattant de nouveau son poing sur la tempe de son frère. Il te fallait détruire une autre vie ?

Jeremiah reprit l'équilibre et riposta, expédiant violemment Lucas sur le sol dallé de l'entrée. Il se dressait en face de moi avec un air de taureau prêt à charger, mais toute son attention était dirigée sur son aîné.

— Tu m'auras décidément tout pris, dit-il d'une voix sourde tout en décochant un coup de pied à Lucas, qui était maintenant à genoux.

— *Je* t'ai tout pris ? Moi ?

Il encaissa l'attaque, saisit la jambe de Jeremiah et esquiva une nouvelle attaque.

— Tu as bousillé ma vie ! s'exclama-t-il. Tu détruis tout ce que tu touches ! Tu ne vaux pas mieux que Rufus !

Il avait ponctué chacune de ses phrases de coups de poing furieux dans les jambes de son frère qui le repoussa vigoureusement. Figée, j'assistais, horrifiée, à un combat sans merci. Jeremiah parvint à enserrer le cou de son frère dans une prise d'étranglement, mais Lucas, toujours à genoux, le fit basculer par-dessus son épaule. Jeremiah alla s'écraser sur la console de l'entrée dont le plateau en verre explosa en morceaux.

Les deux hommes se relevèrent rapidement et Lucas repartit à l'assaut. Étouffant un cri, je reculai. Agrippés l'un à l'autre, ils furent propulsés par leur élan dans le couloir de l'hôtel et s'écrasèrent contre la cloison opposée avant de s'effondrer sur le tapis. J'entendis une femme hurler, mais je ne pouvais détourner mon regard des frères Hamilton qui poussaient des grognements de fauve et s'insultaient.

J'aurais cru que Jeremiah viendrait à bout de Lucas avec facilité, mais il n'en fut rien. L'aîné de la fratrie ne cédait rien et se battait avec acharnement. Toutes leurs souffrances et leurs colères rentrées semblaient concentrées en cet instant. Ils roulaient à terre, frappant des poings et des genoux. En fait, ils se battaient comme des gosses, pas comme des adultes. Leurs années d'entraînement étaient oubliées, il ne leur restait que la rage pure.

— Tu as dressé Anya contre moi, gronda Jeremiah, et voilà que tu t'en prends à Lucy…

— Anya ne t'a jamais trahi, pauvre con!

Le cadet marqua une pause, et Lucas en profita pour le frapper à plusieurs reprises au torse, jusqu'à ce qu'une riposte l'envoie valser. Jeremiah tomba à genoux.

— Menteur! lança-t-il.

Lucas essuya sa bouche ensanglantée.

— J'avoue que je lui ai demandé de t'espionner pour mon compte, mais elle a refusé. Alors, j'ai trouvé mes sources ailleurs et j'ai contrarié tes projets.

Il expédia un coup de pied dans les côtes de son frère avant de poursuivre, venimeux:

— Et toi, qu'est-ce que tu as fait? Tu l'as chassée et tu t'es démené pour nuire à sa réputation et briser sa vie. Si j'ai ramassé les morceaux, c'est parce que j'estimais que j'étais en partie responsable. Mais que je sois maudit si je te laisse recommencer ! Père serait sûrement très fier de toi.

Il ponctua sa dernière phrase en crachant du sang par terre. Au même moment, les portes de l'ascenseur s'ouvrirent et plusieurs hommes en costume noir déboulèrent sur le palier et foncèrent sur les Hamilton, qui paraissaient avoir épuisé leurs réserves de colère. Pour l'instant du moins. Les hommes de la sécurité les remirent sur leurs pieds. D'un même mouvement, les deux frères me regardèrent. Je reculai d'un pas, les yeux fixés sur le vide qui les séparait, comme si j'hésitais à choisir entre les deux.

Qu'ils aillent se faire voir ! L'injonction surgit spontanément dans mon esprit. Je ne pouvais plus, je ne *voulais* plus en supporter davantage. *Qu'ils aillent se faire voir ! Tous les deux !*

Maintenant qu'ils étaient maîtrisés, j'avais le champ libre. Je m'empressai de pénétrer dans l'ascenseur et appuyai sur le bouton de l'étage d'Amira. Quelqu'un cria mon nom, mais je me reculai dans l'angle de la cabine et ne repris mon souffle que quand les portes se fermèrent. Bien que le pire soit passé, j'étais sur le point de craquer. Mon cœur n'était qu'une blessure béante, emplie d'un sentiment de désespoir dont le poison se répandait lentement dans tout mon corps. Je dus m'agripper à la rambarde de l'ascenseur, j'avais envie de vomir.

Lorsque les portes de l'ascenseur s'ouvrirent, je n'eus aucune difficulté à repérer les appartements d'Amira : deux armoires à glace en gardaient l'entrée. L'un des deux hommes porta la main à ses lèvres et se mit à parler à voix basse. Je m'arrêtai net sur le seuil de la cabine, soudain incertaine de l'accueil qui allait m'être réservé. Cramponnée au montant de la porte de l'ascenseur, je contemplais le couloir sombre quand la porte s'ouvrit à la volée sur Amira :

— Lucy ? Tout va bien ?

Dans la pièce voisine, mon amie et son frère se disputaient en arabe. Je ne comprenais pas ce qu'ils disaient, mais il était évident que le ton montait.

Rachid avait débarqué chez sa sœur moins de dix minutes après mon arrivée. J'avais eu juste le temps de m'asseoir et de me ressaisir un peu. Après avoir posé une couverture sur mes épaules, Amira avait promis de revenir très vite puis avait entraîné son frère dans la chambre contiguë au salon. Même s'il était pénible d'être la cause de cette altercation, de savoir que je compliquais leurs relations déjà tendues, je ne pouvais rien faire à part attendre.

Lorsque vous êtes vidé de toute émotion, une sorte de lucidité s'empare de vous. J'avais connu une expérience semblable après le décès de mes parents, tandis que j'écoutais un avocat m'exposer, dans le bureau de la banque, les décisions prises par mon père et ma mère – décisions qui me réservaient un sombre avenir. Je m'étais néanmoins battue. J'avais tenté de conserver la propriété familiale de l'État de New York. Ma vie entière tournait autour de ce projet. Deux années durant, j'avais mis tout le reste entre parenthèses dans l'espoir d'y arriver.

Cependant j'avais tout perdu.

Pour autant, la culpabilité que j'avais éprouvée alors n'avait aucune commune mesure avec celle qui me torturait en cet instant. Cette fois, l'adversaire n'était pas une banque ou une quelconque institution malfaisante. J'étais celle qui avait mené la danse, ici ; celle qui avait fait les mauvais choix. J'allais devoir les assumer et je n'avais à ne m'en prendre qu'à moi-même.

En revanche, il était hors de question que j'aie honte de ce que m'avait infligé Jeremiah. Il était clair qu'il n'avait pas la moindre idée de l'arrogance de ses actes. Je n'avais pas eu véritablement de choix, à New York, sinon celui d'accepter les termes du contrat proposé. J'avais cru signer en toute connaissance de cause, mais je m'étais entichée de ce salaud, et je me détestais d'avoir été aussi stupide.

Dans la pièce d'à côté, la dispute semblait se calmer. En tout cas, les voix étaient moins fortes. Rachid sortit de la chambre, suivi par sa sœur qui se dirigea vers moi, posa une main sur mon épaule et, la tête haute, défia son frère du regard. Même si j'ignorais tout de ce qui les opposait, ce soutien affiché me toucha. Rachid n'avait pas l'air d'approuver, mais lorsque ses yeux nous dévisagèrent tour à tour, j'y décelai une lueur de défaite.

— Vous avez sauvé la vie de ma sœur, déclara-t-il. Pour cela, je serai toujours votre débiteur. Demandez-moi ce que vous voulez, je vous l'accorderai.

— J'aimerais rentrer chez moi, murmurai-je d'une voix qui avait tout d'un croassement.

Je m'éclaircis la gorge avant de préciser :

— À New York.

Retourner aux États-Unis serait un bon début. L'orgueil m'interdisait de demander autre chose. Une fois là-bas, je me débrouillerai. Rachid haussa un sourcil surpris en constatant que je n'exigeais rien de plus.

— Accordé, acquiesça-t-il.

Au même moment, la porte s'ouvrit sur un énième garde du corps en costume noir. Il s'approcha de son patron et lui souffla quelques mots à l'oreille. Rachid se raidit immédiatement, mais son visage resta impassible.

— Excusez-moi, marmonna-t-il. Une urgence.

Ce ne fut que quand il fut parti que je vis Amira se détendre et reprendre enfin sa respiration. Je ne m'étais pas rendu compte qu'elle retenait son souffle. Elle laissa échapper quelques mots en arabe avant de me sourire.

— J'ai étonné mon frère en osant lui tenir tête, me confia-t-elle.

— Merci ! m'exclamai-je.

Je pris sa main et, peu soucieuse des traditions que mon geste pouvait enfreindre, j'y déposai un baiser. Amira s'agenouilla près de moi, son expression trahissait son inquiétude.

— Racontez-moi ce qui s'est passé, m'enjoignit-elle d'une voix pressante. Je ne suis pas aussi fragile que vous avez l'air de le croire.

Comme j'aurais aimé tout lui raconter ! Confesser ma souffrance et permettre à quelqu'un de m'aider ! Mais ce que je vivais n'était pas le problème d'Amira et je redoutais d'être jugée. Je me condamnais déjà assez toute seule sans avoir besoin qu'on en rajoute.

Mon silence arracha un soupir à mon amie qui me tendit son autre main pour m'inviter à me lever.

— Venez, allons chercher vos affaires.

À ces mots, l'un des gardes se glissa dehors, sûrement pour vérifier que la voie était libre. J'étais stupéfaite qu'Amira trouve tout cela normal. Elle paraissait ne pas remarquer les hommes qui s'agitaient autour d'elle ni la manière dont ils manœuvraient pour la protéger. À croire qu'elle avait connu cela toute sa vie. Personnellement, j'avais eu du mal à supporter deux hommes dans mes parages, alors une petite armée !

Nous traversions un petit salon lorsqu'un cri retentit :

— Où est-elle ?

Je me figeai en reconnaissant la voix de Jeremiah. Amira me lança un coup d'œil affolé puis s'adressa dans sa langue maternelle au garde du corps le plus proche. Ce dernier se précipita en direction des bruits qui nous parvenaient depuis l'entrée des appartements.

— Bordel de Dieu ! Je sais que vous êtes là ! *Lucy!*

Le cœur serré, je restai figée. J'aperçus sa silhouette, très vite cernée par celles de plusieurs des hommes de Rachid. Je n'eus même pas le temps de laisser échapper un cri d'avertissement : Jeremiah s'en était déjà débarrassé. Quand il m'aperçut, il fonça droit sur moi.

D'autres hommes surgirent par les portes donnant sur le couloir. Amira m'entraîna vivement dans sa chambre, mais avant qu'elle ait pu refermer le battant, un bras solide s'interposa brutalement et Jeremiah s'engouffra dans la pièce, entraînant avec lui les deux gardes qui tentaient de l'en empêcher. Il en expédia un à terre d'un violent revers de la main, fit un pas en avant mais il fut soudain plaqué au sol.

Non! Ce n'était pas ce que j'avais voulu. Que faisait-il ici?

— Je vous en prie, gémis-je, ne lui faites pas de mal !

Je tentai d'avancer mais Amira attrapa fermement mon bras. Immobilisé par deux hommes, Jeremiah releva la tête. Je vis dans ses yeux le reflet de mon angoisse et ma souffrance.

Soudain, l'un des gardes du corps approcha, un objet à la main. Je compris aussitôt ce qu'il s'apprêtait à faire.

— Lâchez-le ! hurlai-je.

Dégageant mon bras de la prise d'Amira, je me jetai sur l'homme qui brandissait le taser et le repoussai. Soudain, comme si on venait d'actionner un interrupteur, les muscles de mon corps se tétanisèrent. Un cri silencieux se forma sur mes lèvres, mais aucun son, si ce n'est une sorte de râle guttural, ne sortit de ma bouche et les spasmes qui agitaient mon diaphragme expulsèrent mes dernières réserves d'oxygène. Des tressaillements agitèrent mon corps, dont je ne contrôlai plus aucun muscle. Puis l'onde de choc s'évanouit aussitôt qu'elle était apparue, et je tombai comme une masse sur le sol.

Au-dessus de moi, un rugissement s'éleva. Je crus que c'était un effet secondaire de la décharge du taser jusqu'à ce que j'entende des cris de douleur. Paralysée, haletante, je luttai pour reprendre ma respiration. Des mains me saisirent, me redressèrent légèrement et me firent basculer sur le dos. Je me retrouvai face à Jeremiah.

La vue de son visage tourmenté me fit monter les larmes aux yeux, mais j'étais incapable de bouger, de le toucher. Il fixait d'un regard noir l'autre côté de la pièce. Je tournai la tête et vis les gardes du corps qui se tenaient à quelques pas de nous, comme s'ils craignaient d'avancer.

Rassemblant toutes mes forces, je posai une main sur le bras puis sur l'épaule de Jeremiah. Je voulais lui parler, lui demander de me pardonner, mais mes lèvres refusèrent de m'obéir. De toute façon, les mots ne suffisaient pas, ne suffiraient jamais. C'était pourtant tout ce dont je disposai.

— Pourquoi? souffla-t-il alors.

Une supplique réduite à un unique mot. L'émotion déchira les derniers lambeaux de mon cœur. Je lui avais posé la même question, sur le bateau. J'avais estimé mériter une réponse et je n'en avais pas obtenu. À son tour, il avait droit à des réponses, alors que je n'en avais aucune à lui fournir.

— Je pensais que vous ne vouliez plus de moi, murmurai-je.

J'aurais tellement aimé en dire plus! Hélas, c'était tout ce que je pouvais lui donner. Il déglutit.

— Quel couple nous formons, n'est-ce pas? chuchota-t-il en repoussant mes cheveux plaqués sur mon visage.

Relevant légèrement une épaule, j'arrivai enfin à effleurer sa joue de la main.

— Vous ne me pardonnerez jamais, dis-je avant de fermer les paupières et d'interrompre mon geste. *Je* ne me pardonnerai jamais.

— Non ! protesta-t-il.

Mais je lus la vérité dans ses yeux. Mes actes avaient creusé un abîme entre nous et, je le sentais, rien de ce que nous pourrions ou accepterions de faire ne le comblerait jamais.

Des voix s'élevaient autour de nous. Jeremiah me tenait fermement dans ses bras. Son regard naviguait d'un point à l'autre de la pièce, mais je ne pouvais détacher mes yeux de son visage.

— Vous méritez mieux, murmurai-je.

Il tourna vivement la tête vers moi, comme frappé de stupeur. Même si j'avais repris suffisamment de forces pour m'écarter de lui, il m'était impossible de m'y résoudre. Dans ses bras, j'avais le sentiment d'être en sécurité, ce qui ne m'était pas arrivé depuis des siècles. Si mon cerveau me dictait de renoncer à lui, de partir et de reprendre le cours de mon existence, mon cœur, lui, n'y était pas prêt.

Je doutais qu'il le fut un jour.

Les gardes du corps nous cernèrent de nouveau et tirèrent Jeremiah en arrière. Il me lâcha, je roulai sur le flanc et vis sur son visage qu'il baissait la garde. Il ne se débattit pas quand les hommes le maintinrent fermement et le remirent debout. Il ne me quitta pas des yeux un seul instant. Je sentais que je devais dire quelque chose, un dernier mot avant une séparation probablement définitive, mais ma poitrine était trop douloureuse pour cela.

— Lucy…

Je ne parvins pas à soutenir son regard.

— Partez, je vous en prie.

J'étais épuisée, tellement fatiguée. Amira s'approcha, m'aida à m'asseoir dans un fauteuil tandis qu'on emmenait Jeremiah. Le claquement de la porte d'entrée résonna comme l'ultime clou qu'on enfonçait dans mon cercueil.

— Je veux rentrer chez moi, marmonnai-je en fixant le sol.

Ma déclaration fut accueillie par un bref silence, puis Amira enroula un bras autour de mes épaules.

— Voilà au moins un service que je suis en mesure de vous rendre, souffla-t-elle.

33

L'aéroport de Dubaï présentait un mélange éclectique de styles orientaux et occidentaux. J'avais cependant trop hâte de partir pour y prêter grande attention.

Amira, entourée de sa petite armée, m'y avait déposée, plus tôt, même si elle avait semblé réticente à me laisser partir.

— Donnez de vos nouvelles, d'accord? Un jour, j'aurai peut-être l'occasion de vous rendre visite.

Je lui avais répondu avec un sourire et une étreinte, mais je n'avais rien promis. En dépit de la reconnaissance que j'éprouvais à son égard pour son aide et son soutien, je ne pensais pas la revoir un jour. Nous étions issues de milieux différents. Sans Jeremiah, il ne me serait jamais venu à l'esprit de me rendre à Dubaï et, surtout, je n'aurais pas été présentée à quelqu'un comme Rachid.

Il y avait pourtant eu des moments presque magiques, mais il était peu probable que je revive une expérience semblable à l'avenir.

L'aéroport était loin d'être aussi vaste que ceux que j'avais pu fréquenter auparavant. Je trouvai sans difficulté la porte d'embarquement et m'installai en attendant l'heure du départ. Amira m'avait proposé d'utiliser le jet familial, mais j'avais préféré prendre un vol commercial. J'avais eu ma dose d'un luxe qui ne me ressemblait pas.

Assise dans mon fauteuil, j'observai les voyageurs qui déambulaient dans le terminal. En d'autres circonstances, cela m'aurait sûrement amusée. Une famille passa devant moi ; la mère, drapée dans son *abaya,* était suivie de ses enfants, des adolescents vêtus à l'occidentale. Un homme d'un certain âge vint s'asseoir à côté de moi. N'ayant aucune envie de discuter, je l'ignorai. De sombres pensées occupaient encore mon esprit, mais je me sentais de plus en plus engourdie. L'expérience m'avait appris que cela ne durerait pas, mais j'appréciais cet état second qui mettait une distance avec l'extérieur.

— Excusez-moi, mademoiselle, est-ce que vous avez l'heure ?

L'homme s'exprimait avec un accent anglais des plus aristocratiques. Je me contentai de secouer la tête sans le regarder. C'était grossier, j'en avais conscience mais je n'étais pas d'humeur à bavarder avec un inconnu.

— Moi qui pensais que les jeunes possédaient toujours les derniers gadgets !

Je ne pus retenir un léger sourire.

— Pas tous, non, répondis-je en tripotant mon passeport.

C'était tout ce qu'Amira avait réussi à récupérer. D'ailleurs, ce passeport était le faux, celui qu'avait fait faire Lucas. Tant que je pouvais rentrer chez moi avec, je n'avais pas à me plaindre.

— Flûte ! Où ai-je donc mis ma montre ?

Quelque chose dans ses intonations me fit sursauter. Pivotant légèrement la tête, je l'examinai du coin de l'œil, le front plissé. Tout en lui était broussailleux – barbe, moustache, sourcils. Je ne pouvais distinguer que son profil. Ma raison avait beau protester avec vigueur, j'eus l'impression que ses traits m'étaient familiers.

— Ah! La voici! s'exclama-t-il en extirpant de sa poche une montre antique. Quinze heures trente. Il est plus tard que ce que je croyais.

Tant pis pour ma tranquillité et pour la courtoisie: je me mis à le dévisager ouvertement. Sa moustache épaisse paraissait étirée par ce que je supposai être un sourire, mais je n'en étais pas sûre car je ne distinguai pas ses lèvres. Il semblait être âgé, mais ses prunelles bleu vert posées sur moi étaient brillantes.

Clignant des paupières, je regardai de nouveau autour de moi. L'absurdité de la situation aurait dû me faire rire, au lieu de quoi je ne parvins qu'à émettre qu'un soupir las.

— Qu'est-ce que vous fichez ici, Lucas?

Dépliant un journal avec décontraction, il se mit à le feuilleter.

— Ma foi, c'est évident. Je vous escorte chez vous.

— Je suis capable de me débrouiller seule, vous savez? m'indignai-je, agacée.

— Je n'en doute pas un instant. J'ai vu ce que vous aviez fait à Alexeï sur le bateau. Je me disais juste que vous apprécieriez un peu de compagnie.

L'évocation de ce mauvais souvenir m'arracha une grimace. N'ayant aucune intention de polémiquer, je me détournai. Les événements des derniers jours étaient encore douloureux. Je ne tenais pas à raviver les blessures en y repensant.

— Alors, reprit Lucas au bout de quelques minutes de silence. Où allons-nous?

Je poussai un nouveau soupir.

— En ce qui me concerne, je rentre à la maison.

— Et où se trouve-t-elle exactement?

— Aucune idée.

Je savais qu'il me faudrait très bientôt répondre à cette question. Après avoir signé le contrat de Jeremiah et m'être laissée enlever, j'avais coupé tout contact avec ma vie d'avant. J'avais perdu mon téléphone portable et je ne connaissais même pas le numéro de ma colocataire. Lui rendre visite n'aurait rien d'une partie de plaisir mais avec un peu de chance, elle m'autoriserait à récupérer mes affaires, et – qui sait? – elle me permettrait peut-être de réintégrer l'appartement.

— Très bien, je vous interdis de partir.

L'arrogance avec laquelle il s'était exprimé m'irrita – j'avais eu ma dose de ce genre d'attitude avec son frère, il n'allait pas s'y mettre à son tour! Je lui lançai un regard noir. Il fronça ses horribles sourcils broussailleux.

— Je suis un costaud taciturne qui aime donner des ordres, lâcha-t-il, délaissant son accent affecté. Je vous dirai quoi faire, et vous manifesterez votre reconnaissance en me léchant les bottes. Regardez-moi! Mon front digne de celui d'un homme de Néandertal mériterait un brevet à lui seul.

Éberluée, je dissimulai un sourire derrière ma main. Je n'avais pourtant aucune envie de rire! Je souhaitais même m'accrocher à ma tristesse et me vautrer dans mon malheur. Mais l'imitation de Jeremiah était parfaite. La situation frisait le ridicule, et les postiches et la voix théâtrale de Lucas participaient à son absurdité.

Je secouai la tête et regardai de nouveau les voyageurs qui se dépêchaient d'embarquer. Décalée et déstabilisée, j'avais le sentiment d'être perdue dans un pays étranger. Je n'aspirais qu'à une chose: rentrer chez moi. Je regretterais peut-être plus tard de ne pas avoir profité à fond de l'expérience mais pour l'instant, je ne rêvais que de ça.

— Vous êtes trop bien pour mon frère.

Je jetai à Lucas un regard à la dérobée. Il avait complètement renoncé à son accent britannique et à sa jovialité de façade. Ses paroles étaient empreintes d'une colère amère mais au fond de moi, je ne croyais pas à ce qu'il disait. Sous la fausse barbe, les traces de sa bagarre avec Jeremiah étaient encore visibles.

J'étais la cause de ces souffrances – pas seulement celles de la bagarre, mais aussi celles des derniers jours.

— Je suis désolé de vous avoir entraînée là-dedans, reprit-il.

Je secouai la tête.

— Vous n'êtes pas responsable. J'ai amplement participé aux décisions qui m'ont mise dans cette situation.

J'eus un haussement d'épaules las. La tristesse me reprenait. J'aurais voulu retrouver la sensation d'anesthésie générale qui m'engourdissait avant l'apparition inopinée de Lucas.

— Non! protesta-t-il en s'agitant sur son siège.

Visiblement bouleversé, il se pencha vers moi, le regard sombre.

— Vous méritez tellement mieux, enchaîna-t-il. Mieux que ceci. Mieux que ce que notre foutue famille vous a apporté.

— Oh, Lucas!

Ses mots me touchèrent profondément. Prenant sa tête entre mes mains, je l'attirai à moi et plongeai mes yeux dans les siens. Du pouce, je caressai l'hématome que la barbe, drue au toucher, laissait entrapercevoir.

— Quelqu'un m'a dit un jour que nous avions tous l'occasion de faire des choix, même si ce ne sont pas toujours les bons. Vous valez beaucoup mieux que la vie que vous menez aujourd'hui.

Les muscles de ses mâchoires se tendirent sous mes doigts, et je fus frappée par l'éclat de désir ardent qui alluma ses prunelles.

— Laissez-moi rester auprès de vous, me supplia-t-il d'une voix rauque en plaquant sa main sur la mienne. Être avec vous me rend meilleur. J'ai besoin de…

Il se tut en constatant que je secouai la tête.

— Vous êtes déjà un autre homme, Lucas.

À cet instant, les haut-parleurs annoncèrent l'embarquement de mon vol. Lucas accentua la pression de ses doigts sur ma main, comme pour me retenir, comme pour me dire de ne pas partir. Il finit cependant par me lâcher. Je me penchai vers lui et embrassai sa joue barbue.

— Je ne peux pas être votre rédemption, soufflai-je contre sa peau, même si j'aurais aimé pouvoir l'aider.

Mais j'avais décidé que j'en avais fini avec la famille Hamilton. Je ne pouvais me résoudre à le lui dire, là, maintenant, mais c'était la vérité. Les choses étaient allées trop loin et la souffrance était trop profonde pour que je puisse mener une vie normale avec aucun des deux frères.

Par ailleurs, je n'avais réellement désiré que l'un des deux.

— Au revoir, Lucas.

Je regardai le barman servir des boissons colorées tout en me demandant si m'enivrer allait me soulager ou, au contraire, empirer la situation.

Une tempête de neige avait retardé mon vol en correspondance à Londres, m'obligeant à me réfugier dans l'un des bars de Heathrow. Si l'aéroport était très différent de celui de Dubaï, les voyageurs étaient tout aussi hétéroclites. Tout me semblait plus normal, plus occidental mais je regrettai un peu d'exotisme. Ce séjour à Dubaï était une expérience à laquelle je n'aurais jamais osé rêver. Tout n'avait pas été parfait, mais c'était un souvenir précieux.

Par-dessus tout, Jeremiah me manquait. Pourtant je voulais l'oublier, tout comme certains événements pénibles. L'alcool ne m'y aiderait probablement pas.

— Je vous offre un verre ?

Je me tournai vers l'homme qui venait de s'asseoir à côté de moi au comptoir. Beau sans être extraordinaire, il avait à peu près mon âge et portait un costume clair qui mettait en valeur ses cheveux bruns. Malgré son attitude tranquille et amicale, je le gratifiai d'un faible sourire et secouai la tête.

— Non merci.

— Vrai de vrai? Vous avez pourtant l'air d'en avoir besoin.

Génial ! Voilà que des inconnus se mettaient à commenter mon humeur ! Je devais avoir une mine vraiment ravagée.

— Je ne saurais même pas quoi commander, répondis-je avec un haussement d'épaules.

Il fit signe au barman.

— Deux Midori Sour ! commanda-t-il avant de pivoter vers moi : Où allez-vous ?

— New York.

— Une fille de la côte Est ! s'exclama-t-il. Mais vous avez une pointe d'accent, ajouta-t-il en inclinant la tête. Canadienne française ?

Je levai les sourcils, étonnée. La plupart des gens ne remarquaient pas du tout mon accent. Même Jeremiah, tout observateur qu'il soit, n'y avait jamais fait allusion.

— Je suis née à Québec, admis-je, impressionnée. Et j'ai déménagé aux États-Unis quand j'avais dix ans.

— Ça n'a pas dû être facile.

— Aucun enfant n'aime changer d'endroit, éludai-je.

Ce type semblait plutôt sympa. Ni aussi autoritaire que Jeremiah, ni aussi tortueux que Lucas. Un homme d'affaires banal, bien coiffé et bien vêtu, mais – d'après ce que j'avais pu observer alors que je vivais dans le monde de Jeremiah – pas richissime. Ainsi, ses chaussures ne valaient pas une fortune, et son costume n'était pas taillé sur mesure. Bref, un type normal. Le genre avec lequel je devrais faire ma vie.

À une époque, il aurait pu me plaire. À présent, il me paraissait terne. Je ravalai ma déception en respirant à fond. Serais-je vouée à toujours comparer les hommes à Jeremiah?

— Et vous? m'enquis-je avec un sourire forcé. Où allez-vous?

— Oh, je vais juste rendre visite à ma famille.

On déposa nos boissons devant nous. Je sentis le liquide vert avant d'en avaler une gorgée. Son goût sucré fut une heureuse surprise.

— Alors, reprit mon interlocuteur, est-ce que quelqu'un vous attend à la maison?

Sa question, pourtant anodine, eut pour effet d'assombrir un peu plus mon humeur. Je reposai sèchement mon verre sur le comptoir. La liqueur sirupeuse dont les arômes s'attardaient dans ma bouche prit un goût cendreux. Pas facile de déterminer s'il me draguait ou s'il se contentait de faire la conversation.

— Je sors juste d'une sale rupture, dis-je en espérant qu'il saisirait l'allusion.

— Ah oui ! Et comment va Jeremiah, ces derniers temps?

Je mis un instant à saisir ses paroles. Ensuite, je me tournai vers lui d'un air hagard.

— Pardon?

— Vous avez eu la vie dure, récemment, non? enchaîna-t-il d'un ton allègre, soulignant ses propos en agitant son verre avant d'y boire une gorgée. J'imagine que ça a commencé par la mort de vos parents, tués par un chauffard, plutôt que lorsque vous avez été séduite dans un ascenseur.

J'eus l'impression qu'une main enfoncée dans ma poitrine écrasait mes poumons. J'étais incapable de respirer, encore moins de bouger. Dans ma main crispée, mon verre érafla le bois du bar, mais personne ne parut se rendre compte de la détresse qui venait de m'envahir.

— Je me suis permis de rendre une petite visite à votre maison de famille, poursuivit mon voisin en remuant sa paille dans le liquide vert. Charmante. Encore plus quand on la voit de près. Ses occupants actuels l'entretiennent mal, hélas. Vraiment dommage.

— Qui êtes-vous ? chuchotai-je d'une voix étranglée.

— Il faut croire que les péchés des parents se transmettent à leur progéniture, éluda-t-il. Les vôtres vivaient au jour le jour et géraient mal leurs finances. Résultat, après leur mort stupide, votre existence a volé en éclats.

Ce fut l'instinct qui me poussa à lui balancer ma boisson en pleine figure. Si le bruit des glaçons qui rebondissaient sur le sol me fit sursauter, l'homme ne changea pas d'expression. Quelques clients nous lancèrent un coup d'œil, mais personne n'eut l'air de vouloir s'en mêler. Au bout de quelques secondes, il s'empara d'une serviette en papier et s'essuya le visage.

— Je le méritais, sans doute, commenta-t-il.

— Qui êtes-vous ? répétai-je plus fort mais sur un ton toujours aussi peu assuré.

En vérité, j'étais bouleversée. Que cet inconnu en sache autant sur moi me mettait dans un état proche de la panique, mais je n'avais nulle part où aller. J'avais mis le plus de distance possible avec les seules personnes susceptibles de me secourir, persuadée que, de cette façon, je ne serais plus impliquée dans leurs problèmes. Sauf que là, à des milliers de kilomètres d'eux, je découvrais que j'avais apparemment autant d'importance dans l'histoire que les Hamilton eux-mêmes.

Un bref instant, mon voisin me fixa sans un mot.

— Voyons, que savons-nous de l'arbre généalogique des Hamilton ? dit-il ensuite en inclinant la tête comme s'il réfléchissait. Un bel héritage remontant sur plusieurs générations. Ils se sont enrichis sur le dos des autres, n'ont pas hésité à piétiner plus faibles qu'eux pour arriver à leurs fins. Les représentants actuels de la dynastie s'enorgueillissent de compter dans leurs rangs un trafiquant d'armes responsable d'un certain nombre de décès et un ancien commando qui ne vaut pas mieux que son père et sa propre milice.

Pas mieux que son père… Soudain, les pièces du puzzle s'assemblèrent.

— Vous êtes Alexander Rush !

— Ainsi, vous avez entendu parler de moi. Le bâtard, parmi bien d'autres sûrement, de Rufus Hamilton. Est-ce le terme qu'ils ont employé ? Les relations de mes frères sont très efficaces quand il s'agit de rassembler des informations, mais devinez un peu ?

Il se pencha vers moi et ajouta :

— Je suis meilleur.

Le ton satisfait avec lequel il s'exprimait, les détails de ma vie qu'il connaissait, tout cela me bouleversait profondément. Les dangers, les intrigues et les drames mortels que j'avais cru fuir m'avaient suivie. J'étais prise au piège, tout comme les frères Hamilton, à la différence que j'ignorais comment en sortir. Je ne disposais ni de contacts dans les milieux militaires, ni d'un réseau d'espionnage, encore moins d'une milice armée jusqu'aux dents.

Bref, je n'avais aucune chance.

— Vous avez été bien inspirée de partir quand vous l'avez fait, me confia Alexander avant de consulter sa montre. Je dois m'en aller, mais j'ai été ravi de discuter avec vous. Je tenais à rencontrer la femme qui a réussi à faire plier les deux Hamilton.

Quelque chose dans sa voix me fit frissonner encore plus fort. Totalement paralysée, je ne trouvais rien à répondre à sa dernière remarque. Je restai plantée sur mon tabouret tandis qu'il se levait, attrapait sa veste sur le dossier de son siège et s'éloignait.

Mon cerveau se mit à échafauder divers scénarios conduisant à ma mort certaine, mais les minutes s'écoulèrent sans qu'il ne se passe rien. J'étais incapable ne serait-ce que de me retourner afin de voir où s'en allait Rush.

J'étouffais, sans parvenir à apaiser les battements fous de mon cœur. J'étais sûre de ne pas avoir inventé cette rencontre : les deux gobelets étaient côte à côte sur le comptoir. Pendant quelques instants, je ne bougeai pas, concentrée sur ma respiration, songeant que je n'avais nulle part où aller, personne à contacter.

J'étais seule.

— Hé, vous pouvez monter le son de la télé ?

La question, lancée d'une voix forte, me tira de ma stupeur. Un rapide tour d'horizon de la salle m'indiqua qu'on ne me prêtait aucune attention. Je me sentais pourtant affreusement exposée, comme violée. Ce type en savait trop sur moi. Que ma vie ait été un livre ouvert pour lui, qu'il ait osé évoquer ainsi mes parents… C'en était trop. J'avais besoin d'air. Je saisis mon fin gilet au moment où l'employé montait le son.

— « … attentat dans un hôtel de Dubaï… »

Les mots pénétrèrent comme une lame dans mon esprit alors que j'étais sur le point de sortir du bar. Je me croyais déjà au bout du rouleau ; la nouvelle s'empressa d'y ajouter quelques longueurs. Je pivotai vivement sur mes talons afin de regarder le modeste écran accroché au-dessus du comptoir. L'hôtel Almasi disparaissait derrière des volutes de fumée, mais il était parfaitement reconnaissable.

Non ! Par pitié, non !

Je ne réussis pas à comprendre ce que racontait le présentateur tant le tumulte qui agitait mes pensées emplissait mon crâne. Une main plaquée sur les lèvres, je fis demi-tour et sortis en titubant dans le couloir, sous le choc.

Il fallait que je me ressaisisse. J'avais le sentiment que le danger menaçait de partout. Le terminal bondé était peuplé de centaines de paires d'yeux dont mon esprit paniqué me soufflait que chacune d'entre elles pouvait se révéler mortelle. Désemparée, je m'affalai sur le premier fauteuil venu. Le terminal grouillait de monde. J'avais l'impression d'être prisonnière, et m'astreindre à de profondes respirations ne me soulageait en rien.

Soudain, quelque chose vibra dans ma poche.

Je sursautai avant d'y plonger la main, un brin hésitante. J'en ressortis un téléphone portable. Il ne m'appartenait pas et je n'avais même pas la moindre idée de la façon dont il avait atterri dans ma poche. Libéré des tréfonds de mon gilet, il se mit à sonner bruyamment. L'écran affichait un numéro masqué. Retenant mon souffle, je soulevai le clapet de l'appareil et appuyai sur le bouton vert d'un doigt mal assuré.

— Al… allô ?

— Quoi de neuf, beauté ? Je vous manque ?

Les intonations réjouies provoquèrent une vague de soulagement. Je pressai l'appareil contre mon oreille.

— Lucas ? Où êtes-vous ?

— Et bien, figurez-vous que c'est une drôle d'histoire. Techniquement, je suis encore à Dubaï, mais je ne…

— J'ai été approchée par un homme, m'empressai-je de le couper, avide de confier mon histoire, des sanglots trop longtemps ravalés menaçant d'exploser. Dans un bar. Il connaissait mon nom, Lucas, il savait tout de moi, il m'a parlé de mes parents…

— Du calme, Lucy, m'intima mon interlocuteur, dont la jovialité avait cédé la place à une gravité de circonstance. Reprenez depuis le début.

Mais j'avais matière plus urgente à l'esprit. J'avais des questions.

— J'ai entendu à la télé qu'il y avait eu une explosion. À Dubaï! À l'hôtel! Le type qui m'a abordée m'a dit que j'avais de la chance d'en être partie. Que s'est-il passé? Jeremiah va bien? Et Amira?

— Une bombe a bien explosé. Mais avant tout, vous devez aller vous réfugier dans un endroit sûr. Où êtes-vous, là?

Je regardai rapidement autour de moi.

— Près de la porte B13, à Heathrow. Comment va Jeremiah, Lucas? Il n'a rien?

Je devais absolument savoir. Lucas marqua une pause qui me fit craindre le pire.

— Écoutez, Lucy, je vais vous envoyer de l'aide. Mais pour l'instant, je suis un peu coincé par…

— *Comment va Jeremiah?*

J'avais hurlé. Mon cœur me donnait l'impression de vouloir s'échapper de ma cage thoracique. Je baissai la tête et mis ma main en visière sur mes yeux afin d'essayer d'oublier le tourbillon de passagers.

— Je vous en prie, Lucas, dites-moi qu'il va bien.

Il ne s'exprima qu'au bout de plusieurs secondes interminables.

— Je suis navré, Lucy, mais je…

Ce fut alors que la communication s'interrompit.

— Lucas? *Lucas?*

J'éloignai le téléphone de mon oreille, le contemplai. La ligne avait été coupée, et je n'avais aucun moyen de rappeler.

Je suis navré, Lucy. Pour moi, cette phase ne pouvait signifier qu'une chose.

J'avais la nausée. Les mains plaquées sur le ventre, je me pliai en deux sur mon siège, jusqu'à avoir la tête entre les genoux. Les paupières serrées, je m'efforçai de respirer malgré l'étau de glace qui étreignait ma poitrine.

Non. Non, non, non, non, non !

J'aurais pu vivre sans Jeremiah. J'aurais souffert qu'il ne soit plus à moi, mais je m'en serais tirée. Qu'il soit mort, en revanche… Des gémissements incontrôlables m'échappèrent et, de nouveau, je plaçai ma main sur ma bouche.

J'ignore combien de temps je restai ainsi à essayer de me ressaisir avant de me rendre compte que j'avais de la compagnie. Je respirai profondément et relevai les yeux. Trois hommes me cernaient.

— Mademoiselle Delacourt?

Deux des types arboraient un uniforme et, la main sur le ceinturon, semblaient prêts à parer à toute éventualité. Si je ne distinguai pas leurs armes, je n'eus aucun doute quant au fait qu'ils en possédaient. Le troisième avança d'un pas et se posta juste devant moi afin de me montrer une plaque.

— Je suis l'agent Atwater, d'Interpol. Auriez-vous l'obligeance de nous accompagner, mademoiselle?

34

Lorsqu'on m'avait fait quitter le terminal sous bonne escorte pour m'emmener dans une salle d'interrogatoire des plus austères, je ne m'étais pas imaginé qu'on m'y laisserait mijoter aussi longtemps.

Au fur et à mesure que les minutes s'écoulaient, ma peur céda la place à la nervosité puis à l'irritation. Incertaine de l'attitude à adopter, je jetai des coups d'œil interrogateurs au vaste miroir qui couvrait le mur du fond de la pièce. On m'avait déjà confisqué le portable que j'avais trouvé dans ma poche. Une horloge égrenait les secondes. Là où j'espérais des réponses, je n'avais droit à... rien. J'étais de plus en plus angoissée.

Ne sachant que faire de moi, je me levai et entrepris d'arpenter la pièce. À force de passer devant la glace, je finis par tapoter dessus.

— Hé ! lançai-je en me sentant un peu bête de m'adresser à mon propre reflet. Vous allez vous décider à m'interroger ou quoi ? Ou alors, je peux partir ?

Aussitôt, la porte cliqueta et s'ouvrit, me faisant sursauter. Une femme d'un certain âge, vêtue d'un tailleur, entra, un calepin à la main et plusieurs dossiers sous le bras.

— Bonjour, Lucy, me salua-t-elle avec un léger accent français. Navrée de vous avoir fait attendre.

Les mondanités, ce serait pour un autre jour.

— Où est Jeremiah? explosai-je, convaincue qu'elle savait très bien de qui je parlais.

La femme plissa les yeux et inclina la tête sur le côté.

— Vous n'êtes pas une collègue de son frère Lucas Hamilton?

Ainsi, c'était ça qui me valait d'être dans cette panade!

— Juste l'une de ses connaissances, éludai-je en me demandant ce que je pouvais dire ou pas.

— Proche? insista-t-elle, un sourcil arqué.

Je ne pus m'empêcher de rougir ce qui, naturellement, me trahit.

— Je veux savoir ce qui est arrivé à *Jeremiah* Hamilton, m'entêtai-je. J'ai vu le JT, mais je ne connais pas les détails. Vos hommes ont débarqué à ce moment-là. Que s'est-il passé à l'hôtel Almasi?

— Mademoiselle Delacourt, je vous en prie, asseyez-vous et…

— Cessez de tourner autour du pot, bordel! explosai-je. Ses esquives me rendaient dingue. Un type m'a payé un verre dans un bar, m'a dressé toute une liste de détails très personnels concernant ma vie privée et m'a dit que j'avais eu de la veine d'avoir quitté Dubaï.

— Savez-vous de qui il s'agissait? s'enquit mon interlocutrice, visiblement peu sensible à mon accès de colère.

J'hésitai à lui en dire plus.

— Qui êtes-vous, d'abord?

— Marie Gautier, agent d'Interpol, se présenta-t-elle en me tendant la main. Je connais bien votre ami Lucas. Loki, si vous préférez.

J'acceptai d'échanger une poignée de main tout en restant sur mes gardes. Lucas m'avait dit au téléphone qu'il m'envoyait de l'aide. Était-ce cette femme?

— J'aimerais qu'on me dise ce qui s'est passé à l'hôtel Almasi, repris-je. S'il vous plaît, ajoutai-je quand Marie pinça les lèvres. Une bombe a explosé, apparemment, j'avais des amis là-bas.

— Il y a bien eu un attentat, acquiesça-t-elle. Je suis en mesure d'obtenir plus de détails sur cette affaire mais, avant, j'ai besoin que vous me donniez votre version des faits.

— Je vous dirai tout ce que vous voulez. Vous pouvez même dresser un portrait-robot, que sais-je encore mais, je vous en prie, renseignez-vous sur le sort de mes amis.

Elle regarda un instant le miroir, comme si elle s'adressait en silence à qui se trouvait derrière, puis elle indiqua la table et les chaises.

— Installez-vous. J'ai hâte de vous entendre, mademoiselle Delacourt.

Malgré ma promesse de tout dire, je gardai pour moi quelques informations – ce qui avait un rapport à mes ébats, le nom du bateau utilisé pour nous rendre dans les Caraïbes, Matthews et Frank. Pour le reste, je dévoilai tout, heureuse de pouvoir enfin me libérer de tout ce que je retenais en moi depuis trop longtemps. Si cette femme ou ceux qui se tenaient de l'autre côté du miroir se révélaient ne pas être dignes de confiance ou décidaient de me faire porter le chapeau, tout ou en partie, je serais bonne pour de sacrés ennuis.

— Donc, résuma Marie au bout d'un moment, vous avez servi de traductrice puis avez été emmenée de force à bord de ce navire?

Elle semblait très intéressée par cet aspect des choses, ce qui me rendait nerveuse. Si je disais la vérité, je m'impliquais dans une affaire criminelle. En même temps, j'étais lasse de tous ces secrets.

— Lucas m'a enlevée dans la propriété de son frère et m'a traînée à ce rendez-vous. J'y ai participé contre mon gré.

L'agent d'Interpol allait me poser une autre question lorsqu'on frappa sèchement sur le miroir. Marie se leva.

— Veuillez m'excuser un instant.

De nouveau, je fus livrée à moi-même. Maintenant que j'avais la confirmation qu'on m'observait, je me tins tranquille jusqu'à ce que mon interlocutrice réapparaisse. Elle se rassit en face de moi. Ses traits portaient toutes les marques de la contrariété. Extirpant des photos de l'un de ses dossiers, elle les étala sur la table.

— Mademoiselle Delacourt, reconnaissez-vous l'un de ces hommes, que vous auriez pu croiser pendant que vous étiez avec Lucas ?

J'étudiai les clichés, me creusant l'esprit pour lui donner satisfaction.

— Lui, finis-je par dire en désignant la photo d'un élégant quinquagénaire. Lucas l'a appelé M. Smith. Je crois que la cargaison était à lui. Je n'identifie pas les autres.

Si Marie s'apprêtait à me demander des détails, elle n'en eut pas l'occasion, car la porte de la salle s'ouvrit sur un homme à l'air sévère qui me jeta un bref regard avant de s'adresser à l'agent.

— Bonjour, je suis Evan Rothschild, je représente Mlle Delacourt dans cette affaire.

Surprise, j'examinai le petit homme. Il s'exprimait avec un accent américain et était aussi rouge que s'il avait couru pour arriver jusqu'ici.

— J'ignorai que Lucy avait fait appel à un avocat, riposta Marie.

— Je suis ici pour le compte de mon employeur, Jeremiah Hamilton.

Voilà qui retint mon attention.

— Vous lui avez parlé ? m'écriai-je.

L'avocat acquiesça sèchement, mais continua son échange avec Marie tandis que je digérais la nouvelle.

— J'aimerais pouvoir m'entretenir en privé avec ma cliente.

— Votre cliente détient des informations sur un terroriste potentiel, répliqua-t-elle d'un air pincé.

— Et elle a jusqu'à présent collaboré avec les représentants d'Interpol, rétorqua Rothschild du tac au tac. Est-elle accusée de quoi que ce soit ?

— Faut-il qu'elle le soit pour rester ici ?

— Hé ! protestai-je, outrée qu'ils évoquent ainsi mon sort comme si je n'étais pas là. La cliente a-t-elle le droit d'intervenir ? Je tiens à apporter mon aide.

Marie m'observa un instant avant de se retourner vers l'avocat.

— Nous apprécierions que Lucy puisse nous aider à établir un portrait-robot. Par ailleurs, elle se mettrait en danger si elle partait…

— Mon employeur a déjà réglé ce problème et souhaiterait qu'on lui confie la sécurité de Mlle Delacourt.

— Hors de question !

— Suis-je autorisée à aller aux toilettes ? demandai-je. C'est bien par-là ?

Je n'en avais pas besoin, mais j'en avais assez d'être traitée comme un vulgaire objet de marchandage. Marie poussa un soupir exaspéré et je me levai aussitôt, pressée de quitter cette pièce oppressante. La poignée de la porte était verrouillée, mais alors que je la secouai, elle céda. Derrière la porte, un costaud en costume sombre s'écarta devant moi avant de m'indiquer une direction dans le couloir exigu. Je m'y dirigeai avant de stopper net.

Jeremiah se tenait là, à quelques mètres de moi. Les pieds comme aimantés au sol, je me délectai de cette vision, le corps secoué par une vague d'adrénaline. Il me fixa, muet comme une tombe, le visage aussi fermé qu'à l'accoutumée. Consciente qu'il ne m'appartenait plus, j'aurais voulu détourner les yeux. Mais mon esprit exigeait des preuves supplémentaires qui me convaincraient définitivement qu'il était bien en vie.

Que faisait-il ici? Un mot de travers de sa part, et je me serais effondrée. Mais il ne fit rien, ne dit rien, se contentant de me rendre mon regard. L'incertitude que j'avais découverte en lui ces derniers jours s'était volatilisée, et il s'était repris, avait retrouvé son ascendant.

Que n'aurais-je pas donné pour être dotée d'une once de cette force!

Je fis un pas en avant, m'arrêtai et serrai les poings.

— J'ai cru que vous étiez mort, soufflai-je.

Un éclair d'émotion traversa ses traits, trop vivement cependant pour que je l'identifie.

— Cela aurait-il facilité votre choix? répondit-il.

Le maigre espoir qui s'était éveillé dans mon cœur disparut aussitôt dans une douloureuse agonie. Je détournai les yeux en ravalant mes larmes. Derrière moi, Marie et Rothschild sortirent à leur tour dans le couloir. Ils se chamaillaient encore. Submergée par la tristesse, je m'efforçai de les oublier. Tout à coup, j'entendis la voix de Jeremiah et des bras m'enlacèrent, m'attirant dans une étreinte ferme. Prise au dépourvu, je plaquai mes mains sur son torse pour le repousser. Cela ne l'incita qu'à me serrer davantage contre lui, et je humai son odeur familière.

Au plus profond de moi, un barrage céda et mes émotions se déversèrent comme un torrent. Un sanglot m'échappa, je m'agrippai à Jeremiah et enfouis mon visage dans son costume.

— J'ai cru que vous étiez mort, répétai-je dans un murmure.

Ses mains se crispèrent sur mes épaules, et je sus qu'il m'avait entendue. J'aurais eu tant de choses à dire ; mais je ne pouvais que pleurer et étreindre son corps si solide.

— Bien, lança dans mon dos l'avocat. Si nous en avons terminé…

— Pas si vite, s'interposa aussitôt Marie, dont la voix claqua comme un fouet. J'ai devant moi deux personnes qui ont un rapport avec cet attentat. Dois-je vous signifier clairement ce que cela laisse supposer ?

— Nous coopérerons pleinement avec votre département, intervint Jeremiah par-dessus ma tête.

Les menaces le laissaient de marbre, et son regard ne se départit pas de son calme. Par ailleurs, ses mots eurent le don d'apaiser la Française, qui s'adressa à moi.

— Mademoiselle Delacourt ? Puis-je compter sur votre aide pour identifier l'homme qui, selon vous, s'est manifesté dans ce bar ?

Ses insinuations – laissant entendre que j'étais susceptible de mentir – allumèrent une étincelle de colère. J'étais toutefois trop épuisée pour protester. Lâchant Jeremiah, je reculai et, les poings serrés, me retournai vers elle.

— Je suis prête à collaborer, même si je n'ai pas la moindre idée de ce qui se passe.

— Vous pouvez clamer votre innocence, vous n'en êtes pas moins mouillée jusqu'au cou dans toute cette affaire.

J'encaissai la remarque acide, alors que deux hommes s'approchaient de nous. Marie chuchota quelques mots au premier, qui disparut derrière une porte.

— Nous avons besoin que vous nous disiez tout ce que vous avez vu et entendu, ce qu'il a touché, tout ce dont vous vous souviendrez.

J'avais la bouche sèche et je tremblais sous l'effet du stress. Soudain, deux mains glissèrent le long de mes bras, et Jeremiah se pencha sur moi.

— Je ne vous laisserai pas seule, murmura-t-il.

Comme j'aurais voulu y croire !

Nous restâmes trois heures de plus dans les locaux d'Interpol. Lorsqu'ils décidèrent de nous laisser partir, ce fut de fort mauvaise grâce.

J'avais travaillé avec un dessinateur pour tenter d'élaborer un portrait d'Alexander, tout en m'attendant à ce que, soudain, quelqu'un déboule et annonce qu'ils avaient des enregistrements vidéo provenant des caméras de contrôle de l'aéroport. Mais je finis par comprendre à leur attitude qu'ils n'avaient pas grand-chose de tangible. J'avais du mal à comprendre pourquoi : ma conversation avec Rush s'était déroulée dans un endroit public forcément sous surveillance. Quoi qu'il en soit, les flics voulaient un portrait le plus détaillé possible. Ses traits étaient gravés dans ma mémoire, et je n'étais pas près de les oublier.

Quand nous en eûmes terminé, l'épuisement embrouillait mes idées. Jeremiah ne m'avait pas quittée un instant, ce qui ne laissait pas de me dérouter. Bien qu'il ait conservé le silence et n'ait pas bougé d'un cil, sa présence avait investi les lieux. Je ne cessais de repenser à nos derniers échanges, aux mots qui avaient été prononcés, aux secrets qui avaient été dévoilés. C'était de plus une source de distraction, et songer à ce que tout cela signifiait me rendait nerveuse et agitée.

— Nous allons vous fournir une protection rapprochée, annonça Marie quand le dessinateur, une fois son matériel remballé, s'éclipsa discrètement.

— Ce ne sera pas nécessaire, objecta Jeremiah en se manifestant pour la première fois.

— Je crains que si, répliqua l'agent d'Interpol avant de se tourner vers moi. Pour des raisons encore inconnues, mademoiselle Delacourt, un éventuel terroriste a décidé de se faire connaître, à vous. Vous avez vu son visage. De fait, vous représentez un danger pour lui.

Un frisson me parcourut, ce qui ne m'empêcha pas de protester avec un froncement de sourcils :

— Mais il a paru se fiche comme d'une guigne que je le voie. Je dirais même qu'il a tout fait pour que je ne l'oublie pas. Pour quelle raison?

— Nous nous posons exactement la même question. C'est pourquoi, dorénavant, vous êtes sous protection. Quant à vous, monsieur Hamilton, je vous demanderai de ne plus jouer les héros. J'ai lu votre dossier, je sais comment vous et vos hommes avez agi à New York. Tout « garde » armé que nous trouverons sur le sol britannique sera immédiatement arrêté, et nous vous tiendrons à l'écart de mademoiselle Delacourt.

Si ces menaces eurent un effet quelconque sur Jeremiah, il ne le montra pas. Il resta silencieux et me tint la porte. De mon côté, j'étais heureuse de pouvoir partir, même si l'idée d'être escortée ne me plaisait pas beaucoup.

— J'ai réservé au Carlton Tower…

— Non, c'est trop exposé. Mes hommes vont vous conduire dans un endroit sûr en dehors de la ville.

Je me demandai si elle pensait à notre seule protection, ou également à celle de passants innocents? Pour autant que nous le sachions, l'attentat de Dubaï avait visé les seuls frères Hamilton ; sauf qu'il avait raté sa cible et blessé au passage des clients de l'hôtel. La culpabilité me tenaillait. Mais quand je regardai Jeremiah, je constatai que son visage était aussi indéchiffrable que d'habitude.

Les questions se bousculaient dans ma tête tout en se réduisant à une interrogation essentielle : pourquoi ? Pourquoi cherchait-on à atteindre Jeremiah ? Pourquoi ce dernier avait-il volé à mon secours ? Pourquoi surtout me retrouvais-je mêlée à tout ça ?

Si j'avais espéré que nous ferions le trajet chacun de notre côté, j'en fus pour mes frais. Quand nous sortîmes dans l'air frisquet de Londres, une voiture noire nous attendait. Il s'agissait d'une sorte de mini-van carré, un taxi très différent des américains auxquels j'étais habituée.

— Vous n'avez rien de plus sûr ? grogna Jeremiah.

— Il se fondra dans la circulation, répondit Marie en haussant les épaules. Avec un peu de chance, si on essaye de vous suivre, on perdra rapidement votre trace. Par ailleurs, des hommes à moi vous suivront à bord de leur propre véhicule.

Le vent froid mordait à travers mes vêtements et je m'engouffrai dans le véhicule, aussi spacieux que le laissait deviner l'extérieur. Je me tassai au fond de la banquette. Jeremiah me rejoignit, faisant osciller la voiture, et examina l'habitacle avant de s'asseoir. Refusant de le regarder, je me tournai vers la fenêtre. Cela ne m'empêcha pas de voir du coin de l'œil qu'il s'installait le plus loin possible de moi.

Je le reconnais, c'était à la fois paradoxal et hypocrite de ma part, mais je ressentis un pincement au cœur en constatant qu'il gardait ses distances.

Le trajet se déroula dans un silence pesant. Je ne profitai même pas du paysage tant sa présence me perturbait.

J'aurais pu profiter de l'occasion pour lui poser les questions qui me hantaient ; j'avoue que je redoutais ses réponses. Coincée dans ce taxi, je n'aurais aucun moyen de les fuir, je serais forcée d'affronter ce qu'il risquait de me révéler.

Cédant à ma lâcheté, je me tus.

Ce ne fut qu'une fois en pleine campagne que je commençai à m'intéresser à mon environnement. Je n'avais pas la moindre idée de l'endroit où nous nous rendions mais, au fur et à mesure que la voiture avalait les kilomètres, le paysage devenait de plus en plus champêtre et rustique. Le soleil ne réussit à transpercer les nuages qu'à de rares reprises avant de se coucher définitivement derrière la ligne d'horizon. Malgré la lumière déclinante, je distinguais des collines vertes parsemées de moutons blancs. Peu à peu, je me détendis. Un léger sourire finit même par étirer mes lèvres. Enfant, j'étais venue à Londres. En revanche, je n'avais pas eu l'occasion de voyager dans le pays. Dans les villages, des maisons à l'architecture presque médiévale côtoyaient des édifices plus modernes, créant une étrange dichotomie.

— Amira n'a rien eu. Je me suis dit que vous aimeriez le savoir.

De fait, ces mots eurent le don de soulager l'étau qui me serrait le cœur depuis que j'avais entendu les nouvelles retransmises à la télévision. Soulagée, j'appuyai ma tête contre la vitre. Je ne répondis pas tout de suite, de peur que ma voix trahisse mon émotion.

— Comment cela s'est-il passé, finis-je toutefois par demander.

— Je l'ignore. Mon avion avait déjà décollé quand j'ai été prévenu.

Il se tut un instant avant d'ajouter d'une voix plus douce :

— Je crois que Rachid ne s'en est pas sorti.

Je fermai les yeux, submergée par la tristesse et la compassion pour la jeune fille qui venait de perdre son frère.

— Pourquoi faut-il que ces choses-là arrivent? soufflai-je.

Je crus que ma question s'était perdue dans le grondement sourd du moteur, car Jeremiah ne réagit pas tout de suite.

— Je ne sais pas, répondit-il quelques instants plus tard.

Me détournant de la fenêtre, je le regardai en face.

— Comment peut-il vous haïr au point de tuer des innocents?

— À mon avis, nous ne sommes qu'un prétexte qui lui permet d'assassiner des gens et de rejeter la faute sur nous.

— C'est comme si tout recommençait à zéro avec l'Archange, murmurai-je.

L'Archange, le tueur qui avait traqué Jeremiah. J'avais contrecarré ses plans, ce pour quoi j'avais failli mourir à deux reprises. De nouveau, la peur m'envahit, sournoise.

— Maintenant que je connais son visage, il va…

Je ne pus aller au bout de ma phrase. Un froid intense s'infiltra jusqu'à la moelle de mes os et je fus prise de tremblements incontrôlés. Soudain, Jeremiah fut tout près de moi.

— Je vous protégerai. J'en fais le serment.

Je le fixai droit dans les yeux, trop épuisée pour ressentir de la honte ou du chagrin devant l'abîme qui nous séparait désormais.

— En quel honneur? chuchotai-je. Que suis-je pour vous, maintenant?

Qu'ai-je jamais été pour vous, au demeurant?

— Parce que…

Il tendit la main vers moi avant d'interrompre son geste en serrant le poing.

— Parce que…

Je posai un doigt sur ses lèvres.

— Ça n'a pas d'importance, dis-je en promenant mon pouce sur son menton.

Sa barbe naissante picotait. Je laissai tomber ma main sur mes genoux avant de m'appuyer contre lui.

— Serrez-moi juste dans vos bras, soufflai-je. S'il vous plaît.

Il s'exécuta aussitôt, et je me lovai contre son corps.

35

Il n'était pas loin de minuit quand la voiture s'arrêta devant une maison en pierre. À un moment ou un autre, la bruine s'était mise à tomber, mais j'étais alors endormie, roulée en boule, la tête sur les genoux de Jeremiah. Quand je me réveillai, je constatai qu'il avait étendu sa veste sur moi. Sa chaleur était la bienvenue, et je frottai mon nez sur sa jambe, tandis que le chauffeur sortait pour entrer dans la maison.

Le bas-ventre de Jeremiah était juste au-dessus de ma tête. L'esprit encore engourdi par le sommeil, je caressai du bout des doigts la bosse qui se dessinait sous son pantalon. Les muscles de sa cuisse se raidirent aussitôt, et il poussa un bref soupir. Sinon, il ne broncha pas. Son érection grandit rapidement au contact de ma main et, m'enhardissant, je me mis à le caresser.

Tout à coup, ses doigts se refermèrent comme un étau autour de mon poignet et m'immobilisèrent. Levant les yeux, je vis qu'il me fixait de ses prunelles vertes dont l'éclat transperçait la pénombre. Honteuse, je me redressai et m'écartai de lui. Il me retint.

— Lâchez-moi!

— Lucy…

À cet instant, ma portière s'ouvrit, et un vent froid s'engouffra dans la voiture. Un agent d'Interpol apparut dans l'encadrement de la portière, la prise de Jeremiah se relâcha légèrement et je m'en libérai. Je m'empressai de sortir du taxi et m'écartai tandis que Jeremiah descendait à son tour. Il ne s'approcha pas de moi. Il était en chemise, et je me rendis compte que j'avais toujours sa veste sur les épaules.

— Par ici, dit un autre policier au fort accent britannique.

Je le suivis vers la porte d'entrée alors que le taxi repartait. Le brouillard recouvrait la campagne, l'atmosphère était humide et il faisait froid. Malgré moi, je m'emmitouflai dans la veste de Jeremiah – qui me suivait de quelques pas. Elle avait son odeur et j'agrippais le tissu épais.

Nous contournâmes la maison et je m'aperçus qu'il s'agissait en réalité d'une chambre d'hôtes. L'espace qui devait servir de parking étant vide, j'en déduisis que nous étions les seuls clients.

— Nous passerons la nuit ici et repartirons dès demain, nous annonça le policier, un jeune homme blond.

Il s'arrêta devant une porte verte et y frappa trois coups. Un nouvel agent – une armoire à glace aux cheveux bruns – ouvrit. Il nous salua d'un signe de tête, et son collègue nous invita à entrer du geste. La porte débouchait sur un petit vestibule sur lequel donnaient plusieurs chambres.

— Vos chambres pour cette nuit.

J'ouvris la première porte qui se présentait à moi et découvris une pièce où une lampe de chevet était déjà allumée, éclairant vaguement les murs recouverts de papier peint. La petite pièce avait un charme désuet, il y avait juste assez de place pour contenir un lit double et une commode. La salle de bains se trouvait au bout du couloir et, apparemment, était commune.

— Essayez de dormir un peu, nous conseilla le jeune policier. Nous partirons à la première heure.

— Pour aller où? demanda Jeremiah, le front plissé. Personne n'a daigné nous renseigner à ce sujet.

— Malheureusement, cette information est confidentielle. En tout cas, soyez certains que, pour cette nuit, vous ne courrez aucun danger.

L'agent nous gratifia tour à tour d'un hochement de tête avant de ressortir, nous laissant seuls dans le couloir. Je m'appuyai au battant de la porte de ma chambre. Dire que j'étais nerveuse aurait été très loin de la vérité. Mais il aurait été grossier de me réfugier sans lui souhaiter bonne nuit. Pourtant, je n'avais qu'une envie : me sauver.

— Il faut qu'on parle, Lucy…

— Non, l'interrompis-je en dressant une main et en reculant dans ma chambre. Tout a été dit.

Je me mordis la langue, pour ne pas en dire plus. J'aurais beau présenter mes excuses tous les jours jusqu'à la fin des temps, rien n'effacerait jamais ma conduite. Le P-.D.G. de Hamilton Industries ne m'avait jamais semblé être du genre à pardonner. Or je me doutais que je ne survivrais pas au châtiment qu'il avait l'intention de m'infliger.

J'allais refermer la porte lorsqu'une large main se glissa dans l'entrebâillement. Instinctivement, je passai la tête dans le couloir. Jeremiah me fixait, ses traits exprimant en cet instant plus d'émotions que je ne lui en avais vu manifester de toute la journée. Il serrait le battant de la porte avec une telle violence que la jointure de ses phalanges avait blanchi.

— Lucy...

Il s'arrêta net, comme s'il ne savait pas quoi dire. Si son regard était intense, presque implorant, Jeremiah Hamilton ne suppliait jamais. C'était de notoriété publique. Je fus saisie par la frustration.

— Mais de quoi donc voulez-vous discuter? Vous avez été parfaitement clair, et je ne…

Je m'interrompis, secouai la tête avant d'enchaîner :

— Il s'est passé sur ce bateau des choses dont vous n'êtes pas au courant, mais peu importe. Comme vous l'avez si élégamment formulé, j'ai… *baisé* (je trébuchai sur le mot) avec Lucas. Je ne peux rien y changer.

— J'aurais dû vous protéger.

— Conneries ! Ce n'est pas votre faute.

L'épuisement m'avait envahi, je n'avais plus la force de me disputer. Je fermai les paupières, tentant de le tenir à l'écart.

— Bonne nuit, Jeremiah.

— Lucy…

Je repoussai doucement la porte, sans la fermer cependant, et me cachai derrière. Il avait lancé mon nom comme une supplique, et les larmes me piquèrent les yeux tandis que je plaquais une main sur ma bouche. Jeremiah lâcha l'encadrement, et je dus en appeler à tout ce qu'il me restait de forces et de volonté pour maintenir l'espace qui nous séparait.

Une fois de plus, je me retrouvai seule au monde.

Et, une fois de plus, mon cœur se brisait en mille morceaux.

Abattue par le chagrin et l'angoisse, je fus incapable de trouver le sommeil. Le sentiment de sécurité que la présence de Jeremiah m'avait procuré s'était totalement volatilisé. Je me tournai et me retournai dans mon lit jusqu'aux premières lueurs grises du matin.

Le réveil sur la table de chevet indiquait à peine cinq heures quand un coup brusque retentit à ma porte, et que la voix d'un des agents annonça :

— Il est temps d'y aller.

Je me levai après avoir gémi dans l'oreiller. Balayant le sommeil – ou plutôt son manque – de mes yeux, je lissai mes vêtements et titubai en direction de la porte. Il m'était très désagréable de ne pas avoir pu me changer, et j'espérais bien pouvoir le faire très bientôt. Une douche n'aurait pas été de trop non plus, mais comme je ne tenais pas à tomber sur Jeremiah, mon passage aux toilettes fut des plus bref.

Je ressortis prudemment de la salle de bains. Constatant que le couloir était désert mais ignorant si Jeremiah était encore dans sa chambre, je m'empressai de filer en direction de ce qui devait être le cœur de la maison. J'arrivai dans une pièce assez vaste qu'éclairaient quelques lampes, tandis que la faible lumière du jour naissant s'engouffrait par une fenêtre. Un plateau de pâtisseries et de confitures trônait sur un buffet. Me rappelant le ton pressant du policier qui m'avait réveillée, je me dis qu'il était peu probable qu'on nous accorde le temps de prendre un petit déjeuner. Je m'emparai d'un scone et d'un muffin que je mangerais en route.

Des pas résonnèrent à l'autre bout de la salle, et les deux agents d'Interpol apparurent sur le seuil. Le plus âgé s'avança.

— Prête ? me demanda-t-il.

J'acquiesçai quand soudain, sous mes yeux éberlués, le jeune agent blond saisit une bouteille décorative sur un guéridon et l'abattit sur la nuque de son collègue. L'homme s'affaissa par terre. L'autre l'enjamba, les traits tiraillés par ce qui ressemblait à des regrets.

Ma stupéfaction tourna à l'horreur lorsqu'il dégaina son arme.

— Désolé, lâcha-t-il en vissant un long silencieux au bout du canon.

Sur ce, il me mit en joue.

Un mois auparavant, je serais morte sur-le-champ. Mes pieds se seraient immobilisés et mon cerveau n'aurait pas enregistré ce qui se passait. Pétrifiée, j'aurais été abattue sur-le-champ.

Les changements que peut produire la traversée d'événements effrayants sur les capacités de réaction sont tout à fait remarquables. Quand tout serait fini, j'aurais sûrement besoin d'un bon thérapeute.

Tout en hurlant le nom de Jeremiah, je lâchai le plateau de pâtisseries et me précipitai dans le couloir vers les chambres. J'entendis l'inimitable bruit étouffé d'un coup de feu tiré par une arme équipée d'un silencieux. Je franchis le seuil au moment où l'impact de la balle laissait un trou dans le mur, dangereusement près de mon épaule. Je claquai la porte derrière moi et couru vers ma chambre, le tueur sur les talons.

La petite pièce n'était guère qu'un refuge symbolique. La seule issue possible était la fenêtre, et je n'avais nulle part où me mettre à l'abri d'une balle que le blond tirerait au travers de la porte en bois. Bref, il avait toutes les chances de m'atteindre. Je me blottis dans le coin le plus éloigné du battant et appelai à nouveau Jeremiah à l'aide. Sauf que, cette fois, la peur m'empêcha d'émettre plus qu'un filet de voix.

Je perçus dans le couloir des bruits de lutte et les grognements d'au moins deux hommes. Il y eut deux coups de feu, dont les balles transpercèrent le bois et se fichèrent dans un des murs de ma chambre. Peu après, un bref cri parvint à mes oreilles. Morte d'inquiétude pour Jeremiah, je rampai jusqu'à la porte et l'entrouvris. Ce fut lui qui me repoussa vivement en aboyant :

— Restez là-dedans. Je ne sais pas combien ils sont.

Intensément soulagée, je constatai qu'il tenait l'arme du blond, lequel gisait au sol, les mains en l'air, une grimace de souffrance sur le visage.

— Il a assommé son collègue, dis-je.

La vue de mon assaillant se tordant à terre provoqua en moi des frissons de terreur *a posteriori*. Je me dissimulai derrière la porte, bien qu'ayant conscience de la futilité de mon geste au cas où un autre tueur aurait débarqué.

— Pourquoi nous a-t-il attaqués?

— Aucune idée, et on s'en fout.

— Il retient ma famille!

Je baissai les yeux sur l'agent blond qui tentait de se redresser. Ce qu'il cessa de faire sitôt que Jeremiah braqua le canon du pistolet sur sa tempe. Le blessé plaquait un bras sur sa poitrine, son regard était désespéré.

— Il a exigé que je...

— Que vous nous abattiez pour relâcher les vôtres? lâcha Jeremiah.

La culpabilité qui envahit le visage de l'homme à ses pieds fut une réponse amplement explicite. Jeremiah leva son arme.

— On s'en va, m'ordonna-t-il.

— Non! cria l'agent blessé tout en tentant de bouger.

Cette fois, Jeremiah tira. L'agent d'Interpol poussa un gémissement et lâcha le petit revolver qu'il dissimulait au creux de sa main. De sa main valide, il agrippa sa jambe en pantelant.

— Votre portable! Exécution!

Il fallut quelques secondes, mais l'homme finit par extirper l'objet d'une de ses poches et, les doigts tremblants et ensanglantés, le remit à Jeremiah. Ce dernier s'empara de l'appareil avant de me tendre la main.

— Venez!

Même si nous n'avions aucune garantie d'être en sécurité dehors, il était exclu que je reste dans cette maison. Acceptant la main offerte, j'enjambai le malheureux couché au sol.

— Je suis désolée pour votre famille, murmurai-je.

Jeremiah m'entraîna vers la grande salle. Avant de sortir, il se baissa sur le collègue assommé et vérifia son pouls.

— Il est vivant, constata-t-il.

Ensuite, il le fouilla, prit les clefs de la voiture et m'entraîna sans ménagement à l'extérieur. Je m'installai sur le siège passager, un brin déroutée par le fait de me retrouver à gauche du véhicule, mais pas derrière le volant.

— Où allons-nous? demandai-je alors que Jeremiah démarrait.

— Je n'en sais rien, mais nous ne pouvons pas rester ici.

Nous avions à peine rejoint la route lorsque le portable sonna dans sa poche. Nous échangeâmes un regard, puis il décrocha tout en mettant l'appel sur haut-parleur.

— État de la cargaison?

Je n'eus aucune difficulté à reconnaître l'accent prononcé de Marie. Toutefois, au lieu d'être rassurée, je fus secouée de frissons. Faisait-elle partie du complot elle aussi?

— Encore en vie, grommela Jeremiah. La cargaison va tenter de rentrer chez elle sans encombre.

Il y eut un silence, et je pus presque voir la femme demander à ses collaborateurs de tenter de localiser l'appel.

— Qu'avez-vous fait à mes hommes? demanda-t-elle ensuite.

— L'un d'eux a assommé son confrère avant de s'en prendre à nous, affirmant qu'un mystérieux « il » avait enlevé et détenait sa famille. Je crois que nous savons tous qui se cache derrière ce « il ».

— Restez où vous êtes, monsieur Hamilton. Nous allons vous rejoindre et régler ce…

— Non, la coupa sèchement Jeremiah. Nous avons testé vos méthodes, nous allons employer les miennes qui priment à présent.

— Monsieur Hamilton, si jamais vous faites intervenir votre milice sur notre territoire et provoquez un incident d'envergure internationale…

— C'est déjà le cas, madame Gautier. À moins que vous n'ayez oublié Dubaï? Si je découvre quelque chose, votre bureau sera le premier averti. Au revoir.

Jeremiah coupa le haut-parleur, ce qui ne m'empêcha pas d'entendre les protestations stridentes de l'agent d'Interpol avant qu'il raccroche. Il baissa sa vitre, jeta le portable par la fenêtre puis accéléra sur la route étroite.

— Il faut que nous trouvions un autre véhicule, ainsi qu'un téléphone.

— Les cabines rouges sont des téléphones publics, on en trouvera sûrement une dans la prochaine ville, suggérai-je.

— Que s'est-il passé d'autre sur ce bateau?

Surprise par la question, je le dévisageai.

— Vous tenez vraiment à parler de ça maintenant?

— Oui.

En soupirant, je me tournai vers la fenêtre.

— Votre frère m'a sauvé la vie. À deux reprises.

J'effleurai l'éraflure qui marquait mon cou. Elle n'avait même pas encore cicatrisé.

— La première fois, face à un autre trafiquant qui… disons, avait des vues sur moi, et la seconde face à un saboteur qui me menaçait d'un couteau.

Le silence s'installa un moment avant qu'il poursuive :

— C'est la raison pour laquelle vous avez couché avec lui?

— Non ! me défendis-je aussitôt.

Si ma réponse avait été spontanée, je pris cependant le temps d'y réfléchir. Jusqu'à présent, j'avais évité de trop m'interroger sur les événements, encore trop confus pour moi.

— C'est possible, me corrigeai-je. En partie, sans doute. Une grande partie, peut-être. Je sais, ajoutai-je en poussant un nouveau soupir, il m'avait enlevée et il n'apporte que des ennuis, mais…

Je ne terminai pas ma phrase et replongeai dans mes pensées.

— Lorsque vous m'avez délaissée, repris-je, ça a été très douloureux. Vous n'imaginez sûrement pas à quel point. Vous avez réduit mon amour au rang de « platitude » avant de disparaître dans la nature. Sur le moment, je ne savais même pas si vous reviendriez. Puis Lucas a débarqué, m'a donné le choix : le suivre ou rester. Quand j'ai opté pour la deuxième solution, il m'a kidnappée et embarquée de force à bord de ce bateau.

— Je suis désolé.

Je tressaillis. Ces mots, dans la bouche de Jeremiah Hamilton, étaient plus que surprenants.

— De quoi exactement ? m'enquis-je, incertaine de la manière dont je devais prendre ces excuses.

— De ne pas vous avoir protégée.

Fermant les yeux, je posai ma nuque contre l'appuie-tête.

— Vous ne saisissez pas vraiment, n'est-ce pas ?

— Que voulez-vous que je dise ?

Furieuse, je rouvris les paupières, croisai les bras et lâchai :

— Ce que je voudrais, surtout, c'est que vous trouviez les paroles adéquates tout seul !

— Lucy…

— J'ai failli être violée, tuée! Vous êtes peut-être un habitué de ce genre de situations, mais ce n'est pas mon cas! J'avais besoin de confort, d'un minimum de sécurité, et j'ignorais si vous vous souciez seulement de savoir si je…

Cette conversation me mettait dans une colère noire, faisant surgir en moi des émotions que je n'avais pas encore affrontées. Je regardai par la vitre, légèrement secouée par l'effet des pavés de la route.

— Il n'empêche, vous me reprochez ce qui est arrivé.

— Non, soupirai-je, je ne vous reproche rien, Jeremiah.

— Alors, pourquoi…

— Je n'en sais rien, nom d'un chien!

En cet instant, je me serais volontiers arraché les cheveux.

— Je ne sais même pas pour quelle raison nous sommes en train d'en discuter! Dès le début, en m'obligeant à signer ce contrat, vous n'avez pas caché que je n'étais qu'un petit secret honteux.

— Donc, vous pensez vraiment que je suis responsable.

— Omondieu! m'écriai-je en me couvrant le visage d'une main. Pourquoi ai-je cette conversation avec vous?

J'avais l'impression de me cogner la tête contre un mur.

— J'ai besoin de comprendre, insista-t-il. Un jour, vous avez affirmé que vous m'aimiez…

— Aveu que vous m'avez cruellement rejeté à la figure.

— Lucy, j'ai juste été faire un tour en voiture.

— Vous m'avez dit non puis vous avez disparu!

— Je vous ai cherchée partout! explosa-t-il soudain en cognant du poing sur le volant. Bon Dieu de merde, quand je suis revenu dans cette foutue maison et que j'ai appris que vous aviez été enlevée, je me suis démené comme un diable pour vous retrouver. Je ne supportais pas d'être éloigné de vous, de savoir que vous étiez en danger et que je ne pouvais pas vous aider. J'avais du mal à respirer, je n'arrivais plus à réfléchir parce que je…

Il s'interrompit brusquement et se figea.

— Parce que quoi?

La colère m'avait désertée, comme si la sienne l'avait apaisée en une sorte de jeu de vases communicants. Je retenais mon souffle.

— Parce que vous m'aimiez?

J'avais essayé d'adopter un ton sarcastique. En vain. Les mots étaient sortis dans un chuchotement apeuré. Jeremiah ne daigna pas me répondre, gardant un long moment les yeux rivés sur le pare-brise, les doigts serrés autour du volant. Puis il écarta sa main gauche, la posa paume en haut sur le tableau de bord, comme s'il me demandait de poser la mienne dedans.

— Peut-être, murmura-t-il.

Sidérée, je le regardai, bouche bée. Une nouvelle vague d'émotions me submergea, déferlant en une rage absolue.

— Espèce de fils de pute! éructai-je en abattant mon poing sur son épaule.

Une fois, puis deux. J'étais dans un tel état que je n'avais pas d'autre façon d'exprimer ce que je ressentais. J'avais envie de le frapper parce qu'il était tellement… *homme*. Il ne réagit pas, me laissant exprimer ma colère, ne retira pas sa main offerte. Je le détestai encore plus pour ce calme, la patience inébranlable dont il faisait preuve. Je l'aurais volontiers frappé jusqu'à ce qu'il craque, mais je finis par croiser les bras sur ma poitrine et me résignai à mariner dans mon propre jus.

— Vous croyez vraiment que prendre ma main va arranger les choses? marmonnai-je.

— Non, mais c'est un début.

Je ne cédai pas, et le silence retomba, pesant. Sans paraître s'en formaliser, plus stoïque que jamais, Jeremiah continua à conduire.

Au bout d'un très, très long moment, je soupirai et claquai ma paume contre la sienne. Il ignora mon agacement, noua ses doigts autour des miens et les serra fort.

— Sachez que je vous déteste, là, tout de suite, maugréai-je.

Pas question qu'il se doute à quel point il était bon de sentir sa peau contre la mienne. Je continuai à observer le paysage sans prêter attention à la chair de poule qui parcourait mon bras, refoulant la joie qui menaçait d'éclater.

Il n'a rien dit de spécial, il se contente de te tenir la main. Arrête d'être une telle gourde !

Malgré tout, quand il serra de nouveau mes doigts, un sourire spontané étira mes lèvres. Il va de soi que je pris grand soin de le cacher à mon voisin.

36

Ce jour-là, nous changeâmes de voiture quatre fois. Chaque fois que nous en volions une, je me sentais de plus en plus mal. Jeremiah évita systématiquement les grandes villes et tous les endroits susceptibles d'être truffés de caméras de surveillance. Sa paranoïa était parfaitement en phase avec la mienne. Il n'empêche, j'avais conscience de nuire à des innocents et je n'appréciais guère de me comporter en criminelle.

Mais je détestais encore plus la perspective de mourir.

Au fur et à mesure que la journée s'écoulait, nous zigzaguâmes à travers la campagne, allant de cabine téléphonique en cabine téléphonique. Jeremiah ne s'y attardait jamais très longtemps. Le deuxième véhicule que nous dérobâmes contenait une centaine de livres sterling dans la boîte à gant, que Jeremiah empocha sans remords.

— Rassurez-moi, l'apostrophai-je, nous rembourserons ces gens, non?

— Nous les rembourserons, en effet.

Je le crus.

Quand le crépuscule s'annonça, j'avais hâte de prendre une douche et de me coucher. Je portais toujours les vêtements dans lesquels j'avais voyagé depuis Dubaï, et j'avais mal dormi la nuit précédente. Je ne me sentais pas vraiment sexy. J'étais épuisée quand nous nous arrêtâmes dans une nouvelle chambre d'hôtes, encore plus rustique que celle de la veille.

Je me chargeai de prendre la chambre – encore une fois, un lit sans grand-chose d'autre – pendant que Jeremiah s'occupait de la voiture. J'ignorais ce que cela pouvait signifier exactement, mais ça m'était bien égal. Au moins, la pièce avait sa propre salle de bains et, sitôt que Jeremiah eut disparu, je me déshabillai et filai sous la douche.

Je profitai de l'eau chaude pendant quarante-cinq minutes environs, chaque goutte était un délice. Lorsque je fermai le robinet, j'eus l'impression d'être en meilleure forme que je l'avais été de toute la journée. Je me séchai les cheveux puis m'enroulai dans un drap de bain avant de m'attaquer à la corvée que je m'étais assignée : laver mes vêtements. Cela fait, je les suspendis aux porte-serviettes.

J'avais à peine regagné la chambre que la porte s'ouvrit sur Jeremiah. Nous nous figeâmes tous les deux sur place et nous dévisageâmes de chaque côté de la pièce. L'avidité de son regard fit se raidir mes tétons sous le tissu en éponge. Lentement, il referma la porte derrière lui, et je me tendis en percevant le cliquetis du pêne se bloquant dans la gâche.

Il approcha de moi et je me plaquai à l'armoire. Il me dominait de toute sa taille. Toutefois, il n'esquissa pas un geste pour me toucher. J'agrippai ma serviette et, d'une voix étranglée, soufflai :

— Voulez-vous qu'on parle maintenant?

— Laissons tomber les paroles.

Je cessai de respirer. Sa large main se posa sur la mienne et décrispa doucement les doigts qui retenaient le tissu. Quand sa peau rugueuse effleura ma poitrine, je déglutis et les muscles de mon ventre tressaillirent. Sans se presser, comme s'il déballait un cadeau, Jeremiah dénoua le drap de bain avant de l'écarter.

L'air froid me fit frissonner. Pour autant je ne le quittai pas des yeux. Je luttai pour ne pas me débattre, ne pas broncher, ne pas m'enfuir et m'enfermer à clef dans la salle de bains. Ce n'était pas bon signe ; en aucun cas, je n'aurais dû permettre ce qu'il était en train de faire.

Mais, mon Dieu ! Je le désirais jusque dans la moindre fibre de mon corps.

Ses mains glissèrent sur mes seins – ce qui fit durcir encore plus mes tétons – mais ne s'arrêtèrent pas et descendirent jusqu'à mes hanches. Jeremiah s'inclina vers moi. Ses lèvres magnifiques n'étaient qu'à quelques centimètres de ma bouche, et je levai légèrement le menton, tandis qu'il prenait mes fesses en coupe.

Lorsqu'il me souleva, je poussai un petit cri et crochetai mes bras autour de ses épaules pour éviter de tomber en arrière. Puis j'enroulai mes jambes autour de sa taille. Le laser vert de ses prunelles plongea sur ma poitrine.

— Je n'ai pensé qu'à ça toute la journée, soupira-t-il.

Sur ce, il baissa la tête et attrapa l'un de mes tétons entre ses dents. Pliant la nuque en arrière, tremblant de tous mes membres, je ravalai un gémissement. Ses doigts s'enfoncèrent dans les chairs de mes fesses tandis que sa langue jouait avec mon mamelon érigé avant de passer au second. Je me cambrai pour m'offrir encore mieux à sa bouche, agrippant son épaisse chevelure.

— Jeremiah ! exhalai-je, comme si ce prénom était sacré.

Un frisson parcourut alors tout son corps. Sans me lâcher, il écarta les globes de mes fesses et déplaça ses doigts le long de ma raie, toujours plus bas. Lorsqu'ils trouvèrent les lèvres de mon sexe et entreprirent d'en caresser sans ménagement les plis, je ne pus retenir un cri. Son pouce revint en arrière et se mit à masser un autre de mes accès dont, je le savais, il raffolait, signe avant-coureur de ce qui allait sans aucun doute suivre.

Reculant d'un pas, il nous fit virevolter et me déposa tendrement sur le lit. Je le libérai et m'adossai aux oreillers. J'étais couchée à même le couvre-lit en patchwork.

— Agrippez la tête de lit à deux mains, m'ordonna-t-il, et ne la lâchez pas avant que je vous y aie autorisée.

J'obtempérai en tremblant. Il s'amusa à pétrir mon ventre.

— Si vous me désobéissez, reprit dans un murmure, je serai obligé de vous fesser. Compris? Si oui, acquiescez.

J'opinai. Il s'agenouilla alors au bord du lit. Du bout des doigts, il frôla mon ventre et mes hanches.

— Vous contempler ainsi m'a manqué, chuchota-t-il. Je vous interdis de bouger ou d'émettre un son pendant que je m'amuse avec vous. Entendu?

Me mordant les lèvres, je hochai de nouveau la tête. Sa main plongea aussitôt entre mes cuisses et je fermai les yeux. Tout mon corps se raidit lorsque l'un de ses doigts se posa sur le bouton de mon clitoris, et je dus résister à l'envie de ne pas aller à la rencontre de son contact. Du plat de son autre main, il caressa mon bas-ventre jusqu'au mont-de-Vénus, ne me laissant aucune chance de respirer entre deux vagues de plaisir. Quand son majeur s'insinua en moi, écartant à peine la peau, je m'arquai malgré moi alors que mes talons s'enfonçaient dans le matelas.

Sa réaction fut immédiate: la main placée sur mon sexe assena une claque brutale sur mes fesses. Je sursautai avant de me plaquer de nouveau sur le lit. La gorge nouée, je me préparai à subir un autre assaut de ses mains à la redoutable habileté.

Si ceci était sa façon de me punir, c'était une torture exquise. Je m'agrippai si fort aux montants métalliques du lit que je craignais de les tordre ou de les briser. Heureusement, ils étaient plus solides qu'il n'y paraissait. Bien malgré moi, je laissai parfois échapper des gémissements, aussitôt châtiés par des claques sur mes fesses, dont la peau ne tarda pas à me brûler. Il n'empêche, devoir ainsi contrôler mes réactions, être obligée de rester immobile et d'endurer sans broncher ne faisait qu'ajouter au plaisir que chaque caresse, chaque effleurement provoquait.

Quand, enfin, Jeremiah cessa de jouer avec moi, j'étais tellement excitée que c'en était presque douloureux. Il se leva, commença à défaire sa ceinture.

— Mains et genoux de chaque côté du lit !

Le ton de commandement était délicieux et les légères trémulations que je décelai dans sa voix alors que je m'exécutai étaient un plaisir. Entendant un bruit, je jetai un coup d'œil à la dérobée et vis qu'il tenait un sachet en papier.

— Regardez devant vous !

J'obéis, non sans lever les yeux au ciel. Cela me valut une nouvelle claque sur les fesses.

— Pas d'insolence !

Comment diable avait-il réussi à déceler ma mimique ?

— Sadique, murmurai-je.

Bien que je m'y sois attendu, le coup suivant me fit frémir.

— Peut-être, oui, commenta-t-il avec humour.

Sur ce, il s'empara de mes fesses et les écarta en grand. Je retins mon souffle sous la caresse de l'air sur mes chairs sensibles. Mes doigts se crispèrent sur le couvre-lit. Il glissa alors ses pouces dans la fente de mon cul. Si ma peau avait été attendrie par la douche bien chaude, mes muscles étaient aussi raides qu'une planche de bois. Jeremiah se pencha sur moi.

— Je vous enculerai tout à l'heure, me chuchota-t-il à l'oreille. Mais avant, je veux vous entendre hurler.

La respiration heurtée, j'attendis. Il se releva, et je devinai qu'il s'agenouillait derrière moi. J'eus tout juste le temps de renforcer ma prise autour du tissu et d'y enfoncer mon visage avant que sa bouche se pose sur mon sexe. Sa langue en fouilla l'intérieur puis se lança à l'attaque de mon intimité humide.

Cette fois, il me fut impossible de retenir mes cris, et je priai pour que nos voisins, si nous en avions, aient l'esprit large. Certes, le matelas en étouffa la plupart, mais Jeremiah ne fut satisfait qu'après m'avoir laissée haletante et gémissante. Lorsqu'il s'écarta enfin de moi, j'étais une naufragée qui adressait ses supplications aux oreillers.

— Vous dites ?

— Par pitié, Jeremiah, j'ai besoin… je vous en prie…

Je me tus et fermai les yeux lorsque je sentis entre mes fesses quelque chose de dur et épais. Sans avoir besoin d'aucun lubrifiant, il s'enfonça en moi, et mes muscles frémissants se tendirent pour mieux le recevoir. Je criai dans la dentelle tout en soulevant le bassin pour mieux accueillir son deuxième assaut.

— Ah ! gronda-t-il. C'est bon !

Il roula des hanches et plongea de nouveau en moi. Rejetant la tête en arrière et poussai des hurlements. D'une poigne ferme, Jeremiah attrapa mes cheveux. Sans les tirer, il s'y agrippait pour me maintenir en place tandis qu'il me martelait, étirant et frôlant tous mes endroits sensibles.

L'orgasme qu'il m'avait interdit était sur le point d'exploser, mais je tâchai de rester sur le bord de la falaise vertigineuse, m'accrochant à ces moments de plaisir douloureux. Retenant des sanglots de plaisir, bougeant mes hanches au rythme des assauts de mon amant, je ne basculai que quand je sentis ses dents érafler mon épaule avant de descendre le long de ma colonne vertébrale. Mes halètements étouffés par la dentelle, je jouis alors que Jeremiah était secoué par un intense frisson.

Il s'affala sur moi, le souffle rauque. Il embrassa le lobe de mon oreille, ses lèvres jouèrent dessus, puis il se retira. Je roulai sur le flanc et le regardai se nettoyer. Trop épuisée pour manifester mon étonnement autrement, je haussai un sourcil.

— Vous aviez des capotes?

— Simple mesure de précaution, répliqua-t-il avec un clin d'œil.

Un geste si désinvolte que j'en restai bouche bée. Je l'observai un moment avant de reprendre:

— Vous adorez ça, n'est-ce pas? Le danger sans rapport avec les affaires de famille.

Il ne répondit pas tout de suite. Ce n'était pas nécessaire, je savais que j'avais vu juste. Jeremiah avait reçu le fardeau de l'héritage paternel; les machinations et la mort de Rufus lui avaient interdit la seule existence que le farouche jeune homme appréciait, elles l'avaient contraint à se fondre dans un moule qu'il abhorrait. Mais ce n'était que maintenant que je prenais toute la mesure du phénomène.

— Vous me rappelez votre frère, commentai-je en inclinant la tête pensivement.

Je compris aussitôt que ma remarque était une erreur en le voyant se raidir.

Il n'était pas encore prêt à accepter ce genre de comparaison, me dis-je. *Toutefois, quand le vin est tiré...*

— Écoutez, poursuivis-je en m'adossant aux oreillers, j'ai conscience que vous n'avez pas eu la vie facile. Le peu que je connais de votre vie suffit à me convaincre que ça n'a pas été une partie de plaisir. Mais j'ai une question: si vous aviez la possibilité de faire ce que vous voulez, seriez-vous encore P.-D.G. de Hamilton Industries?

— Non.

Cette fois, la réponse avait fusé, éloquente.

— Alors, pourquoi continuez-vous?

— Je n'ai pas le choix, maugréa-t-il, tandis que son visage se fermait. Sans moi, les sociétés seront liquidées. Mon père y a veillé: je démissionne, tout se casse la figure.

— Eh bien, laissez faire! ripostai-je. Ou trouvez une faille juridique. Dommage que Lucas soit un criminel recherché par les autorités. Il aurait peut-être repris les affaires.

— Ce n'est pas aussi simple.

— Bien sûr. Il n'empêche, ça pourrait être une solution.

M'enroulant dans le couvre-lit, je m'assis au bord du matelas. La pièce était si exiguë que je n'eus pas à trop tendre mon bras pour attraper sa main.

— Vous avez joué les héros suffisamment longtemps, enchaînai-je. On a l'impression que votre vie se réduit à sauver le monde. Parfois, il faut aussi savoir lâcher prise.

À cet instant, on frappa à la porte.

Je me figeai, plaquant les draps sur ma poitrine. Je n'aurais jamais le temps d'enfiler quelque chose si quelqu'un décidait soudain d'entrer dans la pièce. Un doigt sur les lèvres, Jeremiah traversa la chambre à pas de loup. Il jeta un coup d'œil à travers l'œilleton puis entrebâilla la porte.

— Vous n'avez pas été suivi?

— Si c'est le cas, je les ai semés.

Je connaissais cette voix.

Jeremiah s'écarta pour laisser passer son interlocuteur, et je me couvrais encore plus quand Ethan, son ancien chef de la sécurité, fit son apparition. Il s'arrêta net en me voyant, et je me sentis rougir comme une pivoine. Son regard ne s'attarda pas sur moi et il se tourna vers Jeremiah.

— Merci d'être venu, lui dit ce dernier. Des problèmes pour entrer dans le pays?

— Non, j'avais déjà un billet d'avion, donc ça n'a éveillé aucun soupçon. J'ai un entretien prévu pour un boulot de consultant en sécurité dans les environs de Londres.

Quelque chose passa entre les deux hommes dans le silence embarrassé qui suivit. Ethan avait peut-être été dans les rangers avec Jeremiah mais sa présence me mettait mal à l'aise. La dernière fois que je l'avais vu, il m'avait livrée à un tueur à gages. À sa décharge, l'assassin avait enlevé son épouse, Celeste. J'avais tout de même du mal à l'oublier. Jeremiah avait renvoyé son ancien camarade d'unité après ce coup en traître. J'ignorais si l'imposant chauve avait eu des ennuis judiciaires par la suite, mais son arrivée ici représentait une véritable surprise.

— Je ne vous aurais pas contacté si j'avais eu le choix, ajouta Jeremiah d'une voix dénuée de chaleur.

— Je le regrette. Mais bon, je suis ici, maintenant, prêt à vous aider.

— Celeste?

— Elle est toujours très en colère après moi. Nous faisons de notre mieux pour que ça s'arrange.

Jeremiah hocha la tête puis me regarda.

— Reposez-vous. Je reviens dans quelques minutes.

Je brûlai de lui dire que je méritais d'être mise au courant de ce qui se tramait. La présence d'Ethan m'en empêcha. Ce dernier se contenta d'arquer un sourcil dans ma direction. Mon statut de maîtresse attitrée du P.-D.G. de Hamilton Industries était donc officiel. Jusqu'alors, j'avais été présentée comme son assistante personnelle. En public. Ce rôle ne tenait plus dès lors que nous regagnions la sphère privée. Je ne doutais pas qu'Ethan, fin observateur, l'ai su dès le début. À présent, c'était une évidence.

Je ne pensai pas pouvoir m'endormir en raison de la menace qui pesait sur nous, mais à l'instant où je posai la tête sur l'oreiller et m'enfonçai dans le matelas, je sombrai dans un sommeil profond.

Il faut croire que la vie de criminelle en fuite en Angleterre me convenait parfaitement.

Je ne sortis pas de ma torpeur quand Jeremiah réintégra la chambre, seul, ni quand il se coucha près de moi, entièrement nu. Je dus néanmoins sentir quelque chose, car mes rêves prirent un tour érotique. J'ignore combien de temps je flottai entre monde onirique et réalité tangible, mais je m'éveillai en gémissant sous l'effet de quelque chose cherchant à me pénétrer.

J'étais couchée sur le ventre, Jeremiah avait passé un bras sous ma tête et pesait de tout son poids sur moi. Son odeur était partout. Tout en agaçant mon lobe de ses lèvres, il réitéra sa tentative de se glisser dans mon cul.

— Bon sang ! Ce que vous êtes étroite !

Sa remarque m'arracha un sourire. Pendant que je dormais encore, il avait dû généreusement nous enduire de lubrifiant, car il bougeait en moi avec une délicieuse lenteur, s'enfonçant toujours plus loin. Je redressai les hanches afin de lui faciliter l'accès, et il déposa un baiser reconnaissant sur ma nuque. Il prit son temps, allant et venant avec une langueur exquise, soucieux de profiter un maximum de l'enchevêtrement de nos corps. Sa respiration était lourde, signe de la vigueur de son excitation, qu'il me communiqua.

— J'aime vous prendre par là, murmura-t-il à mon oreille tout en roulant des hanches pour mieux me pénétrer. Couchée sous moi, à ma merci, prête à accomplir mes désirs.

J'aime.

C'était la première fois que je l'entendais prononcer ces mots de cette façon. J'en enregistrai la signification mais la remisai dans un coin de mon cerveau pour y réfléchir plus tard. J'étais à cet instant à la fois trop ensommeillée et trop distraite pour y songer.

— Tout ce que vous voudrez, lui répondis-je dans un souffle.

Je poussai un petit cri, car sa main s'était aussitôt faufilée le long de mon ventre pour se plaquer sur un sein et en titiller le mamelon du pouce.

— J'ai ce que je veux, là.

Je tournai la tête afin de le regarder. Dans l'obscurité, je ne distinguai que l'éclat de ses yeux.

— Je vous aime.

Il ne répondit pas. Je ne m'étais pas attendu à ce qu'il le fasse. Il accéléra le rythme, et les va-et-vient se transformèrent en coups de boutoir. J'enfouis mon visage dans les oreillers, ravie de lui procurer du plaisir. Je geignis doucement quand je sentis qu'il parvenait à l'orgasme.

— Je vous aime, Jeremiah Hamilton, répétai-je tout bas lorsqu'il jouit, les muscles de son abdomen vibrant sur mon dos.

Il se retira, m'arrachant un ultime soupir de plaisir, se blottit contre moi et m'attira à lui, son souffle caressant mon cou. Nous restâmes ainsi un long moment, le sommeil commença de nouveau à alourdir mon corps.

— Il faut que j'aille me nettoyer, chuchota-t-il avant d'embrasser ma joue.

— Encore un préservatif?

— C'est mieux ainsi. Rendormez-vous.

Il se leva et me borda. Je ne tardai pas à m'enfoncer dans un heureux et lourd sommeil. J'ai le vague souvenir de bras s'enroulant plus tard autour de moi et de lèvres me chuchotant des mots, mais j'étais trop loin pour me rappeler ce qui fut dit.

Le jour n'était pas encore levé lorsqu'un nouveau coup fut frappé à notre porte. Nous nous réveillâmes immédiatement et Jeremiah se dirigea silencieusement vers la porte tandis que j'attendais dans le lit. La pénombre ajoutait à ma nervosité.

Trois autres coups légers retentirent quelques secondes après le premier, suivis aussitôt d'un grattement. Jeremiah s'accroupit et entrouvrit le battant.

— Nous avons découvert quelque chose.

37

Dans ma vie, très rares avaient été les gens que j'avais détestés sur-le-champ. Mais le petit homme odieux qui se tenait en face de moi me répugna dès qu'il me mit la main aux fesses.

Je crus que Jeremiah allait lui arracher la tête, mais Ethan s'interposa vivement.

— Du calme. Ne nous battons pas avant d'avoir obtenu nos renseignements.

L'informateur eut un ricanement déplaisant et se faufila derrière le bar.

— T'as une jolie poulette, mon gars, dit-il à Jeremiah avant de s'adresser à moi : Un vrai mec, ça te tente pas, chérie ?

J'eus la chair de poule. Ce type me rappelait les figurines de trolls dont ma mère avait décoré son bureau quand j'étais enfant. Ses oreilles et son nez étaient d'une taille démesurée, presque absurde, accentuant la petitesse de ses yeux déjà étroits. Il affichait un perpétuel sourire narquois, comme s'il était persuadé que personne n'oserait jamais s'en prendre à lui et qu'il se servait de cette certitude comme d'un avantage.

Il se versa un verre. Nous étions flanqués de deux gardes du corps. Mon regard oscillait des deux sbires à Jeremiah, qui avait déjà recouvré son calme.

— On en est à ramasser la lie au fond du tonneau? marmonna-t-il, suffisamment bas pour que seuls Ethan et moi l'entendions.

— Il est en mesure de nous aider, répondit le chauve. Ronny est une ordure, mais il a des relations.

— Hé! protesta l'intéressé. Surveille tes paroles! Je suis là.

— Comme si je ne le savais pas, crétin, riposta Ethan en le toisant avec dégoût.

Les deux costauds gigotèrent, l'air d'attendre un ordre de leur patron pour réagir, mais ce dernier les apaisa d'un geste.

— Je vous présente Ronny Fish, Jeremiah, poursuivit Ethan. Il prétend avoir des infos sur Alexander Rush.

Jeremiah avait l'air sceptique.

— Je vous écoute.

— Oh que non! protesta Ronny, tout sourire, en agitant son verre dans notre direction. Ça marche pas comme ça. D'abord, on parle pognon.

— Combien?

— Un million.

— Marché conclu.

Ronny parut surpris.

— En liquide, précisa-t-il. Versement à l'avance. Et le prix vient de bondir à dix millions puisque, *apparemment*, vous êtes venu les mains vides.

Jeremiah poussa un grognement, et je posai ma main sur son bras. La tension était montée d'un cran, ce dont Ronny ne semblait pas conscient. Il se versa un deuxième verre, qu'il but cul sec. Le pub où nous nous trouvions n'était pas encore officiellement ouvert. Il restait trois heures avant l'heure du déjeuner, ce qui nous laissait pas mal de temps sans témoins. Les hommes de main – visiblement entraînés au combat – de Ronny étaient plus grands tant de Jeremiah que d'Ethan.

Jeremiah fusilla du regard l'avorton prétentieux.

— Je suis en mesure de vous obtenir l'argent, mais j'exige les informations avant.

— Vraiment?

L'affreux glissa la main sous le comptoir, et nous nous tendîmes à l'unisson. Il n'en sortit pourtant qu'un journal, qu'il feuilleta en s'humectant les doigts, puis replia et déposa devant nous.

— Tenez mon pote, dit-il à Jeremiah. Lisez un peu les nouvelles.

Jeremiah s'empara prudemment du journal et, par-dessus son épaule, je déchiffrai le gros titre: « Un milliardaire porté disparu, ses biens confisqués pendant l'enquête en cours ». Je me tournai vers Ethan puis vers Jeremiah. Il était occupé à parcourir l'article. Son front se plissait au fur et à mesure de sa lecture, ce qui me laissa supposer que les nouvelles n'étaient en effet pas bonnes. Soudain nerveuse, je me mis à mordre l'intérieur de ma joue.

— Pas de pot, mec! reprit Ronny en saluant moqueusement Jeremiah de son verre. Puisque t'as pas de quoi me payer, inutile de discuter.

— Je vous croyais au courant, murmura Ethan à Jeremiah. Une autre solution est sûrement envisageable.

— Vous le croyez, quand il affirme pouvoir nous renseigner? souffla le cadet des Hamilton en retour.

— Je n'ai rien de mieux pour l'instant, soupira Ethan.

— Qu'est-ce que vous avez, tous? brailla alors l'ordure. Vous êtes sourds? Je vous ai dit de dégager!

L'un de ses gardes du corps commit l'erreur d'attraper Jeremiah par le bras. En un clin d'œil, l'homme d'affaires passa à l'action, se dégagea et plaqua l'autre contre le bar. Son collègue se ruant à la rescousse, Ethan intervint, et je m'écartai. Dans la bagarre, des tables furent renversées, des chaises balancées à travers la salle. Je m'éloignai vers la porte.

Jeremiah réussit à renverser son adversaire, tandis qu'Ethan et le sien roulaient au sol. Le bruit mat des coups assenés me faisait tressaillir, mais lorsqu'un os craqua, je fus submergée par une bouffée d'adrénaline. Je m'aperçus qu'Ethan se tenait le bras, même s'il continuait de maintenir à terre l'homme qu'il avait immobilisé dans l'étau de ses jambes. Il se servait de son membre valide pour repousser les coups que l'autre continuait à lui asséner. Me jetant dans la mêlée, j'attrapai une chaise et l'abattis sur le type.

Il parut à peine réagir à mon geste mais tenta de saisir ma cheville. Cela suffit à Ethan pour prendre le dessus. En dépit de sa blessure, il balança son poing à plusieurs reprises dans la figure de son ennemi. Malheureusement, ce dernier eut le réflexe de s'attaquer au bras endommagé, et Ethan poussa un grognement tout en tressaillant sous l'effet de la douleur. Au même moment, Jeremiah parvint à éloigner son ancien chef de la sécurité de son adversaire.

L'homme se releva et se défendit férocement, mais l'ancien ranger le boxa comme un pro avant de le désarçonner d'un coup de pied dans le genou, suivi d'un autre d'un croche-patte qui l'envoya trébucher contre une table voisine, d'où il s'affala sur le carrelage. Ethan en profita pour l'étrangler d'une clé de bras, le clouant définitivement au sol.

Jeremiah fonça sur le comptoir. Ronny, qui sembla se rendre compte seulement maintenant qu'il était sans défense, s'aplatit contre le mur derrière le bar. Il tenta de s'esquiver en direction du couloir du fond, mais Jeremiah fut plus vif et l'attrapa par les revers de sa veste.

— Mollo, mec, je ne…

Jeremiah le coucha brutalement sur le bar, tête la première, et le petit homme hurla. Son rictus railleur avait disparu. Quand il se redressa, il plaqua sa main sur son nez ensanglanté, les yeux mouillés de larmes.

— Alors, *mon pote*, grommela Jeremiah en se penchant sur le petit homme terrifié, tu es prêt à me les donner pour rien, ces infos?

— Pourquoi ai-je l'impression d'avoir déjà vu ce film?

L'adresse que Ronny nous avait fournie, après quelques *arguments persuasifs* de la part de Jeremiah, se révéla être celle d'un cottage solitaire au milieu de nulle part. Nous éloignant sans cesse de Londres, nous avions parcouru des kilomètres à travers une campagne de plus en plus reculée. La maisonnette en question était située au bout d'une longue route sinueuse sur laquelle elle avait une vue imprenable. Pas un arbre à l'horizon, même si, en certains endroits, les hautes herbes pouvaient dissimuler par endroits une voiture à l'approche. Nous avions arrêté la voiture à l'entrée de la route, et en étions sortis pour mieux observer les alentours.

— Comment être certain qu'il ne s'agit pas d'un piège? chuchotai-je.

— C'en est sûrement un.

Merci de me rassurer!

— Pourquoi y allons-nous, alors?

— Parce que c'est le seul moyen de savoir si c'est le bon endroit. Et il n'y a pas de « nous » qui tienne. J'entrerai seul dans cette maison.

— N'importe quoi, siffla Ethan d'une voix basse mais déterminée. Pas question que je vous laisse faire.

Je contemplai son bras bandé et, cyniquement, me demandai comment il allait pouvoir nous aider. J'avais déniché une trousse de premier secours dans le pub et réussis à coincer son membre dans une attelle. Il faudrait toutefois qu'il se rende à l'hôpital pour qu'on le lui soigne pour de bon. Sauf qu'il n'avait pas l'air de vouloir nous abandonner, plutôt celui de souhaiter s'exposer au danger avec autant de témérité que Jeremiah.

— J'ai besoin que vous mettiez Lucy en lieu sûr, répliqua ce dernier.

Le chauve n'en revenait pas.

— Vous me la confiez après ce que j'ai fait la dernière fois?

Jeremiah le regarda droit dans les yeux.

— Y a-t-il quelque chose que je doive savoir maintenant et qui m'empêcherait de le faire?

— Non, répondit Ethan en regardant brièvement son bras blessé.

— Notre cible exerce-t-elle un chantage sur vous? Êtes-vous de mèche avec elle?

— Non.

Jeremiah parut hésiter un instant, puis il assena une claque vigoureuse sur l'épaule de son ancien compagnon d'armes.

— Vous recommencez un truc pareil, et je vous tue! promit-il.

— Le contraire m'étonnerait, rigola doucement Ethan.

Je poussai un soupir agacé. *Les hommes...*

— Tout cela est très émouvant, lâchai-je, acide, mais je ne quitterai pas Jeremiah d'une semelle.

— Oh que si! rétorqua l'intéressé.

— Oh que non! insistai-je. Écoutez, me dépêchai-je d'ajouter avant qu'il ne déploie en argumentation une logique contre laquelle je serais impuissante, je suis autant que vous dans la ligne de mire. S'il y a bien un message que cette rencontre flippante à l'aéroport m'a transmis, c'est que je suis maintenant dans le bain jusqu'au cou. Et puis, je ne serai jamais autant en sécurité qu'avec vous.

— Comme ça, il pourra faire d'une pierre deux coups?

— Vous préférez que je meure parce que la voiture aura explosé pendant que vous fouillerez le cottage?

Voilà qui eut le don de lui intimer le silence pendant quelques instants, au cours desquels je crus presque voir tourner les rouages de son cerveau. La patience était une qualité que m'avait apprise la fréquentation de Jeremiah... Néanmoins, j'avais en cet instant bien du mal à contenir mes émotions. Je pris sa main dans la mienne.

— Pourquoi impliquer Ethan? réattaquai-je. Il essaie encore de se réconcilier avec Celeste et, d'après ce que semblent en savoir les autorités, Alexander n'a pas fait le lien avec lui. Souhaitez-vous donc qu'ils deviennent également des cibles, lui et sa femme?

Près de moi, l'ancien ranger remua.

— Je vous suis redevable, maugréa-t-il, s'adressant manifestement à Jeremiah.

— Pas à ce point, objecta celui-ci en désignant le bras bandé. Vous allez devoir vous en occuper très vite.

— J'ai connu pire, vous êtes bien placé pour le savoir.

— C'est vrai, admit Jeremiah avant de tendre le menton en direction de la maisonnette. J'ignore ce qui se trame ici, mais il est clair qu'il faut aller voir.

— Je ne peux pas vous laisser y aller seul, protesta Ethan en soutenant le regard de son ami.

— Je sais. Mais je dois le faire.

Ethan serra les poings et contempla le bâtiment.

— Si vous mourez là-dedans, je ne vous pardonnerai jamais, finit-il par soupirer.

— Et bien, moi, je vous pardonne, si ça vous soulage.

— Ouais, marmonna Ethan en se tassant légèrement. Ça aide. Un peu. Faites attention à vous, ajouta-t-il ensuite en nous dévisageant l'un après l'autre. Vous voulez que je vous laisse la voiture?

Jeremiah secoua la tête, et nous observâmes l'ancien chef de la sécurité qui remontait dans le véhicule et s'éloignait.

— Elle nous aurait été bien utile, murmurai-je en envisageant à regret la longue route que nous devions parcourir jusqu'à la maison.

— Elle aurait surtout permis à tout occupant du cottage de nous repérer. Si ce n'est pas déjà fait, s'entend.

— Bon, comment procède-t-on? On y va direct?

— Non. Vous, vous restez ici et moi, j'y vais.

— Des clous! fulminai-je.

Il m'adressa un sourire moqueur.

— Est-ce que, par hasard, vous auriez été entraînée à vous faufiler jusqu'à un endroit à découvert sans qu'on vous aperçoive?

— Ben… non. De toute façon, qu'est-ce qu'on fiche ici. Si vous estimez qu'il s'agit d'un piège, en quel honneur voulez-vous vous jeter dedans la tête la première?

— La fuite n'est pas une solution. Il continuera de nous traquer, il aura même toujours une longueur d'avance sur nous, et nous mourrons sans même nous en rendre compte. En revanche, si nous acceptons de jouer à son petit jeu malsain, on peut espérer qu'il dérape et nous offre ainsi l'occasion de le battre.

— C'est le raisonnement le plus stupide… protestai-je.

J'avais beau ne pas vouloir qu'il agisse seul, je ne tenais pas tellement non plus à me rendre jusqu'à la maisonnette. Je soupirai.

— Qu'est-ce que je fais si quelqu'un descend le chemin? demandai-je d'une voix ironique. Je me planque dans les herbes ? Je me débrouille pour imiter un rocher et je croise les doigts pour que ça marche ?

Jeremiah me fixa un long moment puis, à mon immense surprise, m'enlaça.

— Tout va bien se passer, me rassura-t-il.

Ce ne fut que dans ses bras que je pris conscience de la *terreur* qui m'habitait. Soudain, tout remonta à la surface : la bagarre qui avait eu lieu un peu avant, notre fuite, notre planque, les vols qui nous avaient conduits jusqu'ici. J'avais plutôt bien tenu le coup mais, là, sur cette piste du fin fond de l'Angleterre, j'eus soudain envie que le cauchemar cesse afin de pouvoir pleurer tout mon soûl. Le refuge de cette étreinte était un leurre, ce que je haïssais.

Non ! Tu ne vas pas craquer maintenant.

J'échappai aux bras de Jeremiah, le souffle court. Même si j'avais du mal à le reconnaître, il avait raison : je n'étais pas faite pour ça.

— Bien, cédai-je avec raideur, je vais attendre ici en tâchant de rester hors de vue.

Plus facile à dire qu'à faire, sur ce contrefort de colline dénudé. Mais bon, je me débrouillerais. Jeremiah m'embrassa sur le front.

— Je ne tard...

Soudain, une voiture prit le virage à vive allure. Jeremiah me poussa dans son dos, tandis qu'un second véhicule arrivait en sens inverse et s'arrêtait pile devant nous. Plusieurs personnes, hommes et femmes confondus, en descendirent.

— Pas un geste !

D'autres véhicules apparurent à leur tour. Nous nous étions pétrifiés. Nous tenant en joue, les arrivants se rapprochèrent. Très lentement, Jeremiah leva les mains en l'air et je l'imitai.

Mon compagnon fut menotté en premier. Une fois qu'il fut réduit à l'impuissance, ce fut mon tour. Les bracelets de métal mordirent dans la chair de mes poignets, et je pinçai les lèvres afin de retenir un cri. Je fus ensuite plaquée contre l'une des voitures. À cet instant, une portière s'ouvrit sur une femme brune que nous ne connaissions que trop.

— Je vous avais bien dit que je vous trouverais, monsieur Hamilton.

— Agent Gautier, nous devons…

— Plus un mot, je vous prie! le coupa-t-elle avant de s'adresser à ses collaborateurs: Faites-les monter dans une voiture et annoncez à Felix que nous arrivons.

Ainsi, je semblai être destinée à finalement entrer dans ce cottage, lequel se révéla être ni aussi pittoresque ni aussi effrayant que je me l'étais imaginé.

Les agents d'Interpol s'affairaient fébrilement. L'intérieur, moderne, était beaucoup trop petit pour accueillir autant d'occupants, mais ça ne gênait personne, visiblement. Toujours attachés, Jeremiah et moi fûmes assis d'autorité sur un canapé avant d'être oubliés là. Nous ne bronchâmes pas afin de ne pas attirer l'attention sur nous. Malheureusement, rien n'aurait pu distraire Marie de son objectif quand elle se planta devant nous.

— Avez-vous la moindre idée du *bazar* que vous laissez dans votre sillage, *où que vous alliez*, monsieur Hamilton? Devinez un peu ce que nous avons découvert sur votre dernier lieu de résidence? L'un de mes hommes, inconscient, pendant que l'autre s'était tiré une balle dans la tête avec sa propre arme.

Je me souvins de la peur que j'avais lue dans les yeux de l'agent blond quand il avait mentionné le kidnapping de sa famille. Marie faisait les cent pas devant nous, et ses talons plats martelaient le plancher.

— Il nous reste à mettre la main sur les siens afin de leur annoncer la triste nouvelle, enchaîna-t-elle, très agacée.

Le cœur comme transpercé par un éclat de glace, je me mis à trembler. Jeremiah se colla à moi et, d'une bourrade de l'épaule, me fit comprendre qu'il était là. Malheureusement, Marie n'en avait pas fini avec nous :

— Pendant que vous baguenaudiez dans la campagne à faire vos petites blagues, nous avons remué ciel et terre afin de localiser notre dingue avant qu'il frappe de nouveau.

— Il n'en a qu'après les Hamilton, intervint Jeremiah.

— C'est peut-être ce que vous pensez, mais, pour autant que je sache, jusqu'à présent, aucun de vous n'a été touché.

Marie cessa d'arpenter la pièce et serra les poings, non sans nous foudroyer du regard.

— En revanche, enchaîna-t-elle, j'ai sur les bras un agent décédé ici et plusieurs morts à Dubaï. Combien d'autres victimes lui faudra-t-il encore avant qu'il n'atteigne ses prétendues « cibles »?

— Je ne réclame aucun traitement de faveur, protesta Jeremiah.

Il tenta de se lever, mais deux agents se postèrent derrière lui et le firent se rasseoir.

— Écoutez, plaida Jeremiah, nous sommes certains qu'il nous cherche. Il suffit de l'amener à se découvrir.

L'agent Gautier balaya la suggestion d'un revers de la main.

— Sans intérêt. Dites-moi plutôt : comment avez-vous déniché cet endroit? Qui vous a dit de venir ici?

Jeremiah hésita, Marie en profita :

— Vous avez été renseignés. Par qui?

— On nous a seulement laissé entendre qu'Alexander serait ici.

Marie sursauta et cilla, déroutée.

— Ah bon? Mais pourquoi…

— Mon cher petit frère! Voyez qui est là pour me sauver des affres d'une existence minable!

Pivotant sur moi-même, je découvris alors Lucas qui, un immense sourire aux lèvres, paraissait parfaitement à l'aise dans le marasme ambiant. La surprise affichée par Jeremiah se mua promptement en irritation, tandis que son aîné se pavanait. Il se planta près de Marie, qu'il ignora complètement, et ouvrit grand les bras.

— Bienvenue en enfer! s'écria-t-il.

— Loki, gronda la policière, vous n'êtes pas censé traîner dans le coin!

— Vous voyez ce que je dois endurer à chaque minute de la journée, se plaignit Lucas avec un sourire pincé. Franchement, les lieux sont splendides, mais les colocataires craignent! On dirait la maison de vacances que j'ai toujours voulu éviter.

S'affalant sur le canapé à côté de son frère, il le prit par les épaules.

— Je t'en supplie, dis-moi que tu as apporté de quoi manger!

Heureusement que nous étions encore menottés, car Jeremiah montrait tous les signes d'une indicible envie d'étrangler son aîné. Ce qui n'empêcha pas ce dernier de remuer le couteau dans la plaie. Se levant, il nous enlaça tous les deux et lâcha:

— La famille de nouveau réunie! Pour un peu, j'en aurais la larme à l'œil!

Quelque chose dans ses paroles me donna la chair de poule.

— Jeremiah? soufflai-je. Vous vous souvenez d'avoir utilisé l'expression « d'une pierre deux coups »?

Toutes les têtes se tournèrent vers moi, y compris celle de Marie. Je dévisageai les personnes présentes tour à tour puis m'adressai à mon voisin :

— Nous sommes tous ici, au même endroit, celui où Alexander lui-même est censé…

Marie fut la première à afficher une expression révélant qu'elle venait de comprendre. Si mon cerveau refusait d'admettre la logique de la situation, le sien l'appréhenda immédiatement. Elle aboya une rafale d'ordres, et ses collègues cessèrent de s'affairer.

— Libérez-les !

Un agent lança une clef à Lucas, qui entreprit de déverrouiller nos menottes – d'abord celles de son frère, puis les miennes. Jeremiah sauta sur ses pieds. Lucas m'aida à me remettre sur les miens.

— Sortons d'ici ! Tout de suite !

Ce fut alors que tout explosa.

38

Le réveil fut douloureux.

Je restai plongée un très long moment dans une stupeur cotonneuse, incapable de saisir la réalité, avant de recouvrer enfin mes esprits. J'avais mal partout, comme si une équipe de joueurs de rugby m'avait plaquée au sol, encore et encore. Allongée par terre, je dressai l'inventaire de la multitude de mes petites douleurs avant d'oser bouger ne serait-ce que de quelques centimètres.

Lorsque ma jambe ne réagit pas, je compris que c'était grave. Un objet lourd pesait dessus, mais dans l'obscurité, j'étais incapable de distinguer ce que c'était. Le mélange de poussière et de fumée dans l'air ambiant me fit tousser. Mon cerveau donnait l'impression de ne pas pouvoir envisager la situation au-delà de son inconfort. Le moindre effort pour le pousser à s'activer déclenchait des élancements dans mon crâne.

Immobilisée, je fermai les yeux et me concentrai sur ma respiration. Malgré la sensation d'oppression, comme si mes poumons étaient chargés d'un trop-plein de particules, respirer était tout ce que pouvais faire pour l'instant. Lorsque des quintes de toux me secouaient, la douleur irradiait tout mon corps, particulièrement au niveau de ma jambe coincée.

Jeremiah. Un souvenir flottait à la surface de ma mémoire, lointain. Je discernais le visage familier d'un homme aux prunelles vertes, mais tenter d'y songer plus avant aiguisait ma souffrance. Je serrai encore plus fort les paupières, des larmes roulaient sur mes joues, séchant presque instantanément dans la couche de poussière qui recouvrait ma peau.

D'une main, je parvins toutefois à tâtonner alentour. Mes doigts heurtèrent une forme qui s'agita. Un grognement résonna dans l'espace clos, signe que quelqu'un reprenait conscience.

— Ça va ? demandai-je.

Je n'avais plus de voix, et ce fut une sorte de croassement qui sortit de ma bouche. La réponse tarda à venir.

— Lucy ?

La voix me remit en mémoire son insouciant et désinvolte propriétaire.

— Lucas ? Que s'est-il passé ?

— Sais pas. Attendez.

Je l'entendis bouger et gémir. Puis la lumière d'un écran de téléphone portable jaillit, braquée sur moi, et je dus plisser cligner les paupières. Une main en visière, j'inspectai les alentours. De grosses poutres en bois soutenaient des débris à moins de trente centimètres de ma tête.

— J'aurais préféré ne pas savoir ce qui m'écrasait, murmurai-je avec abattement.

— Sans blague.

Le silence ambiant avait dû aiguiser mon ouïe, car il me sembla percevoir des voix en dépit de la douleur lancinante qui martelait mon crâne. Lucas aussi, j'imagine, car il ajouta :

— Les secours arrivent.

— Si fatiguée, soufflai-je.

Je refermai les yeux, envahie par une irrépressible léthargie.

— Hé! Ne vous endormez pas maintenant! Attendez qu'on nous sorte de là. Si ça se trouve, vous avez une commotion cérébrale.

Les avertissements de Lucas résonnaient sèchement dans l'espace exiguë où nous nous trouvions. Malgré mes efforts pour résister au sommeil, la torpeur gagnait progressivement du terrain, alourdissant mon corps. Je tendis le bras.

— Lucas?

Je crus sentir un contact et entendre des mots chuchotés à mon oreille avant de sombrer.

Quand je me réveillai, des lumières trop vives pointaient directement sur mes yeux, les transperçant comme des clous qu'on aurait plantés dans ma rétine. Je les chassai d'un faible revers de la main, et elles s'écartèrent. On discutait autour de moi. Peu à peu, je réussis à me concentrer sur le monde environnant, et les paroles prononcées commencèrent à prendre un sens.

— Je vous répète que nous ne pouvons pas retourner dans vos bureaux.

— C'est notre seule solution dans l'immédiat. Nous ne sommes pas équipés pour faire face à pareille situation.

J'identifiai l'accent de Marie, devinai qu'elle était soumise à une très forte pression.

— Sauf que c'est exactement ce qu'il attend de nous, vous ne comprenez donc pas? Si nous agissons ainsi, nous tomberons droit dans un autre piège.

— Je croyais pourtant que c'était ce que vous vouliez faire, au départ.

La conversation s'interrompit. Jeremiah s'approcha aussitôt de moi. S'agenouillant, il prit ma main dans la sienne.

— Comment allez-vous? s'enquit-il avec tendresse, ses doigts caressant le dos de ma main.

Je voulus hausser les épaules.

— Ouille!

Bon sang, qu'est-ce que j'avais mal! Même respirer était douloureux. Mon geste eut cependant le don de tranquilliser un peu Jeremiah. Je tentai de déplacer ma jambe. Une nouvelle vague de douleur me submergea, et je m'empressai de rester tranquille.

— Ma cheville, soufflai-je.

— Vous avez été coincée sous la solive principale du toit. Il nous a fallu un bon moment pour libérer votre jambe.

— Et Lucas? Il va bien?

— Lucas au rapport et en un seul morceau! lança l'intéressé. Enfin, presque.

Tournant la tête, je le vis clopiner vers moi. Il se tenait le ventre et se déplaçait lentement, mais son éternel sourire étincelait dans la pénombre. À son tour, il s'accroupit près de moi.

— Alors? Cette jambe?

Rassemblant mon courage, je bougeai les orteils puis inclinai très légèrement le pied. Je constatai qu'il était raide et enflé. La douleur se rappela à mon bon souvenir, sauf que, cette fois, je m'y attendais.

— Elle a été en meilleur état, ironisai-je.

— Bien dit, ma belle! s'esclaffa Lucas.

La pression autour de mes doigts s'accentua, et l'aîné des Hamilton fixa Jeremiah. Ses mots avaient immédiatement ravivé la tension entre les deux frères, et je poussai un vague grognement agacé. Lucas prit la sage décision de s'écarter.

— Savez-vous comment ça s'est produit? demanda-t-il à Marie. Était-ce une roquette? Une grenade? Une bombe installée avant notre arrivée?

Marie s'appuyait lourdement sur un tasseau brisé qui lui servait de canne.

— Mes hommes sont en train de faire des recherches. Malheureusement, la plupart de notre équipement a été détruit dans l'explosion.

Elle s'exprimait d'une voix rauque, comme si elle avait inhalé de la fumée ou braillé des ordres toute la nuit.

— Par ailleurs, poursuivit-elle, nous n'avons pas assez de lumière pour mener une fouille approfondie, et nous devons nous occuper de nos blessés.

— En tout cas, nous ne pouvons pas rester ici.

— Je sais, merci, monsieur Hamilton ! riposta-t-elle, peu amène.

À cet instant, un homme s'approcha d'elle et lui dit quelques mots à l'oreille. Elle s'éloigna en boitillant. Ma migraine était en train de s'atténuer – pas assez vite à mon goût. Je laissai retomber ma tête contre le bras de Jeremiah. J'étais plutôt contente qu'il fasse sombre, je devais être affreuse à voir.

— Que s'est-il exactement passé ? murmurai-je. Je me souviens qu'on m'a retiré mes menottes puis d'un bruit énorme. Une explosion ?

— Trois, en vérité, grommela-t-il. Tout a été parfaitement calculé pour que la maison s'écroule sur nous. Comme si aucune personne en particulier n'était visée mais qu'on cherchait à faire un maximum de victimes.

— Pourrais-je avoir un peu d'eau, s'il vous plaît ? demandai-je en fermant de nouveau les yeux.

Lucas devança son frère.

— Je m'en occupe.

Se redressant avec raideur, il s'éloigna dans la pénombre. Entre la douleur à ma cheville, mon abominable mal de tête et l'idée qu'un fou en voulait à ma peau, j'avais du mal à retenir mon envie de fondre en larmes.

— Mais vous, repris-je en serrant ses doigts, ça va?

— Je n'ai pas à me plaindre. Le canapé m'est retombé dessus et m'a protégé des plus gros effets des déflagrations.

Imaginant la scène, j'eus un petit sourire.

— Vous avez été attaqué par un divan?

— Que ce petit secret reste entre nous, d'accord? Quoi qu'il en soit, et même si le pire m'a été épargné, j'ai passé un mauvais moment quand je n'ai pas réussi à vous retrouver.

Sa manière d'exprimer son inquiétude fit monter une grosse boule dans ma gorge. Je serrai sa chemise entre mes doigts.

— J'aimerais tant que tout cela soit terminé, soufflai-je.

Avec un soupir, il posa sa paume sur mes cheveux et embrassa mon front.

— Comme je vous comprends, acquiesça-t-il à mi-voix.

Je ne pus m'empêcher de me demander si cela allait suffire à nous sauver.

— Je dois absolument contacter mes hommes.

— Et moi, je vous répète que ça pourrait être une très mauvaise idée!

Des éclats de voix étouffés qui me tirèrent de la somnolence pour la troisième fois ce jour-là. S'il faisait toujours sombre, je distinguai des lampes puissantes qui illuminaient un carré d'herbe à côté des ruines de la maison. J'étais désormais couchée sur un lit de camp, et une veste pliée me servait d'oreiller. Ma migraine s'étant enfin envolée, je m'assis prudemment, histoire de localiser les autres sources de la douleur irradiant dans mon corps. Ma cheville était immobilisée par une attelle, et une béquille attendait près de moi.

Je posai les pieds par terre et attendis un moment avant de prendre le risque de me lever. Ma première tentative se solda par un violent élancement dans la jambe qui m'arracha quelques jurons étouffés. Je réitérai l'opération, en veillant cette fois-ci à ne m'appuyer que sur ma bonne cheville et à utiliser le lit comme soutien. Je ramassai la béquille, la glissai sous mon aisselle et entrepris de boitiller en direction de la lumière.

Je n'étais pas la seule à avoir été blessée. Plusieurs personnes, dont certaines arboraient des vêtements souillés de sang et des pansements maculés, étaient installées sur d'autres lits de camp alignés le long d'un des murs du cottage. À la lisière du cercle lumineux, d'autres encore étaient allongées à même le sol, roulées dans des couvertures. Une main pâle dépassait de l'une d'entre elles, et je compris qu'il s'agissait des morts.

Je détournai le regard en frissonnant.

La lampe allumée un peu plus loin, bien que forte, dessinait des ombres inégales alentour. Je claudiquai vers les voix qui me parvenaient. On se disputait.

— Monsieur Hamilton, malgré tout le respect que je porte à votre expertise dans certains domaines, ma priorité est de mettre mes équipes et vous-même en sécurité.

— Sauf qu'il est trop dangereux d'utiliser vos réseaux de communication. Nous devons nous débrouiller sans recourir à un quelconque moyen extérieur.

— On en sait plus sur ce qui s'est passé? chevrotai-je.

Bien que ma voix ait pris des allures de croassement rocailleux, je réussis à attirer l'attention des deux belligérants. Si Marie décida de m'ignorer en s'adressant à l'un de ses agents qui s'était approché, Jeremiah se précipita vers moi et m'enlaça.

— Comment vous sentez-vous? s'enquit-il, oubliant visiblement tout de sa conversation avec l'agent d'Interpol.

— Fatiguée. Et j'ai l'impression d'avoir une cheville cassée. Elle est cassée, non?

— Quand je l'ai bandée, la peau était violette. Ce n'est pas bon signe. Malheureusement, nous ne serons sûrs de rien tant que nous ne vous aurons pas emmenée à l'hôpital.

Je frémis. J'étais handicapée, *inutile*.

— Qu'est-ce qu'on fait, maintenant?

— Il faut que nous filions. Ils n'ont pas réussi à déterminer l'origine des déflagrations. Autrement dit, ils ignorent si une nouvelle bombe ne risque pas d'exploser. Pour l'instant, nous sommes des cibles trop faciles. Je n'ai confiance dans aucun moyen de communication ni appareil électronique, il est très simple de nous localiser grâce à eux. Même leurs fichues bagnoles sont équipées de GPS!

— Mes collaborateurs sont en train d'en retirer deux, intervint Marie. Nous pourrons transporter les blessés pendant que nous réparons le troisième véhicule.

Jeremiah balaya ces explications d'un signe du menton.

— Il peut encore nous surveiller depuis le ciel, objecta-t-il. Je n'ai repéré aucun tunnel alentour qui nous permettrait de nous protéger des satellites. Or, nous devons partir du principe qu'il les surveille également.

Marie soupira.

— Sommes-nous seulement certains que c'est bien Rush qui est derrière tout ça?

— Pardon? tressaillit Jeremiah, l'air furieux. Qui d'autre, à votre avis?

Dans notre dos, quelqu'un se racla la gorge.

— Il se trouve que je me suis fait quelques ennemis, ces derniers temps.

Lucas nous gratifiait de son sourire désinvolte.

— Figurez-vous, Lucy, qu'après qu'ils vous ont cueillie à l'aéroport de Londres, j'ai été obligé de me donner en spectacle pour attirer l'attention de cette charmante dame.

Je sursautai.

— Oui, oui, j'étais présent, continua-t-il. Franchement, ajouta-t-il à l'intention de Marie, qui serrait les lèvres, vos hommes ont mis des heures à me repérer !

— Vous n'étiez pas pour autant obligé de frapper un agent de sécurité, répliqua l'interpellée en s'efforçant de ne pas remarquer le sourire narquois du trafiquant d'armes.

— Ce ne serait pas arrivé s'il avait été poli, se défendit ce dernier en battant innocemment des cils.

— Loki nous a fourni des renseignements, enchaîna la femme. D'où les photos que je vous ai montrées. Il nous aide à identifier certains des acteurs de… son domaine d'activité.

— Le fameux M. Smith de Jamaïque? demandai-je à Lucas.

Je n'avais pas oublié l'homme élégant et serein sur le port. S'il ne m'avait pas semblé très dangereux sur le moment, je me souvenais de l'éclat apeuré dans les yeux de Niall et je me doutais qu'il n'était pas du genre à passer l'éponge sur une trahison.

— Pensez-vous qu'il soit déjà au courant? insistai-je.

Un muscle tressaillit sur le visage de Lucas, même s'il ne se départit pas de son sourire.

— J'en suis même certain, répondit-il. Voilà pourquoi je ne jurerais pas que Rush est derrière ces explosions.

— Tu collabores avec les flics? intervint soudain Jeremiah.

Son aîné se tourna vers lui en haussant un sourcil devant son ton plus que dubitatif.

— Et alors? riposta-t-il. Ton grand frère n'a donc pas le droit d'être un héros lui aussi? Tu pensais avoir ce monopole? Ça ne m'étonnerait guère, remarque.

— On nous a orientés sur cette maison, repris-je en suivant le cours de mes réflexions. Le responsable est forcément celui qui a posé ces bombes!

— Non, dit Marie. Le hasard a pu jouer. Ou une complicité, l'idée étant de faire d'une pierre deux coups... Excusez-moi.

L'un de ses collaborateurs venant de l'appeler, elle se fondit dans l'obscurité.

Près de moi, Lucas frissonna.

— Je ferais mieux d'aller me reposer, annonça-t-il.

Ce ne fut qu'alors que je constatai qu'il était presque plié en deux.

— Vous allez bien? m'exclamai-je.

J'avançai d'un pas, mais il m'arrêta d'un geste.

— Oui. J'ai juste besoin d'un peu de sommeil. À plus.

Il jeta un coup d'œil à Jeremiah, et un coin de sa lèvre se retroussa en un rictus moqueur. Puis il s'éloigna en boitillant vers l'un des lits de camp, un bras sur le ventre. Il avait l'air de souffrir vraiment. J'aurais aimé lui venir en aide, mais j'étais moi-même blessée et que je ne lui aurais pas été d'un grand secours. Les cadavres entreposés à la lisière du cercle lumineux me revinrent à l'esprit, et je me collai à Jeremiah.

— Je n'ai confiance en aucun d'eux, marmonna-t-il, le front plissé.

Je caressai son bras afin de l'apaiser.

— Et vous avez peut-être raison, chuchotai-je, mais avons-nous le choix?

— Non, aucun.

J'appuyai ma tête sur son torse, profitant de sa chaleur.

— Ils sont tous d'Interpol? m'enquis-je.

— Non. Ils ont appelé des renforts. Il y a aussi des flics locaux. Le bureau anglais des crimes majeurs est là, et j'ai aperçu quelques badges de l'OTAN sur des gars et du matériel. Je ne serais pas étonné qu'il y ait aussi des équipes de la CIA. Rush a réussi à devenir l'ennemi public numéro un, et nous sommes pris au milieu d'une affaire qui nous dépasse largement.

Il était dur comme la pierre, tendu comme un arc. Un véritable lion en cage qui cherchait quelque chose ou quelqu'un à attaquer. Malheureusement, aucun ennemi n'était en vue pour l'instant, même si le danger continuait à nous guetter. Jeremiah vibrait littéralement sous les efforts qu'ils déployaient pour se contenir.

Je passai une main dans ses cheveux, et il se détendit un peu. Baissant les yeux, pris mon menton dans sa main.

— Jamais je ne vous aurais frappée, murmura-t-il.

Ce brusque changement de sujet me dérouta. M'écartant, je l'observai attentivement.

— Je n'en doute pas, répondis-je.

Si je l'avais plusieurs fois craint, jamais je n'avais redouté qu'il porte la main sur moi.

— À l'hôtel Almasi… quand j'ai tenté de vous attraper et que vous… avez reculé…

Il s'interrompit pour scruter les ténèbres, reprit :

— Mon père…

Vu ce que je savais des Hamilton, toute phrase commençant par ses mots n'augurait rien de bon. Le plus doucement possible, posant l'index sur sa joue, je ramenai son visage face au mien. Bien qu'il ne fronce plus les sourcils et malgré les ombres, je distinguai parfaitement le chagrin qui ravageait ses traits.

— En dépit de toutes nos disputes, soufflai-je, je n'ai pas un instant songé que vous pourriez me faire du mal.

Mes paroles n'eurent pas l'air d'avoir beaucoup d'effet.

— J'aurais pu, pourtant, chuchota-t-il. Ça aurait été si facile.

— Ça n'a pas été le cas ! m'exclamai-je avec une véhémence qui, cette fois, réussit à le tirer de ses pensées moroses. Vous m'avez blessée avec vos mots, certes, mais vous étiez submergé par votre souffrance. Et puis, quand bien même vous auriez mis vos menaces à exécution...

Je me tus et me mordis les lèvres. Les plaies étaient encore trop fraîches pour évoquer ces souvenirs. Il faudrait attendre que je sois en mesure de les affronter.

— Écoutez, poursuivis-je, nous avons tous les deux commis des erreurs. Le chemin du pardon sera long.

— Peut-être.

— Jeremiah, insistai-je, j'ignore les détails de votre enfance, mais je crois connaître l'homme que vous êtes devenu.

Comme il se détournait de nouveau, je boitillai de façon à me placer en face de lui et nouai mes doigts autour de sa nuque. Il me fixa, silencieux. Inexplicablement, des larmes perlèrent à mes paupières, et je les retins avant de continuer :

— Vous êtes quelqu'un de formidable. Et malgré les épreuves que nous avons traversées, je suis heureuse que vous soyez entré dans ma vie.

Il s'entêta dans son silence, ce qui ne m'empêcha pas de soutenir son regard intense. Ses prunelles luisaient faiblement dans l'obscurité. Il m'était impossible de deviner ses pensées, mais je m'en moquais. Il finit par se racler la gorge et détourna la tête.

— Nous ferions mieux d'aller voir comment les autres s'en sortent, souffla-t-il.

Si j'avais compté sur une déclaration réciproque de sa part, j'en étais pour mes frais. Heureusement, je n'étais plus aussi naïve. Je me contentai de lever les yeux au ciel et de soupirer.

— Serez-vous assez galant pour aider une fille estropiée ?

Il m'offrit son bras. Je lui confiai ma béquille, le saisi par la taille et le serrai fort contre moi. J'avais encore bien des choses à lui dire, ce serait pour plus tard. Pour le moment, nous avions d'autres urgences à régler. Appuyée contre lui, je claudiquai jusqu'au reste du groupe.

39

— Avons-nous la moindre idée de notre destination?

— Aucune. L'idée générale, le consensus, si vous préférez, c'est que nous ne pouvions nous attarder plus longtemps là-bas.

Je regardai Lucas qui, tout près de moi, se tenait à côté d'une des grosses camionnettes garées devant les ruines du cottage. Malgré la lumière faiblarde, je distinguai un filet de sueur qui dégoulinait le long de son visage. Sa peau blême luisait, et il s'appuyait lourdement sur le capot du véhicule.

— Ça va? m'enquis-je.

— Frais comme un gardon, répondit-il en me lançant un coup d'œil. Au moins, moi, je ne boite pas.

En rougissant, je tripotai ma béquille et m'efforçai d'ignorer ses sarcasmes.

— Est-ce vous qui m'avez libérée de sous cette poutre?

— Autant que possible, oui, éluda-t-il avant de montrer ma cheville. Vous arrivez à poser le pied par terre?

Me redressant, j'essayai. Lentement. La douleur se manifesta aussitôt, moins violente qu'auparavant cependant. Je repliai le genou et, de nouveau, m'en remis au soutien de la canne.

— Vaguement, conclus-je.

— C'est bon signe. Avec un peu de chance, il ne s'agit que d'une entorse ou d'un hématome dû au poids de la solive.

Il se tut. Quelques minutes s'écoulèrent. Ce silence ne lui ressemblait pas.

— Vous avez vraiment mauvaise mine, insistai-je.

L'obligation de me répondre lui fut épargnée par l'arrivée de Marie et Jeremiah. Ce dernier foudroya son frère du regard, et je m'adossai à lui afin d'apaiser sa jalousie. Il me serra contre lui. La force de sa prise autour de mes épaules m'informa sur son degré de tension.

Marie ouvrit la portière côté passager de la première voiture. Afin d'éviter d'être repérés, ses agents avaient retiré les ampoules des plafonniers intérieurs. Elle balaya l'habitacle du faisceau de sa lampe électrique comme si elle effectuait une ultime vérification.

— Deux véhicules sont prêts à partir, annonça-t-elle. L'un des miens a été endommagé par la déflagration. Mes hommes sont en train de le réparer. Nous devons mettre nos blessés en sécurité.

— Avec ou sans lumière et phares, il nous retrouvera, objecta Jeremiah.

— C'est un risque à courir, répliqua Marie. J'ai des hommes dont l'état réclame des soins, et Lucy a peut-être la cheville cassée.

Je tressaillis, mécontente qu'elle se serve de moi pour obtenir le consentement de Jeremiah, mais ce dernier finit par acquiescer.

— Cette fourgonnette servira donc au transport des blessés, décréta-t-il. Qu'ils embarquent.

Marie opina avant de faire un geste dans la pénombre. Plusieurs hommes apparurent, certains en soutenant d'autres.

L'un après l'autre, ils prirent place dans les voitures. Pas un mot ne fut prononcé, seuls quelques soupirs et petits cris étouffés trahissant la souffrance des blessés. Jeremiah se détacha de moi.

— Venez, je vous aide à vous asseoir.

Je me pliai à sa volonté. Quand je fus installée, il glissa la béquille sur mes genoux. Je m'attendais à ce qu'il me rejoigne, au lieu de quoi, il fit glisser la portière coulissante de l'autre côté de la voiture afin de permettre à d'autres blessés de monter.

— C'est vous qui conduisez? lançai-je en attachant ma ceinture.

Au lieu de me répondre, il apostropha Lucas :

— Donne-nous un coup de main !

— Jeremiah? repris-je d'uns voix ferme. Vous nous accompagnez, n'est-ce pas?

— Ça n'en a pas l'air, dit Lucas sans broncher de son poste près du capot. J'ai plutôt l'impression qu'il compte rester ici pour jouer les héros.

Non ! Je me tournai vers Jeremiah. Mais l'obscurité m'empêcha de distinguer son visage.

— C'est vrai? m'étranglai-je.

Comme il gardait le silence, je le tirai par la manche.

— Vous ne venez pas?

— Je vous rejoindrai très vite, maugréa-t-il avec réticence. Juste le temps d'aider avec la troisième voiture. Nous vous rattraperons.

— Vous allez en avoir pour longtemps?

— Pas trop, je pense. La priorité, ce sont les blessés.

Je veux rester avec vous. Les mots restèrent coincés dans ma gorge. Je fus soudain submergée par l'angoisse, ma respiration devint pénible. J'avais beau ne pas être du genre à supplier, j'envisageai cette fois de le faire. Mais je me contentai finalement de le fixer, tandis qu'il aidait les derniers passagers à monter.

— Et le deuxième véhicule? demandai-je.

— Il est déjà plein et transporte aussi le matériel resté utilisable. Les chauffeurs prendront des routes différentes, au cas où, mais vous devriez arriver à destination à peu près au même moment.

Il referma la portière, passa la tête par la vitre ouverte.

— Dès que la troisième voiture sera prête, nous vous rejoindrons, répéta-t-il.

Je compris qu'il était hors de question de le faire changer d'avis. Je n'en eus que plus envie de l'enlacer. Le danger était réel. Qui pouvait dire ce qui nous menaçait? Consciente qu'exprimer mes doutes et mes craintes ne servirait à rien, je les ravalai.

— Soyez prudent, murmurai-je en posant une main tremblante sur son bras.

S'emparant de mes doigts, il les embrassa. Si près de lui, en cet instant, je lus sur son visage sa gratitude et son approbation. Il était fier de ma réaction. Je fis courir mon index sur sa joue pour mieux mémoriser le contour de ses traits et la texture de sa peau, puis je m'adossai de mauvaise grâce à mon siège. Tout en moi me conduisait à pleurer et objecter, plaider et supplier, mais ça ne ferait que me rendre pitoyable. Je me contrôlai donc, me mordant sauvagement l'intérieur de la joue pour retenir le flot de mes larmes.

— À toi Lucas, dit Jeremiah en lui désignant le siège passager.

— Je…

L'aîné des Hamilton s'interrompit et me regarda à travers le pare-brise.

— Je ne vais pas… pouvoir…

Glissant soudainement sur le côté, il s'effondra. Un cri m'échappa. Jeremiah se précipita, et je passai la tête par la fenêtre afin de voir ce qui se passait. Lucas respirait avec difficulté. Quand son frère palpa son abdomen, il poussa un gémissement. Jeremiah remonta vivement sa chemise et, en dépit de la pénombre, j'aperçus un énorme hématome sur le ventre de Lucas.

— Espèce de connard arrogant, gronda Jeremiah. Pourquoi tu n'as rien dit? Ça ressemble à une hémorragie interne.

D'un geste, Marie avait ordonné à deux agents de venir aider les Hamilton.

— Tu crois? souffla Lucas.

Je n'aurais su dire s'il s'agissait d'une véritable question ou d'une de ses moqueries habituelles. Sa voix, réduite à un simple souffle, me donna la chair de poule. Les trois hommes entreprirent de le faire monter à bord de la camionnette. Il ne restait plus que la banquette tout au fond, juste derrière moi. Je les regardai y installer Lucas avec beaucoup de précautions. Il ouvrit les yeux, m'adressa un petit signe faiblard et un sourire encore plus ténu.

Marie grimpa sur le siège conducteur et mit le contact. Les dernières portières refermées, Jeremiah recula d'un pas. Devant nous, le premier véhicule démarra et se fondit rapidement dans la nuit. Il n'avait pas allumé ses phares. Marie l'imita, et je me demandai brièvement comme elle et son collègue allaient s'en sortir. Au même instant, elle chaussa des lunettes à vision nocturne.

— C'est parti!

La silhouette de Jeremiah fut vite avalée par l'obscurité, et je cessai de regarder en arrière. Le cœur serré, je ravalai mes sanglots. Les horribles souvenirs du jour où mes parents étaient morts me revinrent en mémoire. La police m'avait téléphoné quelques heures après l'accident, et je m'étais rendue seule à l'hôpital en voiture afin d'identifier les corps. Je savais que je serais incapable de supporter la même chose une seconde fois ; si Jeremiah mourait, j'en perdrais la raison.

— Ainsi, vous êtes née au Canada?

La voix de Marie avait soudain brisé le silence. Je tournai la tête vers elle puis de nouveau vers le néant noir qui enveloppait la voiture.

— À Québec, précisai-je après m'être éclaircie la voix. Nous avons déménagé lorsque ma grand-mère est morte et nous a laissé sa maison, dans l'État de New York.

— Une canadienne française! Ma sœur vit à Montréal.

Marie tentait d'alléger l'atmosphère en bavardant de tout et de rien. Je lui en sus gré, mais je n'étais pas d'humeur à faire la conversation. Me déplaçant légèrement, je tâtonnai sur la banquette derrière moi. Lorsque je trouvai le coude de Lucas, je fis glisser ma main jusqu'à ses doigts que je serrai doucement. Je fus heureuse lorsqu'il réagit de même.

— Pourquoi ne pas nous avoir dit à quel point vous aviez mal?

— C'était plus drôle comme ça. Vous auriez vu votre tête quand je me suis écroulé! Je regrette de ne pas avoir eu d'appareil photo sur moi.

— Si vous n'étiez pas blessé, grognai-je, je vous frapperais volontiers.

— Ne vous gênez pas. Je ne crois pas que ça changera grand-chose, maintenant.

Il parlait avec difficulté, et je raffermis ma prise autour de sa main.

— Marie? lançai-je. On a encore beaucoup de route?

— Je fais de mon mieux pour faire au plus vite.

Le silence retomba, le trajet s'éternisa. Près de moi, deux agents qui souffraient de fractures poussaient des gémissements étouffés à chaque cahot. Mais c'était la respiration sifflante de Lucas qui m'inquiétait le plus. Nous finîmes par atteindre l'autoroute. Marie retira ses lunettes et alluma les phares. La douleur de ma cheville s'effaça dans mon esprit tandis que je comptais les kilomètres.

Le jour était levé depuis un moment quand nous nous garâmes sur le parking d'un hôpital de la banlieue londonienne. Du personnel escorté par des policiers se précipita aussitôt vers nous. Je descendis seule de la voiture, les muscles raidis par la longue route, et refusai du geste un fauteuil roulant tandis qu'on chargeait Lucas sur une civière. Je suivis en boitant, mais Marie m'interdit de l'accompagner dans l'ascenseur.

— Il est entre les mains des médecins, à présent, me dit-elle. Il va partir en chirurgie.

— Ça va aller? demandai-je, impuissante.

— Nous n'en savons encore rien. Mais ayez confiance. De votre côté, vous devriez faire soigner cette cheville.

Comme pour lui prouver que ce n'était pas nécessaire, je pliai mon pied avant de le poser pied par terre. Si la cheville était raide à cause de son enflure, la douleur était beaucoup moins intense qu'au début.

— Inutile, je vais bien, répondis-je. Des nouvelles de Jeremiah et des agents restés sur place?

— Ils ont annoncé leur départ il y a trente minutes. Nous les attendrons ici.

Mes épaules se relâchèrent et j'exhalai l'air que, inconsciemment, j'avais retenu. Je ne me sentirais pas en sécurité tant que Jeremiah ne m'aurait pas rejointe, mais il était bon d'apprendre qu'il était en chemin.

— Nous n'avons pas encore eu l'occasion de parler de ce qui vous est arrivé après votre départ de Londres, reprit Marie. Et si nous profitions de cette pause?

Elle était presque gentille, ce qui éveilla mes soupçons.

— Nous étions menottés et sous bonne garde, la dernière fois que vous et moi avons discuté, ripostai-je sans aménité.

— Certes, mais vous veniez de débarquer dans un lieu surveillé par nos services, au beau milieu d'une opération d'envergure majeure. Vous pouvez comprendre que cela nous ait rendus un tantinet nerveux.

Pas faux.

Je soupirai.

— Bien, cédai-je, je vous dirai ce que vous voulez savoir. Je suis plus que lasse de ces péripéties. Je ne souhaite qu'une chose : retrouver mon existence banale et ennuyeuse.

— Pas sûr que vous en soyez satisfaite après tout ce que vous venez de traverser. J'ai beau comprendre vos sentiments, dites-vous bien que vous fréquentez des personnes qui risquent de ne jamais être en mesure de vous offrir la paix que vous désirez.

— Sans blague, marmonnai-je avec un sourire. Y a-t-il un coin où je pourrais reposer mon pied?

Marie n'eut pas le loisir de me répondre, car un jeune agent se précipita vers nous.

— Nous les avons localisés! s'exclama-t-il, hors d'haleine.

— Qui?

— La famille de l'agent Sanders. Sa femme a appelé d'une cabine qui se trouve à moins de deux kilomètres d'ici en demandant à parler à son mari. Des gars sont allés la chercher.

Marie afficha une moue chagrine.

— Au moins quelqu'un qui s'en sera tiré sans dommages, grogna-t-elle. Il faut que j'y aille, ajouta-t-elle à mon adresse. Mais n'oubliez pas que nous devons parler.

Sur ce, elle s'éloigna d'un pas pressé et je lui emboîtai le pas tant bien que mal.

— Je pourrais vous aider? lançai-je dans son dos. Ne serait-ce qu'écouter l'histoire de ces gens-là? Des fois que je fasse un lien avec Rush?

Marie s'arrêta net, me regarda puis secoua la tête, réticente.

— Je dois d'abord avertir la famille du décès de Sanders. Puis l'interroger sur ce qui s'est passé et ce qu'ils savent. Si jamais ils disent quoi que soit que nous aurions besoin d'éclaircir, je vous tiendrai au courant.

Elle s'interrompit, se racla la gorge.

— Je sais que vous avez été attaquée par cet homme, recommença-t-elle. C'était pourtant quelqu'un de bien, avant votre… altercation. Puis-je compter sur vous pour ne rien mentionner de sa participation forcée à tout cela?

— Naturellement! m'exclamai-je.

Je me remémorai l'air désespéré du policier alors qu'il brandissait son arme. Il avait été piégé, contraint de choisir entre sa famille et nous, des inconnus. Malgré ma frayeur, sa tentative de m'abattre, je me mettais à sa place. Il n'était pas question de faire porter le poids de ses actes à sa famille, d'autant qu'elle avait été retenue en otage par Alexander Rush.

— Voulez-vous que je vous accompagne?

— Non. Restez ici pour le moment. Dès qu'on vous aura examinée et que Lucas ira mieux, nous viendrons vous chercher.

Elle se tut de nouveau, me dévisagea, les lèvres pincées.

— Que représente-t-il à vos yeux? finit-elle par s'enquérir.

Devinant les insinuations de sa question, je tâchai de ne pas m'en formaliser. Par ailleurs, ma réponse était prête.

— C'est un ami très proche. Ni plus ni moins.

Mon interlocutrice acquiesça, guère convaincue.

— Je sais que vous estimez aller bien, reprit-elle, mais faites quand même examiner cette cheville.

J'y consentis d'un vague hochement de tête, et elle repartit. Au même instant, un jeune médecin accompagné d'un agent s'approcha et m'invita à le suivre en direction d'une petite pièce.

Il confirma ce que je pensais : je souffrais d'une bonne foulure. Il se contenta de rebander ma cheville encore enflée. Il m'expliqua que l'hématome était externe et dû à la chute de la poutre, non interne et lié à une éventuelle fracture. Il suggéra une radio, tout en admettant que, comme je marchais sans trop souffrir, elle ne ferait sans doute que confirmer son diagnostic. Reposant le pied par terre pour faire quelques pas, je constatai que son pansement bien serré facilitait mes déplacements. Le médecin me déconseilla tout de même de les éviter au maximum.

Lucas se trouvait encore en chirurgie quand on me libéra. Je m'installai dans une salle d'attente et fermai les yeux. Malgré la tension que je ressentais suite aux événements de la nuit, je réussis à somnoler. J'ignore combien de temps cela dura, mais je me sentais en sécurité ici, pour l'instant loin du danger. Ma migraine avait à présent entièrement disparu.

— Mademoiselle Delacourt ?

Une voix me tira de mes rêveries. Il s'agissait d'un autre médecin, un peu plus âgé que celui qui m'avait examinée. En revanche, c'était les mêmes policiers qui s'alignaient dans le couloir. Je me redressai.

— Oui ?

— Votre ami Lucas vous réclame, dit l'homme avec un sourire.

Cela eut le don de me réveiller pour de bon. Attrapant ma béquille, je me levai.

— Son hémorragie n'était pas trop grave, m'expliqua le chirurgien, et l'intervention a été relativement facile. Mais il devra garder le lit quelques jours.

Ces dernières paroles me semblèrent être adressées plus aux agents qu'à moi-même. Une femme rousse tira un portable de sa poche et s'éloigna de quelques pas.

— Donc, soufflai-je, il va s'en tirer? Je peux le voir?

— Oui. Il risque d'être dans les vapes, mais je vais vous conduire à sa chambre. Par ici, s'il vous plaît.

— Excusez-moi! intervint la policière qui avait téléphoné. Agent Anderson. Puis-je avoir un moment avant que vous y alliez?

Ignorant le médecin, nous échangeâmes une brève poignée de main et elle me fit signe de la suivre.

— L'agent Gautier souhaite s'entretenir avec vous, m'annonça-t-elle.

Anderson avait un accent américain, ce qui éveilla mon attention. Elle m'entraîna dans le couloir, puis m'indiqua d'entrer dans une pièce. Je m'exécutai, un brin nerveuse de passer la première, avec elle dans mon dos. Ce n'est pas tant que je n'avais pas confiance en elle, mais j'avais subi des expériences tellement étranges ces derniers temps que j'étais devenue plus attentive à ma propre sécurité. Je me surpris à établir rapidement un plan des lieux, repérant la sortie la plus proche en cas de besoin.

Était-ce le genre de stress que Jeremiah vivait au quotidien?

Une fois hors de portée d'éventuelles oreilles indiscrètes, Anderson me passa son téléphone portable.

— Allô?

— J'aimerais vous poser quelques questions avant que vous ne rendiez visite à Lucas, me dit Marie, me donnant le sentiment qu'elle surveillait mes moindres faits et gestes.

— Pas de problème.

— J'ai discuté avec la veuve de Sanders, et elle m'a raconté des choses étranges. Avant tout, je voudrais que vous me présentiez votre propre version des événements.

— OK. Mais sachez que je ne suis pas certaine de les avoir bien compris. Jeremiah et moi avons traversé la campagne en changeant plusieurs fois de voiture.

— Comment ça? Non, oubliez. Dites-moi plutôt, vous êtes-vous arrêtés quelque part? Avez-vous eu des contacts avec quelqu'un?

— Une seule personne, mentis-je, ayant déjà décidé, selon la volonté de Jeremiah, de laisser Ethan en dehors de tout ça. Dans un pub. Un type nommé Ronny. C'est lui qui nous a renseignés sur le cottage où était censé se trouver Rush.

— Décrivez-le-moi, s'il vous plaît.

— Petit, fluet et agaçant. Grandes oreilles, gros nez, cheveux blonds fins. Une sorte de troll. Il frimait un max, et il a fallu que Jeremiah lui arrache ses infos de la bouche. Le pub était situé entre une épicerie et une laverie automatique, mais j'ignore dans quelle ville. Jeremiah vous le dira. Il est arrivé?

— Chaque chose en son temps. Cet homme avait-il un accent?

Bien qu'elle ne puisse pas me voir, je haussai les épaules.

— Cockney, je dirais. Désolée, je ne sais pas le qualifier plus précisément. En revanche, je repérerais ce type n'importe où.

— Merci, mademoiselle Delacourt. Je m'occupe du reste.

— Hé! Un instant! Qu'en est-il de…

La ligne fut coupée. Irritée, je sentis une vague d'appréhension monter en moi. Je rendis l'appareil à l'agent.

— Je vous en prie, murmurai-je, la voix étranglée, prévenez-moi dès que vous aurez des nouvelles de Jeremiah.

La rousse opina et, ravalant mes inquiétudes, je haussai le menton et sortis de la pièce. Je rejoignis le chirurgien, qui me conduit à une chambre non loin de là.

Lucas tourna la tête vers moi sitôt que j'entrai.

— Salut ! lançai-je en m'efforçant d'adopter un ton décontracté. Vous avez une sale mine.

— C'est l'hôpital qui se moque de la charité, répondit-il avec un sourire fatigué. Vous vous verriez ! Où sommes-nous ?

— À l'hôpital. Pour l'instant. Comment vous sentez-vous ?

Je m'assis en soupirant.

— En pleine forme ! Je pourrais danser la gigue.

Il tenta de se redresser sur ses oreillers, grimaça de douleur.

— Bon, tempéra-t-il, juste la valse.

Les yeux rivés sur mes mains, je me tordis les doigts.

— J'en ai assez de tout ça, Lucas, marmonnai-je. Je voudrais rentrer chez moi et oublier que c'est arrivé.

— Malheureusement, le monde ne fonctionne pas comme ça. On n'échappe pas à son passé. On l'affronte, en espérant seulement survivre à la confrontation.

La morosité avec laquelle il s'était exprimé me convainquit qu'il parlait d'expérience. Notre situation était inquiétante et soumise à des variables encore inconnues. J'avais l'impression que ma vie s'était transformée en zone de guerre même si, pour le moment, j'étais en terrain relativement sûr. Mes sens étaient aiguisés, mes émotions à fleur de peau. Il était impossible de prédire d'où viendrait le prochain coup, ni quand il se produirait.

Dans le couloir, un bruit résonna qui me fit sursauter et jeter un coup d'œil vers la porte. Quand mon regard revint se poser sur Lucas, je vis qu'il m'observait. De nouveau, je baissai les yeux sur mes mains.

— J'aimerais être en mesure de vous promettre que tout ira bien, reprit-il en poussant un gros soupir. Le mensonge serait facile. Surtout de la part d'un type comme moi. Me croiriez-vous, cependant, maintenant que vous êtes au courant de la situation?

Non. Les mensonges, aussi bien intentionnés soient-ils, ne serviraient à rien. Les enjeux étaient trop importants et personnels pour que des promesses creuses soient d'un quelconque réconfort. Un nuage de ténèbres absolues naquit en moi, menaçant d'engloutir tous les bons souvenirs que j'avais.

— Regardez-moi, Lucy.

J'obtempérai de mauvaise grâce. La tête inclinée, il me dévisageait avec intensité. Sa cicatrice ressortait plus que jamais sur sa peau blême, mais ses prunelles bleu vert restaient alertes. Ses cheveux bruns, ordinairement coiffés en arrière, étaient ébouriffés, et la sueur collait quelques mèches sur son front. Tout avait disparu de sa suave sophistication. Lucas avait l'air de ce qu'il était en cet instant: un blessé ayant grand besoin de repos dans un lit d'hôpital.

Il me tendit la main, me fit signe de me rapprocher. Je me contentai d'allonger le bras, et il couvrit mes doigts de ses deux paumes.

— Lucy Delacourt, décréta-t-il avec une gravité que je ne lui connaissais pas, je vous promets de faire tout mon possible pour vous protéger, vous et mon frère. Est-ce entendu?

Protégez-vous aussi! songeai-je. L'idée de perdre cet homme exaspérant d'assurance m'était insupportable. Spontanément, je libérai ma main et, me penchant vers lui, repoussai quelques mèches de cheveux de son front. Il déglutit en silence sans cesser de me fixer de son regard pénétrant. J'eus l'impression qu'il s'apprêtait à me poser une question quand on frappa à la porte. Lucas et moi tressaillîmes à l'unisson.

J'allai prudemment entrouvrir le battant. La femme rousse se tenait sur le seuil.

— Je voulais vous avertir, chuchota-t-elle, si bas que même moi j'eus du mal à l'entendre. L'agent Gautier m'a annoncé que l'équipe qui a quitté le cottage en dernier n'a toujours pas donné signe de vie, alors qu'elle aurait dû arriver il y a une heure. Nous ignorons où elle se trouve.

40

Lucas et moi fûmes transférés de l'hôpital quelques heures plus tard, sûrement par mesure de sécurité. Lui fut installé dans un fauteuil roulant et embarqué à bord d'une camionnette, tandis que je suivais dans une berline en compagnie d'autres agents d'Interpol. Nul ne dit mot, sans doute conscient que parler était inutile. Des équipes avaient été envoyées à la rencontre de la voiture empruntée par Jeremiah, sans résultat pour le moment. La décision avait donc été prise d'évacuer tout le monde de l'établissement public.

Comme figée par un froid que je ressentais au plus profond de moi, je me contentais de suivre les ordres. J'étais branchée sur pilote automatique. Un engourdissement douloureux m'avait envahie, empoisonnant mes ultimes espoirs, entachant toute possibilité d'une issue heureuse. Pour la première fois, il m'apparaissait avec clarté que tout pouvait mal finir, que celui que j'aimais risquait de perdre la vie. Le sentiment létal qui s'était emparé de moi pesait au creux de mon ventre, m'alourdissait au point même de rendre difficile le moindre mouvement.

Notre nouveau refuge se révéla être une sorte de bunker moderne retranché derrière une épaisse clôture en fer. Alors que nous étions poussés hâtivement à l'intérieur, je remarquai des sentinelles postées un peu partout, armes au poing. L'organisation qui nous protégeait s'attendait visiblement à une véritable guerre – ce que les événements des derniers jours présageaient.

Je n'avais cependant plus la force de m'en soucier.

Après avoir traversé un hall d'entrée, franchi un contrôle de sécurité digne de celui d'un aéroport et grimpé de plusieurs étages dans un ascenseur, nous débouchâmes sur un couloir aveugle au cœur du bâtiment. L'agent Anderson, qui m'escortait depuis le début, me fit entrer dans une pièce où, à mon grand soulagement, je retrouvai Lucas. Assis sur sa chaise roulante, encadré par deux policiers, il avait tout d'un roi sur son trône. Puis les hommes l'aidèrent à s'installer sur un divan, ce qu'il fit avec quelques grognements de douleur. Il m'adressa quand même un immense sourire qui fendit son visage à la pâleur inquiétante.

— Regardez-moi un peu qui est là, dit-il avec un entrain forcé avant de détailler ma voisine. Il est si agréable de voir un joli minois dans ce genre de situation, ajouta-t-il à son adresse. Parfois, trop de testostérone me fatigue.

Si elle rougit, l'agent Anderson ne dit mots. D'un geste, elle intima à ses collègues de la suivre dans le couloir. Dès qu'ils eurent disparu, le sourire de Lucas se fana quelque peu.

— Toujours pas de nouvelles de Jeremiah? demanda-t-il.

— Non, rien, répondis-je en m'asseyant dans un fauteuil. Ils auraient dû nous avoir rejoints depuis des heures. Or ils n'ont pas donné signe de vie.

— Je vous parie qu'ils regrettent sacrément d'avoir débarrassé ce véhicule de son GPS, commenta-t-il.

Je le gratifiai d'un regard peu amène, et il leva les bras au ciel.

— Que voulez-vous que je dise? se défendit-il. Que j'aimerais qu'il soit ici? Ça va de soi, il s'agit de mon frère.

— Je sais. Qu'est-ce que je déteste être réduite à l'impuissance!

— Comme je vous comprends. Si les méchants déboulaient par cette porte en cet instant, je ne pourrais rien faire de mieux que de les chasser d'un revers de main.

L'image m'arracha un sourire, même si l'humeur n'était guère à la plaisanterie.

— Que vous arrivera-t-il quand tout cela sera fini? demandai-je.

— Aucune idée. Pour peu que j'échappe à ce demi-frère complètement taré, je risque d'être descendu par l'une de mes anciennes connaissances que j'aurai trahie.

Je détournai les yeux.

— Vous et moi sommes de vrais boute-en-train, hein?

— D'excellents comiques, marmonna-t-il. Après tout, la situation l'exige.

— Je ne sais pas quoi faire à propos de Jeremiah.

Les mots m'avaient échappé, et je le regrettai aussitôt. Je me mordis la langue. Demander conseil à « l'autre » au sujet de cette liaison était d'une ironie grinçante. En même temps, je pensais à Lucas comme à un ami et un allié. Il haussa les épaules, fixa son regard sur le mur d'en face.

— Il n'y a rien que vous puissiez faire, murmura-t-il. Il vous pardonnera… ou pas.

Il avait raison.

— Et… comment saurai-je s'il m'a réellement pardonné?

— Vous ne le saurez pas, répliqua-t-il sans ménagement. Si ce qui s'est passé entre nous est à l'origine de vos conflits, seules des tonnes de confiance mutuelle vous sauveront. Il n'en reste pas moins que c'est la bêtise de mon frère qui vous a conduite dans mon lit. Pas votre amour pour moi.

L'amertume de ses paroles me fit tressaillir. Je me sentais affreusement mal d'avoir utilisé Lucas, quand bien même cela n'avait pas été intentionnel.

— Je suis désolée, soufflai-je en me tassant sur moi-même.

— Ne le soyez pas, soupira-t-il. Anya m'aimait. J'avais beau en être conscient, ça ne m'a pas empêché de la manipuler pour parvenir à mes fins, la détruisant au passage. Et puis, combien d'autres personnes ai-je blessées avec mes activités illégales? Croyez-moi, je mérite bien pire que ce que vous m'avez infligé.

J'allais objecter lorsque des voix retentirent à l'extérieur. Marie était de retour. J'identifiai sa voix, même si je ne réussis pas à comprendre ce qu'elle disait. Bondissant du fauteuil, je traversai vivement la pièce, ouvris la porte à la volée et inspectai le couloir avec impatience. Anderson se manifesta immédiatement.

— Un problème, mademoiselle Delacourt?

J'apostrophai Marie qui s'éloignait.

— Ils ont trouvé quelque chose?

Elle fronça les sourcils.

— Vous devriez être en train de vous reposer, mademoise…

— Ce n'est pas le moment! Des nouvelles de Jeremiah? De Ronny?

La responsable d'Interpol pinça les lèvres et échangea avec sa collaboratrice un coup d'œil qui en disait long.

— Les forces de l'ordre anglaises ont tout de suite identifié celui que vous nous avez décrit, concéda-t-elle, alors que, au bout du couloir, tintait la sonnerie annonçant l'arrivée de l'ascenseur. Elles nous ont aidés à le localiser et à l'appréhender. Il me reste à l'interroger. Je vous tiens au courant dès que j'en aurais appris plus.

Ces paroles étaient aussi vides de sens que l'air que je respirais. Secouée à la fois par la peur et la colère, j'agrippai le montant de la porte afin de cacher mes doigts tremblants. Marie était déjà repartie, comme si elle avait déjà tout oublié de mon existence.

— Ronny va tâcher de gagner du temps, chuchotai-je, soudain incapable de contenir mes émotions. Il faut que nous les retrouvions maintenant !

— Soyez patiente, me conseilla Anderson.

Elle se posta devant moi, alors que l'ascenseur s'ouvrait sur le couloir. Parmi ceux qui en sortirent, Ronny ne manqua pas de me repérer, et un rictus satisfait étira ses lèvres.

— Salut, ma poule ! me lança-t-il avec un regard libidineux. Tu pouvais plus te passer de moi, ou quoi ? T'as envie d'un petit tour de manège, maintenant que ton chéri a disparu de la circulation ?

Je reculai, comme sous l'effet d'une gifle. Les éclats de rire de Ronny déferlèrent sur moi et, tout à coup le barrage céda. Ce sale type savait où était Jeremiah, je n'avais plus aucun doute à ce sujet. Mais tout cela n'était qu'un jeu, pour lui. Il ne dirait rien, préférant nous voir nous démener dans tous les sens et jouir du spectacle de notre désarroi. Et ce, jusqu'à ce qu'il soit trop tard. L'écho de sa jubilation résonnant dans mon crâne fut le déclic : qu'il me fallait agir.

Anderson se tenait entre moi et le petit homme menotté, qu'elle observait, comme subjuguée. Je baissai les yeux sur sa taille, là où était accroché le holster. Sans réfléchir aux conséquences de mes actes, je m'emparais de son arme.

Anderson sursauta et se retourna en poussant un cri de stupeur. Tous les regards étaient braqués sur moi et je compris que je devais agir vite. Ignorant ma cheville endolorie, je me ruai sur Ronny et agrippai sa chemise. Mon élan déstabilisa les hommes qui le maintenaient et nous propulsa tous les deux contre le mur, puis à terre. Je tenais toujours l'arme et la pointai sur son crâne. Toute morgue avait à présent disparu de ses traits, et il me contemplait avec des yeux exorbités par la surprise.

De près, il sentait encore plus mauvais que je me l'étais imaginé. Ses lèvres étaient retroussées sous l'effet de l'étonnement, dévoilant des dents gâtées et laissant s'échapper une haleine qui soulevait le cœur.

— Non, Lucy ! cria Marie.

Je l'ignorai et, déplaçant le pistolet, enfonçai le canon sous son menton. Je devinai plus que je ne vis que les agents présents avait dégainé. Pour nous tenir en joue, j'imagine. Là encore, je m'en fichais comme d'une guigne. La colère qui m'avait poussée à agir me donnait toujours l'énergie dont j'avais besoin.

Ronny se tortillait comme un ver. Malheureusement pour lui, avec ses bras menottés dans le dos, il ne pouvait pas faire grand-chose.

— Retenez-la ! s'égosilla-t-il.

Des mains m'attrapèrent et je me raidis. J'armai le chien de mon pistolet.

— Pas un geste, sinon je tire !

Même si cela ressemblait à une scène de mauvais film policier, ce fut efficace. La prise sur mes épaules se relâcha. Ronny était proprement terrifié, maintenant.

— Où les a-t-il emmenés? demandai-je d'une voix ferme.

— J'en sais rien du tout !

Raide comme une planche, il écarquillait des yeux révulsés par l'angoisse. Étais-je capable de le tuer? Pas si sûr.

Entre mes doigts, le pistolet tremblait. Je priai pour qu'il mette ça sur le compte de la rage et non de la peur.

À cet instant, je ne pensais plus qu'à Jeremiah en danger et à Lucas blessé. J'étais certaine cependant que, si le rictus narquois du petit homme réapparaissait, il me serait plus facile de presser sur la détente.

— Lâchez-le, Lucy, dit Marie calmement. Et posez cette arme.

Je l'ignorai.

— Vous savez forcément quelque chose, insistai-je en appuyant plus fort sur le menton de Ronny. D'où teniez-vous vos renseignements sur le cottage?

— Un coup de fil sur mon portable, cracha-t-il, affolé. Un homme. Pour le reste, j'ai aucune idée d'où votre type se trouve! Juré!

— D'où appelait votre interlocuteur?

— J'en sais foutre rien! Sauf que c'était un numéro américain.

Il semblait vraiment terrorisé. C'était la première fois de ma vie que j'avais cet effet sur quelqu'un. Cela ne m'était pas d'une grande utilité. Le désespoir, ténébreux et étouffant, pointait, et c'est dans mon inquiétude pour Jeremiah que je puisai les forces nécessaires.

— Je vais compter jusqu'à trois, lâchai-je. Un.

— Libérez-le, Lucy! *Tout de suite!*

— Deux.

— Cúchulainn!

— Qui?

— Le Cúchulainn. C'est un pub de Londres! C'est la seule fois où je l'ai rencontré. J'en sais pas plus. Pitié! Ne tirez pas!

Ronny était si pitoyable, sa supplique avait sonné avec une telle véracité que, soudain, l'émotion en moi dépassa la colère. La honte me submergea, et je fixai l'arme entre mes doigts. Je la lâchai, et elle tomba sur le sol avec un bruit sourd. J'avais envie de vomir. Dans une brusque explosion de cris, des mains se plaquèrent de nouveau sur mes épaules. On m'arracha à ma victime avant de m'obliger à m'allonger sur le sol. Indifférente au vacarme, d'où émergeaient les piaillements de Ronny, je me laissai menotter sans résister et sombrai dans l'abîme de mon désespoir.

Secouée par des sanglots, je fermai les yeux et me focalisai sur la fraîcheur du sol sous ma joue. Malgré moi, la terreur pure que j'avais vue dans les prunelles de Ronny continuait de me hanter. J'étais mortifiée par mon comportement. Comment avais-je pu être aussi *hors de moi*, au sens littéral du terme? Sans même parler des conséquences de mes actes.

— Je réclame une protection! jacassait Ronny. S'il apprend que j'ai craché le morceau…

— Emmenez-le en salle d'interrogatoire! ordonna Marie d'une voix acide. Je me charge de la fille.

Deux costauds me remirent sur pied, et je luttai pour conserver l'équilibre, ce qui ne fut pas facile, avec mes bras attachés et ma cheville douloureuse. Maintenant que l'énergie de la fureur m'avait désertée, la douleur se réveillait, plus intense.

— Je n'aime pas qu'on me joue ce genre de tour, Lucy! asséna Marie.

Je m'attendais à être jetée dans une cellule. À ma surprise, les gardes se contentèrent de me ramener dans la pièce où Lucas était assis. Marie rendit son arme à Anderson.

— Évitez que ça se reproduise!

La femme rougit et pinça les lèvres.

— Regagnez votre poste, poursuivit la responsable d'Interpol. Nous nous occupons d'elle.

On me fit asseoir sur une chaise. Debout, Lucas s'agrippait à une table. Il voulut s'approcher, mais en fut empêché.

— Qu'est-ce que vous lui avez fait? demanda-t-il.

— Du calme, Loki. Détendez-vous. Nous l'avons juste menottée pour éviter d'autres bêtises.

Embarrassée, je baissai la tête. J'étais au bord des larmes, mais j'en avais trop versé ces derniers temps; et puis, je n'avais aucune raison m'apitoyer sur mon sort. Après tout, j'en étais entièrement responsable.

Marie sortit avec ses agents, et Lucas s'assit tout près de moi. Morte de honte, je continuai de ne pas le regarder. Il laissa s'écouler un long moment avant de parler.

— Je devrais réussir à vous débarrasser de ces menottes, si vous voulez, me proposa-t-il.

Je ne répondis pas et serrai les genoux.

— Quoi que vous ayez fait dans ce couloir, reprit-il avec tendresse, ce n'est pas votre faute.

— Ah ouais? ripostai-je, mauvaise, en le toisant. J'ai fauché son flingue à Anderson pour en menacer Ronny. C'est la faute à qui, à votre avis?

— Vilaine fille! se moqua-t-il en arquant des sourcils surpris.

Comme je ne réagissais pas à sa plaisanterie, il soupira et enchaîna:

— Réfléchissez, Lucy. Auriez-vous agi ainsi si Rush ne vous avait pas mis dans cette situation?

Là encore, je gardai le silence, peu sensible à l'argument. Le silence s'installa.

— A-t-il dit quelque chose, au moins? demanda mon voisin.

Je secouai la tête et déglutis, le cœur lourd.

— J'ai peur, soufflai-je.

Cet aveu eut l'effet d'une bonde qu'on retire. Je hoquetai et fondis en larmes. Lucas me serra alors contre lui, et je me transformai en fontaine intarissable, pleurant encore et encore, incapable d'apaiser mes doutes et de gommer de mon esprit les traits terrorisés de Ronny.

Nous ne revîmes pas Anderson. En revanche, Marie revint au bout de deux heures, accompagné des gardes qui m'avaient maîtrisée.

— Laissez-moi vous soulager un peu, lâcha-t-elle.

Je me levai sur mon bon pied, soutenue par un agent, et elle déverrouilla mes menottes. J'étirai mes membres engourdis, mais mon répit fut de courte durée car elle me menotta de nouveau, cette fois les bras devant moi. Je soupirai, mais ne dis pas un mot, soucieuse des conséquences de mes actes.

— Nous avons quelques pistes, daigna révéler Marie. Une équipe a déjà été envoyée dans le pub mentionné par Ronny – qui s'est par ailleurs refermé comme une huître après votre brillante intervention, se bornant à sans cesse réclamer une protection. Bref, nous faisons avec le peu que nous avons.

— Vous ne vous joignez pas à votre équipe?

— Non. Contrairement à ce que vous pourriez croire, je n'opère pas sur le terrain. Mais rassurez-vous, je serai immédiatement tenue au courant s'ils trouvent quelque chose.

— Qu'en est-il de l'agent Anderson? intervint Lucas.

— Elle a actuellement regagné son unité, répondit Marie, en dépit du regard suspicieux qu'elle adressa à l'aîné des Hamilton.

— Elle ne va pas avoir d'ennuis, hein? Je serais désolée si mes actes irréfléchis la mettaient en difficulté.

— Ce n'est pas à moi d'en décider. De toute façon, vous êtes ici, et elle ailleurs. Tenez-vous tranquille, mademoiselle Delacourt, sinon je risque de me montrer moins accommodante.

Sur ce dernier avertissement, elle quitta la pièce avec ses hommes. Je secouai mes mains menottées.

— Je suis dans la panade pour de bon, n'est-ce pas? commentai-je avec un soupir.

— Courage, bouton d'or. Nous sommes vivants.

— Et Jeremiah?

Lucas sombra dans le silence. Je tentai une diversion afin d'alléger l'atmosphère.

— Alors, que ferez-vous quand tout cela sera terminé?

— Je m'efforcerai de ne pas mourir.

Je lui jetai un coup d'œil agacé, et il haussa les épaules.

— Tout dépendra de l'intérêt que les autorités montreront pour les renseignements que je leur fournirai, reprit-il. Mon sort oscille entre une peine de prison et une intégration dans le programme de protection des témoins du FBI.

— Une nouvelle vie? Une deuxième chance?

— Ha! ricana-t-il, amer. Le programme m'obligera à mener une existence monotone afin de ne pas attirer l'attention sur moi. Je finirai sûrement comme comptable. J'en serais presque à préférer la taule à la banlieue.

— Ça n'est sûrement pas aussi affreux. Vous vous y habituerez peut-être?

— Une idée qui me terrifie encore plus! Vous avez vraiment piqué son arme à Anderson?

Il semblait amusé.

— Pourquoi? Vous la connaissez bien?

— Oh, elle et moi nous sommes rencontrés il y a des années, mais je doute qu'elle se souvienne de moi. Rien de tel que les vieilles histoires.

— Hé! protestai-je. Racontez-moi ça! Vous ne pouvez pas balancer ça et puis…

Je m'interrompis, car les lumières venaient de s'éteindre.

— Que se passe-t-il? sursautai-je. Une coupure de courant?

— Non, le chauffage fonctionne. Allez vérifier à la fenêtre.

J'obtempérai en sautillant à travers la pièce.

— Je ne vois rien, dis-je.

— Alors, renseignez-vous auprès du type qui garde la porte…

Il se tut, cligna des paupières.

— Vous ne vous sentez pas très fatiguée, tout à coup? marmonna-t-il.

Il avait raison. J'avais l'impression que mes jambes étaient en plomb, comme enracinées sur place. Je me baissai avec difficulté afin de ramasser ma béquille et entrepris de gagner la porte. Comme j'étais menottée, ce ne fut pas une tâche facile. J'y parvins néanmoins et entrouvris le battant.

Deux hommes gisaient au sol, immobiles, alors qu'un troisième rampait lentement vers le bout du couloir. L'un des gardes affectés à notre surveillance était affaissé le dos au mur; son collègue manquait à l'appel. Le cœur battant la chamade, je claquai la porte.

— Merde! jurai-je d'une voix bizarrement aiguë.

— Éloignez-vous!

Je tentai d'obéir, mais ma béquille se prit dans les pieds de la table et je faillis m'étaler par terre. La tête de Lucas dodelinait contre le dossier de son fauteuil, comme s'il n'avait plus la force d'en supporter le poids.

— Bordel de Dieu! grommela-t-il en me dévisageant avec des yeux écarquillés.

La fenêtre était condamnée. Impossible d'aérer la pièce. En dépit de l'engourdissement de mon corps, je réussis à me saisir d'une chaise que je balançai dans la vitre. Elle rebondit sans la casser avec un élan qui me l'arracha des mains.

Incapable de rester debout, je m'écroulai sur le sol, en plein sur ma cheville blessée. La douleur fut telle que je manquai de perdre connaissance.

Je tentai de rouler sur le ventre, mais mon corps ne répondait plus. Lucas était effondré sur son fauteuil et battait des paupières de façon erratique dans sa lutte pour résister aux effets du gaz qui avait vraisemblablement été répandu dans tout l'immeuble.

J'entendis soudain la porte s'ouvrir, puis des bruits de pas. Une main gantée m'attrapa par le bras, me retourna sur le flanc, et je découvris un masque à gaz. J'éprouvai un ultime pic de frayeur avant de sombrer dans les ténèbres.

41

Je repris conscience en grelottant, comme si j'avais été couchée sur un lit de glace. Mes poignets n'étaient plus attachés, mais l'obscurité m'environnait. Au-dessus de moi, j'apercevais l'aube teinter les nuages d'un bleu sombre destiné à s'éclaircir, sans pour autant offrir assez de lumière pour que je puisse me repérer. Je posai la main sur le sol à côté de ma tête, et sentis des pavés rugueux sous ma peau, humides et froids, recouverts d'un givre hivernal.

— Ah! Enfin réveillée. Je me demandais combien de temps ça allait durer.

Cette voix déclencha en moi des frissons qui ne devaient rien à l'air nocturne. Tremblant sous l'effet d'émotions autrement plus mordantes que la fraîcheur, je me mis à genoux et découvris Alexander Rush debout près de moi. Il m'observait calmement, son visage ne laissant rien percevoir de ses pensées.

Alors que je tentai de me relever, je sentis quelque chose qui entravait ma cheville intacte. N'y voyant rien dans le noir, je tendis le bras. Mes doigts palpèrent alors une chaîne épaisse fixée à un fer. Je tirai dessus afin d'en tester la résistance et, dans un fracas métallique, un objet roula vers moi en cahotant: un boulet, plus gros que mon poing, soudé aux chaînons attachés à mon pied. Il était assez lourd pour m'empêcher de me déplacer avec aisance, mais pas assez pour que je puisse pas le traîner.

Hum… mauvais signe.

— Le bon vieux boulet de forçat. Plutôt bien vu, non?

Son ton désinvolte me tapa sur les nerfs, m'offrant ainsi l'énergie nécessaire pour repousser ma peur.

— Qu'est-ce que vous voulez, Rush?

— Oh! On ne supplie pas pour sa vie? Quel changement bienvenu!

Rush s'approcha de moi, ses semelles chuintant sur les pavés mouillés, puis il s'agenouilla afin de se mettre à ma hauteur. Pareille proximité – j'aurais pu le toucher – ne parut pas l'inquiéter. En même temps, il me répugnait tellement que j'eus du mal à ne pas avoir un mouvement de recul.

Impossible de savoir où nous nous trouvions, mais des parapets de part et d'autre de la chaussée m'incitèrent à penser que nous étions sur un pont. En tendant l'oreille, je perçus le bruit de l'eau. Les alentours étaient noyés dans le brouillard, à l'exception d'une lampe allumée sur la droite du passage. Je crus aussi distinguer un halo un plus loin, mais la légère pente du terrain et ma position m'en cachaient la source.

— Ce que je veux est très simple, ma chère. Je veux que vous fassiez un choix, rien de plus, et vous serez libre.

Libre? Je le fixai d'un air soupçonneux, ce qui ne sembla guère le perturber.

— Quel genre de choix? demandai-je.

À cet instant, un cri étouffé retentit non loin de nous, comme si quelqu'un essayait de parler à travers un bâillon. Une bouffée d'agacement traversa brièvement les traits de Rush, qui reprit cependant vite contenance.

— Un instant, je vous prie, dit-il, presque poliment.

Il se redressa et se dirigea de l'autre côté de la rue. Le suivant des yeux, je distinguai une silhouette qui rampait sur la chaussée. Rush releva brutalement l'homme à terre et revint vers moi en le traînant. Un sac en toile dissimulait son visage, une grosse pierre était attachée à sa cheville. Ses mains étaient menottées dans son dos, ses pieds entravés par une chaîne. Sans ménagement, et malgré les cris de protestation qui émanaient de sous le sac, Mon cœur se serra quand Rush posa la pierre sur le muret. Se tournant vers moi il découvrit le visage de l'inconnu avec un sourire cruel.

— Une de vos connaissances, non? me lança-t-il.

Incapable de parler, je plaquai une main sur ma bouche. En dépit de la pénombre, je n'eus aucun mal à déceler la terreur qui animait les prunelles de Ronny. Malgré son bâillon, ce dernier essayait de parler et n'émettait que des grognements inintelligibles. Rush désigna la pierre.

— Je ne m'attendais qu'à trois prisonniers. J'ai été obligé d'improviser avec ce qui me tombait sous la main. Alors, qu'est-ce que cette balance vous a révélé? L'adresse de ma planque? Mon numéro de téléphone?

Il s'interrompit, toisa le petit homme tremblant.

— Peu importe, ajouta-t-il. Mais quel dommage! Il est si difficile de trouver de bons collaborateurs, de nos jours.

Oh mon Dieu! Non!

À présent, Ronny hurlait derrière son bâillon dans un effort désespéré pour plaider sa cause. En vain. D'un coup de pied, le demi-frère des Hamilton balança la pierre dans le vide et poussa Ronny en arrière, qui, pieds et mains liés, dans l'impossibilité de s'agripper nulle part, bascula dans le vide avec un cri qui se perdit dans l'obscurité. Il y eut un bref silence, suivi du bruit du corps tombant dans l'eau. Rush se pencha par-dessus le parapet avant de se redresser, apparemment satisfait.

— À qui le tour? demanda-t-il ensuite.

Je sentis l'affolement me gagner et menacer de m'étouffer. Choquée, je ne pouvais que contempler l'endroit désormais vide où Ronny s'était tenu quelques instants auparavant.

— Votre amant, peut-être? continua Rush. Le petit cadet, toujours en quête d'attention.

Pétrifiée, je vis Rush s'approcher d'une forme immobile roulée en boule sur le sol, à quelques mètres de là, au pied du muret. Là encore, un gros bloc était posé sur le parapet, plus imposant que le boulet qui me retenait. La lumière montante du jour me permit d'apercevoir la chaîne qui le reliait à la silhouette inconsciente.

— Eh oui, reprit Rush en tâtant le corps du bout du pied. Mon grand frère Jeremiah. Il a finalement appris à se taire quand je parlais, même s'il lui a fallu quelques leçons pour ça.

Jeremiah devait être dans un sale état. Sinon, il aurait réagi depuis longtemps. Je me relevai lentement. La brume était si dense que je ne distinguais même pas les extrémités du pont. Je fixai Rush qui esquissa un mince sourire.

— La rivière n'est pas profonde, ici. Même pas trois mètres. Mais c'est largement suffisant pour ce que j'ai à faire. Alors, qu'en pensez-vous, dois-je envoyer mon cher frère par le fond?

J'essayai de parler, je ne parvins qu'à gémir. Je déglutis, inspirai une goulée d'air en tremblant, recommençai:

— S'il vous plaît, Rush…

— Ainsi, c'est toi le bâtard de mon père?

Rush se figea. Je me retournai. À l'autre bout du pont, une autre silhouette se redressait lentement. Lucas. Sa voix était si ferme qu'on n'aurait jamais cru qu'il avait été blessé. Comme moi, seule l'une de ses jambes était entravée.

— Ma mère était au courant de ton existence, reprit-il. Elle ne s'est pas préoccupée de ce que nous pouvions entendre quand elle a affronté mon père à ce sujet. Avant de lui imposer le silence à coups de poing, il a quand même promis de régler le problème. Je me suis toujours demandé comment il s'y était pris.

— Ça alors ! ricana l'autre. Vous saviez. Et vous ne m'avez jamais cherché. Très intéressant.

— Je doute que tu sois le seul enfant illégitime de notre cher père. Mais si tu crois que notre enfance a été meilleure que la tienne, détrompe-toi. Je peux même dire que tu as eu de la chance de ne pas vivre sous le même toit que ce fils de pute.

— Ah oui? répondit Rush sur le ton de la conversation. As-tu eu toi aussi l'occasion de voir ton père assassiner ta mère?

La désinvolture avec laquelle il avait énoncé les faits imposa un long silence à Lucas.

— Il a … ? finit-il par demander.

— Elle s'était mis en tête de révéler mon existence à la presse. Nous étions pauvres, les journalistes n'hésiteraient pas à nous donner de l'argent pour avoir l'exclusivité de notre histoire. Ma mère lui a demandé de venir, mais elle m'a caché dans un placard – elle voulait que je le voie, mais elle avait peur qu'il m'enlève. Ils se sont disputés, il l'a frappée. Résultat, elle lui a balancé l'histoire de la presse comme un ultimatum. Il l'a étranglée.

Rush haussa les épaules. Son récit était posé, neutre, comme s'il racontait un détail anodin de sa vie.

— Je n'avais que sept ans, reprit-il. Ce n'est que beaucoup plus tard que j'ai découvert l'identité de Rufus. À l'époque, ça ne m'était plus d'aucune utilité.

Il s'interrompit un instant, le temps de nous laisser digérer toutes ces informations, avant de poursuivre :

— Elle était très jolie. Brune aux yeux bleus. J'ai conservé sa photo plusieurs années, jusqu'à ce qu'une de mes familles d'accueil la brûle devant moi.

La froideur avec laquelle il s'exprimait me fit frissonner.

— J'ai tué mon premier homme à douze ans, continua-t-il. Les flics n'ont pas insisté, car il m'avait violé. Ils ont classé mon dossier. J'étais mineur. Le temps que j'apprenne tout ce que je devais savoir pour enfin pouvoir me venger, celui qui m'avait condamné à ce destin était mort.

Un nouveau silence s'installa. Lucas se racla la gorge.

— Tu as raison, dit-il lentement, en comparaison, nous avons vécu une enfance bénie.

Sur ce, il s'effondra, visiblement très affaibli par sa blessure.

Je commençai à ressentir pour notre ravisseur une sorte de compassion, mais je l'étouffai aussitôt. Je me tournai vers Jeremiah, qui n'avait pas bougé depuis un moment. J'ignorais jusqu'à quel point il était blessé. Seuls de faibles mouvements de sa tête attestaient qu'il était encore en vie. La lumière de l'aube naissante ne me permettait pas de distinguer ses traits, juste la masse de son corps affaissé. Toutefois, à un moment, il ouvrit les yeux. Quand son regard croisa le mien, le soulagement me fit monter les larmes aux yeux

— Enfin, reprit soudain Rush, nous ne sommes pas ici pour parler du bon vieux temps. Il s'agit du choix que vous allez opérer, Lucy, ajouta-t-il en s'adressant directement à moi, dédaignant Lucas.

— Quelles sont mes options? ripostai-je en le toisant et en m'efforçant de contenir mes émotions.

— Deux d'entre vous survivront à cette nuit, exposa calmement Rush. Je leur accorderai un jour de plus à vivre. À vous de me dire qui va mourir.

J'en restai sans voix. Mes lèvres remuaient mais rien de ce que j'aurai pu dire ne changerait l'horreur de la situation.

— Un seul peut vivre? finis-je par souffler.

— Oui. L'un de ces deux messieurs partira avec vous sur ses pieds, l'autre ira prendre un bain dans la Tamise. Quant à vous, gentlemen, inutile de décider pour elle. Si l'un de vous s'y risque, tout le monde y passe. C'est à votre amie commune de s'y coller. Entendu?

— Non!

L'objection tenait plus de l'éructation que de la parole. Mais c'était la première fois que Jeremiah se manifestait. J'émis moi-même une sorte de miaulement de désespoir quand je le vis se redresser péniblement et déraper sur les pavés glissants. Ses mains étaient noires, et quelque chose me dit que la flaque sombre qui s'étalait sous lui n'était pas de la boue.

— Mais si, rétorqua Rush comme s'il s'adressait à un enfant capricieux. Mais n'allez pas croire que je laisserai vivre l'heureux élu très longtemps. Un jour, je le répète.

Il se retourna vers moi.

— Ma chère, vos deux hommes ont besoin de soins urgents. Il conviendrait que vous vous décidiez rapidement.

Il était à peine plus âgé que moi, et pourtant le mal absolu qui se dégageait de toute sa personne me fit froid dans le dos. Rush se tenait si près de moi que j'aurais pu sans peine me jeter sur lui. Le boulet qui m'entravait n'aurait pas représenté de véritable difficulté en temps normal; malheureusement, pour agir, il faudrait que je prenne appui sur ma cheville blessée. Impossible. Le risque que je m'effondre était trop grand.

Un moment s'écoula, et Alexander poussa un soupir.

— Aah, j'ai l'impression qu'il va me falloir vous motiver un peu.

Se postant au milieu du pont, il tira un long pistolet de sous sa veste et le pointa sur Jeremiah.

— Un, décompta-t-il.

J'étais consciente qu'il ne servirait à rien de supplier, mais je tombai à genoux, sans prêter attention à la dureté des pavés ou à la douleur fulgurante à ma cheville. J'étais sur le point de tout perdre, quel que soit le choix que je fasse.

— Deux, enchaîna Rush en visant Lucas, cette fois.

— Moi. C'est moi qui dois mourir.

Rush hésita, puis lâcha :

— Vous ne faites pas partie des choix envisageables.

— Je suis sérieuse. Réfléchissez un instant !

La fermeté de ma voix me surprit moi-même. J'humectai mes lèvres sèches avant de poursuivre :

— Ils m'aiment tous les deux. Vous pourrez toujours vous venger plus tard. En attendant, ils souffriront.

Rush me fixa pendant un moment, puis sa bouche s'étira en ce qui aurait pu être un sourire.

— D'accord, conclut-il. Allez-y. Jetez-vous par-dessus le parapet.

Je me raidis. Proposer de se sacrifier est une chose, passer à l'acte en est une autre.

— Me jurez-vous de les laisser tranquilles si j'obéis? demandai-je d'une voix tremblante.

— Non ! rétorqua-t-il sèchement. Mais, ajouta-t-il après une brève hésitation, vous avez été convaincante.

— Au moins, insistai-je, vous ne les exécuterez pas sur ce pont?

Le carcan de pure terreur qui m'avait jusque-là figée laissa la place à des spasmes qui menaçaient de me faire m'effondrer.

— Peut-être, répondit Rush. Vous n'obtiendrez aucune garantie de moi, sinon celle que je vous liquiderai tous les trois ici et maintenant si vous ne vous décidez pas.

Je baissai les yeux sur le boulet à mon pied, en évaluai le poids, puis me mis à boitiller en direction du parapet en le traînant derrière moi. Bien qu'il ne soit pas aussi lourd que je l'avais d'abord estimé, il l'était suffisamment pour m'entraîner au fond de l'eau. Jamais je ne réussirais à nager avec ça à mon pied.

Du coin de l'œil, j'aperçus Jeremiah ramper vers moi.

— Lucy…

Sa supplique me brisa le cœur. Mais je ne pus me résoudre à le regarder. Je n'avais pas envie de mourir ; pourtant, je trouvai la force de traverser le pont et de soulever le boulet. Jeremiah m'appela de nouveau, avec plus de force, et les larmes roulèrent sur mes joues. J'entendis sa chaîne cliqueter, signe qu'il s'entêtait à vouloir me rejoindre. Puis, plus rien.

Lentement, je me hissai sur le muret, où je m'immobilisai sous l'emprise de la peur. Quelque part, une mouette criailla, annonçant l'aurore. Les yeux rivés sur l'eau noire, je tentai de rassembler le courage de sauter.

Dans mon dos, Rush claqua la langue avec impatience.

— Vous avez besoin d'un peu d'aide… ? commença-t-il.

— POLICE ! ON NE BOUGE PLUS !

De chaque côté du pont, des projecteurs s'illuminèrent, suffisamment loin pour ne pas m'aveugler, assez proches toutefois pour éclairer la scène. À moins de trois mètres de moi, Jeremiah gisait à terre, couvert de sang. Rush tourna la tête à droite et à gauche, sa bouche se pinça en une fente étroite.

— Ça m'étonnerait, marmonna-t-il.

Tirant un boîtier de sa poche, il appuya sur un bouton. Aussitôt, deux explosions se produisirent de part et d'autre de l'endroit où nous nous tenions. Des flammes jaillirent, baignant le ciel de jaune et noyant la lumière des projecteurs de la police. Le vieux pont oscilla.

Sous l'impact et les secousses, je manquai de tomber de mon perchoir. Battant des bras, je flanchai sur le rebord avant de basculer en arrière et d'atterrir lourdement sur les pavés. J'en eus le souffle coupé. Désorientée, je tentai de recouvrer ma respiration. À la périphérie de mon champ de vision, j'entrevis Rush qui se précipitait vers Jeremiah.

Toussant encore, je roulai sur le flanc. Mais Rush me vit et, d'un coup bien ajusté, il expédia par-dessus bord le bloc attaché à la jambe de son demi-frère. Le cri de souffrance rauque de Jeremiah me transperça. Ses jambes suivirent le mouvement du poids, et il fut soulevé du sol, entraîné par-dessus le parapet. Ses mains se refermèrent sur le vide, cherchant désespérément quelque chose à quoi se raccrocher. Poussant un hurlement à mon tour, indifférente à ce qui pouvait arriver, j'en appelai à tout ce qui me restait de forces et me ruai vers lui.

Ma hanche heurta violemment le haut du muret, et je me jetai vers les bras tendus de Jeremiah. Je réussis à saisir sa chemise en lambeaux et trempée de sang, interrompant sa chute. Cela lui suffit pour s'agripper au parapet. Je m'emparai de tout ce qui me tombait sous la main afin d'empêcher sa chute. Sa peau glissait, ce qui rendait l'opération encore plus difficile mais il avait pu hisser ses bras et ses épaules sur le rebord en pierre.

Rush avança d'un pas, au moment même où retentissait le vrombissement assourdissant d'un hélicoptère à l'approche. Je ne me retournai pas, concentrée sur ma tâche. Jeremiah, en revanche, regarda droit dans les yeux son demi-frère qui s'agenouilla près de nous.

— Vous aviez raison, dit-il. Votre mort les atteindra plus que tout.

Dans le ciel, le projecteur dont était équipé l'appareil nous balaya, soulignant les ombres du visage de Rush. Son sourire déjà sinistre prit un aspect de celui d'un dément. Il pointa son pistolet sur moi.

En entendant le déclic du chien libéré, je fermai les paupières avant de les rouvrir aussitôt pour contempler Jeremiah. La beauté de ses traits était altérée par les traces des coups que lui avait assenés Rush et le sang qui coulait de ses plaies. Mais ses prunelles vertes luisaient avec toujours autant d'intensité et, dans l'impuissance qu'elles trahissaient, je vis ma mort toute proche.

À cet instant, un cliquetis de chaîne résonna. Surpris, Rush pivota.

— Qu'est-ce que…

Brutalement percuté, il alla s'écraser contre le parapet, à deux pas de nous. J'eus le temps d'apercevoir des cheveux bruns et un visage familiers, puis un coup de feu retentit. Lucas et son adversaire s'écrasèrent sur le flanc. La secousse fit sauter le poids attaché à l'aîné des Hamilton sur le mur. Soudain, le projecteur fit une embardée, nous plongeant dans le noir, mais j'entendis des bruits de lutte, puis un second coup de feu.

Rush et Lucas se redressèrent, alors que le faisceau de lumière se posait de nouveau sur nous. Ce fut peut-être un accident, peut-être le hasard. Quoi qu'il en soit, le poids en équilibre sur le parapet bascula dans le vide. Muette de terreur, je vis les deux hommes passer à leur tour par-dessus bord.

Je hurlai mais aucun son ne sortit de ma gorge. Des rafales de vents firent voler mes cheveux, des cris retentirent. Tout à coup, des mains agrippèrent Jeremiah et le hissèrent sur le pont. Je continuai de m'accrocher à lui, même quand le poids s'abattit sur les pavés dans un fracas métallique.

Quelqu'un détacha doucement mes doigts de la chemise maculée. Alors seulement, je libérai les sanglots venus du plus profond de mon être. Je titubai en arrière, laissant la place aux secouristes qui s'affairaient autour du corps maintenant inanimé de Jeremiah. Ce ne fut que lorsqu'on m'enroula dans une couverture que je me rendis compte que je tremblais de tous mes membres.

L'hélicoptère s'était posé sur le pont. Comme détachée de tout, je reconnus Marie qui en descendait et courait dans notre direction. Elle examina d'abord Jeremiah, puis vint vers moi.

— Allons vous mettre au chaud, finit-elle par dire gentiment en me prenant par la main.

Incapable de bouger, je regardai l'équipe médicale transporter Jeremiah sur un brancard.

Une seconde couverture vint se poser sur la première. Je ne réagis pas.

— L'explosion a détruit une bonne partie de la route, expliqua Marie. Impossible de faire passer des véhicules, mais nous devrions pouvoir passer à pied.

Je détournai légèrement la tête, découvris une silhouette solitaire qui scrutait la rivière, en bas. Anderson observait l'endroit où Lucas et Rush étaient tombés. J'avançai vers elle de quelques pas.

— Vous le connaissiez bien, n'est-ce pas? soufflai-je.

Elle ne répondit pas tout de suite, se contentant d'acquiescer.

— Une opération d'infiltration qui a raté, il y a trois ans, daigna-t-elle ensuite détailler. Il était là.

Ce que j'avais soupçonné se confirmait. Si je ne distinguais pas le visage de la femme, caché dans l'ombre, la rigidité de sa posture en disait long. Nous partageâmes un moment de silence.

— C'était un homme bien, murmurai-je enfin.

Les secouristes s'éloignaient, chargés du brancard où reposait Jeremiah. Il était temps que je m'en aille.

— Le meilleur, renchérit-elle.

J'hésitai, presque désireuse d'en apprendre plus, mais décidai de ne pas insister. Chacun a droit à ses secrets. Et finalement, ça n'avait plus d'importance.

Handicapée par ma béquille, j'eus pas mal de difficultés à franchir les dégâts provoqués par les bombes de Rush. Il fallut même que l'un des agents les plus solides me porte sur les derniers mètres. Pas un instant je ne quittai des yeux le brancard de Jeremiah et je pus monter dans l'ambulance qui nous ramena à l'hôpital.

42

La presse se délecta des événements. Les journaux évoquaient les bombes, des théoriciens de la conspiration débattaient en ligne des responsabilités des uns et des autres, mais nous fûmes heureusement épargnés par le battage médiatique. Les forces de l'ordre ne révélèrent pas nos noms, une bénédiction que je n'appréciai pas à sa juste valeur sur le moment.

Il fallut à Jeremiah deux cent onze points de suture pour réparer les dégâts – internes et externes – qu'il avait subis. Rush s'était véritablement acharné ; il avait veillé à ce que certaines cicatrices ne s'effacent jamais. Trois jours après avoir été transporté à l'hôpital, Jeremiah n'avait toujours pas repris conscience, et j'avais l'impression de sombrer peu à peu dans la folie. Je le veillai, profitant de cette soudaine accalmie, mais inquiète, et souffrant qu'il ne puisse me rassurer par son étreinte.

Les divers services de la police et les avocats de la famille Hamilton réglèrent nos petits problèmes de passeports. L'agent Atwater, l'homme qui était venu me cueillir à l'aéroport de Londres, passa deux fois en coup de vent afin de me tenir au courant. Jeremiah étant dans le coma. Mes papiers américains furent récupérés et je fus autorisée à regagner les États-Unis. Je me gardai cependant de regarder les informations ou de porter mon attention sur quoi que ce soit qui pouvait se passer en dehors des soins intensifs.

À présent que le danger avait disparu, je n'avais plus qu'une envie : oublier. Plus facile à dire qu'à faire…

Les deux premières nuits, je dormis dans un hôtel à côté de l'hôpital. Des cauchemars agitaient mon sommeil, sombres rêves dont je ne me souvenais plus au matin. Je me réveillais dans la solitude obscure de la pièce couverte de transpiration, un cri au bord des lèvres. La fatigue due aux insomnies rendait les journées à peine supportables, au point que j'avais parfois une folle envie de m'enfuir. L'immobilité de Jeremiah n'arrangeait rien, je me sentais comme une maison sans fondations. Je n'adressais la parole à personne, attendant patiemment qu'il reprenne connaissance.

Le troisième jour, Georgia Hamilton fit son arrivée à l'hôpital. Je m'effaçai à son profit – elle était tout de même la mère de Jeremiah ; je doute, au demeurant, que j'aurais pu l'arrêter. Elle m'ignora complètement, entreprit de questionner les infirmières et d'exiger des explications auprès des médecins sur l'état de son fils. Son visage me parut plus ridé que dans mon souvenir, à croire qu'elle avait vieilli de dix ans. En revanche, elle était aussi revêche que lors de notre dernière rencontre. La perspective de perdre un enfant excuse bien des comportements.

Alors que Georgia s'était absentée, occupée à organiser le rapatriement immédiat de Jeremiah, la main de Jeremiah dans laquelle j'avais glissé la mienne tressaillit puis serra mes doigts. Je relevai brusquement la tête et fondis en larmes : deux prunelles vertes me fixaient en clignant des paupières. Bouleversée, je me retrouvai à court de mots.

— Salut.

— Salut.

Sa voix était rouillée, ses traits fatigués et tirés, mais il était réveillé. Me levant de ma chaise, je lui versai un verre d'eau et lui donnai à boire, car sa bouche semblait desséchée. Je désirais tellement le prendre dans mes bras. Mais j'avais vu ses blessures, et mon étreinte n'aurait provoqué que des douleurs supplémentaires. Je me contentai de caresser du dos de la main sa joue et sa tempe recouvertes de pansements, heureuse de pouvoir le toucher.

De nouveau, il serra mes doigts, un minuscule sourire relevant la commissure de ses lèvres. Il referma les yeux alors que j'appuyais sur le bouton d'appel de l'infirmière.

Le trajet de retour s'effectua dans le jet privé de la famille Hamilton – que j'avais emprunté moins de deux mois auparavant entre New York et Paris. Ce vol-ci fut cependant d'humeur plus sombre. Sans compter un nombre plus élevé de passagers, puisqu'une équipe médicale veillait sur Jeremiah. Georgia ne manqua pas d'exprimer sa désapprobation de me voir au côté de son fils, me qualifiant d'intruse et m'accusant de gêner.

— Elle reste.

Ces deux mots prononcés d'une voix rude aux accents douloureux la firent taire. Soulagée, je décidai de ne pas prêter attention à sa colère pourtant palpable.

Le retour sur le sol américain fut moins heureux. Jeremiah fut installé dans son appartement de Manhattan, dans la mesure où il était beaucoup plus proche de l'hôpital que sa résidence des Hamptons. Malgré mon aversion pour sa mère, je dois avouer qu'elle se montra à la hauteur. Domesticité, visites des médecins et des kinés à la maison, elle organisa le tout avec une remarquable efficacité… sans oublier d'insister pour rester sur place, histoire de veiller au grain. Elle m'exila dans la chambre d'amis, à l'opposé de la suite de Jeremiah. N'étant pas en état de protester, je laissai faire.

Deux jours après notre retour, Marie nous rendit visite. Ce fut moi qui l'accueillis à la porte. Elle avait l'air plus détendue et alla jusqu'à me sourire quand nous échangeâmes une poignée de main.

— Vous en avez parcouru, du chemin, fis-je remarquer.

Je m'étonnai moi-même du plaisir que j'avais à la revoir.

— Le téléphone ne suffit pas, pour certaines nouvelles, se justifia-t-elle en inspectant l'immense appartement. Comment va Jeremiah?

— Son état s'améliore progressivement. Il est encore confiné au lit, ce qui lui déplaît, mais ça va mieux.

— Et vous?

Je réfléchis puis, haussant les épaules, lâchai:

— Aussi bien qu'on pouvait l'espérer, j'imagine.

Nous entrâmes dans la grande chambre du rez-de-chaussée où était couché Jeremiah, son ordinateur portable posé sur le plateau du petit déjeuner placé au-dessus de ses jambes. Il referma l'appareil à notre arrivée et tendit la main à Marie.

— Je ne pensais pas vous recroiser, dit-il.

— J'avais à faire aux États-Unis. Ça ne coûtait rien de passer afin de vous donner les dernières nouvelles. Le cadavre de Rush a été repêché dans la Tamise hier.

Je retins mon souffle.

— Vous êtes sûre que c'est lui? demanda Jeremiah.

— Oui. Des premiers tests ADN ont montré des liens de parenté avec vous et votre frère. Nous en saurons plus d'ici quelque temps, dès que nous aurons rassemblé d'autres éléments sur sa personnalité et ses activités.

— Et Lucas? murmurai-je.

Du coin de l'œil, je vis que Jeremiah se raidissait.

— Rien encore, mais comptez sur moi pour vous avertir dès qu'il y aura du nouveau.

Marie s'interrompit un instant avant de poser une question :

— Vous souvenez-vous si un objet était… attaché à Rush quand il a basculé dans le vide ?

Je consultai Jeremiah du regard.

— Non, expliquai-je à Marie, il était libre de ses mouvements. Seuls Lucas et Jeremiah avaient des poids aux pieds. Pourquoi ?

— Apparemment, quand on l'a trouvé, Rush avait quelque chose autour du poignet. Pas une entrave comme celle que vous évoquez, cependant. Enfin, il est mort, et je tenais à ce que vous le sachiez.

— Puis-je vous offrir quelque chose à boire ? m'enquis-je après un moment de silence, réalisant que je n'étais pas une très bonne hôtesse.

— Non, merci. Je suis attendue ce soir à Washington, il faut que je me sauve.

J'envisageai un instant de l'embrasser, puis me ravisai et me contentai de lui serrer cordialement la main.

— Merci de vous être donné la peine de venir jusqu'ici.

Elle me dévisagea, et ses traits perdirent un peu de leur dureté naturelle.

— Je suis contente que vous vous soyez tirée de ce mauvais pas, mademoiselle Delacourt.

— Pauvre Lucas, soupirai-je après l'avoir raccompagnée à la porte et être revenue dans la chambre.

Je m'assis au bord du lit et pris la main de Jeremiah.

— J'espère qu'il a survécu, ajoutai-je.

Mais, entre son hémorragie interne et les coups de feu que j'avais entendus avant que les deux hommes tombent à l'eau, j'en doutais. Sans lui, le monde paraissait plus terne.

— Vous l'aimiez?

Je sursautai et lâchai Jeremiah. Sa question était amère, même s'il avait adopté un ton neutre et que son visage ne trahissait rien. Ma gorge se serra, je secouai la tête.

— Il a été là quand j'avais besoin d'un ami, et, maintenant, il est parti.

Jeremiah eut l'air de se satisfaire de ma réponse et se rallongea, paupières fermées. Les hématomes qui déparaient sa beauté m'affligeaient. Si j'ignorais ce que Rush lui avait vraiment infligé, j'étais consciente de la gravité de ses blessures. Ce seul spectacle me donnait envie de tuer une seconde fois ce salopard.

Soudain, une voix stridente retentit, en provenance du salon, et j'étouffai un gémissement alors que Georgia faisait irruption dans la pièce, flanquée de deux infirmières en blouses blanches.

— Mon chéri, dit-elle en embrassant la joue de son fils comme s'il était encore un petit garçon, ces dames sont là pour évaluer tes progrès. J'ai aussi fait venir quelqu'un pour nettoyer cette porcherie. Franchement, ma chère, côté ménage, vous êtes loin d'être efficace.

Cette dernière phrase m'était naturellement adressée et me piqua au vif. L'accusation avait beau être infondée, j'en fus mortifiée. Manquant de courage pour protester, je détournai la tête. Constatant que je ne me levais pas du lit, Georgia condescendit à me regarder et lança :

— Eh bien, qu'attendez-vous? Ouste! Faites place aux professionnelles.

— Ça suffit, mère! intervint Jeremiah avec colère.

Je m'empressai d'obtempérer.

— Non, laissez-vous examiner.

Ravalant ma fierté et les mots qui me brûlaient la langue, je sortis d'un pas vif, la tête haute. Il me sembla entendre mon prénom, mais je ne m'arrêtai pas – il fallait absolument que je m'en aille. Les larmes menaçaient, et plutôt mourir que pleurer devant Georgia Hamilton.

Une équipe de femmes de ménage s'affairait dans le reste de l'appartement. Mon sentiment d'inutilité ne fit que croître quand je les vis épousseter et ranger ce qui aurait pu m'occuper les mains et l'esprit. Le penthouse n'avait nul besoin d'une pareille armée. Il avait été préparé pour le retour de son propriétaire bien avant notre arrivée – probablement par les mêmes domestiques, d'ailleurs. J'avais fait de mon mieux pour le maintenir aussi propre et ordonné que je le pouvais, et ce débordement d'activité mettait en lumière ce que j'avais pu négliger. Certes, je n'avais jamais été une fée du logis, mais je fus tout de même touchée dans mon orgueil.

J'étais assise sur un canapé à essayer de me faire toute petite quand Georgia ressortit de la chambre. Aussitôt, les femmes de ménage terminèrent leur tâche et la rejoignirent, s'apprêtant à quitter les lieux dans son sillage. La mégère me toisa avant de soupirer.

— Vous n'avez rien de mieux à faire que rester assise, à vous prélasser dans le canapé de mon fils? Je déteste l'idée qu'il puisse s'être entiché d'une arriviste telle que vous!

Sur ce, elle se dirigea vers la porte. Là encore, une réplique cinglante faillit m'échapper. J'avais envie de la faire se sentir aussi pitoyable qu'elle le faisait avec moi. Malheureusement, mon sens de la repartie n'était pas à la hauteur de la toxicité de ses paroles. J'aurais peut-être réussi à m'y hisser si j'avais eu le goût de l'insulte et du mépris. Mais ses attaques me laissaient toujours sans voix.

Il n'est pas possible ce soit l'image que l'on ait de moi dans cette maison!

Ma respiration s'accéléra, le sang me monta à la tête, tandis que ma poitrine se serrait. Prise d'un brusque besoin de bouger, *d'agir*, je me levai. Mais la détresse eut raison de moi. Une main sur la bouche, je m'écroulai près des tabourets de bar. J'en agrippai un tout en m'efforçant de contenir le flot d'émotions qui me submergeait. Saisie de vertige, je me contraignis à retrouver mon souffle et inspirai plusieurs grandes goulées d'air.

Je reconnaissais les symptômes d'une crise de panique. Mon cœur était serré dans un tel étau que c'en était presque douloureux, et je dus lutter pour ne pas me laisser complètement submergée.

Soudain, un léger bruit de pas me parvint, et Jeremiah m'appela. Je me raccrochai à sa voix et réussis enfin à décontracter mes poumons oppressés.

— Par ici ! lançai-je.

À mon grand agacement, mes intonations étaient tremblantes. Quand je me relevai, je le découvris qui me dominait de toute sa taille en fronçant les sourcils.

— Qu'est-ce que vous fichez par terre ?

— Je m'étirais.

Bien que détestant la facilité avec laquelle j'avais menti, il était hors de question de lui avouer la vérité. Encore secouée, je me dirigeai vers la cuisine.

— Je vous prépare un en-cas ?

— Non merci, mais mangez si vous avez faim.

Ce fut à mon tour de froncer les sourcils.

— Est-il bien raisonnable d'être debout ? m'enquis-je.

— J'en ai assez d'être confiné dans ce fichu lit. Je me sens inutile.

Ce dernier mot me fit tressaillir, et je m'efforçai de n'y déceler aucune allusion directe à ma personne. Dans l'état d'esprit où je me trouvais, ce fut difficile.

— J'essaie d'aider, marmonnai-je, pitoyable.

Au moins, je lui tournai le dos, et il ne vit pas à quel point j'étais troublée.

— Je sais, soupira-t-il.

À cet instant, j'aurais tout donné pour sentir une caresse, entendre des paroles rassurantes. Au lieu de quoi, il garda le silence et me rejoignit dans la cuisine en boitillant. Je pris une boîte de céréales d'un placard, des œufs dans le réfrigérateur, trouvai de l'huile et des noix avant de me mettre en quête d'une poêle. En vain ! La pièce était immense, les placards trop nombreux. Je finis par dénicher sous un plan de travail un plat en verre qui pouvait convenir.

— Permettez que je vous donne un coup de main, proposa en Jeremiah en se rapprochant.

— Inutile, je vais me débrouiller.

— Lucy, je vous en…

— Puisque je vous dis que ce n'est pas la peine !

Ma réplique avait claqué. Honteuse de mon éclat, je me redressai trop vite. Le plat que je tenais heurta le coin du comptoir, m'échappa et éclata en morceaux sur le carrelage.

Je me remis à trembler alors que l'angoisse reprenait de plus bel. Je cherchai un balai et une pelle, mais n'en trouvant nulle part, je me rabattis sur un rouleau d'essuie-tout.

— Excusez-moi, murmurai-je en arrachant quelques feuilles.

— Attention, Lucy, vous êtes pieds nus.

— Il faut bien que je…

— Non ! Arrêtez ça ! Tout de suite !

Malgré sa faiblesse physique, le ton de Jeremiah était encore celui d'un homme habitué à donner des ordres. Je me figeai sur place, et un sanglot s'échappa de mes lèvres.

— Je n'en peux plus, chuchotai-je.

Un silence accueillit ma déclaration. Je me sentais incapable de regarder Jeremiah, avais juste envie de me rouler en boule dans un coin et de pleurer tout mon soûl. Je cachai mes mains tremblantes dans mon dos et tripotai le papier afin d'évacuer mon stress.

— Vous n'en pouvez plus de quoi? finit-il par demander.

— De ceci, de tout, répondis-je en désignant l'appartement d'un large geste du bras. Vous n'avez pas besoin de moi. Je vous aime tant, et malgré tout…

Je m'interrompis. Mes idées étaient si confuses que je n'étais pas en mesure de les formuler. Comme Jeremiah continuait de se taire, je fis une nouvelle tentative.

— Il faut que je sache où nous en sommes. Vous et moi.

Bon sang! Il m'en avait coûté de prononcer ces paroles. Je déglutis et, comme il ne réagissait toujours pas, enchaînai.

— Bien que le danger se soit éloigné, vous ne me touchez plus. Je suis totalement inutile ici, ça me tue…

Je marquai une pause, au bord des larmes. Haïssant ma faiblesse, je pris le temps de me reprendre.

— Ça me tue d'être auprès de vous et d'ignorer si…

Si nous avons ne serait-ce qu'une chance.

Ma gorge se serra. Inconsciemment, je venais de mettre le doigt sur le cœur du problème.

— C'est compliqué pour moi aussi, vous savez? dit Jeremiah. Vous n'êtes pas la seule à avoir l'impression d'être bonne à rien et prisonnière de la situation. Vous m'abandonneriez dans cet état-là?

La demande me fit tressaillir, et je ressentis une bouffée de honte. Mais la colère l'emporta.

— Si je ne le fais pas maintenant, quand? Quand serait-ce le bon moment? Dans une semaine? Un mois? Suis-je censée patienter en paressant et en profitant de votre richesse jusqu'à ce que vous me jetiez dehors?

— Ce n'est pas ce que vous faites, Lucy!

— Ce n'est pas l'impression que j'ai. Ni celle de votre chère mère, d'ailleurs. Vous bénéficiez de plus de soutien que nécessaire. Je n'ai rien à faire, aucun rôle à jouer dans votre rétablissement. Je passe mon temps à attendre, nous parlons à peine, je ne suis même pas certaine que vous appréciiez ma présence à vos côtés.

Le silence qui salua mes paroles réduisit à néant les ultimes lambeaux d'espoir que je nourrissais encore.

— M'avez-vous pardonné ? finis-je par murmurer.

Là encore, son mutisme dura trop longtemps. Je parvins à ne pas le quitter des yeux, guettant une réponse que je connaissais déjà.

— Je n'en sais trop rien, marmonna-t-il au bout d'un long moment.

C'était comme si on lui avait arraché les mots de la bouche, comme s'il avait refusé de les dire à haute voix.

— Je vais nettoyer mes bêtises, puis je partirai, décrétai-je avec un bref hochement de tête.

Le nœud qui comprimait ma poitrine était suffisamment puissant pour endiguer mes émotions. Vidée de la folle énergie qui m'avait animée jusque-là, je ramassai les éclats de verre avec soin et lenteur avant d'essuyer le carrelage. Jeremiah s'éclipsa, mais quand je sortis de la cuisine, je vis qu'il se tenait tout près de la porte.

L'un de nous aurait-il parlé, m'aurait-il prié de ne pas m'en aller, peut-être ma détermination aurait-elle faibli. J'avais conscience d'endosser le mauvais rôle de la méchante en le laissant alors qu'il était physiquement diminué, comme si je n'avais pas supporté ses faiblesses, comme si j'avais manqué de caractère. J'étais sûre d'une chose, toutefois : s'il m'avait dit qu'il me pardonnait, je serais restée avec lui pour l'éternité.

Mais Jeremiah n'était pas du genre à mentir, et son silence confirmait l'ampleur de ses incertitudes. Il se détourna de moi dans un mouvement brusque.

— Je vous commande une limousine.

— Jeremiah, dis-je en le retenant par le bras. Je ne relève plus de votre responsabilité. Nous sommes à Manhattan, je suis une grande fille, je trouverai un taxi en bas.

— Où irez-vous?

— Aucune idée.

Je n'avais en effet pas de plan précis et très peu de solutions dans l'immédiat. Heureusement, grâce à lui, je possédais un compte en banque bien fourni. Tirant de ma poche le téléphone portable qu'il m'avait donné, je le déposai sur la console de l'entrée.

— Gardez-le, lança-t-il alors. S'il vous plaît.

J'hésitai une seconde, obtempérai. La raison me dictait de quitter l'appartement sans regarder derrière moi, mais c'était au-dessus de mes forces. Je revins vers lui, me hissai sur la pointe des pieds et embrassai sa joue. Au dernier moment, il tourna la tête dans ma direction. Il prit mon menton en coupe dans le creux de sa main tiède, et des larmes perlèrent sous mes cils. Je ne voulais pas m'écarter, être celle qui romprait le plus tendre échange qu'il m'ait été donné de vivre. Mais comme mus par une décision mutuelle, nous reculâmes chacun de notre côté.

— Au revoir, chuchotai-je.

La tristesse que je lus dans ses yeux était insupportable, et je m'empressai de quitter la pièce. Finalement, ce fut le portier de l'immeuble qui se chargea d'arrêter un taxi. Malgré l'engourdissement de mes jambes qui rendait chaque pas difficile, je réussis à monter à bord de la voiture et priai le chauffeur de me déposer dans un hôtel en dehors de Manhattan. La circulation était dense, comme toujours, mais le chauffeur comprit vite que je n'étais pas d'humeur à converser, et c'est en silence que nous fîmes le trajet.

Je me laissai glisser dans une torpeur traversée par des pulsations de douleur – ce qui valait mieux qu'un chagrin déchirant. Rassemblant toute ma volonté, je m'appliquai à contempler le paysage. Le chauffeur me conduisit finalement à un bon hôtel de Clifton, dans le New Jersey.

Je montai dans ma chambre, m'allongeai toute habillée sur le lit et sanglotai jusqu'à ce que le sommeil m'emporte.

43

Le premier bouquet fut livré à mon bureau trois mois plus tard.

— On dirait que quelqu'un a un admirateur, plaisanta ma collègue Amanda, alors que je contemplais avec surprise la composition florale.

— Tu es sûre que c'est pour moi?

— C'est ce qu'indique la carte. Allez, crache le morceau : avec qui sors-tu?

Ignorant la question, j'arrachai la petite enveloppe, effectivement libellée à mon nom. À l'intérieur se trouvait un message de cinq mots qui firent s'accélérer les battements de mon cœur.

Je ne vous oublie pas.

— Lucy? Tu as l'air au bord des larmes! Que se passe-t-il? Qu'est-ce que ça dit? Montre!

J'écartai la carte de ses doigts avides et lui adressai un regard moqueur.

— N'es-tu pas censée faire de la lèche aux Canadiens?

— C'était le but de ma visite, justement. Ils sont de Québec et parlent plus français qu'anglais. Je crois qu'ils préféreraient quelqu'un d'autre que moi pour s'occuper d'eux.

— Qui t'a dit que je parlais français?

— Je t'ai vue le mois dernier avec le couple d'Haïtiens. Et puis, j'ai parcouru ton dossier. Tu es même née au Québec! Si ça se trouve, tu as des liens de parenté avec nos Canadiens d'aujourd'hui. Ou, du moins, fais semblant. Genre sœur perdue de vue, un truc comme ça.

— Ce n'est pas ton boulot? répliquai-je en secouant la tête mais avec un sourire.

Amanda Reed apportait son concours à la branche collecte de fonds du réseau des Médecins de l'Espoir et officiait dans mon petit bureau satellite de Brooklyn. Il s'agissait d'une très modeste association caritative, mais elle finançait les activités de mon amie Cherise, dont le mari médecin exerçait à Bornéo. Lorsque je l'avais recontactée en lui expliquant que je cherchais un job, elle m'avait aidé à décrocher un poste au sein de l'organisation. J'avais déjà eu l'occasion de rencontrer le fondateur des Médecins de l'Espoir lors d'un dîner où j'avais réussi à lever des fonds pour le compte de Cherise. Un détail qui avait facilité mon embauche.

Dès mon premier jour, j'avais compris que j'avais trouvé ma voie. J'avais beau être débordée de paperasse au quotidien, je tirais une véritable fierté de mon travail.

— Allez, Lucy! Sois sympa! Ça me rendrait vraiment service.

Amanda me faisait souvent penser à Cherise, boule d'énergie en mouvement permanent qui ne savait pas quand s'arrêter. C'était une jeune et jolie rouquine à cheveux courts couverte de taches de rousseur, à peine sortie de l'université. Elle arborait un éternel sourire, et je n'avais pas tardé à découvrir qu'il était extrêmement difficile de lui résister quand elle s'était mis en tête d'obtenir quelque chose – ce qui représentait un atout considérable pour quelqu'un dont le travail consistait à soutirer de l'argent à des donateurs.

— Bon, d'accord ! J'y vais. Mais tu es vraiment pénible !

— Super ! Tu me sauves la vie. Merci, merci, merci !

Elle profita de ces effusions pour tenter de regarder par-dessus mon épaule.

— Alors ? Qu'est-ce qu'il raconte, ce message ? Ce n'est quand même pas un secret d'État, non ?

Me contentant de lui adresser un clin d'œil lourd de mystère, je glissai l'enveloppe dans ma poche.

— Oh ! s'écria-t-elle en affichant un air dépité. S'il te plaît !

— Tu as quel âge ? Dix ans ?

— Seulement le vendredi, se réjouit-elle.

Levant les yeux au ciel, j'attrapai ma veste et la suivis.

Par la suite, les fleurs – du gros bouquet à la rose unique – continuèrent d'arriver régulièrement. Amanda n'avait pas renoncé à me harceler pour que je lui confie l'identité de l'expéditeur. Je n'avouai rien. Surtout parce que j'avais peur de nourrir de vains espoirs. Au printemps, la charge de travail augmenta, et ma collègue cessa de jouer les curieuses car elle était souvent en vadrouille pour ses rendez-vous.

De Jeremiah en personne, je n'eus droit à aucun signe en revanche.

Puis, un beau jour, les fleurs furent accompagnées d'un petit paquet.

— Ah ! s'écria Amanda, présente pour une fois. L'admirateur secret passe à la vitesse supérieure.

Elle se pencha vers moi en grimaçant.

— Quoi ? Une enveloppe à en-tête d'un notaire ? C'est un titre de propriété ? Franchement, il y a plus sexy, hein ?

Le front plissé, j'ouvris l'enveloppe et en tirai une épaisse liasse de papiers. Des Post-it de couleur étaient collés dans les marges. Sur la première page apparaissait une adresse familière qui retint immédiatement mon attention. La pièce se mit à tourner, heureusement, j'étais assise. Curieuse comme une pie, Amanda avait déjà commencé à lire.

— C'est où, ce patelin?

Sous le choc, je plaquai une main sur ma bouche.

— Je récupère ma maison, soufflai-je ensuite.

— Quoi? Ton admirateur secret t'achète une maison?

Je feuilletai les documents. Mon nom apparaissait sur quasiment chaque page, les Post-it indiquaient les endroits où ma signature était requise. L'évaluation du bien me laissa sans voix, et je dus m'agripper à ma table de travail quand je tombai sur des photos de la maison.

— Joli! siffla Amanda. Nom d'un chien! Tu en es vraiment propriétaire, maintenant?

— Qui a apporté ça? demandai-je.

C'était la première fois que je m'inquiétais de savoir qui livrait les fleurs. Amanda haussa les épaules d'un air étonné.

— Aucune idée. Renseigne-toi à la réception ou au courrier. Hé, qu'est-ce qui te prend?

J'avais bondi sur mes pieds et fonçai dans le couloir. Dédaignant l'ascenseur, je dévalai les trois étages jusqu'au rez-de-chaussée. Bien qu'il se soit écoulé plusieurs mois depuis les événements sur le pont, ma cheville restait fragile et se rappelait de temps en temps à mon souvenir. Je ne savais pas trop ce que je cherchais, ce qui ne m'empêcha pas d'être déçue quand, une fois dehors, je ne remarquai rien d'inhabituel. Je scrutai la rue, en quête d'un homme qui aurait eu la stature de Jeremiah. En vain. Ce quartier était assez peu fréquenté, et les rares personnes que j'aperçus ne ressemblaient en rien à mon milliardaire.

Une boule se forma dans ma gorge. Attrapant mon téléphone portable, je le contemplai durant quelques minutes.

Il contenait, parmi d'autres contacts, le numéro de l'homme qui aurait été susceptible de répondre à mes questions. Car je ne doutais pas de l'identité de celui qui venait de me racheter la maison de mes parents. Qui d'autre que Jeremiah était au courant, d'ailleurs? Mais pour des raisons connues de lui seul, il avait choisi de rester dans l'ombre. J'envisageai un instant de l'appeler avant de me raviser.

Je conservais ma fierté. Certes, elle avait été plutôt mise à mal quelques mois auparavant, mais j'avais commencé à me ressaisir et à recoller les morceaux. J'avais commis des erreurs, j'en étais consciente, et je regrettais parfois d'avoir abandonné Jeremiah dans son loft de Manhattan. Mais je n'avais aucun moyen de réparer les dégâts, force m'était de vivre avec la conséquence de mes décisions. Frissonnant, je m'emmitouflai dans ma veste et regagnai mon bureau.

Quelques jours plus tard, je trouvai dans ma boîte aux lettres personnelle une invitation à une cérémonie en mémoire de Lucas James Hamilton.

Je fixai longtemps le papier grisâtre avant de le remettre dans son enveloppe et de le déposer doucement sur le plan de travail de ma cuisine. Puis mon regard voilé de larmes balaya l'appartement. Mon salaire couvrait tout juste le loyer, mais le quartier était tranquille. Même sans travail, j'aurais pu rester ici un an grâce à mes économies. Après avoir tiré le diable par la queue durant tant d'années, j'étais rassurée d'avoir des réserves en cas d'urgence.

Le service commémoratif était prévu pour dans quatre jours. J'irais, bien sûr. Je n'avais aucun doute à ce sujet. Depuis que j'étais partie de chez Jeremiah, je ne savais rien de la suite des événements. Ni Marie ni ses collègues ne m'avaient contactée, j'ignorais si l'on avait retrouvé le corps de Lucas ou si les recherches avaient été abandonnées.

Je l'apprendrais d'ici peu.

Le temps splendide détonait avec la triste célébration quand je me rendis sur les lieux. Si Lucas avait été là, il aurait sûrement plaisanté sur les printemps new-yorkais. Et il aurait sans doute préféré ce soleil à la pluie. Mais porter le deuil en cette journée radieuse produisit un étrange effet sur moi.

Comme je m'y attendais, l'accès à la cérémonie était contrôlé, et je dus montrer mon invitation aux gardes postés devant l'entrée du pavillon où était organisé l'événement. Ils consultèrent la tablette sur laquelle devaient être listées les personnes conviées, puis finirent par secouer la tête.

— Votre nom n'est pas sur la liste, mademoiselle Delacourt.

— Elle est avec moi.

Jeremiah venait d'apparaître sur le seuil, et je respirai profondément tout en l'observant avec avidité. Ses cheveux étaient plus longs, effleurant le col de sa chemise. Il était toujours aussi beau, même si ne m'échappèrent pas les fines ridules d'un rose très pâle qui marquaient son visage, cicatrices indélébiles des horreurs que lui avait infligées Alexander Rush. Il s'appuyait également sur une canne, signe que le chemin du rétablissement était loin d'être terminé.

— Mais elle n'est pas sur la liste, monsieur !

— Voyez ça avec ma très chère mère.

Sur ce, il écarta les hommes, vint à ma rencontre et m'offrit son bras. Je n'hésitai qu'un instant avant de l'accepter et l'accompagnai à l'intérieur.

— Dois-je comprendre que Georgia a retiré mon nom de la liste ? demandai-je.

Je fus fière de constater que ma voix ne tremblait pas.

— Quoi qu'elle dise ou fasse, vous êtes mon invitée et la bienvenue.

Nous traversâmes à pas lent un petit vestibule qui débouchait sur une sorte de paradis. Je ne pus m'empêcher de pousser un cri émerveillé en découvrant un jardin de taille impressionnante, où les arbres et les parterres de fleurs composaient un ensemble harmonieux, parcouru d'allées pavées et ponctuées de pelouses qui auraient été idéales pour accueillir un pique-nique.

— Il s'agit d'une propriété que nous réservons à certains événements privés, m'expliqua Jeremiah. Des mariages et des fêtes, pour l'essentiel. Nous y venions souvent, dans mon enfance, et malgré les efforts de mon père pour tout gâcher, je conserve d'assez bons souvenirs de cet endroit.

— C'est magnifique.

Les arbres étaient en pleine floraison. L'hiver ayant été long, le spectacle était enchanteur.

— Comment allez-vous? finis-je par demander, un peu hésitante.

— Mon état s'améliore, même si ce n'est pas très flagrant au premier abord, maugréa-t-il en brandissant sa canne. Ma mère pense que cet objet n'a pour but que de me donner un air plus sophistiqué et élégant. Vous êtes d'accord?

Sur ce, il reposa la canne à terre, tendit le menton et prit la pause. Je n'en revenais pas d'avoir pareille conversation. Il paraissait beaucoup plus détendu, comme s'il avait été soulagé du poids d'un invisible fardeau.

— Vous avez toujours été sophistiqué, répondis-je. Quant à votre élégance, elle s'apparente plutôt à celle d'un éléphant dans un magasin de porcelaine.

— J'en prends bonne note.

Seule une partie des jardins avait été aménagée pour le service du souvenir et la réception qui suivrait. Les invités se mélangeaient les uns aux autres avec aisance. N'en connaissant aucun, je fus reconnaissante à Jeremiah d'éviter les divers groupes qui s'étaient formés. À un moment, une femme mince toute vêtue de noire et coiffée d'un chapeau extravagant à délicate voilette surgit à quelques mètres de nous. Malgré la distance, je n'eus aucun mal à reconnaître l'attitude hautaine de Georgia Hamilton. Par bonheur, elle ne s'approcha pas. Je me fichais d'ailleurs complètement de son opinion. J'avais été invitée par son fils, j'étais venue, elle devrait le digérer.

La cérémonie fut brève. Jeremiah fut le premier à s'exprimer, se contentant d'évoquer des souvenirs d'enfance. L'idée me traversa l'esprit de dire quelques mots, mais j'y renonçai en songeant que je n'avais pas connu Lucas suffisamment longtemps pour me permettre de faire son éloge. Mais plus sans doute que certains des auditeurs dans l'assistance.

Dès que ce fut terminé, des gens s'approchèrent de Jeremiah avec la claire intention de s'entretenir avec lui. Il les congédia poliment et m'entraîna à travers l'assistance. Je me souvins de l'accusation portée contre Georgia lors d'une précédente rencontre : elle aurait eu la sale habitude de monnayer des rencontres avec son fils milliardaire. J'espérais qu'elle n'avait pas osé s'abaisser à ce genre de manœuvres en ces tristes circonstances.

En même temps, cette horrible femme était capable de tout.

— On se promène un peu ?

Bras dessus, bras dessous, nous nous éloignâmes de l'assemblée. Un enfant courait au milieu du parc. Alors que nous nous éloignions dans le jardin, des rires d'enfants me parvinrent, de plus en plus nets.

— Le jardin fait partie d'un parc privé bien plus vaste, m'expliqua Jeremiah. Il existe un autre accès que celui par lequel nous sommes arrivés.

Un jogger nous dépassa, suivi par son chien tenu en laisse. L'une des allées donnait sur une aire de jeux, d'où venaient les rires que j'avais entendus. Des promeneurs flânaient, dotant les lieux d'un aspect étonnamment intime.

— Vous ai-je déjà dit quelle femme incroyable vous êtes?

Je déglutis et levai les yeux vers Jeremiah.

Ses prunelles vertes me transperçaient comme si j'étais transparente. Je m'éclaircis la voix.

— Non.

Son rire me réchauffa le cœur, et je serrai brièvement son bras.

— Alors, reprit-il, que devenez-vous?

— Je travaille, pour l'essentiel. Et je crois que vous savez où.

— Ah! Ainsi, vous avez bien reçu mes envois?

— Si, par là, vous entendez les fleurs, oui. Elles sont superbes. Je tenais aussi…

Je m'interrompis, me raclai de nouveau la gorge.

— Je ne sais pas comment vous remercier pour le… le plus gros cadeau.

— Rassurez-moi, vous ne comptez pas refuser?

La surprise me fit m'esclaffer.

— Je suis orgueilleuse, certes, mais pas à ce point! Je l'accepterai et me débrouillerai pour apaiser ma conscience. Merci.

J'appuyai ma tête à son épaule.

— Vous voyez quelqu'un?

La question était directe, voire audacieuse. Mais je m'étais plus ou moins attendu à ce qu'il la pose.

— Non. Pas comme vous l'imaginez en tout cas. Je vois une thérapeute une fois par semaine. Elle m'aide beaucoup.

— À faire quoi?

— À gérer mon trouble de stress post-traumatique.

Si cette révélation le surprit, il n'en montra rien. J'évitai de mentionner mes cauchemars ou mes accès de panique, le moment ne s'y prêtait guère. De plus, ils étaient moins fréquents ces derniers temps. Nous avançâmes en silence jusqu'au pied d'un pont pavé, où nous nous arrêtâmes près d'un vieux monsieur qui, assis sur un banc, nourrissait les pigeons et d'un jeune couple qui jouait avec un tout petit sur une couverture.

Jeremiah me lâcha et s'adossa à la palissade.

— Mon frère me manque.

— À moi aussi, admis-je, le cœur serré.

— Il lui arrivait de se comporter comme un vrai con, mais… Savez-vous qu'il me tirait régulièrement des griffes de notre père? Il était doué pour distraire Rufus en racontant n'importe quoi et détourner la colère paternelle sur lui, récoltant les châtiments qui m'étaient destinés.

— Il vous aimait, murmurai-je.

— Je sais. En revanche, j'ignore s'il se doutait que la réciproque était vraie. Et à quel point.

— Je crois que oui.

Lui prenant la main, je tirai dessus gentiment jusqu'à ce qu'il me regarde. Je repoussai une mèche égarée sur son œil, caressai du pouce une cicatrice qui boursouflait très légèrement sa peau. S'emparant de mon poignet, il pressa ma paume à plat sur sa joue.

— Et vous, chuchota-t-il, savez à quel point je vous aime?

Un petit cri m'échappa et, soudain, les larmes me montèrent aux yeux. Le souffle court, je luttai contre les émotions qui menaçaient de m'étouffer et secouai la tête. De son autre main, il prit mon menton en coupe et promena le bout de ses doigts sur ma tempe.

— Oui, je vous aime, ajouta-t-il. Je l'ai compris quand vous avez grimpé sur ce parapet pour sauter. Avant, même.

Il eut un bref sourire.

— Je pense l'avoir réalisé alors que vous étiez cette fille dans l'ascenseur dont les coups d'œil timides me rendaient dingue.

Il essuya une larme qui avait roulé sur ma joue. Me serrant contre lui, il lâcha sa canne, qui tomba à terre. Se penchant sur moi, il embrassa mon front.

— J'ai toujours estimé que les mots n'étaient pas nécessaires, continua-t-il. Trop banals, même. Puisque le sentiment existe, pour quelle raison le nommer? Mais la mort de Lucas m'a appris une chose: il faut parler aux autres pour qu'ils sachent. Alors, Lucy Delacourt, sachez que je suis fou amoureux de vous.

— Pourquoi?

Je me serais collé des claques! Quelle idiote! Dieu soit loué, Jeremiah se contenta de rejeter la tête en arrière et d'éclater de rire. Je le dévisageai en me rendant brusquement compte que je ne l'avais jamais vu aussi heureux. Il se rapprocha de nouveau, me caressa la joue, mais ne m'étreignit pas.

— Parce que vous êtes forte et courageuse, que vous pensez d'abord aux autres. Parce que vous êtes aussi belle à l'intérieur qu'en apparence, que je vous considère comme mon égale et que j'ai été très bête de vous laisser franchir la porte de mon appartement, il y a quelques mois de cela.

— Et Lucas? soufflai-je.

Il secoua la tête.

— Je suis mal placé pour vous jeter la pierre. Comme l'a si bien fait remarquer mon frère, mon comportement à son égard et à celui d'Anya me rend plus que coupable.

Il se tut, passa son pouce sur mon sourcil, et je blottis mon visage au creux de sa main réconfortante.

— Vous méritez qu'on se batte pour vous, et je regrette de ne pas vous avoir retenue alors.

— Alors? murmurai-je. Ça n'a pas été si difficile que ça, non?

Il s'esclaffa une nouvelle fois et m'enlaça. J'enfouis ma tête dans sa veste tout en nouant mes bras autour de sa taille.

— Je vous aime, chuchotai-je.

Il m'étreignit plus fort.

Je sentis une goutte tomber sur ma joue et crus à une larme. Quand une seconde frappa mon front, je relevai la tête. Le ciel s'était brusquement chargé de nuages, et il commençait à pleuvoir. Si le soleil perçait encore çà et là, il n'allait pas tarder à disparaître complètement.

— Souhaitez-vous retourner à la réception? demanda Jeremiah.

D'une main, je jaugeai l'intensité de la pluie.

— Je préférerais rester ici. Mais je regrette de ne pas avoir de parapluie. Ça pourrait se transformer en déluge.

— Attendez-moi, je reviens tout de suite.

— Quoi? Avec votre jambe? Non, nous n'avons qu'à…

— Écoutez-moi, Lucy, insista-t-il en me fixant droit dans les yeux. Ça ne me prendra que deux minutes.

Le regard rivé sur ses lèvres, je ne l'écoutai pas, envahie par une faim que je connaissais trop bien. Je collai impulsivement ma bouche à la sienne. Aussitôt, il me répondit, prenant le contrôle du baiser, et je me laissai fondre entre ses bras. J'avais oublié à quel point ses baisers étaient bons. Alternant mordillements et taquineries de la langue, il réussit à enflammer mon corps. Quand nous finîmes par nous séparer, j'avais le souffle court, et pas seulement à cause du baiser.

— Je reviens, murmura-t-il.

Je me dirigeai vers un banc abrité sous un arbre. Celui, où le vieil homme jetait des graines aux pigeons, auxquels s'étaient mêlés quelques moineaux.

— Vous voulez essayer?

Mon voisin avait un fort accent de Nouvelle-Angleterre. Il paraissait correct. Après avoir contemplé son sachet avec incertitude, je finis par hausser les épaules.

— Pourquoi pas?

Il me versa des graines dans la paume et, tour à tour, nous nourrîmes les oiseaux.

— Votre ami me semble être un homme très bien, dit-il au bout d'un moment.

— Je crois qu'il est du genre à s'engager, acquiesçai-je avec un léger sourire. Même si le chemin jusqu'ici n'a pas été facile.

— Les meilleures choses dans la vie le sont rarement. À en juger par le baiser que vous venez d'échanger, je pense qu'il est très amoureux de vous.

Il ponctua sa remarque d'un frémissement de sourcils suggestif qui fit monter le rouge à mes joues, puis consulta sa montre.

— Je dois terminer ma promenade, décréta-t-il en me tendant le sachet. Tenez, ils ont encore faim.

— Merci… commençai-je.

Je m'interrompis brusquement en découvrant les yeux bleu vert qui me contemplaient avec malice. L'espace d'une seconde, j'oubliai de respirer.

— J'ai entendu ce qu'il vous a dit, poursuivit l'homme, tandis que je m'efforçai de reprendre mes esprits. Je parie que son frère aurait adoré l'entendre de ses propres oreilles.

Il se lécha l'index et le tendit, comme pour tester le vent. La pluie choisit ce moment pour tomber plus dru. Elle se mit à dégouliner sur ma tête et mon visage, mais j'étais trop ébahie pour réagir et rompre le silence. Mon interlocuteur me sourit, dévoilant deux rangées de dents d'une blancheur éblouissante.

— Voilà qui convient mieux à un enterrement, commenta-t-il. S'il fait trop beau, les morts risquent de sortir de leur tombe, histoire de profiter du soleil.

Il se leva et s'étira. De mon côté, j'étais toujours aussi abasourdie.

— Ravi de vous avoir rencontré, mam'zelle, me lança-t-il avec un clin d'œil. On se reverra peut-être un de ces jours?

Il commença à s'éloigner. M'arrachant à ma stupéfaction, je bondis sur mes pieds.

— Attendez! Jeremiah voudrait…

— C'est un homme bon qui vous adore, répondit le vieux monsieur en suivant des yeux la direction par laquelle le milliardaire venait de s'éclipser. Prenez soin de mon frère, et dites-lui…

Il s'interrompit, réfléchit, puis termina en souriant:

— De se retirer le balai qu'il a dans le derrière!

— J'ai l'impression qu'il a commencé à faire des progrès en la matière, répondis-je. Vous seriez fier de lui.

À mon tour, j'étais tout sourire, au point d'avoir mal aux joues.

— Je le suis déjà. Prenez bien soin de vous, Lucy.

Il se redressa, se secoua puis, soudain, ses épaules s'affaissèrent, et il reprit l'allure de n'importe quel vieil homme en cardigan et pantalon de golf. Sifflotant une mélodie joyeuse, il s'éloigna sur le pont et disparut derrière un bosquet.

Je me rassis sur le banc et, aux anges, me remis à nourrir les pigeons. Peu après, Jeremiah apparut au détour d'un virage, le parapluie déjà ouvert au-dessus de la tête. Il s'approcha et m'abrita.

— Vous avez l'air bien heureux, commenta-t-il avant d'examiner le sachet sur mes genoux. Des graines?

— Si je vous racontais, vous ne me croiriez pas.

Plongeant de nouveau la main dans le sachet, je sentis tout un coup un objet dur au milieu des graines et l'en sortis. C'était une chevalière à l'anneau épais surmontée d'une grosse pierre noire. À l'intérieur étaient gravés des mots que le temps avait effacés.

— Qu'est-ce que… Montrez-moi ça?

Je remis le bijou à Jeremiah, qui l'étudia de près.

— *Audentes fortuna juvat*, déchiffra-t-il. Le vieil homme?

J'opinai, et il regarda partout alentour. Lorsqu'il fit mine de se lever, je le retins par la manche.

— Vous ne le trouverez pas, lui annonçai-je.

Jeremiah serra les poings.

— Pourquoi ne m'a-t-il pas averti?

— Il vient juste de le faire, le corrigeai-je, en continuant de tirer sur sa veste jusqu'à ce qu'il daigne baisser les yeux sur moi. Il a aussi entendu tout ce que vous m'avez dit.

Durant un instant, je crus qu'il allait s'entêter à courir à la recherche de Lucas, mais il finit par se rasseoir à côté de moi. Ses doigts jouaient avec la bague, que je contemplai avec curiosité.

— À qui appartenait-elle?

— À notre grand-père. Elle a disparu à peu près en même temps que Lucas. Il y est écrit en latin que la fortune sourit aux audacieux.

Il se tut, observa la chevalière plus longtemps puis me jeta un coup d'œil.

— Il a vraiment tout entendu? s'enquit-il.

Quand je hochai la tête, un sourire perplexe étira ses lèvres.

— Tant mieux, commenta-t-il en enfilant la bague. On continue la balade?

Il se releva et me tendit la main. Posant la mienne dans sa poigne ferme et rassurante, je me levai à mon tour et me penchai vers lui. Je posai la tête sur son épaule et nos doigts s'entrelacèrent. La pluie martelait la fine toile du parapluie, les gens alentour se dépêchaient de se mettre à l'abri de l'averse printanière. Nous déambulâmes le long des allées, heureux de l'instant partagé, indifférents à ce que le ciel nous déversait sur la tête.

44

— Vais-je enfin savoir qui est ton mystérieux admirateur? Omondieu! Puis-je me permettre de répéter pour la énième fois à quel point tu es *fabuleuse*, dans cette robe?

— Alors, merci encore pour le compliment! répliquai-je, amusée par l'exubérance d'Amanda. Et non, je te réserve la surprise pour tout à l'heure.

— Méchante fille! T'ai-je dit qui devait venir, d'après les rumeurs? Devine un peu! Beau, riche, puissant et à croquer! Sa présence sera *mon plat de résistance*[1]!

— Jeremiah Hamilton.

— Flûte! Je voulais garder ça pour moi. Ça a dû m'échapper. Sauf que je ne me souviens pas de t'en avoir parlé… Tu as vraiment trouvé toute seule? Si oui, t'es drôlement fortiche!

— Combien de cafés as-tu bu aujourd'hui, Amanda?

— Une quinzaine. Pourquoi?

Les invités commençaient à arriver, et je me dévissai le cou pour jeter un coup d'œil à la salle de réception. Amanda et ses collaborateurs s'étaient démenés, réussissant à obtenir la

1. En français dans le texte.

présence de célébrités sur notre tapis rouge. Les journalistes grouillaient, couvrant l'événement caritatif sous tous les angles. Pas de doute, nous ferions la une des journaux et des sites *people* dès le lendemain matin, ce qui serait une bonne publicité pour notre modeste organisation. Je n'aurais pu être plus fière d'avoir en partie organisé la soirée.

— Omondieu ! Cher est là ! Et là-bas, c'est Joan Rivers en train d'interviewer des gens ! Et là… Nom de Dieu ! C'est *lui* ! Le grand brun sexy à douze heures. À douze heures !

Je suivis des yeux la direction indiquée par son doigt. *Très sexy en effet.* Jeremiah sortait de sa limousine. Indifférent aux photographes, il grimpa les marches menant à la réception. À côté de moi, Amanda trépignait littéralement, alors que je ne pouvais qu'admirer l'homme que j'aimais avancer vers moi. Tout vêtu de noir, il se déplaçait avec une nonchalance nouvelle. Avec ses cheveux plus longs et savamment décoiffés, il n'avait plus grand-chose en commun avec l'homme à l'allure raide que j'avais connu autrefois.

— Il nous regarde ! Oh, je sens que je vais mourir s'il nous adresse la parole !

Lorsqu'il s'arrêta en face de nous, je crus entendre une espèce de couinement sortir de la gorge d'Amanda. Mais Jeremiah n'avait d'yeux que pour moi. Après m'avoir détaillée de la tête aux pieds, il afficha un sourire de prédateur.

— On en mangerait, déclara-t-il.

Je dus serrer les poings pour me retenir de passer la main dans sa tignasse.

— Vous êtes tout aussi époustouflant, répondis-je, sincère.

Il m'offrit son bras, que j'acceptai sans jeter un regard à Amanda, et lui emboîtai le pas. Dans les parages immédiats, les appareils photos se mirent aussitôt à flasher à tout va, et je tentai de les ignorer tout en me concentrant sur ma démarche, mes talons hauts menaçant de me faire trébucher.

— Omondieu ! Je suis *jalouse* !

Je retins un rire lorsque le commentaire presque crié d'Amanda flotta jusqu'à moi. Je n'avais pas fini d'entendre parler de ça au bureau.

La vaste salle de bal de l'hôtel était pleine à craquer. Les serveurs en smoking circulaient au milieu de la foule avec des plateaux de canapés et veillaient à remplir les verres de vin et les flûtes de champagne. Quelques couples dansaient déjà sur la piste, mais la plupart des invités étaient assis autour des tables qui y avaient été installées.

Jeremiah m'entraînait dans la cohue, une main possessive plaquée sur mes reins. Ignorant ses intentions, je fus ravie quand il m'enlaça sur la piste et entreprit de me faire tourner entre ses bras. Après deux pirouettes, je me collai à son torse afin de respirer son parfum. *Mon Dieu, qu'est-ce qu'il sent bon !*

— Vous avez choisi une robe différente de celle que je vous ai envoyée, souffla-t-il à mon oreille, son haleine tiède déclenchant mes frissons. Vous avez eu entièrement raison.

— Je n'ai pas à vous demander votre permission pour choisir ce que je porte, répliquai-je avec hauteur mais en m'efforçant de cacher à quel point le compliment m'enchantait. Et puis cette robe coûtait dix fois moins cher et n'a rien à envier à la haute couture.

— Puisque je vous dis que j'approuve.

L'orchestre entama un air plus lent, et il m'attira contre lui. Quand je sentis une protubérance appuyer sur mon ventre, je haussai les sourcils.

— Franchement ! ris-je. Maintenant ?

Sans répondre, il m'entraîna sur la piste, tandis que je débattais entre l'agacement et le désir qui enflammait mon corps, accentué par l'éclat avide qui luisait dans les prunelles vertes de mon cavalier. Je dus lutter pour garder le contrôle.

Nous étions convenus de ne rien précipiter, de nous contenter de rencontres autour d'un café ou d'un dîner, sans autre chose qu'un simple baiser avant de nous séparer.

Bon, j'avoue. Un soir, il y avait eu un peu plus à l'arrière de sa limousine.

Sauf que, ce soir, Jeremiah semblait prêt à jeter aux orties toutes nos sages résolutions.

La balle était dans mon camp.

La décision ne serait pas très difficile à prendre.

Trop heureuse de le tenir dans mes bras, je me fichais du reste. La musique cessa, et il m'attira hors de la piste, vers le couloir où se trouvaient les ascenseurs. Étouffant un rire, je le regardai appuyer sur le bouton d'appel.

— Décidément, plaisantai-je, c'est une obsession.

Il me plaqua fermement contre les portes métalliques, m'arrachant un petit cri de surprise.

— Que voulez-vous? Je suis un homme d'habitudes.

Se penchant sur moi, il captura mes lèvres et, sous l'assaut, je poussai un soupir ravi. Je renversai la tête en arrière, crochetai mes mains autour de sa nuque, me frottai à lui.

— Petite coquine, murmura-t-il, cependant que ses larges mains caressaient mes fesses. Vous ne portez pas de culotte.

— Est-ce que je gagne des points pour m'être préparée?

Dans mon dos, un tintement carillonna, et les portes coulissèrent. Je m'agrippai à Jeremiah qui me poussa à l'intérieur de la cabine. Secoué par un rire silencieux, il me souleva de terre et me colla contre la paroi du fond. Je poussai un nouveau soupir quand sa hampe durcie vint taquiner mon entrejambe.

— Que comptez-vous me donner? murmura-t-il en roulant du bassin. Votre corps? Votre âme?

Sa bouche picorait la peau délicate de mon cou.

— Tout ce que vous voudrez, soufflai-je.

J'enfonçai mes ongles dans ses épaules. Je sentis son érection s'insérer entre nous, gémis bruyamment quand son gland effleura mon sexe humide.

— Me donnerez-vous votre amour?

— À jamais!

Je pris son visage entre mes mains et l'approchai du mien afin d'embrasser sa bouche. Le besoin et le désir que je lus dans ses yeux attisèrent le feu qui me dévorait le ventre, mais ce fut la tendresse que j'y vis aussi qui fit fondre mon cœur.

— Je vous aime, répéta-t-il.

Il me pénétra au même moment et je gémis de plaisir. Mon regard vrillé au sien, un vague sourire aux lèvres, je me mis à rouler des hanches et il grogna.

— Et vous, murmurai-je, que comptez-vous me donner?

— Tout ce que vous voudrez, gronda-t-il.

— Je ne veux que votre amour, soufflai-je dans un nouveau baiser.

— Alors, sachez que vous l'avez, répondit-il, sa bouche jouant avec la mienne. Pour toujours.

Mon amour.

Épilogue

Ils ont survécu aux flammes, ils en portent les cicatrices, mais leur amour survivra-t-il à la réalité ?

1

— Vous persistez à refuser de me dire où nous allons?

— Oui.

— Allez, donnez-moi un indice!

— Non.

Je poussai un soupir.

— Vous savez bien pourtant que, ces derniers temps, je ne raffole pas des surprises.

Les prunelles vertes de Jeremiah étincelèrent comme deux émeraudes dans l'obscurité, tandis qu'un sourire sensuel étirait ses lèvres.

— Je crois que celle-ci vous plaira.

Je me tournai vers la vitre de la limousine pour qu'il ne remarque pas comment mon corps réagissait à sa promesse. Les gratte-ciel et le paysage urbain new-yorkais, qui m'étaient devenus familiers ces derniers mois, avaient disparu. Quelle que soit notre destination, elle se trouvait très en dehors de la mégalopole. Ce n'était plus que campagne alentour, des plaques de neige s'attardant sur les collines en dépit du temps qui s'était réchauffé. La main de Jeremiah glissa sur ma cuisse et vint serrer mon genou.

— Nous y sommes presque, m'annonça-t-il.

«Où donc?» La question me démangeait. Je tins cependant ma langue. Les phares illuminèrent soudain deux très hautes grilles, qui s'ouvrirent automatiquement devant nous. Nous nous engouffrâmes dans une allée sinueuse bordée d'arbres touffus qui dissimulaient le soleil couchant. J'eus l'impression qu'il nous fallait une éternité avant que les bosquets denses ne s'éclaircissent, dévoilant une sorte de vaste rond-point dominé par la plus immense demeure qu'il m'ait jamais été donné de voir.

Je restai bouche bée devant ce bâtiment qui avait plus des allures de château que de résidence secondaire. Il s'organisait sur trois étages, deux ailes encadrant un corps principal. Un escalier majestueux menait jusqu'au perron et la double porte d'entrée en bois.

Le chauffeur se gara à son pied et vint m'ouvrir la portière, tandis que je continuai à contempler l'édifice.

— La visite vous tente?

Les inflexions moqueuses de Jeremiah réussirent à me tirer de ma stupéfaction. Levant les yeux vers lui, je constatai qu'il me tendait la main. Il était beau comme un dieu, en chemise et pantalon noirs, ses cheveux bruns coiffés en arrière. Quelques boucles rebelles persistaient à encadrer le visage aux traits marqués que j'avais appris à vénérer. Acceptant son aide, je descendis du véhicule.

— Et moi qui trouvais votre maison des Hamptons immense, murmurai-je.

— Attendez d'avoir vu l'intérieur, rigola-t-il doucement.

Si la résidence familiale des Hamilton m'avait toujours fait penser à une forteresse, celle-ci m'évoquait plutôt un palais. Tout ici trahissait une fortune accumulée depuis longtemps. Du gazon luxuriant aux parterres colorés de fleurs printanières en passant par les dalles qui pavaient l'allée. Un maître d'hôtel aurait-il été planté, raide comme un piquet, près des hauts battants afin d'accueillir les visiteurs que je n'en aurais pas été autrement étonnée.

Aussi, je ne fus que modérément décontenancée lorsqu'une rousse en corset et talons, mais sans grand-chose de plus sur le dos, ouvrit la porte. Une délicate chaînette en or enserrait son cou, pareille à un collier de chien.

— Mon Maître vous souhaite la bienvenue, chantonna-t-elle d'une voix aux intonations coquines.

Figée, je la fixai jusqu'à ce que Jeremiah presse une main sur ma chute de reins.

— Entrons, voulez-vous ?

Après lui avoir lancé un regard perplexe, je pénétrai dans l'édifice, où il me suivit. Le vestibule, encadré par deux volées de marches en bois, était tout aussi grandiose que le laissait supposer l'extérieur. Toutefois, ce ne fut pas ce qui attira mon attention, mais les personnes présentes ; une grande femme, notamment, qui était assise sur…

Je plissai les paupières, sursautai. Sauf erreur de ma part, elle était installée non sur un siège, mais sur un homme vêtu d'un simple pagne. Un garçon, dans mes âges sans doute, était agenouillé devant elle, la tête sereinement posée sur ses cuisses. À son cou, une bande de cuir noir retenait une chaîne, dont l'autre extrémité s'enroulait autour du poignet de la femme. Cette dernière était habillée d'une combinaison qui la couvrait des chevilles à la gorge, et ses escarpins à talons aiguilles immenses donnaient l'impression de faire corps avec ses vêtements. À côté du trio, un homme tenait un plateau de petits-fours. Son corps n'était couvert que d'un cache-sexe. Une cagoule en cuir noir dissimulait entièrement ses traits complétait sa panoplie.

— Jeremiah, soufflai-je avec raideur.

J'avais prononcé son prénom d'un ton lourd d'interrogations. D'autant que, à cet instant, le serveur tourna les talons et s'éloigna, m'offrant une vue privilégiée sur son fessier dénudé.

— Si rien de cela ne vous intrigue, répondit le milliardaire à voix basse, nous pouvons nous en aller.

« Intriguer » ? Le mot était bien faible pour refléter ce que je ressentais en ce moment. J'ignore à quoi je m'étais attendu, mais pas à ceci, c'était certain.

— Je croyais que nous allions à une soirée ? sifflai-je.

— C'est le cas. On avance ?

Je levai la tête vers lui avant de reporter mon attention sur la porte au-delà de laquelle s'était éclipsé le domestique masqué et nu.

— Je ne sais pas trop, chuchotai-je. Vous essayez de me faire avoir une crise cardiaque ?

Il rit doucement, mais ne me força cependant pas à pénétrer plus avant dans la demeure.

— Gabriel est un vieil ami, dit-il. Nos chemins ont divergé après le lycée, mais nous sommes restés en contact.

— Cette maison lui appartient ?

Pétrifiée, je m'interdis de fixer un groupe qui venait de surgir d'une pièce adjacente. Deux hommes et une jeune fille. Celle-ci s'esclaffa lorsque le premier de ses compagnons la souleva dans ses bras, tandis que le second lui assenait une claque sur les fesses. Ils grimpèrent l'escalier quatre à quatre et, au premier étage, disparurent en direction de l'une des ailes.

— Et quel genre de soirée organise-t-il ? marmonnai-je, à peine audible.

— Le genre qui plaît à ses amis.

— Vous y avez donc déjà assisté, puisque vous êtes amis ?

— Plusieurs fois.

J'avais du mal à imaginer Jeremiah à quatre pattes par terre, servant de siège à une espèce de Dominatrix. Mes pensées me ramenèrent aux ébats qu'il m'avait imposés par le passé, et je me raclai la gorge.

— J'ai l'impression d'être un peu trop habillée, soufflai-je.

— Tout va bien. Ne participent que ceux qui en ont envie.

«Participer»?

C'est agrippée au bras de mon cavalier que j'acceptai de me laisser entraîner vers les échos d'une musique aux basses assourdissantes. Dans la pièce suivante, mon regard fut immédiatement attiré par les alcôves éclairées qui s'alignaient le long du mur du fond. Dans l'une d'elles, une femme en corset écarlate et cuissardes dominait un homme plus jeune qu'elle qui rampait à ses pieds. Elle planta l'un de ses hauts talons dans son dos tout en lui adressant la parole. Si je perçus sa voix, je ne distinguai par ses mots. En revanche, malgré la distance, je déchiffrai l'expression adoratrice qui baignait le visage de son souffre-douleur.

Dans la niche voisine, une fille était suspendue au plafond., entièrement ficelée dans des cordes. Elle avait les paupières closes et les traits empreints de sérénité, tandis que, près d'elle, un homme torse nu paraissait monter la garde en silence.

La plupart des invités étaient installés au centre de la salle dans de profonds canapés et fauteuils en cuir, occupés à bavarder. Bien que consciente de mon impolitesse, je ne pus m'empêcher de suivre des yeux un homme qui traînait dans son sillage une femme, elle aussi entièrement ligotée, sauf au niveau de ses seins que les cordages l'enveloppant semblaient au contraire mettre en valeur. Les différents nœuds avaient des allures d'œuvre d'art, et l'inconfort apparent de la situation provoquait pourtant chez la prisonnière une étrange extase qui m'échappa complètement.

— Ainsi… euh… vous assistez souvent à ces fêtes? bégayai-je.

— Pas ces derniers temps, répondit Jeremiah, dont la paume glissa imperceptiblement du creux de mes reins à la naissance de mes fesses. Mais je tenais à vous présenter à Gabriel.

— Rien de plus? demandai-je en lui jetant un coup d'œil en biais.

Je doutai en effet qu'il m'eût amenée ici juste pour que je fasse la connaissance d'un vieil ami. La commissure de ses lèvres se souleva légèrement.

— Même si ces pratiques peuvent vous paraître extrêmes, elles reposent sur un consentement mutuel. Il ne me viendrait jamais à l'esprit de vous y soumettre, à moins que vous ne m'y ayez autorisé au préalable.

— Vous pouvez toujours courir, lâchai-je en donnant un coup d'épaule dans son bras.

Il me pinça les fesses.

— Vous auriez sûrement l'air exquis, attachée et à la merci de mon plaisir.

Cette réflexion alluma un incendie au creux de mon ventre ainsi que des frissons d'anticipation, et j'inspirai une goulée d'oxygène. La main de mon cavalier plaquée sur ma robe avait tout d'un fer rouge et proclamait aussi sûrement qu'un collier de chien que je lui appartenais corps et âme.

Je m'intéressai de nouveau à ce qui se passait autour de nous, appréhendant cette fois les choses à travers la brume du désir que Jeremiah venait d'éveiller en moi. Si je n'étais pas certaine de tenir à ce qu'on me ligote aussi férocement que ces femmes ou qu'on me trimballe au bout d'une laisse, force m'était d'admettre que je m'interrogeais sur l'effet que cela était susceptible de provoquer en moi.

— Lucy Delacourt, permettez-moi de vous présenter Gabriel Steele, l'un de mes plus vieux amis, par ailleurs maître de cette maison et de cette soirée.

Je tendis la main en un geste automatique avant d'étouffer un petit cri de surprise quand je regardai réellement l'homme en question. Torse nu comme il l'était, il donnait l'impression d'être encore plus immense et puissant qu'il devait l'être habillé. Ma réaction n'était pas seulement due à sa taille – il mesurait plus de deux mètres – mais au sentiment de domination viscérale qui émanait de lui. Je réussis à grand-peine à me retenir de laisser échapper les premiers mots qui me vinrent à l'esprit – «Mon Dieu! Vous êtes un géant!» – tandis que sa main happait entièrement la mienne. Il ne fut pas dupe, cependant, car ses yeux se plissèrent sous l'effet de l'amusement.

— Mademoiselle Delacourt, me salua-t-il en déposant un baiser sur mes doigts, c'est un plaisir de rencontrer celle qui a dompté Remi.

— Dompté est un bien grand mot, objectai-je en levant les yeux au ciel.

Gabriel vrilla son regard sur Jeremiah avant de le reposer sur moi.

— Peut-être admit-il, un sourire aux lèvres. Tu sembles heureux, ajouta-t-il à l'intention de Jeremiah. Serait-ce dû à la présence de cette jeune et ravissante personne?

L'interpellé hocha la tête, et une vague de fierté me submergea.

— Nous ne sommes pas encore sûrs de participer, ce soir, dit-il.

Gabriel acquiesça.

— N'hésite pas à me faire savoir si tu as besoin d'un salon privé. Je suis heureux de te revoir, vieux pote.

Sur ce, le propriétaire des lieux s'éloigna. Au passage, il indiqua de l'index à une fille en costume de marin très révélateur de le suivre, et tous deux empruntèrent l'escalier.

— Un salon privé? chuchotai-je.

— Tout le monde n'apprécie pas forcément de faire l'amour en public, répondit Jeremiah.

— Pardon?

Au même moment, des cris m'incitèrent à me retourner. Je vis une fille entièrement nue, écartelée face contre le mur, les poignets et les chevilles prisonniers d'anneaux rivés dans la paroi. À côté d'elle, un homme assenait des coups de cravache sur ses fesses. Les claquements résonnaient dans la pièce, tandis que la victime poussait des gémissements de plaisir.

Stupéfaite, j'écarquillai les yeux et découvris, non loin de là, un autre dominateur assis sur un divan. Un homme blond était agenouillé devant lui, les mains nouées dans le dos. Impossible de se méprendre sur ce qu'il était en train de faire, à en juger par les va-et-vient de sa tête entre les cuisses du premier, lequel l'encourageait en accompagnement ses mouvements d'une main qui agrippait ses boucles dorées.

Une nouvelle vague de désir me submergea, et une vague de chaleur inonda mon bas-ventre, dont les muscles se contractèrent sous l'effet d'un besoin aussi violent que soudain. Incapable de me détourner du spectacle, j'avais le souffle court et la chair de poule. Jeremiah se pencha vers moi.

— Vous aimez regarder? susurra-t-il à mon oreille. Coquine!

Ses inflexions lourdes de promesses me serrèrent la gorge.

— Comment avez-vous deviné? ripostai-je.

Je m'étais en vain efforcée d'adopter un air désinvolte, et ma voix était sortie en un filet étranglé. Il émit un ronronnement de plaisir étouffé et se rapprocha encore.

— Je peux humer votre désir, souffla-t-il, ses lèvres aussi légères que des ailes de papillon contre mon lobe.

Ces mots pourtant tout simples m'électrisèrent, et le brasier en moi redoubla d'intensité. Les jambes en coton, je fus obligée de m'appuyer contre mon compagnon. Son bras passé autour de ma taille me colla à lui dans une étreinte implacable, et je me mordis les lèvres en sentant son érection dans mon dos.

— Je veux vous prendre là-bas, sur le bar, maintenant, dit-il d'une voix âpre. Devant tous ces gens. Qu'ils voient combien vous êtes belle. Et qu'ils sachent que je peux disposer de vous à ma guise.

Haletante, je ne résistai pas lorsqu'il me plaqua contre un mur. Il enroula ses doigts dans ma chevelure et tira sèchement ma tête en arrière, m'arrachant un petit cri de douleur, et me contraignit à le regarder. Avide, je m'agrippai à lui tandis qu'il mordillait ma nuque. Il posa sa main en coupe sur mon mont de Vénus.

— Faut-il que je vous prenne ici pour que vous puissiez profiter du spectacle, petite voyeuse? ronronna-t-il.

Malgré la brume sensuelle qui encombrait mon esprit, j'avais encore suffisamment de raison pour ne pas oublier que nous n'étions pas seuls. Aussi, et bien qu'il me déplaise de décevoir mon amant, j'embrassai le creux de sa paume en priant pour qu'il comprenne.

— Désolée, chuchotai-je. Je ne peux pas.

Il lâcha mes cheveux, me serra contre lui et me souleva entre ses bras.

— Ne vous excusez jamais d'exprimer ce que vous ressentez, me morigéna-t-il.

Sur ce, il traversa la salle à pas de loup en direction d'un escalier. Accrochée à son cou, je me laissai emporter à l'étage sans protester jusqu'à ce que nous parvenions à une petite pièce obscure. Ce ne fut qu'alors qu'il me reposa à terre.

Sur le sol, dans un angle, un vaste panneau vitré offrait une vue panoramique sur le rez-de-chaussée. Je me rendis compte que je n'avais pas songé à regarder le plafond, quand nous étions en bas. D'ici, nous avions une bien meilleure appréhension de ce qui se déroulait dans la vaste salle. J'entendis Jeremiah refermer la porte et tirer le verrou.

— Là nous sommes tranquilles, lâcha-t-il. La vitre est un miroir sans tain. Rassurez-vous, personne ne nous aperçoit, d'en bas.

L'unique éclairage provenait des lumières du rez-de-chaussée. La silhouette et le visage de Jeremiah se découpaient en ombres chinoises près de l'entrée. Il s'adossa à la porte, croisa les bras, et les battements de mon cœur s'accélérèrent.

— Déshabillez-vous ! m'ordonna-t-il d'un ton sans appel.

Je me connaissais assez à présent pour savoir que le tremblement de mes doigts ne devait rien à la peur. À chaque vêtement que je retirais, mon feu intérieur s'intensifiait. Sans un mot, Jeremiah m'observa déboutonner mon corsage et mon pantalon, qui tombèrent en tas à mes pieds. Mon soutien-gorge les suivit. Une fois à la culotte, je marquai un instant d'hésitation.

— Elle aussi ! gronda Jeremiah.

— Vous êtes sûr qu'on ne nous voit pas ?

— Seriez-vous en train de vous rebeller ?

Le calme mortel de ses intonations me fit frémir.

— Non, Maître.

Je m'empressai de me débarrasser de mon sous-vêtement, espérant que personne n'avait une perspective directe et imprenable sur mon derrière. Je jetai un coup d'œil à travers la vitre, puis sursautai lorsque je relevai la tête, car Jeremiah était maintenant juste devant moi. Je ne l'avais pas entendu approcher. L'ancien militaire d'élite était doué pour ça.

Ses doigts rugueux caressèrent ma clavicule, descendirent entre mes seins, s'attardèrent sur mon ventre. Mes muscles tressaillirent à ce contact qui les échauffa et éveilla leur impatience. Jeremiah poursuivit son exploration, s'arrêta cependant juste au-dessus de mon sexe.

— Allongez-vous à plat ventre sur la vitre, m'ordonna-t-il. Mains sur le carreau, jambes écartées.

Je cessai de respirer. Néanmoins, toute velléité de protestation s'éteignit devant le regard inflexible dont il me toisait. Baissant les yeux, j'obtempérai. Si, contrairement à ce qu'il affirmait, la vitre était transparente, et si quiconque songeait à lever la tête vers le plafond, mon corps serait entièrement exposé. Néanmoins, je me mis en place et attendis tout en contemplant ce qui se passait au rez-de-chaussée.

Les choses avaient quelque peu évolué. Deux hommes, un blond et un brun, enchaînaient une femme à un mur. Elle était aussi dénudée que moi, menue en comparaison des colosses qui s'occupaient d'elle. Je ne pus distinguer l'expression de ses traits, mais ma respiration se fit de nouveau haletante lorsque le brun s'accroupit devant elle et jucha les jambes de sa victime consentante sur ses propres épaules. Il enfonça son visage entre les cuisses de la femme, tandis que son acolyte blond l'attrapait rudement par les cheveux pour lui plaquer un violent baiser sur les lèvres. À cet instant, des doigts effleurèrent mon intimité, et un léger cri m'échappa.

— Vous mouillez comme une folle, constata Jeremiah.

Je me retournai la tête vers lui, il secoua la tête.

— Regardez en bas ! me commanda-t-il.

La femme se tordit dans ses liens quand le blond plongea sa bouche à hauteur de ses seins et entreprit de titiller ses tétons. Le dos arqué, elle avait les lèvres entrouvertes sur un gémissement de jouissance que, sans l'obstacle de la vitre, j'aurais sûrement perçu. Mon sexe trempé était douloureux dans son impatience d'être touché.

— Jeremiah ! murmurai-je, tandis que la femme en bas semblait émettre un nouveau cri de bonheur.

Les doigts de mon compagnon dansèrent sur mes fesses, puis entreprirent d'écarter mes lèvres. Un souffle chaud caressa un bref instant ma peau, et Jeremiah plaqua sa bouche sur mon clitoris. Je geignis, mes bras fléchirent. Mes coudes heurtèrent le carreau, le choc se répercutant à travers tout mon corps. Incapable de résister à l'assaut que subissait mon sexe, je posai la joue sur le verre. Ma poitrine était écrasée dessus, mais je me moquais désormais qu'on me voie ou non.

— Hmm… marmonna mon amant. Cela faisait longtemps que je ne vous avais pas léchée. Ça m'a manqué.

Sa langue se promena sur mon con, et je gémis de plus belle.

— J'adore quand vous manifestez ainsi votre plaisir, ajouta-t-il.

Je répétai son prénom en une sorte de sanglot étranglé, et il enfonça deux doigts dans mon vagin. Me tortillant sous l'effet de la jouissance, je regardai de nouveau la salle. Le blond avait remplacé le brun devant la femme. Cette dernière crocheta ses jambes autour des hanches de l'homme qui la pénétra brusquement. Il se mit à aller et venir en elle, les muscles de ses fesses se contractant et se relâchant tour à tour.

Jeremiah bougeait ses doigts en moi au rythme des mouvements de l'homme, ce qui m'excita au point d'en perdre l'esprit. Le bruit d'un préservatif qu'on déballe parvint à mes oreilles au moment où le brun détachait la prisonnière. Son camarade s'allongea sur le sol, la femme toujours empalée autour de son pieu, puis le premier la poussa en avant de façon à ce qu'elle soit couchée sur le torse de son amant.

Jeremiah retira ses doigts et sa queue se présenta devant mon vagin dégoulinant de désir. Il s'enfonça en moi avec une lenteur délicieuse, tandis que, en bas, le brun pénétrait son esclave. Le front sur la vitre, je savourai la présence du membre imposant qui écartelait mes intérieurs, la seule sensation de ses allées et venues déclenchant en moi des bouffées d'un plaisir toujours plus intense.

— Vous êtes à moi, souffla Jeremiah d'une voix à la fois douce et dangereuse alors que ses hanches appuyaient leurs mouvements.

Je poussai un cri, fermant les paupières pour mieux m'adonner à ma jouissance. J'inclinai le bassin afin qu'il puisse s'enfoncer encore plus profondément, ce qu'il fit aussitôt, tandis que ses doigts agrippaient ma peau.

Je me redressai sur mes avant-bras afin d'aller à la rencontre de ses coups de boutoir. Une paume appuya sur la chute de mes reins, et je me cambrai docilement. Une brève inspiration étouffée dans mon dos récompensa mon geste. En souriant, je fis jouer mes muscles, ceux de mon ventre comme ceux de mes fesses, exerçant une pression maximum sur sa hampe. Il grogna.

— Ah ! Vous êtes si étroite !

Ravie, je reportai mon attention sur le rez-de-chaussée. La scène qui se déroulait faillit provoquer une exclamation de surprise. Les deux hommes chevauchaient leur proie en un ensemble tellement parfait et sensuel qu'on avait l'impression que les trois corps n'en formaient plus qu'un. L'harmonie sexuelle qui m'était ainsi révélée était un excitant en soi, et j'étais captivée.

Jeremiah écarta les globes de mes fesses, se mit à les pétrir avec force tout en coulissant au milieu. Son souffle rauque indiquait qu'il était au bord de l'orgasme. Moi aussi, d'ailleurs. Soulevant une fois encore les hanches, j'adaptai mes mouvements aux siens, et ma jouissance prit rapidement un nouvel essor.

Comme s'il lisait dans mon esprit, Jeremiah glissa alors une main sous mon ventre et alla caresser légèrement mon clitoris, une seule fois. Je me cambrai, envahie par des sensations indescriptibles. Je poussai un grand cri, puis un second lorsqu'il répéta la manœuvre.

— J'adore vous entendre hurler de plaisir, souffla-t-il à mon oreille qu'il mordilla.

L'extase qui couvait explosa avec toute la subtilité d'un coup de tonnerre. L'orgasme me submergea comme une vague, et mes gémissements rebondirent sur les murs de la petite pièce. Le corps frémissant, j'écoutai Jeremiah pousser des grognements sourds. Ses ongles griffèrent mes chairs, et il éjacula. Ses dents mordirent mon épaule presque douloureusement, mais ne firent qu'ajouter à l'intensité de cette jouissance simultanée. Puis il déposa un baiser dans mon dos et se laissa aller sur moi, ses bras le long des miens, pendant que nous reprenions haleine. Je déplaçai légèrement ma main, entremêlai mes doigts aux siens. En retour, il les serra tendrement.

Au rez-de-chaussée, le trio se relevait, en ayant apparemment terminé lui aussi avec sa quête de plaisir. Autour de lui, plusieurs personnes applaudirent, ce qui me sembla étrange.

— C'était un spectacle? demandai-je à Jeremiah, qui se retirait de moi.

— Non, c'était réel, répondit-il en embrassant mon omoplate. Les autres expriment juste leur satisfaction d'avoir eu droit de les regarder. Quand nous redescendrons, vous aurez l'occasion de leur dire vous aussi combien vous avez apprécié. Si vous le voulez, bien sûr.

Je me sentis rougir.

— Je ne pourrais jamais, marmonnai-je. Vous êtes certain qu'on ne nous a pas vus, hein?

— Cela aurait-il une quelconque importance?

Je me relevai et commençai à me rhabiller en méditant sa réponse. L'idée que des inconnus m'observent en train de faire l'amour n'était plus aussi répugnante, soudain. Surtout que je venais moi-même de mesurer le plaisir que cela procurait. Personne n'était intervenu dans les ébats exposés çà et là, personne n'avait tenté de s'y joindre. Ce qui représentait ma plus grande crainte – que quelqu'un essaie de me toucher. Même si mon instinct me disait que Jeremiah ne l'aurait pas toléré. Ce soir, tous s'étaient montrés très respectueux du territoire de chacun. En dépit des accessoires ostentatoires et des démonstrations évidentes d'une sexualité débridée, je ne me sentais pas du tout mal à l'aise.

Je balayai la chambre des yeux et remarquai un lit.

— Nous n'avons même pas réussi à atteindre le lit, fis-je remarquer.

Jeremiah me régala d'un sourire carnassier.

— Si madame souhaite l'utiliser, je n'y vois aucune objection, dit-il en me prenant fermement dans ses bras.

J'assenai une tape sur son épaule, mais offris ma gorge à ses baisers qui remontèrent peu à peu jusqu'à ma bouche. Lorsqu'il plaqua ses lèvres aux miennes, je gémis, et mon corps épousa les contours du sien sous l'effet d'un incendie renouvelé.

À cet instant, son portable sonna.

— Ne décrochez pas, l'implorai-je dans un murmure.

Je promenai mes doigts sur son torse, piquai sa bouche et sa mâchoire de petits baisers, et refermai mes doigts sur l'érection renaissante qui s'était manifestée. Il se figea.

— Désolé, il faut que je réponde.

Après un baiser sur mon front en guise d'excuse, il se libéra doucement de mon étreinte et sortit l'appareil de sa poche. Il contempla l'écran, se dirigea vers la porte.

— Oui?

Il disparut dans le couloir, m'abandonnant. Je restai un moment immobile, débattant de ce que je ressentais. Ces épisodes s'étaient multipliés, ces derniers temps, situations embarrassées où Jeremiah interrompait ce que nous étions en train de faire pour répondre à un coup de fil. J'essayais de ne pas le prendre personnellement – après tout, c'étaient ses affaires, je n'avais pas à m'en mêler. Cependant, des élans d'égoïsme me donnaient envie de lui arracher le téléphone pour qu'il me consacre plus d'attention.

Je tentai de me recoiffer, lui laissant tout le temps de revenir vers moi dans l'espoir de finir ce que nous venions d'entreprendre, mais les minutes s'écoulèrent sans qu'il réapparaisse. Poussant un soupir, je quittai la pièce et redescendis les marches. Seule.

2

— Je suis tellement contente de te retrouver ! m'exclamai-je en enlaçant Cherise avant de l'entraîner à l'intérieur. Quand es-tu arrivée à New York ?

— Hier soir, répondit-elle en observant le penthouse avec hébétude. David aurait bien voulu venir. Après tout, il connaît si mal la ville.

L'appel inattendu de Cherise avait été une heureuse surprise.

— J'aurais adoré le voir lui aussi, dis-je. Comment vas-tu ?

— Bien. Mais toi, plutôt ? Ma belle, tu as sacrément grimpé dans l'échelle sociale ! C'est donc ici que tu vis maintenant ?

— La plupart du temps, oui, éludai-je.

J'avais gardé mon petit studio mais, à ce stade, c'était plus par principe qu'autre chose. Je passais l'essentiel de mes nuits dans ce loft, entre les bras de Jeremiah. Il n'empêche, pour une raison quelconque, le formuler m'aurait semblé de la vantardise.

— Tu travailles toujours dans ton association caritative? Tu avais l'air de t'y plaire.

— Non, soupirai-je en secouant la tête avec tristesse. J'en suis partie quand ils ont su que je sortais avec l'un de nos plus gros contributeurs. Le mélange des genres était un peu bizarre.

Mon amie fronça les sourcils.

— Les autres ont commencé à te harceler pour obtenir plus d'argent? s'inquiéta-t-elle.

— Non, c'était moi qui me sentais mal à l'aise, expliquai-je avant de partir d'un rire nerveux. Tu sais de quel milieu je viens. J'ai encore des difficultés à m'habituer au fait que mon mec soit l'un des hommes les plus riches au monde.

— Eh bien, je te conseille de t'y faire très vite. J'ai vu la manière dont il te regardait. Il est dingue de toi!

— Mais toi? Bornéo? Raconte!

— Super. Très gratifiant. Nous avons obtenu un scanner pour la clinique, surtout grâce à la campagne de dons que tu as gérée. À présent, David envisage des travaux. Il voudrait doubler la taille de nos locaux.

Cherise et son mari David, médecin, géraient un modeste dispensaire sur une île indonésienne. Nous avions tous les trois fréquenté la même université, et le destin nous avait réunis par hasard à Paris l'année précédente. Tandis qu'elle continuait à évoquer la jungle et les personnes qu'ils aidaient, une boule se forma dans ma gorge. Elle dut s'en rendre compte, car elle s'interrompit au beau milieu d'une phrase et me lança:

— Qu'est-ce que tu as?

— Rien, atermoyai-je.

— À d'autres!

Se levant de son fauteuil, elle traversa le salon et s'assit près de moi, sur le canapé.

— Allez, crache le morceau.

Je haussai les épaules et réfrénai un nouveau soupir.

— Ce n'est pas grand-chose, murmurai-je. Je t'envie, c'est tout. Pendant que je me contente de déguster du caviar et d'écumer la ville en limousine, toi, tu sauves le monde et répares les jambes cassées des orphelins. J'ai juste l'impression d'être… inutile.

— Tu manges du caviar tous les jours? Sans blague?

Je souris.

— Pas vraiment, non. Je n'aime pas ça.

— Ma vieille, si tu fais la fine bouche devant pareil mets, je n'ose pas te parler de ce qu'il m'est arrivé d'avaler!

Elle me contemplait d'un œil brillant, comme si, au fond, elle mourait d'envie de me le dire quand même.

— Pourquoi ne pas reprendre ton boulot? enchaîna-t-elle. Jeremiah te l'a-t-il interdit?

— Oh non! m'empressai-je de le défendre. C'est seulement que… j'ai le sentiment que, dorénavant, je suis censée me couler dans un moule, porter des tailleurs et d'immenses chapeaux, des trucs comme ça.

— Chérie, c'est de toi qu'il est tombé amoureux, pas d'une banale mondaine. S'il en avait désiré une, je ne doute pas qu'il lui aurait suffi de secouer l'arbre pour qu'il en dégringole des dizaines à ses pieds.

— J'ai du mal, dans les conversations, quand les gens évoquent sa fortune. Or ils le font souvent. Je suis sûrement trop sensible, mais on croirait qu'ils le réduisent à cela. À un porte-monnaie géant.

Cherise observa un moment de silence avant de prendre ma main et d'insister :

— Je comprends que ça te pose un problème. Mais est-ce vraiment tout? Ne pourrais-tu pas en parler avec lui? Voir ce qu'il en pense?

Je secouai la tête.

— Depuis un mois environ, il est en retrait. Nous avons passé un très bon moment ensemble cette nuit (le seul souvenir me rosit les joues), mais il est de plus en plus absorbé par ses affaires. Il s'éloigne.

— Tu ne crois tout de même pas qu'il…

— Non, non! Je suis certaine qu'il ne me trompe pas. Il bosse, rien de plus. Et je ne le vois pas beaucoup.

— Tu n'es qu'une dinde! décréta alors Cherise. Tu démissionnes et tu t'attends à ce qu'il occupe tes journées?

— Hé! protestai-je en riant jaune. Tu es supposée me remonter le moral! Je me conduis comme une gourde, hein?

— Écoute, si ça ne marche pas entre toi et lui, sache que tu peux toujours nous rejoindre à Bornéo.

Je me raidis, la dévisageai.

— Tu es sérieuse?

— On serait super heureux que tu viennes. La vie n'est pas chère là-bas, et je ne cracherais pas sur un peu de compagnie féminine.

Je réfléchis une minute.

— Ce serait marrant, murmurai-je en souriant. Moi aussi, je me suis sentie un brin seule, ces derniers temps. Et évite de me dire que c'est ma faute, merci.

— Pas complètement, à mon avis. J'estime vraiment que tu devrais en discuter avec Jeremiah.

— Encore faudrait-il que j'en ai l'occasion.

— Et hier soir?

Je rougis derechef.

— Le contexte était vraiment trop agréable pour que j'aborde ce sujet.

Le rire joyeux de mon amie ne fit qu'alimenter le feu qui avait gagné mon visage.

— Allez! décréta-t-elle en me prenant par le bras. Fais-moi visiter les lieux.

— Je devrais t'emmener dans sa maison des Hamptons. Elle est immense.

— Pourquoi pas? Mais en attendant, je suis à Manhattan, alors contentons-nous du penthouse. Et j'exige de tout voir.

— Tu vas t'évanouir devant la cuisine.

— Il paraît que le foie gras qu'ils servent ici est tout simplement parfait! Quoique... mieux vaut que vous l'évitiez, chérie. C'est si riche. Une salade, plutôt?

Un des inconvénients majeurs lié à la fréquentation de Jeremiah le milliardaire tenait à l'obligation de côtoyer sa mère de temps à autre. Les déjeuners comme celui-ci relevaient plus de la corvée que de la partie de plaisir. Tout chez elle m'insupportait, et me retrouver attablée dans un restaurant français aux prix ridiculement exorbitants n'y changeait rien. Pis encore, Jeremiah venait de nous quitter afin de répondre à un appel téléphonique.

M'efforçant d'ignorer l'odieuse Georgia, je me concentrai sur le menu. Naturellement, les prix n'étaient pas indiqués, et certains plats m'étaient entièrement inconnus. Le serveur attendait avec patience près de moi.

— Que me recommandez-vous? lui demandai-je.

— Parce que vous êtes incapable de choisir par vous-même? renifla Georgia avec mépris. Franchement, ma chère, un peu de cran!

Le rebord du menu cartonné crissa entre mes doigts crispés. Le serveur se mordit la lèvre. Amusement ou compassion, je n'aurais su dire.

— Nos médaillons de bœuf de Kobe dans leur réduction de sauce au vin ont beaucoup de succès, murmura-t-il.

— Excellent ! décrétai-je en lui tendant la carte.

À cet instant, Jeremiah réapparut.

— Et pour vous, monsieur ?

— La même chose.

Je fixai le verre d'eau devant moi pour éviter de foudroyer mon amant du regard. Rester seule en tête-à-tête avec sa mère ne correspondait pas à l'idée que je me faisais du déjeuner romantique qu'il m'avait pourtant promis. Au demeurant, j'avais ignoré qu'elle serait de la partie, jusqu'à ce que je la découvre déjà sur place quand nous étions arrivés. Mise au pied du mur, je n'avais pas eu la moindre occasion d'objecter, sauf à passer moi aussi pour une garce. Je m'étais donc abstenue de tout commentaire.

— J'ai vu les Tipton la semaine dernière, trésor, pérorait la punaise. Ils m'ont demandé de tes nouvelles, ce que j'ai trouvé charmant de leur part. Apparemment, Francine t'a aperçu au parc quand tu utilisais encore ta canne.

Jeremiah ne s'en était débarrassé que quelques semaines plus tôt, ses blessures étant presque guéries, même s'il n'avait pas recouvré sa forme d'ancien ranger. Sachant à quel point son état de relative faiblesse l'irritait, j'en voulus beaucoup à Georgia d'avoir abordé le sujet. À sa décharge – et à la surprise générale –, elle avait veillé sur lui durant sa longue et difficile convalescence. Il n'empêche, trouver des excuses au comportement de cette femme abominable m'exaspérait.

— Comment vont les affaires ? lançai-je à Jeremiah, histoire d'oublier sa mère.

— Elles vont.

Sa réponse, concise, à la limite de l'impolitesse, me fit froncer les sourcils. Me doutant qu'il était préoccupé par quelque chose, je m'apprêtais à insister lorsque Georgia me coupa l'herbe sous le pied.

— J'ai fait venir une décoratrice dans les Hamptons. Deborah a des idées exquises pour donner un coup de neuf à la maison, la moderniser un brin, gommer son côté lugubre. Nous devrions nous débarrasser des vieux meubles, bien sûr. Je les ai toujours trouvés trop sombres, de toute façon.

Ce fut plus fort que moi.

— Cette demeure appartient à Jeremiah.

À mon grand dam, je ne sus dissimuler l'agacement acerbe de mes inflexions. Le sourire exaspérant de Georgia s'accentua jusqu'à prendre des proportions clownesques.

— Il ne vous a donc rien dit? Nous avons signé hier les papiers qui m'en transfèrent la propriété.

Bouché bée, je fixai Jeremiah, qui eut au moins la grâce d'avoir l'air penaud.

— Je comptais vous en parler ce soir, marmonna-t-il.

Je tentai – sans beaucoup d'efficacité je l'avoue – de cacher que j'étais offensée et tripotai la serviette posée sur mes genoux. Dans un geste d'une condescendance absolue, Georgia plaqua une paume sur mon bras.

— Je suis sûre qu'il avait de bonnes raisons de ne pas vous mettre dans le secret, chérie. Après tout, cela relève de ses responsabilités, n'est-ce pas? Pas des vôtres. Il a peut-être eu l'impression que vous franchissiez certaines limites dans vos relations et aura eu besoin de…

— Assez!

La dureté du ton de Jeremiah eut pour effet de couper sa mère dans son élan et de lui gâcher sa joie. Elle pinça les lèvres, mais il enchaîna avant qu'elle ait le loisir de protester.

— Je vous ai donné une baraque héritée de Rufus, gronda-t-il, furibond. Gardez-la. Vendez-la. Ça m'est égal. Père vous a lésée en ne vous laissant rien dans son testament. J'estime cette injustice réparée, désormais.

— Trésor…

— Si jamais je vous reprends à critiquer Lucy devant moi, je m'arrangerai pour que le monde apprenne que vos amis ne sont pas les miens. Je me débrouillerai pour que vous soyez complètement isolée, mère, comme l'avait fait Rufus. Est-ce bien clair?

Je tressaillis. Jamais encore Jeremiah n'avait pris ma défense de manière aussi directe et brutale. D'ordinaire, il affichait une tolérance résignée envers les actes et paroles de sa génitrice. Même elle, d'ailleurs, sembla décontenancée par cet éclat d'humeur. Qu'elle se dépêcha de minimiser au demeurant, après un bref silence stupéfait.

— Je ne me soucie que de ton bien-être, plaida-t-elle en lissant son sautoir de perles et en jetant des coups d'œil effarés alentour. Cela ne t'autorise pas à élever la voix contre moi en public.

— J'avais organisé ce déjeuner rien que pour Lucy et moi, riposta-t-il. Je ne me rappelle pas vous y avoir conviée. La prochaine fois que je réserverai, je penserai à le préciser au maître d'hôtel.

Pour le coup, Georgia se dressa sur ses ergots et lança sa serviette sur la table.

— J'ai compris, lâcha-t-elle d'une voix glaciale. Ma présence est importune.

«Ben tiens!» songeai-je, sans le formuler tout fort cependant. J'eus droit à un regard dédaigneux, qui se posa ensuite sur Jeremiah.

— Tu oses préférer cette… cette fille à celle qui t'a donné le jour?

— Au revoir, mère.

Georgia releva le menton, piquée au vif.

— Espèce de petit ingrat…

Me foudroyant une dernière fois de ses yeux, elle s'en alla. Je l'observai jusqu'à ce qu'elle ait disparu, puis pris la main de Jeremiah dans la mienne.

— Merci de m'avoir défendue.

Il serra mes doigts.

— J'aurais dû le faire bien plus tôt, répondit-il, avant d'ajouter avec un soupir. J'aurais aussi dû vous avertir de cette transaction.

Je gardai pour moi ce que j'avais envie de lui rétorquer. À savoir que, malgré tout ce que nous avions vécu ensemble, je n'avais toujours pas mon mot à dire dans ses affaires. Qu'il ait donné les Hamptons à sa mère me contrariait moins que le fait qu'il ne m'en ait pas parlé auparavant.

— Je crois qu'il serait bien que nous réfléchissions à notre manière de communiquer, soufflai-je à la place.

Il acquiesça. Sur ce, le serveur arriva et déposa nos assiettes devant nous. Le front plissé, je triturai du bout de ma fourchette ma minuscule pièce de viande.

— Ça ne vous embête pas si, sur le chemin du retour, on s'arrête pour manger quelque chose? plaisantai-je.

À moitié seulement. Jeremiah ricana. Bien qu'il soit maigre, notre repas se révéla pourtant délicieux. Pour compenser, je commandai un dessert, une part d'un *cheesecake* riche en sucre et en graisses.

— Ah! soupirai-je. Voilà ce que j'appelle manger!

J'offris une cuillerée de gâteau à Jeremiah.

— J'allais oublier, dit-il. Comment ça s'est passé, avec votre amie de Bornéo?

— Très bien. Elle ne reste qu'une semaine. J'espère avoir l'occasion de la revoir.

Je savourai pensivement une bouchée de mon dessert, puis ajoutai:

— D'après elle, j'ai commis une erreur en quittant l'association de bienfaisance.

— Pourquoi ne créeriez-vous pas la vôtre?

Je le contemplai avec des yeux ronds, cependant qu'il buvait une gorgée de vin.

— Impossible, finis-je par lâcher.

— Pourquoi ça?

— Je n'ai... Je ne saurais par où commencer.

— Il m'a pourtant semblé que vous vous débrouilliez fort bien, avant.

Il tourna la tête vers moi et parut prendre la mesure de ma stupeur.

— Vous n'auriez qu'à la lancer sous mon nom, si vous préférez, proposa-t-il ensuite. Vous avez sûrement gardé des contacts parmi ceux que vous aviez noués à votre dernier poste. Je sais que vos employeurs étaient désolés de votre départ.

Le groupe pour lequel j'avais travaillé avait en effet rechigné à accepter ma démission. De mon côté, je ne m'étais rendu compte que trop tard à quel point me manquaient mes activités et mes collègues. En vérité, ce n'était que lorsque Cherise avait évoqué Bornéo que j'avais pris la mesure de mon erreur.

— Vous m'autoriseriez à utiliser votre nom? marmonnai-je, incrédule. Et si je commets une bévue qui fiche tout en l'air?

Il porta ma main à ses lèvres.

— Je crois en vous, répondit-il. J'ai été témoin de ce que vous êtes capable d'entreprendre, Lucy, et je ne vois pas en quoi ceci serait différent.

Un immense sourire fendit mon visage. Attrapant sa tête, je l'attirai à moi afin de l'embrasser, me souciant comme d'une guigne que les clients du restaurant nous observent.

— Vous ai-je dit que je vous aime, aujourd'hui? soufflai-je.

— Oui, mais je ne me lasse pas de l'entendre.

À cet instant, son portable posé sur la table se mit à vibrer. Aussitôt, l'expression de Jeremiah se modifia. Malgré moi, mes doigts se crispèrent sur ses joues.

— Ne décrochez pas? suggérai-je timidement, presque suppliante.

Il ne dit mot, tendu, tandis que les vibrations de l'appareil s'interrompaient. Je commençais détendre quand elles repartirent de plus belle.

— Il le faut, chuchota Jeremiah.

Je le lâchai et me détournai, le laissant répondre à l'appel. Il se leva et se dirigea vers la sortie. Mécaniquement, je l'imitai et, les yeux fixés sur l'arrangement floral au centre de la table, déposai avec raideur ma serviette sur celle-ci avant de le suivre dehors.

3

Si mon appartement n'avait jamais été vaste, j'avais désormais l'impression, après m'être habituée au penthouse de Jeremiah, qu'il était aussi minuscule qu'une boîte d'allumettes.

Je ne savais pas trop pourquoi je continuais à le louer, dans la mesure où je passais presque toutes mes nuits à Manhattan. Les bras de Jeremiah représentaient mon refuge le plus sûr, celui que je préférais ; aussi, mon insistance à garder mon tout petit chez-moi nous surprenait, lui comme moi. Je l'avais à peine décoré, à croire que j'avais pressenti que je n'y resterais guère. Pourtant, j'étais incapable d'y renoncer.

M'installant dans le grand fauteuil rond en osier, je m'emparai d'une photo. À mon âge, mes parents étaient déjà mariés. Sur le cliché, leurs visages souriants me contemplaient, reconnaissables malgré leur jeunesse. Ils étaient morts depuis quatre ans déjà, et ce n'était que maintenant que je commençais à me remettre de leur disparition. Il n'empêche, parfois, j'aurais donné n'importe quoi pour les revoir, leur poser des questions, leur soumettre mes problèmes.

En soupirant, je reposai le cadre sur la table basse et me laissai aller dans mon siège. Pour être parfaitement honnête, je connaissais les raisons qui me poussaient à ne pas lâcher mon appartement. Ces dernières années en effet, j'avais été trop souvent abandonnée et contrainte, soudain, d'affronter seule les rigueurs de l'existence. La mort de mes parents avait été le premier coup dur ; après la perte de notre maison familiale, j'étais partie en vrille. Ajoutez à cela les relations chaotiques que j'entretenais avec la dynastie Hamilton…

Une maison m'attendait dans le nord de l'État de New York, cadeau auquel je ne m'étais pas du tout attendue. Je n'étais pas allée la voir depuis que je l'avais reçue, à l'exception d'une unique visite après que Jeremiah avait réintégré ma vie. Malheureusement, au lieu de me réjouir, la vue de la vieille bâtisse négligée par ses derniers locataires m'avait plongée dans une insondable tristesse. Si j'ignore ce que j'avais espéré, les lieux, vides des miens, s'étaient révélés n'être qu'un bâtiment. Le moindre recoin renfermait des souvenirs, mais m'y confronter n'avait fait que raviver ma peine d'avoir perdu mes parents.

On frappa à la porte, m'arrachant à ma rêverie nostalgique. J'allai regarder par l'œilleton, ouvris.

— Je pensais bien vous trouver ici.

— Oui, me voici, répondis-je en écartant les bras.

Jeremiah entra, inspecta brièvement les alentours et désigna le fauteuil en osier.

— Une nouvelle acquisition? s'enquit-il.

— Oui. Il est très confortable.

Le siège était assez vaste pour que je puisse m'y lover ou m'y étaler de tout mon long. Pour y avoir déjà fait la sieste, je m'étais attachée à ce meuble encombrant. Je retournai m'y asseoir afin de prouver mon appréciation :

— Vous voyez?

Jeremiah vrillait ses prunelles sur moi, et l'éclat de son regard me coupa le souffle. S'approchant, il se pencha sur moi, les bras appuyés sur les montants d'osier.

— Je vois surtout quels autres usages on pourrait en faire, murmura-t-il.

Aussitôt, mon dos s'arqua sous l'effet de l'impatience. Sans me quitter des yeux, mon amant déboucla ma ceinture, puis dans un mouvement fluide, s'agenouilla, souleva mes jambes et me débarrassa de mon pantalon et de ma culotte. L'air ambiant caressa ma peau, mais ce ne fut pas cette brusque fraîcheur qui déclencha un long frisson en moi tandis que Jeremiah écartait mes cuisses.

— Je ne parviens pas à me rassasier de vous, murmura-t-il.

Il plaqua sa bouche sur mon con, et j'agrippai ses cheveux tout en basculant la tête en arrière.

Me léchant, me suçant, il m'arracha des cris de plaisir alors que j'avançai le bassin à sa rencontre, toujours plus avide.

— Vous êtes tellement bandante! Je ne peux penser à rien d'autre que votre goût quand vous mouillez, qu'à vous vous sentir autour de ma queue.

Il introduisit un doigt, puis deux, dans mon vagin, et je me contorsionnai d'excitation. La pression monta en moi, mon dos se cambra encore. Mes gémissements se mêlaient à mes halètements, et tout mon corps se tendit dans l'attente de l'orgasme.

— Jouissez pour moi.

Comme s'il n'avait fallu que sa permission, je cédai à l'extase. Poussant un geignement étranglé, pantelante, secouée de toutes parts, je m'abandonnai, tandis qu'il régalait mon clitoris d'un ultime coup de langue tout en pétrissant la chair de mes cuisses.

— Vous êtes si sexy, ça me rend dingue, souffla-t-il en relevant la tête.

Je l'entendis défaire la boucle de sa ceinture.

— Je veux sentir le moindre centimètre de votre…

Il fut interrompu par la sonnerie étouffée de son portable.

— Vous vous foutez de moi? m'exclamai-je.

Les mots m'avaient échappé, concentré de toute la frustration accumulée durant le mois qui venait de s'écouler. Horrifiée par mon éclat de rage, je plaquai ma paume sur ma bouche. Jeremiah posa son front sur mon ventre, resta longtemps immobile dans cette position.

— Il faut que je réponde, finit-il par dire.

— Non! Je vous en prie, non!

Devoir le supplier de m'accorder un peu de son temps était détestable. Mes doigts caressèrent ses cheveux, et je dus en appeler à toute ma volonté pour ne pas les agripper et le retenir de force. J'avais tant de choses à lui dire! Mais ce n'était pas le moment et, de plus, j'avais les idées trop embrouillées pour arriver à formuler ce qui me tenait à cœur. Je sentis le frôlement léger comme un papillon de ces cils sur ma peau, puis il s'écarta et se releva.

— Je reviens tout de suite, lança-t-il.

Sans vraiment me regarder.

Il se rajusta, tourna les talons et se dirigea vers la porte.

Mon corps s'affaissa, accablé par l'incrédulité. Cependant, la colère prit vite le dessus, notamment quand Jeremiah sortit de l'appartement en fermant derrière lui. Sautant sur mes pieds, je me rhabillai. Puis je me ruai dehors et le découvris dans le couloir, en train de discuter à voix basse. Il dut déceler quelque chose dans mon expression, car il se dépêcha de dire:

— Je vous recontacte.

Il coupa la communication, me fit face, mains derrière le dos, au garde-à-vous, comme devant un sergent instructeur.

— Je dois aller signer des papiers, m'annonça-t-il.

Il se préparait à subir l'assaut de ma rage. C'était évident. Et cela ne fit qu'accentuer ma déception. Bien que nous formions un couple, je n'avais aucune emprise sur lui. J'avais toujours veillé à ne pas m'imposer, à ne rien décider, à ne pas empiéter sur son agenda déjà bien rempli.

J'avais peut-être eu tort.

— Vous me manquez, lâchai-je, libérant enfin ce qui pesait sur moi comme un fardeau. Vous ne faites que travailler, depuis peu. Coups de fil, dîners interrompus, nos…

Je m'interrompis, désignai l'intérieur de mon appartement.

— Ça, repris-je, avant de répéter en le fixant droit dans les yeux. Vous me manquez.

Il resta stoïque. Il avait beau s'être tenu prêt à encaisser mes foudres, il ne s'était pas attendu à ces aveux. À dire vrai, je mourais d'envie de le provoquer, d'exiger son attention, de l'obliger à terminer ce qu'il avait entrepris quelques instants plus tôt. Je voulais balancer ce téléphone du plus haut gratte-ciel de New York. Sauf qu'il m'était impossible d'agir ainsi parce que, en vérité, c'était *lui* que je voulais.

Il serra et desserra les poings, eut la décence de détourner la tête.

— Rien qu'une dernière affaire à régler, et je serai tout à vous.

— Savez-vous seulement quel jour nous sommes?

Se penchant vers moi, il déposa un baiser sur mon front. Je fermai les paupières afin de mieux savourer le contact de ses lèvres sur ma peau.

— Je passerai vous prendre ce soir, dit-il, éludant ma question.

Vaincue, je le regardai s'éloigner en direction de l'escalier. Il n'avait pas totalement disparu qu'il portait déjà son téléphone à son oreille. Sortant le mien de ma poche, je composai un numéro.

— Cherise?

La voix enjouée de mon interlocutrice ajouta encore à mon humeur lugubre.

— Tu veux bien venir me chercher?

4

— Il a vraiment eu le toupet de partir après que tu lui as dit ça?

Tête appuyée contre la vitre, je regardais défiler la ville sombre.

— Oui. Et il a immédiatement ressorti son portable. À croire qu'on le lui a greffé à l'oreille! Non mais je te jure!

— Ma foi, il est P.-D.G. d'une grosse entreprise, plaida Cherise en me frottant le bras pour tenter de me remonter le moral. Je suis navrée, chérie.

— Ce n'est pas comme si j'étais terriblement exigeante, poursuivis-je avec lassitude. Il a le droit de mener sa vie...

— D'où tiens-tu cela? m'interrompit mon amie.

Je me tournai vers elle, qui conduisait, sourcils froncés.

— Après tout, repris-je, nous ne sommes pas mariés. Nous sortons juste ensemble.

— Parce que tu crois que le mariage facilite les choses? grogna-t-elle. Il m'arrive de devoir coincer David dans un coin et l'attacher au lit pour qu'il m'accorde un brin d'attention.

— Tu rigoles? m'exclamai-je, déroutée.

— Bon, d'accord, s'esclaffa-t-elle. J'exagère un peu.

Elle me coula un regard en biais, ajouta:

— En revanche, je te croyais plutôt du genre tout feu tout flamme. « Hé ! Écoutez-moi rugir ! Je suis une lionne. »

— Où es-tu allée pêcher ça ?

— Tu te souviens du gala de charité, l'an passé ? Tu n'avais peur de rien, tu abordais tout un chacun pour lui réclamer des sous.

— C'était différent. Je le faisais pour toi et David.

— Et alors ? Tu n'as qu'à prétendre que, toi aussi, tu es une bonne cause. Un truc comme ça. Il n'empêche, tu as raison. Vous devez apprendre à mieux communiquer.

— Mais imagine qu'il ne change pas ? Ou pire, que tout parte à vau-l'eau ?

— Dans ce cas, tu n'auras qu'à venir à Bornéo pour nous aider à soigner les malades et à veiller sur les orphelins.

Pas faux. Il restait toujours cette solution. Sauf que plus j'y pensais, plus mon esprit se rebellait contre cette perspective. Jeremiah et moi avions affronté tant d'épreuves ensemble que l'idée de le quitter me donnait envie de fondre en larmes. J'avais beau avoir envie de participer à l'amélioration du monde dans lequel nous vivions, je n'étais pas prête à renoncer à lui aussi facilement.

Soudain, ma poche se mit à vibrer. J'en sortis mon téléphone. Le visage de mon amant s'afficha sur l'écran. Cherise jeta un regard dessus.

— C'est vrai qu'il est craquant, commenta-t-elle.

— Il l'est, acquiesçai-je avec un sourire.

Et je l'aimais. Cette révélation, qui n'en était pas une, loin de là, faillit provoquer mon rire. Dire que j'étais en train de songer à tout plaquer pour filer en Indonésie juste parce que mon homme se défonçait pour un boulot dont je savais pertinemment qu'il le détestait ! Envisager de le quitter alors qu'il n'avait pas le choix relevait du summum de l'égoïsme.

Hamilton Industries était une affaire de famille. Lui n'avait jamais désiré y œuvrer. Son père la lui avait laissée à charge à sa mort pour le punir de s'être dressé contre son autorité. Taillé dans l'étoffe des héros, Jeremiah avait relevé un défi qui lui répugnait, uniquement pour sauver des milliers d'emplois qui, sans lui, auraient disparu. S'il excellait à son poste, il n'en restait pas moins que ce dernier était une cage dorée.

Au nom de quoi m'estimais-je en droit de l'abandonner?

— Tu ne réponds pas?

Je tournai la tête vers mon amie, la gratifiai d'un grand sourire. Mon portable cessa d'insister avant de se remettre à vibrer de plus belle. Cette fois, je décrochai.

— Salut, beau mâle.

Cette apostrophe plutôt inhabituelle avait dû le déstabiliser, car il y eut un bref silence.

— Je suis chez vous, annonça-t-il ensuite d'un ton prudent.

— Et moi, je suis en voiture avec Cherise.

— Où exactement?

— À une petite minute de ton appartement, répondit ma conductrice en bifurquant dans une rue à sens unique.

Je la dévisageai, elle haussa les épaules.

— Ben quoi? se défendit-elle. J'ai comme l'impression que tu viens de changer d'avis à propos de Bornéo.

— Bornéo? retentit la voix dubitative de Jeremiah, à l'autre bout du fil.

Mon sourire s'en élargit davantage.

— Vous ai-je dit que je vous aimais, ce soir? demandai-je.

Il ne réagit pas, et j'en conclus que ma désinvolture n'était pas la réaction à laquelle il s'était attendu. Ce qui renforça mon hilarité.

— Prêt à dîner? m'enquis-je.

— J'avais prévu autre chose.

Tu m'étonnes! Je secouai la tête.

— On se voit dans un petit instant.

— Je ne bouge pas. Et… Lucy?

— Oui.

— Je vous aime aussi.

Je rempochai mon appareil.

— Tu verrais ta tête! s'amusa Cherise. À croire que tu as décroché la lune! J'en déduis que vous vous êtes rabibochés, et que moi, je viens de perdre la perspective de ta compagnie pour ce soir?

— Je viendrai te voir dans la semaine. Juré craché!

J'inclinai ma tête sur son épaule.

— Merci d'avoir écouté mes récriminations.

— C'est à cela que servent les copines, non?

Une longue limousine était garée devant mon immeuble. Pas de trace de Jeremiah, cependant. Descendant de la voiture de location, je me penchai vers Cherise.

— Merci encore. Je t'appelle.

— C'est ça ! rigola-t-elle. Allez, file! Et embrasse ton mec pour moi.

Alors que je m'approchai de la porte, le chauffeur de Jeremiah émergea de l'ombre.

— Il est monté, mademoiselle Delacourt, m'informa-t-il.

Lorsque je pénétrai dans l'appartement, l'obscurité y régnait. J'allais appuyer sur l'interrupteur quand une main se referma sur mon poignet et m'attira vivement à l'intérieur, tandis que le battant de la porte claquait dans mon dos. On me fit virevolter sur mes pieds, on me plaqua face contre le mur, et un corps lourd m'écrasa sur la paroi.

— Vous n'avez pas décroché tout de suite, susurra Jeremiah, dont les inflexions suffirent à me calciner. Quelle punition méritez-vous, à votre avis?

Au lieu de répondre, je me bornai à soupirer tout en roulant des hanches pour me frotter contre la bosse qui gonflait déjà son pantalon. Sa barbe naissante griffa la peau de mon cou quand il embrassa la naissance de mes cheveux, laissant derrière lui une trace incendiaire. Le front contre le mur, je poursuivis mes rotations et fus récompensée quand il se pressa fort contre moi.

Il s'écarta soudain et ses paumes glissèrent jusqu'à la chute de mes reins avant de prendre mes fesses en coupe.

— J'ai pensé à vous toute la journée, murmura-t-il en caressant tout mon corps, y laissant des traînées enflammées.

— Cela ne vous a pas empêché de m'abandonner, ripostai-je d'une voix étranglée.

— Je n'ai pas eu le choix, gronda-t-il en me retournant brusquement.

Il ne me laissa pas l'occasion de protester plus avant, car sa bouche se riva sur la mienne et engloutit mes geignements. Ses mains puissantes pétrirent mes chairs avant de me soulever de terre. Je crochetai mes cuisses à ses hanches et nouai mes doigts autour de sa nuque alors qu'il me collait au mur. Il mordillait, suçotait, léchait, parsemait ma peau de légers baisers, déclenchant des vagues de plaisir. Jamais on ne m'avait embrassée comme lui.

— J'ai réfléchi aux différentes façons d'utiliser votre fauteuil, chuchota-t-il (et je souris contre ses lèvres). Mais d'abord, il nous faut vous débarrasser de ces maudits vêtements.

— Tout ce que vous voudrez, soufflai-je.

La phrase, *notre* phrase, déclencha son rire. Sans aucun effort apparent, il me porta à l'extrémité opposée de la pièce et m'installa dans le fauteuil avant de tirer sur mon col.

— Enlevez-moi ça.

Je m'exécutai avec empressement, ôtai mon corsage et mon jean. Dehors, un réverbère diffusait suffisamment de lumière pour dessiner le corps parfait de Jeremiah qui, de son côté, passa sa chemise par-dessus la tête sans se donner la peine de la déboutonner. Je me régalai du spectacle jusqu'à ce que ses mains se posent sur mes seins.

— Soutien-gorge, ordonna-t-il.

Les doigts tremblants, je me défis du sous-vêtement et le laissai tomber par terre. À présent, j'étais nue, sauf pour ma culotte, et offerte au fond du vaste coussin, l'esprit tout empli de l'assaut que Jeremiah m'avait fait subir un peu plus tôt dans la journée, alors que je me trouvais dans une position identique. Quand il s'accroupit, le désir gronda en moi, mon cœur palpita. Je tendis les bras dans sa direction afin d'effleurer ses pectoraux mais il m'en empêcha et les écarta afin de les poser sur les montants en osier du siège.

— Accrochez-vous, murmura-t-il. Et je vous interdis de lâcher prise avant que je vous y autorise.

Je fermai les paupières alors qu'il se penchait et collait sa bouche entre mes seins, puis la faisait glisser à mes tétons, m'arrachant un léger gémissement. Ses dents électrisèrent mes chairs, mais ce furent sa langue et ses lèvres diaboliquement habiles qui extirpèrent un cri du plus profond de mon corps. Ses ongles griffèrent gentiment mes flancs, tandis que son haleine brûlante incendiait peu à peu mon ventre, toujours plus bas.

Si ma culotte, toujours en place, le gêna, il n'en dit rien et passa deux doigts sous l'élastique, les remplaçant aussitôt par sa bouche sur mon pubis. J'arquai les reins, plantai fermement la plante de mes pieds dans le bas du fauteuil.

— Bien, apprécia-t-il avec un petit rire.

Il s'attaqua alors à mon intimité, en écartant les plis afin d'en titiller l'ouverture du bout de l'index et du majeur. Ma respiration se fit haletante, et je contins une nouvelle lamentation exaltée. Il continua de jouer avec moi, mais avec une ardeur redoublée qui me laissa supposer qu'il voulait plus que tout à l'heure.

— À genoux devant le fauteuil ! lâcha-t-il alors sur un ton ferme.

Les jambes en coton sous l'effet de l'excitation, je me dépêchai d'obéir. Joue sur le coussin, j'attrapai les montants en osier et tendis le cul. Jeremiah s'amusa un instant à promener ses mains sur les courbes de mon corps avant de soudain positionner son membre érigé à l'entrée de mes fesses. Inhalant profondément, je me cambrai davantage afin de lui montrer que je désirais le recevoir. Cependant, cela n'était pas au programme. Pour le moment du moins.

En effet, des liens furent rapidement noués autour de mes poignets, les fixant à l'armature du fauteuil.

— Votre appartement manque de joujoux, souffla Jeremiah à mon oreille en faisant glisser sa hampe le long de ma raie. Heureusement, ajouta-t-il, j'ai pensé à apporter les miens.

Le faible bruit d'un bouchon qu'on dévisse résonna, puis mes fesses furent écartelées sans ménagement, et je sentis un liquide froid se répandre dans les replis de mon anus qu'agaçaient les doigts de mon amant. Ce dernier avait une prédilection particulière pour cet orifice tabou. Aussi ne fus-je guère étonnée lorsqu'il y introduisit un plug.

— Gardons cela pour plus tard, susurra-t-il sur un ton lourd de promesses avant de déposer un baiser sur ma nuque.

Une paume pesa alors entre mes omoplates, le gland de sa verge vint chatouiller l'entrée de mon sexe puis, sans prévenir, Jeremiah me pénétra d'un seul coup, m'emplissant tout entière.

Je faillis jouir sur-le-champ. Je ne m'étais pas rendu compte à quel point nos ébats écourtés m'avaient excitée. Là, le désir m'envahit avec une violence inattendue. Jeremiah se mit à aller et venir en moi, chaque à-coup tirant sur mes liens de cuir. Il glissa un bras sous mon ventre afin de mieux me coller à lui et posa son front sur mon épaule.

Il me donnait enfin ce dont je rêvais, cette brutalité impitoyable qui s'emparait de lui lorsqu'il perdait le contrôle de son désir. Savoir que je pouvais la provoquer me donnait un sentiment de toute-puissance ; savoir que c'était mon corps et mes gestes qui mettaient à bas sa maîtrise indéfectible était terriblement excitant. J'adorais qu'il soit la proie d'une telle avidité, qu'il me prenne comme si sa raison en dépendait.

Ses ongles éraflaient ma peau à la limite de la douleur. Il poussait de petits grognements révélant qu'il était sur le point de jouir. Moi-même au bord de l'orgasme, j'accompagnai ses mouvements de roulements de hanches. En deux secondes à peine, alors que sa queue frottait l'endroit exact de ma plus intime sensibilité, je fus saisie par un maelström de jouissance qui secoua tout mon corps. J'agrippai les montants en osier et, dans mon dos, Jeremiah rugit son propre plaisir.

Il poursuivit ses va-et-vient, comme s'il en voulait toujours plus, finit toutefois par ralentir et s'arrêter. Lorsqu'il déposa un baiser sur ma tête, je souris au coussin. Puis il se retira et se redressa, me laissant un moment pour me remettre. Il libéra mes poignets et me prit dans ses bras, où je me blottis volontiers. L'appartement était si exigu que nous n'avions que quelques mètres à franchir pour rejoindre, dans un coin du studio, le lit simple.

— Vous auriez quand même pu en acheter un plus grand, marmonna-t-il en le regardant.

Un sourire ensommeillé étira mes lèvres. J'avais acquis le meuble dans un magasin d'occasion, et il me suffisait largement. Mais y tenir à deux se révéla périlleux. Jeremiah résolut le problème en m'allongeant sur lui, ce qui me permit de le dévisager tout mon soûl. D'une main, il repoussa l'une de mes mèches humides de sueur derrière mon oreille, tandis que son pouce effleurait ma joue. J'embrassai sa paume.

— Vous avez oublié quelque chose, le taquinai-je en frôlant le plug, toujours en moi.

— Je vais quitter Hamilton Industries.

Cette annonce soudaine me laissa sans voix, et ce fut avec des yeux écarquillés que je contemplai ses traits. Il me fixait sereinement. Ses doigts en coupe autour de mon menton, il enchaîna :

— Je vis une torture dans cette boîte depuis trop longtemps. Il est grand temps que je mène ma vie en dehors de l'ombre de mon père.

Négligeant le léger inconfort provoqué par l'objet inséré entre mes fesses, je me redressai sur mes coudes.

— Vous allez vraiment renoncer à tout cela ?

Il hocha la tête.

— À la mort de Rufus, les termes du testament étaient incontournables. Si je refusais l'héritage, l'empire s'écroulait et des milliers d'emplois disparaissaient avec lui. Mais c'était il y a des années. Mes avocats travaillent aujourd'hui à une solution pour limiter les dégâts. De toute façon, je m'en fiche, à présent.

— Vous ne serez donc plus P.-D.G. ? Vous renoncez aussi à l'argent ?

— Ce qui n'est pas investi dans l'affaire m'appartient en propre. De même que l'immobilier, le jet et les voitures. Même si j'ai réinvesti la plupart de mes revenus dans l'entreprise et qu'il se révèle impossible de les récupérer, je resterai très riche.

— Ne risquez-vous pas de regretter votre décision ?

Cette fois, il plaqua ses deux mains sur mes joues.

— Il n'y a qu'une chose au monde que je désire, souffla-t-il.

Le sourire qui fendit ma bouche fut presque douloureux, mais ça m'était égal. Oubliant toute retenue, j'agrippai sa nuque et hissai sa tête à moi.

— Je suis tellement heureuse pour vous!

— L'existence a toutes les chances de devenir plus intéressante, rigola-t-il doucement.

— Quoi que vous décidiez de faire, vous réussirez.

— Et maintenant, dites-moi: c'est quoi, cette histoire de Bornéo?

Je mis un moment à comprendre de quoi il voulait parler. Me rappelant ma colère de l'après-midi, je rougis, un brin embarrassée.

— Ah... ça... euh... Cherise m'a proposé de l'y rejoindre si... si les choses tournaient mal entre nous. Je pourrais les aider, elle et David, dans leur clinique.

Jeremiah resta longtemps sans réagir, et je me mordis les lèvres avant d'entreprendre de me justifier.

— Je vous en voulais de m'avoir abandonnée. Ces dernières semaines, vous avez été pendu au téléphone toute la sainte journée, sans que je sache pour quelle raison. J'ai eu l'impression que vous aviez décidé de vous éloigner de moi afin de privilégier vos activités professionnelles.

— Petite idiote! lâcha-t-il d'une voix amusée et incrédule, en secouant la tête. Vous savez bien que je serais allé vous chercher jusqu'en Indonésie.

Le cœur gonflé de joie, j'étouffai un sanglot.

— J'ai repensé à votre proposition, poursuivis-je. Pour l'association caritative. N'étant ni médecin ni infirmière, je ne vaudrais sans doute pas grand-chose sur le terrain. En revanche, je suis plutôt douée pour lever des fonds. J'aime ça, même.

— Oui, ça vous irait comme un gant.

Ses doigts s'égarèrent le long de mon corps, caressant mes cuisses qui enserraient les siennes. Je le sentis durcir de nouveau. Il me libéra du plug, n'entreprit cependant rien de plus. Pour l'instant, il se contentait de cette intimité partagée.

— Je vous aime.

Je n'aurais su le lui répéter suffisamment. Il avait été privé de ces mots durant son enfance. L'amener peu à peu à comprendre qu'ils signifiaient largement plus que des platitudes hypocrites n'avait pas été facile. Il avait enfin commencé à saisir qu'ils avaient un sens non seulement pour lui qui les recevait, mais aussi pour celle qui les prononçait. Il avait découvert qu'il était doté d'une immense aptitude à aimer, et je n'en revenais toujours pas qu'il m'ait choisie pour cela.

Agrippant mon bassin, il me souleva. Je me redressai et l'aidai à m'empaler sur sa longue hampe bien dure. Il m'en transperça lentement, impitoyablement. Grâce à l'utilisation préalable du plug, la douleur ne dépassa pas le plaisir.

Fermant les yeux, je le chevauchai afin de lui procurer un maximum de jouissance. Chaque roulement de mes hanches lui arrachait un léger soupir de bien-être. Si j'éprouvais moi aussi des sensations plus qu'agréables, c'était son plaisir qui m'importait le plus, en cet instant. Ses doigts finirent par se crisper sur mes cuisses, sa respiration se fit plus courte, et je sus qu'il était sur le point d'éjaculer. Me penchant sur lui, je l'embrassai dans le cou tout en m'arrangeant pour resserrer mes muscles anaux autour de son membre.

— Jouissez pour moi, murmurai-je.

Avec un cri rauque, il se laissa aller, et je souris. Sous moi, son corps fut parcouru de frissons d'extase. Satisfaite, je l'embrassai derechef, sur le torse cette fois.

— Resterons-nous ici ce soir? demandai-je à voix basse.

Incapable d'articuler, il secoua la tête, ce qui ne m'étonna pas. Je me désengageai et me levai.

— Je vais à la salle de bains, annonçai-je.

Quinze minutes plus tard, j'étais prête à partir. Déjà habillé, Jeremiah loucha sur le petit sac que j'avais à la main.

— Que transportez-vous là-dedans? s'enquit-il.

— Ce dont je pourrais avoir besoin chez vous.

L'heure était venue que je fasse mes adieux à cet appartement. Dès le lendemain, je donnerais mon préavis. J'étais enfin prête à céder aux instances de Jeremiah et à m'installer dans son penthouse. Pour quelqu'un qui, comme moi, avait toujours eu besoin d'un plan de repli, c'était une énorme preuve de la confiance que je lui accordais. Mais mon instinct me soufflait que c'était une étape incontournable et une bonne décision.

Je m'aperçus soudain que mon amant était en jean, ce que je n'avais pas remarqué à mon arrivée. Ce fut un choc, tant j'étais habituée à le voir en costume.

— On a décidé d'être décontracté, ce soir? lançai-je.

M'approchant de lui, je nouai mes bras autour de sa taille et levai les yeux sur lui. Il déposa un tendre baiser sur mes lèvres.

— La voiture nous attend, dit-il.

Si je n'habitais pas très loin de Manhattan, la circulation était en général telle que la distance paraissait plus importante. Ce soir-là cependant, nous fûmes chanceux et, au bout d'un quart d'heure, la limousine se gara dans le parking souterrain de l'immeuble. La tête sur l'épaule de Jeremiah, je somnolais. Il me secoua.

— Nous y sommes, chuchota-t-il.

L'appartement avait son ascenseur privé. Il fallait toutefois quelques minutes pour atteindre le dernier étage. Mes doigts entrelacés à ceux de Jeremiah, je titubais de fatigue et étais obligée de m'appuyer contre lui. Le petit sac contenant mes affaires de toilette se balançait au rythme des infimes secousses de la cabine. Je baignais dans une sorte de brume bienheureuse.

Les portes de l'ascenseur s'ouvrirent sur le penthouse plongé dans l'obscurité. Mais j'en étais à peine sortie que toutes les lumières s'allumèrent d'un seul coup.

— SURPRISE !

5

Hébétée, je contemplai les visages qui me faisaient face, sans bien comprendre à qui ils appartenaient ni pourquoi ces personnes étaient rassemblées chez Jeremiah. Ce ne fut que lorsque retentit la chanson – *Joyeux Anniversaire!* – que je réalisai de quoi il retournait. Une main plaquée sur la bouche, je m'efforçai de ne pas éclater en sanglots tant j'étais émue. Balayant la vaste pièce des yeux, je découvris des personnes que je n'avais pas vues depuis des mois, d'autres dont je croyais qu'elles étaient définitivement sorties de mon existence.

— Tu n'imagines pas le mal que je me suis donné pour garder le secret! s'exclama Cherise en venant à moi.

Prenant mes mains, elle m'attira plus avant au milieu du salon.

— La langue me démangeait de tout de raconter chaque fois qu'on se voyait, ajouta-t-elle.

Je regardai l'homme qui se tenait près d'elle.

— David?

Il réagit par un petit geste de la main et un sourire penaud.

— Tu m'avais dit qu'il n'était pas à New York! lançai-je à son épouse.

— Jamais de la vie ! Je t'ai dit qu'il souhaitait venir, pas qu'il était resté à Bornéo.

Encore ahurie, je la serrai dans mes bras. On tira soudain sur ma manche, et une jeune fille aux cheveux dissimulés sous un foulard sombre m'adressa un sourire timide, comme si elle redoutait que je ne la reconnaisse pas. Jetant aux orties la bienséance et les éventuelles habitudes culturelles que je pouvais bousculer, je l'enlaçai également.

— Amira ! m'écriai-je. Oh mon Dieu ! Je pensais ne plus jamais vous revoir !

— Je suis heureuse d'être ici, dit-elle en répondant à mon étreinte.

La dernière fois que j'avais entendu parler d'elle, la jeune femme venait d'émerger d'une semaine de coma et d'apprendre que son frère avait été tué dans l'explosion qui l'avait conduite à l'hôpital. N'ayant aucun moyen de la joindre, je n'avais pu lui transmettre mes condoléances. Ce serait pour plus tard, car ce n'était ni le lieu ni l'heure. Je me contentai donc de la serrer très fort et de lui murmurer à l'oreille combien j'étais ravie de sa présence.

— Vais-je également avoir droit à des embrassades ? lança une voix. Je vous préviens, je suis armée pour ce genre d'occasion.

L'accent français m'incita à me retourner.

— Agent Gautier !

L'agent d'Interpol, un sourcil arqué, me tendit la main.

— Appelez-moi Marie, dit-elle. L'enquête a été bouclée.

— Comment avez-vous réussi à venir ?

— Jeremiah mijote son coup depuis un bon moment, expliqua-t-elle, ce qui m'a laissé le temps de m'organiser. Il a aussi voulu payer mon billet, mais cela va à l'encontre de la déontologie de nos services.

— C'était sans mauvaises intentions de sa part, le défendis-je aussitôt.

— Voilà pourquoi je ne les lui ai pas jetés à la figure, riposta-t-elle, hilare.

À cet instant, une rouquine béate surgit devant moi.

— Bon anniversaire, chérie!

— Celeste!

Je la pris dans mes bras. Nous ne nous étions pas revues depuis des mois. Sans être particulièrement proche de l'ancienne assistante de Jeremiah, je savais lui devoir beaucoup. Plus que n'importe qui, elle avait compris les dangers auxquels j'avais été exposée depuis ma rencontre avec les Hamilton. Elle-même avait été enlevée par un tueur à gages, et n'avait été libérée que grâce à son époux dans des circonstances qui, malheureusement, avait mis en péril leur mariage. Celeste avait mal accepté qu'Ethan m'ait «échangée» contre elle. J'avais cependant appris récemment qu'ils essayaient de recoller les morceaux.

— Ethan est-il avec vous? risquai-je, un brin embarrassée. Je ne pense pas qu'il vous aurait laissée venir seule.

— Et vous avez raison! rugit l'intéressé en se manifestant pour me serrer la main. Chouette réunion.

À dire vrai, les lieux n'avaient pas été spécialement décorés pour un anniversaire, mais un gros gâteau rond était posé sur une table, surmonté de bougies (bien trop à mon goût).

— Essaieriez-vous par hasard de me donner le sentiment que je suis vieille? murmurai-je à l'adresse de Jeremiah.

— Voyez les choses du bon côté, répliqua-t-il sur le même ton. Vous serez toujours plus jeune que moi.

— C'est vrai, m'esclaffai-je.

Cherise alluma les bougies, que je soufflai d'un coup sous les encouragements et les applaudissements de l'assistance.

Une petite pile de cadeaux était entassée à côté du gâteau, mais je les ignorai pour couper des parts.

— Je m'en charge.

C'était Cherise, et je m'écartai docilement. Malgré toutes les personnes qui envahissaient la pièce, je n'avais d'yeux que pour l'une d'entre elles. Entremêlant mes doigts aux siens, je l'attirai à l'écart, hors de portée des autres, et enroulai mes bras autour de sa nuque.

— Était-ce l'une des raisons de tous ces coups de fil?

— Allez savoir, éluda-t-il en embrassant l'intérieur de mon poignet. Je vous aime, vous en êtes consciente, n'est-ce pas?

Il me fixait avec intensité, comme pour jauger ma réaction.

— Naturellement, répondis-je.

Je trouvais sa question idiote, mais je n'allais pas le lui dire.

— Je ne suis pas du genre très démonstratif, enchaîna-t-il, et j'ai tendance à me montrer maladroit dès que les sentiments entrent en jeu.

— Permettez-moi de ne pas être d'accord avec vous.

Je pris soin de regarder partout ailleurs que dans sa direction, afin d'éviter de le gêner. Il n'en avait pas terminé.

— Je n'imagine pas pouvoir aimer quelqu'un d'autre plus que vous, et il n'existe personne au monde avec qui j'ai plus envie de vivre.

Sur ce, il s'agenouilla lentement et tira un objet de sa poche. Effarée, je portai une main à ma bouche. J'ignore si le silence était tombé sur la pièce ou si c'est mon esprit qui occultait tout ce qui se passait alentour. Je ne distinguais plus que l'homme que j'aimais à mes pieds, en train d'ouvrir un petit écrin en velours blanc.

— Lucy Delacourt, décréta-t-il, me ferez-vous l'honneur de devenir ma femme?

Et il brandit le plus gros solitaire qu'il m'ait été donné de voir. Ce ne fut que quand je me remis à respirer que je me rendis compte que j'avais retenu mon souffle. On aurait entendu une épingle tomber sur le carrelage. Personne ne bougeait, mais je ne m'en serais sans doute pas aperçu de toute façon. Mes yeux se remplirent de larmes. Jeremiah se racla la gorge.

— Lucy, je commence à avoir mal au genou, sur ce…

— Oui! Oui! Bien sûr que oui, espèce de merveilleux idiot!

Il se releva d'un bond, me prit entre ses bras et me souleva de terre. Incapable de me retenir, j'éclatai de rire, tandis que des hourras résonnaient dans le salon. Les larmes roulant sur mes joues, je m'emparai du visage de Jeremiah et déposai un baiser humide sur ses lèvres. Le plus beau sourire qui soit étira alors sa bouche et il me reposa sur le sol.

— Ma mère a accaparé la bague de fiançailles de ma grand-mère, dit-il, mais ce n'est pas grave. Il est temps d'inaugurer une nouvelle tradition.

Il s'exprimait d'une voix douce, comme si la présence de nos invités lui était indifférente. Il retira le bijou de son écrin et attrapa ma main gauche.

— Ce diamant m'a été offert par l'un de mes clients africains, continua-t-il. La pierre était brute, je doute qu'il ait eu conscience de sa valeur.

Il glissa l'anneau à mon doigt, poursuivant son histoire:

— J'étais comme elle, lorsque nous nous sommes rencontrés. Brut. Dur. Vous m'avez rendu meilleur, vous m'avez offert la lucidité qui m'était nécessaire.

À ce stade, je n'aurais su dire si je pleurais ou riais, ce qui, heureusement, semblait ne perturber aucun de nos invités. Jeremiah embrassa ma main, juste au-dessus du solitaire, et je lui souris à travers mes larmes. Malgré l'assistance, je n'arrivais pas à me résoudre à me détacher de lui.

— Je vous aime, soufflai-je, le nez dans sa chemise.

Il déposa un baiser sur mes cheveux, puis je me tournai vers Cherise qui sautillait sur place à côté de nous.

Trois heures plus tard, je ne parvenais toujours pas à m'arracher à la contemplation de ma bague.

— Vous allez finir par devenir aveugle à force de la scruter, se moqua Jeremiah, non loin de moi.

— Elle est si belle ! répétai-je pour la centième fois de la soirée.

Allongée sur le canapé en cuir, je levai le bras, et la lumière des lampes traversa le diamant, dont les multiples facettes provoquèrent de minuscules arcs-en-ciel.

— Attendez un peu de la voir au soleil !

Jeremiah se jucha près de moi, et je remontai pour poser la tête sur ses genoux. Il se mit à caresser mon épaule, tandis que nous profitions ensemble du silence. Glissant ma main sous ma joue – en prenant garde à ne pas m'écorcher avec les aspérités du solitaire –, je pinçai la cuisse de mon amant.

— Et maintenant ? murmurai-je. Que se passe-t-il ?

Il haussa les épaules, ce qui fit bouger tout son corps.

— Nous nous marions, j'imagine. Nous avons des enfants. Nous achetons une maison en banlieue.

— Celle-là, nous l'avons déjà, objectai-je en songeant à celle de mes parents.

— En effet, souffla-t-il, apparemment amusé.

Je doutai cependant qu'il se satisfasse d'une existence ordinaire, voire ennuyeuse. En même temps, les perspectives ne manquaient pas. Tout nous était possible, ce qui était à la fois excitant et intimidant. La quiétude retomba, tandis que chacun replongeait dans ses propres pensées.

— Avez-vous averti votre mère ? demandai-je soudain.

— Non, je ne lui ai pas soufflé le moindre mot.

— Comment va-t-elle prendre la nouvelle, à votre avis?

Il ricana.

— Oh, elle poussera sûrement des cris d'orfraie.

— Vous croyez qu'elle s'en remettra?

— Sitôt que quelqu'un l'appellera «grand-mère», j'imagine.

Cette seconde allusion à des enfants me noua le ventre, même si je gardai mes craintes pour moi.

— Quoi qu'il en soit, marmonnai-je, amusée par la seule idée d'une Georgia belle-mère puis grand-mère, la transition ne sera pas facile pour elle.

— Son problème, pas le nôtre, trancha Jeremiah.

Je pensai à ma propre mère, à la réaction qu'elle aurait eue en apprenant la naissance d'un petit-fils ou d'une petite-fille. Mon cœur se serra, et je regrettai qu'ils ne soient pas là aujourd'hui.

Jeremiah avait dû deviner que je dérivais vers la mélancolie, car il me souleva et me serra entre ses bras. Nous nous blottîmes l'un contre l'autre, nos lèvres toutes proches. Il sourit.

— Madame Lucy Hamilton, chuchota-t-il.

Ces mots sonnèrent comme une musique céleste à mes oreilles. Je caressai sa bouche sensuelle du bout des doigts et le sentis durcir sous moi.

— Vous êtes insatiable, soufflai-je en l'embrassant.

— Votre faute! repartit-il avant de se lever.

J'étais encore accrochée à lui. Je voulus marcher seule, mais il m'en empêcha en me portant carrément.

— Si vous permettez, madame.

Il grimpa les marches deux à deux, visiblement guère ralenti par mon poids. Cela ne m'empêcha toutefois pas d'assener une tape sur son avant-bras.

— Le médecin vous a recommandé d'y aller doucement avec votre jambe, le grondai-je. Les fractures compliquées comme la vôtre exigent parfois plus que quelques mois pour guérir.

— Je gère.

D'une pluie de baisers, il étouffa dans l'œuf toute nouvelle protestation de ma part avant de m'emporter dans la chambre à coucher. Le spectacle que j'y découvris me laissa sans voix. Des bougies éclairaient la pièce d'une lumière tamisée, des pétales de rose jonchaient le lit. Je toisai Jeremiah.

— Et vous osez prétendre que vous n'avez rien de romantique. Que vous êtes nul en matière de sentiments? Vous vous fichez de moi!

— J'ai bien peur que mon romantisme n'aille pas au-delà des bougies et des roses, rétorqua-t-il en me déposant sur le lit avant de commencer à se déshabiller. Et maintenant, je vous veux. Maintenant, toute à moi! Je veux vous sentir autour de ma queue.

Un frisson excité me secoua, et je me dépêchai de retirer mes vêtements moi aussi. Ce fut lui qui se chargea de faire glisser ma culotte le long de mes jambes, puis il se pencha sur moi avec lenteur, tel un félin sur le point d'attaquer sa proie. La lueur des flammes rebondissait sur ses muscles impeccables et dotait son visage d'ombres presque sauvages. J'adorais qu'il affiche ainsi sa beauté quasi animale, toute de grâce et de puissance.

Mais ce soir, j'avais envie d'essayer autre chose.

Ma main paraissait minuscule sur son épaule. Il se laissa faire cependant et, sous ma poussée, accepta de s'allonger sur le dos. Le dominant, je me penchai et l'embrassai, emmêlant mes doigts dans son épaisse chevelure. Il me rendit mon baiser avec avidité, ses mains agrippant mes hanches. Ma bouche descendit sur son cou, le long de sa poitrine, survola ses abdominaux.

Il exhala longuement quand je refermai ma main sur sa hampe. J'entrepris de le masturber, jouissant de ses soupirs béats, puis pris entre mes lèvres son gros gland violacé et le suçai avec tout l'art dont j'étais capable, l'avalant tout entier malgré sa longueur exceptionnelle, ravie des petits coups de reins qu'il donnait pour mieux s'enfoncer en moi. C'était lui maintenant qui promenait ses doigts à travers mes cheveux, lui qui laissait échapper des gémissements rauques et feutrés m'incitant à accélérer le mouvement.

Je refusai néanmoins de me presser, alternant les pressions de ma main et les coups de langue, léchant tantôt le gland tantôt la base de sa queue, m'interrompant brièvement pour accroître son excitation. Soudain, je l'engouffrai complètement, manquant de hoqueter tant il était profondément en moi, mais fus aussitôt récompensée par une exclamation de plaisir étouffée.

— Quelle bouche ! haleta-t-il, comme à bout de souffle.

Je réitérai la manœuvre, obtins une réaction identique de sa part, puis j'entrepris de me déplacer sur le lit, de manière à l'avaler selon différents angles. Soudain, ses mains aggripèrent mon bassin et il m'installa à califourchon sur son visage. Sans cesser de le sucer, je sentis sa bouche lancer l'assaut sur mon con. C'était si bon que je poussai un cri, la bouche pleine.

Au fur et à mesure qu'augmentait ma propre jouissance, j'eus de plus en plus de mal à me concentrer sur les gestes et caresses que je lui prodiguais. Je ne tardai pas à être réduite à un état second, frissonnant, geignant, tremblant sous l'effet redoutable de ses doigts et de sa langue qui m'infligeaient la torture la plus délicieuse qui soit. Il devint vite clair qu'il était prêt à reprendre l'initiative de nos ébats ; mais, de mon côté, je n'avais pas envie de céder tout de suite à ses instincts dominateurs.

Je m'écartai de lui et, pivotant, m'étendis sur son corps, visage contre visage, mes seins écrasés sur son torse. Je me positionnai au-dessus de sa queue, tandis que ses mains puissantes pétrissaient mes fesses, la fis glisser en moi et coulisser à plusieurs reprises.

— Je vais jouir, souffla-t-il alors que j'embrassai son menton. Il me faut une capote avant que…

Je le réduisis au silence avec un baiser et m'empalai plus profondément sur sa queue raidie.

— Je veux que vous jouissiez en moi, murmurai-je. Que plus rien ne nous sépare.

Il tressaillit et me contempla comme si je venais de lui offrir un cadeau inattendu.

— Vous êtes sûre?

Pour unique réponse, j'agrippai la tête de lit à pleines mains et repris mes va-et-vient, mes hanches exécutant une danse sensuelle. Il gémit, les flammes des bougies se reflétaient dans ses yeux grands ouverts. Accompagnant mes mouvements, ses mains effleuraient tantôt sur bassin, tantôt mes seins, tantôt mes cuisses. Lorsqu'il titilla mes tétons, je criai et pressai de tout mon poids sur lui.

Jeremiah alors poussa un grognement et me renversa en arrière. Il me cloua sur le matelas, immobilisant mes bras de ses mains et, toute délicatesse oubliée, me pénétra encore et encore, comme un déchaîné. Je nouai mes jambes autour de sa taille, allant à la rencontre de chacun de ses coups de reins. Il me prenait comme, dans le règne animal, un mâle prend sa femelle, et j'adorais ça.

L'orgasme monta en moi, affleura à la surface du moindre centimètre carré de ma peau, et je me laissai emporter par un raz-de-marée enivrant. Lorsqu'il jouit à son tour dans un râle étranglé, ses ongles s'enfoncèrent dans mes épaules. Agité par des frémissements qui relevaient presque de la tétanie, il poussa sa queue au maximum au fond de moi, jusqu'à l'épuisement de ses dernières forces. Puis il s'abattit en frissonnant sur mon corps épuisé, et je souris.

— Putain ! souffla-t-il. Je vous aime tellement !

— Très romantique, m'esclaffai-je. J'espère que vous écrirez ça sur ma prochaine carte de Saint-Valentin.

— Je m'en fous. Je vous aime, je vous aime, je vous aime…

Je serrai contre moi ce corps lourd qui m'écrasait et fermai les paupières.

Je ne pensais pas avoir connu de jour plus heureux que celui qui venait de s'écouler. Pour rien au monde je n'aurais voulu être ailleurs en cet instant. Je rouvris les yeux et admirai une fois de plus ma bague, tandis que ma main caressait les cheveux de mon amant et fiancé.

— Moi aussi, je vous aime, murmurai-je.

Il m'étreignit avec force, et mon cœur s'envola.

• • •

— Mon ami, quel plaisir de te revoir !

— Gabriel ! Tu te souviens de Lucy, ma fiancée ?

L'homme sourit.

— J'ai appris la nouvelle par les journaux. Ma chère, vous êtes saluée comme une Cendrillon des temps modernes.

Rougissant, je ne répondis pas et observai l'intérieur de la demeure. Si peu de changements s'étaient produits depuis notre dernière visite, quelque chose semblait pourtant différent. Peut-être était-ce dû au fait que, cette fois, je savais à quoi m'attendre. Ou alors, c'était parce que j'étais fiancée à celui que j'aimais.

Mais cela pouvait aussi être lié à la tenue que je portais, choisie par Jeremiah, et qui me donnait une nouvelle confiance en moi.

— Ma maison est la vôtre, ce soir, reprit Gabriel en nous invitant à nous avancer plus avant.

L'une de ses « esclaves » s'approcha et proposa de me débarrasser de mon manteau.

— Non merci, intervint Jeremiah, je préfère me charger de l'effeuillage.

Il posa une main au creux de mes reins, et je lui souris avant d'entrer dans le grand salon. Des cris sonores émanaient de l'un des côtés de la pièce, mais Jeremiah me poussa en direction du bar. Je lui fis face, et il déboutonna mon long trench-coat.

Quand ce dernier glissa sur mes épaules, l'air frais frappa d'abord mes seins nus, dont les tétons s'érigèrent aussitôt. Je ne bronchai cependant pas, le regard rivé sur celui de mon amant et maître. Avec un sourire en coin, il fit courir ses yeux sur tout mon corps, caresse sensuelle qui me provoqua la chair de poule.

— On en mangerait, commenta-t-il.

Un corset pourpre – dont la couleur contrastait avec mon teint naturellement pâle et attirait forcément l'attention – s'arrêtait juste en dessous de ma poitrine, offrant celle-ci à la vue de tous. Mon minuscule string ne dissimulait pas grand-chose de mon anatomie. Mais, là encore, c'était Jeremiah qui en avait décidé ainsi. Il était allé jusqu'à m'épiler entièrement le sexe, de façon à ce que l'étoffe se détache sur ma peau lisse. L'expérience s'était révélée intéressante, et mon fiancé avait profité de l'occasion pour me procurer un énième orgasme.

En dépit de mes résolutions, je sentis que je rougissais à l'idée d'être ainsi exposée. Je ne vérifiai pas toutefois quels regards étaient posés sur nous, préférant me concentrer sur Jeremiah. Ce dernier plaça l'imperméable sur un tabouret du bar et s'écarta légèrement.

— À genoux! m'ordonna-t-il.

Lentement, je m'exécutai. Je m'étais entraînée à cette pratique lorsque j'étais chaussée de talons aiguilles. À une époque, j'avais redouté de trébucher ou de me tordre une cheville quand j'étais ainsi chaussée. Aujourd'hui encore, je ne portais ce genre d'escarpins qu'en présence de Jeremiah qui, de son côté, n'était jamais très loin de moi afin d'intervenir si je perdais l'équilibre.

Je levai les yeux sur Jeremiah qui, tout en caressant ma tête, m'adressa un sourire. Mon visage se trouvait à la hauteur de son entrejambe et, enhardie par notre environnement, je le taquinai en y promenant le bout de mon nez. Je sentis sa queue durcir. Ses doigts se refermèrent sur mes cheveux et, soudain, il repoussa brusquement ma tête en arrière.

— Vous avez donc envie de régaler nos amis d'un petit spectacle? susurra-t-il.

M'absorbant sur le désir et les traits de mon homme, je murmurai:

— Oui, Maître.

Il effleura mon délicat collier de chien. C'était un accessoire dont nous avions discuté. Mon initiation aux pratiques SM m'avait amenée à comprendre que la seule relation de dominant à dominé, à sens unique, ne me convenait pas. J'avais été surprise que Jeremiah approuve ma réaction et m'assure qu'il me voulait telle que j'étais réellement.

Comme Jeremiah ne bronchait pas, je décidai de prendre l'initiative. Déboutonnant la braguette de son pantalon en cuir, j'y plongeai la main. Un léger gémissement m'indiqua que j'avais adopté la bonne tactique. De coin de l'œil, je vis que l'on commençait à se rassembler autour de nous. Me penchant, j'embrassai le gland gonflé de sa hampe raidie.

— Je vous aime, chuchotai-je alors.

Il fut sans doute le seul à m'entendre. En guise de réponse, il raffermit sa prise sur ma chevelure. Je me rendis compte que j'adorais ça, et qu'il me plaisait de lui offrir la satisfaction d'un brin d'exhibitionnisme. «Vous voulez du spectacle? défiai-je mentalement l'assistance. Je vais vous en donner!»

Je régalai son gland d'un coup de langue et engouffrai sa queue tout entière.

Dans la collection

Red Velvet

KATHRYN TAYLOR

les couleurs *du* plaisir
libérée

Grace est une jeune femme sans histoires. Elle ne s'est jusqu'à présent jamais vraiment intéressée aux hommes. Sa rencontre avec le charismatique Jonathan Huntington, pendant un stage à Londres, la sort de son sommeil de Belle au bois dormant.

Jonathan est riche et incroyablement séduisant, sans oublier qu'il est vicomte. Il n'a cependant rien d'un prince de conte de fées… Plus il entraîne Grace dans les profondeurs de son monde de sombres désirs, plus la jeune femme se perd dans un tourbillon de plaisirs.

Mais le jour où Jonathan exige d'elle une preuve d'amour quasiment impossible à satisfaire, elle doit reconnaître à quel point ses sentiments pour lui la mettent en danger.

KATHRYN TAYLOR

les couleurs *du* plaisir
dévoilée

Grace est tombée sous son emprise, corps et âme...
Même si elle sait pertinemment à quel point ses sentiments pour Jonathan Huntington sont dangereux, chaque jour passé en sa compagnie ne fait qu'accroître son amour pour lui.

Mais est-il vraiment aussi insensible qu'il en a l'air ?
Ou Jonathan ne voit-il, en effet, rien d'autre en elle que ce jouet obéissant ? Et lorsque Grace veut l'obliger à reconnaître ses sentiments, elle déclenche une catastrophe.

LAUREN JAMESON

prête à succomber

La série érotique en six épisodes de Lauren Jameson réunie en un seul volume.

Après avoir découvert que son petit ami la trompait, Devon décide de se consoler en partant quelques jours dans une petite ville de Californie. Elle y rencontre un homme, Zach, dont le seul regard lui donne le vertige. La sage jeune femme laisse alors s'exprimer sa sensualité, surtout lorsque Zach la persuade de renoncer à tout contrôle.

Lorsque Devon se présente à Phyrefly Aviation, où elle a décroché un poste, elle découvre que son PDG, Zacharie Saint-Brenton, n'est autre que son mystérieux séducteur, dont le magnétisme l'empêche de rester strictement professionnelle...

Devon ne pourra résister aux délices que lui propose Zach. Elle le laisse mener la danse, jusqu'à découvrir des pulsions qu'elle ne se connaissait pas et un univers de plaisirs qu'elle n'avait jamais imaginés.

LAUREN JAMESON

BLUSH

Un roman torride par l'auteur de la série best-seller
Prête à succomber.

Maddy est une jeune femme au passé marqué de tragiques évènements qui l'ont conduite à couper les ponts avec sa famille et ses amis. Alors qu'elle tente de se construire une nouvelle vie, elle fait la connaissance d'Alex, un brillant homme d'affaires au caractère sombre et dominateur.

Malgré ses tentatives pour écarter Alex de ses pensées, la jeune femme ne pourra résister à l'attirance qu'il exerce sur elle, et acceptera une offre qui les plongera dans une liaison intense et tumultueuse. Mais derrière chacune des rencontres torrides des deux amants se cachent de terribles secrets qui pourraient les détruire.

TARA SUE ME

la soumise

vol. I de la trilogie « La soumise »

Le premier volume de la trilogie culte qui a déjà captivé des millions de lecteurs.

À New York, Nathaniel est connu comme le jeune et brillant PDG de West Industries, mais Abby connaît son secret : c'est aussi un « dominant » séduisant et expérimenté à la recherche d'une nouvelle « soumise ». Impatiente d'explorer un monde de plaisirs qui la sortira de sa routine, la jeune libraire, cédant à son fantasme, propose ses services à Nathaniel.

Alors qu'Abby apprend à connaître un monde fascinant fait de pouvoir et de passion, elle craint que le coeur de Nathaniel ne reste hors de sa portée, et que le sien ne soit brisé…

TARA SUE ME

le dominant

vol. 2 de la trilogie « La soumise »

Vous avez vibré avec Abby dans le premier volume de la trilogie culte de Tara Sue Me. Laissez maintenant Nathaniel vous raconter l'histoire...

Nathaniel West ne perd jamais le contrôle. En tant que PDG de West Industries, il affirme son autorité tout au long de la journée, et, la nuit, il exerce avec la même rigueur ses talents de dominant entre les quatre murs de sa chambre.

Il n'est pas dans ses habitudes d'avoir pour partenaire de jeunes soumises « débutantes », mais avec Abigail King, il décide de déroger à la règle. Il devient vite accro au mélange de naïveté et de volonté de la jeune femme, et est bien déterminé à s'attacher ses services exclusifs.

Mais quand le jeune milliardaire s'aperçoit que ses sentiments évoluent, il réalise qu'il doit également faire preuve de confiance envers sa partenaire — et peut-être lui révéler des secrets qui pourraient ébranler les fondements de leur relation.

TARA SUE ME

*l'*apprentie

vol. 3 de la trilogie « La soumise »

Le troisième et dernier volume de la saga addictive de Tara Sue Me.

Nathaniel West, le jeune et brillant PDG de West Industries, est un esprit rigoureux, à cheval sur ses principes et bien décidé à imposer sa loi – en particulier aux femmes qu'il met dans son lit. Mais Abby, sa nouvelle soumise, entend bien modifier les règles du jeu.

Ce qui a commencé comme un simple week-end de plaisir devient vite une histoire d'amour passionnée avec cet homme qui connaît chaque parcelle de son corps et jusqu'au tréfonds de son âme.

Mais le comportement énigmatique de son amant trouble profondément la jeune femme, qui sait que le seul moyen de gagner la confiance de Nathaniel est de se soumettre pleinement et dépasser ses propres inhibitions. Pour l'entraîner vers une relation plus intime, elle va d'abord devoir le laisser pénétrer dans son jardin secret, où personne n'est jamais entré avant lui…

PAPIER À BASE DE
FIBRES RECYCLÉES

MARABOUT
s'engage pour l'environnement
en réduisant l'empreinte carbone
de ses livres.
Celle de cet exemplaire est de :
1400 g éq. CO_2
Rendez-vous sur
www.marabout-durable.fr

Imprimé en Espagne par RODESA en septembre 2014
ISBN : 978-2-501-09624-9
8677826
dépôt légal : octobre 2014